AF142601

MAREN BOHM

Die Pilgerin von Passau

DIE KAUFMANNSTOCHTER Der Erste Kreuzzug (1096 – 1099) war bereits für die Zeitgenossen ein epochales Ereignis. Als Papst Urban II. im November 1095 in Clermont zur bewaffneten Pilgerfahrt aufrief, machten sich nicht nur Ritter und Fußsoldaten auf den weiten, gefährlichen Weg nach Jerusalem, sondern auch Frauen: Mägde, Ehefrauen, Nonnen, Prostituierte, sogar ganze Familien. So treibt der ferne unaufgeklärte Mord an seiner Frau den Passauer Kaufmann Karl zusammen mit seiner schönen Tochter Alice hinaus aus der Heimat ins Ungewisse. Doch sogar nach dem rätselhaften Tod des Vaters pilgert Alice mutig weiter: Nicht nur Entbehrungen, Überfälle, Schlachten, auch die Liebe birgt Gefahren für die junge Frau. Spannungsgeladen und historisch genau entwickeln sich Geheimnis und Verbrechen vor dem epochalen Panorama des Ersten Kreuzzuges.

© privat

Maren Bohm interessierte sich schon früh für Literatur und Geschichten aus fernen Zeiten. Es fasziniert sie die brisante Mischung aus gesellschaftlichem Einfluss und Individualität. Sie studierte Germanistik, Theologie und Geschichte u. a. in Heidelberg. Nach der Promotion war sie jahrelang als Lehrerin am Gymnasium tätig und veröffentlichte mehrere Romane. Passau, die Nibelungenstadt an den drei Flüssen Donau, Inn und Ilz, ist eine bedeutsame Stadt in ihrer Lebensgeschichte. Sie lebt als freie Schriftstellerin und kann sich gut vorstellen, nach Passau zu ziehen.

MAREN BOHM

Die Pilgerin von Passau

Historischer Kriminalroman

Immer informiert

Spannung pur – mit unserem Newsletter informieren wir Sie
regelmäßig über Wissenswertes aus unserer Bücherwelt.

Gefällt mir!

Facebook: @Gmeiner.Verlag
Instagram: @gmeinerverlag
Twitter: @GmeinerVerlag

Besuchen Sie uns im Internet:
www.gmeiner-verlag.de

© 2013 – Gmeiner-Verlag GmbH
Im Ehnried 5, 88605 Meßkirch
Telefon 0 75 75 / 20 95 - 0
info@gmeiner-verlag.de
Alle Rechte vorbehalten
1. Neuausgabe 2023

Lektorat: Claudia Senghaas, Kirchardt
Herstellung: Mirjam Hecht
Umschlaggestaltung: U.O.R.G. Lutz Eberle, Stuttgart
unter Verwendung des Bildes »Porträt der jungen Frau«
von Domenico Ghirlandaio; http://commons.wikimedia.org/wiki/
File:Domenico_ghirlandaio,_ritratto_di_giovane_donna,_lisbona.jpg
Kartengestaltung: Alexander Somogyi
Printed in Germany
ISBN 978-3-8392-0473-3

Die Romanhandlung entspricht den historischen Ereignissen des 1. Kreuzzuges 1096–1099

Dem geneigten Leser sei diese Karte zugeeignet
Dies ist der Weg der Pilgerin von Passau mit
dem Heer Gottfrieds von Bouillon nach Jerusalem.

Köln

Bouillon Worms

Paris Regensburg

Passau

Blois

Tours Cluny

Poitiers Venedig Mang

Clermont Belg

Saint Gilles

Toulouse

Rom

Bari

Brindis

●●●●● Byzantinische Reichsgrenze
um 1060 in Kleinasien

◼ Byzantinisches Reich um 1096

⋅⋅⋅⋅⋅ Weg Gottfrieds von Bouillon nach Jerusalem
Weg der in Nikäa zusammengetroffenen französischen Heere
sowie des süditalienisch-normannischen Heeres

Abweichende Routen:
· **Balduin von Boulogne** sowie **Tankred** über die Kilikische Pforte nach Tar
· **Balduin von Boulognes** Route endet in Edessa
· **Bohemunds** Route endet in Antiochia
· **Raimond von Toulouse** über Maarat an-Numan nach Akkâr
· **Tankred** und **Robert** von der Normandie über Kafartab nach Akkâr
· Ritt **Tankreds** nach Bethlehem

6

Karte zum

1. Kreuzzug

15. August 1096 – 15. Juli 1099

erniz / Sofia

Konstantinopel
Pera
Selymbria
Sinope
Trapezunt
salonike Civitot **Nikäa**
Seldschuken (ab 1071)
Doryläon **Mantzikert**
Caesarea
Ikonion Marasch Edessa
Tarsos **Antiochia**
St. Symeon Aleppo
Latakia **Maarat an-N.**
Tripolis **Akkâr**
Damaskus
Jaffa Ramla
Askalon **Jerusalem**
Bethlehem

○ Ort / Stadt

Festung   Hagia Sophia in Konstantinopel

Belagerung / Schlacht   Grabeskirche in Jerusalem

Paulusbogen in Passau   Anti-Taurus-Gebirge

7

Prolog
– 15 Jahre vor dem 1.
Kreuzzug –

Passau, im Januar 1081

LEISE DRANG AUS DEM TANZSAAL der festliche Klang der Flöten und Harfen zu ihr in die dunkle Vorhalle. Die junge Frau blieb stehen, atmete auf, strich sich mit der Hand über den bleichen Hals und die mit Perlen geschmückten roten Locken. Ein kurzer Blick zurück in den Festsaal, aus dem durch einen Spalt fahles Licht in das Tonnengewölbe fiel. Hastig raffte sie ihr weißes Kleid und lief weiter durch den spärlich mit Fackeln erleuchteten Raum.

Da, die Steintreppe. Unwillkürlich fasste sie nach der klammen Mauer, schluckte und ergriff rasch eine Fackel. Eilends stieg sie die steilen, kalten Stufen hinab.

Hinter ihr hallten Stimmen. Sie fühlte eine Hand auf ihrem Rücken.

Aufbruch ins Heilige Land

Passau, im September 1096

DAS ERSCHEINEN DES ABTES versetzte Alice in Schrecken.

Seine Anwesenheit, seine dunkle Herrschergestalt, sein durchdringender Blick steigerten die ohnehin schon bestehende Anspannung, die das ganze Haus erfasst hatte, seit am Morgen die Kreuzfahrer den Passauer Kaufmannshof von Alice' Vater gestürmt hatten.

Es war noch dunkel gewesen, als Alice vom Bellen der Hunde und von den Zurufen der Männer geweckt worden war. Verwirrt und aufgeregt hatte sie nach dem blauen Wolltuch gegriffen und war barfuß auf die Galerie gerannt, von wo sie auf den von Fackeln beleuchteten Hof hinuntersehen konnte. Sie blickte auf ein ungewohnt prächtiges Bild: Adelige und Männer in Kettenhemden mit einem roten Kreuz auf weißem Tuch über der Brust, ausgestattet mit Maultieren und geschmückten Reitpferden, Jagdhunden und sogar einem Falken, füllten den gesamten Hof. Schwerter, Lanzen und Helme funkelten im Schein der Fackeln, die bunt bemalten Schilder und die Reitzügel waren mit Gold und Edelsteinen besetzt.

Dies waren also die Kreuzfahrer. Besonders heilig wirkten sie nicht, fand Alice. Allerdings sehr stark. Aber fromm waren sie sicher, überlegte sie weiter, sonst würden sie sich nicht auf die weite Pilgerreise von Passau nach Jerusalem begeben.

Alice beugte sich weit über die Balustrade, fuhr jedoch sofort zurück. Im weißen Nachthemd dürfen sie mich nicht sehen, schoss es ihr durch den Kopf, obwohl keiner der Männer zu ihr heraufschaute. Sie verbarg sich hinter einem Pfeiler und beobachtete das geschäftige Treiben, die selbstherrliche Art, mit der die Adeligen die Knechte und Mägde herumscheuchten, und die Beflissenheit, mit der diese den Befehlen gehorchten. Es schmerzte Alice, dass selbst ihr Vater, der aus dem Kontor herbeigeeilt kam, seine Gäste untertänig begrüßte. Tief verbeugte er sich vor ihnen. Alice fröstelte.

Warum blieb sie hier stehen? Sie wollte dabei sein. Hastig lief sie in ihr Zimmer, zog das grüne, mit gestickten gelben Blumen besetzte Samtkleid an, das der Vater ihr gerade aus Köln mitgebracht hatte, und ging aufrecht die Außentreppe in den Hof hinunter.

Doch keiner beachtete sie. Die dampfenden Pferde wurden abgerieben, die Knechte kümmerten sich um die Fesseln, die Mägde schleppten in Kübeln Wasser zu den Trögen und versorgten die Pferde mit Heu. Ihr Vater ging wortlos an Alice vorbei und führte die hohen Herren ehrfürchtig ins Haus. Alice blickte ihm enttäuscht nach.

Und so sollte es für Alice den ganzen Tag weitergehen. Während Stroh für die Schlafplätze der Bediensteten aufgeschüttet wurde, Zimmer für die Adeligen, mit Kerzen aus Honig, gerichtet und Tonkrüge mit Wasser und Wein gefüllt wurden, während geschlachtet, gebraten und in hohen Töpfen, deren Grund man nicht sehen konnte, gekocht wurde, stand Alice unschlüssig im Haus herum, ging hier und dort zur Hand, wurde aber den ganzen Tag das schmerzliche Gefühl nicht los, dass keiner sie wirklich beachtete. Dabei war sie die Tochter eines reichen und freien Kaufmanns. Mit ihren 15 Jahren hätte sie längst verheiratet sein können. Und schließlich war sie, wie ihr bereits mehrfach versichert worden war, sehr hübsch mit ihrem schmalen Gesicht und ihrem blonden Haar, das sie leider nicht zu bändigen vermochte. Aber die adeligen Gäste ihres Vaters behandelten Alice nicht einmal wie Luft, sie schienen sie einfach nicht zu sehen.

Nun, das war eigentlich ziemlich unwichtig, denn schon ganz früh am kommenden Morgen wollte der Graf mit seinem Sohn und dem Gefolge zum Heer des Herzogs Gottfried von Bouillon aufbrechen, sich mit der Seilfähre über den Inn setzen lassen, um mit dem Kreuzfahrerheer von Passau nach Jerusalem zu ziehen. Alice würde also den Rittern niemals wieder begegnen. Und ihr Vater sah sich bereits nach einem passenden Bräutigam für seine Tochter um. Spätestens in einem Jahr würde sie verheiratet sein.

Nein, weitaus beunruhigender, beängstigender war das Auftauchen des Abtes.

Alice konnte sich keinen Grund denken, der ihn hätte bewegen können, seinen Fuß über die Schwelle seines Elternhauses zu setzen. Noch niemals hatte er, seit er vor langer Zeit ins Kloster eingetreten war, seine Familie besucht, hatte sie nicht zu seiner feierlichen Priesterweihe eingeladen. Nicht einen Gruß hatte er jemals an seinen Bruder Karl oder an seine Nichte Alice gesandt, die er zum letzten Mal anlässlich des feierlichen Kirchgangs nach Alice' Geburt gesehen hatte. Ja, nicht einmal zur Beerdigung seines Vaters war er erschienen. Vielmehr hatte er seinem weitaus älteren Bruder schriftlich mitgeteilt, genauer, durch einen Boten die Nachricht überbringen lassen, er werde für die Seele seines Vaters beten und Messen lesen, um ihm die Zeit im Fegefeuer zu verkürzen. Zu verkürzen! Das hieß doch, der Abt ging davon aus, dass sein Vater die Qualen des Fegefeuers erlitt, er jedoch keineswegs beabsichtigte, den Versuch zu unternehmen, ihn von dieser Pein zu erlösen. Alice fand das unbarmherzig und sie ahnte, dass auch sein unerwarteter Besuch nicht aus brüderlicher Liebe erfolgt war.

Nur wusste sie nicht, warum. Alice bemühte sich, dies herauszufinden, als sie an der großen Tafel saß, die zu Ehren des Grafen und des Abtes mit unzähligen Kerzen geschmückt und mit ausgefallenen Speisen übersät war, und den Gesprächen zuhörte, was sich bei dem allgemeinen Lärm als schwierig erwies. Alice beugte sich vor, zerbröckelte vor Aufregung das selten gereichte Weizenbrot und spitzte die Ohren.

Eben wandte sich der Abt zu dem Grafen Otto von Baerheim, der, massig und Furcht einflößend, die Stirnseite des Tisches einnahm und sein Messer fest in der Faust hielt.

»Das ist eben so«, sagte der Abt in beschwichtigendem Ton. »Ihr seid nicht die einzigen Herren. Kaum ein Adeliger kann seine Teilnahme am Kreuzzug aus eigenen Mitteln finanzieren, sondern muss seinen Besitz verpfänden. Selbst der Heerführer Herzog Gottfried hat seinen Anspruch auf Verdun an Bischof Richer verkauft und sein Lehen Bouillon gegen 1300 Silbermark und drei Goldmark an den Bischof von Lüttich verpfändet.«

»Und wenn der Ritter auf der Pilgerfahrt stirbt oder als armer Mann zurückkehrt, dann behält die Kirche alles für sich und wird reicher und reicher«, bemerkte des Grafen Sohn Bernhard ziemlich scharf, während er mit seinen Fingern die Haut von seiner Taube abzog und verspeiste.

Der Abt erwiderte zunächst nichts darauf, sondern beobachtete, wie Bernhard seine Finger in die bereitstehende Wasserschale tauchte und sie danach mit einem weißen Tuch abtrocknete.

»Ich verstehe Eure Sorge, Ritter Bernhard«, antwortete der Abt dann und warf dabei einen erstaunten Blick auf Graf Otto.

»Ihr seid der einzige Sohn und wenn Ihr im Kampf auf der Pilgerreise den Tod findet, stirbt mit Euch die direkte Linie der Grafen von Baerheim aus. Doch ich bin überzeugt, Ihr werdet nicht zu denjenigen gehören, die sich, mittellos und heruntergekommen, nach der Eroberung Jerusalems hier wieder einfinden. Ihr werdet, mit Schätzen beladen, aus dem Heiligen Land zurückkehren und die an das Kloster verpfändeten Ländereien mitsamt den hörigen Bauern auslösen.«

Bernhard lachte bitter.

»Nur sachte, Euren Ruf als begnadeter Ritter habt Ihr schon begründet. Es gibt nichts Ruhmreicheres, als den Gegner im Zweikampf zu besiegen und zu töten.«

Offenbar ließ sich Bernhard von dieser Schmeichelei nicht besänftigen, denn er machte eine abwehrende Handbewegung und entgegnete überraschend ernst:

»Ich bin nicht unverwundbar. Ich habe nicht wie Siegfried in Drachenblut gebadet.«

Graf Otto hob seinen Kopf, ließ die Hand, in der er eine Haxe hielt, sinken und sah Bernhard durchdringend an, ein Blick, der dem Abt nicht entging. Der überbrückte das Schweigen, indem er sagte:

»Es hat mich immer wieder erstaunt, dass unser ehrwürdiger Bischof Pilgrim, Gott habe ihn selig, obwohl er mit ganzer Tatkraft das Christentum in Passau vorangetrieben hat, ausgerechnet den Sagenstoff der Nibelungen hat sammeln lassen. Nur Hinterlist, Rache und Mord.«

»Und keine Gnade!«, stieß Alice' Vater hervor.

Er räusperte sich und forderte Alice gegen seine Gewohnheit ziemlich unfreundlich auf, sie solle nun endlich, es sei schließlich schon spät, die Tafel verlassen und ins Bett gehen. Beim Hinausgehen drehte sich Alice noch einmal um und betrachtete die festliche Gesellschaft. Der Abt unterhielt sich gerade mit Martin, der ihm Wein einschenkte. Es fiel ihr auf, es verwunderte sie geradezu: Der Abt war schön und es war, als würde sein Gesicht von einem nicht erklärbaren Glanz erstrahlen. Das war verwirrend.

Alice hörte gegen Mitternacht, wie sich die Ritter zurückzogen.

Sie hatte noch keinen Moment die Augen geschlossen. An Schlaf war überhaupt nicht zu denken. Alice hatte sich zwar auf ihr Bett gelegt, blieb aber angekleidet. Schon die Tatsache, dass sich die Kreuzritter hier eingefunden hatten, war beunruhigend, beängstigend genug. Mehr noch, der Graf und sein Sohn hatten einen Umweg nach Passau gemacht. Wozu? Um ihren Vater aufzufordern, mit ihnen nach Jerusalem zu ziehen? Und würde sie ihn dann jemals wiedersehen? So viele Menschen würden von dort nicht mehr zurückkehren. Sie hatte von Fürsten, Grafen und Rittern gehört, die vor ihrem Aufbruch ins Heilige Land ihr Testament verfassten. Und selbst der Papst sollte gesagt haben, dass die Pilger, die für Jesus Christus das Kreuz nähmen, viel für den Namen Christi leiden müssten.

Warum also sollte ihr Vater gehen, das ganze Handelsunternehmen hing an seiner Person, er arbeitete Tag und Nacht, überließ niemandem die Abwicklung der Geschäfte, kontrollierte alle Wareneingänge, prüfte jedes Fass Salz, das in seinem Handelshof umgeladen und nach Böhmen, Österreich oder Ungarn weitertransportiert wurde. Es würde alles zugrunde gehen ohne ihn. Warum nur verhielt er sich den Adeligen gegenüber so demütig und bewirtete sie, und zwar fast königlich.

Voller Unruhe, Sorge und Angst stand Alice auf. Der Fußboden war eiskalt. Sie fror trotz des wollenen Tuches, das sie sich um die Schultern gelegt hatte.

Leise öffnete sie ihre Tür und spähte in den nur äußerst mäßig von Öllampen erleuchteten Gang. Sie sah, wie der Ritter Bernhard von Baerheim auf eine Gruppe junger Männer zuging und sich zu ihnen stellte. Sie schienen sich lebhaft, wenn auch leise, zu unterhalten. Alice mochte nicht an ihnen vorbeigehen und entschied sich, noch einen Augenblick in ihrem Zimmer zu warten. Sie horchte an der Tür, die Stimmen entfernten sich zwar, die Männer waren aber offenbar nur ein paar Schritte weitergegangen und vor der Tür des Grafen Otto stehen geblieben. Auf keinen Fall wollte Alice gesehen werden, wie sie nachts durch das große Gebäude schlich. Wollte sie also ihren Vater sprechen, und sie platzte, sie verging vor Angst, er könnte mit nach Jerusalem ziehen, so musste sie den entgegengesetzten Weg einschlagen, den verbotenen. Sie musste an der Steintreppe vorbeigehen, vor der ihr grauste.

Alice griff sich ein Licht und ging klopfenden Herzens Richtung Steinhaus, in dem steinerne Stufen zum verlassenen Tanzsaal führten.

In diesem Teil des Gebäudes war es finster. Ihr Licht war das einzige und es erhellte die quaderförmigen Steine nur spärlich. Alice konnte immer nur wenige Schritte weit sehen. Bald müsste sie die Treppe zum Tanzsaal erreicht haben. Erschrocken blieb sie stehen – ein Geräusch. Ratten, dachte sie. Sie horchte still und starr. Nichts. Sie hörte nichts mehr. Es war wohl eine Täuschung, dieses tastende Geräusch auf der Treppe. Oder ein Geist?

Alice brachte nicht den Mut auf weiterzugehen. Sie hastete in ihr Zimmer zurück, schloss die Tür hinter sich zu, verriegelte sie und dachte: Nimm dich zusammen.

Die eigentliche Gefahr besteht darin, dass Vater mit den Kreuzrittern fort nach Jerusalem zieht. Also los – aber nun durch den linken Gang.

Stimmen waren auch nicht mehr zu hören.

Alice schlich in den Flur hinaus, in dem alle Lichter erloschen waren.

Sie hörte Schritte. Jemand kam aus der Richtung der verbotenen Treppe.

Unwillkürlich und ohne dass sie es erklären könnte, löschte sie ihre Kerze. Die Schritte kamen näher.

Alice erschrak, das konnte nur ein Mann sein. Obwohl der Unbekannte kein Licht angezündet hatte, bewegte er sich sicher und schnell durch die Gänge, die so schwarz und dunkel waren, wie nur Gräber sein können.

Alice verbarg sich in einer Nische.

Sie beschloss, der fremden Gestalt zu folgen. Es waren Neugierde und Übermut, Abenteuerlust, vor allem aber das unbestimmte Gefühl, dass sie etwas sehr Wichtiges unwiderruflich versäumen würde, wenn sie dem Mann nicht nachging.

Und wenn es ein Dieb, gar ein Mörder ist?, kam es ihr in den Sinn. Aber der Mann wollte sich offenbar gar nicht verstecken, sondern trat nach einer Biegung durch ein Tor in die Halle, in der vor Kurzem noch lautes Stimmengewirr geherrscht hatte.

»Ich habe dich erwartet«, hörte Alice ihren Vater sagen. »Ich dachte, du kämest früher«, fuhr er fort.

»Karl, du hofftest, ich käme überhaupt nicht. Du hast mir doch diesen Knaben als Bedienung gegeben, um mich nicht selbst geleiten zu müssen. Was allerdings auch überflüssig war, schließlich kenne ich mich hier zur Genüge aus.«

»Dieser Knabe ist Martin, der Sohn von Martha. Sie war Alice' Amme. Unlängst ist sie übrigens gestorben. Sie liegt auf dem Gottesacker vor der Kirche St. Severin begraben. Neben meiner Frau«, fügte er hinzu und sah seinem Bruder scharf ins Gesicht. »Das weißt du vielleicht nicht.«

»Er sei, wer er sei. Ich bin nicht gekommen, um mich mit dir über den Sohn einer Magd zu unterhalten.«

Der Vater seufzte. Dann schwiegen sie einander an. Der Vater am Tisch sitzend, einen Humpen Wein vor sich, der Abt im Raum stehend.

»Ich habe mir oben im Saal und auf der Treppe alles noch einmal genau angesehen.«

Gesehen?, dachte Alice, aber er hatte doch kein Licht dabei.

»Du hältst mich weiterhin für schuldig?«, hörte sie ihren Vater sagen.

Der Abt schwieg darauf.

»Ja, ich weiß es«, der Vater senkte den Kopf und seine Stimme klang wehleidig.

»Du hältst mich noch immer für schuldig.«

»Karl, geh nach Jerusalem«, antwortete der andere. »Vielleicht kannst du dich da von deiner Sünde befreien. Ich verstehe sowieso nicht, wieso du es überhaupt noch einen Tag länger in diesem Haus ausgehalten hast.«

»Und ich verstehe nicht, warum du dich davongemacht hast. Einfach so. Du warst nun der Letzte, von dem ich erwartet hätte, dass er ins Kloster eintritt. Immer dabei, wenn es um Händeleien und Kämpfe und Jagden ging, so jung du auch noch warst. Bist am frühen Morgen, sobald das Paulustor überhaupt geöffnet wurde, ausgeritten, bist noch im Spätherbst, sogar wenn der erste Schnee fiel, in der Donau schwimmen gegangen und sperrst dich nicht lange danach für dein weiteres Leben in einem Kloster ein.«

»Mein Leben als Mönch geht dich nichts an.«

»Das mag schon sein«, sagte der Vater leise. »Aber hast du mir nun diese Kreuzfahrer geschickt, damit sie mich nach Jerusalem mitnehmen?«

»Geschickt habe ich sie nicht. Aber ich habe sie auf dich aufmerksam gemacht.«

Der Vater stieß einen Fluch aus, zu dem der Abt sich nicht äußerte. Er zeigte keinerlei Empörung, nur abwartendes Interesse.

»Keine Sorge, ich habe mich schon entschieden. Ich gehe. Ich werde morgen die Anordnungen für eine baldige Abreise treffen.«

»Sehr weise«, entgegnete der Abt.

»Seit Jahren«, sagte der Vater mehr zu sich als zu dem anderen, »seit so vielen Jahren machst du mir diesen Vorwurf, klagst du mich an. Und ich hatte keine Möglichkeit der Verteidigung. Kein einziges Mal bist du wieder hierhergekommen. Und mich hast du mit meiner Schuld allein gelassen. Ich weiß bis auf den heutigen Tag nicht, ob ich es wirklich getan habe. Ich kann mich nicht erinnern und zermartere mir mein Gehirn. Aber ich weiß es wirklich nicht.«

»Du warst betrunken.«

»Aber warum sollte ich es getan haben?«

»Nun, ein Motiv würde mir schon einfallen. Denk einmal nach.«

»Nein, so war es nicht, nicht so, wie du denkst.«

Der Abt schwieg und sah seinen Bruder abschätzig, geradezu finster an.

»Du glaubst mir nicht. Weißt du, was es bedeutet, sich ständig schuldig zu fühlen und zu wissen, dass du mir nicht verzeihst?«

»Ich bin nicht dein Beichtvater.«

»Man sagt, du führest ein strenges Regiment in deinem Kloster.«

»Nicht zu streng. Eher gerecht. Um Gerechtigkeit bemüht. Ich versuche, jeden Mönch so einzusetzen, wie es seinen Fähigkeiten entspricht, sodass er zufrieden mit sich und seiner Arbeit ist.«

»Nun ja, ich meinte etwas anderes.«

»Du meinst: keine Saufgelage, keine Wollust, Keuschheit wird ernst genommen. Du irrst. So ist es auch wieder nicht. Du weißt es doch selbst, dass gerade um Passau viele Priester Widerstand gegen das von Papst Gregor VII. erlassene Eheverbot geleistet haben, es zu Tumulten kam und Bischof Altmann, als er es durchsetzen wollte, von den Klerikern am Stephanustage im Dom tätlich angegriffen wurde.

Es ist nicht einfach, etwas abzuschaffen, was für Priester 1.000 Jahre Brauch war, nämlich, eine Ehefrau zu haben, zumindest aber bisweilen bei einer Frau zu liegen. So vermute ich denn auch, es kommt öfter einmal vor, dass einer der Mönche eine sommerliche Begegnung mit einer Magd, einer Bauerstochter hat. Natürlich stellen sich auch manches Mal Folgen ein. Nur ist schwer festzustellen, ob es wirklich einer der Mönche war, der da gekindelt hat. Denn es ist schließlich Brauch, dass die Frau, die ihr Kind nicht versorgen kann oder will, es zum Kloster bringt, die Glocke läutet und darauf wartet, dass ein Mönch das Rad dreht und das Kind an sich nimmt. Meist erscheint die Frau selbst unmittelbar darauf und erklärt ziemlich verlegen, dass sie sich gerne als Amme für das Neugeborene zur Verfügung stellen möchte. Die Frauen werden niemals nach Einzelheiten gefragt, zum Beispiel, wer der Vater ist. Für das Stillen des Säuglings erhalten sie Geld. Natürlich kann es auch einmal sein, dass einer der Mönche durchaus nicht unschuldig ist. Selbstverständlich habe ich meine Vermutungen, wenn zum Beispiel ein Mönch sich lange und scheinbar harmlos in der Nähe des Säuglings aufhält oder wenn das Kind eindeutig zu seiner Persönlichkeit passt. Aber sofern er nicht beichtet, bleibt es im Verborgenen. Wenn ihn jedoch seine Sünde drückt und er bereut und beichtet, mache ich daraus kein Aufhebens. Es wird ihm eine Buße auferlegt, zum Beispiel stundenlanges Beten im Stehen, vermehrte Nachtwachen, Fasten oder einfach schwere körperliche Arbeit. Auf den zeitweiligen Ausschluss aus der Gemeinschaft verzichte ich und mache auch von meinem Recht auf körperliche Züchtigungen keinen Gebrauch, weil selbst Jesus nicht einmal Judas vom Abendmahl ausgeschlossen hat, obwohl er wusste, dass Judas der Verräter ist, und weil Jesus niemals einem anderen körperlich Schaden zugefügt hat.«

»Du hältst dich wohl für einen Heiligen, was?«

Als der Abt darauf nicht antwortete, hakte sein Bruder Karl nach.

»Du selbst hältst dich aber an den Zölibat, keine Frau, die ganzen Jahre, auch kein Knabe?«, fragte Alice' Vater lauernd. Bei so viel Duldung wäre es durchaus möglich, dass sich ein heimlicher Bastard im Kloster befand.

»Selbstverständlich lebe ich asketisch«, entgegnete der Abt.

»Als hättest du noch nie Lust gehabt?« Das war doch ein Thema, um dem Bruder, diesem Scheinheiligen, die Unschuld zu nehmen.

Der Abt sah seinen Bruder kalt an.

»Ich muss deine aufkommende Häme leider enttäuschen. Du wirst weder einen illegitimen Sohn im Kloster finden noch eine solche Tochter bei den Nonnen. Wahrscheinlich kommt daher der Ruf der Strenge, weil ich mich ganz und gar den Regeln des Ordens unterwerfe.«

Karl wirkte verlegen. Um vom Thema, das ihn irgendwie beschämte, abzulenken, fragte er, wie es denn diesen ausgesetzten Kindern im Kloster ergehe.

»Wenn es ein Mädchen ist, wird es nach Passau zu den Benediktinerinnen ins Kloster Niedernburg gebracht. Die Jungen bleiben selbstverständlich und bekommen Unterricht in Latein, Griechisch, Philosophie, Mathematik und Theologie, sodass sie, wenn sie begabt sind, studieren können. Zwei unserer als uneheliche Kinder ins Kloster gebrachten Jungen studieren jetzt in Bologna.«

Alice' Vater Karl sah seinen Bruder verdutzt an. »Und das bist wirklich du, der sich so um Bildung kümmert? Ich kann mich nicht erinnern, dass du jemals gern gelernt hättest.«

»Du lenkst ab.«

»Ja«, antwortete der Vater mit resignierter Stimme. »Wenn ich das könnte.« Beide schwiegen.

»Du willst also, dass ich auf diesen Kreuzzug gehe. Ich habe aber nicht das Geld, um meine Pilgerfahrt zu finanzieren«, versuchte der Vater noch einmal auszuweichen.

»Du bist reich.«

»Nicht mehr. Es waren schlechte Jahre. Das Hochwasser hat viel vernichtet. Auch die gute Lage unseres Handelshauses zwischen Donau und Inn hat das nicht verhindern können.«

Der Vater sah sehr bekümmert aus. Offenbar dachte er an den Sturm, das rasend schnelle Ansteigen der Flüsse und den verzweifelten Versuch, das Salz und das Getreide vor den Fluten ins Trockne zu bringen.

»Überleg einmal«, sagte er nach einer Weile, »wie lange es gebraucht hat, um dir dein Erbteil auszuzahlen. Das war eine ganz schöne Masse Geld, ich erinnere mich noch an die Truhe voller Silbermünzen, die dir geliefert wurde. Die hast du dann vermutlich ganz dem Kloster vermacht. Das war ein harter Schlag für das Geschäft.«

»Der mit dem Erbteil deiner toten Frau vollends ausgeglichen war. Nun spiel nicht den Wehleidigen.«

»Trotzdem habe ich nicht das Geld. Ich werde mein Haus und meine Ware an dein Kloster verpfänden müssen.«

»Wir können morgen früh über den geschäftlichen Teil sprechen«, unterbrach ihn der Abt. »Es ist Zeit für mich zum Gebet.« Er schickte sich an zu gehen, wobei Alice jetzt erst auffiel, dass er die ganze Zeit gestanden hatte. Sie erschrak, als er sich in der Nähe ihrer Säule umdrehte. Ausweichen war nicht möglich, jede Bewegung musste sie verraten. Und so presste sie sich starr an den kalten Stein. Der Abt aber wandte sich noch einmal zu seinem Bruder und sagte:

»Wenn ich allerdings um etwas bitten darf. Ich brauche für die Zeit meines Aufenthaltes hier einen Bediensteten. Martin macht mir einen verständigen Eindruck.«

»Ja, Martin«, antwortete der Vater, er lachte abschätzig. »Ich habe Martha wiederholt aufgefordert, ihn zu dir ins Kloster zu geben. So ein Bastard ist ein schlechtes Vorbild für die anderen Knechte und Mägde. Wäre Martin Mönch geworden, er wäre eine Gottesgabe für die Sünde seiner Mutter gewesen. Weißt du, sie hat mich ausgelacht. Sie, die Magd. Sie hat geantwortet – wörtlich und voller Hohn –: ›*Da* gebe ich meinen Sohn nicht hin. Wenn du wüsstest!‹ Ich habe sie immer wieder gefragt, wenn ich *was* wüsste. Aber sie hat mir nie darauf geantwortet.«

Karl machte eine Pause und strich sich gedankenvoll über seinen schon ergrauten Bart.

»Und nun willst du ihn als Diener«, sagte er endlich.

Über das Gesicht des Abtes huschte ein feines Lächeln, das Karl als Verachtung deutete.

»Du hast Martha nie gemocht.«

»Du aber umso mehr«, erwiderte der Abt.

Karl hatte nun endgültig genug von diesem Gespräch und sagte seinem Bruder zu, er werde Martin noch vor der Frühmesse Bescheid geben.

Das sei nicht nötig, es reiche, wenn er mit dem Angelusläuten seinen Dienst beginne, gab der Abt zurück.

»Übrigens«, bemerkte der Mann der Kirche im Hinausgehen, »wäre Martin als Sohn einer Magd und damit mittellos gar nicht im Kloster aufgenommen worden. Unser damaliger Abt, Gott hab ihn selig, er gab des Öfteren zum Besten: ›Wer steckt gerne sein Viehzeug zusammen in einen Stall: Rinder, Esel, Schafe, Böcke.‹ So sei auch darauf zu achten, dass nicht alles Volk in einer Herde zusammengeworfen werde.«

Darauf neigte der Abt vornehm seinen Kopf und ging.

Alice atmete erleichtert auf. Auch für sie war es notwendig, den Rückzug anzutreten.

Sie beobachtete den Vater, der sich jedoch nicht rührte, sondern auf seinem Stuhl sitzen blieb und vor sich hin starrte. Die Schritte des Abtes verhallten auf dem Steinfußboden. Jetzt war der passende Augenblick, um sich von dem Pfeiler zu lösen.

Leise schlich sie in ihre Kammer. Wie vorhin der Abt, zündete sie kein Licht an. Eiskalt war ihr. Kühl war es ohnehin in den Räumen, sogar im Sommer, wenn draußen die Hitze auf Gassen und Plätzen lagerte und die Luft über der Donau flimmerte. Erschöpft und angespannt legte sich Alice auf ihr Bett.

Wie so häufig konnte sie vor Kälte nicht einschlafen, wie so häufig wagte sie sich im Winter in ihrem Bett nicht zu bewegen aus Angst vor dem Frieren, wenn sie gerade das bisschen Bettlaken angewärmt hatte, worauf sie lag. In ihrem Kopf schwirrte es von dem Gehörten, vor allem aber hämmerte sich ein Bild in ihre Gedanken: Mein Vater zieht nach Jerusalem. Jerusalem, wiederholte sie den Namen der Stadt und versuchte, sich die Stadtmauern, die prächtigen fremdartigen Häuser, die Dächer, auf denen man nachts schlafen konnte, die Grabeskirche und die Klagemauer, den Ölberg und die Sterne am schwarzen Himmel und vor allem die Hitze vorzustellen. Jerusalem, dachte sie schwärmerisch.

Und dahin würde ihr Vater pilgern und sie hier allein lassen, sie verlassen. Für immer verlassen. Es war durchaus möglich, dass er niemals wieder nach Passau zurückkäme, dass das ein Abschied für immer wäre.

Wie konnte er ihr das antun? War sie denn so wenig wert in seinen Augen, dass er sie im Stich lassen konnte, wie es ihm gerade gefiel? Mit keinem Wort hatte der Vater sie in dem Gespräch auch nur erwähnt. Warum nur hatte er sie, seine Tochter, nicht ins Feld geführt, um die Teilnahme abzulehnen? Das war doch offensichtlich, dass er eigentlich gar nicht wirklich nach Jerusalem wollte. Alice wälzte sich von einer Seite auf die andere. Irgendwie fühlte sie sich unter ihrer Bettdecke sehr unbehaglich, obwohl das Bettzeug mit Federn gefüllt war und nicht mit Stroh.

Allmählich fiel Alice tatsächlich in einen unruhigen Halbschlaf. Angst, Verletzung, Verzweiflung, Mutlosigkeit, dieses Bündel von Schrecklichkeiten erfasste sie, sodass sie zitternd schwitzte, bis sie jäh erwachte. Sie hörte Stimmen auf dem Hof, wieder unruhiges Pferdegetrappel, Wiehern. Graf Otto von Baerheim machte sich mit seinem Sohn und seinen Gefolgsleuten auf, um zum Heer Gottfrieds von Bouillon zu stoßen.

Alice kleidete sich in aller Eile an, lief die Treppe hinunter und hastete an den Männern vorbei, um noch rechtzeitig zur

Frühmesse zu kommen. Überhaupt war ihr, als läge über der Stadt eine ungewohnte Unruhe, die nichts mit der gleichmäßigen Geschäftigkeit eines Arbeitstages zu tun hatte.

Jede und jeder schien den steilen Steinweg zur Domkirche St. Stephan hinaufzudrängen, deren wuchtige Türme die Stadt überragten. Alice wurde geradezu in die Vorhalle der Kathedrale gestoßen und sie war viel zu unruhig, wie gewohnt einen Augenblick die Erhabenheit der Säulen, die Schönheit und Pracht der Farben des mit biblischen Szenen reich bemalten Deckengewölbes auf sich einwirken zu lassen. Sie liebte diese Kirche, die sie tagsüber bisweilen alleine aufsuchte, um vor dem Bild der Mutter Maria zu knien und an ihre eigene Mutter zu denken, die sie nicht gekannt hatte und über deren Tod ihr Vater niemals sprach. Heute aber war es schwierig, überhaupt noch irgendwo einen Platz zu ergattern. Dicht gedrängt standen die Menschen im Kirchenschiff und warteten auf den Beginn der Messe.

Ziemlich weit hinten, zusammen mit einer Gruppe ebenfalls junger Männer, entdeckte sie Martin. Er unterhielt sich lebhaft und bemerkte sie gar nicht, was ihr verständlich erschien, aber trotzdem verletzend war. Wenn auch Martin ihr Eintreten nicht auffiel, so hatte doch der Abt ihr Kommen beobachtet. Er stand nicht auf der vom Licht durchfluteten Herrschaftsempore, sondern fast unmittelbar hinter der Gruppe der jungen Männer, die allesamt zu den unteren Bevölkerungsschichten gehörten. Sie waren Knechte wie Martin, Schweinehirten, Schaf- und Kuhhirten, Handwerker, Söhne von Bauern, die ihrerseits meistens dem Passauer Bischof als Grundherrn angehörten. Alice selbst hatte ihren Platz im Kirchenschiff weit vorne zusammen mit den vornehmeren freien Bürgern der Stadt, von denen die junge Kaufmannstochter freundlich gegrüßt wurde und die auch Alice ehrsam grüßte. Das Stimmengewirr verstummte. Bischof Thiemo erschien. Ernst und gesammelt wirkte er, als warte er auf ein Zeichen.

Er begann:

»Viel geliebte Gläubige in Christo!

Der Kaiser von Byzanz hat den Papst um unsere Hilfe gebeten. Denn unsere Schwestern und Brüder im Osten leiden.

Nicht nur, dass der Osten und Süden der Christenheit – Palästina, Syrien, Ägypten, Nordafrika und große Teile Spaniens – von den Ungläubigen angegriffen und unterworfen wurden…

Nein, nicht genug damit:

Ganz Romanien haben die Heiden in den letzten 20 Jahren erobert und stehen heute vor den Toren Konstantinopels.

Die ersten christlichen Gemeinden, die Städte, in denen unsere Apostel Petrus und Paulus gepredigt haben, sind nun verloren gegangen. Viele Christen wurden getötet, eingekerkert, gefangen genommen, Kirchen hat man zerstört und das Land verwüstet.

Und inmitten dieser feindlichen Welt: Jerusalem.

Zum tausendsten Todestag unseres Herrn Jesus Christus haben viele von uns westlichen Christen, viele von unseren Passauer Mitschwestern und Mitbrüdern eine Pilgerfahrt zu den Heiligen Stätten unternommen. Aber wir haben Jerusalem nicht aus den Händen der Ungläubigen befreit. Mit unseren Pilgerfahrten haben wir uns auf einen Weg zu einem Leben in Christus aufgemacht, aber wir haben dem Herrn nicht den Weg bereitet.

Jesus Christus aber ruft uns zu: ›Wann endlich helft ihr euren Brüdern und Schwestern im Osten? Wann endlich befreit ihr Jerusalem?‹

Doch wir hören ihn nicht.

Gott straft uns und wir verstehen ihn nicht: Er hat uns die Heuschreckenplage geschickt, Verwüstungen durch Überschwemmungen, die uns, die wir an drei Flüssen leben, besonders hart getroffen haben. Er mahnt uns mit zwei aufeinanderfolgenden Missernten und durch Hunger und so hohe Preise, dass sogar die Reichen unter dem großen Mangel an Getreide leiden.

Seufzer, Klagen und Tränen erdrücken euch und ihr sehnt euch nach dem himmlischen Jerusalem. Es ist gar nicht so fern, das Königreich der Himmel. Macht euch auf! Befreit euch von euren Sünden! Ich brauche sie euch nicht zu beschreiben. Jeder von euch«, er sah mit durchdringendem Blick in die Menge der Gläubigen, »jeder von euch«, und hier wurde es so still in der Kirche, als hätten sich die Sünden tief in jedermanns Knochen gebohrt, »weiß genau, *wie* er gesündigt hat.«

Martin sackte bei diesen Worten in sich zusammen. Zwar war er sich kaum einer Verfehlung bewusst, aber schon seit Kindestagen war er von der Bitterkeit erfasst, unehelich, der Bastard einer Magd zu sein. Und gleichzeitig schämte er sich, dass er seine Mutter nicht wirklich geehrt, sondern sie dafür verachtet hatte, dass sie ihre Unschuld an irgendeinen Mann verloren hatte, der sich weder zu ihr noch zu seinem Sohn bekannte. Und nun war sie tot.

Während er sich in unbestimmter Weise schuldig fühlte, wie die meisten wohl in diesem Raum sich ihrer Unzulänglichkeit bewusst waren, ohne ganz bestimmte schwere Verfehlungen begangen zu haben, war ihm, als ruhte auf ihm ein Blick, der ihn verunsicherte. Der Abt beobachtete die Gruppe, er versuchte es gar nicht zu verheimlichen.

Martin drehte sich nach ihm um und begegnete diesem Blick, den er nicht deuten konnte, streng, mitfühlend und traurig wirkte sein Gesicht. An der allgemeinen Begeisterung schien der Abt keinen Anteil zu nehmen. Schnell wandte Martin sich zurück und ließ sich wieder von dem Sog erfassen, den die Predigt bei allen anderen auslöste.

Atemlos lauschte er, welchen Lohn er empfangen würde, wenn er sich der bewaffneten Pilgerfahrt anschlösse.

»Fürchtet euch nicht vor Mühsal und Tod. Denn denjenigen, die ihr Leben verlieren auf der Fahrt nach Jerusalem, zu Lande oder zu Wasser oder in der Schlacht gegen die Heiden, ihnen allen werden in jener Stunde ihre Sünden vergeben. Das gewährt der Papst nach der Macht Gottes, die ihm verliehen wurde.

Folgt dem Aufruf des Papstes! Nehmt das Kreuz! Befreit Jerusalem!

Gott will es!«

Die Frömmigkeit, sonst ein verborgenes Gefühl, fand ihren Weg nach außen, die Menschen weinten, jubelten, schrien.

Der Bischof ließ sich Zeit, bis er sein eigenes Brustkreuz ergriff und in diese Stimmung hineinrief:

»Wer das Kreuz nehmen will, komme zum Altar und knie nieder!«

Ein jähes Zögern lähmte die Gläubigen, insbesondere die Älteren. Doch bei den Jungen, bei Martins Gruppe, war das Zaudern nur sehr kurz. Martin war der Erste, der sich aus der Menge löste und nach vorne eilte. Er war sehr aufgeregt. Trotzdem bemerkte er, dass der Abt die Kirche verließ.

Die Männer und Frauen warfen sich nieder und sprachen den Eid, nicht eher nach Passau zurückzukehren, als bis Jesus sein Eigentum zurückgegeben sei.

Der Bischof segnete sie und ermahnte sie, dass sie jetzt als Pilger in den geistlichen Stand versetzt seien und sie sich danach zu verhalten hätten.

»Ihr seid das Neue Volk Gottes, das Heer Gottes, das Exercitus Dei.«

In der Kirche brach ein ungeahnter Jubel aus. Menschen umarmten einander, weinten, lachten, redeten, bekreuzigten sich.

Alice stand allein. Zwar sprachen Freundinnen sie irgendwann an, aber sie nahm es nicht wahr. Sie schaute einmal zu Martin hinüber, der inmitten dieser Gruppe von jungen Männern stand, die sich fast alle einmütig für den Kreuzzug entschieden hatten. Nur wer gerade geheiratet hatte, musste erst die Einwilligung seiner jungen Frau einholen, oder wer einen einträglichen Beruf hatte, der wollte es sich noch einmal überlegen.

Martin kam sich jetzt schon vor wie ein Held.

Alice aber war allein wie noch nie, sie fühlte sich gänzlich überflüssig in diesem Trubel und Jubel, in dieser Freude und Aufbruchsstimmung. In sich gekehrt, ging sie aus der Kirche, die auch Martins Gruppe gerade verlassen wollte. Er winkte ihr zwar auf dem großen Kirchplatz zu, kam aber nicht zu ihr herüber.

War sie denn gar nichts wert, dass er nicht mit ihr sprach? Während sie durch das Immunitätstor St. Maximilian ging und nachdenklich vor den Werkstätten der Glasbläser, der Maler und Goldschmiede stehen blieb, erfasste sie plötzlich doch noch eine wilde Hoffnung. Der Vater war nicht bei diesem Gottesdienst dabei gewesen. Er hatte nicht öffentlich bekannt, dass er nach Jerusalem ziehen wollte. Von seiner Entscheidung wusste bisher nur der Abt. Ihren Vater könnte sie vielleicht noch umstimmen. Von diesem Entschluss beseelt, eilte sie nach Hause.

Jedoch ihren Vater bekam Alice den ganzen Tag nicht allein zu sehen. Er weigerte sich auch, seine Tochter nur einen Augenblick zu sprechen. Sie klopfte an die Tür seines Kontors, sie trat unerlaubterweise ein. Da stand ihr Vater, für sie plötzlich unerreichbar, stand zusammen mit dem Abt vor den Handelsbüchern. Die beiden Männer sahen auf und der Vater sagte knapp: »Jetzt nicht, Alice. Wir haben zu tun.«

Alice fühlte die Vergeblichkeit ihres Wunsches. All ihre Bitten, ihre Ängste würde der Vater nicht zur Kenntnis nehmen wollen. Es war zum Wahnsinnigwerden. Da versuchte sie, ihn von seinem Entschluss abzuhalten, während er schon vollends darin aufging, sein Handelsgeschäft aufzulösen. Alice hörte im Vorbeigehen, wie er seinem Bruder die Buchhaltung erklärte, wie er ihn über noch zu liefernde Ware unterrichtete, über Außenstände, Handelspartner, Juden, von denen er zeitweilig Geld geliehen hatte. Dem Abt schien gar nicht nach Beten und frommem Leben zu sein, er arbeitete mit dem Bruder den ganzen Tag hindurch, bis auf die Stundengebete. Unterbrochen wurde diese Geschäftigkeit nur durch das Abendessen, an dem Alice nicht teilnehmen durfte.

Als der Tag sich neigte, hielt sie es in ihrem Vaterhaus nicht mehr aus. Doch wohin? Wer könnte ihr Trost spenden? Der Heilige Valentin oder der Heilige Maximilian, deren Reliquien sich im Bischofsdom befanden?

»Oh, Mutter!«, seufzte Alice. Sie sehnte sich nach den teilnehmenden Worten einer Frau.

Das Grab der Äbtissin Gisyla, kam es ihr in den Sinn. Schnellen Schrittes eilte Alice zum Kloster Niedernburg, zur Heiligkreuzkirche. Sie beugte sich über die von zwei Adlern flankierte Grabplatte und starrte auf die Inschrift: ›GISYLA ABATISSA‹.

Auch Gisyla hatte gelitten, sie war nicht immer Nonne, sie war Königin von Ungarn gewesen und hatte, betrogen und vertrieben, in Passau den Schleier genommen. Hatte sie hier ihren Seelenfrieden gefunden? Alice fand ihn jedenfalls nicht, so sehr sie auch um innere Ruhe rang. Ihr Vater erschien ihr gemein und grausam. Sie war sicher die Einzige, der er noch nicht mitgeteilt hatte, dass er sein Geschäft verpfändete, um wahrscheinlich für immer fortzugehen. Denn dass er mit Schätzen aus Jerusalem zurückkehren und es wieder auslösen könnte, das hielt Alice für einen blinden Traum. Alice verließ die Kirche, kehrte dann aber noch einmal um und blieb vor der verehrungswürdigsten Reliquie stehen, dem Stolz aller Passauer, einem Splitter des Kreuzes Jesu Christi. Dahin, nach Golgatha, wo das Kreuz gestanden hatte, wollte der Vater pilgern. Es gab ihr keine Hoffnung. Traurig, gedemütigt und enttäuscht ging Alice nach Hause, aß ein wenig Huhn, das vom Festessen übrig geblieben war, und kroch irgendwann ins Bett.

Doch auch diese Nacht konnte und wollte sie nicht einschlafen. Was Alice überfiel, war Hass. Noch niemals hatte sie in ihrem Leben einen anderen Menschen gehasst. Während sie in Gedanken nun mit ihrem Vater milder umging, der wider Willen eigenhändig an einem einzigen Tag sein Lebenswerk zerstörte, hasste sie denjenigen, der all den Jammer ausgelöst hatte.

Wenn sie nur an sein scheinheiliges, unbewegliches Gesicht dachte, diese asketischen Züge, die dennoch weder hager noch verbittert wirkten, sie hätte ihn vor Wut … Ja, was eigentlich? Da kam dieser Bruder nach endlosen Jahren und nahm Alice ihr Vaterhaus, nahm ihr den Vater und dazu noch ihren Besitz, der ihr als einziger Tochter zustand. Sie war Alleinerbin, und wenn Alice auch niemals darüber nachgedacht und besonderen Wert darauf gelegt hatte, so hatte sie es doch von klein auf gewusst, dass ihr einmal ein großes Kaufmannsunternehmen gehören würde. Und nun? Nun wurde es zu Geld verschachert, um etwas so Kostspieliges, so Gefährliches wie einen Kreuzzug zu bezahlen. Das war doch bekannt, das hatte sich doch wie ein Lauffeuer in Regensburg, in Ulm, in Köln verbreitet, dass schon viele Frauen, Kinder und Männer des im Frühjahr aufgebrochenen Armenzuges nicht einmal Konstantinopel erreicht, sondern auf dem Marsch dahin elendiglich zugrunde gegangen waren.

War es denn sicher, dass ihr Vater überlebte? Den teuflischen Einflüsterungen des Abtes folgend, löste er alles auf wegen einer Sünde, von der er nicht einmal wusste, ob er sie wirklich begangen hatte.

Welche Sünde sollte das nur sein?

Welche Macht hatte dieser Abt über den Vater und wie rücksichtslos nutzte er sie aus!

Das musste ihm ja geradezu Freude bereiten, den Vater so zu demütigen. Ihr Vater aber, Alice musste es sich eingestehen, war zu schwach, seinem Bruder Widerpart zu leisten, und zu feige, mit seiner Tochter zu sprechen. Den ganzen Tag war er ihr aus dem Weg gegangen.

Erst spät am Abend des darauffolgenden Tages ließ er Alice durch eine Magd zu sich rufen. Auf dem von Fackeln erleuchteten Gang begegnete ihr der Abt. Er kam direkt auf sie zu und Alice bündelte ihren ganzen Hass, um ihm einen vernichtenden Blick zuzuwerfen. Es gelang ihr wohl ziemlich gut. Dennoch ließ sich der andere nicht aus der Fassung bringen, sondern betrachtete seinerseits seine Nichte, und zwar aufmerksam prüfend, was Alice in noch größere Wut versetzte.

Sie betrat das Kontor. Der Vater stand am Stehpult, sehr steif, vor ihm Rechnungsbücher. Alice fiel zum ersten Mal auf, dass er bereits graue Haare hatte.

»Ich muss mit dir sprechen, Alice. In einer ernsten Angelegenheit.« Er machte eine Pause, sah seine Tochter aber nicht an.

»Es dürfte dir nicht entgangen sein, dass sich hier sehr viel verändern wird. Genau genommen, ich habe mich entschlossen, mich den Kreuzfahrern anzuschließen und mit ihnen nach Jerusalem zu pilgern.«

Obwohl Alice sich vollkommen über die Entscheidung des Vaters im Klaren war, blieb ihr fast der Atem weg. Sie japste nach Luft. Irgendwie und insgeheim und gegen allen Anschein hatte sie noch die vage Hoffnung gehabt, es ginge um die Expedition nach Island, von der schon öfter die Rede gewesen war.

Umsonst … Alice holte sich in die Wirklichkeit zurück.

»Ich weiß schon alles, Vater. Ihr verkauft Euer Handelsunternehmen, in das Ihr all Eure Zeit und Kraft und Liebe gesteckt habt. Vater, Euer Leben liegt in diesen Mauern.«

»Meine Seele ist mir wichtiger als irdisches Gut.«

»Das glaube ich Euch nicht. Vielleicht, wenn es ans Sterben geht, kurz vor dem Tod. Das ist bei allen so. Aber doch nicht mitten im Leben.« Sie wurde rot vor innerer Anspannung.

»Alice, es steht dir nicht zu, so mit mir zu reden«, wies der Vater sie zurecht.

Doch Alice bemerkte, dass der tadelnde Ton nur dazu diente, Zeit zu gewinnen. Ein Lebenswerk vergeudet. Denn auch wenn er keinen Sohn hatte, so doch diese Tochter, die ihrerseits, dazu war er bisher fest entschlossen, einen reichen Kaufmannssohn heiraten würde, der das Handelshaus weiterführen würde.

Vergebens – verkauft – vergangen.

Alice fühlte, wie ihr Vater unsicher wurde. Seine Körperhaltung versteifte sich zwar, aber unbewusst stellte sie fest, dass er das Gewicht vom rechten Standbein auf das linke Bein verlagerte. Vielleicht war doch noch nicht alles unumstößlich geregelt, vielleicht konnte sie ihn von seinem Entschluss noch abbringen.

Sie rang sich dazu durch, weiterhin zu sagen, was sie nicht sagen durfte.

»Warum hört Ihr auf den Abt? Verzeiht, Vater, aber er ist doch nur Euer jüngerer Bruder.«

Das traf. Der Vater wurde bleich, hielt sich an seinem Pult fest und begann, für Alice vollkommen unerwartet, seinem Gram Luft zu verschaffen:

»Zehn Jahre jünger ist er. Er war der Kleine, der Nachzügler. Meine Mutter hatte sich noch ein Kind gewünscht, ein Mädchen. Nun, Daniel war kein Mädchen, aber wurde fast erzogen wie eines. Immer schön angezogen, ein Gesicht wie ein Engel – der Ausdruck kommt nicht von mir, sie, meine Mutter, nannte ihn so. Das Furchtbare für mich war, dass es stimmte. Man sieht es ihm ja auch heute noch an. Lernen musste er nicht viel, schon gar nichts Kaufmännisches, wozu er auch keine Lust hatte. Tanzen, Reiten, Schwimmen, stets in Bewegung. Es hat mich wahnsinnig gemacht, dass er immerzu auf Bäumen herumkletterte. Höher – immer höher, bis in die Krone hinein.

Deine Mutter übrigens auch. Obwohl sie ein Mädchen war. Immer hinauf in den Gipfel. Und da saßen sie zusammen am liebsten auf den Bäumen am Drei- Flüsse-Eck und schauten auf die dahinziehenden Ströme und auf uns herab.«

»Was, meine Mutter ist mit dem Abt auf Bäume geklettert?« Vor lauter Erstaunen brachte sie die Reihenfolge der Ereignisse durcheinander.

Der Vater lachte amüsiert. »Natürlich nicht. Damals war er natürlich kein Abt und niemand hätte erwartet, dass er jemals einer werden würde. Damals waren sie so elf, zwölf Jahre alt. Später wurde es ihr verboten, auf Bäume zu klettern. Er unterließ es dann auch. Einmal sagte er zu mir eher beiläufig, er fände ohne Felicitas kein Vergnügen mehr daran.«

Der Vater räusperte sich.

»Jedenfalls war er der Verhätschelte. Nun, er musste ja auch keine Verantwortung übernehmen und das Geschäft hier einmal leiten. Niemand wusste so recht, was aus ihm werden würde. Er selber träumte auch mehr in den Tag hinein. Irgendwann erklärte er, er wolle Rechtsgelehrter werden, Berater eines Fürsten. Es war sogar von einem Studium an den berühmten Pariser Schulen die Rede. Ich habe innerlich nur gelacht.«

»Und dieser Tunichtgut, dieser Leichtfuß, Euer Bruder, bestimmt über alles und zwingt Euch?«

Das hätte sie wohl nicht sagen dürfen.

»Ihr gebt Euer Leben auf«, hakte sie dennoch nach. »Bei Martin verstehe ich das, er hat hier nichts zu verlieren«, nur mich –, dachte sie für sich.

»Aber Ihr seid mit ganzer Seele Kaufmann. Vater, bleibt hier!«, flehte sie. »Vater, ich habe Angst um Euch.«

»Alice, es ist nutzlos, wenn du versuchst, mich abzuhalten. Der Entschluss ist gefasst, wesentliche Briefe sind schon geschrieben und die Boten fortgeschickt.«

»Und was wird aus mir?«, schoss es endlich aus Alice heraus. »Habt Ihr in den letzten Tagen überhaupt jemals an mich gedacht?«

»Du wirst heiraten. Vor Kurzem erhielt ich die Anfrage eines angesehenen Weihrauchhändlers, er beliefert viele Kirchen in Norwegen und Schweden, ob ich dich an ihn verheiraten wolle. Ich habe ihm bezüglich dessen eine zufriedenstellende Antwort gegeben. Hier liegt der Brief.«

Alice sah ihren Vater entsetzt an.

»Ihr wollt mich verheiraten, ohne mich zu fragen? Ich kenne den Kaufmann doch gar nicht. Ich weiß nicht einmal seinen Namen und wie er alt ist.«

»Diederich heißt er, ich sagte es bereits.«

Sagtet Ihr nicht, dachte sie.

»Er ist 39 Jahre alt. Seine Frau ist unlängst im Kindbett gestorben. Er hat fünf Kinder, die älteste Tochter ist 16 Jahre alt und wird selbst bald heiraten, es macht also nichts, dass sie älter ist als du. Das jüngste Kind ist eben gerade geboren. Im Übrigen ist es durchaus üblich, dass du deinen zukünftigen Ehemann erst am Tag der Hochzeit zum ersten Mal zu Gesicht bekommst. Das sollte dir schon längst bewusst sein.

Ich selbst kannte deine Mutter zwar, aber da sie zehn Jahre jünger war als ich, hatten wir bis zu unserer Hochzeit wenig miteinander zu tun. Mein Vater hatte entschieden.«

»Nicht Ihr?«, fragte sie.

Alice war verwirrt. Sie hatte angenommen, sie wusste auch nicht, warum, ihre Eltern hätten aus Liebe geheiratet. Aber ihre

Mutter war schon lange tot und der Vater hatte immer so achtungsvoll und zärtlich von ihr gesprochen und ihre Schönheit gerühmt, und da hatte Alice sich eine Welt zurechtgesponnen, in der der Vater die Mutter geliebt hatte.

»Nun, es war selbstverständlich eine arrangierte Ehe. Durch ihre Mitgift ist unser Handelshaus erst richtig groß und mächtig geworden. Außerdem war sie die einzige Tochter. Eine Alleinerbin zu heiraten, lohnt sich immer. Da wurde nicht viel gefackelt und nach Gefühlen gefragt.«

Alice wagte nicht sich zu erkundigen, wie denn ihre Mutter zu dieser Ehe gestanden hatte. Es war auch unerheblich, schließlich hatte sie ihn geheiratet und nur das zählte.

Aber sie selbst?

Schon als kleines Mädchen graute ihr vor der Sitte, mit einem ihr völlig fremden Mann die Ehe vollziehen zu müssen, und das unter den Blicken aller Hochzeitsgäste, die unweigerlich um das Beilager standen.

»Ich möchte nicht den Kaufmann heiraten, Vater. Ich möchte …, den ganzen Tag habe ich darüber nachgedacht. Ich möchte mit nach Jerusalem.«

»Das geht nicht«, antwortete der überraschte Vater. »So eine bewaffnete Pilgerfahrt ist keine Freude, das bedeutet Kampf. Das ist keine Frauensache.«

»Und doch kommen viele Frauen mit. Viele Kreuzfahrer nehmen sogar ihre kleinen Kinder mit. Ich sage Euch, ich sterbe vor Angst, wenn ich nicht weiß, ob Ihr lebt oder ob Ihr krank oder gar gestorben seid. Ich halte es hier nicht aus. Und wohin könnte ich gehen? Ihr habt ja recht: Heirat oder Kloster, eine andere Möglichkeit gibt es nicht. Nur – ich möchte beides nicht.«

Sie schwiegen sehr lange. Alice dachte: Nur jetzt nichts sagen. Er sieht so aus, als würde er meinen Wunsch nicht sofort ablehnen.

»Ich werde darüber nachdenken.«

»Seht mal«, Alice ergriff die Hand ihres Vaters. »Ich habe sogar von einer alten Frau gehört, die ihre Gans mit auf den

Kreuzzug nahm. Die Gans ist immer hinter der Frau herge-
watschelt. Stellt Euch das vor. Und ich laufe und reite gern. Ich
halte niemanden auf. Bitte, Vater!«

Der Vater wiegte den Kopf. Das schlechte Gewissen drückte,
als er endlich einräumte:

»Wenn du es durchaus willst, ich werde mit dem Abt über
deinen Wunsch sprechen.«

Alice nahm sich zusammen. Der Abt, der Abt und wieder
der Abt. Was hatte nun der damit zu tun? Kannst du nicht
alleine entscheiden?, dachte sie abfällig. Der Vater ahnte wohl
ihre Gedanken.

»Es ist üblich, dass man sich zuvor die Erlaubnis eines Priesters einholt. Das müssen alle, also auch du.«

Alice seufzte, wünschte eine gute Nacht und ging zur Tür.

»Warte!«, rief der Vater sie zurück. »Ich habe mich entschieden. Es ist besser, in Sorge zu leben, als selbst auf der weiten
Fahrt nach Jerusalem umzukommen oder als Sklavin in einem
Harem zu enden, so anmutig, wie du bist. Du wirst den Kaufmann heiraten.

Er ist übrigens kein schlechter Mensch. – Nein, Alice! – Ich
will nichts mehr davon hören.«

Es war Nacht geworden, als Alice aufgebracht und todtraurig
den Raum ihres Vaters verließ und in den Gang hinaustrat. Eine
sonderbare Stille hatte sich in den Hallen und Fluren ausgebreitet. Es war ihr unheimlich, eine Empfindung, die sich verstärkte,
als sie Stimmen hörte, wenn auch nur für einen kurzen Augenblick. Dann sah sie zwei Schatten sich durch die große Halle
nähern, die bald als Personen erkennbar wurden. Martin! Fast
hätte sie seinen Namen gerufen. Martin und der Abt! Martin
hielt ein Bündel fest an sich gedrückt. Sie sprachen nicht mehr
miteinander, sondern verabschiedeten sich, indem der Abt ein
Kreuz über Martin schlug. Dann trennten sich ihre Wege. Martin stieg die Leiter zum Dach hinauf, wo die Knechte ihr Schlaf-
lager auf dem Fußboden hatten. Alice war einmal mit Martin

oben gewesen, es war Winter und entsetzlich kalt. Sie hatten gemeinsam das Stroh, auf dem Martin schlief, ausgewechselt. Sie spürte immer noch die Kälte in dem fensterlosen Raum, in den das Licht nur durch eine Öffnung im Dach drang.

Seltsamerweise erschien Alice dieser kurze Augenblick ihrer Kindheit wie eine Glückseligkeit.

Und jetzt? Martin hatte seit der Ankunft der Kreuzfahrer nicht mehr mit ihr gesprochen. Mit Sicherheit würde er nicht zu ihr kommen, um sich vor seiner Abreise zu verabschieden. Er hatte sie schließlich noch nie in ihrer Kammer aufgesucht, durfte es auch nicht, nur hatte ihr das bisher nichts ausgemacht. Vielleicht schläft er nicht. Vielleicht verstaut er nur sein Bündel und wartet auf mich im Keller bei den Weinfässern. Alice ergriff eine Öllampe, huschte durch den Gang und stieg die steile Steintreppe in das Kellergewölbe hinunter. Eisig und düster war es hier. Sie zog ihr Tuch fest um sich. Er würde nicht kommen, hämmerte es in ihrem Kopf. Die Füße wurden ihr kalt, überhaupt fror sie, müde war sie – Martin würde nicht kommen, es war umsonst, hier zu warten. Martin lag gewiss bei den anderen Knechten im Heu und schlief. Was wohl in dem Bündel war?

Alice wollte es beim Morgengrauen herausfinden.

Gewiss würde Martin dem Abt nach dem 1. Stundengebet frisches Wasser und vielleicht eine Kleinigkeit zu essen bringen. Dabei wollte sie ihn abfangen.

»Du hast mir aufgelauert«, stellte Martin in unwirschem Ton fest, als er den Raum des Abtes verließ. Er machte gegen seine Gewohnheit ein abweisendes Gesicht.

»Ich muss mit dir sprechen. Wegen Jerusalem.«

»Ach«, sagte er und warf den Kopf zurück. »Das geht dich nichts an. Das ist Männersache.«

Er sah ihren erstaunten, traurigen Blick.

»Entschuldige.«

Sie suchten die dunkle Nische auf, die sie schon seit ihrer frühen Kindheit oftmals für geheime Besprechungen genutzt hatten.

»Entschuldige, ich habe das eben nicht so gemeint«, sagte Martin.

»Weißt du, ich hatte mir das schon gedacht, dass du nicht mit mir reden willst.«

»Ach so«, sagte er kurz.

»Martin, wir waren immer wie Bruder und Schwester. Du kannst mich doch nicht hier allein lassen. Mein Vater geht, du gehst. Die beiden mir liebsten Menschen verlassen mich. Ich weiß nicht, wie ich diese Angst, die ich um euch haben werde, aushalten soll.«

»Was soll ich denn hier? Ich bin der Sohn einer Magd und ich werde immer Knecht bleiben. Du aber bist die Herrin. Du wirst schon bald einen Mann von Stand heiraten. Es ist überhaupt erstaunlich, dass du noch nicht verheiratet bist und noch kein Kind hast.«

Alice machte eine abwehrende Handbewegung.

»Natürlich wirst du heiraten – aber mich darfst du nicht heiraten. Das halte wiederum ich nicht aus, dein und deines Mannes Knecht zu sein. Sei nicht traurig, Alice. Ich kann hier nichts werden. Ich bin unehelich, ich bin ein Bastard, ein Unehrlicher wie die Spielmannsleute.«

»Weißt du denn wirklich nicht, wer dein Vater ist? Hast du gar keine Ahnung?«

»Meine Mutter hat nie mit mir darüber gesprochen. Und immer, wenn ich nachfragte, gab es Schläge.«

Alice seufzte.

»Natürlich habe ich mir Gedanken gemacht, wer mein Vater sein könnte. Aber es ist nicht herauszufinden. Sieh mal, wir sind beide gleich alt, beide am Tag des Heiligen Martin geboren.«

Er schwieg. »Ich kann darüber nicht sprechen.«

Alice war mutiger.

»Du meinst, ich bin am Hochzeitstag meiner Eltern entstanden oder ganz kurze Zeit später – und du bist zum gleichen Zeitpunkt …, na ja.«

»Ja, und zu diesem Ereignis waren hier viele vornehme Gäste

versammelt. Meine Mutter sagte, dass über 100 Leute geladen gewesen wären, sogar Ritter, obwohl die eigentlich nicht zur Hochzeit eines Kaufmanns kommen. Aber deine Großeltern hatten diesen Hochzeitssaal in einem Steinhaus, während die meisten Adeligen nur Burgen aus Holz kennen. Höchstens der Wohnturm ist aus Stein.«

Martin schwieg und blickte in Fernen, die er nur geahnt, nie geschaut hatte.

»Ich glaube, bei dieser Hochzeitsfeier geschah es. Mein Vater war einer von denen«, er brach ab. »Aber wie soll ich herausbekommen, wer es war. Und selbst, wenn ich es wüsste. Der würde sich vielleicht gar nicht mehr daran erinnern oder wollte es nicht. Ich kann doch nicht zu einem reichen Kaufmann oder zu einem Ritter gehen und sagen: ›Euer Gnaden sind vielleicht mein Vater.‹ Außerdem weiß ich es wirklich nicht. Sie hatten ja auch noch Knechte bei sich. Davon könnte es auch einer sein. Und nun ist meine Mutter tot.«

Martin schwieg und Alice hielt noch immer seine Hand. Sie sah es ein, sie war verständig und es war selbstsüchtig, ihn zu bitten hier zu bleiben, ihretwegen auf Jerusalem zu verzichten. Sie müsste eben leiden.

Ach, wenn sie doch mit könnte …

»Also heute schon«, sagte sie. »Wenn die Nacht vorbei ist, ziehst du fort.«

Sie trennten sich unter Tränen. Doch dann drückte Martin Alice von sich und hastete hinauf auf sein Strohlager.

Am Morgen versammelten sich Kreuzfahrer, ihre Verwandten und Freunde auf dem weiten Domplatz. Martin und die anderen Männer und Frauen, die sich dem Kreuzzug anschlossen, wurden an ihren Eid erinnert, dass sie das Heilige Grab Jesu Christi zurückerobern wollten und bei der Strafe des Kirchenbanns nicht nach Passau zurückkämen, bevor sie nicht Jerusalem erreicht und ihre Mission erfüllt hätten.

Jetzt warteten sie auf den Abmarsch. Alle trugen einen

breiten Pilgerhut, einen Umhang, auf den ein rotes Kreuz aus irgendeinem Stoff genäht war, ein Bündel mit den wichtigsten Habseligkeiten, eine Decke aus Wolle oder aus Schafsleder. Die lederne Trinkflasche hatten sie an den Gürtel gebunden, in der Hand hielten sie den Pilgerstab. Geld hatte kaum einer dabei. Schon gar nicht so viel, um eine so lange Reise bis nach Jerusalem nur irgend bestreiten zu können. Wovon sie also leben sollten, davon hatten sie lediglich eine sehr verschwommene Vorstellung. Sie hofften auf eine Anstellung bei einem Adeligen und selbstverständlich – wie es in Kriegen üblich und erlaubt war – auf Beute.

Alice wollte zu Martin hinübergehen, doch er machte ein stolzes, fremdes Gesicht, das sie abhielt. Überhaupt sah er anders aus als sonst. Er trug nicht seine übliche verschlissene Kleidung, sondern statt der braunen eine mit Leinen gefütterte Jacke aus blauem Wollstoff und ein dazu passendes blaues Wams, allerdings keine Beinlinge, sondern Hosen. Die Schuhe waren fester als die, die er bisher hatte. Obwohl wertvoller, blieb die Kleidung doch seinem Stand angemessen.

Alice überwand ihre Scheu und ging auf die Gruppe der jungen Pilger zu.

Auf ihren fragenden Blick flüsterte Martin, er habe die Sachen letzte Nacht vom Abt geschenkt bekommen. Es seien dessen eigene gewesen, bevor er ins Kloster eingetreten sei. Er habe sogar noch Kleidung aus kostbarem Stoff erhalten, habe jedoch versprechen müssen, sie niemals aus Eitelkeit, sondern nur in der Not zu tragen. Sonderbar, nicht? Dabei blickten die beiden jungen Menschen zu dem Abt hinüber. Der stand bei einem freundlich aussehenden Mönch, von dem er sich herzlich verabschiedete. Martin flüsterte Alice zu, der Mönch müsse Markus sein, der gegen die Regel der Ortsgebundenheit das Kloster für diese Pilgerfahrt verlassen durfte.

»Ich wusste gar nicht, dass Mönche so kräftig sein können«, flüsterte sie ihm zurück.

»Was du nur so denkst«, antwortete er.

Sie beobachteten gemeinsam, wie der Abt, als Onkel konnte sich Alice ihn nach wie vor überhaupt nicht vorstellen, den Mönch zum Abschied umarmte.

Der Pilgerzug setzte sich in Bewegung. Alice fasste Martins Hand.

»Deus vult! Deus vult!«, riefen die Kinder, Frauen und Männer, die sich nun zum Heiligen Grab aufmachten, und die ganze Stadt schien in diesem Ruf widerzuhallen. Der Abt segnete die Pilger, wie auch die Priester segnend durch die Reihen der Menschen gingen, von denen niemand wusste, ob er jemals diese Gasse zur Donau wieder heruntergehen würde.

Alice' Vater befand sich allerdings noch nicht unter den Pilgern, die nun schnellen Schrittes, begleitet von ihren Angehörigen, durch das Immunitätstor davoneilten, um sich dem Heer Gottfrieds von Bouillon anzuschließen.

Der Jubel war bei den meisten Zurückbleibenden schnell verflogen. Der Schmerz der Trennung ließ viele der Frauen und Kinder weinen, die ihre Männer, Söhne und Brüder und einige auch ihre Schwestern in eine ungewisse Zukunft davonziehen sahen. Bedrückend war schon jetzt der Gedanke an das eigene Leben, denn jeder hatte seinem Verwandten mitgegeben, was immer nur irgend entbehrlich schien. So hatte die Passauer bereits die Sorge ums Überleben gepackt, kaum dass die Kreuzfahrer gerade erst den Augen entschwunden waren.

Alice blieb einsam zurück.

Einsam? Sie erschrak, als sie sich umdrehte und den Abt neben dem steinernen Löwen beim Eingangsportal des Doms stehen sah. Er blickte wie selbst versteinert den Pilgern nach. Warum wirkte er traurig, warum gestattete er sich eine so melancholische Verzärtelung?

Unsinn, er triumphierte, der Papst, die Kirche hatten gesiegt, so viele junge Männer aus Passau und den umliegenden Dörfern hatten sich aufgemacht, meist die zweiten und dritten Söhne von Handwerkern, Krämern, Kaufleuten oder Bauern.

Alice sah scheel zu dem Abt herüber, der sie seinerseits nun sehr offen anschaute und zu ihr hinüberkam.

»Dein Vater hat letzte Nacht mit mir über deine Zukunft gesprochen. Du sollst wissen, aus der Sicht der Kirche steht einer Pilgerfahrt nichts entgegen. Wenn du willst, nimm das Kreuz und mache dich mit deinem Vater auf nach Jerusalem.«

Alice sah ihn erstaunt an. Von dem Abt hätte sie am wenigsten Hilfe erwartet. Gleichwohl, von diesem Mann wollte sie nichts über ihr weiteres Schicksal hören. Der Abt bemerkte ihre abwehrende Handbewegung.

»Du hast Martin sehr lange nachgeblickt und er hat sich zum Schluss auch nach dir umgesehen.«

Das geht dich nichts an, dachte Alice. Schrecklich, auch noch bei der Trennung beobachtet zu werden.

»Was Gott zusammengefügt hat, soll der Mensch nicht scheiden«, bemerkte er im Gehen.

Zusammengefügt? Als würden sie heiraten?

Alice richtete sich hoch auf. Wie konnte dieser Mann eine so unverschämte Behauptung aufstellen. Niemand wusste besser als er, dass eine Ehe vollkommen ausgeschlossen war. Die ständische Ordnung war gottgewollt und es war Frevel, gegen sie zu verstoßen. Sie war die Herrin – und Martin war der Knecht – und zwischen diesen Ständen gab es keine Brücke.

Wie hasste sie diesen Mann, der sich da in seiner schwarzen Kutte langsam entfernte. Alles zerstörte er, vor nichts hatte er Achtung, nichts war ihm heilig, weder die göttliche noch die weltliche Ordnung. Ihr Kaufmannshaus, das Geschäft ihres Vaters, ihr Vermögen, alles ging verloren, um diesen Kreuzzug zu bezahlen – von Sünde war die Rede und ihr Vater verlor die Selbstachtung, die Würde, die er immer besessen hatte. Sie selber war ratlos und hilflos, wusste nicht, wie und wo dieses Jahr zu Ende gehen sollte. Nichts war sicher. Niemals hätte sie erwartet, einer vollkommen ungewissen Zukunft entgegenzugehen.

Und nun wollte ihr Vater sie auch noch an irgendeinen vollkommen unbekannten Menschen verheiraten! Auch wenn es üblich war – es blieb schrecklich, jemanden zu ehelichen, während sich Martin mit den Kreuzrittern auf den Weg nach Jerusalem gemacht hatte.

Mich verlassen hat, dachte sie und verbesserte sich sofort. Verlassen hat, wie ein Bruder, der seine Schwester verlässt. Doch insgeheim fühlte sie, dass ihr Gefühl für Martin nicht ganz so eindeutig geschwisterlich war. Dieses Ekel, dieser Abt, wie konnte er den Gedanken nur in ihr Herz pflanzen, sie könnte jemals mit Martin als seine Frau verbunden sein. Und doch hatte er irgendwie auch recht. Sie waren schon seit jeher zusammengefügt. Am selben Tag geboren, hatte Alice' Mutter entschieden, dass Martins Mutter das Mädchen stillen sollte. Sie selbst hielt sich als reiche Kaufmannsfrau von solchen Pflichten fern. Und so stand es natürlich nach ihrem Tode fest, dass Alice von Martha versorgt wurde. Alles lernten sie zusammen – und doch blieb Martin der Knecht. Welch ein Irrglaube, er könnte etwas anderes sein. Und doch war er es, der hier heute Morgen siegesbewusst aufbrach, in neuem Gewand, das natürlich der Abt ihm geschenkt hatte. Er, Martin, war es, der sich wie ein Herr ihr gegenüber benahm. Würde er sich überhaupt freuen, wenn sie ihn in einigen Tagen an der ungarischen Grenze treffen würde? Wäre es ihm recht, wenn nicht nur ihr Vater, sondern auch sie mit dem Heer Gottfrieds von Bouillon den weiten Weg nach Jerusalem pilgerte?

Es war Alice so elend zumute, als ihr Vater sie durch eine Magd holen ließ. Sie fand ihn allein, ohne den Abt, was ihr als ein gutes Zeichen erschien. Er bat sie höflich, sich doch zu ihm auf die Bank zu setzen. Mit einer nachdenklichen Gebärde strich er über seinen Bart.

Dann begann er etwas umständlich:

»Liebe Alice, ja, das bist du. Meine liebe Tochter. Der Abt und ich«, Unwillen stieg in Alice auf, den sie jedoch mit Erfolg niederdrückte, »also, der Abt und ich, mein Bruder und ich, wir haben über deinen Wunsch nachgedacht.«

Alice horchte auf. Wenn nun der Vater etwas anderes sagte als der Abt vor wenigen Minuten auf dem Kirchplatz? Hatten sie eben noch miteinander gesprochen?

»Wir sind zu dem Entschluss gekommen ...«

»Bitte, Vater, sagt das Richtige.«

»Nicht so ungeduldig!– Du darfst mit nach Jerusalem pilgern.«

»Wirklich? Vater, wirklich?«

Auf sein Nicken umarmte sie ihn:

»Vater, habet Dank.«

»Lass, Alice. Ich weiß nicht, ob es richtig ist. Es ist ein Zug in den Krieg. Vernünftiger wäre es, du würdest den Kaufmann heiraten. Er würde zu seinem Versprechen stehen, obwohl nun dieses ganze Geschäft hier verpfändet ist.«

Alice sah ihren Vater fragend an.

»Du musst es endlich wissen. Der geschäftliche Teil dieses Kreuzzuges sieht so aus, dass ich das Haus hier, die Waren wie auch die Gelder, die ich noch zu erwarten habe, an das Kloster verpfändet habe. Dafür erhalte ich das Geld, das ich für die Pilgerfahrt benötige, *wir* benötigen«, korrigierte er sich. »Es wird uns übermorgen vom Vogt des Klosters übergeben. Das Kloster ist reich. Gerade Adelige wollen in seiner Nähe beerdigt werden und es werden für die Toten viele Seelenmessen gelesen, weil es berühmt ist für Gottesfurcht und Heiligkeit. Durch meinen Bruder berühmt«, sagte er bitter. »Der Abt, ich meine, mein Bruder, also Johannes, wie er als Mönch heißt, hat trotzdem etwas Mühe, in so kurzer Zeit so viel Geld flüssig zu machen, er wird sogar eine kostbare Reliquie einschmelzen. Na ja, das ist seine Sache.«

»Das heißt, wir haben nichts, falls wir mit leeren Händen zurückkommen sollten?«

»Du sagst es. Ich bin schon jetzt darüber ganz unglücklich. Ich werde natürlich versuchen, Geschäftsbeziehungen aufzubauen. Und natürlich erwarte ich viel vom Handel mit Gewürzen und Tuchen und den vielen Kostbarkeiten, die das Morgenland zu bieten hat ...

Aber natürlich, Jerusalem muss erst noch erobert werden.«

Für einen Augenblick versank er ins Grübeln. Offensichtlich stellte er sich die militärische Eroberung dieses Heiligtums nicht erfreulich vor.

»Für dich allerdings ist gesorgt. Weswegen der Kaufmann dich wohl trotzdem heiraten würde.«

Er stand auf und holte von seinem Schreibpult ein unversiegeltes Dokument.

»Aber sieh, hier, lies selbst. Abt Johannes verpflichtet sich, deine Mitgift während unserer Abwesenheit zu verwalten und sie dir bei unserer Rückkehr auszuzahlen.«

»Wie habt Ihr ihn denn dazu gebracht?«

»Es war sein Vorschlag. Er meinte, du solltest nicht unter meinen Sünden leiden.«

Alice sah ihren Vater abwartend an.

Er schwieg einen Augenblick, überlegte, ob er mit seiner Tochter darüber sprechen könnte.

»Ich muss an den Tod denken.«

»Nein!«

»Ich erhoffe mir Vergebung«, fuhr er unbeirrt fort. »Ich bin 42 Jahre alt und weiß nicht, wie lange ich noch lebe. Ich habe Angst vor den Qualen des Fegefeuers, vor den Schrecklichkeiten der Hölle. Der Papst hat allen, die auf dem Kreuzzug sterben, einen vollkommenen Ablass gewährt, so sagt man jedenfalls. Der Abt vertritt zwar die Meinung, der Papst hätte nur die irdischen Bußen erlassen. Aber das glaub ich nicht, der Bischof hat den Eintritt in das Paradies versprochen und er beruft sich auf den Papst. Außerdem hat der Papst noch niemals der Gewährung des vollkommenen Ablasses widersprochen.«

Er übersah Alice' enttäuschtes Gesicht.

»Jedenfalls, ich muss an das Sterben denken und an meine Seligkeit. Der Tod ist lang, viel länger als das Leben ...«

»Vater«, Alice ergriff seine Hände. »Ihr habt doch gar nichts Böses getan!«, drang sie auf ihn ein und wusste, dass sie log.

»Wir sind alle schuldig. Wir bedürfen alle der Erlösung. Auch du!«, entgegnete der Vater und erhob sich, ein Zeichen, dass Alice entlassen war.

»Unser Aufbruch also ist in zwei Tagen. Mach dich bereit.«

Die Vorbereitungen zur Abreise gaben Alice' Gedanken eine neue, geschäftige Richtung.

Alice erfasste nicht unbedingt so etwas wie Vorfreude, aber doch eine mächtige Spannung und Aufregung. Was müsste sie alles mitnehmen? Was alles auf den Planwagen bringen, der nun schon im Hof stand? Kochtöpfe, Geschirr, Ölschalen und Krüge, vor allem aber warme Kleidung und Decken, denn sie fuhren dem Winter entgegen. Dann natürlich auch leichte Schleier gegen den heißen Sommerwind im Heiligen Land und selbstverständlich Pilgerstab und Beutel.

Eben war Alice mit den Einkäufen zurückgekommen, einen neuen Doppelkamm mit feinen und gröberen Zinken sowie Zahnbürste, Zahnstocher und Ohrlöffel hatte sie sich in einem kleinen Laden unter den Arkaden am Inn gekauft, Schnürschuhe und Trippen für sich und ihren Vater vom Schuster abgeholt. Besonders gefiel Alice ein breiter Ledergürtel mit Messingbeschlägen, den sie auf die Schnelle noch beim Gürtler in Auftrag gegeben hatte und den sie nun in ihrer Kammer aus dem Weidenkorb nahm. Sie betrachtete stolz ihre Habseligkeiten und merkte doch, wie die ausgelassene Stimmung umkippte. Sie war allein. Der Jubel, die Freude, dass sie mitziehen durfte, stellten sich nicht wieder ein. Alice war erleichtert, ja, aber sie war vor allem bedrückt, dass ihr Vaterhaus ihnen eigentlich nicht mehr gehörte, dass sie wohl für Jahre fort müsste und vielleicht niemals wieder zurückkäme.

Klamm, kalt und dunkel war es in ihrer Kammer. Draußen prasselte der Regen.

Gedankenverloren stellte Alice sich ans offene Fenster.

Sie sah eine Magd mit frisch gebackenen Broten vom Backhaus über den Hof rennen. Was sollte aus den Mägden und Knechten werden, wenn der Herr und sie fortgingen? Es wurde ihr schwer ums Herz, sie musste sich unbedingt bei ihrem Vater erkundigen, wie er und der Abt die Versorgung der Bediensteten geregelt hatten. Mit einem Mal wurde ihr bewusst, dass niemand, der zum Hause ihres Vaters gehörte, jemals Hunger leiden musste, selbst in Zeiten der Missernte nicht. Im November wurde geschlachtet und jeder bekam Schinken und Würste zusätzlich zum Brot und zum täglichen Brei. Es war selbstverständlich, dass für Kranke gesorgt wurde, und niemand wurde wegen des Alters und Arbeitsunfähigkeit davongejagt.

Wie auch immer die Schuld des Vaters beschaffen sein mochte und wenn er auch gelegentlich entsetzlich viel trank, so hatte er stets gut für sein ganzes Haus gesorgt.

Alice schob den mit Pergament bespannten Rahmen in die Fensterhöhle. Es wurde noch dunkler. Traurig zuckte sie die Schultern. Nun würde sie also niemals ein Fenster mit Scheiben aus Glas bekommen.

Alice gab sich einen Ruck.

Sie dachte an Martin, der jetzt noch auf bekannten Wegen seine Heimat verließ. Sicher hatten sie schon längst den Wald bei dem Haugstein durchquert. Wie es ihm wohl erging? Wenn auch sein breiter Pilgerhut ihn vor Regen schützte, er sogar einen Pilgermantel aus gutem Tuch trug und sein Bündel in Schafshäuten fest verschlossen war, so würden doch in kürzester Zeit seine Sachen feucht, klamm, wenn nicht durchnässt sein. Es dürfte schwierig werden, die Kleidung wieder zu trocknen, sofern der Regen anhielt.

Irrsinnig war es, eine so weite Pilgerfahrt am Ende des Sommers zu beginnen.

Aber natürlich, die Ernte hatte noch eingebracht werden müssen. Wer würde denn nur die Felder im nächsten Jahr bestellen, wenn keiner der Männer wieder zurück wäre? Davon gingen wohl auch die Adeligen aus, dass Jerusalem nicht so schnell zu erobern sei – schon gar nicht in einem Jahr. Deswegen brauchten alle so viel Geld. Sogar Graf Otto von Baerheim hatte Ländereien verpfänden müssen. Dabei fiel Alice ein, dass sein Sohn Bernhard sie überhaupt nicht beachtet hatte. Aber wahrscheinlich war er nur zu adeligen Frauen höflich.

Was denke ich da? Ich muss mir jetzt überlegen, was ich noch für die lange Reise mitnehmen will und muss.

Ein wohl bekanntes Ziehen im Unterleib erinnerte sie an Wichtiges. Tücher müsste sie einpacken, genug Tücher. Überhaupt, wie war es mit der Möglichkeit, Wäsche zu waschen und vor allem, sich selbst zu waschen. Alice war es gewohnt, immer, wenn es ihr nach Frauenart erging, ein Bad zu nehmen. Sie wusch sich jeden Sonnabend die Haare und war auch sonst sehr reinlich. Und dann, es wurde ihr wirklich schwer ums Herz, wo und wie sollte sie ihre Bedürfnisse erledigen? Wenn allein zum Heer Gottfrieds, wie man sich erzählte, mehr als tausend Ritter und noch viel mehr Fußsoldaten gehören sollten und dazu noch die Bediensteten und Frauen und Kinder, welch eine Menge von Fäkalien würde das ergeben. Widerlich – und sie da mitten drin. Alice schüttelte sich, sie musste unbedingt an etwas anderes denken.

Der Abt hatte diese sonderbaren Worte gesagt:

›Was Gott zusammengefügt hat, soll der Mensch nicht scheiden.‹ Es klang nun anders als noch vor wenigen Stunden. Nicht mehr wie ein Bündnis der Ehe. Aber wie? Martin erschien ihr jetzt schon fern. Wahrscheinlich war er trotz des Regens stolz, dass er zu den Kreuzfahrern gehörte. Vielleicht war es ihm nicht recht, wenn sie in einigen Tagen nachkam. Er erwartete schließlich nur ihren Vater, seinen Herrn, als dessen Knecht er diese Pilgerfahrt antrat. Und trotzdem war er mehr als nur ein Knecht, weil er, wenn auch unbewaffnet, ein Kämpfer Jesu Christi war. Und möglicherweise gelang es ihm, sich ein Schwert zu beschaffen und zu den bewaffneten Kreuzfahrern zu gehören und zu kämpfen. Sicher konnte er besser mit einem Schwert umgehen als ihr Vater Karl – jedenfalls war das anzunehmen.

Sie seufzte – und zuckte zusammen, denn es klopfte sehr eindringlich an ihrer Tür.

Alice schob den Riegel beiseite und hielt sich vor Schrecken die Hand vor den Mund – der Abt!

Er stand wirklich vor der Tür. Zuerst dachte sie: Der schwarze Tod. Dann hörte sie eine freundliche Stimme, die sie bisher an ihm noch nicht kannte, mit der Bitte, hereinkommen zu dürfen. Alice nickte ihm zu und er schloss hinter sich die Tür, was sie zum Erschrecken brachte. Denn als er sich ihr zuwandte, erkannte sie in ihm nicht den Geistlichen, sondern den Mann. Es fiel ihr wiederum auf, wie schön und stark er war. Das verwirrte sie noch mehr und sie vermutete fast, dass er den Preis dafür fordern wollte, dass ihre Mitgift nicht verpfändet wurde. Der Abt schien ihre Befürchtung zu ahnen.

Er sagte: »Ich komme in guter Absicht.«

Alice fühlte sich etwas ihrer Sorge enthoben, sah ihn aber noch immer misstrauisch an.

»Ein Kreuzzug bedeutet Gefahr. Dessen sind sich auch alle bewusst. Ich möchte, dass du die Möglichkeit hast zu überleben. Natürlich liegt unser Leben in Gottes Hand und niemand weiß, wer auf der weiten Pilgerfahrt sterben wird. Wer schreiben kann, wer Besitz zu vererben hat, hat deswegen auch sein Testament gemacht.«

Er machte eine Pause und Alice überlegte: Worauf will er eigentlich hinaus?

»Geld bedeutet Leben.« Mit diesen Worten holte er aus dem Ärmel seiner Kutte einen schwarzen Lederbeutel hervor und öffnete ihn. Alice sah Geld, Passauer Silberpfennige.

»Die kannst du überall umtauschen«, erläuterte er. Alice wollte danach greifen, doch er zog den Beutel zurück und verschloss ihn im gleichen Augenblick.

»Das Geld ist an eine Bedingung geknüpft. Du musst mir schwören bei der Mutter Maria, dass du niemals und unter keinen Umständen von diesem Geld deinem Vater auch nur eine Münze gibst.«

Alice blieb die Luft weg.

»Das kann ich nicht. Mein Vater könnte in Lebensgefahr sein und da bin ich verpflichtet, ihm zu helfen. Ich verstieße gegen das 4. Gebot: Du sollst deinen Vater und deine Mutter ehren ...«

»Du ehrst deine Mutter, indem du deinem Vater nichts gibst.«

Er erwiderte auf ihren zweifelnden Blick: »Ich kann und will dazu nichts mehr sagen. Frage deinen Vater.«

»Es ziemt sich für eine Tochter nicht, solche Fragen zu stellen.«

»Natürlich«, erwiderte er. »Es bleibt jedoch dabei, entweder legst du diesen Eid ab oder ich nehme das Geld wieder mit mir.«

Das ist Erpressung, dachte Alice. Und du sagtest, du kämest in guter Absicht.

»Vielleicht kann ich dir deine Antwort etwas erleichtern. Das Geld ist für dich und Martin in gleicher Weise. Die Hälfte des Geldes gehört Martin, was du ihm allerdings nicht unbedingt verraten musst.«

Noch ein Rätsel, dachte Alice. Warum will er, dass ein Knecht, den er kaum kennt, so viel Geld erhält? Und woher hat er eigentlich das viele Geld? Er hat doch als Mönch Armut gelobt.

»Und hier habe ich noch etwas. Jetzt werdet ihr über Konstantinopel und durch feindliches Gebiet nach Jerusalem ziehen. Der Rückweg ohne das Heer als Schutz könnte dann jedoch zu gefahrvoll sein. Deswegen werdet ihr den Seeweg wählen.«

Und damit zog er eine auf Leder gemalte Landkarte von Italien hervor, auf dem die Klöster eingezeichnet waren, die ihnen Unterkunft und Schutz gewähren könnten.

»Ist die Landkarte an die Bedingung gebunden?«, fragte Alice.

»Ja und nein«, antwortete der Abt. »Du erhältst die Karte nur, wenn du das Geld annimmst. Aber natürlich könnt ihr diese Karte zu dritt benutzen.«

»Ihr seid grausam«, wagte Alice, ihren Gedanken auszusprechen.

»Das mag dir so erscheinen. Aber ich habe meine Gründe.«

Alice fieberte in Gedanken. Es war ihr klar, dass sie den Abt nicht umstimmen könnte.

Er schickte sich jetzt schon an zu gehen.

»Halt!«, rief sie. Was war gewonnen, wenn sie das Geld nicht annähme? Und machte sie sich nicht Martin gegenüber schuldig, dem das Geld sonderbarerweise gleichermaßen galt?

»Ich nehme es.«

»Gut. Schwöre bei der Mutter Maria, die euch beschützen möge, dass du dieses Geld ausschließlich in der Not für dich und Martin verwendest, auf keinen Fall jedoch deinem Vater etwas davon abgibst.«

»Ich schwöre es«, sagte Alice mit unglücklicher Stimme. Sie hatte das Gefühl, ihren Vater grausam zu verraten, der ihr doch immer Gutes getan hatte.

Zum ersten Mal in ihrem Leben hatte sie Schuld auf sich geladen.

Es gab für den Abt offensichtlich nichts mehr mitzuteilen, denn unmittelbar nach ihrem Schwur verließ er Alice' Kammer. Sie aber blieb unschlüssig und ratlos im Raum stehen, erschrak, zuckte zusammen, als es plötzlich wiederum an der Tür klopfte, versteckte die Silbermünzen und die Karte in Windeseile unter ihrem Kleid.

Alice war erleichtert, als der Abt sich noch am selben Abend von seinem Bruder verabschiedete und ins Kloster zurückkehrte. Sie selbst vermied es, ihm noch einmal zu begegnen.

Dass das ständige Rauschen des Regens endlich aufgehört hatte, war das Erste, was Alice am Tage ihres Aufbruchs ins Heilige Land wahrnahm. Trotz ihrer Aufregung war sie nach Mitternacht in einen unruhigen Schlummer gesunken und wurde nun von einer Magd geweckt. Der Planwagen war schon am Abend davor vollends, natürlich bis auf die Geldtruhe, gepackt worden. In der großen Halle standen Grießbrei, helles Brot, etwas Geflügel, der tägliche leichte Wein und Wasser auf dem Tisch. Schweigend nahm der Vater mit seiner Tochter diese letzte Mahlzeit ein. Er hatte die Nacht weitgehend mit Beten verbracht. Einmal nur war er in sein Kontor gegangen, hatte Tränen unterdrückt und Verzweiflung erstickt. Seine einzige Hoffnung in all dieser Auflösung seines Lebenswerkes bestand darin, dass er unterwegs gekaufte Waren an einen befreundeten Handelspartner schicken wollte, der ihn am Gewinn beteiligen würde. Das hatten sie fest und schriftlich vereinbart. Vor dem Kreuz in seinem Schlafzimmer war er auf die Knie gesunken in dem heißen Wunsch, Gott möge dieses Opfer annehmen.

Nun war er gefasst – und machte sich Sorgen. Seine größte Sorge galt der Frage, ob er die Pilger noch vor der ungarischen Grenze erreichen würde. Wäre er allein und ohne Alice, so wäre er dem Zug hinterhergeritten, allerdings begleitet von den Dienstleuten des Vogtes des Klosters, die die Truhe bewachten, bis sie den Sammelplatz erreichten, von wo an das Geld ständig von bewaffneten Kämpfern verteidigt werden konnte. Nun aber hatte Karl sich wegen Alice und beeinflusst durch den ständigen Regen und die Sorge, vom Winter im Balkangebirge überrascht zu werden, für den durch eine Plane geschützten Wagen entschieden, der auf den durchweichten Straßen allerdings sehr langsam vorankommen würde. Was wäre, wenn Gottfrieds Heer schon die ungarische Grenze überschritten hätte …

Ähnliche Gedanken bewegten auch Alice, die an Martin dachte, der sicher ebenfalls rastlos und sorgenvoll auf seinen Herrn wartete, mit ihr aber nicht rechnete. Würde er sich vielleicht doch freuen? Und dann wieder grübelte sie über das Wort des Abtes nach: Was Gott zusammengefügt hat, soll der Mensch nicht scheiden.

War das nun schon alles verwirrend und befremdend genug, so würden sie auch noch unter dem Begleitschutz des Grafen von Baerheim pilgern. Entsetzlich! Unangenehm war ihr das alles. Aber verheiratet zu werden mit einem viel älteren Mann, würde sie höchstwahrscheinlich in noch größere Schrecken versetzen als ein Kreuzzug nach Jerusalem.

Ohne sich noch einmal umzusehen, verließ Alice im ersten Morgengrauen ihr Vaterhaus und bestieg den Wagen. Der Vater lenkte das Gefährt die Marchstraße hinab Richtung Donau und bog nach links zum Fischmarkt ab, wo Fischer nach getaner Arbeit ihre Boote vertauten.

Die Stadt war sonst kaum belebt, die Menschen in den mit Reet bedeckten Häusern und Lehmhütten schienen noch ihrem fest gefügten Tagewerk entgegenzuschlafen.

Rab, das Reitpferd ihres Vaters, führten sie mit. Die beiden jungen, aber stark wirkenden Soldaten ritten je vor und hinter dem Wagen. Das mächtige Paulustor wurde eben geöffnet.

»Nach Jerusalem«, erklärte der Vater stolz dem Wächter.

Jetzt, da sie aus der befestigten Stadt hinausfuhren, blickte sich Alice doch noch einmal um, sah das Wehr aus Granitbruchsteinen mit dem Zinnenkranz als oberen Abschluss und dem breiten, wasserreichen Graben davor. Es hieß, die Grundmauern der Befestigungsmauer sollten aus der Römerzeit stammen, also schon aus der Zeit, als Jesus in Jerusalem gekreuzigt wurde. Und sie war auf dem Weg dorthin!

Der Vater blickte nun wieder missmutig drein. Er regte sich darüber auf, dass der Bischof noch immer keine Befestigungsmauer um die Vorstadt hatte bauen lassen, und noch mehr ärgerte es ihn, dass es keine Brücke über den Inn gab und sie ziemlich lange auf den Fährmann warten mussten, der Mühe hatte, sein Floß über den reißenden Fluss zu ziehen.

Auf dem Weg zum Castellum Boiodurum begegnete ihnen Elias. Zum ersten Mal überkam Alice ein hochmütiges Gefühl. ›Ha! Nächstes Jahr in Jerusalem!‹, rufen sich die Juden zu. Ihr aber, ihr Juden, werdet Jerusalem nicht sehen, ich aber, die Christin.

Dann wurde sie nachdenklich. Es fiel ihr ein, dass Tausende von Juden in Mainz, Trier, Worms und Speyer im Mai und Juni unter der Führung Emrichs von Leiningen von verwilderten Kreuzzugsfahrern erschlagen, ermordet worden waren. Zwar waren einige Banditen gefasst worden und der Bischof von Speyer hatte ihnen sogar die Hände abschlagen lassen, aber das hatte die Diebe und Mörder keineswegs aufgehalten. So hatte ein Wüstling namens Gottschalk mit seinen Anhängern Regensburg erreicht und dort die Juden gezwungen, zum Christentum überzutreten, wenn sie nicht getötet werden wollten. Vorsichtshalber hatte der Abt den Juden der Umgebung von Passau Schutz angeboten. Alice hatte die verängstigten Menschen gesehen, wie sie, mit Bündeln beladen, den Weg zum Kloster hinaufzogen.

Alice schreckte auf.

»Du hast Elias nicht gegrüßt«, wurde sie von ihrem Vater getadelt.

»Er ist immer freundlich zu dir gewesen und hat dir sogar ein seidenes Tuch geschenkt.«

Die Ermahnung traf Alice und dazu war sie verunsichert, was sie denken sollte. Sie sollte höflich zu Juden sein, befand sich aber auf einer bewaffneten Pilgerfahrt nach Jerusalem, hatte einen Beutel mit Geld bei sich, von dem sie ihrem Vater nichts abgeben durfte, und hatte überdies ein ungutes Gefühl, wenn sie an Martin dachte. Dazu stand ihr noch die Reise mit Tausenden bevor, die sie sich zu dem jetzigen Zeitpunkt noch gar nicht vorstellen konnte. Aber das Pilgerheer würde sicher ein erhabener, gottgefälliger Anblick sein, besänftigte sie ihre Bedenken und Ängste.

Alice' Vater stieß einen Fluch aus. Sie hatten nach den Strapazen des mühsamen Fortkommens auf schlammigen Wegen endlich das Lager des Herzogs Gottfried von Bouillon an der ungarischen Grenze erreicht. Der Vater bereute offensichtlich seine unbeherrschte Gemütsregung, denn er bekreuzigte sich sofort und schickte ein ›Ave-Maria‹ und ein ›Paternoster‹ hinterher. Alice hörte ihn deutlich »Vergib uns unsere Schuld« sagen. Dennoch – er war entsetzt über den Anblick, der sich ihnen von einer Anhöhe aus darbot.

Menschen – eine unendliche Menge – so weit das Auge reichte. Tausende, Zehntausende mochten es sein, die dort lagerten. Als geübter Kaufmann berechnete er unwillkürlich die Anzahl der Personen und die Mengen an Nahrungsmitteln, die sie benötigten, und den Unrat, den sie verursachten. Wenn jeder Ritter mindestens drei Pferde besaß, ein Schlachtross, ein Reitpferd und ein Packpferd, und viele, wie der Herzog von Bouillon, führten weitaus mehr Pferde mit sich, so würde allein die tägliche Versorgung der Tiere kaum zu bewältigen sein. Wie aber würde es erst werden, wenn in Konstantinopel auch die anderen Heere hinzukämen?

Es graute ihm davor, aber es war damit zu rechnen, dass sich zusammen mit den anderen Heeren 60.000 Menschen – Ritter, Fußsoldaten, Bedienstete, Frauen und Kinder – auf den Weg nach Jerusalem gemacht hatten. Viele von ihnen waren mittellos wie Martin, der ganz davon abhängig war, dass er, Karl, genug Geld hätte, ihn zu ernähren. Alice' Vater schloss einen Augenblick die Augen: Hungersnöte waren vorauszusehen und wahrscheinlich unabwendbar.

Er nahm sich zusammen.

Erst einmal, das war jetzt Karls dringlichstes Anliegen: Wie sollte er in dieser Masse den Grafen von Baerheim finden? Zwar waren die Zelte des Herzogs von Bouillon, seiner Brüder Balduin von Boulogne und Eustachius und ihrer engsten Vertrauten aus dem Hochadel weithin sichtbar, jedoch war es ausgeschlossen, in diesem Gedränge, Gewirre, dieser Unüberschaubarkeit jemanden ohne langes Suchen ausfindig zu machen, dazu waren es zu viele Ritter.

»Na, denn los«, sagte er und zog die Zügel an. Schweigend fuhren sie in die Ebene hinab, gefolgt von den beiden Soldaten, die sich leise unterhielten.

Alice spähte aufgeregt nach vorn, um möglichst viel und alles möglichst genau zu überblicken: Zelte, Pferde, Kühe, Schafe, Ziegen und Hühner, Planwagen, Feuerstellen, Lagerplätze und vor allem Menschen, die umhergingen, kochten, miteinander den Kampf übten, spielten. Alice konnte die Tätigkeiten mehr erahnen als tatsächlich wahrnehmen.

Am Rande des Lagers hielten sie an. Von hier aus wollte der Vater sich allein auf die Suche nach dem Grafen von Baerheim und seinem Gefolge machen, dem auch Martin sich anschließen sollte, solange sein eigentlicher Herr noch nicht da war. Der Kaufmann band sein Pferd los und befahl, zu Alice gewandt: »Warte hier.« Den beiden Soldaten nahm er das Versprechen ab, auf den Wagen und das Geld aufzupassen und sich nicht fortzubewegen. Dann entfernte er sich rasch.

Alice fühlte sich verlassen. Sie saß auf dem Wagen wie in den letzten Tagen fast immer, dieses ewige Sitzen war ihr schon verleidet. Es war etwas öde hier am Rande des Lagers. Einige Pilger saßen um ein Feuer und kochten. Es war Fleisch, das nicht mehr ganz frisch war. Der süßliche Geruch verursachte ihr Übelkeit. Überhaupt waren die Menschen ärmlich angezogen. Vermutlich besaßen sie kaum mehr Kleidung als die, die sie auf dem Leibe trugen. Nur zwei Männer waren kostspielig gekleidet. Sie kamen aus der Richtung von einigen Frauen und Kindern, die weiter entfernt von Alice um ein Feuer auf dem Boden hockten oder, auf ihren Arm gestützt, am Boden lagerten.

Gegen Mittag wurde es immer drückender und stickiger im Wagen. Die Hitze lastete auf Alice, während sie unablässig nach ihrem Vater Ausschau hielt, der jedoch wahrscheinlich lange noch nicht wiederkommen würde.

So unabsehbar viele Pilger waren unterwegs, und dies war nur ein Teil der Kreuzfahrer. Die anderen Heere wollten den Weg von Italien aus über das Meer sowie über die östliche Adriaküste nach Konstantinopel nehmen, um sich dort zusammenzuschließen und gemeinsam nach Jerusalem zu ziehen. Noch mehr Menschen als diese, das war eine erdrückende Vorstellung.

Ach was, was dachte sie da. Es mussten schließlich viele sein, damit Jerusalem befreit werden konnte.

Sie aber fühlte sich keineswegs frei auf ihrem Wagen. Durch das Warten war sie wie gefesselt auf ihren Platz. Sie konnte nicht mehr sitzen. Es war wirklich unerträglich heiß. Alice überlegte, wenn sie sich nur ein Stückchen vom Wagen entfernte und etwas spazieren ginge, dann wäre ihr vielleicht nicht mehr so übel. Sie blickte sich um, in welche Richtung sie gehen wollte: Ins Lager hinein, da würde sie sich vielleicht verlaufen, den Weg zurück auf den Hügel, er schien ihr sehr einsam. Nach einigem Zögern entschied sich Alice, zu den Frauen und Kindern zu gehen. Das schien ihr das Sicherste, das Ungefährlichste zu sein. Wann hatte sie sich denn das letzte Mal mit einer Frau unterhalten? Ein kleiner Plausch wäre ganz nett, vielleicht konnte sie sich nach den Lebensbedingungen im Lager erkundigen.

Alice ging auf die Gruppe zu – und wurde von Kopf bis Fuß gemustert. Sie wünschte »got grueze euch«, der Gruß wurde nicht erwidert. Stattdessen fühlte sie abschätzende, feindliche Blicke. Etwas verdutzt stand Alice da und schaute zu den Frauen, als ein nicht schlecht gekleideter, korpulenter und fast zahnloser Mann sie von der Seite ansprach:

»Na? Schon dabei? Na, woll'n wir mal. Ich bin auch freundlich zu dir.«

Entsetzt lief Alice davon, im Rücken hörte sie das hämische Lachen der Frauen.

Nur zurück zum Wagen.

Der Vater war noch nicht wieder da. Und auch der ältere der beiden Soldaten war verschwunden und blieb ziemlich lange fort trotz seines dem Vater gegebenen Versprechens. Als er endlich wiederkam, grinste er seinen Kameraden an, murmelte zu Alice, er habe mal austreten müssen, und schickte sich an zu warten. Derweil wurde sein Kamerad immer unruhiger, blickte häufig zu Alice hinüber, als ob er überlegte, ob auch er sich einmal entfernen könne. Die Frauen dort hinten schienen diese Blicke zu bemerken, denn sie kamen nun herüber und stellten sich im Halbkreis vor Alice' Wagen auf. Die beiden Soldaten waren an die Gruppe herangeritten. Eine der Frauen, sie wirkte kräftig und dick und hatte ansonsten schütteres Haar, stemmte ihre Hände in die Hüften, blickte Alice herausfordernd an, zeigte dann mit dem Daumen zu dem jüngeren Soldaten, der sich nicht getraut hatte, sich für einen Moment zu entfernen, und sagte zu Alice:

»Na, wie wär's, wenn der dich mal jetzt aufs Kreuz legen würde? Wir gucken auch weg.«

Die Frauen brachen in ein erbarmungsloses Gelächter aus. In diesem Augenblick kam Alice' Vater zurück. Er überblickte die Situation und schlug mit seiner Reitpeitsche nach den Frauen, die schreiend auseinanderliefen.

»Ich habe den Grafen von Baerheim gefunden, auch Martin«, sagte er zu seiner mit einem Male weinenden Tochter. Er herrschte die beiden Reiter an, befahl ihnen, sich augenblicklich davonzuscheren, was sie nur allzu gerne taten. Sie entfernten sich schleunigst und Alice' Vater fuhr langsam und vorsichtig mit seinem Wagen in das Lager hinein.

Alice nahm kaum ihre Umgebung wahr. Sie bemerkte nur, dass der Vater Mühe hatte, den Wagen zwischen den Zelten hindurchzulenken. Zwar war das Lager so aufgebaut, dass es von Wegen durchzogen war, sodass vor allem Reiter nicht durch herumliegende und sitzende Menschengruppen allzu sehr aufgehalten wurden, aber es war dennoch chaotisch. Ständig lief jemand über den Weg, versperrten Händler die Durchfahrt, forderte ein Ritter, dass der Vater zur Seite fuhr, damit er ungehindert weiterreiten konnte. Alice schluchzte immer noch.

»Alice«, sagte der Vater auf einmal. »Warum hast du mir nicht gehorcht und bist beim Wagen geblieben?«

»Ich dachte, es sei eine Pilgerfahrt. Da müssen doch alle fromm sein …«

»Ja, natürlich. Man denkt, dass so etwas nicht vorkommt. Aber sieh dich einmal um. So viele Männer …«

Alice blickte sich tatsächlich um. Die Männer, die jetzt ihren Weg kreuzten, waren vornehm gekleidet und trugen allesamt Waffen. Sie bemerkte nun auch das blaue prächtige Zelt des Herzogs von Bouillon und das seines Bruders Balduin, von dem man sich allerdings auch schreckliche Dinge erzählte. Er sollte ein Wüstling sein, obwohl seine Eltern ihn zum geistlichen Stand bestimmt hatte. Nun war er verheiratet, zog mit seiner hochadeligen Frau Godvere di Tosni nach Jerusalem und hatte dennoch diesen Ruf beibehalten.

Entsetzlich, dachte sie.

»Es ist nicht mehr weit«, versuchte ihr Vater, sie zu beruhigen. »Beim Grafen von Baerheim passiert dir nichts. Da sind wir sicher.«

Tatsächlich gelang es Alice, das schreckliche Erlebnis mit den Prostituierten aus ihren Gedanken zu verscheuchen. Was hatte sie mit diesen Frauen zu tun, niemals wieder würde sie allein an den Rand des Lagers gehen. Und die Frauen, die sie jetzt sah, waren gewiss Ehefrauen von Kreuzfahrern oder Mägde oder Töchter wie sie selbst. Die Menschen sahen hier alle sehr ehrbar aus, so weit sie auch blickte.

»Da ist Markus, der Mönch!«, rief sie aufgeregt und wies zu einer Gruppe von jungen Männern hin, die sich um einige kämpfende, ebenfalls junge Ritter versammelt hatten. Es war für Alice schwer zu unterscheiden, ob die Männer wirklich gegeneinander kämpften oder sich nur im Schwertkampf übten. Es war aufregend, aber letztlich in diesem Moment auch gleichgültig, denn sie erkannte Martin, der mit begeistertem Gesicht den Kampf verfolgte.

»Vater, da ist Martin. Haltet an!«

Der Vater schüttelte den Kopf und erwiderte ermahnend und beschwichtigend:

»Du kannst den Knecht nicht vor dem Herrn begrüßen. Erst müssen wir dem Grafen von Baerheim unsere Ankunft melden, da vorne siehst du schon die Lanze mit seinem aufgesetzten Feldzeichen.«

Der Vater hielt in der Nähe eines prächtigen Zeltes.

»Du kannst mitkommen«, forderte er seine Tochter auf. Vor dem Eingang des Zeltes wurden sie von einem wachhabenden Bediensteten aufgehalten. Sie dürften das Zelt nicht betreten. Damit sie es nur wüssten. Während er diese Worte sprach, sah er hochmütig an Karl und Alice vorbei.

»Ich muss den Grafen aber sprechen«, entgegnete Alice' Vater kleinmütiger, als er wollte.

»Graf Otto von Baerheim ist im Gefolge des Herzogs Gottfried von Bouillon beim ungarischen König in Ödendorf.«

»Was ist der Grund dafür?«, fragte Karl und machte ein sorgenvolles Gesicht.

»Das ist eine böse Geschichte. König Koloman lässt uns nicht ins Land, erst hat er unsere Gesandtschaft acht Tage aufgehalten und nun hat er den Herzog zu einem Gespräch aufgefordert.«

»Was hat er denn gegen unser Heer?«, erkundigte sich der Vater.

»Nichts, aber Leute von dem Vorkreuzzug haben geplündert und nun hat er Angst, dass wir uns auch nehmen, was wir brauchen.«

Karl war innerlich erleichtert über diese Wendung und hoffte inständig, der König würde ihnen die Durchreise ganz und gar verbieten.

Der Bedienstete aber gab seine Meinung zum Besten: »Warum verhandeln wir eigentlich mit diesem ketzerischen Pack, dem ungarischen König. Lasst uns sie doch einfach totschlagen, das geht schneller.«

Das verschlug Karl den Atem. Er erwiderte nichts darauf, erkundigte sich vielmehr, wo er seinen Wagen aufstellen könnte.

Alice hatte nur so nebenbei zugehört, in Gedanken war sie bei Martin, zu dem sie am liebsten sofort gelaufen wäre. Jedoch folgte sie nun ihrem Vater gehorsam zu der beschriebenen Lagerstätte.

Dort angekommen, machte Karl einen müden, abgespannten und nachdenklichen Eindruck. Sicher wäre der Vater erleichtert, wenn er einen Augenblick allein für sich hätte.

»Geh, hol Martin, damit er die Pferde versorgt«, beauftragte er Alice. Sie machte sich unverzüglich auf den Weg, obwohl ihr vor dieser ersten Begegnung bange war. Leise und vorsichtig näherte sie sich der Gruppe.

In einem Kreis kämpften jetzt nur noch zwei Männer, die

von den um sie Herumstehenden angefeuert wurden. Deutlich konnte Alice Martins Stimme hören, der seinem neuen Herrn Begeisterungsworte zurief. In der Tat, der junge Ritter Bernhard von Baerheim brillierte durch Eleganz, Gewandtheit und Kraft. Es war ein harter Kampf. Doch schließlich schlug er seinem Gegner das Schwert aus der Hand, der ihn darauf ansprang und nach Bernhards Gurgel fasste, der wiederum die Hände des Gegners wegdrückte. Im Ringkampf gingen beide zu Boden. Herrlich aufregend war es, beim Ringen gab es häufig schwere Verletzungen, da stieg die Spannung, da wurde geschrien, gegrölt, angefeuert.

Alice stellte sich neben Martin, der erstaunt zu ihr heruntersah.

»Du hier?«

»Ich komme mit nach Jerusalem.«

Sie merkte, dass sich Martin eine Bemerkung verkniff.

»Du freust dich nicht?«

»Doch, doch. Aber ich finde, dieser Kreuzzug ist Männersache, sieh es dir doch an.«

»Du hast auch kein Schwert. Und Markus darf nicht einmal eines benutzen.«

Alice fühlte, dass ihre Worte nun ganz falsch waren. Wahrscheinlich traf sie Martins wunden Punkt. Er wünschte sich bestimmt sehnlich, so kämpfen zu dürfen und zu können wie Ritter Bernhard dort. Der erwies sich als der Überlegene, kam hoch, stellte wie im Spiel seinen Fuß auf die Brust des Gegners – nur ganz kurz, kaum einer hatte es bemerkt.

Alles jubelte, sogar Markus. Die jungen Männer klatschten und zeigten ihre Begeisterung.

Der Kampf war beendet, der Besiegte erhob sich etwas mühsam. Verletzt war keiner der Männer.

Bernhard hob sein Schwert auf. Im Fortgehen warf er es Martin zu, der die schwere Waffe geschickt auffing.

»Ich kann jetzt nicht mit dir kommen. Ich muss erst das Schwert reinigen«, sagte Martin und folgte dem Ritter.

»Du sollst aber die Pferde meines Vaters versorgen!«, rief Alice ihm nach.

Martin blieb unschlüssig stehen. Der Ritter Baerheim jedoch ging auf Martin zu, nahm ihm das Schwert aus der Hand und bemerkte in hochmütigem Ton:

»Du bist es sowieso nicht wert. Wie konnte ich nur auf diesen Gedanken kommen!«

Missmutig und verletzt trottete Martin neben Alice zum Lagerplatz des Vaters.

Alice dachte enttäuscht: Er freut sich überhaupt nicht. Er beachtet mich nicht einmal und läuft nur diesem Ritter von Baerheim hinterher. Was in aller Welt hatte den Abt nur veranlasst, mir zu gebieten, diesem Duckmäuser, diesem Widerling die Hälfte des Geldes für Zeiten der Not zu geben?

Alice fand nicht nur Martin in dieser für ihn ungewohnten, unfreundlichen, gereizten Stimmung, sondern das ganze Lager verbreitete eine bedrohliche, kampfbereite Atmosphäre. Schließlich waren sie nicht ein so zerlumpter Haufen wie der vor einigen Monaten, der das Land geplündert, Wein, Ochsen, Schafe und Korn gestohlen hatte und von den ungarischen Truppen in einem Gemetzel niedergestreckt worden war.

Die Tatsache, dass hier in diesem Tal so viele kampferprobte Ritter untätig herumlungerten, die größtenteils ihren Besitz verpfändet hatten, um Reichtümer in Jerusalem zu erbeuten, ließ kriegerischen Fantasien freien Lauf.

Daran änderte die Rückkehr des Herzogs Gottfried von Bouillon vom ungarischen Königshof zunächst wenig. Die Bedingung König Kolomans, Balduin von Boulogne, der Bruder Herzog Gottfrieds, solle sich, seine Gemahlin und sein ganzes Gefolge als Geisel stellen, erboste nicht nur ihn, sondern das gesamte Heer vom Hochadel bis zum Fußsoldaten und bis zu den Knechten, Wäscherinnen und Prostituierten. Vor allem aber Balduin weigerte sich. Groß, kalt mit seiner ungewöhnlich weißen Haut, die einen sonderbaren Gegensatz zu seinem schwarzen Haar bildete, verließ Balduin das Zelt seines Bruders, der ihm, fast ebenso groß und hünenhaft wie er, nachlief. Man verlor Zeit, doch endlich – für Alice endlich, denn sie litt unter der Kampfeslust der Männer und es war ihr unbegreiflich, dass Christen gegen Christen kämpfen wollten – ritten eines Morgens Herolde durch das Lager, die in vielen Sprachen den Pilgern verkündeten, dass sie noch am selben Tag auf der Brücke über die Sümpfe die Grenze nach Ungarn überschreiten würden. König Koloman verspreche, die Kreuzfahrer mit allem Lebensnotwendigen zu günstigen Preisen zu versorgen.

Die Herolde warnten:

»Jede gewalttätige Ausschreitung, jeder Diebstahl wird mit dem Tode bestraft!«

Der Weg durch Ungarn war frei, allerdings nicht ganz, denn während der gesamten Wegstrecke wurden sie von Truppen des ungarischen Königs streng überwacht. Immerzu waren seine Soldaten zu sehen, waren in der Nähe, ritten an Alice' Wagen vorbei, und ständig hatte sie Angst, einer von ihnen würde sie bezichtigen, den Apfel oder die Weintrauben, die sie aß, gestohlen zu haben. Dann würde sie auf der Stelle gehängt.

Überhaupt war die Verrichtung elementarer Bedürfnisse eine Qual. Die Pilger zogen in unglaublicher Geschwindigkeit weiter und sie musste jedes Mal ein ganzes Stück hinterherrennen, um ihren Wagen wieder zu einzuholen. Für nichts blieb Zeit, an Waschen war kaum zu denken und selbst die Messe kam zu kurz. Ein Gebet am Morgen, am Mittag und eines am Abend. Man lief fast bis in die Nacht. Dann wurde das Lager aufgeschlagen, die meisten breiteten ihre Decken und Felle auf dem Boden aus, eine Plane oder ein Baum bot Schutz vor Regen. Zum Glück regnete es nur selten. Und der Vater sagte, zum Pilgern sei es jetzt die beste Zeit. Trotzdem fand Alice die Nächte kalt und sie fror unter ihrer Decke auf ihrem Wagen. Sie vermisste ihr Bett. Sie vermisste Martin. Wie oft hatten sie abends noch zusammengehockt. Im Oktober meistens noch draußen, in ihrem Apfelgarten vor der Stadt beim Kloster St. Nikola. Deutlich hörte sie das Krachen, wenn sie in einen frisch gepflückten Apfel bissen.

Und Martin?

Martin kümmerte sich überhaupt nicht um sie. Er tat, was man ihm befahl, verrichtete seinen Dienst für den Grafen Otto von Baerheim und für ihren Vater. Ansonsten war er viel mit dem Mönch Markus und einer Gruppe anderer junger Männer zusammen, die als Knechte nach Jerusalem zogen.

Alice fühlte sich allein, obwohl sie von Tausenden von Menschen umgeben war und mit den jungen Frauen ihrer Umgebung Bekanntschaft geschlossen hatte.

Es war schon Ende Oktober und nachts war der Boden gefroren, da sah sie am Wegesrand einen Priester, der die Erde von zwei notdürftig ausgehobenen Gräbern weihte. Am Rande lagen, in Tücher gewickelt, die Toten. Es war ein Kind dabei, ein Säugling, daneben der Körper einer Frau, das musste die Mutter sein.

Wie nun so oft, musste sie auch an ihre eigene Mutter denken. Am Ende eines großen Festes, das Karl seiner Frau zu Ehren im Tanzsaal gegeben hatte, stürzte sie die steinerne Treppe hinunter und starb.

Ach, Mutter! Alice wusste von ihr so wenig. Dass sie schön war und sehr jung, als sie den Tod fand. Es war sonderbar, dass der Vater erst jetzt zum ersten Mal mehr von ihrer Mutter erzählt hatte. Sie war also geschickt und gewandt und gern auf Bäume geklettert – und das zusammen mit dem strengen Abt Johannes, der damals noch Daniel hieß und ein nichtsnutziger Luftikus war.

Und was war das für eine Sünde, die begangen zu haben der Abt den Vater bezichtigte?

Es musste wohl eine wirklich böse Tat gewesen sein.

Darin unterschied sich der Vater von diesen Rittern, die sich als miles Christi, als Soldaten Christi, verstanden und stolz darauf waren, für Christus kämpfen zu dürfen. Und darin unterschieden Alice und ihr Vater sich von den armen Städtern aus Regensburg und aus Passau sowie von den vielen unfreien

Bauernsöhnen, die das immer knapper werdende Land kaum noch ernähren konnte und die sich ein Auskommen in Jerusalem oder Beute erhofften und natürlich auch die Vergebung ihrer Sünden. Ihr Vater aber war ein freier Mann und reich an Gütern gewesen.

In diesen endlos langen Tagen, in denen sie die monotone Landschaft durchquerten, beobachtete Alice mit Besorgnis, dass der Vater von Tag zu Tag melancholischer wurde. Bisweilen fluchte er kaum hörbar, verwünschte seinen Bruder, bekreuzigte sich darauf erschrocken.

Ansonsten klagte er über Zahnschmerzen. Das allerdings fand Alice noch beunruhigender als die Sorge um das Seelenheil, denn diese hatten die Eigenschaft, immer stärker zu werden und schlimmstenfalls, wenn es zu eitrigen Entzündungen kam, zum Tode zu führen. Alice nahm sich vor, in Mangjeloz, wo sie einige Tage Aufenthalt haben würden, um neue Verpflegung aufzunehmen, Aloe und Myrrhe zur Milderung der Schmerzen zu kaufen.

Mangjeloz war ein einziger Markt. Hunderte von Händlern hatten schon ihre Stände aufgebaut und erwarteten die Pilger. Alice atmete auf. Bunte, mit Waren überladene Stände statt dieser ewigen Eintönigkeit der Steppe und der Wälder, in denen sie nachts Wölfe heulen hörte.

Zwar befürchtete der ungarische König offenbar gewaltsame Zwischenfälle und hatte deswegen seine sowieso schon schwer bewaffneten Wachen verstärkt. Auch hielt der Herzog von Bouillon es für durchaus denkbar, dass die Armen die Gelegenheit nutzen und plündern würden, sodass sie vermehrt von Fußsoldaten bewacht wurden. Doch wirkten diese Vorsichtsmaßnahmen sich überraschenderweise nicht sonderlich auf Alice' Wohlbefinden aus, sie fühlte sich frei. Ihr Vater erlaubte es ihr, auf dem Markt umherzuschlendern, sich Stoffe und feine Tuche anzusehen, zu kaufen, was ihr nützlich oder gar nur schön erschien.

Auch Martin pfiff ein Lied und machte sich mit Markus daran, die Köstlichkeiten und Herrlichkeiten zu beschauen. Markus, der vom Kloster mit Geld ausgestattet worden war, gab seinem Freund ein üppiges Mahl aus. Alice sah die beiden vor einer Schenke sitzen und wunderte sich wieder einmal, dass Markus Mönch geworden war. Offenbar kannte der Abt die Lebensbedürfnisse des jungen Bruders genau und hatte ihn um seiner Abenteuerlust willen ziehen lassen. Es war, wie es war, und an den Abt wollte sie jedenfalls jetzt einmal nicht denken.

Ebenso wenig wie ihr Vater. Kaum war aus der Ferne Mangjeloz zu sehen, kaum erblickte er von Weitem die Kaufleute, so geschah das Wunder, die Zahnschmerzen verflogen im Nichts. Karl wurde heiter und froh und er nahm sich vor, hier schon das große Geschäft abzuschließen. Alles sprach für diesen Handelsplatz: die Auswahl der Waren und der Umstand, dass sie nicht noch eine weitere Grenze überschritten hatten. Der Weg von Ungarn nach Passau war ziemlich kurz und die Waren könnten ohne lange Zeitverzögerung und damit ohne Schäden transportiert werden.

Mit diesem Vorsatz sah sich Karl um. Und tatsächlich, in einer Seitengasse dufteten ihm Gewürze entgegen: Pfeffer, Safran, Kümmel, Ingwer. Der Händler begrüßte ihn höflich und verhielt sich angenehm zurückhaltend, was Karl für ein gutes Zeichen hielt. Erst als er von Karl dazu aufgefordert wurde, begann er, sachkundig die Qualität der Gewürze zu erklären. Im hinteren Anbau seines Ladens lagerten die Fässer, in denen die Waren auf den Wagen verladen werden könnten. Karl fand sie in einem hervorragenden Zustand, trockenen Transport gewährleistend, seinen eigenen Fässern durchaus vergleichbar. Den Gedanken schob er schnell beiseite.

Der Kaufmann nannte einen Preis. Karl überschlug die Summe im Vergleich zu der Menge Geld, die sie unbedingt für die weitere Pilgerfahrt nach Jerusalem benötigten. Die Forderung erschien ihm zu hoch, die Kosten bis Jerusalem bedenkend, im Hinblick auf den Wert der Waren jedoch angemessen und annehmbar. Der fremde Kaufmann ermunterte, forderte Karl auf, die Gefahren noch einmal in Ruhe zu durchdenken, bevor er einen Kauf abschloss. Mit einer Anspannung, die sich seines ganzen Körpers bemächtigt hatte, verließ Karl das Handelshaus. Er war begeistert von der Ware, nahm sich jedoch vor, genau nachzurechnen, ob eine so hohe Geldausgabe eine zu große Belastung für ihn und Alice darstellte. Schließlich war er davon ausgegangen, dass sie das gesamte Geld im Laufe des Kreuzzugs ausgeben würden beziehungsweise als Sicherheit zumindest bräuchten. Andererseits war dieser Kauf von Gewürzen zwar ein Risiko, bot jedoch ebenfalls die Möglichkeit zu einer Rückkehr, wäre der Grundstock, sein Handelshaus einzulösen und wieder aufzubauen. Und wenn sie tatsächlich Schätze aus Jerusalem mitbrächten, wie doch alle hofften, dann wäre er möglicherweise eines Tages reicher als er je in der Heimat hätte werden können.

Karl konnte vor Aufregung und Glück nicht schlafen. Bereits in den frühen Morgenstunden machte er sich auf den Weg zu dem Kaufmann. Auf dem Markt war bereits Gedränge. An einem Obststand sah er Alice mit einem Weidenkorb unter dem Arm, wie sie mit ihren Fingern den Preis mit dem Händler ausmachte. Er mochte aber im Moment nicht zu ihr gehen.

Das Tor des besagten Ladens wurde gerade geöffnet, als Karl die Gasse heruntereilte. Ausführlich besah sich Karl noch einmal die Ware, wenngleich er genau wusste, dass er sie kaufen würde. Er konnte gar nicht anders, alles drängte und trieb ihn dazu. Der Vertrag wurde schriftlich geschlossen. Nachdem Karl mit dem Händler den guten Geschäftsabschluss mit Pfefferminztee, der sogar mit Zucker gewürzt und verfeinert war, und mit zuckrigem Gebäck, das schon an den nahen Orient erinnerte, gefeiert hatte, hastete er umgehend zum Tross, der selbstverständlich streng bewacht war, um seiner Geldtruhe die für den Kauf benötigten Mittel zu entnehmen und die Ware zu bezahlen. Danach kehrte auch er in einem Wirtshaus ein, gratulierte sich zu dem Handel mit einem umfangreichen Essen und einem

Krug Wein. Zum ersten Mal erschien ihm der Kreuzzug nicht als Katastrophe.

Beruhigt und doch zugleich nachdenklich ging er anschließend zurück zum Heer. Der Aufenthalt in Mangjeloz war beendet. Alice stand schon ungeduldig am Wagen und hielt nach ihrem Vater Ausschau. Auf ging's zur nahen Grenze nach Semlin. Das Morgenland wartete auf sie.

Es war der letzte Tag in Ungarn, ein ungewöhnlich lauer, sogar noch sonnenbeschienener Nachmittag Ende Oktober.

Alice war mit einigen jungen Frauen an die Save gegangen, um Wasser zu schöpfen.

Immer wieder sahen sie zum anderen Flussufer hinüber. Da drüben lag das mächtige byzantinische Reich und noch weiter südlich die von den Seldschuken eroberten Gebiete und ganz weit in der Ferne: Jerusalem. Während sie sonst gerne beim Wasserholen miteinander plauderten, war doch heute jede für sich still.

Alice hatte ihre Holzeimer gefüllt und wollte gerade mit ihren Gefährtinnen ins Lager zurückgehen, da spürte sie jemanden hinter sich stehen. Sie wandte sich um.

»Soll ich dir tragen helfen?«, fragte Martin.

»Ja, gerne«, antwortete sie und drückte ihm die beiden Wassereimer in die Hand. Doch statt den anderen Frauen zu folgen, die nun schon wieder zum Lager liefen, setzte sich Alice im trockenen Gras nieder, zupfte einen Halm und blies hinein, dass es laut tönte.

»Weißt du noch?«, erinnerte sie ihn an die Herbstabende, die sie als Kinder gemeinsam verbracht hatten.

»Natürlich«, antwortete er und fing an, ein Kinderlied zu pfeifen.

Alice schaute ihn einen Augenblick erleichtert von der Seite an. Dann schwiegen sie und blickten hinüber über den Fluss. »Byzanz«, sagte sie. »Freust du dich, dass du morgen dort sein wirst?«

»Ich weiß nicht, was der Unterschied für mich ist zwischen Byzanz und Ungarn, wahrscheinlich auch zwischen Jerusalem und Passau. Ich werde immer Knecht sein. Jeder behandelt mich hier als Knecht, außer Markus vielleicht. Ich weiß nicht, warum mich das stört. Vielleicht, weil du und ich zusammen aufgewachsen sind. Aber dein Vater duldet mich doch auch nur, weil ich Marthas Sohn bin.«

»Und der Abt?«, fragte Alice, weil sie endlich das Gespräch auf ihn lenken und Klarheit gewinnen wollte, was ihm eigentlich an Martin lag.

»Der Abt? Ich war sein Diener. Das weißt du doch.«

»Ja, aber hat er dich ernst genommen?«

Martin schien über die Frage nachzudenken.

»Ich weiß nicht genau. Mein Dienst bestand darin, dass ich ihm täglich eine Karaffe mit Wasser zum Trinken und einen Krug mit Wasser zum Waschen bringen sollte. Abends nach der Vesper wünschte er bisweilen noch einmal etwas Wasser. Das ging im Grunde ziemlich schweigsam vor sich. Ich klopfte. Er öffnete mir die Tür, auf dem Tisch lag meistens aufgeschlagen ein Buch, ich stellte ihm den Krug auf die Waschtruhe, verbeugte mich und ging. Beim Eintreten und beim Hinausgehen hat er immer zu mir gesagt: ›Gelobt sei Jesus Christus‹.«

»Habt ihr denn gar nicht miteinander geredet?«, beharrte Alice.

»Eigentlich nicht. Er war höflich, aber irgendwie unnahbar, wenn ich kam. Ich hätte nie gewagt, von mir aus ein Wort an ihn zu richten.«

Martin überlegte, ob er Alice von dem einzigen Gespräch erzählen sollte, das doch stattgefunden hatte.

»Einmal hat er mich gefragt«, begann Martin harmlos, »ob ich lesen und schreiben und rechnen könne. Als ich mit Ja antwortete, forderte er mich auf, ihm etwas aus der Bibel vorzulesen. Auf dem Tisch lag aufgeschlagen das Alte Testament.

Es war Moses im Schilfmeer. Du kennst doch die Geschichte. Die Söhne der israelitischen Frauen werden umgebracht und

Moses' Mutter setzt ihr Neugeborenes an der Badestelle der Königstochter aus, damit die ihn findet und er gerettet wird. Ich war ziemlich aufgeregt und hatte ständig Angst, mich zu verlesen. Aber es ging ohne Probleme.

›Du liest gut‹, lobte er mich. ›Weißt du denn auch, was du gelesen hast?‹

Ich antwortete ihm, ich könne Latein.

›Wie kommt es, dass du diese Fertigkeit erlernt hast?‹

›Meine Mutter hat es bei meinem Herrn, Eurem Bruder, durchgesetzt, dass ich zusammen mit Alice Unterricht hatte‹, erklärte ich.

›Durchgesetzt?‹, hatte er nachgefragt.

Weißt du noch, Alice, meine Mutter hat damals richtig Krach geschlagen und ich hatte Angst, dass dein Vater uns rauswerfen würde. Aber sie hat deinem Vater gedroht, sie werde ihn verlassen, wenn er nicht nachgäbe.

›Das könne er sich vorstellen, das passe zu ihr‹, meinte der Abt, als ich ihm das erzählte, und lachte. Merkwürdiger Kommentar, nicht? Aber mir fiel später ein, dass er meine Mutter ja auch gut gekannt haben musste. Irgendwie vergisst man immer, wenn man ihn sieht, dass er der jüngere Bruder deines Vaters ist.

Jedenfalls wollte er wohl das Thema wechseln, denn er kam auf ihren Tod zu sprechen. Er habe gehört, dass sie vor Kurzem gestorben sei.

Und dann, Alice, passierte etwas sehr Seltsames. Ich habe ihm geantwortet, dass meine Mutter die Treppe hinuntergefallen sei. Und weißt du, was er mich darauf fragte? Er wollte wissen, ob sie die Treppe vom Tanzsaal hinuntergestürzt sei.

›Nein, nein!‹, brachte ich nur hervor. Ich war ganz entsetzt und rief ihm in Erinnerung, es sei doch verboten, den Tanzsaal zu betreten. Es sei die steile Kellertreppe gewesen.«

Martin schwieg verlegen.

»Weißt du, als damals dann der Priester kam zur Letzten Ölung, da habe ich gelauscht. Ich wollte endlich wissen, wer mein Vater ist. Vielleicht, so dachte ich, sagt sie es dem Priester in der Beichte. Aber ich konnte nichts verstehen, so sehr ich mich auch angestrengt habe. Sie sprach ganz leise, vielleicht konnte oder wollte sie nicht laut reden. Aber den Priester habe ich meistens deutlich gehört. Und ich bin ganz sicher, dass er gegangen ist, ohne ihr die Absolution zu erteilen. Er machte einen aufgeregten, erschreckten Eindruck, als er sich hastig verabschiedete. Später dann, als sie das Bewusstsein verloren hatte, sie hatte einen Schädelbruch, so vermutete der Arzt, den dein Vater kommen ließ, da ist der Priester noch einmal erschienen und hat sein ›Te absolve‹ gesprochen.

Ich kann mir zwar nicht vorstellen, dass sie eine wirkliche Schuld auf sich geladen hat, denn ein uneheliches Kind haben schließlich viele, jedenfalls ist es keine Todsünde.

Aber ich mache mir dennoch Sorgen, dass die Seele meiner Mutter nicht richtig erlöst ist und sie im Fegefeuer leiden und umherirren, schreckliche Qualen ausstehen muss. Ich habe den Abt gefragt, ob eine Absolution gelte, bei der die Sterbende nicht mehr bei Bewusstsein sei.

Er meinte, genauso wie die Taufe bei einem Neugeborenen, das ja auch noch nicht wisse, was mit ihm geschehe, Gültigkeit habe, so auch bei einer Sterbenden, die die Letzte Ölung nicht mehr bewusst erleben könne.«

»Und sonst habt ihr nichts miteinander besprochen?«

Martin schüttelte den Kopf. Er war sich unsicher. Sollte er Alice von dem Auftrag erzählen? Dass er zu dem Juden Elias hatte gehen sollen, um diesem einen Brief zu überbringen und einen Beutel mit Geld in Empfang zu nehmen? Das konnte er Alice doch unmöglich anvertrauen.

Martin zauderte. Er war stolz, dass der Abt ihm eine so gefährliche und verantwortungsvolle Aufgabe übertragen hatte, schließlich erzählte man sich über Juden viel Unheimliches. Vor allem aber bekäme der Abt selbst Schwierigkeiten, wenn bekannt würde, dass er trotz seines Armutsgelübdes noch eigenes Geld bei einem Juden versteckt hielt. Er hatte es hinter dem Rücken seines Ordens beiseite geschafft. Martin wusste es genau. Hatte

Elias ihm den schwarzen Lederbeutel doch mit den Worten überreicht: ›Grüße den Abt und richte ihm aus, dass ich ein guter Verwalter gewesen bin. Ich habe die Zinsen nicht für mich behalten. Heute besitzt er bedeutend mehr Passauer Silberpfennige, als er mir in jener Nacht vor seinem Eintritt ins Kloster anvertraut hat.‹

›Durfte er denn das? Er hatte doch als Mönch Armut geschworen‹, hatte Martin verwundert gefragt. Nachdenklich hatte der Jude den Jungen angesehen. ›Du bist noch unerfahren. Dass der Abt dir vertraut, ist eine hohe Ehre für dich. Wie ich mein Geld verdiene, nämlich durch Zinsen und Zinseszinsen – viele meinen, durch Wucher –, weißt du ja gewiss. Wenn also bekannt wird, dass der Abt durch die Geldgeschäfte eines Juden reich geworden ist, dann … Lass es dir von mir gesagt sein: Schweige. Der Abt ist wahrscheinlich viel zu vornehm, um ein Schweigeversprechen von dir abzunehmen. Und nun geh mit Gott.‹

Das war alles über die Maßen rätselhaft.

Zu gerne hätte Martin vor Alice angegeben, dass der Abt, vor dem alle irgendwie Angst hatten, mit ihm ein solches Geheimnis teilte.

Doch die Gefahr war zu groß. Der Abt verlöre sein Amt, er würde aus dem Kloster hinausgeworfen. Sicher würde er exkommuniziert, wenn Alice aus Versehen plauderte.

Martin entschied sich nun endgültig, das in ihn gesetzte Vertrauen nicht zu missbrauchen, und schüttelte abermals den Kopf.

Alice jedoch, Martin scharf aus den Augenwinkeln beobachtend, ließ nicht locker:

»Ist wirklich nichts Besonderes vorgefallen?«

»Nein, wirklich, wir haben über nichts Wichtiges mehr gesprochen.«

Um jedoch nicht zu schroff und unhöflich zu sein und ihr Misstrauen zu besänftigen, erzählte Martin, was Alice ohnehin schon wusste:

»Ja, und dann hat er mir zum Schluss noch seine eigenen Kleider geschenkt, die er besaß, bevor er ins Kloster ging. Ich durfte sie mir aussuchen.«

Alice zog die Stirn kraus.

Klarheit hatte ihr die Erzählung Martins jedenfalls nicht verschafft. Und schwer, seelisch beschwert, fühlte sie den schwarzen Lederbeutel mit den Passauer Silberpfennigen, an einer festen Schnur unter ihrem Kleid verborgen. ›Du musst Martin ja nicht unbedingt verraten, dass die Hälfte des Geldes für ihn ist‹, hörte sie in Gedanken den Abt sagen. Und sie schwieg.

Es war inzwischen dunkel und sehr kühl geworden. Die beiden jungen Leute gingen ins Lager zurück. Bevor sie jedoch die ersten Zelte erreichten, blieb Martin stehen, wandte sich ihr ganz zu. Ihr Gesicht war nun nahe dem seinen. Martin streichelte über Alice' Wangen und mit einer für ihn selbst überraschenden Bewegung drückte er ihr einen Kuss auf den Mund, küsste sie leidenschaftlich – und sie ließ es gewähren. Er fasste nach ihrer Brust. Es dauerte viel zu lange, als dass ihr Verhalten schicklich gewesen wäre, bis sie seine Hand wegschob. Dann aber griff Alice ihre Holzeimer und lief eilends davon.

Zurück nach Passau,
Winter 1096/97

RÄUBER! DER JUNGE RITTER BERNHARD VON BAERHEIM kam nachts mit Martin und einigen jungen Männern aus Belgrad zum Lager zurück. Sie gehörten zu den Ersten, die frühmorgens mit einem Floß über die Save gesetzt waren und den Tag genutzt hatten, um sich die zerstörte Stadt anzuschauen. Es hatte sich schon seit Tagen die Kunde verbreitet, Peter der Einsiedler habe Belgrad mit seinen Leuten geplündert und anschließend niedergebrannt, die Bevölkerung sei in die Berge geflohen.

Nun waren Bernhard und seine Begleiter von Bauern, denen sie unterwegs begegneten, gewarnt worden, sie sollten vorsichtig sein, Belgrad sei zwar verlassen, aber keineswegs menschenleer, Räuber hausten dort in den Ruinen.

Räuber. Des Nachts überquerten sie mit Booten die Grenze von Byzanz nach Ungarn. Pferde stünden für sie dort schon bereit – sie ritten auf der Handelsstraße weit in das Land hinein, überfielen Kaufleute, flüchteten wieder über den Fluss und versteckten sich mit ihrer Beute in dem verödeten Belgrad.

Karl und Alice vernahmen die Nachricht mit Schrecken. Sie gehörten zu den letzten der unübersehbaren Menge von Pilgern, die sich an diesem Tag endgültig von der Heimat entfernten, indem sie das römisch-katholische Abendland verließen und das fremde griechisch-orthodoxe Morgenland betraten. Stundenlang hatten sie gewartet, um den Fluss überqueren zu können. Für das Übersetzen des Wagens hatte Karl eine erhebliche Summe gezahlt, die ihm angesichts seiner ziemlich geleerten Kasse wehtat. Wie oft hatte er nun schon seit dem Kauf der Gewürze seine Ausgabe überdacht und insgeheim bereut. So auch jetzt, er rechnete, während sie am Ufer standen und beobachteten, wie Balduin und seine Gemahlin Godvere sowie auch seine Gefolgschaft aus ihrer ungarischen Geiselhaft mit Ehren entlassen und von Gottfried von Bouillon freudig am byzantinischen Ufer in Empfang genommen wurden.

Es war ein Augenblick des Aufatmens, der durch das ganze Heer ging. Endlich waren sie die ungarische Bewachung los.

Und nun diese Nachricht! Alice sah ihren Vater an, beobachtete sein Gesicht. Nein, sie musste nicht darin forschen, um zu wissen, dass Angst und Not und Grauen ihn erfasst hatten. Seine Ware, fast sein ganzes Vermögen, auf einem Wagen in Ungarn – und niemand da, der die Absicht gehabt hätte, diese Fässer eines fremden Kaufmanns mit seinem Leben zu verteidigen. Mit Sicherheit würden bei einem Überfall die Fuhrleute diese Kostbarkeit als Erstes herausrücken.

Karl stand der Schweiß auf der Stirn. Eine innere Bewegung, ein Zittern durchlief seinen Körper. Es wurde ihm zur Gewissheit. Seine Gewürze würden Passau niemals erreichen. Das Geld war verloren.

Ruhe war im Heer eingetreten. Alice lag neben ihrem Vater im Wagen. Sie hatten sich ein Lager aus Decken und Fellen bereitet, Martin schlief nie bei ihnen, auch nicht bei schlechtem Wetter, Alice' Vater hatte es ihm untersagt. Er behandelte Martin so schlecht. Warum nur? Wieder einmal hatte Karl seinen Knecht angeschnauzt, er solle sich zum Teufel scheren. Gleich darauf hatte er seine Heftigkeit zwar bereut, sich aber nicht entschuldigt, sondern sogar nach Martin getreten, der sich zu Markus davonmachte.

Nun lag Karl wach. Geld war Leben auf diesem Kreuzzug. Sein Bruder, der Abt, hatte es so ausgedrückt. Wie er ihn hasste! Aber Tatsache war, er brauchte Geld. Zunächst musste er genau wissen, es war doch sicher nichts als ein Hirngespinst, er musste also genau wissen, ob seine Waren tatsächlich gestohlen waren. Dazu müsste er zurück nach Ungarn, was vollkommen ausgeschlossen war mit dem schweren Wagen. Wie sollte er das weiterziehende Heer je wieder erreichen? Alice allein lassen und mit dem Reitpferd hinterherreiten konnte er jedoch auch nicht, ohne väterlichen Schutz wäre sie Aufdringlichkeiten ausgesetzt. Trauen konnte man niemandem. Alice hörte ihren Vater sich auf seinem Lager herumwälzen, manchmal laut rechnen. Schweigend lag sie neben ihm und quälte sich.

Schwer lag das Geld auf ihrer Seele. Sie müsste sich ihrem Vater anvertrauen, das wäre ihre Pflicht als gehorsame Tochter. Sie bräuchte den Beutel nur hervorzuziehen und ihrem Vater zu sagen: ›Vater, selbst wenn Räuber den Wagen überfallen und die Ware gestohlen hätten, hier, sieh, wir haben Geld. Zähl nur.‹ Was hielt sie davon ab? Ein Versprechen dem Menschen gegenüber, der ihr Leben zerstört hatte? Das Furchtbare war: So sehr sie den Abt verabscheute, sie gab ihm recht. Offenbarte sie ihrem Vater das Geheimnis, so würde er das Geld an sich nehmen und es ihr niemals wiedergeben. Und welche Gewissheit hatte sie, dass er es aus Not nicht leichtsinnig ausgab? Was könnte geschehen, wenn er betrunken war? Und das war er in letzter Zeit öfter, aus Kummer und wegen dieser schrecklichen Zahnschmerzen, die sich natürlich gleich nach dem Kauf der Ware erneut eingestellt hatten.

Andererseits – sie brauchten Geld.

»Vater!«, rief Alice und setzte sich kerzengerade auf. »Wie wäre es, wenn Martin zurückreiten und meine Mitgift holen würde?«

Der Vater zögerte, obwohl er ihren Vorschlag durchaus erwägenswert fand. Die Mitgift seiner Tochter aufs Spiel zu setzen, erschien ihm zwar verantwortungslos – dennoch, es war eine Lösung aus seiner Not, wenn auch ein Wagnis.

»Wir können es so machen, Vater, Martin reitet auf Rab ganz schnell zurück nach Ungarn. Sobald er den Wagen mit den Gewürzen erreicht hat, kehrt er um und zu uns zurück. Wenn nicht …«, ihr Atem stockte. »Wenn nicht, reitet er umgehend nach Passau, holt vom Abt die Mitgift und bringt sie uns.«

»Das ist unmöglich, Alice. Wo sollte er wieder auf uns treffen?«, fragte der Vater unsicher.

»In Konstantinopel. Vater, lass es uns so machen.«

»Es muss rasch gehen. Martin müsste uns eingeholt haben, bevor wir den Arm des Heiligen Georg überquert haben. Als einsamer Reiter in dem von den Seldschuken eroberten Land würde er sicher ermordet und das ganze Geld wäre verloren.«

»Vater, entscheidet Euch, bitte.«

Und Karl entschied sich. Früh am Morgen besprach er mit dem Grafen Otto von Baerheim die Angelegenheit, dieser zeigte sich verständnisvoll und gewogen. Martin wurde herbeigerufen, er wurde vom Grafen Otto beauftragt, auch noch ein goldenes, mit Rubinen verziertes Kreuz, das sein Sohn Bernhard in den Trümmern von Belgrad aus einer Kirche entwendet hatte, seiner Gemahlin Gertrude zu überbringen.

Stumm nahm Martin den Befehl entgegen. Für die Kreuzfahrer war es höchste Zeit, nach Nisch aufzubrechen. Gottfried von Bouillon hatte sich bereits an die Spitze seines Heeres begeben. Die Ritter saßen auf. Martin betrachtete und bewunderte sie. Jeder Mann – ein Athlet – ein Held. Die Fahnen wurden aufgerichtet, sie zeigten Drachen und Löwen und ihre Verzierungen aus Gold und Edelsteinen blinkten in der Morgensonne.

Eine freudige Bewegung ging durch das Heer.

Allmählich setzte sich auch das Fußvolk in Marsch.

Martin sah ihnen lange nach. Die letzten Pilger, Frauen und Kinder zogen davon, nur noch gefolgt von den ›soldates‹, die über Ordnung und Disziplin des Heeres zu wachen hatten.

Martin blieb allein zurück. Welch eine Demütigung, welch eine Schmach. Alle durften weiterziehen ins Gelobte Land. Nur er nicht, er musste zurück und womöglich würde er exkommuniziert, weil er seinen Eid gebrochen hatte.

Doch noch während er den im Eiltempo davonrückenden Menschen nachsah, wieherte es hinter ihm, Rab kam angetrabt und blieb neben Martin stehen. Martin streichelte das Pferd, lehnte seinen Kopf an das warme Fell und spürte die Kraft des Tieres. Auch er, Martin, hatte von klein auf seine Muskeln geübt. Auch er war stark!

Statt zu wehklagen, dachte er darüber nach, wie er möglichst unauffällig zurück nach Ungarn käme. Martin beobachtete, hinter einem Gebüsch versteckt, das gegenüberliegende Ufer. Die ungarischen Wachmannschaften machten sich daran abzurücken.

Martin suchte das Ufer nach einer Furt ab. Seine Kleider würde er ausziehen und möglichst trocken auf Rabs Rücken sichern. Mit dem aufgenähten Kreuz aber durfte er sich unmöglich in Ungarn blicken lassen. Es abzutrennen, konnte Martin sich nicht entschließen, schließlich hatte er einen Eid geleistet, mit dem Heer Jesu Christi nach Jerusalem zu ziehen. Es schien also ratsam, die wertvollere, prächtigere Kleidung anzuziehen, die ihm der Abt damals geschenkt hatte. Und während Martin über diese Fragen nachdachte, fiel ihm selber auf, dass er das Heer Gottfrieds fast vergessen hatte. Er war allein, er hatte ein Pferd, er musste entscheiden. Er hatte sogar Geld, zum ersten Mal in seinem Leben. Er war jung und gewandt und hatte Kraft. Es war aufregend und nicht zu schwierig, die Save zu durchqueren.

Mangjeloz war öde, verlassen und wirkte auf Martin widerwärtig. Nichts erinnerte an das muntere Treiben, an die vielen Händler und Waren noch vor wenigen Tagen. Martin war vom Pferd abgestiegen und führte Rab durch diesen trostlosen Ort. Er kam an dem Wirtshaus vorbei, in dem er mit Markus gegessen hatte, und es fiel ihm ein, dass Markus von seinem Auftrag überhaupt nichts wusste. Er hätte dem Abt und den Brüdern doch sicher einen Gruß ausrichten lassen. Höchstwahrscheinlich war Markus der Einzige, der ihn wirklich vermisste. Und Alice, wohl auch Alice, obwohl sie sich am Morgen sehr sonderbar verhalten und gar nicht mit ihm gesprochen hatte. Martin schüttelte die Gedanken ab. Seine Aufgabe war es, zunächst einmal den Kaufmann zu finden, bei dem Karl die Gewürze gekauft hatte.

Martin fand den Laden nicht. In Mangjeloz gab es nur wenige Straßen, zwei, drei Plätze, die Stadt war schnell durchlaufen. Nichts. Fragte er Einheimische, so lächelten sie ihn an, als verstünden sie ihn nicht. Was möglicherweise auch zutraf, denn auch er verstand gerade knapp 20 Worte Ungarisch, die er von der Wachmannschaft aufgeschnappt hatte.

Es war nutzlos und sinnlos, an diesem traurigen Ort weiterzusuchen.

Martin machte sich auf nach Mohács, der nächstgrößeren Stadt, denn Karl hatte ihm mitgeteilt, dass die Kaufleute den Weg an der Donau entlang nehmen wollten, wahrscheinlich beabsichtigten sie, die Ware, wie allgemein üblich, auf dem Fluss transportieren zu lassen.

Das aber bedeutete Eile. Befanden sie sich erst einmal auf dem Schiff Richtung Buda und weiter nach Wieselburg, hätte Martin kaum noch eine Möglichkeit, sie zu finden. Der junge Mann ritt im Galopp. Die Straße nach Mohács und das helle Mondlicht ließen es zu, dass er auch die Nacht über reiten konnte. Die Schatten der mächtigen Walnussbäume, die ihre Blätter noch nicht verloren hatten, wirkten in diesem weißlichen Licht unheimlich.

Gegen Morgen erreichte Martin Mohács. Die Stadt wirkte belebt, der Markt war voller Waren, unangenehm war nur der aufdringliche Fischgeruch.

Martin ritt sofort zu den Anlegestellen der Schiffe. Die Donau war an dieser Stelle schmal und wirkte eher träge. Am Ufer waren zwei Schiffe festgetaut, auf die Waren verladen wurden.

Mit Rab am Zügel ging Martin langsam auf die Gruppe zu, grüßte höflich und erkundigte sich, ob die Kaufleute vor Kurzem in Mangjeloz die Ware eines Kaufmanns aus Passau aufgeladen hätten, der selbst als Kreuzfahrer nach Jerusalem unterwegs sei.

Martin erhielt keine rechte Antwort, die Kaufleute und die beiden Fuhrleute standen um ihn herum, Letztere verdrückten sich. Endlich richtete sich ein Kaufmann auf und erklärte, dass Reiter gekommen wären. Sie hätten einen Brief vorgezeigt mit der Unterschrift eines Kaufmanns Karl, in dem er sie angewiesen, nein, gebeten habe, die Fässer mit den Gewürzen abzuladen und sie den Reitern, die extra Lastpferde mitgebracht hätten, auszuhändigen.

Es sei alles rechtens verlaufen.

Betrug! Betrug!, schrie es in Martins Innerem. Wut stieg in ihm auf.

»Bitte überzeugen Sie sich, dass die gesamte Ware weisungsgemäß abgeladen wurde.«

›Ihr Gauner‹, dachte er voller Empörung. Natürlich hatten diese Kaufleute gewusst, dass der Brief gefälscht, eine Finte war, um die Ware ohne Kampf und Blutvergießen zu erbeuten.

Ob etwas nicht in Ordnung sei, fragte ein Kaufmann scheinheilig.

Es war sinnlos, darauf zu antworten.

Ob man den jungen Herrn zu einem Frühstück einladen dürfe.

›Herr‹, Martin erbitterte diese Schmeichelei, er hatte ganz vergessen, dass er kostbar gekleidet war.

Er musste fort. Karls Ware, Karls Vermögen war verloren.

Martin wendete abrupt sein Pferd und preschte durch die Stadt. Also zurück nach Passau.

Er beschloss, durch einsame Gebiete zu reiten, möglichst wenig zu reden, nein, sich stumm zu stellen. Geld hatte er ja, er fühlte wieder seinen Beutel, er versicherte sich, dass er es noch besaß und es ihm nicht von den feigen Kaufleuten gestohlen worden war.

Es waren widerstreitende Empfindungen, die Martin beherrschten. Natürlich, er war gejagt von der Sorge und Angst, das Kreuzfahrerheer nicht mehr in Konstantinopel anzutreffen. Allein aber den Sarazenen ausgesetzt zu sein – und dies dazu noch ohne Waffe –, beunruhigte ihn, hetzte ihn unaufhaltsam vorwärts. Zugleich aber entfernte er sich immer weiter von diesen Tausenden von Menschen, die sich teils mit Geschrei und Gezänk, teils mit Arroganz und hoheitsvollem Gebaren als schier unübersehbare Masse durch die Landschaft wälzten. Von Ungarn, von der Landschaft hatte Martin bisher auf dem Hinweg nichts wahrgenommen. Ständig bewacht, hatte er nichts als Befehle erhalten von seinem Herrn Karl und von dem Ritter von Baerheim. Jetzt musste er sich selber durchschlagen. Martin nahm mit hellen Sinnen seine Umgebung wahr, das Unterholz, die bewaldeten Berghänge. Buchen- und Eichenwälder boten Schutz vor dem einsetzenden Regen. Nachts suchte er sich einen Felsvorsprung oder fand eine Tropfsteinhöhle, um dort sein Lager aufzuschlagen.

Er entdeckte Spuren von Elchen und Bären. Angst hatte er keine. Martin hatte sich einen Knüppel besorgt und vertraute auf seine Kraft.

Je mehr Martin sich dem Neusiedler See näherte, desto mehr überkam ihn das Bedürfnis, das sich nur schwer abschütteln ließ, sich endlich einmal gründlich zu waschen. Einmal alle Kleider abzuwerfen und, ungeachtet der Tatsache, dass es schon Ende November war, im See zu baden. Die allmählich verdreckte, aber noch immer vornehme Kleidung des Abtes versteckte Martin im Schilf.

Rab hatte er am Ufer des Sees angebunden, da das Pferd nicht im Morast stehen mochte.

Das Wasser war eisig, aber noch nicht gefroren. Martin wusch sich Gesicht und Schultern und Arme. Vögel, durch die ungewohnten Geräusche aufgeschreckt, stoben aus dem Sumpfsee auf. Martin blickte ihnen nach, hörte aber nun seinerseits ein verdächtiges Knacken im Schilf. Er sah einen Mann, gedrungen und kräftig. In geduckter Haltung näherte er sich. Noch ehe Martin ans Ufer spurten konnte, hatte der Mann seine Kleidung ergriffen und flüchtete mit eilenden Schritten von der Uferstelle. Martin schrie den Räuber an, er solle seine Sachen loslassen, und spritzte aus dem See. Der andere ergriff die Flucht. Martin, nackt, hastete ihm nach. Er holte den Dieb ein, packte ihn von hinten, drehte den Kopf mit aller Kraft zur Seite und zog ihn gleichzeitig an den Haaren, sodass der Schurke auf den

Boden schlug. Der aber presste die Kleidung immer noch an sich. Martin sprang auf ihn und schlug ihm mit aller Kraft mit der Faust ins Gesicht, auf die Nase. Der Mann heulte auf, ließ endlich locker, sodass Martin ihm die Kleider entwinden konnte. Nun war er selbst auf der Flucht, denn der Kerl folgte ihm, kam näher, näher. Martin strauchelte, der andere erreichte ihn, schlang seine Arme um Martins Oberkörper und biss ihn in die Schulter. Martin rammte dem Beißer seinen Ellenbogen in die Magengrube. Der schrie auf, ließ los und verschwand endlich im Dickicht des Schilfes.

Martin fühlte einen rasenden Schmerz. Es war ihm, als steckten die Zähne des Mannes noch in seinem Fleisch. Bei jedem Schritt sackte er in dem matschigen Boden ein. Seine Angst wuchs, Rab könnte auch gestohlen worden sein. Zu Martins Erleichterung und Freude stand Rab da, wie Martin ihn verlassen hatte, und wieherte, als er seinen Herrn erblickte. Erst jetzt fiel Martin auf, dass er entsetzlich fror, weil er noch immer nichts anhatte.

Im Nachhinein wunderte Martin sich, dass er den Mann, der weitaus kräftiger und sicher kampferfahrener war als er, hatte überwinden können. Aber das war eher ein Gedanke nebenbei, denn jetzt galt es, die ungarische Grenze zu passieren. Martin ließ Ödenburg links liegen und ritt überwiegend im Galopp am Neusiedlersee entlang, bis er endlich die Höhenzüge des Leithagebirges entdeckte. Der Grenzübergang beim Schlagbaumbauern verlief ohne Schwierigkeiten. Es war ein erfahrener Grenzer, der dem jungen Mann ansah, dass er Fieber hatte, und der bereitwillig das Geld annahm, das Martin ihm in die Hand drückte. Er schob seine braune Kappe mit schwieligen Händen zurück und riet:

»Geh in ein Kloster, mein Sohn, und lass dich von den Mönchen gesund pflegen.«

»Sonst stirbst du!«, rief er dem Davonreitenden nach.

Zum Kloster, zum Kloster, war Martins einziger Gedanke.

Die Bisswunde hatte sich entzündet, das Fieber durchlief ihn in immer neuen Wellen.

Er versuchte, es zu lindern, indem er eine kurze Rast machte und in einem Bach, der sich rauschend durch den Wald ergoss, seine Wunde und sein Gesicht kühlte.

Furcht stieg in ihm auf, schüttelte ihn, er könnte das Kloster nicht mehr erreichen, er könnte nicht mehr reiten, würde vom Pferd fallen und irgendwo am Wegesrand krepieren. Rab spürte die Schwäche Martins, das Pferd kämpfte gegen Dunkelheit und aufgeweichte Wege. Dann fing es an zu schneien – wie ein Leichentuch, ging es Martin durch den Sinn.

Und da, Gott sei gepriesen, erkannte Martin von Ferne auf dem Hügel das Kloster und seitwärts im Tal Passau, seine Stadt, umgeben von den drei Flüssen. Eine weiße Schneedecke lag über der Landschaft und der Himmel war übersät von Sternen. Martin nahm weder die Schönheit der Nacht noch die Stadt seiner Kindheit wahr. Kein Gedanke an die Vergangenheit regte sich in ihm. Durchhalten, nur nicht hier zum Schluss zusammenbrechen. Rab verstand offenbar, dass sie ihr Ziel fast erreicht hatten, gab sein Letztes und preschte durch den Schnee zum Eingangstor des Klosters, das von einer hohen Mauer umgeben war. Taumelnd stieg Martin ab und zog an der Glocke. Von innen wurde eine Luke geöffnet und der Strahl eines Lichtes blendete Martin, sodass er die Augen zusammenkniff. Martin stieß mit klappernden Zähnen seinen Namen hervor. Der Pförtner antwortete: »Gott sei Dank. Sei gegrüßt«, öffnete das Tor und ließ den Jungen und sein Pferd hinein. Es war ein alter, zahnloser Bruder, der viele Gäste, Pilger und Arme hatte kommen sehen. Er erschrak, als er den Kranken ins Kloster hineinbat. Martins Gesicht war abgemagert, die Augen lagen tief und flackernd in ihren Höhlen, der Schweißgeruch war unerträglich, denn Martin roch nach Krankheit.

»Ich muss auf der Stelle wieder zurück zu den Pilgern Gottes nach Byzanz, ich muss meinem Herrn die Mitgift von Alice bringen«, stieß Martin hervor.

»Warte erst einmal ab, mein Sohn. Du brauchst Hilfe.«

»Und mein Rab?«, fragte Martin besorgt.

»Dein Pferd wird sogleich versorgt werden.«

Mit diesen Worten schritt der Mönch in seiner schwarzen Kutte voran, Martin folgte ihm taumelnd in ein dunkles Tonnengewölbe.

Der Mönch gebot Martin, einen Augenblick zu warten, er werde ihn sogleich melden.

Zitternd sackte Martin auf eine Bank. Er fühlte die Kälte des Steinfußbodens. Dunkel war es, fast schwarz, nur zwei Fackeln brannten und warfen bizarre Bilder gegen die Wände.

So sieht der Tod aus, durchfuhr es Martin. Die Wartezeit erschien ihm ewig.

Endlich öffnete sich die schwere, dunkle Eichentür an der Rückwand des Raumes. Dort war es so finster, dass die Umrisse des sich ihm nähernden Mannes wie Schatten wirkten. Sein Gesicht hatte er unter der Kapuze verborgen. Er kam allein, ohne den Pförtner und ohne die Brüder, die sonst Gäste zu begrüßen pflegten.

Martin stand auf und wollte auf ihn zugehen, um seine Ehrerbietung zu zeigen. Doch er merkte, wie er torkelte und tastete schwindelnd nach der Bank.

Da warf sich der Mönch in Kreuzesform vor Martin zu Boden.

Martin rang nach Fassung.

Er wünschte, der andere möge aufstehen.

Als sich der Mönch aber erhob, erkannte Martin ihn:

Es war der Abt.

»Gelobt sei Jesus Christus«, grüßte er den Jungen.

»In alle Ewigkeit. Amen«, stotterte Martin.

»Du bist krank, mein Sohn. Ich werde dich zu einer eigenen Zelle führen. Auf dem Weg dorthin werden wir schweigen, denn es ist die Zeit nach der Komplet, in der niemand mehr sprechen darf.«

Martin nickte. Es war ihm nur recht, dass er nichts sagen

durfte. Denn obwohl ihn das Fieber schüttelte, grübelte er darüber nach, warum wohl gerade eben so etwas Außergewöhnliches, etwas geradezu Erschreckendes geschehen war. Es mochte ja zu der Benediktinerordnung gehören, dass sich ein Hoher vor einem Geringen in Kreuzesform niederwarf, aber so, wie Martin den Abt bisher kennengelernt hatte, tat er es gewiss nicht vor jedem und hatte es vielleicht überhaupt noch niemals getan.

Beide traten in sich gekehrt aus der dunklen Halle in die Nacht hinaus. Der Weg zum Spital war weit. Der Jüngere, von dem Älteren gehalten, wurde an der Abteikirche entlanggeführt, die mächtig und dunkel inmitten der Klosterbauten thronte. Immer wieder mussten sie stehen bleiben, weil Martin nicht weiterkonnte. So kamen sie nur langsam an der Schule, der Abtwohnung, der Schreibstube und Bibliothek vorbei bis ans entgegengesetzte Ende des Klosters. Dort lag das Spital für die Armen und Kranken aus der Stadt und der Umgebung. Der Abt führte Martin durch eine Halle, in der ein Kaminfeuer loderte. Die Flammen warfen tanzende Lichter an Wände und Säulen. Im Mittelpunkt des weiten Raumes, von allen Betten aus sichtbar, hing ein großes Kreuz. Trotz des hohen Fiebers erkannte Martin, dass jeder Kranke ein eigenes Bett und eine Federdecke hatte. Nach all dem Schmutz und Dreck der vergangenen Wochen erschien ihm diese fürsorgliche Reinlichkeit paradiesisch zu sein. Schweigend durchquerten der Abt und Martin den Raum, gefolgt von wenigen neugierigen Blicken. Die meisten Männer schliefen bereits, einige schnarchten.

Der Abt aber öffnete eine dunkle Holztür und führte Martin in eine kleine Krankenzelle, die für Schwerkranke vorgesehen war. Auch hier hing dem Bett gegenüber ein Kreuz.

Ein Mönch war eben damit beschäftigt gewesen, die Zelle zu heizen, er verneigte sich stumm und ging. Der Abt entband Martin vom Schweigegebot und forderte ihn auf:

»Wir werden jetzt zusammen ein Gebet sprechen.« Martin sank aufs Bett, während der andere vor dem Kreuz niederkniete.

Trotz des Fiebers verwunderte es Martin, dass der Abt ihm Hände und Füße wusch. Nur undeutlich stand ihm das Gebot Jesu Christi vor Augen, dem Niedrigeren zu dienen.

Wenige Augenblicke später erschien ein weiterer Mönch, der als Wundarzt ausgebildet war und vom Abt als Bruder Laurentius vorgestellt wurde. Während dieser die Wunde untersuchte, hielt der Abt eine Kerze, deren flackernder Schein das ernste Gesicht des Mönchsarztes betonte. Wider besseres Wissen stellte der Abt die Frage: »Genügt heißer Wein?«

Der Ältere, in der Heilkunde Erfahrene, schüttelte den Kopf. »Wir werden die Wunde mit Silbernitrat säubern.«

»Was ist das, Silbernitrat?«, fragte Martin verunsichert.

»Höllenstein«, antwortete der Arzt. »Die Anwendung ist schmerzhaft und auch gefährlich. Ich sehe aber keine andere Möglichkeit.« Er nestelte in seinem Beutel und nahm einige Steinchen in die Hand.

»Martin, ich werde dir jetzt diese Plättchen auf deine Wunde legen, damit du keine Blutvergiftung bekommst«, und damit forderte der Arzt Martin auf, sich auf den Bauch zu legen. Der Abt packte Martin bei den Händen und hielt ihn fest. Martin schrie auf.

Es war, als gösse der Mann heißes Blei auf seine Wunde, als ginge die Haut in Flammen auf.

Der Arzt half Martin danach, sich zuzudecken.

Nicht ahnend, dass Martin Latein verstand, teilte der Arzt dem Abt mit, es könne sein, dass Martin die Nacht sterben werde. Martin hörte, was über ihn gesprochen wurde, doch sterben oder leben, es war ihm gleichgültig. Sein Ziel, möglichst bald wieder zu den Kreuzfahrern zurückzukehren, war in dieser klösterlichen Welt vergessen.

Der Abt blieb mit Martin allein. Er erneuerte alle zwei Stunden den Wundverband, einen Breiumschlag aus Beinwell, wie vom Bruder verordnet. Die kalten Umschläge gegen das Fieber wechselte er, sobald sie sich erwärmt hatten. Nach diesen Wochen im Dreck, in der Kälte und Feuchtigkeit überkam Martin trotz des Fiebers ein angenehmes Empfinden.

In dieser Nacht hatte der Abt einen Bruder beauftragt, die Mönche zu den Nocturnen, zum nächtlichen Gottesdienst, zu rufen und dieses zu leiten. Die notwendigen Gebete verrichtete er bei Martin in der Zelle. Martin nahm es im Dämmerzustand wahr. Und obgleich ihm bewusst war, sterbenskrank zu sein, durchflutete ihn ein Wohlgefühl, niemals war in seinem Leben jemand so fürsorglich zu ihm gewesen, auch seine Mutter nicht, die nur kurz zu ihm hereingeguckt hatte, wenn er als Kind krank war. Sie kümmerte sich um den großen Haushalt Karls, sie vertrat die Stelle einer Hausherrin und sie war stolz darauf, über alle Mägde befehlen zu können. Da blieb für den eigenen Sohn keine Zeit.

Nun aber saß der Abt Tag und Nacht neben seinem Bett, bewachte Martins Schlaf, seine Krankheit und allmähliche Genesung, wechselte die Bettwäsche, wenn sie durchgeschwitzt war, fütterte den Kranken, flößte ihm Suppe ein, gab ihm mit Kräutern gewürzten warmen Wein. Regungslos und ohne ein Zeichen von Ungeduld harrte er neben seinem Bett, als gäbe es keine Zeit, keine Müdigkeit. Martin blinzelte bisweilen, tat, als schliefe er, um dieses ungewohnte und unerwartete Glück in sich aufzunehmen.

Einmal, kurz vor Weihnachten, lächelte der Abt, während er Martin betrachtete, und sagte: »Du bist wach, mein Sohn. Du spielst schon den Kranken. Nein, nein, du brauchst dich nicht zu schämen. Es ist keine Schande, wieder gesund zu werden und das Kranksein noch etwas zu genießen.«

Martin war trotzdem verlegen, besonders, da ihn eine Frage drückte, die er nicht auszusprechen wagte. Der Abt fühlte, dass Martin eigentlich etwas sagen wollte.

»Nun, was ist?«, forderte er ihn auf und sah Martin dabei freundlich an.

»Du hast doch noch etwas auf dem Herzen.«

»Vater Johannes, ich frage mich manchmal, warum Ihr so gut zu mir seid. Wäre ich der Herzog von Bouillon oder der Ritter von Baerheim, so könnte ich Eure Sorgfalt und Güte verstehen.«

Der Abt senkte den Kopf und saß einen Augenblick regungslos da, so als wollte er die möglichen Antworten prüfen.

»Unser Herr Jesus Christus«, begann er zögernder, als er selber wollte, »gibt uns Auskunft über das Weltgericht. Diejenigen werden dann gesegnet sein, die Jesus aufgenommen, ihm zu essen, zu trinken, ihn bekleidet, im Gefängnis besucht und geholfen haben, als er krank war.

Die Seligen aber können sich nicht erinnern, jemals Jesus getroffen zu haben. Er jedoch antwortet: Was ihr dem geringsten meiner Brüder getan habt, das habt ihr mir getan. Unser Orden schreibt denn auch vor, man solle um die Kranken besorgt sein und ihnen so dienen, als wenn man wirklich Christus diente.«

Er schwieg und auch Martin dachte über die Antwort nach.

»Und außerdem«, fuhr der Abt fort, »hast du einen Eid abgelegt, das Gelobte Land, das Heilige Jerusalem, für unseren Herrn Jesus Christus zurückzugewinnen.«

Martin lächelte bitter.

»Wenn ich das könnte. Ich bin nur ein Knecht. Ich habe keine Waffe. Wenn ich ein Schwert hätte wie der junge Ritter Bernhard von Baerheim, dann würde ich Jerusalem erstürmen, auch wenn ich den Tod dabei fände«, setzte er schwärmerisch hinzu. »Ich höre so gerne von den Helden, die für Karl den Großen kämpften. Der Ritter Bernhard singt manchmal am Abend nach den langen Fußmärschen davon. Manchmal nimmt er seine Laute und erzählt von den Taten der Ritter, die in Spanien gegen die Sarazenen gekämpft und ihren Tod gefunden haben. Es waren tapfere, edle, fromme Männer.« Dann sagte Martin hart und trocken: »Aber ich habe kein Schwert und werde niemals eines besitzen. Dabei wäre ich sicher ein guter Kämpfer. Ich beobachte täglich Bernhard, wie er sich im Kampf übt. Er ist schnell und geschickt und stark. Er ist auch der Mutigste von allen. Und dann spielt er auch noch Laute und singt dazu, meistens von Roland, wie er mit seinem Schwert Durndart die Sarazenen in Spanien besiegt:

›Ruolant was ergremt harte
Mit dem guoten Durndarte
Gefrumte er manigen tôten man.
Des swertes site was sô getân,
swâ erz hin sluoc, daz ez durch den stâl wuot.
Die tôten lâgen
Sam die hôhen berge.
Daz bluot von manne
Fulte velt und graben.
Sie wuoten in dem bluote unz an die knie.‹

»Sie wuoten in dem bluote unz an die knie«, wiederholte der Abt. »Ein sehr bekanntes Bild aus der Geheimen Offenbarung, das nichts darüber aussagt, wie etwas sich wirklich zugetragen hat. Womöglich wird man es auch auf die Eroberung Jerusalems anwenden. Hoffentlich nicht.«

Martin sah ihn verständnislos an. Der Abt wandte sich denn auch wieder dem Kranken zu und fragte mit einem besorgten Unterton:

»Du bewunderst ihn sehr?«

»Alle bewundern Bernhard, besonders die Frauen. Auch Alice.«

Martin machte ein trotziges Gesicht.

»Allerdings«, er taumelte aus dem Bett. »Ich muss Euch etwas zeigen.« Martin entnahm seinem Bündel ein Kreuz und gab es dem Abt. Der hielt es in der flachen Hand und betrachtete das ovale Bild, das in das Gold eingelassen war. Es zeigte Jesus, den Pantokrator, den Weltherrscher. Mit der Bibel in der Hand und dem Heiligenschein um das Haupt, schien er dem Abt gerade ins Gesicht zu blicken.

»Woher hast du es?«

»Von Otto von Baerheim. Ich soll es seiner Frau Gertrude bringen, damit sie es in der Burgkapelle aufstellt. Sein Sohn Bernhard hat es aus einer zerstörten Kirche in Belgrad genommen. Er meinte, die Byzantiner seien alle keine richtigen Christen, weil sie den Papst nicht als den Stellvertreter Christi anerkennen. Deswegen könne er es behalten. Außerdem werde es sonst von Räubern aus der Kirche gestohlen, was wohl wahr ist. Aber ich weiß nicht, ob er das hätte tun dürfen.«

»Du fragst dich, ob das Plündern oder Diebstahl war.«

Martin nickte. »Ich stelle mir vor, wenn ich ein Ritter wäre, so würde es gegen meine Ehre verstoßen.«

Martin machte wieder dieses trotzige Gesicht, das langsam ganz kleinmütig und unzufrieden wirkte. Der Abt beobachtete beunruhigt die Veränderung. Er hoffte, dass Martin sich wieder fangen würde. Und wirklich begannen sein Mund, seine Wangen und noch mehr seine Augen aufzublühen, als er gestand: »Ich denke oft an meinen Vater. Ich kenne ihn ja nicht. Aber ich wünschte mir, er wäre ein edler Ritter. Ich stelle mir vor, wie er die Armen, die Hilfsbedürftigen, verteidigt, wenn sie von Räubern überfallen werden. Ich träume davon, dass er tapfer und mutig und furchtlos ist.« Martin hatte nun glänzende Augen bekommen und sah die Fantasiegestalt, die für ihn so real war, als könnte er seinen Vater greifen.

Währenddessen saß der Abt starr und aufrecht neben Martins Bett, ebenfalls den Blick auf etwas Unsichtbares gerichtet. Er war wie entrückt und gleichzeitig sog er jedes Wort in sich auf.

»Vielleicht weiß mein Vater gar nicht, dass es mich gibt. Sonst hätte er sich doch einmal in den vielen Jahren um mich gekümmert. Vielleicht hat er kein Kind außer mir und wäre froh, einen leiblichen Sohn zu haben.«

Der Abt schüttelte unwillig den Kopf.

»Martin«, ermahnte er den Jüngeren. »Sei du selber ein Mann. Wie jeder von uns wirst du eine Aufgabe von Gott erhalten. Deine Pflicht ist es, schnell gesund zu werden. Du warst sehr krank, du warst todkrank. Darum habe ich mich deiner angenommen. Du brauchst meine Hilfe nicht mehr. Bruder Thaddäus wird dich von nun an versorgen. Er ist ein gütiger, weiser Mönch. Du wirst ihn mögen.«

Martin machte ein bekümmertes, trauriges Gesicht. Nun hatte er einmal einem Menschen anvertraut, was er sich wirklich wünschte und erträumte, und schon zog sich dieser von ihm zurück. Der Abt sah Martins Enttäuschung.

»Ich lasse dich nicht allein. Nur habe ich viele andere Aufgaben, die jetzt während der Krankenpflege liegen geblieben sind. Und gerade zum Heiligen Christfest kann und darf ich die Brüder nicht länger allein lassen. Für viele Mönche habe ich die Verantwortung übernommen und muss vor Gott dafür Rechenschaft ablegen.«

Er lächelte Martin aufmunternd zu. »Auch du bist mir von Gott geschickt und ich muss dafür sorgen, dass du wieder kräftig wirst. Ich werde dir jetzt einige Übungen zeigen, die du mit Eifer ausführen musst. Ich selbst werde täglich einmal zu dir kommen und mich von deinen Fortschritten überzeugen. Steig einmal von deinem Lager. Deine Beine sind ja noch ganz wackelig. Du wirst sehen, das wird sich schnell ändern.«

Martin vergaß über dem Anspannen seiner Muskeln seinen Schmerz. Als er wieder im Bett lag und der Abt schon zum Türring griff, sagte dieser:

»Du hast recht gedacht, Martin. Kirchenraub ist Gottesraub. Ich werde statt deiner das Kreuz zur Gräfin Gertrude bringen. Der Weg zu ihrer Burg wäre für dich eine unnötige Zeitverzögerung.«

Bruder Thaddäus erwies sich als freundlicher, liebevoller Pfleger, der dem Genesenden vor allem durch sein besonderes Talent half. Bruder Thaddäus konnte durch seine Geschichten bestens unterhalten. Da Martin nicht mehr krank, jedoch auch noch nicht gesund war, neigte er zu Reizbarkeit, Ungeduld und Unwillen und bedurfte der Ablenkung.

Zusehends ging es Martin von Tag zu Tag besser. An einigen Gottesdiensten zu Weihnachten hatte er schon teilgenommen, frisch dem Badezuber entstiegen, der in dem an seine Krankenkammer anliegenden Badehaus stand. Bruder Thaddäus hatte ihm die Haare geschnitten, ihn rasiert, seine Kleidung hatte er gereinigt und ihm wohlduftend wieder übergeben.

Der Abt erschien täglich, um sich nach Martins gesundheitlichen Fortschritten zu erkundigen und ihn auch im Griechischen zu unterweisen. Einmal sah er den Abt von Weitem auf einem seiner Genesungsspaziergänge. Es war fast am Eingangstor des Klosters, dort wo die Armen ihre Herberge hatten. Aus einer Gruppe zerschlissen aussehender Männer lösten sich zwei, fielen auf die Knie, ergriffen den Saum der Kutte des Abtes und küssten sie. Dieser nun bückte sich zu ihnen hinunter, nahm sie bei den Händen, richtete sie auf. Martin mochte sich nicht nähern, es war ihm unangenehm, diese Szene beobachtet zu haben. Als sei etwas geschehen, was ihn nichts anging. Er wagte auch nicht, den Abt darauf anzusprechen. Es war aber Thaddäus, der am folgenden Tag die Sprache auf das Geschehen brachte. Von nah und von weither kämen Menschen mit unheilbaren Hautleiden, damit der Abt ihre Wunden wasche und sie gesund mache. Er gelte nicht nur bei der armen Bevölkerung, sondern sogar beim Adel als Wunderheiliger, obwohl der Abt jedem versichere, Gott habe die Heilpflanzen den Menschen geschenkt und darum seien Wunder nicht unbedingt nötig, um gesund zu werden.

Der Winter zog sich dahin. Martin platzte fast vor Ungeduld, er wollte zurück zum Heer Gottfrieds von Bouillon, er wollte zu Alice.

Er wollte endlich seinen Auftrag weisungsgemäß erledigt haben. Doch er war immer noch zu krank, zu schwach für einen Ritt nach Konstantinopel. Martin beschwor den Abt, er begründete seinen Wunsch recht schlau, Epiphanias sei zur Abreise sehr geeignet, weil an diesem Tag der Heiligen Drei Könige gedacht würde, deren Zug ins Heilige Land eine gleichnishafte Bedeutung hätte.

Der Abt besprach sich mit dem Bruder, der als Arzt Martin immer noch betreute, und mit Bruder Thaddäus. Doch die Weisung: ›Tue alles mit Rat, und du wirst nichts bereuen nach der Tat‹ erwies sich als schwer erfüllbar, weil die Entscheidung eine Unbekannte enthielt: Mit Sicherheit war Herzog Gottfried mit seinem Heer schon in Konstantinopel angekommen. Was aber wäre, wenn die Heere des Grafen Raimond von Toulouse, Bohemunds, Stephan de Blois' und der beiden Roberts, des Herzogs von der Normandie und des Grafen von Flandern, auch schon Konstantinopel erreicht hätten?

Würden die Pilger feindliches Gebiet betreten, bevor Martin den weiten Weg zu ihnen geschafft hätte? Sollte man Martin trotz seiner Krankheit ziehen lassen?

Anfang Februar, am Tag vor seinem Aufbruch nach Konstantinopel, ließ der Abt nach der Terz und gesungenen Messe Martin durch einen jungen Bruder mitteilen, er solle zum Pferdestall kommen. Martin erfasste eine ungewohnte Aufregung, als er Rab nach diesen Monaten der Krankheit und Schwäche endlich wiedersah. Er liebkoste das Pferd, das ihm als sein bester Freund erschien. Dann erst bemerkte er in der Dunkelheit des Stalles den Abt. Er hielt ebenfalls ein Pferd am Zügel und führte es jetzt ins Freie.

»Wir werden zusammen ausreiten. Es wird dir und Rab guttun. Du kannst dich kräftigen, bevor du diese weite Reise antrittst.«

Langsam ritten sie aus der Klosteranlage heraus. Martin atmete tief die Winterluft ein und blickte auf die weite, schneebedeckte Landschaft, die sich sonnenbeschienen vor ihnen ausbreitete. Von den Hügeln aus sah Martin auf die Donau hinab, auf der noch Eisschollen schwammen. Sie hielten ihre Pferde erst an, als die Landspitze von Passau in Sicht kam. Das dunkle Wasser der Ilz hob sich deutlich von den hellen Wassern des Inn ab. Martin warf einen scheuen Blick zu den vertrauten Mauern, von denen er sich möglicherweise für immer verabschiedete. Er betrachtete vom jenseitigen Ufer das Paulustor und den Domplatz, von dem aus er nach Jerusalem aufgebrochen, er suchte die Marchgasse, in der er aufgewachsen war. Er wusste nicht, was er von seinem bisherigen Leben dort unten, eingepfercht zwischen dem Kloster Niedernburg und dem Wehr, halten sollte, es war ein beklemmendes Gefühl.

»Auf, Martin! Lass sehn, was du noch kannst!«, wurde er vom Abt aus seinen versponnenen Gedanken gerissen. Und damit preschte der andere über die Wiesen davon, dass der Schnee nur so aufstob. Martin setzte ihm nach – sein Ehrgeiz erwachte, er wollte den Abt einholen und möglichst überholen. Doch der ritt nun langsamer, sodass es nicht zu einem Wettrennen kam.

»Wir haben einen ganzen Tag vor uns«, sagte der Abt. »Wir werden ihn geruhsamer beginnen. Ich wollte nur deine trüben Gedanken verscheuchen. Übrigens, alles was du hier siehst, die Felder, Wiesen und Wälder, gehören dem Kloster. Das Kloster hat fünf Mönche, die als Förster die Jäger und Waldarbeiter beaufsichtigen. Einen von ihnen, Bruder Franzius, wirst du kennenlernen.«

Gegen Mittag erreichten sie ein vom Bergwald umgebenes Blockhaus. Zu Martins Erstaunen wurde er von dem fremden Mönch nicht mit Du angesprochen, sondern wie ein Herr mit ›Ihr‹. Nach Gebet und Bruderkuss führte Bruder Franzius seine Gäste zu einem bereits mit einem weißen Leinentuch gedeckten Tisch. Tonteller sowie Schalen mit Wasser und die Tücher, die zum Säubern der Finger während des Essens gedacht waren, standen bereit. Ein Messer trug jeder sowieso bei sich.

»Wildbret«, freute sich der Mönch, »weil Ihr noch krank seid, und Euch zu Ehren«, er wandte sich an den Abt, »Hirsch.«

Martin stutzte, natürlich, Hochwild durfte nur vom Adel gegessen werden.

Er fühlte sich unsicher, wenn er an seine Tischmanieren und das Tischgespräch dachte, denn weder der Abt noch Bruder Franzius würden, wie sonst üblich, beim Essen schweigen.

Bruder Franzius wandte sich denn auch an den jungen Mann und stellte fragend fest:

»Ihr zieht morgen nach Jerusalem.«

Martin nickte.

»Wunderbar ist es, dass Tausende ihr Hab und Gut verlassen und sich auf den weiten Weg machen, um die Heiligen Stätten von den Ungläubigen zu befreien. Sogar in meine Einsamkeit ist der Aufruf des Papstes gedrungen. Er hat die Ritter endlich dazu gebracht, sich nicht mehr gegenseitig zu befehden und so den Gottesfrieden zu brechen. Mehr noch: Arme und Reiche, Unfreie und Adelige sind vereint in dem einen Ziel: Jerusalem.«

Martin wusste nicht, was er erwidern sollte. Er fand sich nicht mit den anderen Pilgern wirklich verbunden, am wenigsten mit den Rittern und schon gar nicht mit Bernhard von Baerheim.

Statt seiner antwortete der Abt. »Wie vereint sie wirklich sind, wird sich zeigen, wenn sich die Heere in Konstantinopel zusammengeschlossen haben. Ich vertraue auf die Güte und Klugheit Adhémars, des Bischofs von Le Puy, der als Legat des Papstes für Frieden innerhalb der Kreuzfahrerheere sorgen wird. Ich habe ihn in Cluny kennengelernt und er machte auf mich einen besonnenen, weisen Eindruck. Übrigens ist er ein exzellenter Reiter und beherrscht sein Pferd wie ein Ritter.«

»Ja«, seufzte Bruder Franzius. »Cluny, das bedeutendste Kloster der Christenheit. Ich wünschte, ich könnte einmal in meinem Leben dorthin kommen.«

»Ich fürchte allerdings«, sagte der Abt, ohne den Einwurf des Mönches weiter zu beachten, »dass Bischof Adhémar sich schwer gegen die selbstherrlichen Heerführer durchsetzen kann, wenn es ernstlich um Machtfragen geht.«

Er schwieg. Der Mönch und Martin schwiegen ebenso, konnten sich allerdings wenig unter den Schwierigkeiten vorstellen, die der Abt voraussah.

»Besonders Bohemund soll ein ehrgeiziger, durchtriebener und grausamer Führer sein, dessen Normannen ihm bedingungslos gehorchen und der auch schon früher gegen Kaiser Alexios Krieg geführt hat. Alexios wird also versuchen, ihn umgehend nach Romanien zu schicken, damit er da gegen die Türken kämpfen kann.«

Er seufzte. »Der Kaiser wird überhaupt versuchen, die vielen Menschen schnell loszuwerden, die er nun versorgen muss. Er hat kampferprobte, gut bewaffnete und disziplinierte Ritter im Sinne gehabt, als er den Papst um Hilfe bat, nicht einen Zug von Frauen und Kindern und Männern, von denen viele keinerlei Kriegserfahrung haben. Die sind ihm eine Last.«

So wie ich, dachte Martin.

»Nun, Kaiser Alexios kann sie doch nicht gleich wieder fortschicken«, wandte der Mönch ein. »Er wird den Heerführern seine Gastfreundschaft erweisen, er hat sie schließlich in sein Land gerufen und sie müssen sich nach dem langen Marsch ausruhen.«

Der Abt wiegte zweifelnd den Kopf.

»Die Byzantiner sind ein kunstsinniges, feinsinniges Volk. Sie halten uns jedoch für grobschlächtig und meinen, wir hätten schlechte Manieren, was Prinzessin Anna sicher missfallen wird, obwohl sie für männliche Schönheit durchaus empfänglich sein und dieser ihre Bewunderung nicht versagen soll.

Trotzdem, ich fürchte, Kaiser Alexios hat unsere Heere längst zu den Türken geschickt, bevor Martin in Konstantinopel ankommt.«

Betretenes Schweigen folgte. Bruder Franzius griff nach dem Tonkrug und schenkte sich plörrend Wein ein. Martin sah den Abt erstaunt an. Von Umgangsformen war die Rede, während er die in Eile sich durch die Landschaft schleppenden, durchnässten, frierenden Männer, Frauen und Kinder vor sich sah, die ihre Hoffnung auf Jerusalem setzten, auf das Ende von irdischem Leid und schrecklichen Höllenqualen.

Außerdem war es ihm unangenehm, dass über ihn gesprochen wurde. So sagte er trotzig:

»Ich werde das Heer Herzog Gottfrieds schon rechtzeitig erreichen und von den Türken lass ich mich nicht ermorden.«

Gleich nach der Mahlzeit brachen der Abt und Martin auf. Nun ritt Martin still neben dem Älteren. Er bereute sein unfreundliches Benehmen, mochte sich jedoch auch nicht entschuldigen. Der Abt fragte ihn nach einer Weile des Schweigens, worüber er nachdenke.

Martin wich aus.

»Es ist sonderbar. Ihr wisst viel mehr über diesen Kreuzzug als ich.«

»Nicht mehr, sondern anderes«, antwortete der Abt.

»Ich weiß eigentlich gar nichts über das Gebiet jenseits des Arms des St. Georg, über die Türken und den Islam.«

»Möchtest du, dass ich dir etwas erzähle?«

Martin schüttelte den Kopf. »Heute nicht. Und ein Morgen gibt es nicht.«

»Nur so viel musst du bedenken. Der größte Teil der uns bekannten Welt ist von den Moslems erobert worden. Ihr habt einen harten, unerbittlichen Kampf vor euch. Mohammed selbst hat eine große Karawane aus Mekka überfallen und jahrelang Krieg gegen diese Stadt geführt.

Zehn Jahre nach seinem Tod, im Jahre 632, also von 634 bis 644, haben die Moslems Ägypten, Palästina und damit Jerusalem, Syrien, Mesopotamien, Persien unterworfen, kurze Zeit später Nordafrika bis zum Atlantik und dann Spanien bis über die Pyrenäen. Selbst in Frankreich haben sie Krieg geführt und sogar auf dem St. Bernhard einen Abt von Cluny gefangen genommen.«

»Was aber erwartet mich?«, fragte Martin mit einem besorgten Unterton, den er zu verbergen suchte.

»Dich erwarten die Seldschuken, ein kriegerisches Reitervolk aus dem Osten, das vor Kurzem zum Islam übergetreten ist. Vor nun 26 Jahren schlugen sie die Byzantiner in der Schlacht bei Mantzikert. Danach eroberten ihre Krieger das ganze weite, seit 1.000 Jahren von Christen bewohnte Land zwischen dem Schwarzen Meer und dem Mittelmeer. Die Bevölkerung, meist Bauern in kleinen Dörfern, konnte sich nur ergeben, wenn sie nicht niedergemetzelt werden wollte.

In der 4. Sure des Korans steht, dass diejenigen, die um des

Islams willen Krieg führen, mit gewaltigem Lohn ausgezeichnet werden und einen höheren Rang im Paradies erhalten als diejenigen, die daheim bleiben.«

»Genauso wie bei uns«, überlegte Martin.

»Allerdings mit dem Unterschied, dass das nicht von Jesus Christus, sondern vom Papst gepredigt wird«, entgegnete der Abt. »Unterschätze die Türken niemals. Sie sind kampferprobte, mutige und mit besten Waffen ausgerüstete Gegner. Sehr viele von unseren Leuten werden auf dem Weg nach Jerusalem sterben.«

Martin antwortete darauf nicht. Die letzten Worte des Abtes hatten seinen Kampfgeist wieder angestachelt. Ihn wunderte nur, dass der Abt Arabisch konnte. Aber er hatte keine Lust, ihn danach zu fragen, wo und wieso er es gelernt hatte.

Der Abt dachte Ähnliches:

»Der Koran, von dem ich dir erzählt habe, ist ein prächtiges, überaus kostbares Geschenk des Kalifen von Cordoba an das Kloster Cluny. Bedenke: Der Islam hat zwei Gesichter:

ein kriegerisches und ein generöses, überaus gelehrtes.«

Von der Seite betrachtete Martin verstohlen den Abt. Erneut wunderte er sich über die Klarheit seines Gesichtes wie auch über die Anerkennung und Achtung, die er den Muslimen entgegenbrachte.

Der Abt bemerkte den Blick und lächelte.

»Los, Martin. Vergessen wir Krieg, Tod und Gelehrsamkeit! Wer ist schneller, du oder ich?«

Er gab seinem Pferd die Sporen und preschte davon.

Sie hatten jetzt das hügelige Weideland wieder erreicht und Martin galoppierte hinter dem Abt her, der zwar für einen Augenblick langsamer ritt, sodass Martin den Vorsprung leicht einholen konnte, doch dann wieder davonstürmte. Es begann ein wildes, spielerisches, ehrgeiziges Wettreiten. Es zählte nur der Augenblick, in dem der eine schneller war als der andere und sich an die Spitze setzen konnte. Einmal warf Martin einen genaueren Blick auf den Abt, es fiel ihm auf, wie jung er wirkte, gerade wie ein älterer Bruder. Martin scheuchte diesen Anflug von Nachdenklichkeit fort und überließ sich ganz dem Spiel, dem Treiben, dem Wind, der Geschwindigkeit und der sich steigernden Lust am Reiten. Er fühlte Rab, sich selbst und sah, dass der andere dieselbe Freude empfand. So ging es lange Zeit, bis der Abt dem Wettkampf ein Ende bereitete, indem er zu einem Wald ritt, dessen dichtes Unterholz nur ein schrittweises Gehen ermöglichte. Bei einer Quelle saßen sie ab. Abt Johannes schöpfte Wasser, sie suchten Hartriegel und anderes trockenes Strauchwerk und entflammten aus mitgebrachtem Zündel und Zunder ein Feuer. Den Pferden gaben sie zu trinken, selbst hockten sie um die kleine Kochstelle, tranken mit Wasser gemischten Wein und aßen Brot und Käse.

Es war später Nachmittag. Die Tannen um die kleine Lichtung wirkten zusehends dunkler, schwärzer. Durch das Holz bahnten sie sich einen Weg ins Freie. Der Ältere ritt langsam voran, der Jüngere folgte nah hinter ihm, wobei Martin seine Gestalt betrachtete.

Hätte der Abt wirklich jeden, der da des Nachts krank ins Kloster gekommen wäre, ebenso sorgsam und fürsorglich und liebevoll behandelt? Auch Bernhard von Baerheim?

Sie waren nun aus dem Wald herausgeritten. Vor ihnen lag das schneebeladene Tal im Dämmerlicht und über ihnen wölbte sich das Geäst einer mächtigen Buche. Martin hatte das Bedürfnis, etwas von Herzen Kommendes zu sagen und seine Dankbarkeit auszudrücken.

Er wandte sich zu dem Abt, blickte ihn an und rief aus:

»Jerusalem kann auch nicht schöner sein!«

»Dies hier ist Jerusalem«, erhielt er als Antwort.

Mit klatschnassem Gesicht wachte Martin in der Nacht auf. Erschrocken wischte er sich die Tränen ab. Nachts ohne Grund zu weinen, war unmännlich und er schämte sich. Sogar das Kopfkissen war nass. Er wendete es und lag dann auf dem Rücken in seiner Krankenzelle, in der beständig ein Licht brannte. Seine

Tränen hatten auch mit einem Licht zu tun, versuchte er sich zu erinnern.

Natürlich hatte er das Grab seiner Mutter vor seiner Abreise nach Jerusalem besuchen wollen, und so waren der Abt und Martin zu der Friedhofskirche St. Severin geritten. Es war bereits dunkel, als sie beim Gottesacker ankamen. Martin fühlte sich beklommen, alleine zu den Gräbern zu gehen, und bat den Abt, ihn zu begleiten. Der aber schüttelte den Kopf und erklärte: »Mit dir ist schon genug Welt in mein Leben getreten. Dafür werde ich mir eine harte Buße auferlegen. Zu den Gräbern der beiden Frauen dort aber werde ich nicht gehen.«

Martin war unheimlich zumute, als er sich seinen Weg zwischen den Toten bahnte. Es war Wind aufgekommen, das Licht in seiner Lampe flackerte. ›Gräber‹ hatte der Abt gesagt. Es fiel Martin mit einem Male auf, als er endlich vor dem Grab seiner Mutter stand, dass sie fast neben der Mutter Alice' beigesetzt worden war. Zwischen den beiden Frauen war ein Stückchen Erde frei gelassen, in dem Karl dermaleinst bestattet sein wollte. Schaurig war das. Irgendwie auch unkeusch. Das Grauenhafteste aber war, dass er keine Andacht am Grab seiner Mutter finden, ja nicht einmal gut von ihr denken konnte. Stattdessen war ihm das Ewige Licht auf ihrem Grab wie ein Irrlicht erschienen, das ihn mit bösen Augen anstarrte, das sich im Traum in 100 Augen verwandelt hatte, die ihn umschwirrten, ihn verhöhnten, ihn zu verscheuchen suchten. Martin war entsetzt vom Friedhof geflohen und erst zur Ruhe gekommen, als er den Abt bei den Pferden stehen sah. Wie es schien, sprach er zu Rab, flüsterte ihm etwas ins Ohr.

Bedrückt saß Martin auf und ritt traurig neben dem Abt. Der aber sagte, bevor sie das Kloster erreichten und schweigen mussten:

»Jesus hat uns aufgefordert, Vater und Mutter zu verlassen um seinetwillen. Jeder befolgt dieses Wort auf seine Weise. Ich habe damals in einer Winternacht wie dieser um die Aufnahme ins Kloster gebeten. Du, Martin, du folgst Jesus nach, indem du zu den Orten aufbrichst, an denen unser Herr gewirkt hat. Abraham, Jakob, Moses, die Jünger Jesu, alles sind Aufbruchsgeschichten, alle haben ihre Verwandten, ihre Heimat verlassen, um Gott zu dienen. Und du bist einer von ihnen. Sei in aller Demut stolz auf dich. Ich bin es auch.«

Und trotzdem diese Tränen? Sie waren ins Kloster hineingeritten, von dem wortlosen Gruß des Pförtners begleitet, hatten die Pferde versorgt, hatten sich, wie es Brauch war, Hände und Gesicht gewaschen und waren schweigend bis zu Martins Krankenzelle gegangen, wo der Abt ihm zugenickt hatte und dann in der Dunkelheit verschwunden war.

Dieser war jedoch nicht in seine Abtwohnung, sondern in die Kirche gegangen und hatte die Nacht in Kreuzesform auf dem Steinfußboden betend verbracht. Kurz vor den Laudes ging er über einen kleinen Hof zum Dormitorium der Mönche, das sich im oberen Stock eines lang gestreckten Steinhauses befand. Nachdenklich öffnete er die Tür zum Arbeits- und Aufenthaltsraum der Mönche. Die Hitze dieses einzigen beheizbaren Raumes schlug ihm entgegen und machte ihn fast schwindelig. Seine Glieder waren wie steif gefroren und schmerzten, als er die Leiter zum Schlafraum hinaufstieg. Etwas früher als gewöhnlich, da Feiertag war, weckte er die Brüder und betrat anschließend Martins Krankenzelle zusammen mit dem Vogt, der Martin Alice' Mitgift sowie ein reichlich bemessenes Reisegeld aushändigte. Kleidung aus festem, warmem Stoff sowie alles Nötige für den weiten Ritt hatte Martin schon am Morgen davor erhalten. Es blieb kaum noch Zeit für den Abt, durch die Sakristei zu eilen und sich umzuziehen. Darauf folgte der Nachtgottesdienst in der fast dunklen Kirche. Stehend sangen die Mönche Psalmen, es folgten Lesungen und wieder Gesänge. Wunderschöne Musik, wie sie Martin noch nie mit Bewusstsein so vernommen hatte.

Und während Martin lauschte, überkam ihn der Wunsch dazubleiben. Was hielt ihn denn davon ab, um Aufnahme ins Kloster zu bitten? Er könnte ja sogar noch das Geld Karl bringen und dann zurückkehren. Warum also lebte er nicht mit den Brüdern hier zusammen?

Schreiben und Lesen beherrschte er, er könnte sich in der Schreibstube nützlich machen.

Sehnsucht erfasste ihn, Sehnsucht nach Gotteslob und Gemeinschaft.

Der Abt stimmte den Hymnus ›Te Deum laudamus‹, Gott, wir loben dich, an. Nach der Lesung hallte das »Amen« in dem hohen Kirchenschiff, dessen Decke sich wie ein Himmelsgewölbe über ihnen ausbreitete.

Dem Segen folgte gleich der Frühgottesdienst, in dem wiederum gesungen wurde, himmlisch und doch menschlich. Nachdem die heilige Handlung mit einem Lobgesang beendet worden war, verließen die Brüder in tiefem Schweigen die Kirche. Martin war stehen geblieben und sah die Männer an sich vorbeiziehen, sodass er als Letzter mit dem Abt aus der Kirche trat. Wenn jetzt doch der Abt ihn bäte, hier zu bleiben und Mönch zu werden, wenn er es nur täte, hoffte Martin, während er sich jedoch auch selbst nicht durchringen konnte, das entscheidende Wort zu sagen.

Der Abt begleitete zusammen mit den Brüdern Martin zum Eingang des Klosters, wo schon Rab gesattelt bereitstand. Im Beisein aller Mönche sprach er den Reisesegen. Martin bedankte sich bei dem Abt, bei Bruder Thaddäus und den anderen Brüdern.

Der Abt machte dem Abschied ein Ende, indem er Martin einen Brief aushändigte. Dieser war an Karl gerichtet, mit einem Siegel versehen und ausschließlich nur von ihm zu lesen.

»Falls mein Bruder Karl gestorben sein sollte bei deiner Ankunft, so bring den Brief wieder zurück oder vernichte ihn, wenn es dir notwendig erscheint.«

Martin versprach es. Und weil er sich selber sehr kleinmütig vorkam, sprang er auf sein Pferd und rief mit lauter, heller, mutiger Stimme: »Auf nach Jerusalem!«

Durch die serbischen Wälder bis zum Marmara-Meer, Herbst 1096

ESSENSAUSGABE. ES STOCKTE, ES GING NICHT WEITER. Ein Murren durchzog die Reihe von Menschen, die sich im Dämmerlicht auf der Straße nach Sterniz die Beine in den Bauch standen. Unüberschaubar war diese Menschenschlange. Alice hatte keine Vorstellung, wie weit vorne sich der Herzog von Bouillon mit seinem Bruder Balduin befand. Sie fühlte nur den Eisentopf in ihrer Hand, der langsam ihre Finger erfrieren ließ, sie hatte schon den Ärmel um den Henkel gewickelt. Warum ging es bloß nicht weiter? Es war unangenehm, hier zu stehen, auch unheimlich. Wälder – nichts als Wälder und das seit Tagen. Und im Hintergrund das Balkangebirge. Darin sollten Geister wohnen, vielleicht Kobolde und Zwerge, auf jeden Fall aber Luchse und Wölfe. Und dieser Schnee. Schneematsch auf dieser Straße, dreckig und vor allem nass. Alice spürte, trotz der hölzernen Trippen, die sie sich um ihre flachen Schuhe gebunden hatte, war das Leder durchnässt. Sie bräuchte unbedingt neue Schuhe. Die Nase war auch schon ganz dicht. Alice hielt sich ein Nasenloch zu, wandte sich etwas seitwärts und rotzte die schleimige Masse aus. Ekelhaft war das. Zu Hause war sie, wenn sie sich krank fühlte, im Bett geblieben, hatte Tee von Kamille ans weiche Lager gebracht bekommen und Tücher, in die sie hineinschnupfen konnte.

Alice seufzte.

Warum also ging es nicht weiter? Das Brot ist ausgegangen, hörte Alice durch die Menge rufen. Das Brot, orientalisches Fladenbrot. Hoffentlich waren nicht wieder kleine Steine mit eingebacken wie neulich. Der Vater hatte mit seinem kranken Zahn auf so ein Steinchen gebissen und hatte vor Schmerz aufgeheult. Zu Hause hatte Martin immer das Mehl für seine Mutter sieben müssen und sie, Alice, hatte ihm dabei geholfen. Das sah Martha zwar nicht gerne, da auch Karl für seine Tochter nicht die Arbeit einer Magd wünschte. Aber sie selber fand die gemeinsame Küchenarbeit mit Martin viel lustiger als das lästige Bestreben, sich die Zeit vertreiben zu müssen.

Martin. Wo der wohl jetzt steckte? Er war nicht zurückgekommen. Ihr Vater war also tatsächlich Betrügern aufgesessen oder die Kaufleute waren überfallen worden. Alice schüttelte sich, an diesen Schmerz, an dieses sich ausbreitende Entsetzen, das mit der Erkenntnis verbunden war, dass alles Geld verloren war, daran mochte Alice nicht denken – und auch nicht an den Geldbeutel, den sie nun wieder deutlich unter ihren Röcken fühlte. Stattdessen hörte sie den Frauen hinter sich zu. Vom Backen war die Rede, von Katzenbrot und Lebkuchen und vom Weckmann. Und nun fiel es Alice wieder ein. Bald war Nikolaustag, das ihr liebste Fest im Kirchenjahr.

Am Nikolaustag durchströmte der Duft von süßen Backwaren das Haus, es hing in allen Gassen Passaus die Verheißung auf jene Naschereien, deren Geschmack von den beiden Frauen heraufbeschworen wurde. Geschenke gab es. Sie selbst hatte den Kranken und Bedürftigen im Spital beim Stift St. Nikola Gebäck gebracht. Oder sie war zu den Hütten der Armen in der Vorstadt gegangen, hatte an die niedrigen Türen geklopft und wurde dankbar hineingelassen. Kalt war es hier. Durch die Wände aus Flechtwerk zog es immer eisig. Alice schlang dann ihr wollenes Tuch noch fester um die schmalen Schultern. Scheu sah sie sich jedes Mal in dem einzigen Raum um, in dem so eine Familie zusammen hauste. Es gab keinen Stuhl und Alice wurde stets freundlich gebeten, sich auf die Bank zu setzen, unter der auf dem Lehmfußboden die Hühner hockten. Sie fand es selber ein bisschen albern, aber sie hatte dann die Füße hochgezogen, damit die Hühner mit ihrem Schnabel sie nicht in die Wade pickten.

Wehmütig dachte sie nun daran zurück. Ihre Zehen waren eiskalt und schon fast ganz steif und juckten von den Frostbeulen.

»Wir sollten den Byzantinern eins aufs Maul hauen«, hörte sie den Mann vor sich sagen. »Holen uns ins Land, damit wir die Türken schlagen, und lassen uns verhungern.« Er warf einen bösen Blick auf die byzantinischen Soldaten am Wegesrand, die eingetroffen waren, sobald sie die serbischen Wälder erreicht hatten. Angeblich, um die Kreuzfahrer zu unterstützen, tatsächlich, um sie zu bewachen.

»Sind doch alles Feiglinge. 30.000 Mann hatten sie bei Mantzikert und lassen sich von ein paar Seldschuken schlagen.«

»›Seldschurken‹ meinst du. Na, die sollen uns in die Hände kommen. Wir sind die wahren Bewahrer der Christenheit, nicht diese Byzantiner. Da, sieh sie dir an, diese Memmen«, sagte er und spielte mit seinem Kurzschwert.

»Wird Zeit, dass wir zum Kämpfen kommen«, bestätigte der andere.

Alice wurde unwohl, wenn sie an bewaffnete Auseinandersetzungen dachte. Über jeden Schritt, den sie hinter sich gebracht hatte, war sie froh, jedoch vor dem Übergang in das von den Türken eroberte Gebiet ängstigte sie sich.

Was hatte sie gehört, was wurde im Lager geflüstert? Der Armenkreuzzug, der sich bereits im Frühjahr auf den weiten Weg nach Jerusalem gemacht hatte, sei schon kurz nach Konstantinopel von den Seldschuken vernichtet worden. Ritter und Fußsoldaten – geschlagen und tot, Frauen und Kinder – alle ermordet.

Siebzehntausend Menschen – an einem einzigen Tag!

Und das war gerade einen Monat her.

Das Grauen erfasste Alice und ließ sie zittern. Sie sah die Pilger noch vor sich, das Häufchen Arme, das sich an einem lauen, warmen Frühlingsmorgen um ihren Anführer Peter, den Einsiedler, geschart hatte. Ihm ging der Ruf der Heiligkeit voraus, obgleich er eine hässliche, stinkende Gestalt war auf einem noch hässlicheren Esel. Aufgeregt und ohne Schuhe hatten die

Kinder auf dem Domplatz gestanden und zusammen mit ihren Eltern auf den Befehl zum Aufbruch gewartet. Und nun waren sie tot. Man erzählte sich, alle Kinder seien umgebracht worden. Nur schöne Jungfrauen und bartlose Jünglinge seien verschont und als Sklaven verkauft worden. Die anderen aber, die Säuglinge und die Frauen und Kranken und Priester und Alten – alle, die sich im Lager bei Civitot befunden hätten, seien abgeschlachtet worden.

Sultan Kilidj Arslan war es, der das tat.

Aber auch sie selbst würde denselben Weg gehen müssen wie die Leute Peters des Einsiedlers.

Alice fürchtete sich.

Sie wollte an etwas anderes denken.

Seltsam war die Sache mit dem Sterben. Es konnte so schnell gehen. Vor einem Jahr hatte Martins Mutter noch gelebt. Nun war auch sie tot.

Und seltsam, nein abscheulich war es, in dieser Reihe zu stehen und auf das Essen zu warten. Na, endlich ging es weiter. Diesem Abt hatte sie das zu verdanken. Wie sie ihn dafür verabscheute, den Vater zum Kreuzzug aufgehetzt zu haben. Nein, das durfte sie nicht denken. Welch eine Sünde. Sie müsste froh und dankbar sein, als ein Pilger Gottes nach Jerusalem zu gehen. Sicher würde sie für ihre bösen Gedanken bestraft werden. Wem sollte sie es beichten, dass sie sich nach ihrem Zuhause sehnte? Dafür würde sie nach dem Tode büßen müssen. Natürlich war es ein Segen, eine Gnade, für Jesus Christus Jerusalem, das himmlische und das irdische, zu erobern. Und Sterben für Jesus Christus war süß. Aber Alice mochte nicht sterben. Und während sie noch über den Tod nachdachte, schreckte sie auf.

»In die Suppe kannst hineinpissen, so dünn ist sie«, hörte Alice eine Frauenstimme.

Der Byzantiner verstand sie offenbar nicht, denn er lächelte die Schimpfende hilflos an. Im Vorübergehen, den Topf mit Suppe in der Hand, brummelte die Frau:

»Männer. Zeigt es ihnen. Unser Herr Jesus Christus hat

5.000 Leute mit fünf Broten und zwei Fischen so satt gemacht, dass sie die übrig gebliebenen Brocken in Körbe sammelten, und euer Kaiser kann uns nicht mal trotz seiner Pracht genug zu essen geben?« Alice sah aufmerksam und mit Erstaunen dem Weib nach, das sich statt der Strümpfe Lumpen um die Füße gewickelt hatte.

In diesem Moment drang der Duft von gebratenem Hammelfleisch in Alice' Nase. Die byzantinischen Soldaten bereiteten ihr Nachtessen vor. Überall am Wegesrand loderten die Feuer auf, über denen das Fleisch auf Spießen gedreht wurde.

Vorsichtig, damit sie auf dem glitschigen Boden nicht ausrutschte, ging Alice den Weg zu ihrem Wagen zurück, das Brot hatte sie fest unter den Arm geklemmt, den Topf mit der Suppe mit beiden Händen haltend. Im Schein der Feuer erblickte sie Bernhard von Baerheim, wie er sich lässig an einen Baum lehnte, einen Grashalm im Mund, und unverwandt ihr Kommen beobachtete.

Ausweichen oder nicht? Alice entschloss sich, aufrecht an ihm vorbeizugehen, so als hätte sie ihn nicht bemerkt. Während sie sich ihm möglichst teilnahmslos näherte, fühlte sie seinen selbstsicheren, prüfenden Blick, als wollte er jede Faser ihres Kleides durchdringen. Sie merkte, wie sie rot wurde, und hatte plötzlich die entsetzliche Vorstellung, sie würde ein Bein nachziehen. Bloß nicht humpeln. Es war ihr, als würde er spöttisch grinsen. Aber das war mehr ein Gefühl, als dass sie es wirklich sah. Es schien ihr, als verfolgte er ihren Gang, bis sie den väterlichen Wagen erreichte.

Auf dem Boden in der Wagenecke neben dem Sitzbock kauerte der Vater, ein Stück Holz im Mund, auf das er gegen den Schmerz kräftig biss.

❧

Gegen Abend kehrten die Männer allmählich ins Lager bei Selymbria zurück. Sie hatten sich Säcke über die Schultern gehievt, zogen an Stricken Schweine und Ziegen hinter sich her oder hatten Hühner gepackt, deren Kopf nach unten baumelte und deren harte Sehnen ihnen in die Hände schnitten. Überall loderten Feuer auf, die sich mit den hellen Flammen der brennenden Bauernhöfe in der Umgebung von Selymbria zu einem roten Schein vermischten.

Alice saß auf ihrem Wagen, beobachtete, roch, wie rings um sie herum Fleisch gebraten wurde, das den Geruch des Meeres überdeckte, den sie gestern zum ersten Mal in ihrem Leben gierig eingesogen hatte. Ja, sie hatten das Meer erreicht, an dessen Ufer nicht mehr weit entfernt die prächtigste aller Städte, Konstantinopel, lag. Das Meer, weißlich war es von der Ferne, breitete sich grau und donnernd vor ihnen aus. Das Licht der Sonne, die durch die Wolken brach, schien die Schaumkronen der Wellen zum Leuchten zu bringen. Den Himmel durchzuckten helle Strahlen, die wie ein Fingerzeig Gottes wirkten. Und wie eine Flut der unendlichen Erleichterung, der Freude und des Jubels waren sie zu Tausenden an den Strand gestürmt, waren auf die Knie gefallen, hatten geweint und gelacht und sich die Kleider vom Leibe gerissen und hatten sich in das winterliche Wasser gestürzt. Der Meeresboden war steinig und pikste unter den Füßen. Dennoch gingen sie weit ins Meer, bis sie sich gänzlich hineinwarfen. Auf den Schaumkronen thronten die Hauben von Frauen, sie versanken in den Tälern und tauchten erhobenen Hauptes wieder auf. Vergessen die Qualen dieses endlos langen Marsches, so jubelten sie, während sie das salzige Wasser spürten, das auf der Haut klebte. Was sie erreicht hatten, das hatte noch niemand vor ihnen geschafft und es würde auch niemals wieder einem Heer gelingen. Am 15. August waren sie in Lothringen aufgebrochen und nun, am 12. Dezember – noch vor Weihnachten –, hatten sie die Küste des Marmara-Meeres erreicht. Dort drüben, auf der anderen Seite, nicht sichtbar und doch so viel näher als jemals zuvor, war Jerusalem. Ach, Jerusalem. Der Papst hatte ausgerufen: »Gott will es!« – und Gott wollte es. Er hatte sie geführt durch Ungarn, Serbien, entlang

dem Balkangebirge, die weiteste Strecke von allen Kreuzfahrerheeren – und sie hatten als Erste von allen Pilgern Konstantinopel sozusagen erreicht. Sie waren stolz auf sich, während
sie nun zum Gottesdienst am Strand niederknieten und beteten.
Voller Bewunderung blickten sie auf den Mann, der sie bis hierhin geführt hatte. Groß und mächtig stand am Saum des Meeres der Herzog von Bouillon, seine helle Gesichtsfarbe, sein
blondes wehendes Haupthaar und sein Bart verhießen Schutz
und Stärke in allen Kämpfen. Ehrfürchtig blickten Männer und
Frauen und Kinder, gleich welchen Standes, zu diesem untade-
ligen, starken, christlichen Ritter auf.

Einzig störend wirkte nur die byzantinische Begleitmannschaft,
diese Bewachung, diese dunkelhäutigen Männer mit ihren ver-
schlagenen, listigen dunklen Augen und ihren schwarzen Bärten. Die waren doch gar keine richtigen Christen. Richtig war
es, dass der Legat des Papstes den Patriarchen von Konstantinopel damals exkommuniziert hatte. Dieser elende, verruchte
Fresser von gesäuerten Broten, hatte den Kirchenbann mehr
als verdient, war es doch klar erwiesen, dass unser Herr Jesus
Christus das Abendmahl mit ungesäuertem Brot eingesetzt hat.
Niemals könnte die Wandlung durch das Essen von gesäuerten
Broten geschehen. Doch die Byzantiner hielten starr an diesem
frevelhaften Brauch fest, auch des Morgens, als für die wahren,
die römisch- katholischen Christen die Messe zelebriert und
gleichzeitig ein Gottesdienst von den byzantinischen Gottes-
lästerern abgehalten wurde.

Alice kniete neben ihrem Vater und weit vor ihr kniete Ritter
Bernhard, was Alice so sehr verwirrte, dass sie ganz wütend auf
sich wurde, da verbreitete sich die Kunde, lief durch das ganze
Heer, dass Graf Hugo Vermandois, der Bruder des Königs von
Frankreich, bereits in Konstantinopel eingetroffen sei, dass er
aber, statt in Ehren empfangen und mit Geschenken überhäuft
zu werden, vom byzantinischen Kaiser Alexios gefangen gehalten werde.

Welch eine Schande, welch eine mörderische Bosheit! Sie musste gerächt werden.

Und so machten sie sich sofort nach der Messe auf, die Männer, ohne sich zu verabreden, ohne ein Signal Herzog Gottfrieds abzuwarten, machten sich auf, um zu plündern, endlich zu plündern.

Karl aber nahm seine Tochter beiseite und erklärte ihr, auch er müsse nach Selymbria, sie müsse Verständnis haben, er wolle nicht plündern, aber er werde verrückt, wenn nicht endlich der Zahn gezogen werde. Sie wisse doch selbst, grauenhaft sei es gewesen, dass in Nisch der falsche Zahn von einem Barbier herausgerissen wurde. Nein, er könne nicht bis Konstantinopel warten. Er werde jedoch, sobald er einen kundigen Zahnreißer gefunden habe, zurückkehren.

Und nun war es Abend – und der Vater kam nicht. Alice wartete gehorsam, ohne den Wagen zu verlassen. Anfangs hatte sie öfter an der Apfelsine gerochen, die ihr der Vater geschenkt hatte. Es war die erste Apfelsine in Alice' Leben, sie zu essen, dafür war sie viel zu kostbar. Nun saß Alice seit Stunden starr, sie war von Furcht wie gefesselt und gleichzeitig entging ihr keine Bewegung in ihrer Umgebung.

Von weitem sah sie den jungen Ritter Bernhard heranreiten, die Zügel seines Pferdes einem Knecht zuwerfen und zu seinem prächtigen blauen, mit Bären bestickten Zelt schlendern, vor dem er unschlüssig stehen blieb. Er schaute sich um, erblickte Alice wie zufällig und ging auf sie zu. Unaufgefordert setzte er sich zu der jungen Frau auf den Wagen. Die rückte ein kleines Stückchen von ihm weg. Bernhard lächelte spöttisch, was Alice nicht entging.

Sie hatte das Gefühl, ihr sitze ein Kloß in der Kehle. Wieder wurde sie wütend auf sich. Von seiner Kleidung ging der Geruch nach Rauch, nach Feuer aus, der Alice zugleich erregte und ängstigte. Aus den Augenwinkeln betrachtete Bernhard sie abschätzend.

Wie als fiele ihm dies gerade so ein, nahm er aus seinem mit

Ornamenten verzierten Lederbeutel zwei goldene Ohrgehänge, betrachtete sie und hielt sie Alice hin:

»Willst du sie haben?«

Alice bestaunte begehrlich die Schmuckstücke, die langen Pendilien, an deren unten angebrachten Ösen Perlen, Glöckchen und kleine mit Smaragden geschmückte Kreuze hingen. Sie konnte es sich vorstellen, welch Reiz in dem Klang lag, wenn die Perlen, Kreuze und Glöckchen beim Bewegen des Kopfes leise und fein aneinanderschlugen.

Jedoch schüttelte sie den Kopf.

»Du kannst die Ohrringe ruhig behalten. Sie gehören niemandem mehr.«

Alice blickte ihn zweifelnd an.

»Komm, nimm sie einmal in die Hand. Es ist wirklich keine Sünde. Ich habe sie aus einem brennenden Haus gerettet. Ich bin kurz hineingesprungen. Du nimmst die Ohrringe niemandem weg, sie wären sonst verbrannt.«

»Und was geschah mit den Menschen, mit der Frau, der dieser Schmuck gehörte?«

Bernhard zögerte. »Nun ja«, sagte er verlegen. »Mit der Frau geschah, was mit Frauen so geschieht. Vermutlich. Nun ist sie tot. Ich weiß natürlich nicht, ob die Tote, die ich in dem Haus gesehen habe, die Frau war, der der Schmuck gehörte.«

Mit einer entsetzten raschen Bewegung wollte Alice das Ohrgehänge Bernhard zurückgeben.

Er umfasste leicht ihre Hand und meinte:

»Nicht so voreilig. Du fühlst unbarmherzig. Stell dir vor, du wärest diese Frau, die du Gott sei Dank nicht bist«, er bekreuzigte sich. »Was würdest du vorziehen, dass dein Schmuck auf ewig vom Feuer vernichtet wird oder dass eine unschuldige, reine, keusche Pilgerin ihn trägt?«

Und damit hielt Bernhard Alice die Ohrringe an und betrachtete sie bewundernd.

»Wunderschön. Alice, du bist wunderschön.«

»Ich habe keine Ohrlöcher«, wandte sie ein.

»Das macht nichts. Es muss entzückend sein, deine Ohrläppchen durchzustechen.«

Alice durchzuckte es, ihr war, als würde ein lustvoller Schmerz sie durchfahren, ein Empfinden, von dem sie überhaupt nicht geahnt hatte, dass sie dazu fähig wäre. War es böse?

Alice zögerte, drehte unentschlossen die goldenen Schmuckstücke in ihrer Hand.

So etwas Kostbares hatte sie noch nie besessen.

»Behalte sie nur, damit du auch etwas Schönes im Leben hast. Du siehst bekümmert aus.« Und mit diesen Worten nahm der junge Ritter Alice' Hand und fragte anteilnehmend:

»Machst du dir Sorgen um Graf Hugo von Vermandois? Weil Kaiser Alexios ihn gefangen hält?«

Alice zog erschrocken ihre Hand zurück, was Bernhard gefiel. Dass sie nicht so schnell zu haben war, machte Alice für ihn umso reizvoller.

Sie schüttelte den Kopf. Nein, an Graf Hugo Vermandois habe sie gar nicht gedacht.

»Ich schon«, antwortete Bernhard. »Den ganzen Tag habe ich an nichts anderes gedacht.

Ich weiß nicht, was ich von diesem Verbündeten halten soll. Erst bittet der Kaiser von Byzanz den Papst um Hilfe gegen dieses Turkvolk, die Seldschuken, und als sich die Christenwelt zu Tausenden aufmacht, um ihm gegen die Ungläubigen beizustehen, wagt er es, den Bruder des Königs von Frankreich einzusperren.«

»Ja, ist er denn im Kerker?«

»Das wohl nicht. Aber Hugo darf den kaiserlichen Palast nicht verlassen. Ich kann die Wut unserer Männer gut verstehen, das schlechte Essen, die ständige Bewachung durch Soldaten, die keine richtigen Christen sind.«

Er machte eine Pause.

»Ich fürchte«, fuhr er fort, »dass auf den Kaiser kein Verlass ist, dass er uns gar, sobald wir das von den Seldschuken beherrschte Gebiet betreten haben, im Stich lässt. Nun, wir sind stark, sehr stark. Wir werden kämpfen, das sag ich dir.«

Dann besann er sich, dass er doch mit Alice über *ihren* Kummer, *ihre* Sorge sprechen wollte.

»Also, was bedrückt dich?«

»Mein Vater ist am Morgen nach Selymbria aufgebrochen und bis jetzt nicht zurückgekommen.«

Bernhard machte ein besorgtes Gesicht.

»Das ist wahrlich beunruhigend. Es hat Verletzte gegeben, Tote, auf beiden Seiten. Nein, nein, so schlimm muss es nicht sein. Vielleicht ist dein Vater nur leicht verletzt.«

»Verletzt? Meint Ihr, dass er verletzt ist?«

Bernhard zuckte die Schultern.

»Ich darf hier nicht länger warten. Ich muss ihn suchen«, flehte Alice.

»Du? Eine Frau? – Verlass dich drauf. *Ich* werde deinen Vater finden.«

»Ich kann aber nicht länger warten. Ich halte das nicht aus.«

Bernhard entschied gönnerhaft: »Du darfst mich begleiten. Wenn du meine Ohrringe annimmst.« Er lachte.

Alice gab nach. Sie stand auf, wobei sie schnell ihren braunen Leinenrock glatt strich.

Zusammen gingen sie zu den Pferden, von denen Bernhard ihr eine Stute zuwies. So sorgenvoll Alice auch war, niemals hätte sie gehofft, erwartet, jemals gemeinsam mit dem Ritter Bernhard von Baerheim auszureiten. Trotz der Angst um ihren Vater bemerkte sie, wie die Frauen ihr neidvoll nachblickten.

Gleichwohl wusste Alice nicht, was sie sagen sollte. Sie fühlte sich beklommen, gering neben dem Mann an ihrer Seite, der nicht nur im Rang als Adeliger weit über ihr stand, sondern dem sie schon seit Wochen mit Befangenheit begegnete, wo immer sie ihn zufällig traf. Nur an ihm vorbeizugehen, rief bereits Schamesröte hervor und sie wurde die zwanghafte Vorstellung nicht los, sie bekäme einen Krampf und müsse hinken.

Und dann das Baden aller gestern! Dabei war sie mit den Frauen zusammen ins Wasser gegangen. Dennoch hatte sie sich unentwegt umgeschaut, um sich zu vergewissern, dass sie auch nicht von Bernhard unbekleidet gesehen würde. Ihre Sorge hatte sich allerdings als unbegründet erwiesen. Bernhard war mit anderen jungen Rittern weit von ihr entfernt um die Wette geschwommen.

Nun aber musste sie sich mit ihm unterhalten, wobei es allerdings sein Part war, ein Gespräch zu beginnen, was Bernhard auch tat.

»Du reitest gut«, lobte er Alice. »Es muss doch ziemlich langweilig sein, immerzu im Wagen zu sitzen.«

»Doch, ein wenig öde ist es schon«, antwortete sie für seinen Geschmack zu einsilbig.

Bernhard wies mit seiner Fackel auf ein brennendes Bauernhaus in der Ferne und fragte Alice, ob sie schon einmal einen Brand miterlebt habe.

Alice verneinte. Aber mit dem Willen, es diesmal nicht bei einer kurzen Antwort zu lassen, fiel ihr die Feuersbrunst ein, von der Martins Mutter Martha so häufig, fast flüsternd, mit schauriger Stimme erzählt hatte.

»Es war, als ich gerade geboren war«, begann sie. »Da sind viele Hütten von unfreien Bauern niedergebrannt, als alle Männer, Frauen und Kinder auf den Feldern waren und für das Kloster die Ernte eingebracht haben.«

»Ich denke, ich weiß, welchen Brand du meinst. Obwohl ich gar nicht mehr in der Gegend lebte. Meine Eltern hatten mich schon zu dem fremden Grafen weggegeben. Ich war wohl sieben oder acht«, bemerkte er.

Alice überlegte, dass Bernhard demnach 23 oder 24 Jahre alt sein müsste. Das war ja eigentlich nicht so viel älter, als sie selbst es war.

»Hat deine Magd dir auch erzählt, dass an diesem Tag der Himmel schwarz war und die Mönche die Reliquien des Klosters aufs freie Feld getragen haben, um Gott zu bitten, es möge die Ernte eingebracht sein, bevor das Unwetter ausbräche? Mein Cousin Philipp berichtete später, er habe als junger Mönch einen schweren Reliquienschrein mit einem noch sehr jungen Novizen tragen müssen, was er als Zumutung empfunden habe, weil er selbst schließlich von hohem Adel, der andere nicht einmal adelig gewesen sei. Er fand jedoch die Züge des Mönchs nahezu vornehm und hat es sich dann so erklärt, dass Gott diesen Menschen trotz seiner geringen Geburt habe auszeichnen wollen. Verzeih, Alice, wenn ich das richtig verstanden habe, war jener Mönch dein Onkel.«

Alice fühlte sich bei diesen Worten unbehaglich. Bernhard hatte ihren niederen Stand betont und an den Abt mochte sie auch nicht gerne denken. Dessen Gehorsam erheischendes Auftreten, verbunden mit seiner Schönheit und seinem geheimnisvollen Glanz, hatte sie verunsichert. Sie wusste nicht, wie sie das Gespräch wieder auf den Brand bringen sollte, von dem sie doch erzählen wollte, um nicht an der Seite des Ritters von Baerheim schweigen zu müssen.

»Erzähl nur weiter«, ermunterte er sie. »Ich höre gerne Geschichten.«

»Ja, es war ein glühend heißer Sommertag nach St. Johanni. Schon Tage davor hatte die Greisin Undine, Ihr wisst, es hieß, sie sei eine weise Frau, vielleicht sogar eine Hexe, vor einem bösen Unwetter gewarnt. Aber das Korn war noch nicht totreif und so zögerte man die Ernte hinaus. Jedenfalls, plötzlich war allen klar, dass es ein furchtbares Gewitter geben würde. Der damalige Abt befahl, dass die Unfreien zuerst ihrem Frondienst nachkommen und das Getreide des Klosters in die Scheunen bringen sollten, bevor sie ihr eigenes Getreide ernten dürften. Alle Bauersleute, alle Männer, Frauen und Kinder, waren also auf den Feldern. Die Kleinsten hatte man am Fuß mit dem Gängelband festgebunden, damit sie nicht fortkrabbeln oder in einen Graben fallen konnten. Es war gegen Mittag, die Hitze flimmerte und von Weitem hörte man schon das Grollen des Himmels, den Donner, den Zorn Gottes.«

Alice stockte und entschuldigend sagte sie:

»Martha hat uns Kindern das immer mit solchen Worten erzählt.«

»Sprich nur weiter«, forderte Bernhard sie auf.

»Zurückgeblieben war nur Thomas, der alt und krank war und nicht mehr bei der Ernte helfen konnte. Der saß im Schatten auf einer Bank vor der Tür und da geschah das Furchtbare. Feuer brach aus, eine schwarze Katze mit einem glühenden, einem brennenden Schwanz lief von Hütte zu Hütte und das Grauenhafteste war, der Schwanz, der lodernde Schweif, verbrannte nicht. Thomas hat unter Heulen und Schlägen ausgesagt, die Katze sei sicher nicht verbrannt, sondern urplötzlich verschwunden.«

»Was denkst du darüber, war die schwarze Katze vom Teufel geschickt?«

Alice zögerte. Sie sah Martha noch vor sich, wie sie die Kinder fest an sich drückte und ihnen flüsternd zuraunte, die Farbe des Felles sei dieselbe gewesen wie die der Kutte der Mönche. Es sei sicher ein vom Teufel besessener Mönch gewesen, der sich in die Katze verwandelt und das Feuer gelegt habe.

Bernhard machte ein ernstes Gesicht. Auch er habe von seinem Cousin diesen grausigen Verdacht gehört. Noch vor Kurzem habe Philipp, er sei jetzt Prior des Klosters, erklärt, der Brand damals sei Teufelswerk gewesen und er fürchte, dass jemand aus dem Kloster daran nicht unbeteiligt sei.

Der junge Ritter und das Mädchen schwiegen. Bernhard, um den Verdacht stehen zu lassen. Alice jedoch traute sich nicht zu erzählen, dass sie nicht nur die unheimliche Geschichte Marthas kannte, sondern, von Angst und Unruhe getrieben, auch ihren Vater gefragt hatte, ob es sein könnte, dass der Teufel sich in eine Katze verwandelte. Sie fürchte sich vor jeder Katze, die nur von Weitem an ihr vorbeihusche.

Der Vater nun habe seine Tochter auf den Schoß genommen, ihr über das Haar gestrichen und geantwortet. Nein, es sei gewiss nicht der Teufel in Mönchsgestalt gewesen, der sich wiederum in eine Katze verwandelt habe. Es hätte sich wahrscheinlich ganz anders zugetragen. Durch Thomas sei der Brand entstanden. Ein Dämon habe ihn befallen.

›Erschrick nicht, Alice. Vielleicht kann man es auch anders ausdrücken. Thomas war krank. Es ist eine Krankheit, bei der man sein Gedächtnis verliert. Thomas konnte nicht mehr richtig essen, ohne sich zu besudeln, er konnte auch nicht mehr an sich halten und lebte in einem furchtbaren Dreck und Gestank. Immerfort hörte er Stimmen, die Unheimliches zu ihm sprachen – und gleichzeitig sehnte er sich nach Klarheit und Licht. Deswegen neigen Menschen, die von diesem Dämon besessen sind, dazu, Feuer zu legen. Zuerst malen sie Sonnen in den Sand, das ist ein sicheres Zeichen. Man muss auf sie aufpassen. Und das haben die Verwandten von Thomas auch gemacht und ihn nie allein gelassen. Doch in ihrer Not sind sie an jenem Unglückstag alle aufs Feld gestürzt und hatten Thomas wohl vergessen. Ich jedenfalls vermute, dass Thomas das Gitter von der Kochstelle genommen hat und ein Kätzchen aus Versehen mit dem Schwanz gegen das Feuer gekommen ist. Das kann ja passieren, denn die Bauernhäuser haben nicht wie wir einen Herd, sondern die Kochstelle befindet sich auf dem mit Spreu bedeckten Boden. Vielleicht hat Thomas sogar die Katze gepackt und den Schwanz ins Feuer gehalten, denn bei dieser Besessenheit neigt man bisweilen zur Grausamkeit. Es war‹, und das sagte ihr Vater mit fester, überzeugender Stimme, ›keine Zauberei, kein Teufel im Spiel.‹

Alice schwankte, konnte sich für keine der Deutungen entscheiden. Bei Marthas dunklen Worten wurde ihr immer ganz grauslich zumute. Wenn sie an die Worte ihres Vaters dachte, hell und licht, beruhigte sie sich. Doch eigentlich wusste sie nicht, welche Geschichte sie schrecklicher fand, die einer Katze, deren Schweif die Flammen nichts anhaben können und die der Teufel leibhaftig ist, oder die eines Kätzchens, das elendig verbrennt. Während sie nun neben Bernhard ritt, wurde ihr bewusst, dass der junge Herr auf die Erklärung ihres Vaters mit Unwillen reagieren würde, und gleichwohl neigte Alice jetzt dazu, diese für wahr zu halten. Mit einem Male war ihr Vater Alice sehr nahe. Sie sah ihn vor sich, sehr gütig, liebevoll, und es war ihr, als riefe er in großer Not nach ihr.

Alice schämte sich, dass sie ihren Vater ganz vergessen hatte. In das Schweigen hinein sagte sie zu dem Ritter:

»Wir müssen meinen Vater finden!«

Sie hatten Selymbria erreicht.

Die Fensterläden der aus Ziegel gebauten Häuser waren geschlossen, kein Hund, keine Katze, keine Ziege, kein Huhn, geschweige denn ein Mensch ließ sich blicken. Bedrückt ritt Alice an einem niedergebrannten Haus vorbei, dessen noch nicht verloschene Glut ein tanzendes rotes Licht auf die mit Steinen gepflasterte Straße warf.

Alice wagte nicht, den Ritter zu fragen, ob dies das Haus sei, in dem die Frau gewohnt hatte, deren Ohrringe sie nun in ihrer Tasche trug. Er äußerte sich ebenfalls nicht dazu.

An einem Platz stiegen sie ab.

»Pass auf«, wurde Alice von Bernhard ermahnt, der sie bei ihrem eng anliegenden Ärmel fasste. Alice bemerkte erst jetzt die Stufen, die zu einem Brunnen hinunterführten.

Ratlos standen sie auf dem Platz. Bernhard und Alice beratschlagten, dass sie erst einmal in Erfahrung bringen wollten, wo der Barbier oder Arzt, der möglicherweise den Zahn gezogen hatte, wohnte. »Wenn diese Byzantiner nur auch etwas anderes als dieses Griechisch sprächen«, bemerkte Bernhard.

Alice klopfte gegen eine Tür, rief, auch wenn sie nicht verstanden würde, während Bernhard etwas abseits stand und sein Schwert zum Zeichen guter Absichten auf dem Rücken trug. Im oberen Stockwerk öffnete sich eine Fensterlade und eine Frau mit einem Öllicht in der Hand schaute hinaus. Alice versuchte mit Gebärdensprache, sich verständlich zu machen. Sie zeigte auf ihren Mund und ahmte die Bewegung des Zahnreißens nach. Die Frau wies denn auch in eine Richtung und schlug darauf heftig den Fensterladen wieder zu. Es fand sich jedoch kein Haus, das irgendeinen Hinweis geboten hätte, dass hier ein Barbier oder Arzt chirurgische Eingriffe vornahm. Alice klopfte an mehrere Türen, doch niemand öffnete.

Es sank ihr der Mut. Wenn sie auch mit dem Ritter Baerheim an ihrer Seite für sich selbst keine Angst verspürte, so doch umso mehr für ihren Vater. Sie versuchte sich vorzustellen, was er getan hatte, gesetzt den Fall, ihm wäre der Zahn gezogen worden – oder auch nicht. Jedenfalls hatte er sich nicht an sein Wort gehalten oder halten können, sofort zu seiner Tochter zurückzukehren. Alice wurde von Bernhard aufgefordert, darüber nachzudenken, wohin ihr Vater sich verloren haben könnte. Er hatte möglicherweise ebenfalls geplündert, überlegte Alice für sich. Nur würde er niemals in ein Wohnhaus eindringen, die Menschen bedrohen, verletzen oder gar töten, um zu stehlen. Er war ein Kaufmann und er würde wohl eher ein Warenlager suchen, um sich einiges daraus zu nehmen.

»Vielleicht beim Hafen«, meinte sie. Vielleicht in einem der Lagerhäuser? Wo könnte er überhaupt sein Pferd gelassen haben?, dachte Alice mit Schrecken, denn wie sollten sie ohne Pferd den Wagen weiterziehen.

Die Meeresluft schlug ihnen entgegen, sie hörten das Schlagen der Wellen. Dunkel, fast schwarz war das Wasser. Im Hafen war kein Schiff zu sehen. Vielleicht waren die Boote vor den plündernden Kreuzfahrern in Sicherheit gebracht worden.

Alice und Bernhard fanden eine Taverne. Möglicherweise hatte der Vater hier sein Pferd festgemacht, um Branntwein gegen den Schmerz zu trinken.

Nach anhaltendem Klopfen öffnete ein gedrungener Mann mit zusammengewachsenen schwarzen Augenbrauen. Bernhard fragte nach dem Pferd, Hippo, das Wort kannte er, denn sein Großvater Hanno hatte einst als junger Mann eine Pilgerreise nach Jerusalem gemacht und hatte dem kleinen Jungen wieder und wieder von dem Hippodrom in Konstantinopel erzählen müssen, von dem Palast des Kaisers, der Hagia Sophia und all dem Gold, den Edelsteinen, den kostbaren Bechern und Teppichen, dem Schmuck der Frauen, und Bernhard hatte sich nichts sehnlicher gewünscht, als die Reichtümer zu betrachten, sie zu berühren, zu besitzen.

Der Mann, den Alice und Bernhard für den Wirt hielten, schüttelte den Kopf.

»Hippo?«, fragte er in höchstem Erstaunen. Mit einer ausladenden Geste öffnete er das Tor und bat die Frau und den Herrn hineinzukommen, die Fackel allerdings draußen in der Halterung zu lassen. Eine Öllampe in der Hand, geleitete der Mann die Fremden durch den Schankraum, in dem lange Tische mit Bänken standen. Im Vorbeigehen konnte Alice Schälchen mit Oliven erkennen. Der Mann führte sie in den Stall. Ein Esel und mehrere Ziegen hatten sich gelagert, Hühner schliefen auf einer Stange.

»Pferd?« Der Mann lachte und zuckte die Schultern, es klang Alice, als würde er sie auslachen. Bernhard dankte höflich. Alice befürchtete, die Fackel und Bernhards Pferde könnten verschwunden sein, doch als sie heraustraten, standen die Tiere unverändert angebunden vor der Taverne.

»Der Mann lügt«, bemerkte der Ritter zu Alice. »Wie alle Byzantiner«, fügte er hinzu.

Die Pferde am Halfter, gingen sie langsam am Hafen entlang. Am Ende der Häuserreihe, dort wo die Straße aufhörte und ein schroffer Felsen in das Meer hinausragte, dort beim letzten Haus öffnete sich ein Tor und eine schöne, stattliche, nicht mehr ganz junge Frau in einem weißen, am Saum und am Hals reich bestickten Kleid trat heraus und winkte sie ins Innere.

Es war ein Tonnengewölbe, weiß gekalkt. Auf Ständern, damit sie nicht feucht wurden, lagerten Stoffe: Seide, Brokat, Atlas. Die Frau führte sie zur Hinterwand der Halle, aus der ein Wimmern zu hören war – und dort lag in einer Ecke der Vater. Man hatte ihn offenbar dorthin gezerrt. Er lag auf dem Rücken, mit der linken Hand hielt er seine rechte Schulter. Alice stürzte zu ihm und kniete bei ihm nieder.

»Ich kann nicht laufen«, stöhnte er. »Sie haben mich zusammengeschlagen und mir die Beine gebrochen.«

»Wer?«, rief Alice entsetzt.

»Soldaten des Kaisers. Von unserer Wachmannschaft.«

Der Ritter stieß einen Fluch aus.

Alice dachte, er ist beim Plündern entdeckt worden. Sie konnte sich trotz seiner Not nicht zurückhalten, ihrem Vater Vorwürfe zu machen. Ein strafender Blick Bernhards brachte sie zum Schweigen, eine Tochter dürfe ihrem Vater nicht zürnen, sondern müsse ihm unter allen Umständen, besonders aber wenn er hilfsbedürftig sei, still gehorchen und dienen.

Unter Stöhnen und einem Aufschrei des Schmerzes wurde der schwere, verletzte Mann von Bernhard aufgehoben, über die Schulter gepackt und hinausgetragen. Draußen, wieder am Hafen, band ihn Bernhard vornübergehängt an seinem Pferd fest, während Alice die Fackel hielt. Und so führten sie die Pferde und den zum Krüppel geschlagenen Mann durch die Stadt hinaus zum Lager. Alice hielt die Hand ihres Vaters, der fortwährend wimmerte. Sie weinte. Mit ihrem langen Oberkleid wischte sie sich bisweilen die Tränen ab.

Noch in derselben Nacht schickte Graf Otto von Baerheim den Mönchsarzt zu Alice' und ihres Vaters Wagen.

Beim flackernden Licht einer Öllampe, die Alice angstvoll hielt, untersuchte der Mönch kniend ihren Vater. Als er sich endlich schwerfällig erhob, sein Rheuma setzte ihm wieder zu, wandte er sich an Karl und meinte:

»Nur ein Wunder kann dir noch helfen, jedoch kein Arzt. Wie ich trotz dieser Dunkelheit festgestellt habe, sind nicht nur deine Beine gebrochen, sondern gleichfalls die Schulter und die Hüfte. Es wäre zwecklos, die Beine geradezuziehen und zu schienen. Du würdest dennoch nicht laufen können.«

Alice stöhnte bei diesen Worten laut auf.

»Ich werde mir morgen bei Tageslicht die Verletzungen noch einmal ansehen, mein Sohn. Was macht übrigens der Zahn? Mach einmal deinen Mund auf. Ah, er ist gezogen worden.

– Von wem? Von einem Juden? Lass noch einmal sehen …
Gute Arbeit!

Hat er dich betäubt? – Mit Schlafmohn? Ein gefährliches
Mittel. Du weißt, dass man daran sterben kann, wenn man zu
viel einatmet.« Er, der Mönchsarzt, gebe es niemals den Kranken, die Gefahr sei zu groß, dass man nicht wieder aufwache.

»Ich jedenfalls darf und will am Tod eines Menschen nicht
schuld sein.

Du aber, mein Sohn, musst eine schwere Sünde begangen
haben, dass Gott dich so sichtbar straft. Schon bei Jesus Sirach
steht: ›Nur wer vor seinem Schöpfer sündigt, wird in die Hände
des Arztes überliefert.‹ Dir aber kann nicht einmal ein Arzt
helfen.«

Sünde. Mit zitternden Lippen ließ Alice den Rosenkranz
durch ihre Hände gleiten und bat um Vergebung der Schuld.
Ja, sie war es, die gesündigt hatte. Weinend bereute sie ihr fre-
velhaftes Tun, das doch ein Unterlassen war. Sie war verlogen
und scheinheilig gewesen. Wie eine glühende Geißel brannte
der Geldbeutel unter ihrem Gewand, rot lagen Reue und Angst
auf ihrem Gesicht, während sie die allmählich im feinen Regen
verglimmenden Feuer im Lager sah. Ja, sie hätte ihrem Vater
von dem Geld erzählen müssen, statt diesem gottlosen, verruch-
ten Mann zu gehorchen, der vielleicht der Satan selber war. So
etwas hatte der Ritter doch angedeutet. Sicher hätte ihr Vater
niemals geplündert, hätte er von dem Geld gewusst. Plündern,
das verstieß gegen seine Kaufmannsehre, er hatte es sich immer
zugute gehalten, ehrlich und verlässlich seine Geschäfte abzu-
wickeln. Wie groß musste seine Not gewesen sein, wie übermütig sein Gefühl, endlich von der Plage seines faulen Zahns
befreit zu sein, in dem der Zahnkobold erbarmungslos gehäm-
mert und gepocht hatte.

Wie grausam wurde sie bestraft. Alice hatte schon eine Kost-
probe ihres zukünftigen Dienens erhalten, sie hatte den Vater,
der sich nicht mehr selber bewegen konnte, waschen und mit
den für anderes gedachten Tüchern wickeln müssen. Es war eine

furchtbare Prozedur, für sie und für ihren Vater, der nun stöhnend und leidend neben ihr lag und auch nicht schlafen konnte.

Der Vater verlangte zu trinken. Alice erhob sich, ging in den hinteren Teil des Wagens und schöpfte Wein mit einer Kelle aus einem Krug. Schwer war es, den wimmernden Mann aufzurichten und ihn zu halten. Alice war verzweifelt. Wie sollte es weitergehen – und das ohne Pferd? So viel aus Passau mitgebrachtes Geld besaßen sie nicht mehr, als dass Alice es hätte für ein Pferd ausgeben mögen. Es sei denn, sie nähme das Geld des Abtes, wozu sie sich nicht entschließen konnte. Sie könnte allerdings den Ritter von Baerheim bitten, ihr eines bis Konstantinopel zu leihen.

Wenn nur Martin mit Rab wiederkäme! Irgendwann, aber er war noch gar nicht lange fort. Sie seufzte und ergriff ihres Vaters Hand.

»Alice, wir müssen es als Prüfung annehmen. Vielleicht hat mir Gott in seiner Gnade diese Verletzungen geschickt. Während der vielen Stunden, die ich niedergeschlagen in der Lagerhalle lag, habe ich gebetet und nachgedacht. Gott hat mir dieses Leiden auferlegt, damit ich mich im Glauben bewähre, meine Sünden bekenne und bereue und so eines Tages doch ins Paradies eintreten darf.«

Er schwieg und Alice sah die Tränen, die ihm über das Gesicht bis zum Mund liefen.

»Nur, es schmerzt so sehr. Und die Vorstellung, nie wieder laufen zu können, entsetzt mich. Und dies auf dem Kreuzzug.«

»Vater, es wird schon wieder. Unser Herr Jesus Christus wird uns helfen. Ich bete auch schon fleißig zur Mutter Maria«, sagte sie mit sanfter Stimme und fühlte sich verlogen. In diesem Augenblick verachtete Alice ihren Vater und gleichzeitig bezichtigte sie sich des Hochmuts. Es war schon richtig gewesen, dass der Ritter von Baerheim sie gestern mit Blicken zurechtgewiesen hatte, als sie ihrem Vater Vorwürfe machte.

Vorsichtig, um ihm nicht noch mehr Schmerzen zu bereiten, hüllte sie ihren Vater in eine Wolldecke. Sie selbst versuchte zu schlafen, schüttelte wieder und wieder ihr Kopfkissen auf. Es war ihr noch nie so hart erschienen.

Nach einer kurzen Dämmerung wurde es schnell hell. Die Menschen erhoben sich von ihren Lagern, krochen oder schritten aus ihren Zelten. Man versammelte sich zur Frühmesse. Auch Alice verließ für diese heilige Handlung ihren Vater, fiel auf die Knie und bat um Vergebung ihrer Schuld.

Schräg hinter ihr stand der junge Ritter von Baerheim, sie fühlte während der Andacht seinen Blick auf ihrem Nacken, den ihr Tuch frei ließ. Zurückhaltend grüßte er sie beim Fortgehen und verschwand in der Menge. Doch während Alice vor dem Wagen Weinblätter für die erste Mahlzeit zubereitete, um sie dem Vater in einem Brotteller zu servieren, sah sie Bernhard sich den Weg zu ihr bahnen. Er fragte nach dem Befinden des Vaters, nach ihrem eigenen, Alice gestand, es gehe ihr nicht sehr gut.

Beim Fortgehen neigte Bernhard höflich den Kopf und erklärte nebenbei, er werde mit Balduin, dem Bruder des Herzogs von Bouillon, und anderen Rittern ausreiten. Den Grund konnte sich Alice vorstellen.

Sie setzte sich wieder zu ihrem Vater auf den Wagen.

Niedergeschlagen beobachtete sie, wie immer mehr Kreuzfahrer das Lager verließen, sogar die Frauen machten sich auf, um zu plündern. Unheimlich war ihr das. Doch noch viel unheimlicher war es ihr, dass Bernhard zu den engsten Vertrauten Balduins gehörte, dessen hochfahrende, rücksichtslose Art sie nicht mochte und den sie als machtbesessen und grausam einschätzte. Nun, sie hatte ja noch nie etwas mit ihm zu tun gehabt – aber trotzdem, dass die beiden nun zusammen ausritten…

Gegen Mittag kehrte Bernhard ins nahezu menschenleere Lager zurück. Alice sah ihn von Weitem auf seinem Pferd sich ihr nähern. Am Zügel führte er ein zweites Pferd, ihr eigenes.

»Jungfer Alice, s'il vous plaît. Euer Pferd.«

Alice freute sich, ja, sie war erleichtert, dankte ihm und unterdrückte die Frage, wie er zu dem Pferd gekommen sei, mit welchen Mitteln er es vom Wirt zurückgewonnen hatte.

Angespannt und angestrengt blickte Alice in die Richtung, aus der sie den jungen Ritter Bernhard von Baerheim erwartete. Jeden Abend nun war er, sobald die bewaffneten Pilger wieder ins Lager zurückkehrten, zu ihr gekommen und hatte sie gebeten, ihn auf einen Spaziergang am Meer zu begleiten. Es war die Erlösung von den Qualen des Tages gewesen, da sie Stunden um Stunden bei ihrem Vater sitzen, seine Leiden, seine Schmerzen und Verzweiflung ertragen musste. Diesen Schmerz und vor allem die Tatsache, ein Krüppel zu sein, dankbar als Geschenk Gottes anzunehmen, fiel ihm von Tag zu Tag schwerer. Und wenn auch Alice mit ihm Gebete sprach, freundlich und aufmerksam ihn bediente, so wartete sie dennoch sehnsüchtig auf die Stunde, in der der junge Ritter sie von all ihren traurigen, trostlosen Gedanken befreien würde.

Alice wusste, dass er heute später kommen würde. Bernhard und sein Vater Graf Otto waren zusammen mit weiteren Adeligen vom Herzog Gottfried von Bouillon und seinem Bruder Balduin von Boulogne zu einem Gastmahl gebeten, das er für die Abgesandten des byzantinischen Kaisers Alexios gab. Die in den Diensten Byzanz' stehenden Franzosen Radulph und Roger waren vom Kaiser ausgesandt worden, um die Plünderungen zu beenden und Herzog Gottfried Vorhaltungen zu machen, er habe die Disziplin in seinem Heer nicht aufrechterhalten. Bernhard nun war trotz seiner Jugend zu dem Gelage geladen, weil er wegen seines angenehmen Aussehens, seiner tadellosen Umgangsformen den Beauftragten des Kaisers Vertrauen einflößen und sie beschwichtigen sollte, dass auch die jungen, kampflustigen Ritter nicht weiter brandschatzen und rauben würden. Radulph und Roger hatten sich allerdings schon bei ihrer Ankunft in Selymbria davon überzeugt, dass nach acht Tagen ausgiebiger Plünderung dieser mühelos Einhalt geboten werden könnte – weil es schlicht nichts mehr zu plündern gab.

Schon am Vortag waren viele der Menschen, die das Kreuz genommen hatten, müde, zerschlagen und enttäuscht ins Lager zurückgekommen, weil sie in den Bauernhäusern der Umgebung kein Zicklein, kein Lamm, kein Geflügel mehr gefunden hatten. Und Alice war Bernhard dankbar für die Kräuter des Südens und den Fisch, den er ihr trotzdem für die Zubereitung des Abendessens gebracht hatte.

Wenn er nur jetzt allmählich käme! Alice erwartete ihn mit besonderer Ungeduld und gleichzeitig mit dem Wunsch, er unterließe es heute, ihr seine Aufwartung zu machen. Hatte doch ihr Vater unter Schmerzen seinen Wunsch gestammelt, sie möge den Ritter bitten, von dem jüdischen Arzt, der ihm so kunstvoll und kenntnisreich den Zahn gezogen habe, den Schlafmohn zu besorgen.

Angst hatte Karl ergriffen, es könnte die letzte Gelegenheit sein, an diesen Schmerzlinderer heranzukommen, denn der Aufbruch nach Konstantinopel stand unmittelbar bevor – und dann könnte er womöglich keinen Arzt finden, der dieses seltene, kostbare und teure Gnadenmittel der Schmerzfreiheit besäße und verkaufen würde. Denn Konstantinopel, diese Stadt der Wunder, diese größte Stadt der Welt, reich, schön an Palästen, Basaren, Kirchen, Kunstwerken, Mosaiken, Brunnen, Gärten und Luxus aller Art, dieses sagenhafte Konstantinopel würden sie niemals sehen dürfen! Wut und Empörung zischelten untergründig und offen durch das Lager – nach diesen Strapazen das Verbot, Konstantinopel überhaupt betreten zu dürfen. Vor den Stadtmauern, irgendwo am Goldenen Horn, würden sie ihr Lager aufschlagen müssen! Trotz des Winters, trotz der Stürme, die vom Mittelmeer wehten und Regen und Kälte brachten, müssten sie in klammen Zelten draußen übernachten, und dies, obwohl Kaiser Alexios sie inständig durch den Papst gebeten hatte, für ihn die Ungläubigen zu besiegen. Welch eine hinterhältige Memme war dieser Kaiser!

Für Karl aber, der sich vorgestellt hatte, Alice könne in Konstantinopel, dieser Stadt der Heilkunst und des medizinischen

Wissens des Orients, das ersehnte Pulver besorgen, bedeutete die Abschottung Konstantinopels eine Katastrophe. Sein Mut, seine Geduld waren zusammengebrochen, denn Wein half nichts im Vergleich zu diesem Heilmittel, das ihn das Ziehen des Zahnes fast nicht hatte spüren lassen. Karls ganze Hoffnung gründete sich nun allein auf seine hübsche Tochter und ihren vertrauten Umgang mit dem Ritter von Baerheim, der ihr zuliebe den Schlafmohn von dem Juden beschaffen sollte.

Alice fühlte sich verraten und elend. Je näher der Abend kam, desto mehr verkrampfte sie sich, sie hatte Angst, sich Bernhard anzuvertrauen.

Sohn eines Grafen, dachte sie bitter, der hält das sicher für selbstverständlich, sich jede Frau zu nehmen, die er will. Da gibt es ja sogar das Recht des adeligen Grundherrn auf die erste Nacht … Und die junge Braut kann nichts dagegen machen, muss ihm zu Willen sein, während der Bräutigam fast verrückt wird vor Eifersucht. Allerdings, überlegte Alice und versuchte, ihre aufgewühlte Seele zu beschwichtigen, bisher hatte Bernhard sie ihre Abhängigkeit nicht so richtig spüren lassen. Bisher hatte er von sich aus, ohne dass sie ihn gebeten hätte, am Abend etwas zu essen gebracht, vor allem Brot und auch Wein, den sie dringend für ihren Vater benötigte. Nun aber musste sie ihn aus Liebe zu ihrem Vater um einen Gefallen bitten, der um so größer war, als der Herzog von Bouillon, um Kaiser Alexios nicht weiter zu reizen, jedes weitere Betreten von Selymbria unter Androhung der Todesstrafe verboten hatte.

Alice erschrak. Aus der Dunkelheit heraus stand Bernhard plötzlich vor ihr, neigte andeutungsweise sein Haupt und sprach:

»Wie versprochen, bin ich da.«

Alice kroch in den hinteren Teil des Wagens zu ihrem Vater.

»Gib auf dich acht, Alice«, ermahnte der Verwundete seine Tochter. Alice antwortete darauf wortlos mit einem schmerzlichen Lächeln.

Durch die Reihen schlafender Menschen hindurch ging Alice neben Bernhard zu dessen Zelt. Sie saßen auf, Alice fühlte die Wärme des Tieres, sie streichelte seine Mähne, was sie etwas beruhigte. Vorsichtig, um niemanden zu wecken oder zu verletzen, ritten sie langsam aus dem Lager zum Strand, zum Meer. Die Pferde lobend, banden Alice und Bernhard sie an einen Baum und gingen zu Fuß am Meer entlang, das sie hören, bei dem Mondlicht jedoch nur als dunkle Masse erahnen konnten.

Bernhard wollte offenbar Alice' Beklommenheit und Sprachlosigkeit überbrücken, denn er bemühte sich sichtlich, den Schein eines Gespräches aufrechtzuerhalten, indem er selbst erzählte. Der Herzog von Bouillon habe sich bei den französischen Abgesandten des Kaisers Alexios entschuldigt, er könne sie zu seinem tiefsten Bedauern nicht standesgemäß bewirten, schon gar nicht, was die Menge des ihnen zustehenden Geflügels betreffe. Diese Provokation hätten die Franzosen widerspruchslos hingenommen, worauf der Herzog sie wohl noch mehr verachtet habe. Denn sie seien lächerlich. »Ridicule!«, wie Bernhard ausrief. Sie trügen grüne, mit Goldfäden durchwirkte Beinlinge, das sei doch für einen Mann, auch wenn er den Prunk lieben würde, blamabel, beschämend. Übrigens, er, Bernhard, habe gehört, dass es Hugo nicht schlecht erginge im Kaiserpalast. Er sei als Bruder des französischen Königs reichlich beschenkt worden vom Kaiser und genieße allen Luxus und alle Annehmlichkeiten der Welt, Alice könne sich schon denken, welche.

Alice wurde noch verlegener, was Bernhard deutlich spürte. Er genoss die gewollt peinliche Situation und fragte dann teilnehmend:

»Du bist so bedrückt heute, hast du etwas auf dem Herzen, was ich dir abnehmen kann?«

Alice fand die zurechtgelegten Worte nicht. Ratlos blickte sie auf den Saum ihres Kleides, der durch den grauen, steinigen Sand glitt. Entschlossen raffte sie dann ihren Rock und begann. Ausführlich schilderte sie die Qualen ihres Vaters, die Bernhard ohnehin genau kannte.

»Die Sache ist nur die«, druckste sie, »mein Vater hat mich gebeten, ihm den Schlafmohn zur Linderung seiner Schmerzen zu besorgen. Ich habe auch das Geld, den Juden zu bezahlen. Aber nun hat Herzog Gottfried strengstens verboten, Selymbria noch einmal zu betreten.«

Alice blieb die Stimme weg, sie schluckte.

»Hm«, kommentierte Bernhard das Gehörte. Bitten musste sie ihn schon, sonst hätte er keine Lust, das für sie zu erledigen.

Hitze stieg in ihr auf.

Los, Alice, ermahnte sie sich selbst. Nimm dich zusammen. Sag schon, was du von ihm willst.

»Also, verzeiht, Ritter Bernhard. Ich bin in großer Not und eine schwache Frau, Ihr aber seid ein Mann. Ihr seid stark, mutig und kampferfahren. Würdet Ihr, wenn ich Euch inständig darum bitte, den Schlafmohn für meinen Vater besorgen?«

Ist doch köstlich, wie sie sich anstrengt, amüsierte sich Bernhard. Sie glaubt doch allen Ernstes, sie könne mit Schmeicheln etwas bei mir erreichen.

Bernhard blieb stehen. In bedrohlichem Ton fragte er:

»Weißt du, was du von mir verlangst?«

Alice schreckte auf und nickte. »Ich weiß, es steht die Todesstrafe darauf, falls Ihr entdeckt werdet.«

»Und du möchtest, dass ich so etwas für dich tue. – Warum sollte ich?«

Nun kommt es, dachte Alice und eine entsetzliche Furcht legte sich auf ihre Brust. Nun geschieht es, er wird mich in den Sand werfen, die Röcke hochreißen, hart in mich eindringen und mich entjungfern. Das wäre ja noch schrecklicher als mit dem Kaufmann, kam es ihr in den Sinn.

Alice zitterte, am liebsten wäre sie im Erdboden versunken, und zwar für immer. Wie konnte der Vater ihr nur so etwas antun und so etwas von ihr verlangen. Warum hielt er den Schmerzen nicht stand, wie es sich für einen Christen gehörte.

Bernhard veränderte seinen Gesichtsausdruck. Seine Stimme wurde milder, einschmeichelnd, lockend.

»Alice, was gibst du mir, wenn ich für dich mein Leben wage?«

»Ich weiß nicht. Was verlangt Ihr?«

»Einen Kuss«, antwortete er.

Alice blieb regungslos stehen.

Jetzt würden seine Lippen die ihren berühren – und nicht nur wie zum Bruderkuss die geschlossenen, sondern heiß und begehrend und rücksichtslos.

Der Ritter Bernhard aber umfasste Alice' Schultern, ohne ihren Körper wirklich zu berühren, und küsste die Überraschte einen kaum wahrnehmbaren Augenblick zärtlich und achtungsvoll auf die Stirn.

Darauf trat er einen Schritt zurück.

So blickten sie einander an.

Dann wandte Bernhard sich um und ging schnell den Weg zurück zu den Pferden. Alice hetzte ihm nach, bekam ihn am Ärmel zu fassen und rief: »Danke!«

Er machte sich los.

Mit einem Male bekam Alice Angst um ihn, es könne ihm ein Unglück widerfahren. Und sie sei schuld. Jedenfalls wollte sie ihm Geld geben, damit er den jüdischen Arzt bezahlen und möglicherweise einen Soldaten bestechen könne, falls er gefasst wurde.

»Ich gebe Euch auch das Geld!«, rief sie aus und fühlte den Beutel unter ihrem Rock. Zu spät, bereute sie, zu spät war sie bereit, ihr Versprechen zu brechen und ihrem Vater zu helfen.

Bernhard lehnte ab: »Juden bekommen anderen Lohn.«

»Aber Ihr tut ihm doch kein Leid an?«, wagte Alice einzuwenden.

»Es ist nicht zu übersehen«, erwiderte er, während sie nebeneinander weitergingen, »dass du trotz deines vornehmen Aussehens eine Krämerstochter bist und nicht dem Herrenstande angehörst. Wie dein Vater hast du Angst vor dem Schmerz, deinem eigenen und dem anderer.«

Er machte eine Pause. Alice hörte das Schlagen der Wellen und wartete.

»Leben und Schmerz gehören aber zusammen«, fuhr Bernhard fort. »Wir Ritter werden von Kindesbeinen an dazu erzogen, Schmerzen zu ertragen. Meinst du, das Üben mit Holzschwertern tue nicht weh? Meinst du, das Kämpfen mit Lanzen, und sei es nur zur Vorbereitung auf den Kampf, führe nie zu Verletzungen? Wie viele Knappen werden niemals zum Ritter geschlagen, weil sie ein Auge oder einen Arm verlieren oder sich beim Reiten auf besonders störrischen Pferden unheilbare Brüche zuziehen oder sterben, weil sie ihrem Herrn fast noch als Kind in den Kampf folgen müssen. Ich behaupte, kein Stand, auch nicht der geistliche, ist dem Leiden Jesu Christi so nahe und ähnlich wie der unsere. Denn wir sind jederzeit zu Schmerzen und zum Tode bereit. Aber keine Sorge«, sagte er lachend. »Vor meinem Aufbruch nach Jerusalem habe ich eine weise Frau aufgesucht, sie hat mir unermesslichen Reichtum verheißen, und da ich noch nicht reich bin, kann mir heute Nacht nichts passieren.«

Sie waren bei den Pferden angelangt und ritten ins Lager des Herzogs zurück. Es brannten nur noch die Lagerfeuer, die Menschen schienen alle zu schlafen, denn schon ganz früh am Morgen wollten sie die Zelte abbrechen und nach Konstantinopel ziehen.

Der Ritter Bernhard von Baerheim brachte Alice bis zu ihrem Wagen.

Er verabschiedete sich mit den Worten: »Ich komme noch heute Nacht.«

Alice hatte Angst um ihn, das war klar.

Dabei tat sie ihm mit diesem Auftrag nur einen Gefallen, bereitete ihm ein Vergnügen.

Viel an Abwechslung hatte diese Pilgerfahrt nun wahrhaftig noch nicht gebracht.

Natürlich, eigentlich sollte er das Verbot des Herzogs beachten, aber schließlich hatte er ihm keinen Treueeid geleistet. Dieser nächtliche Spaziergang in die nunmehr verbotene Stadt wäre ein begrüßtes Mittel gegen seinen ärgsten Feind, die Todsünde der Melancholie. Es hatte in seiner Heimat keinen passenden Krieg gegeben, er konnte sich als Ritter nicht bewähren, es fehlten Kampf und Gefahr. Der vom Papst ausgerufene Gottesfriede wirkte fort, an hohen Festtagen nicht gegeneinander kämpfen zu dürfen, ja, sich möglichst überhaupt nicht zu befehden oder gar zu töten, sodass sich ihm außer dem Glücksspiel wenig Anreize zu irgendeiner Aufregung boten. Andere Beschäftigungen aber, wie beispielsweise Feldarbeit, waren unter seinem Stand. Geld und den Zehnten einzutreiben, dafür war der Verwalter der Burg zuständig. Herrschen, das war das Amt seines Vaters – leider.

Etwas mehr achtgeben sollte er schon. Allerdings, dieses Vorhaben hier, unbemerkt in die Stadt einzudringen und der hübschen Alice ein Gift für ihren kranken Vater zu bringen, das war auch nicht wirklich gefährlich, denn der Herzog ließ nur dem Schein nach Wachen aufstellen. Die müden Fußsoldaten dort erwarteten sehnsüchtig den Morgen, um endlich von diesem öden Ort wegzukommen. Hier gab es nun wirklich nichts mehr zu holen. Nur so ein schwächlicher, willenloser Kaufmann konnte in Selymbria noch einen Schatz verborgen wissen.

Den Juden müsste er wahrscheinlich nicht einmal verletzen.

Also, es reichte sicher, dem Mann Angst einzujagen. Wer hätte jemals gehört, dass sich ein Jude ernstlich gewehrt hätte. Mit ein wenig Androhung von Gewalt also ließe sich diese Angelegenheit regeln. Er erhielte den Schlafmohn. Dann könnte er noch die Dankbarkeit Alice' genießen, nun, sie war reizend. Sie zu besitzen, war sicher lohnender als der Spaß mit so einer Magd, mit der er sich hätte vergnügen können.

Alice bildete sich bestimmt ein, sie stehe in seiner Schuld, und fürchtete sich davor, ihm zu Diensten sein zu müssen.

Irrtum, er brächte ihr nur den Schlafmohn, sonst nichts.

Beim ersten Anzeichen des Morgengrauens zog sich der junge Ritter von Baerheim den wattierten Waffenrock an, darüber das Kettenhemd, griff nach seinen mit Sporen besetzten flachen Lederschuhen und schnallte das aus einem Lederriemen bestehende Wehrgehenk um. Während er nach seinem Schwert griff, blickte Bernhard zu seinem Vater hinüber, der eben im Begriff war, sich seinen Nasalhelm aufzusetzen, der die kräftige Nase verdeckte, sodass der herrische, machtbewusste Mund betont wurde.

Der Vater war der Herr seiner frühen Kindheit.

Bernhard sah ihn damals nur selten, und meist nur dann, wenn er von ihm geschlagen wurde.

Was üblich war. Kinder wurden eben hart gezüchtigt, ob Bauernjunge oder Grafensohn.

Nur ein einziges Mal hatte der Vater ihn bei der Hand genommen, war die Leitern mit ihm emporgestiegen, um auf der Spitze des Turmes seinem Sohn mitzuteilen, dieses weite Land mit seinen Menschen habe er zum Lehen erhalten. Das war an dem Tag gewesen, an dem Bernhard als Page zu dem Grafen Bodewin geschickt wurde, um die Fähigkeiten und Tugenden eines Ritters zu lernen als da waren Gehorsam, Tapferkeit, Reiten und Kämpfen sowie furchtlos Schmerzen und dem Tod entgegenzusehen. Seine Eltern aber, den übermächtigen Vater sowie seine strenge Mutter, auch seine vertraute Amme, die all seine Unartigkeiten kannte, ihn tröstete und trotzdem oftmals verriet, seine jüngere Schwester Kunigunde, die nun gerade standesgemäß verheiratet worden war und anders als Alice in den letzten Jahren bis zu ihrer Verheiratung jede Nacht in ihrer Kammer eingeschlossen wurde, sie alle hatte er bis zu seiner Schwertleite niemals wiedergesehen.

In Bernhards Gedanken war der Vater die vielen Jahre der Trennung der Herr geblieben, achtungsgebietend, dem unwidersprochen gehorcht werden musste. Und tatsächlich strahlte seine Erscheinung noch immer sein Machtbewusstsein aus. Der Vater hatte es nicht mehr nötig, sich in irgendwelchen Kämpfen Ruhm zu erwerben, seine Würde gründete auf der Gewalt, die er über seine ihm untergebenen Ritter, seine freien und unfreien Bauern ausübte. Er hatte die Macht, Recht zu sprechen und Strafen zu verhängen.

Bernhard hatte es als Junge erlebt, wie ein Dieb, ein junger Mann, der einem Schenkwirt ein Huhn gestohlen hatte, in Ketten auf die Burg geführt und in den Kerker geworfen wurde. Der Vater und Burgherr aber, als er einige Tage später von der Jagd zurückgekommen war, hatte ihm aus Jähzorn die Hand abschlagen lassen.

Es war und blieb so, die Macht stand auf der Seite des Vaters, wie auch jetzt, da er sich entschlossen hatte, mit seinem einzigen Sohn in den Heiligen Krieg zu ziehen.

Graf Otto und Bernhard verließen das Zelt, das hinter ihnen von den Bediensteten abgebrochen wurde. Das Heer formierte sich. Die Ritter standen bei ihren Streitrössern. Die Fußsoldaten bildeten Reihen, in deren Mitte sich der Tross befand. Es stellten sich die nur mit Messern und Knüppeln bewaffneten Pilger dazu, die Frauen und Kinder, auch Alice' Wagen, und weit hinten jene Damen, deren Bekanntschaft Alice zu Beginn des Kreuzzuges an der ungarischen Grenze gemacht hatte.

Es war Tag geworden. Zum unermesslichen Erstaunen und Entsetzen der beiden französischen Gesandten des Kaisers Alexios stand das ganze Heer regungslos in geordneten Reihen, den Blick nach vorne gerichtet. Nicht ein einziges Kind wagte zu weinen oder unruhig zu sein.

Das Heer wartete.

Da geschah es.

Majestätisch hob Herzog Gottfried von Bouillon den Arm. Wie vom Himmel erschallte augenblicklich aus den Hörnern und Trompeten das Signal zum Aufbruch. Gleichzeitig wurden die Banner emporgehoben und wie ein Mann saßen sämtliche Ritter auf, gerüstet, gespornt und kampfbereit.

Wie von einer unsichtbaren Hand zum Willen, Jerusalem zu erobern, getrieben und zur Treue bis in den Tod regiert, setzte sich das Heer in Bewegung.

Den 23. Dezember 1096 verbrachte Alice damit, am Goldenen Horn vor den Toren Konstantinopels um einen geeigneten Lagerplatz für ihren Wagen zu streiten.

Konstantinopel, 23. Dezember 1096 – April 1097

AUF GLÄNZEND BUNTEN, mit goldenen Kordeln eingefassten weichen Kissen lagerte Anfang Januar der junge Ritter von Baerheim und blickte zu Balduin, des Herzogs Bruder, der mit bleichen, fast weißen, harten Gesichtszügen und tiefschwarzen Haaren sporenklirrend sein prächtiges, hell erleuchtetes Zelt durchschritt. Duftkerzen brannten in unzähligen Kandelabern, die auf niedrigen Tischen standen, gehalten von mit Hirtenmotiven verzierten Stützen.

Bernhard spielte mit einem Rosettenkästchen, das er durch die Hände gleiten ließ und auf dessen Deckel zwei Platten mit Kampfdarstellungen zu sehen waren. Im linken Teil richtete ein nackter Reiter auf einem sich aufbäumenden Pferd sein Schwert gegen einen Bären, auf dem rechten stürmte eben dieser Reiter mit seiner Lanze gegen einen zwar mit Schild und Lanze bewaffneten, ansonsten aber, abgesehen von einem nach hinten flatternden Mäntelchen, ebenfalls nackten Krieger.

Bernhard wunderte sich über die offen zur Schau gestellte Blöße ihrer Helden, die darzustellen die Byzantiner sich nicht scheuten.

Kriegerisch wirkten die Fakten, die Balduin mit klarer Stimme vortrug. Er rief ins Gedächtnis, dass es Kaiser Alexios selber war, der den Papst um ein Kreuzfahrerheer gebeten hatte, weil die Seldschuken ihn mehr und mehr bedrohten und bis vor die Tore Konstantinopels byzantinisches Gebiet erobert hätten.

»Unter Opfern haben wir uns aus unserer Heimat im Westen auf den weiten, beschwerlichen Weg gemacht. Die meisten Ritter haben ihre Ländereien an die Klöster und Bischöfe verpfändet, wir sind tagelang durch Regen und zuletzt gar durch

Schnee bis Konstantinopel gepilgert, und nur ihr Männer wisst, was es bedeutet, tagelang in nassen Kleidern auf einem Pferd zu sitzen und sich wund scheuern zu lassen.« Die Ritter konnten dies nur bestätigen.

»Nun aber verwehrt uns Alexios den berechtigten und wohlverdienten Einzug nach Konstantinopel, schlimmer noch, er hat auf dem mächtigen, die Stadt umgebenden Theodosianischen Mauerring, der vom Marmara-Meer bis zum Goldenen Horn reicht, auf jedem der nahezu 200 Türme Bogenschützen postiert und keines der zahlreichen massiven Tore ist geöffnet. Stattdessen prangt über dem Haupttor, von Fackeln erleuchtet, das Relief des byzantinischen Kaisers.«

Balduin fluchte, als er diese Dreistigkeit erwähnte.

»Doch das ist nicht alles!«, rief er mit drohender Stimme. »Wie wir alle am eigenen Leibe erfahren haben, hat der byzantinische Kaiser all unsere Hoffnungen auf Gastfreundschaft in den Wind geschlagen. Ohne Rücksicht auf die hungernden Frauen und Kinder schikaniert er uns und hat sogar die Lebensmittellieferungen gestrichen, die er Herzog Gottfried von Bouillon fest versprochen hatte. Kurz und gut, es ist genug.«

Das war das Stichwort. Von einem reich verzierten Thronsessel erhob sich jetzt ein verwahrlost aussehender Mann mit struppigem Bart und wildem Blick, aber von kräftiger Statur, über dessen Anwesenheit sich Bernhard in dieser Gesellschaft edler Ritter still gewundert hatte. Dass Balduin einen solchen Mann von offenbar niederer Herkunft duldete und ihm gar einen Ehrenplatz zugewiesen hatte, musste in dessen Pläne passen.

Er sei Schmied, begann der Fremde, aus Paris kommend. Er habe das Kreuz genommen und zu dem Heer Peters des Einsiedlers gehört.

»Ich bin einer der wenigen Überlebenden, die im letzten Herbst den Schwertern Sultan Kilidj Arslans entkommen sind. Wir haben uns tapfer geschlagen, aber Ihr werdet noch jetzt bei Eurem Durchzug nach Nikäa Zigtausende von Skeletten unserer Pilger finden.«

Er machte eine Pause, in der alle Anwesenden sich diese grässlich anzusehenden Toten vorstellten.

»Der Kaiser hat uns im Stich gelassen«, sagte er schlicht.

Wieder schwieg er. Dann flüsterte er kunstvoll:

»Alexios ist ein Verräter.«

Die anwesenden Ritter teilten lautstark diese Einschätzung und wünschten Taten.

Balduin versprach diese nicht nur, vielmehr teilte er den Rittern mit, dass er nun, da die Weihnachtstage längst schon verstrichen seien, morgen, gleich nach der Messe, beabsichtige, die Vororte Konstantinopels zu plündern.

Ob sie bereit seien? Die Ritter erhoben sich aus der weichen, duftenden Fülle und tranken Balduin aus mit Gold eingefassten, geschliffenen Glaspokalen zu, wie sie dergleichen in Franken und dem deutschen Reich nie gesehen hatten.

»Die Abmachung gilt«, bestätigte Balduin sein Vorhaben, während die Ritter sich mit den an einer Truhe abgelegten Schwertern umgürteten, sodass die reich verzierten Schnallen so nur klingend zuschnappten.

»Morgen nach der Messe schlagen wir zu.« Balduin freute sich sichtlich auf dieses Spektakel.

Sie tauschten einander den Bruderkuss und verließen das Zelt.

Bernhard trat in die dunkle, etwas windige Nacht hinaus. Vom Rosenduft war ihm ganz schwindlig. Es war offenkundig, Balduin liebte den Luxus, die Verschwendung, die verführerische Weichheit, dabei war er zugleich härter, unbarmherziger und gewaltsamer als sein Bruder Gottfried. Der besprach sich nun seit Tagen mit den Grafen und hohen Herren, um endlich zu einer Entscheidung zu kommen, ob er Kaiser Alexios den geforderten Treueid ablegen sollte. Hatte Alexios doch tatsächlich zur Gaudi aller diesen Hampelmann, diese groteske Witzfigur, den Grafen Hugo von Vermandois, ins Lager geschickt, um den Herzog dazu zu bewegen, mit ihm in den Kaiserpalast zu kommen und dem Kaiser die Treue zu schwören. Dieser Weichling, ließ sich vom Glanz und den Geschenken, den weiblichen Annehmlichkeiten bezirzen. Der in Waffen – ein Witz!

Gottfried hatte ihn denn auch ausgelacht, gedemütigt musste er sich wieder nach Konstantinopel zurückziehen. Trotzdem, Alexios wartete immer noch. Wie konnte er die versprochenen Lieferungen einstellen und gleichzeitig erwarten, Herzog Gottfried leiste ihm den Treueid? Schließlich hatte der Herzog schon Kaiser Heinrich IV. Treue gelobt, da würde er nicht einen Nebenbuhlerkaiser anerkennen.

Diese Auseinandersetzung könnte sich ewig hinziehen. Grauenhaft diese Zähigkeit, diese Langeweile, alles dauerte viel zu lange. Bernhard gähnte, obwohl er nicht richtig müde war. Es war still im Lager. Pferde schliefen zwischen den Zelten. Die Lagerfeuer, an denen die Menschen gesessen und sich gewärmt hatten, glimmten vor sich hin, verloschen allmählich, in einem Zelt hörte er ein Kind weinen und ein leises, beruhigendes Tsch – Tsch. Sanfte Koseworte flüsterte eine Frau ihrem Kind ins Ohr.

Unentschlossen, was er jetzt anfangen wollte, schlenderte Bernhard durchs Lager. Er näherte sich einem heruntergebrannten, gerade noch glimmenden Feuer, an dem ein Fußsoldat saß, das Schwert umgürtet, und Schalen von Sonnenblumenkernen in die Glut spuckte. Beim Näherkommen erkannte Bernhard den Mann, er gehörte zu den Bogenschützen, die Herzog Gottfried rekrutiert hatte und bezahlte.

»Ritter, wie lange noch?«, sprach der Mann ihn an.

»Wie lange noch was?«, fragte Bernhard zurück.

»Wie lange müssen wir bei diesem dreckigen Goldenen Horn noch kampieren?«

»Bis die anderen Heere eintreffen, schätzungsweise bis irgendwann im Frühjahr.«

Der Mann spuckte wieder eine Ladung Sonnenblumenhülsen ins Feuer, dass es leise zischte.

»Das Jahr im März begann, als Gott erschuf den Mann«, ließ sich der andere hören. »Wir sind Männer, wir wollen nicht herumlungern, wir wollen kämpfen. Wir wollen Taten.«

»Die kannst du morgen haben. Du kannst Alexios, dem Bewahrer des wahren Glaubens, der Christenheit, eine kleine Freude bereiten, ein Spaziergang durch die Vorstädte von Byzanz. Kannst dir was Nettes aussuchen und deinem Liebchen schenken, falls du jemals zu ihr zurückkommst.« Damit schlenderte Bernhard weiter.

Seine letzten Worte gaben Bernhards Gedanken eine neue Richtung, lenkten ihn auf den Punkt, der ihn schon den ganzen Abend beschäftigte, ohne dass er darüber wirklich nachgedacht hätte. Seit Selymbria hatte er Alice nicht mehr zu einem Spaziergang abgeholt, ja nicht einmal mehr mit ihr gesprochen.

Nachdenklich machte ihn diese Kaufmannstochter. Bedenklich fand er es, wie er beobachtet hatte, dass Alice am Weihnachtstag eindringlich auf einen Priester eingesprochen hatte, den sie vermutlich überreden wollte, zu ihrem kranken Vater in den Wagen zu kommen, um ihm die Beichte abzunehmen und die Absolution zu erteilen. Anscheinend hatte sie Erfolg, denn der Priester ließ sich von ihr dorthin führen. Achtung, dachte Bernhard, was würde der Alte beichten?

Den Schlafmohn und wer ihn besorgt hatte?

Noch beunruhigender fand es Bernhard allerdings, dass er am Nachmittag Alice zusammen mit Freundinnen bei ihrem Wagen stehen und Brot verteilen sah. Alexios, dieser verräterische Hund, streicht ihnen die zugesagten Lebensmittel und während die meisten Pilger hungern, zieht diese junge Frau offenbar aus, geht zu den Bauern und bittet um Brot. Wahrscheinlich hat sie nicht einmal gebettelt, sondern es bezahlt. Möglicherweise hatten die Bauersleute auch Mitleid mit ihr, denn Alice trug statt ihres verschmutzten weiten Kleides eine Tunika, wie sie hier üblich war. Hübsch sah sie darin aus, besonders, da die rote breite Kordel und das rote Wellenband am Halsschlitz ihrem Gesicht Farbe verliehen, die gestickten Rosetten auf dem Vorderteil ihre Brust betonten, die durch den Gürtel, den sie eng um ihre Taille geschnürt hatte, noch hervorgehoben wurde. Wenn aber Alice, so dachte er weiter, mit ihrer Brotbeschaffung so erfolgreich war, dass sie teilen, dass sie abgeben konnte, dann gefiele es ihr möglicherweise überhaupt nicht, wenn er morgen mit Balduin und anderen Rittern und Bewaffneten plündern würde. Alice vertrat womöglich gar die Auffassung, dass es zwar schändlich war, den Pilgern die versprochenen Lebensmittel nicht zu liefern, um so den Treueid Herzog Gottfrieds zu erpressen, aber genauso wenig sei Plündern und Rauben erlaubt.

Bernhard schüttelte abwehrend den Kopf. Alice war wohl sehr ehrlich und sie hatte offenbar noch Geld. Sie machte es sich nicht klar, dass viele Pilger kein Geld mehr hatten oder es aufsparen wollten und mussten, denn Jerusalem war weit. Auch ihm graute vor dem Augenblick und er sah den Tag kommen, wenn sein letzter, aber auch wirklich letzter Pfennig ausgegeben wäre.

Bald nun müssten sie sich durch Plündern selbst versorgen und vor dem Hunger bewahren. Der Krieg ernährt den Krieg. Das war schon immer so.

Das würde Alice bald auch verstehen. Nur jetzt war sie wohl noch etwas zimperlich.

Also, was tun?

So spät noch zu ihr gehen?

Tatsächlich schlief Alice nicht, sondern saß auf ihrem Wagen und summte ein Lied vor sich hin. Es klang weder fröhlich, was auch nicht zu erwarten gewesen wäre, noch sehr traurig.

»Alice«, rief er leise und trat aus der Dunkelheit dicht zu ihr heran.

»Ich glaube, ich habe ein Versprechen einzulösen. Magst du noch?«

»Mit Euch spazieren gehen? Es ist Nacht. Es ist nicht schicklich.«

»Neulich, als du von mir einen Dienst begehrtest, hattest du keine Einwände.«

»Ich komme ja auch mit«, flüsterte Alice.

Der Vater schläft, dachte sie für sich. Er hat wieder etwas von dem Schlafmohn genommen. Wie lange der wohl noch reicht?

Alice überzeugte sich, dass der Vater tatsächlich nichts bemerkte. Dann griff sie nach einem Tuch gegen die Kälte. Bernhard sah zu, wie sie es sich umlegte.

Schweigend durchquerten sie nebeneinander das Lager. Sie gelangten zu einem kleinen Waldstück, Pinien, wie Alice vermutete, denn in der Dunkelheit konnte sie kaum etwas erkennen, schon gar nicht den Pfad, der zum Hafen führte. Bernhard nahm ihre Hand. Alice zog sie erst zurück, als sie auf eine gepflasterte Straße stießen, die am Goldenen Horn entlangführte.

Hier war Leben.

Schiffe lagen am Ufer, aus Tavernen drangen Geräusche, Musik, Lärm, Streit. Menschen waren noch unterwegs, meist Männer. Und hinter ihnen, wenn sie sich umblickten, ließ sich die gewaltige Stadtmauer des unerreichbaren Konstantinopels erahnen.

Alice blickte sich mehrfach um, ob sie wohl jemanden kannte, sie wollte keineswegs mit Bernhard angetroffen werden.

Bernhard verstand das und führte Alice möglichst schnell aus der Menge heraus, er wollte sie ungestört sprechen, unbeeinflusst von äußeren Reizen, das hatte er sich vorgenommen.

Endlich allein mit ihr in der Dunkelheit am Wasser, das leise gegen die Holzbohlen schwappte, begann er:

»Ich habe gesehen, wie du Brot verteilt hast, wie die Kinder dich umstanden und du das Brot gebrochen hast. Es war ein schöner, edler Anblick.«

Alice wusste nichts darauf zu antworten.

»Woher hattest du es?«

»Wir hatten Hunger. Wir, ich meine die Frauen, die in den Zelten um meinen Wagen wohnen. Die Kinder hatten besonders Hunger und sie taten mir leid. Da habe ich meinen Freundinnen Hildegard und Theresa den Vorschlag gemacht, dass wir zu den Bauern in der Umgebung gehen, um Brot zu kaufen. Welch ein Glück, der erste Bauer, vor dessen Tür wir standen, war katholisch!

Die Bauersleute waren dankbar, dass wir katholische Christen gekommen sind. Sie haben uns zu essen gegeben und mir diese schöne Tunika geschenkt. Nun, Ihr könnt sie jetzt nicht so gut sehen.«

»Du schaust darin sehr hübsch aus«, bemerkte er.

Alice fühlte sich geschmeichelt, lenkte das Gespräch aber lieber wieder auf die Bauersleute.

»Die Frau konnte Latein und hat uns auch etwas von ihren Leiden hier erzählt.

Stellt euch vor, Kaiser Alexios hat vor einigen Jahren alle lateinischen Kirchen in Konstantinopel schließen lassen. Nicht eine katholische Kirche sei geöffnet gewesen und man bedenke, der Kaiser habe für sich und den Hof allein acht Kirchen, die sich um den Kaiserpalast herum befänden. In Konstantinopel gäbe es byzantinische Kirchen an jeder Straßenecke.

Wo aber sollte nun ihre kleine neugeborene Tochter getauft werden?

Der Priester sei dann zu ihnen nach Hause gekommen.

Die Frau sagte, sie habe immer das Gefühl, die Taufe sei irgendwie nicht richtig gewesen. Am liebsten hätte sie es, jetzt, da die katholischen Kirchen seit Kurzem wieder geöffnet seien, dass ihre Tochter noch einmal getauft würde. Aber das ginge ja nun auch nicht.

Ich kann das verstehen«, sagte Alice leise, »ich habe auch Angst um meinen Vater und um seine Seele. Ich habe deshalb Weihnachten einen Priester gebeten, mit meinem Vater das Abendmahl zu feiern. Der Priester ist zwar mit zu meinem Vater auf den Wagen gekommen, hat aber nur mit ihm gebetet und ihn gesegnet.«

»Gesegnet?«, Bernhard lachte auf. »Das hat dein Vater auch nötig.«

»Wieso?« Alice schaute ihn verständnislos an.

»Dein Vater ist verflucht. Ja, du hörst richtig. Ich dachte, du wüsstest es. Der Bruder deines Vaters, der jetzt Abt ist, hat deine Eltern über ihrem Brautbett vor allen Hochzeitsgästen verflucht.«

»Das ist nicht wahr.« Hastig bekreuzigte sie sich.

»Das ist die Wahrheit. Frag deinen Vater. Und«, so setzte Bernhard nach einer kurzen Pause hinzu, »danach war genau ein Jahr vergangen, da war deine Mutter tot.«

Er schwieg abermals.

»Bedenke, Alice, ich weiß, wie traurig das für dich ist. Am Tag des ersten Kirchgangs nach deiner Geburt ist deine Mutter tödlich die Treppe hinuntergestürzt. Das weiß jeder. Meine Amme hat es mir erzählt. Und nun ist dein Vater zum Krüppel geschlagen worden.«

Wieder ließ er die Worte wirken.

»Hat dein Vater wirklich freiwillig das Kreuz genommen?«, fuhr Bernhard endlich fort.

»Er machte mir während der ganzen Pilgerfahrt doch einen bedrückten und mürrischen und unzufriedenen Eindruck. Na, sag, Alice. Warum seid ihr auf dem Kreuzzug?«

Bernhard ließ ihr jedoch keine Zeit, keine Gelegenheit, etwas anderes als den Fluch in Erwägung zu ziehen.

»Er ist vom Teufel besessen«, verkündete Bernhard mit unheimlicher, drohender Stimme. »Der Abt ist vom Teufel besessen.«

Alice zuckte zusammen. Wiederum bekreuzigte sie sich.

»Ich weiß es genau. Ich habe Beweise. Mein Vetter Philipp hat mir alles genau und einleuchtend erzählt. Es ist ganz eindeutig, der Abt steht mit dem Teufel im Bunde.«

»Wieso?«, fragte Alice, presste die Frage aus sich heraus, so sehr Angst hatte sie. Allein schon bei dem Wort Teufel wurde ihr angst und bange und sie vermied es, jemals diese Beschwörungsformel auszusprechen, weil sie immer die Sorge hatte, es möge etwas vom Teufel an ihr kleben bleiben und er könnte Macht über sie gewinnen.

»Ich werde es dir genau erklären«, antwortete Bernhard und fasste Alice um die Schultern.

»Alors, schon die Tatsache, dass der Abt, der damals ja noch ein Kaufmannssohn war, deine Eltern so wirkungsvoll verfluchen konnte, dass deiner Mutter an einem heiligen Tag ein Unglück widerfuhr und sie qualvoll starb, ist ein Zeichen. Aber damit nicht genug. Natürlich war ihm bewusst, dass jeder ihn verdammen würde, als deine Mutter tot auf dem Steinboden vor der Treppe lag, dass er der Hexerei angeklagt würde, dass er fliehen müsste, um sein Leben zu retten, und eigentlich war er gerechterweise schon des Todes, aber er war listig und der Teufel half ihm, seine List auszuführen. Statt sich in die Wälder zu flüchten, wo man ihn ganz sicher gefasst hätte, begab er sich nach dem Mord ins Kloster, in einer kalten stürmischen Nacht, in der die Geister des Bösen umherschwirren und die Hexen ihr schauriges Lied singen. Und wenn wir nicht von Geistern sprechen wollen, so war es doch eine Nacht, da die Wölfe bis zu den Wohnungen der Menschen kamen. In Paris ist dergleichen passiert und in Regensburg, gar nicht weit von uns. Er bat dort also den damaligen Abt Eckbart, Gott hab ihn selig, nicht nur um Einlass, um Zuflucht, sondern um Aufnahme. Er begehrte, Mönch zu werden.«

Alice zuckte zusammen.

Und gleichzeitig spürte sie Widerstand. Da ging sie meilenweit von diesem Kloster entfernt am steinigen Ufer des Goldenen Horns am finsteren Meer entlang, und da erzählte ein reichlich Fremder ihr etwas von ihrer Familie, was sie noch nie gehört hatte. Und auch wenn sie sich den Abt als ihren Onkel gar nicht richtig vorstellen konnte, so war es doch unerhört, dass dieser Ritter mehr über ihn wusste als sie selbst und dann noch so Furchtbares, so schreckliche Verdächtigungen, aussprach. Warum überhaupt jetzt und hier an den Abt denken, der doch nun wirklich weit entfernt war und mit diesem Heer, dem Alice sich allmählich zugehörig zu fühlen begann, nichts zu tun hatte.

Die Tatsache aber, dass ihr Vater von Räubern um sein Vermögen gebracht, dass er zum Krüppel geschlagen worden war und besonders das Vorhandensein des Beutels unter ihren Röcken belehrten sie eines anderen.

Der Abt, so fern er räumlich auch war, hatte doch mitgespielt, indem sie auf sein Verlangen ihrem Vater das Vermögen, das sie unter ihrer Kleidung verbarg, verheimlicht hatte. Und er hatte gewonnen, er hatte seinen Willen gegen ihre Pflicht als Tochter durchgesetzt. Um sich gegen seine Macht zur Wehr setzen zu können, war es notwendig, seine Gründe, seine Handlungsweisen zu kennen. Neugierde und Abscheu gewannen wieder die Oberhand.

Bernhard spürte, dass sie ihr Widerstreben, ihr gekränktes Ehrgefühl, von einem Fremden Entscheidendes über die eigene Familie zu erfahren, allmählich wieder aufgab.

Und er setzte nach.

»Dass der Abt vom Teufel besessen ist, behaupte ich. Prüfe selbst, ob ich die Wahrheit spreche.«

Alice stolperte und Bernhard ergriff ihren Arm, den er nicht wieder los ließ.

Widerstrebend und doch gleichzeitig angenehm berührt, zog sie ihn nicht weg.

»Wie du sicher weißt, ist das Kloster allein dem Adel vorbehalten. Noch niemals ist seit seiner Gründung durch Karl den Großen ein Nichtadeliger als Mönch aufgenommen worden.«

Bernhard machte eine Pause, um Alice diesen Fakt begreifen zu lassen.

»Selbst Markus, der nun mit uns zieht, ist adelig, wenn auch von niederem Adel. Der damalige Abt wusste nicht, ob er den Kaufmannssohn aufnehmen durfte. Ihn, er hieß damals noch Daniel, einfach abzuweisen, brachte der Abt nicht den Mut auf. Er ließ ihn tagelang draußen vor der Klosterpforte warten, um zu prüfen, wie ernst er es meinte. Dass Daniel dort mitten im Winter nicht verhungert und erfroren ist, zeigt schon, dass es nicht mit rechten Kräften zuging.

Nach mehr als einer Woche entschied der Abt sich, ihn ins Kloster hineinzulassen, bis der Konvent entschieden hätte. Doch wohin mit ihm? Sollte er in der Zugangshalle zum Pilger- und Armenhaus oder in der Zugangshalle zum Haus der vornehmen Gäste untergebracht werden? Der Abt schickte ihn zu den Armen, wo er mehrere Tage blieb, bis er sein Gelöbnis mündlich und schriftlich abgelegt hatte, dass er sich den Regeln des Klosters unterwerfen werde. Bei den Armen müsste er ziemlich Aufsehen erregt haben in den kostbaren, wenn auch verdreckten Kleidern, die er noch vom Fest trug, bei dem deine Mutter die Steintreppe hinuntergefallen war. Nebenbei gesagt, ich habe ihn dort angetroffen, als ich bei Euch zu Gast war. Ohne Licht war er oben auf den Stufen und hat sie betastet. Das böse Gewissen hat ihn dorthin getrieben zum Ort seines Verbrechens.«

»Ihr wart bei der Steintreppe? Wozu?«

»Ich wollte mir diese Treppe, von der ich so viel gehört hatte, einmal ansehen«, sagte er so obenhin. »Wir haben dergleichen nicht auf unserer Burg«, gab Bernhard zu.

Alice spürte, wie unangenehm Bernhard dieses Eingeständnis war. Vom gesellschaftlichen Rang stand sie weit unter ihm, vom Vermögen war ihre Familie jedoch zumindest früher der seinen überlegen gewesen.

»Der Rat der älteren Brüder konnte sich nicht entscheiden«, fuhr er in entschiedenem Ton fort. »Die Aufnahme eines Nichtadeligen, eines Kaufmanns, war eine so schwerwiegende, tiefgreifende Entscheidung, dass sie nur von allen Brüdern gemeinsam getroffen werden konnte. So war auch mein Cousin Philipp dabei, der gerade erst seine Gelübde abgelegt hatte, als Daniel seine Gründe darlegen musste, warum er aufgenommen werden wollte. Von dem gewaltsamen Tod deiner Mutter sagte er kein Wort. Nur dass die Welt schlecht sei und er für immer ihr entsagen wolle, ja, dass er ihr schon jetzt abgestorben sei. Er wolle mit der Welt niemals wieder etwas zu tun haben.

Man beratschlagte. Doch schon jetzt hatte der Teufel gewonnen. Daniel hatte es geschafft, den Abt für sich einzunehmen. Und der argumentierte mit der Benediktinerregel. Der Heilige Benedikt habe niemals geboten, dass in seinen Orden nur Adelige aufgenommen werden dürften. Ja, selbst bei der Abtwahl solle und dürfe die Herkunft keine Rolle spielen, sondern nur die Eignung für das Amt.

Prophetisch nahm er das Furchtbare voraus, dass Daniel tatsächlich einmal später Abt würde. Damals wies er auf das Vermögen, die Schenkung hin, die dem Kloster durch seinen Eintritt zukommen würde.

Daniel wurde also im Noviziat untergebracht. Doch schon dort, im Bad der Novizen, soll sein gefährlicher Einfluss sich geltend gemacht haben. Die anderen Novizen sollen begehrliche Blicke nach ihm geworfen haben, wenn sie sich morgens ihre Kutten auszogen und nur in ihrer Tunika dastanden und sich Arme und Füße wuschen. Doch Daniel schien sie in Schach gehalten zu haben – merkwürdiger Ausdruck«, unterbrach er sich, »das Spiel stammt von den Ungläubigen. Er hielt die Probezeit durch und hat gelobt, das Joch der Ordensregel auf sich zu nehmen, keinen eigenen Besitz zu haben und nicht einmal über seinen eigenen Leib zu verfügen. Damit war er also als Mönch in die Gemeinschaft aufgenommen worden und er erhielt den Namen Johannes.«

»Woher wisst Ihr das alles?«, wurde er von Alice gefragt.

»Von meinem Cousin Philipp. Ich sagte es bereits.«

Bernhard war unwillig, mit einer Frage unterbrochen zu werden. Es beruhigte ihn allerdings, dass er seinen Trumpf noch nicht preisgegeben hatte.

»Bei den Benediktinern ist es Brauch, die Ordensregel schreibt es vor, dass immer ein älterer Bruder neben einem jüngeren schläft. In der Nacht brennt im Dormitorium nur eine Öllampe. Alle Mönche müssen schweigen. Und obwohl es nicht ganz dunkel in dem Schlafraum war und man in der Stille jedes Geräusch hörte, haben die beiden Mönche, die neben Johannes schliefen, also zwei ältere Brüder, versucht, ihn des Nachts zu berühren. Der Teufel hat ihm das Gesicht eines Engels gegeben und die unkeuschen Gedanken, die Begierde und die böse Lust entbrannten in den meisten Mönchen des Klosters. Philipp hat mir erzählt, aber das sage ich nur dir, damit du weißt, wie gefährlich sein Einfluss war, dass er ihn geliebt habe und einmal versucht hat, Johannes im Badehaus – du weißt schon, als der nackt in den Badezuber steigen wollte – also da Johannes zu begegnen. Nun, die Vernunft des Herrn ist noch im letzten Augenblick über Philipp gekommen.

Jedenfalls, er hat das Ganze dem Abt gebeichtet, der nun seinerseits schon längst bereut hatte, diesen Nichtadeligen im Kloster aufgenommen zu haben.

Er musste ihn loswerden. Nun hätte er ihn aus dem Kloster rauswerfen können wegen des Vergehens der Lust und Begierde, nur konnte er Johannes selbst nichts nachweisen. Selbst Philipp standen die Folgen seiner begehrlichen Gefühle noch im Gesicht geschrieben in Form einer blutenden Nase und eines blauen Auges.

Um sich seiner zu entledigen, schickte der Konvent Johannes zu den Leprakranken. Man nennt sie auch die ›lebendigen Toten‹.

Eigentlich ist es eine besondere Gnade, ins Leprosorium geschickt zu werden und dort die Leprakranken versorgen zu dürfen. Der selbst- und furchtlose Umgang mit diesen Kranken, deren Glieder bei lebendigem Leibe verfaulen, war bis dahin nur besonders frommen Mönchen vorbehalten, die schon älter waren und den Wunsch, auf diese sich selbst aufopfernde Weise Gott zu dienen, über einen längeren Zeitraum geäußert hatten. Denn man erwirbt eine besondere Heiligkeit durch das Opfer für diese mit dem Stigma der Sünde geplagten Menschen. Irgendwann steckt sich jeder an. So auch der alte Mönch, der Gott bisher bei den Leprakranken gedient hatte. Johannes aber war sehr jung. Ohne zu widersprechen und zu klagen, verließ er das Kloster und ging zum Leprosorium und blieb dort über zehn Jahre. Nur an den ganz hohen Feiertagen kehrte er kurz zum Kloster zurück – und dann hielten sich alle von ihm fern aus Sorge vor einer Ansteckung.

Aber Johannes steckte sich nicht an. Stattdessen rieb er die

Kranken mit einer Salbe ein, die aus Schwalbenkot, Klettenkraut, Storchen- und Geierfett sowie Schwefel bestand.«

Bernhard blieb stehen: »Schwefel, Alice! Schwefel!«

In ruhigem Ton fuhr er fort: »Obwohl er die Leprakranken mit den Händen fütterte, ihre verfaulten Mundhöhlen und ihren Speichel berührte, obwohl er ihre offenen und blutenden und stinkenden Wunden wusch, blieb seine Haut makellos. Und allmählich wandelte sich sein Ruf. Hatte man von dem Fluch gehört, hatte man ihn bezichtigt, die heilige ständische Ordnung gebrochen zu haben und die Menschen zur Raserei, zum Liebeswahn zu treiben, so vertrat man zunehmend die Ansicht, Gott sei mit ihm. Nun, das wäre auch noch gegangen. Aber der Teufel trieb ein schlimmeres Werk.

Eines Tages träumte einem adeligen Leprakranken, er werde gesund, sofern Bruder Johannes sein Gesicht in das mit Blut und Eiter vermischte Wasser, mit dem er zuvor die Füße des Kranken gewaschen hätte, eintauchen und es noch dazu trinken würde. Johannes wurde vom Abt gefragt, ob er zu einer Demonstration in der Kirche vor allen Mönchen bereit sei. Johannes willigte ein, und während er noch trank, verschwand der Ausschlag und die verfaulenden Gliedmaßen und das Gesicht des Barons wurden rein. Und niemand bedachte, dass hier nicht Gott, sondern der Teufel am Werk war.

Als nun der Abt einige Zeit später Johannes zum Priester weihte und ihn in das bedeutendste Kloster der Christenheit, nach Cluny, schickte, um das eigene Kloster nach diesem Vorbild umzuformen, da war klar, wer einst sein Nachfolger werden sollte.

Und als der alte Abt gestorben war, wählten die Mönche fast ausnahmslos und gegen den heftigen Widerstand meines Cousins Philipp, der nun mittlerweile Prior geworden war, Johannes zum neuen Abt. Er gilt als Heiliger – schon jetzt zu Lebzeiten.

Und alle haben den Fluch und das Teuflische vergessen. Niemand denkt mehr an deine Mutter, an ihren Tod. Und auch Martins Mutter, so hörte ich, als ich bei euch war, fiel eine Steintreppe hinunter. Dein Vater ist verarmt. Wie man munkelt, hat sich euer Geschäft niemals wirklich davon erholt, seitdem der Abt dem Handelshaus so viel Geld entzogen hat, um im Kloster aufgenommen zu werden. Dein Vater ist zum Krüppel geschlagen und niemand weiß, wie es mit ihm weitergehen wird. Nach Jerusalem jedenfalls kann er in diesem Zustand nicht mitkommen. Das weißt du auch genau. Er wird also niemals die Sündenvergebung erlangen, die uns allen der Papst verheißen hat, wenn wir für Christus in Jerusalem sterben. Im Kampf gegen die Heiden wird er auch nicht den Tod finden, sondern – nun, darüber wollen wir nicht sprechen. Das heißt, der Abt hat ihn um die Gnade des ewigen Lebens gebracht, indem er ihn materiell arm gemacht und dann selbstsüchtig hat handeln und zum Krüppel zusammenschlagen lassen. Übrigens bringt er auch den Mönch, der nach ihm die Leprakranken behandelt, um seine Ehre vor Gott. Er hat angeordnet, die Leprakranken seien mit einer Gabel zu füttern. Einer Gabel, Alice! Die ist ein Werkzeug des Teufels, sie sieht aus wie eine Forke. Kein Christenmensch darf eine Gabel benutzen.

Und ob Martin jemals wiederkommt, weiß man auch nicht.

Aber du, Alice. Wer sagt, dass nicht auch dir der Fluch gilt? Deine Familie ist tot oder so gut wie tot. Und du?

Alle Frauen des Kreuzzugs von Peter dem Einsiedler sind entweder tot oder leben in der Gefangenschaft als Sklavinnen, sind verkauft nach Nikäa, Damaskus oder Bagdad. Dort können sie ungestraft getötet werden, wenn sie als Gespielinnen nicht mehr gefallen. Alle sind sie entehrt worden. Weißt du, warum die Muslime so viele christliche Sklaven brauchen? Weil Muslime selbst nicht Sklaven sein dürfen. Sie werden schon, sobald wir feindliches Gebiet betreten haben, nach euch Frauen Ausschau halten, besonders nach denen, die keusch sind und hübsch anzusehen.«

Er ließ die Worte wirken und fuhr dann in besorgtem Ton fort.

»Und du, Alice? Was ist, wenn der Fluch auch dir gilt? Welches Schicksal erwartet dich ohne jeden männlichen Beistand? Ohne Gottes Hilfe? Der Abt hat Macht über dich bis hierhin, bis nach Konstantinopel. Du fühlst es, du weißt es doch. Wie willst du dich schützen? Wie willst du dich gegen den Fluch wehren? Der Fluch ist stärker als du.«

Alice senkte den Kopf und schwieg. Bernhard hatte recht. Alice fror. Alice hatte Angst. Sie sah ihn wieder vor sich, den Bruder ihres Vaters, in jener Nacht. Sie hörte ihn auf der Treppe – ohne Licht. Der Teufel musste ihm Augen verliehen haben, dass er auch noch in vollkommener Finsternis sehen konnte.

Sie sah ihn in seiner schwarzen Kutte, mit funkelnden Augen und hartem Gesicht ihren Vater zwingen zur Teilnahme an diesem Kreuzzug. Der Abt besaß die Kunst der schwarzen Magie.

»Nun, wie willst du dich schützen?«, beharrte Bernhard.

Alice wusste es nicht. Ihr wurde angst in dieser Dunkelheit.

»Lasst uns umkehren«, bat sie. Schweigend gingen sie nebeneinanderher.

In der Ferne lag Konstantinopel und dort, über den Arm des St. Georg hinweg, lauerten die feindlichen Heere.

»Nun, wie willst du dich retten?«, wiederholte Bernhard seine Frage und blieb stehen. Sie waren beim Hafen angelangt und ihre Gesichter wurden von einer Fackel erhellt.

»Hast du darüber nachgedacht?«

Alice nickte. »Ich weiß es nicht. Ich werde beten.«

»Ich weiß ein Mittel«, erwiderte Bernhard.

»Nun? Welches?«

»Du trägst meine Ohrringe. Es hängen Kreuze daran. Die werden dich schützen.

Ich hatte ein Gesicht des Nachts. Solange du diese Ohrringe trägst, wird dir kein Leid geschehen. Niemand wird es wagen, dich anzurühren. Gott wird mit dir sein.

Hast du sie bei dir?«

Alice verneinte.

»Dann hol sie! Wir können sie bei mir in deine Ohrenläppchen stecken.«

Alice rang nach Luft.

Schweigend gingen sie zurück durch den Pinienwald. Leise und vorsichtig kroch Alice in den hinteren Teil des Wagens, wo sie ihr Gepäck verstaut hatten. Der Vater wurde aber dennoch wach:

»Was ist?«

»Nichts. Ich suche nur meine Ohrringe.«

»Alice, Alice«, der Vater ergriff die Hand seiner Tochter und streichelte sie.

Sie machte sich los. Der Ritter stand draußen und wartete.

Ohne zu sprechen, gingen sie weiter durch das nächtliche Lager bis zu Bernhards Zelt.

Er hatte es schon einen Spalt weit geöffnet, als Alice die rettende Frage in den Sinn kam:

»Und Euer Vater? Werden wir ihn nicht stören?«

»Mein Vater ist ausgegangen«, erwiderte er kühl und ließ sie eintreten.

Alice wagte nicht näher nachzufragen, sondern setzte sich auf einen mit einem Jagdmuster bestickten Schemel, den Bernhard ihr anwies.

Neugierig blickte sie sich in dem fremden Zelt um und ängstlich beobachtete sie Bernhard, der unverzüglich eine Nadel in einer Kerzenflamme erhitzte. Als diese sich etwas abgekühlt hatte, trat er an Alice heran. Alice atmete tief durch. Ohne weiter zu zögern, durchstieß Bernhard schnell und geschickt ihre Ohrläppchen.

Alice verspürte ihren Schmerz und seine Lust.

Nichtsdestotrotz gab er seinem Verlangen nicht nach, sondern tupfte mit einem weißen Tuch die wenigen Blutstropfen ab. Alice wunderte sich später, wieso in all diesem Dreck und Schlamm, in dem sie lebten, etwas so sauber sein konnte. Behutsam steckte Bernhard den Schmuck durch ihre Ohrlöcher und mochte den Blick nicht von ihr abwenden.

»Da, sieh selbst«, sagte er und reichte Alice einen Handspiegel.

Alice zauderte. Noch nie in ihrem Leben hatte sie sich in einem Spiegel gesehen.

Bernhard nickte ihr zu.

»Hab keine Furcht. Du bist schön.«

Von sich selbst entzückt, betrachtete Alice ihr Spiegelbild, bewegte ihren Kopf, hörte das Klirren der Perlen, Glöckchen und Kreuze.

Wehmütig blickte Bernhard die junge Frau an und sagte: »Ich finde dich wunderschön.

Vergiss das in deinem Leben nie.«

Abrupt nahm er ihr den Spiegel wieder fort und forderte sie auf:

»Du musst jetzt zu deinem Vater gehen. Es wird bald Morgen.«

Bernhard blickte ihr noch nach, als Alice schon längst zwischen den Zelten verschwunden war. Dann hörte er ein Pferd schnaufen, darauf beschwichtigende Worte eines Mannes.

Graf Otto von Baerheim kehrte zurück. Bernhard blieb regungslos stehen und erwartete seinen Vater. Sie sprachen kein Wort miteinander.

Am frühen Morgen des 14. Januar 1097 begannen nach der Messe die Plünderungen.

༺ঌৎ༻

Es war Frühling geworden. Alice stand in einem weiß gekalkten Raum in Pera, unweit von Konstantinopel, und blickte in einen mit Gold umrandeten Spiegel, der sie in Lebensgröße wiedergab, ein Geschenk des Ritters Bernhard von Baerheim. Sie trug ein blaues Kleid aus fließender Seide, das die Brust durch Goldstickereien betonte und am Halsausschnitt mit roten Blumenornamenten verziert war. Das Haar hatte sie hochgesteckt, es wurde gehalten von Kämmen aus Elfenbein, das sollte von Tieren stammen, die in Indien lebten, mindestens viermal so groß wie ein Pferd waren und Elefanten hießen. Alice drehte sich zur Seite, sodass sie ihr Ohrgehänge sehen konnte, es klapperte leise bei jeder Bewegung und war wirklich wunderschön. Das Einzige, was Alice störte, war, dass ihr immer ein wenig schlecht war. Die leichte Übelkeit rührte von dem Mittel gegen das Kinderkriegen her, das sie in kleinsten Mengen einnahm.

Schon am Tag nach der mit dem Ritter am Goldenen Horn verbrachten Nacht hatten sich die Frauen ihrer Umgebung Alice gegenüber verändert. Alice spürte, als sie morgens, den Krug in der Hand, vom Wagen herunterstieg und den Weg zum Brunnen einschlug, wie die Mädchen und Frauen auf ihr Ohrgehänge starrten, wie sie tuschelten, wie sie über den vermeintlichen Ehrverlust hinter vorgehaltener Hand tratschten und gleichzeitig Alice eine Ehrerbietung zeigten wie noch niemals zuvor. Mit dem Liebchen des Ritters von Baerheim wollte sich keine der Frauen anlegen, auch sonst niemand, ging doch seinen möglichen Taten der Ruf voraus, er habe erst im Frühjahr im Zweikampf einen Ritter besiegt und getötet. Doch während die meisten Frauen Alice nur neugierig, prüfend oder abschätzig von Weitem betrachteten, war die Mutter ihrer Freundin Hildegard auf Alice zugekommen, hatte sie zur Seite genommen und aus dem Lager hinausgeführt.

In eben jenem Pinienwäldchen, das Alice nachts zuvor mit Bernhard durchquert hatte, begann die Frau:

»Alice, bischt ein arm' Mädche'. Hast kei' Mutter, kei' Amme und kein' Magd und bischt nu' fast ganz allein auf der Welt. Nu, bischt ja schon ziemlich alt. Als i' verheirat' ward, war i' gerade 13. Und ganz unerfahren bischt nicht, hascht vieles im Lager gesehe'.«

Sie schwieg und auch Alice schwieg. Sie dachte an die Frauen, die mit ihnen zogen und die ihre Dienste anboten. Aber von diesen mal abgesehen, da ging ein Huschen nachts von Zelt zu Zelt, so viele Dienstmägde, Wäscherinnen und auch die verheirateten Frauen, man hörte so allerhand, wenn man nach Einbruch der Dunkelheit durchs Lager ging.

»Sagen musch i' es dir, wast selbscht genau weischt. Der Ritter ist ein schöner Mann. Aber er ist adelig. Heiraten wird er di' nimmer.«

Alice schoss das Blut in die Wangen. Sie schämte sich und gleichzeitig war sie empört ob dieser Zumutung, vor allem jedoch, weil sie wusste, dass die Frau die Wahrheit sprach.

»Ich bin Jungfrau«, antwortete sie möglichst würdevoll.

»Ja, ja«, gab die andere zerstreut zurück. »Des waren wir alle mal. Des gibt sich noch.«

Alice wollte etwas einwenden, wurde jedoch von der Frau unterbrochen.

»I' will dir den Ritter auch nicht ausreden. Ausreden kann man so einen Mann keiner. I' will dir nur helfen, dass du nischt gleich ein' Balg bis nach Jerusalem mitschleppen muscht.«

Alice wurde rot.

»Nu, erschrick nicht. Die Männer müssen kämpfen und dürfen kei' Furcht haben und für uns Frauen ist dies nun unser Kampf. Darfscht nicht zugrunde gehen an dem Ritter. Bischt erst schwanger und dein Bauch wird so dick, dass er nicht mehr darf oder keine Lust mehr auf dich hat, wird er dich sitzen lassen. Also, Honig is net gut. Mögen Männer nicht, verzeih. Aufs Gefühl verlassen und die Tage errechnen …« Die Frau schüttelte den Kopf.

»Der Sadebaum, ja. Darfscht nur ganz wenig davon nehmen, sonst bischt tot.

Sechs Tropfen und du bischt bei de Engelein. Komm mit in mein Zelt. Darfscht aber niemand was davon sagen. Auch dem Ritter nit. Sonst krieg i' mit dem Priester Ärger. Ist dem Mann sowieso einerlei, wie du es machst. Hauptsache, du lässt ihn, wie er will.«

Die beiden waren nun beim Zelt angekommen und verschwanden im dunklen Inneren.

In die letzte Glut auf dem Boden legte Hildegard Reisig und

kleine Äste, sodass eine Flamme züngelte, und schob einen Eisenkessel mit 3 Beinen über das Feuer. Alice war es unheimlich zumute. Was war, wenn die Frau etwas falsch machte und sie an dem Gift starb? Dazu murmelte die Frau noch Unverständliches. Alice wollte, entschlossen, Jungfrau zu bleiben, gerade aufstehen und fortgehen, als die Frau ihr Gemisch gebraut hatte, es ganz vorsichtig in ein feines Glasfläschchen goss und mit einem Glaspfropfen fest verschloss.

»Ist gut, Mädche'. Das Fläschchen kannst mir später wiedergeben. Von mein' Mann aus Selymbria. Ischt ein kostbar Ding, zerbrich es nicht vor Aufregung. Ischt der Menschheit Lauf. Unser Frauen Los ist dienen und leiden. Wirscht sehen. Macht aber nichts.«

Die Frau hob den Kopf und lauschte. »Mei' Mann kommt. Geh nu.«

Die Zeltplane wurde zur Seite geschoben und herein trat ein untersetzter, jedoch sehr kräftiger Mann, dessen Gesicht dicht von einem blonden Bart bewachsen schien. Über der Schulter trug er einen blökenden Hammel. Er ließ das Tier zu Boden gleiten und sagte:

»Frau, bereite das zu.«

Alice drückte das Fläschchen an sich und verließ grüßend das Zelt.

In ihrem Wagen angekommen, verwahrte sie es gut neben dem Schlafmohn. Es war ihr sonderbar, dass sie offenbar ausgezogen war, um Gifte zu sammeln.

Alice überlegte, ab wann sie wohl etwas von dem Sadebaum nehmen sollte. Jetzt schon? Es erschien ihr verfrüht. Sie wollte auf den Abend warten und dann entscheiden. Dass Bernhard nun irgendwo in den Vorstädten war, Menschen überfiel, vielleicht verwundete und plünderte, daran mochte sie nicht denken, das wollte sie sich nicht so genau vorstellen. Und wenn die Leute sich wehrten und er verwundet würde? Alice schüttelte den Kopf. Wahrscheinlich nicht.

Am Abend erwartete sie ihn. Doch es erschien nur der Koch des Grafen von Baerheim, von Bernhard geschickt, um ihr und ihrem Vater eine mit Korinthen, Datteln und Pistazien gefüllte Ente sowie Brot und Wein zu überbringen. Am darauffolgenden Tag ließ sich Bernhard auch nicht blicken, jedoch erhielt der Vater eine Pelzdecke aus Bärenfell.

So ging es Tag für Tag, solange die Männer morgens mit Balduin zum Plündern auszogen, immer erhielt Alice am Abend durch einen Boten Geschenke.

Alice wurde von Tag zu Tag unruhiger, ungeduldiger. Sie sehnte Bernhard herbei und wünschte gleichzeitig, er werde niemals kommen.

Tatsächlich erschien eine Gesandtschaft des Kaisers Alexios, diesmal nicht gekleidet in kostbare bunte Gewänder, sondern in kriegerischer Aufmachung, in Rüstung mit Schwertern und Lanzen, begleitet von Soldaten. Ohne viel Aufhebens zu machen, ohne irgendwelche Zeremonien abzuwarten, verschwanden die Herren im Zelt Herzog Gottfrieds. Ihr Auftrag war kurz und bündig: Sie hatten den Unwillen Alexios' über die Plünderungen kundzutun und Gottfried zum Treueid zu bewegen, zumindest aber zur Beendigung der Raubzüge durch die Vorstädte Konstantinopels.

Die Gespräche schienen den gewünschten Zweck jedenfalls teilweise erfüllt zu haben. Es wurde bekannt, Herzog Gottfried leiste zwar nicht den Treueid, sei aber einverstanden, dass das Heer weiter weg von Konstantinopel nach Pera verlegt werde. Noch am gleichen Tag ritten Herolde durch das Lager und forderten die Pilger in vielen Sprachen auf, sofort die Zelte abzubrechen und sich für den Abmarsch bereitzuhalten. Als Gegenleistung sei die Blockade von Lebensmitteln aufgehoben, Kaiser Alexios habe zugesagt, sie mit ausreichend Nahrung zu versorgen.

Alice war erleichtert, der ständige kalte Winterwind und der Regen, überhaupt das Leben draußen, nur geschützt durch den Wagen, machten ihr zu schaffen. Selbst am Feuer wurden ihre klammen Hände nicht mehr warm. Dort in Pera aber konnten sie in einem richtigen Haus wohnen. Hinter vorgehaltener Hand wurde allerdings getuschelt, der Kaiser erweise ihnen keine Wohltat, sondern könne das westliche barbarische Heer dort besser durch seine ihm treu ergebenen und absolut hörigen Soldaten überwachen.

Nach einer Nacht, die die meisten Kreuzfahrer draußen im Nieselregen auf dem Erdboden verbracht hatten, setzte sich das Heer Gottfrieds beim ersten Morgengrauen in Bewegung nach Pera, wohin viele Adelige bereits am Vorabend aufgebrochen waren.

Beim Anblick der hohen Stadtmauer begannen allerdings die Männer zu fluchen, Pera schien eher ein Gefängnis zu sein als ein Ort der Gastfreundschaft. Was wäre, wenn Alexios die Stadttore hinter ihnen schließen und jegliche Verbindung mit der Außenwelt, insbesondere mit den erwarteten übrigen Kreuzfahrerheeren, abschneiden würde? Zusammengepfercht würden sie auf engstem Raum leben, ständig bewacht von Alexios' Soldaten. Nur Herzog Gottfried und der hohe Adel hätten ganze Paläste für sich.

»Kannscht bei uns wohne'. Mir helfe' di' mit dein' Vater«, hatte Hildegards Mutter Alice Mut zugesprochen.

Doch während Alice den Wagen durch das Tor in die Stadt hineinlenkte, war Bernhard herangeritten, hatte sie gegrüßt und aufgefordert, ihm zu folgen. Sie hielten vor einem einstöckigen Haus nahe der Stadtmauer, wo schon Knechte des Grafen darauf warteten, den Vater durch die Küche, vorbei an zwei Kammern, die schmale Treppe hinauf in einen weitläufigen Raum zu tragen, in dem bereits für den Kranken ein Bett bereitstand. Stöhnend und erleichtert ließ der Vater sich in die weichen Kissen niedersinken. Abwartend stand der Ritter dabei, verabschiedete sich von dem Vater mit einem Kopfnicken und wurde von Alice die Treppe hinunterbegleitet, hinaus auf die mit Steinen gepflasterte Straße. Bernhard saß auf, beugte sich zu Alice und raunte ihr zu:

»Wenn es dir recht ist, lasse ich heute Abend nach der Messe ein Bad für dich richten.«

Alice erschrak. Dann roch sie an sich und nahm einen stechenden, unangenehmen Geruch wahr. Ihr Kleid stank und war besonders am Saum mit Dreck bespritzt. Erst jetzt wurde ihr bewusst, dass sie seit Monaten, seit ihrem Aufbruch von Passau, keinen Badezuber mehr benutzt hatte.

Sie nickte und erwiderte: »Es scheint nötig zu sein.«

»Ich werde eine Frau zu dir schicken, die wird dir den Weg zeigen.«

Damit gab er seinem Pferd die Sporen und war im Gedränge verschwunden.

Alice sah ihm nach. Gedankenverloren bemerkte sie, dass Pera von Menschen fast überquoll. Die kleine Stadt war auf die unabsehbare Menge von Pilgern und die sie bewachenden Soldaten des Kaisers Alexios nicht vorbereitet.

Verdutzt blieb sie noch eine Weile stehen. Alice wollte sich auch erst einmal klar werden, was sie ihrem Vater sagen sollte. Und überhaupt. Wie sollte das aussehen, ein Bad? Sollte sie sich etwa auskleiden und nackend in den Badezuber steigen? Was wäre mit dem Geldbeutel unter ihren Röcken? Sollte sie ihn vorher verstecken? War er denn sicher bei der Witwe Tryphosa, bei der sie einquartiert waren? Würde die nicht heimlich ihr Gepäck durchsuchen? Sie müsste den Beutel so an ihrer Kleidung festnähen, dass sie ihn unauffällig mit auszog.

Und überhaupt. Was bedeutete dieses Angebot eines Bades?

Von dem Gottesdienst abends bekam Alice kaum etwas mit, was allerdings kein Wunder war, denn auch die sie umgebenden Kreuzfahrer verstanden fast nichts vom byzantinischen Ritus. Weder Sprache noch Gesänge, nicht einmal die Liturgie waren irgendwie vertraut. Nur erahnen konnte Alice, wann das Vaterunser gesprochen wurde, das sie heute nötiger zu beten hatte als sonst. Auf ihr lasteten die bevorstehende Schuld, die Ungeduld, die Liebe, die Ungewissheit und die Fügung in das Unabänderliche.

Es war bereits dunkel, als eine Frau mittleren Alters, eine Byzantinerin, die nur Griechisch sprach, Alice zu dem Palast brachte, in dem Graf Otto mit seinem Sohn und den Bediensteten wohnte. Alice bemerkte trotz oder gerade wegen ihrer Angespanntheit, dass die Häuser in Pera allesamt aus Stein waren, die Dächer mit römischen Ziegeln bedeckt und die Fenster schmal und hoch wie Schießscharten.

Durch ein Tor wurde Alice in einen Innenhof geführt und dann eine Treppe hinauf über einen bedachten Gang zu einer schmalen Tür, die die Frau öffnete, Alice eintreten ließ und sofort hinter sich wieder schloss.

Der Raum war von Honigkerzen in silbernen Leuchtern erhellt. In der Mitte stand ein Badezuber, schon mit Wasser gefüllt. Weiße Schaumkronen und Rosenblüten bedeckten seine Oberfläche. Vor einem Spiegel stand ein Schminktischchen, über einem Stuhl hingen ein blaues Untergewand und ein eng anliegendes rotes Obergewand aus glänzendem Atlas. Dazu passend, bestickte Pantoffeln, wie Alice sie noch nie so hübsch und zierlich gesehen hatte.

Alice lauschte, doch kein Geräusch drang zu ihr. Es war ihr, als wäre sie allein in dem weitläufigen Haus. Und doch war sie sicher, dass sich Bernhard ganz in der Nähe aufhielt, sie vielleicht durch einen heimlichen, verborgenen Spalt beobachtete. Unschlüssig blieb sie in dem Raum stehen.

Dann begann sie sich auszukleiden. Tatsächlich, es gelang, den Beutel mit dem Silbergeld unauffällig unter ihrem Untergewand zu verbergen. Mit dem Zeigefinger fühlte sie das Wasser, es war angenehm warm und roch wundervoll. Alice beschloss, an nichts zu denken, in den Zuber zu steigen und nur dieses herrliche Bad zu genießen. Vielleicht wollte der Ritter tatsächlich nichts anderes, als ihr die Wohltat eines Bades zukommen zu lassen.

Es klopfte. Alice schreckte auf und hatte doch nichts anderes erwartet, als dass Bernhard käme.

Auf ein erneutes Pochen an der Tür antwortete Alice mit »Ja, bitte!«.

Wenn es nun jemand anderes ist, dachte Alice. Sie bedeckte sich über und über mit Schaum, während Bernhard nun eintrat, grüßte, einen Stuhl heranzog und sich neben Alice beim Badezuber setzte. Er war vollständig angekleidet, wie Alice sofort bemerkte, hatte offenbar aber auch zuvor gebadet, denn sein Haar fiel locker und er war rasiert.

Alice nahm sich zusammen und stellte die Frage, die ihr schon lange auf den Lippen lag: »Warum tut Ihr mir so viel Gutes?«

Sie hoffte, er werde von Liebe sprechen.

Bernhard aber antwortete:

»Alice, ich will dir etwas von mir erzählen. Was ich dir sage, ist eigentlich kein persönliches Schicksal, denn es geschieht in fast gleicher Weise allen Söhnen von Adeligen, die zum Ritter ausgebildet werden. Und trotzdem erleidet es jeder für sich allein.

Als kleiner Junge musste ich von unserer Burg fort. Es war für mich eine weite Reise. Mein Vater sprach kaum mit mir, sondern ermahnte mich höchstens, tapfer zu sein und keinen Schmerz zu empfinden, unserer Familie keine Schande zu machen.

Mein Vater verabschiedete sich sofort nach dem Festessen, bei dem er mich sowieso nicht beachtet hatte. Es erfolgte nur die Aufforderung zum absoluten Gehorsam und die Ermahnung, unserer Familie Ehre einzulegen durch Leidensbereitschaft, Tollkühnheit und Furchtlosigkeit. Der Graf, von dem ich ausgebildet werden sollte, war ein harter Mann. Statt fürsorglicher Aufnahme erwarteten mich Strenge und der Zwang, niemals Schmerz zu zeigen. Wir waren fünf Jungen, aber überlebt haben nur drei von uns, einer brach sich schon im ersten Jahr das Genick, als er vom Pferd fiel, einem anderen wurde beim Üben mit dem Schwert der Arm abgeschlagen, er verblutete, und der dritte, eigentlich ein kräftiger, gewandter junger Mann, wurde bei einem Scharmützel, bei dem wir als Knappen mitkämpfen mussten, so unglücklich von einem Pfeil getroffen, dass er erblindete und ins Kloster gehen musste. Dass neben uns die Kameraden starben, mussten wir klaglos hinnehmen. Von den vielen Verletzungen, die ich selbst davontrug, will ich denn auch schweigen.

Jedenfalls sah ich meine Eltern und Geschwister erst wieder, als ich zum Ritter geschlagen wurde. Das war ein großes, tagelanges Fest. Es war wie eine zweite Geburt.

Du, Alice, gehörst vermutlich zu den wenigen, die einen verständnisvollen, rücksichtsvollen Vater gehabt haben. Geschlagen wurdest du wohl nur selten.«

»Ja«, antwortete sie. »Er hat es immer gut mit mir gemeint. Besonders mochte ich es, wenn er mir von seinen Reisen Geschichten erzählte. Mein Vater hat mich gelehrt, aufrichtig zu sein.«

Beide schwiegen. Alice ließ vor Verlegenheit eine Rosenblüte durch ihre Finger gleiten.

Sie begann zu frieren. Der Schaum hatte sich verflüchtigt, sodass Bernhard ihre kleinen, festen Brüste sehen und ihren Körper erahnen konnte. Irgendwie musste sie aus diesem Badezuber heraus.

»Du hast mich vorhin gefragt, warum ich dieses für dich tue, Alice. In Worten möchte ich es nicht ausdrücken. Worte sind schal, Worte reichen niemals an die Empfindung, an die Wirklichkeit heran. Sie sind nur ein Abglanz von der Welt.

Ich sehe mein Leben in der Tat. Deswegen habe ich auch das Kreuz genommen. Jesus Christus nachzufolgen, ihm sein Eigentum, seine Stadt Jerusalem, mit dem Schwert zurückzugeben, darin sehe ich meine Aufgabe, meinen Dienst am Herrn. Bis dahin aber … Das Leben ist kurz, das eines Ritters allemal.«

Bernhard war aufgestanden.

Er nahm ein linnenes Badetuch, das er weit ausbreitete, sodass Alice sich schnell damit umhüllen und es um ihren Körper wickeln konnte.

Gerade sah ihr Bernhard ins Gesicht. Er küsste sie behutsam

und zärtlich auf die Stirn, wie Alice es bereits von ihm kannte. Dann hob er sie auf, nahm sie in seine Arme und öffnete eine Tür zu einem von Kerzen erleuchteten Raum, in dem ein Tischchen mit Wein, Früchten und Blumen und ein hohes, mit vergoldeten Ornamenten verziertes Bett stand.

Alice schwindelte. In Sekundenschnelle schossen ihr unzählige Gedanken durch den Kopf.

Hatte sie das hier gewollt? Sollte dies nun ihr erstes Mal sein? Mit diesem Mann? War er derjenige, den sie seit Jahren ersehnt hatte? Gerade dieser, ein Ritter, Sohn eines Grafen? Aber nicht Ehemann. Niemals hätte sie in Passau nur irgendeinem Mann gestattet, sie auch nur zu küssen. Und nun war sie nackt, nur in ein Badetuch gehüllt, und fühlte seinen starken Körper, sah seine Augen, schmal, abschätzend. Wie viele Frauen hatte er schon gehabt? Wollte er mit ihr das Lager teilen, weil sie noch Jungfrau war? Reizte ihn das, ihr Schmerz zuzufügen, sie zu durchstoßen, so wie er lustvoll ihre Ohrläppchen durchstoßen hatte? Und morgen, wenn sie ihm ihre Unschuld geopfert hatte?

Und Martin? Der Kuss an der Save. Wie enttäuscht wäre er, wenn er sie als Geliebte des Ritters von Baerheim wiederfinden würde.

Ängstlich klammerte Alice sich an ihn, ihren Verführer, als könnte sie ausgerechnet von Bernhard Hilfe erwarten. Der nahm ihr das Handtuch von den Schultern und legte sie auf das weiche Bett. Verschämt bedeckte Alice ihre Brüste mit den Händen und presste ihre Beine fest aneinander.

Noch könnte sie fliehen. Einfach aufstehen, ihre Sachen ergreifen, sich ihr Kleid überwerfen und fortlaufen.

Würde Bernhard sie denn überhaupt gehen lassen? Einfach so, nachdem er monatelang um sie geworben und nun endlich so weit gebracht hatte, dass sie als seine Beute vor ihm lag?

Würde er nicht fordern, was er für sein Recht hielt, als Mann, schon gar als Adeliger?

In seinen Augen hatte Alice seine Erregung gesehen, seinen Willen, sie zu beherrschen.

Er würde ihre Schenkel auseinanderdrücken, sie mit unnachgiebigem Griff unter sich festhalten und sie mit harten Stößen nehmen …

Und sie selbst? Würde sie es nicht zutiefst bereuen, vor Bernhard, vor dieser Stunde der Erfüllung ihrer Träume und Sehnsüchte davongelaufen zu sein? Denn Alice hatte es sich schon längst eingestanden, enttäuscht war sie damals in Passau weniger, dass niemand sie beachtete, als dass Bernhard sie nicht einmal angesehen hatte, während sie auf der Galerie stand im weißen Nachthemd. Wie sehr hatte sie ihn an der ungarischen Grenze bewundert, mit welch atemberaubender Kraft und Leichtigkeit er den Gegner im Schwertkampf besiegt hatte. Wie gänzlich durcheinander gebracht hatte er sie, als er abends auf der Straße nach Sterniz, an einen Baum gelehnt, sie mit Blicken abschätzte, während sie mit nassen Füßen, Brote und den Suppentopf schleppend, an ihm vorübergehen musste. Wie erleichtert und beglückt war sie, als Bernhard sich vor Konstantinopel zu ihr auf den Wagen setzte und ihr die Ohrringe schenkte, die leise klirrten, als Alice nun ihren Blick Bernhard zuwandte, der sich ebenfalls entkleidete. Sie schaute ihn an und empfand Wohlgefallen und Stolz. Muskulös war Bernhard, sehr männlich, und – überwältigend.

Etwas ängstlich blickte sie allerdings auf sein erregtes Geschlecht. Jedes Bauernkind hatte von klein auf so etwas gesehen, wenn die ganze Familie in einem Raum zusammen schlief. Selbst adelige Kinder waren es oft gewohnt, im Sommer nackt mit Vater und Mutter und oftmals auch mit erwachsenen Geschwistern und deren Ehepartnern in einem großen Bett zu schlafen. Sie aber war ohne Mutter aufgewachsen, und wenn sie auch bisweilen einen Knecht und eine Magd dabei überraschte, so hatte sie schnell weggesehen und war eilends davongegangen. Ihr Vater jedoch besuchte Martha immer nur heimlich.

Bernhard kam nun auf sie zu und legte sich eng zu ihr aufs Bett, sodass Alice seinen ganzen Körper fühlen konnte. Doch statt sie sofort zu nehmen, blickte Bernhard in Alice' Gesicht, küsste ihre Stirn, ihre Augen, ihren Mund, ihren Hals, ihre Brüste. Weiter glitten seine Lippen zu ihrem Bauch, und Alice hatte niemals geahnt, wie viel Lust sie an ihrem Bauchnabel verspüren könnte – und dann erst an ihrer Scham, deren Lippen seine Küsse umspielten. Bernhard umkreiste mit dem Finger, mit der Zunge die enge Pforte, die sie vom Mädchen zur Frau trennte, und reizte, erregte Alice so sehr, dass sie nur eines wünschte …

Das hatte Bernhard gewollt, ihr Begehren, Alice' Begehren. Er drang in sie ein, Alice fühlte den Schmerz, zuckte zusammen und empfand eine starke, sinnliche, gierige Lust, der Bernhard mit Freuden nachkam. Dann hielt er inne, blickte Alice an und küsste ihren Mund und Alice wusste mit einem Mal, er meinte nicht irgendeine Frau, er meinte *sie*. Alice schlang ihre Beine um seinen Hals, fühlte sein weiches Haar an der Innenseite ihrer Füße, blickte dem geliebten Mann ins Gesicht. Bernhard richtete sich auf, drückte ihre Beine weit auseinander, sodass er immer tiefer und leidenschaftlicher in sie hineinstieß. Alice erwiderte sein Fordern.

Es durchzuckte, schüttelte sie, ein unsagbares, heißes Empfinden bemächtigte sich ihrer erlösend.

Bernhard nahm die junge Frau zärtlich in seinen Arm, beugte sich dann über sie und küsste hingebungsvoll das Blut von ihren Schenkeln, während Alice entzückt und glücklich seinen dunklen Haarschopf streichelte und sie einander wieder und wieder begehrten.

Alice schreckte auf. Sie blickte von ihrem Spiegelbild fort und schaute in den Raum. Vom Bett ihres Vaters hörte sie Lachen. Ihr Vater schäkerte wieder mit der Witwe, die ihren Mann in der Schlacht bei Mantzikert verloren hatte und es anscheinend genoss, den Kranken pflegen zu dürfen. Sie fand es offenbar gar nicht so schlimm, dass er ein Krüppel war, auch dass sie die Sprache des anderen nicht verstanden. Das war ein Mangel, den sie aufzuholen versuchten, indem die Frau unentwegt

Gegenstände herbeischleppte und ihm das griechische Wort beibrachte, während er sie das deutsche lehrte. Das war ein Spiel, das beide offenbar schätzten. Insbesondere, seitdem die Witwe mitbekommen hatte, dass Karl eine größere Summe, die Mitgift Alice', erwartete, hatte sich ihre gute Laune noch gehoben und fröhlich hoffte sie mit dem Alten einer Zukunft entgegen, die sie sorgenfrei gemeinsam verbringen wollten. Von Jerusalem war keine Rede mehr. Der Vater hatte beschlossen, die Witwe zu heiraten und bei ihr für den Rest seiner Tage, ausreichend mit Schlafmohn versorgt, in Pera zu bleiben. Und auch für Alice hatte das Paar Pläne. Schließlich besaß die Witwe einen Sohn, der Bäckersbursche in Konstantinopel und noch unverheiratet war. Es wäre doch nett, wenn die Mitgift Alice' ihm zukäme, die jungen Leute heiraten würden und er eine eigene Bäckerei, vielleicht sogar eine Taverne aufmachen könnte. Dass Alice offenbar nicht mehr rein war, es war offensichtlich, denn keine Nacht schlief sie in ihrer Kammer und kehrte erst im Morgengrauen heim, war zwar etwas störend, aber doch kein wirklicher Hinderungsgrund, denn schließlich seine Ehre an einen Ritter denn schließlich seine Ehre an einen Ritter verloren zu haben, war nur eine kleine Schande und im Übrigen der Lauf der Welt. Jedenfalls wollte die Witwe davon kein Aufhebens machen. Wenn die Kreuzfahrer erst einmal über den Arm des St. Georg nach Jerusalem abgezogen wären, würde sich schon alles finden und Alice wäre sicher bereit, den Sohn, der auch ganz ansehnlich war, den sie allerdings bisher nicht kennengelernt hatte, zu heiraten. Nun ja, sie hatte sich noch nicht entschieden, die Zimperliche. Offenbar hielt sie an ihrem Plan fest, das Kreuzfahrerheer nicht zu verlassen. Das wäre allerdings unklug, denn Geliebte zu sein, ging ja an, aber Geliebte zu bleiben, konnte auf die Dauer nicht gut gehen. Irgendwann würde er sie verlassen. Heiraten würde der Ritter Alice nie. Da wäre es tatsächlich gescheiter, diese Zeit in Pera mit ihm zu genießen und ihn zu lieben, dann aber nach dem Abzug der Truppen des Herzogs und der Öffnung der Stadttore Konstantinopels den Sohn der Witwe zu ehelichen. Irgendwie sah Alice dies auch ein.

Alice zuckte mit den Schultern, bestäubte sich mit Parfum, verabschiedete sich kurz von ihrem Vater, indem sie ihm einen Kuss auf die Wange drückte und seinen besorgten Blick wahrnahm. Dann eilte sie verschleiert durch die dunklen Straßen zum Palast des Grafen von Baerheim, wo die byzantinische Magd sie bereits am Tor erwartete, um sie unbemerkt ins Schlafgemach zu Bernhard zu führen.

◦◦◦

Im Morgengrauen des 1. April erreichte Martin die Stadtmauer von Pera.

Er hatte es sich vorgenommen, noch vor Ostern zum Heer Gottfrieds zu stoßen. Es erfüllte ihn mit Stolz und Erleichterung, rechtzeitig angekommen zu sein.

Stolz und Freude waren überhaupt Gefühle, die ihn auf seiner weiten Reise zurück nach Byzanz begleitet hatten. Ausgestattet mit Geld, das ihm allein zur Verfügung stand, gekleidet wie ein junger Herr und zusammen mit Rab, mit dem er sich verbunden fühlte wie mit einem Menschen, war er erfüllt von Neugierde auf alles Fremde, was ihn erwartete. Sowie Martin byzantinisches Gebiet betreten hatte, versuchte er sich im Griechischen, redete mit den Leuten, die angenehm erstaunt waren, einen Kreuzfahrer kennenzulernen, der ihrer Sprache nicht mit Verachtung und Unverständnis gegenüberstand und ernsthaft versuchte, sich mit ihnen zu unterhalten. Der Abt hatte die Meinung vertreten, das Durchkommen durch Byzanz fiele Martin gewiss leichter, wenn er die dort lebenden Menschen verstünde. Er selbst habe damals, als er die vielen Jahre bei den Leprakranken verbracht habe, um die Erlaubnis gebeten, Griechisch und Hebräisch lernen und die Bibel in diesen Sprachen lesen zu dürfen. Auch wenn Martin den liturgischen

Ablauf der Gottesdienste nicht ganz begriff, so erinnerten sie ihn doch an die Gesänge der Mönche im Kloster. Die Hingabe, mit der er die heiligen Handlungen verfolgte, erweckte wiederum Vertrauen bei den byzantinischen Gläubigen. Mehrmals wurde Martin nach dem Gottesdienst zum Essen eingeladen. Die Leute, meist Bauern, erzählten dann gerne von den Unannehmlichkeiten, die der Durchmarsch der Kreuzfahrer für sie bedeutete. Martin sei ja anders, aber eigentlich erschienen ihnen die Franken, wie sie alle Kreuzfahrer zusammenfassten, als ungebildet, grobschlächtig und als zügellose Straßenräuber. Martin widersprach. Auch wenn er mit eigenen Augen die Verwüstung Belgrads gesehen und an den abgebrannten Mühlen bei Nisch vorbeigeritten war, so erklärte er doch entschieden, das Heer Gottfrieds verhalte sich in punkto Disziplin anders als das Armenheer Peters des Einsiedlers.

Doch als er die Städte Nisch, Philippopel und Adrianopel hinter sich gelassen hatte und je mehr er sich Konstantinopel näherte, desto öfter mischten sich zwischen Freude und Stolz Beklemmung und Scham und bisweilen auch Bangigkeit.

Das geplünderte Selymbria, die Not der Bauern dort, die nur durch Wohltaten des Kaiser Alexios gemildert werden konnte, ließ ihn stumm werden. Bedrückt ritt er an den Vorstädten Konstantinopels vorbei. Es war ihm unverständlich, wieso die Kreuzfahrer, Balduin an der Spitze, die Nachbardörfer Peras ausgeraubt hatten.

Obacht geben hieß es, als Martin sich dem Stadttor von Pera näherte. Bloß hier, ganz am Ende seiner Reise, nicht noch von aufgebrachten byzantinischen Soldaten umgebracht werden!

Die vier am Stadttor Wache haltenden Männer richteten ihre Bögen auf Martin. Nur jetzt freundlich und friedlich wirken. Auf Griechisch sprach er sie an. Er habe keine Waffe, er habe nicht geplündert. Er bewundere die Byzantiner für ihre Gastfreundschaft.

Das hätte er wohl nicht sagen sollen, denn die Soldaten lachten auf.

»Du bist uns ein Spaßvogel!«

Martin zuckte die Achseln.

»Weißt du denn nicht, dass Alexios den Leuten da drinnen«, der Mann zeigte mit dem Daumen Richtung Stadtmauer, »zuerst das Pferdefutter, dann den Fisch und zuletzt auch noch das Brot gestrichen hat?«

Martin sah die Wache verdutzt an.

»Aber warum denn?«, fragte er.

»Euer Herzog will dem Kaiser nicht den Treueid schwören. So sollte er etwas gezwungen werden. Da hat des Herzogs Bruder Balduin aus dem Hinterhalt mindestens 60 Soldaten überfallen, gefangen genommen und umgebracht. Und nun bringen wir dich um.«

Sie lachten.

Martin überlegte angestrengt, wie er die Flucht ergreifen könne.

Misstrauisch fragte einer der Soldaten:

»Gehörst du etwa zu Bohemunds Heer? Ist der schon in Konstantinopel angekommen?«

»So gefährlich sieht der hier doch gar nicht aus. Ist noch nicht mal blond wie alle Normannen«, beschwichtigte ein älterer Soldat.

»Komm rein, Pera ist sowieso ein Gefängnis.«

Er nickte Martin zu und schob das eisenbeschlagene Tor einen Spalt auf. Martin duckte sich unter dem knapp hochgezogenen Fallgitter. Rabs Hufe hallten im Torbogen wider und Martin warf einen prüfenden Blick hinauf zu den Pechschächten, unter denen er hindurch musste.

Erleichtert, bedrückt und missmutig ritt Martin in Pera ein. Ihm lag auf der Seele, dass er nur der Knecht Karls war, er hatte es eigentlich ganz vergessen, und auch die Demütigungen Bernhards, dessen Knecht er ebenfalls gewesen war, standen ihm vor Augen und brachten Martin innerlich schon jetzt gegen ihn auf. Pera war wohl wirklich ein Gefängnis, aber für ihn, Martin, besonders, weil er die Freiheit gegen die Knechtschaft tauschen müsste.

Trotzdem hatte er eine Aufgabe zu erfüllen. Es war seine Pflicht, Karl die Mitgift Alice' sowie den Brief des Abtes zu überbringen, den er während der langen Reise sorgsam verwahrt hatte.

Wie aber Karl finden? Wo war er einquartiert? Martin beschloss, in die Mitte der Stadt zu den Palästen zu reiten, vielleicht standen dort auch schon zu dieser frühen Stunde Leute herum, die er fragen konnte. Schließlich war zu vermuten, dass die Pilger, so viele sie auch waren, sich mittlerweile ganz gut untereinander kannten.

Der mit Steinplatten gepflasterte Platz vor den hohen Backsteinhäusern, die nach außen so schmucklos wirkten, war menschenleer. Martin saß ab, hielt Rab am Zaumzeug, blieb unschlüssig stehen und wollte gerade zu dem Brunnen gehen, um für sich und Rab Wasser zu schöpfen, als er eine Frauengestalt aus einem der Adelshäuser eilen sah. Sie verfing sich offenbar an dem langen, breiten Tuch, das sie um sich geschlungen hatte, stolperte, sodass der grüne Schleier, mit dem sie ihr Gesicht verhüllte, für einen Augenblick von ihr abfiel.

Martin erkannte Alice.

Sie aber sah ihn nicht. Im Laufen fasste sie nach dem Schleier und verschwand in einer der Straßen, die von dem Platz fortführten.

Martin war sprachlos, enttäuscht, verzweifelt. Das war also das Wiedersehen!

Alice, die Dirne irgendeines adeligen Mannes! Hatte sie denn ganz den Kuss an der Grenze nach Byzanz vergessen? Hatte ihr das alles nichts bedeutet?

Martin hatte keine Lust, ihr zur folgen. Leise mahnte ihn zwar sein Gewissen, dass er Karl den Brief bringen müsste. Doch jegliches Pflichtgefühl war in ihm abgestorben. Nur eines wollte er erfahren: Wer bewohnte das Haus, in dem Alice die Nacht verbracht hatte? Martin sah sich nach jemandem um, der ihm das sagen könnte.

Eben schlurfte müde aus einer Seitentür des Palastes ein

Junge. Martin kannte ihn. Es war ein Pferdeknecht des Grafen von Baerheim! Ausgerechnet bei Bernhard war sie gewesen!

»Warte!«, rief er dem Burschen nach. »Weißt du, wo der Mönch Markus einquartiert ist?«

Alice war nicht grundlos gestolpert. Sie befand sich in höchster Aufregung, fühlte sich wirr, konnte ihre Gedanken kaum ordnen, hatte Angst und platzte fast vor Wichtigkeit über das, was sie ihrem Vater gleich erzählen wollte. Hatte Bernhard ihr doch, als sie zusammenlagen, leider nicht gestanden, dass er sie liebe, er äußerte sich zu ihrem Kummer überhaupt nicht über seine Gefühle, sondern er hatte ihr anvertraut, es sei von Herzog Gottfried und Balduin beschlossen, dass Pera geplündert und niedergebrannt werden sollte.

Alice konnte sich das nicht vorstellen. Ja, wenn eine Burg belagert und schließlich erobert würde und die Truppen nun eindrangen und plünderten, dann wäre das eben Kriegsbrauch. Die Beute gehörte immer den Siegern. Das war immer so gewesen.

Aber Menschen, bei denen man fast wie zu Gast gelebt hatte, mit dem Schwert zu bedrohen und ihnen das Haus anzuzünden, das erschien ihr doch hinterrücks und gemein und vor allem unvorstellbar.

Bernhard gähnte:

»Wenn Kaiser Alexios uns das Pferdefutter und die Lebensmittel streicht und dazu noch die Verbindung mit Bohemunds Heer behindert, dann muss er eben damit rechnen, dass wir Gewalt ausüben.«

Er gab Alice einen flüchtigen Kuss auf den Mund.

»Komm, Liebchen. Mach dir nicht so viel Gedanken. Es lässt sich sowieso nichts mehr ändern. Lass uns endlich schlafen.«

Damit drehte er sich zur Seite.

Alice aber zerriss es vor Ungeduld und Angst. Sie hielt es neben dem schlafenden Bernhard nicht länger aus. Sie musste nach Hause zu ihrem Vater!

Sie musste auch die Witwe warnen!

Eiligst zog sie sich an, rannte über den Platz, stürmte die Treppe hinauf, vorbei an der Witwe, die eben einen Kübel ergriffen hatte und sich anschickte, vom nahen Brunnen Wasser zu holen. Hastig, die Röcke raffend, stürzte Alice an das Bett ihres Vaters, kniete nieder und ergriff seine Hand. Ihr Vater war Gott sei Dank wach und bei gutem Verstand und nicht in diesem Halbnebel, in dem er oftmals nicht ansprechbar war.

Der Vater, der ein mildes, gütiges und besorgtes Gesicht gezeigt hatte, erstarrte, als Alice ihm die Neuigkeit offenbarte. Er sah plötzlich aus wie der Tod.

»Ich muss der Witwe Bescheid geben. Sie muss gewarnt werden. Sie muss ihre Sachen packen und sich zu ihrem Sohn retten.«

»Das wirst du nicht tun oder noch nicht. Sie ist Byzantinerin. Wenn sie plaudert und Alexios durch seine Spione von dem bevorstehenden Überfall erfährt, schickt er seine Truppen und dann werden wir überfallen und ich werde in diesem Bett erstochen.«

Alice hielt die Hände vor Kummer vors Gesicht.

»Was soll nur werden?«, jammerte sie. »Was soll nur aus dir werden?«

»Es wird noch alles gut«, tröstete er.

»Wie denn?«, aufgebracht sah sie ihn an. »Vater, ich weiß es, wir sind verflucht. Unsere Familie ist verflucht.«

»Wie kommst du darauf, Alice?« Er versuchte, sich aufzurichten.

»Bernhard hat es mir gesagt. Alle wussten es, nur ich nicht.«

Der Vater nahm Alice' Hand.

»Es ist kein Fluch, glaub mir.«

Alice schüttelte den Kopf.

»Vater, ich habe so häufig an meine Mutter gedacht. Ich weiß so wenig von ihr. Fast nichts. Sie war so jung, als sie dich heiratete. Und ein Jahr später war sie tot. Was würde sie sagen zu meiner Schande? Würde sie mich verstehen, dass ich Bernhard liebe, oder würde sie mich verurteilen? Und ist sie selbst jetzt verdammt, weil der Abt sie verflucht hat? Reicht ein Fluch auch über den Tod hinaus und ist sie jetzt in der Hölle?«

»Meine Tochter, was hast du für Gedanken?«

»Es ist ein Fluch«, sagte Alice nüchtern. »Ich bin auch verflucht, weil ich mich jede Nacht benehme wie eine …«

»Lass uns jetzt nicht unüberlegt urteilen. Dir bleibt keine Wahl, wenn ein Ritter, der dazu noch Sohn eines Grafen ist, dich begehrt.«

»Ich hätte auch Nein sagen können.«

»Nein, ich bin schuld, weil ich den Schlafmohn brauchte.«

»Darin besteht doch der Fluch, dass Mutter tot ist, wir alles verloren haben und du ein Krüppel bist.«

Alice hielt das nicht aus.

»Setze dich zu mir auf das Bett«, bat der Vater.

Er räusperte sich und begann:

»Ich habe mich immer wieder gefragt, ob es ein Fluch war, den mein Bruder über uns ausgesprochen hat. Er war ja damals noch gar kein Mönch. Mein Vater hätte ihn zwar als zweiten Sohn gerne in ein Kloster gegeben, eines, in dem nicht nur Adelige aufgenommen werden und er auch niedere Arbeiten hätte verrichten müssen. Mein Vater hatte sich deswegen schon mit einem Abt brieflich in Verbindung gesetzt. Aber Daniel weigerte sich, Mönch zu werden. Er wollte in Paris studieren und er wollte …«, Karl schluckte. »Deine Mutter hat es mir einmal in einer trauten Stunde erzählt.

Also, dass mein kleiner Bruder Felicitas, deine Mutter, liebte, das war allen bekannt, das wusste jeder. Dass er ihr aber einen Heiratsantrag gemacht und sie gebeten hatte, auf ihn zu warten, bis er sein Studium beendet und Sekretär bei einem Fürsten geworden sei, das hat sie mir in dieser heimlichen Stunde verraten.

Natürlich hat sie ihn abgewiesen.

Selbst wenn sie es gewollt hätte, wäre eine Heirat mit Daniel ausgeschlossen gewesen, Felicitas' Eltern und meine hatten beschlossen, die beiden Handelshäuser zusammenzuführen durch unsere Heirat. Das habe ich dir ja erzählt.

Sie hat es aber nicht gewollt. Er war ihr zu wild, zu leidenschaftlich, zu liebevoll. Er liebte außerhalb des Üblichen. Verstehe mich richtig, da war nichts zwischen den beiden, ich meine ... Aber seine Verliebtheit war doch offensichtlich.

Jedenfalls, um auf den Fluch zurückzukommen. Am Tag unserer Hochzeit, genauer, in der Nacht, als die Hochzeitsgäste um unser Bett herumstanden und wir das Sakrament der Ehe vollziehen sollten, da rief er, dass es uns in die Knochen fuhr:

»›Wenn ihr wüsstet, was ich jetzt tun werde!‹«

»Das war der ganze Fluch?«, fragte Alice.

»Nun, wir haben es damals noch nicht ganz so aufgefasst. Nur unheimlich war das. Es kam keine Freude, kein Glück mehr auf zwischen uns.« Er blickte Alice traurig an.

»Was hat dein Bruder dann getan?«

»Ich weiß es nicht. Ich habe oft darüber nachgedacht. Auf jeden Fall verließ er den Raum und war verschwunden. Ich meine, er war fort und er blieb fort. Er hat sich wahrscheinlich in den nächsten Wochen in den Wäldern herumgetrieben, bei Bauern gearbeitet, es wurde Frühling und es gab viel zu tun auf dem Lande. Nach ungefähr drei Monaten kehrte er plötzlich wieder zurück. Er sah ziemlich heruntergekommen aus und ich dachte: Na, Bürschchen. Schaffst es nicht, etwas Rechtes zu werden ohne deine Familie. Die Schadenfreude, ich muss es gestehen, es war so ein böses Gefühl, hielt nicht lange an. Daniel erklärte bereits am ersten Tag seiner Rückkehr, er wolle Kaufmann werden. Er wolle das Geschäft meines Vaters erweitern und nach Island ziehen, um dort mit Seife zu handeln. Er hatte nämlich gehört, im Orient gäbe es schon so etwas. Mein Vater war erstaunt, hielt aber den Vorschlag für gut und einträglich. Mir war es mehr als recht, denn mit ihm und Felicitas unter einem Dach zu leben, erwies sich als qualvoll, auch wenn Daniel sie nicht beachtete, sogar so wenig beachtete, dass es unhöflich war. Schließlich war sie jetzt seine Schwägerin, die Herrin des Hauses.

Was mich wunderte, war, dass sich Daniel mehrfach mit Martha stritt, aber wie! Nicht laut, ganz leise. Dass Daniel die Magd nicht ausstehen konnte, war nichts Neues. Aber bis dahin war er ihr immer aus dem Weg gegangen.

Diese feindliche Stimmung machte das Leben im Haus nicht gerade erträglicher. Ich habe Martha später gefragt, worüber sie sich mit meinem Bruder gestritten habe, aber sie sah mich nur von oben herab an, presste die Lippen zusammen und schwieg.

Jedenfalls stürzte er sich auf die Handelsbücher. Er wollte alles lernen, alles wissen. Ich möchte sagen, Tag und Nacht prüfte er die Bestände, die Ausgaben und Einnahmen, sodass er, als er ins Kloster ging, über das Vermögen des Handelshauses genau Bescheid wusste und gnadenlos abkassierte. Mein Vater war entsetzt. Die Schenkungen, die mit dem Eintritt in ein Adelskloster verbunden waren, brachten unsere Finanzen auf einen Tiefpunkt. Er wollte Geld, der Abt des Klosters wollte Geld. Daniel ließ übrigens die ganzen Finanzgeschäfte über Elias, den Juden, abwickeln. Ihn selber haben wir nach seinem Eintritt ins Kloster bis zu jenem Tag, als er bei uns auftauchte, niemals wieder gesehen.«

Alice lag nun die Frage auf der Seele, die sie seit Monaten bedrückte.

»Ich war bei dem Gespräch mit dem Abt dabei. Ich habe gelauscht«, gestand sie endlich, »wirklich, ich wollte mich gar nicht vor Euch verbergen und etwas heimlich tun. Also, ich habe gehört, dass der Abt Euch beschuldigte. Dass Ihr etwas Furchtbares getan haben sollt.«

Karl überlegte.

»Der Abt, mein Bruder, hat mir in jener Nacht, in der deine Mutter starb, vorgeworfen und dann die ganzen Jahre hindurch daran festgehalten, ich hätte meine Frau, deine Mutter, getötet. Ich hätte ihr eigenhändig von hinten einen Stoß versetzt, sodass sie die Steintreppe hinuntergefallen sei.«

»Wieso kann er das behaupten?«, fragte Alice.

»Mein Bruder war direkt hinter mir. Deine Mutter ging uns voran, ich folgte ihr. Daniel behauptet, er habe gesehen, wie ich ihren Rücken berührt habe. Genau in dem Moment sei sie gestürzt.«

Es war ganz still in dem Raum.

»Alice, ich weiß bis heute nicht, ob ich sie wirklich gestoßen habe. Ich war viel zu betrunken. Ich gestehe meine Schuld und muss mit dieser Sünde seitdem leben. Darum habe ich das Kreuz genommen. Ich hoffte auf Vergebung in Jerusalem.

Aber …«

Alice wusste, was ihr Vater dachte: Ich werde Jerusalem niemals sehen.

Sie sagte mit möglichst fester Stimme:

»Wir können es noch schaffen. Mit dem Wagen. Das ging doch ganz gut bisher.«

»Nein, die Straßen bis Konstantinopel sind die besten der Welt. Jenseits des Arms des St. Georg gibt es zwar immer noch byzantinische Straßen, aber seitdem die Türken das Land beherrschen, werden sie nicht mehr gepflegt. Die Seldschuken sind ein Reitervolk. Irgendwann kommen zerstörte Brücken, es gibt nur Sand, Geröll, Gebirge und Wüste.«

Sie hörten, wie die Witwe in der Küche herumhantierte.

»Geh nun, Alice. Geh zu Bernhard von Baerheim und erkundige dich, wann die Plünderung und Brandlegung beginnen soll. Wir müssen uns vorbereiten.«

Alice gehorchte. Es war ihr recht, von ihrem Vater einen Augenblick los und zur Besinnung zu kommen. Sie ließ sich Zeit, bis sie den Palast Bernhards erreichte.

Dort allerdings forderte ein Diener sie auf zu warten. Der Graf und sein Sohn seien nicht zu sprechen. Als Bernhard endlich erschien, im Kettenhemd, das Schwert umgürtet, teilte er ihr förmlich mit, die Plünderung sei für dieselbe Stunde befohlen. Er würde ihr zwei Männer schicken, die den Vater auf den

Wagen hieven könnten. Sie solle das Nötigste packen und aus der Stadt herausfahren.

Erschrocken, angstvoll hetzte sie zurück zum Haus der Witwe. Die kam ihr jedoch schon schreiend entgegen:

»Er ist tot!«

Weinend, das Gesicht mit einer großen Schürze bedeckend, gestand sie heftig gestikulierend, Alice' Vater habe sie um den Schlafmohn gebeten, er habe sich das gesamte Pulver auf einen nassen Schwamm geträufelt und die Tropfen aufgesogen. Sie habe ihn allein gelassen, damit das Essen nicht anbrenne. Und als sie wieder die Treppe zu ihm hinaufgestiegen sei, da habe er nicht mehr geatmet. Sie habe wirklich versucht, ihn wiederzubeleben. Aber …

Die beiden Bediensteten drängten. »Nun, sollen wir ihn hier jetzt liegen lassen oder was?«

»Legt meinen Vater auf den Wagen, wie euch befohlen wurde«, entschied Alice.

Wie abwesend lenkte sie den Wagen aus Pera hinaus. Schon nach Kurzem hörte sie Geschrei. Die Plünderung hatte begonnen. Die byzantinischen Einwohner wurden aus der Stadt herausgetrieben.

In der Nacht saß Alice auf ihrem Wagen. Sie sah, wie Pera in Flammen aufging. Den Leichnam hatte sie mit einem Laken umwickelt. Als sie sich dann neben ihrem toten Vater zum Schlafen in ein wollenes Tuch hüllte, weinte sie jämmerlich.

Unentwegt war Alice, mit dem Leichnam ihres Vaters hinten im Wagen, von Rittern und Soldaten überholt worden, die in Richtung der Brücke über das Goldene Horn nach Konstantinopel strömten.

Nun ritt Bernhard zu ihr heran. Und ohne ein Wort des Beileids auszusprechen, sagte er nur:

»Selbstmord.«

Alice schreckte zusammen.

»Meine Bediensteten haben mir etwas von Schlafmohn erzählt. Dein Vater habe sich mit Schlafmohn selbst getötet.«

Alice starrte vor sich hin auf die Straße. Es war ihr, als glitten ihr die Zügel aus der Hand.

»Es war ein Schlaganfall«, sagte sie möglichst fest.

»So?«, fragte er.

»Mein Vater hat sich dermaßen über die geplante Brandschatzung aufgeregt und darüber, dass er wieder fort auf diesen Wagen musste, dass er einen Schlaganfall erlitten hat.«

»Das weiß Gott allein«, antwortete er in ernstem Ton.

Sie schwiegen und Alice wünschte, er würde fortreiten. Gleichzeitig musste sie verhindern, dass Bernhard seinen Verdacht dem Priester verraten würde, sodass der Vater nicht in geweihter Erde begraben, sondern irgendwo am Wegesrand verscharrt würde.

»Mein Vater hatte bereits früher schon mal eine Art Schlaganfall«, behauptete sie möglichst bestimmt.

»Lass das!«, unterbrach er sie. »Du versündigst dich gegen Gott. Du brauchst mich nicht anzulügen. Zu deiner Beruhigung: Ich habe meinen Bediensteten befohlen zu schweigen. Und wenn sie doch plaudern sollten, was sie nicht wagen werden, dann war es ein Unfall.«

Alice warf ihm einen dankbaren Blick zu. Vielleicht liebte Bernhard sie ja doch auch?

»Ich bezweifle allerdings«, fuhr er fort, »dass du Gott hinters Licht führen kannst.

Gott wird schon geurteilt haben, ob dein Vater für seine Tat in die Hölle kommt.«

»Nein, das tut er nicht!«, schrie Alice auf.

»Wie willst du das nun wissen?«

»Der Papst hat allen Kreuzfahrern die Vergebung der Sünden versprochen. Mein Vater hat das Kreuz genommen und ist auf dem Weg nach Jerusalem gestorben. Der Papst hat einen Generalablass verkündet. Jeder, der auf dem Kreuzzug stirbt, kommt in den Himmel.«

Der Ritter lachte auf.

»Das hast du dir nun schön zurechtgelegt. Ich denke, der

Papst hat das etwas anders gemeint. Die Absolution gilt jedem, der im Kampf gegen die Ungläubigen stirbt. Aber nicht für Selbstmörder.«

Alice schluckte.

»Sprechen wir das Wort nicht mehr aus. Mein Vater ist im Kampf für Jesus Christus gestorben. Es war nur ein anderer Kampf als der mit dem Schwert. Wäre mein Vater lebend mitgezogen nach Jerusalem, er wäre dem Heer eine Last gewesen. Mein Vater hätte das Heer nur aufgehalten. Und ich gedenke auch nicht, den Wagen mit über den Arm des St. Georg zu nehmen.«

Bernhard hob erstaunt die Augenbrauen.

»Nur muss ich jetzt einen Priester finden, der meinen Vater beerdigt.«

»Das sollte schwierig werden«, wandte Bernhard ein.

»Wieso?«, fragte Alice aufgebracht. »Mein Vater hat sich für die höhere Aufgabe, Gott zu dienen, schnell und ohne Belastung nach Jerusalem zu gelangen, geopfert.«

»So war es nicht gemeint. Nur, es wird sich schwerlich ein Priester bereitfinden, deinen Vater unter die Erde zu bringen, weil Gottfried von Bouillon ausgerechnet am Gründonnerstag Konstantinopel angreifen wird.«

»Was? Was wird er?«

»Nun, so schlimm ist es auch wieder nicht. Der Herzog will das zum Palastviertel Blacherna führende Stadttor zerstören und endlich in die Stadt eindringen.«

»Das ist doch vollkommen unmöglich. Wir brechen den Gottesfrieden. Gründonnerstag ist ein heiliger Tag. Da darf nicht gekämpft werden.«

»Eben, die Ansicht vertritt Alexios sicher auch. Gerade also ein Grund für uns, die Byzantiner zu überrumpeln und zu überfallen.«

»Aber Konstantinopel können wir unmöglich einnehmen«, wagte Alice einzuwenden. »Die anderen Kreuzfahrerheere sind ja noch nicht einmal angekommen.«

»Du, ein wip, verstehst dich auf den Krieg? Ich dachte, du verstündest dich nur auf anderes.«

Alice warf ihm einen wütenden Blick zu.

»Nein, nein. Du bist wundervoll. Wenn du Gräfin wärst, ich würde dich auf der Stelle heiraten. Aber vergessen wir das. Natürlich hast du recht. Der Herzog Gottfried kann keinen Krieg gegen Alexios gewinnen. Er will ihn wohl nur etwas unter Druck setzen. Ich bin mir auch nicht sicher, wie Alexios reagieren wird. Er braucht uns schließlich, damit wir die Türken besiegen. Wenn ich Kaiser wäre, ich würde meine Ritter vor dem Stadttor postieren, die Bogenschützen auf der Stadtmauer aufstellen und über die Angreifer, also uns, hinwegschießen lassen. Ich würde meine Macht zeigen.«

Bernhard wollte gerade seinem Pferd die Sporen geben, als ein Junge mit kurz geschorenem Haar auf ihn zugaloppiert kam. Die Zügel hochreißend, noch ehe sein Pferd stand, rief er aufgeregt: »Balduin sucht Euch. Alexios hat von seinem Palast aus das brennende Pera gesehen und will uns jetzt mit seinen Bogenschützen hindern, die Brücke über das Goldene Horn nach Konstantinopel zu überqueren. Wir müssen kämpfen.«

❧

Gewandet mit einer durch und durch aus Goldfäden durchwirkten Robe, die die Macht des Kaisers ebenso demonstrierte wie das Kreuz aus reinem Gold auf der Vorderseite seines Ornates seine Vormachtstellung über die Christenheit, blickte Kaiser Alexios majestätisch, überlegen und spöttisch auf Herzog Gottfried herab, der vor ihm tief gebeugt niederkniete. Endlich nun am Ostersonntag, nach diesen Monaten unendlichen Machtgerangels, leistete Gottfried diesem gedrungenen Mann, der in Pracht und Herrlichkeit auf seinem Reichsthron saß, seinen Treueid.

Dem Ritter Bernhard stieg die Schamesröte ins Gesicht, als er seinen Heerführer in dieser devoten, erniedrigenden Haltung das Knie vor dem Mächtigeren beugen sah. Endlich löste Alexios die Hände Gottfrieds, die er bisher umfasst hatte. Herzog Gottfried erhob sich und richtete sich zu seiner vollen Größe auf.

Darauf sank Balduin auf die Knie und leistete den Eid und nach ihm die führenden Ritter Gottfrieds und Balduins, wie er auch selbst sich tief beugte, um dem höchsterlauchtesten und allermächtigsten Kaiser die Hand zu küssen.

Wut stieg in Bernhard auf, dass sie alle den Treueid leisteten, den Kaiser als obersten Herrscher über alle Länder anzuerkennen, die sie zurückerobern würden und die vor der Besetzung durch die Sarazenen Byzanz gehört hatten.

Gottfried hatte tatsächlich eingelenkt, hatte nachgegeben, hatte sich vom Kaiser bezwingen lassen. Zwar hatte Gottfried noch am Karfreitag den Grafen von Vermandois, den Bruder des Königs von Frankreich, verhöhnt, als dieser wie ein Vasall von Alexios geschickt worden war, um dem Herzog Vorwürfe zu machen, er habe die Stadtmauer von Konstantinopel angegriffen und seine Leute hätten sieben Byzantiner erschlagen.

Doch noch während sie ihre Überlegenheit mit erhobenem Haupte auskosteten, hatten Alexios' Soldaten angegriffen, geschickt, kampferprobt und dem Kaiser bis in den Tod ergeben. Unter dem Donnern der Pferdehufe waren sie in das Lager hineingestürmt und alle, Kinder, Frauen, Knechte, Fußsoldaten und eben auch Ritter, waren fluchtartig auseinandergestoben. Bernhard schämte sich unsäglich über diesen Ehrverlust. Und nicht nur das, fraglich war es doch auch, inwiefern sie im Kampf gegen die Türken bestehen würden. Bernhard wehrte den Gedanken ab.

Er wandte sich wieder der Zeremonie zu, die so peinvoll war. Er sah sich in dem Saal um, der mit seinem Thron, dem Gold, den Edelsteinen und Bildern unsäglich glanzvoller, prächtiger war als alles, was jeder dieser edelsten Ritter im Gefolge des Herzogs sich nur hätte vorstellen können. Selbst Wilhelm der Eroberer hatte seine ersten Burgen in England aus Holz errichten lassen. Der Tower, den er sich endlich in London erbauen ließ, war sicher winzig und unansehnlich gegen diese stolze Pracht und unglaubliche Größe.

Und nun diese unermesslich hohen, mit Möbeln, Teppichen, Kleinoden, Springbrunnen, aus denen nicht Wasser, sondern Parfum oder Wein sich heiter sprudelnd ergoss, überladenen Säle, diese Kirche, die Hagia Sophia, in der der Patriarch unter der Kuppel, auf der Jesus als Pantokrator, als Weltherrscher, dargestellt war, den Gottesdienst zelebriert hatte – und neben ihm stand Kaiser Alexios und gab sich als Beherrscher der Welt. Es war erniedrigend, voll Wut verfolgten die Männer die Zeremonie.

Eine Flügeltür, ein Portal, wurde geöffnet zu einem Saal, der vor Kerzenlicht erstrahlte, sodass sich das Gold der Leuchter im Glas der Römer gleißend spiegelte. Gedeckt waren zweizinkige Gabeln, von denen Bernhard nicht wusste, ob sie zum Vorlegen oder zum Aufspießen der Fleischstücke gedacht waren. Aß man hier etwa nicht mit den Fingern? Es duftete wundervoll, wenn auch fremd. Prinzessin Anna erschien und bat mit majestätischer Geste die Gäste zu Tisch. Selbstredend als Letzter trat Alexios an die Stirnseite des Tisches, erst jetzt setzte man sich, der Herzog und sein Bruder je an einer Seite des Kaisers, der außerordentlich freundlich wirkte.

Natürlich, so überlegte Bernhard, ist Alexios misstrauisch, ob Gottfried eroberte Gebiete an ihn zurückgeben wollte. Aber andererseits besaß er in dem Heerführer aus dem fernen Niederlothringen einen Verbündeten, der ihm die Seldschuken vom Leibe halten würde. Fast vor den Toren Konstantinopels, waren sie ihm in beängstigende Nähe gerückt. Sollten diese Fremden, diese Papsttreuen, sich statt seiner mit ihnen schlagen. Geschwächt würde dieses Turkvolk durch so einen Krieg allemal. Und das sollte ihm nur willkommen sein, denn Byzanz hatte sich von der verlorenen Schlacht von Mantzikert noch nicht erholt und würde sich vielleicht auch niemals erholen.

Trotzdem demonstrierte Alexios seinen Reichtum und seine Macht. Hinter jedem Ritter stand ein Lakai, um ihn zu bedienen – die größte Aufmerksamkeit, Höflichkeit und Ehre verbunden mit der größtmöglichen Überwachung. Denn jeder Diener wirkte so, als könnte er sehr wirkungsvoll zuschlagen.

Das allerdings versuchte womöglich auch Prinzessin Anna. Wie sie ihn musterte. Höflich, aufmerksam, spöttisch zugleich. Klug sah sie aus, sie wirkte, als könne sie nicht nur lesen und schreiben, vielmehr als mache sie von diesen Fähigkeiten durchaus Gebrauch. Doch auch wenn sie die Tochter von Kaiser Alexios war, durfte sie als Frau einen Mann nicht so ansehen. Niemals. Bernhard richtete sich hoch auf. Niemals würde Alice einen Mann so herausfordernd, so seine Männlichkeit abschätzend, betrachten.

Ach, Alice. Sie war fort. Alice hatte ihn verlassen.

Nun lächelte die Prinzessin ihm auch noch huldvoll zu. Bernhard lächelte zurück. Nein, Alice lächelte zwar nicht huldvoller, aber schöner.

Er musste sie wiederhaben. Er musste Alice wiederhaben.

Er hätte es sich denken können, dass sie sich von ihm trennen wollte, als ihn gestern Nachmittag dieser Priester ansprach: ›Mein Sohn, Ihr habt lange nicht gebeichtet.‹ Was ging es ihn an? Natürlich ging es den Priester etwas an.

Den ganzen Nachmittag war er im Lager herumgelungert und hatte immer daran denken müssen, dass gerade in diesem Moment dieser süchtige Kaufmann beerdigt wurde. Alice neben Martin, dem Mönch Markus und ein paar Frauen am Grab. Natürlich diese Hildegard mit ihrer Mutter. Aus deren Zelt war Alice gar nicht mehr herausgekommen. Unmöglich, sie einmal zu sprechen. Versteckt hatte sie sich vor ihm und die Leute machten ihm den Eindruck, als wollten sie Alice auch vor ihm verbergen. Wie eine Gefangene sah Alice aus, als sie endlich in Begleitung von Markus das Zelt verließ und sich zu dem Acker aufmachte, auf dem rechtgläubige Christen bestattet wurden.

Nun ja, er hätte ebenfalls hingehen können zu dieser Beerdigung. Unmöglich! Ein Adeliger ging nicht zur Beisetzung eines

Kaufmanns. Aber so ein Kreuzzug könnte doch Standesgrenzen etwas lockern. Tat er jedoch nicht. Jeder blieb in seinem Stand.

Bernhard strich mit der Hand über sein Gesicht, über seine Augen, als würden sie schmerzen.

Jedenfalls hatte er keine Lust gehabt, der Aufforderung des Priesters Folge zu leisten und gleich zu beichten.

So, als hätte er es nicht nötig, war er am Abend nach der Messe an dem Priester vorbeigegangen. Nun, um die Osterpflicht, die Beichte, käme er trotzdem nicht herum. Er hatte sich also vorgenommen, Sonntag früh kurz vor der ersten Messe und unmittelbar vor seinem Aufbruch zum Kaiserpalast nach Konstantinopel noch schnell zu beichten. Da wäre keine Zeit für lange Geständnisse oder gar Einzelheiten, die Priester so gerne hörten. Vielleicht auch nicht. Dieser Beichtvater wollte nichts Genaueres wissen. Er ermahnte Bernhard nur, dass es Sünde sei, wenn nicht verheiratete Menschen eheliche Beziehungen pflegten. Ganz besonders auf der Pilgerfahrt, für deren Dauer sie im heiligen Stand seien und sich eigentlich sogar Eheleute enthalten sollten.

So eine Verlogenheit. Balduin hatte seine junge Frau sowieso nur mitgenommen, damit sie ihm einen Sohn gebar. Die Frauen waren ohnehin immerzu schwanger. Und dann die Prostituierten. Gottfried schleppte sie schon seit Lothringen mit und es wurden immer mehr. Warum duldete er denn diesen Begleitzug? Warum schickte er die Huren nicht einfach weg? Bernhard war sich sicher, dass auch in den anderen Heeren sich diese willfährigen Frauen befanden, selbst in dem des Grafen Raimunds von Toulouse, mit dem der Legat des Papstes Adhémar, Bischof von le Puy, reiste. Und ausgerechnet er, Bernhard, sollte sich nicht so eine Hübsche halten, die dazu noch unverheiratet war. Nicht einmal Ehebruch begingen sie und alt genug war sie auch. Wenn Alice zwölf Jahre alt gewesen wäre, dann hätte er ja diese Einwände verstehen können, obwohl, auch dann nicht richtig. Mit zwölf war ein Mädchen heiratsfähig. Aber Alice war eine erwachsene Frau.

Ach, Alice, Bernhard seufzte innerlich. Da befand er sich im prächtigsten Saal des Weltenhimmels – und dachte an eine verarmte Kaufmannstochter.

Aber er musste sich entscheiden, er musste einen Entschluss fassen. So eine wie Alice fände er auf der ganzen Pilgerfahrt nicht wieder, schön, unverheiratet und ohne jede Aufsicht durch Eltern und Verwandte. Auf Liebe verzichten wollte er nicht. Keuschheit, dafür hätte er noch Zeit, wenn er alt wäre. Da könnte er seine Sünden bereuen. Und außerdem hatte der Papst die Vergebung aller Sünden versprochen, also auch derjenigen, die auf der Pilgerfahrt begangen wurden. Also, schließlich war er kein Pfaffe. Bezaubernd war sie. Das schöne, blonde, widerspenstige Haar.

Verrückt, sich hier, unter den Augen der Tochter eines Kaisers, solche Gedanken zu machen. Aber schon morgen war es zu spät, das Lager abgebrochen und Gottfrieds ganzes Heer über den Arm des Heiligen Georg geschifft. Drüben war eine andere Welt. Von da aus könnte er Alice nicht zurückholen.

Dieser verlogene Beichtvater. Flüsterte, raunte ihm, schon im Hinausgehen, zu, Alice sei mit ihrer Freundin Hildegard und deren Eltern auf dem Weg zurück nach Passau. Die Leute hätten Sorge um ihr Gewerke in der fernen Heimat. Als Sühne für ihr gebrochenes Kreuzzugsgelöbnis wollten die beiden jungen Frauen den Schleier nehmen. Ja, Alice ginge ins Kloster Niedernburg, sie wolle Nonne werden. Sie wolle ihre Sünden bereuen und als Buße ihr Leben Gott weihen.

Wie wild war er auf sein Pferd gesprungen und zu der Stelle galoppiert, wo Alice' Wagen sich befand. Aber der war fort. Nur Markus und Martin standen noch da herum und Martin hielt sogar Rab am Zügel. Alice hatte ihm das Pferd offenbar geschenkt! Das tat weh. Welch ein unerwarteter Schmerz.

Bernhard überlegte, während er mit der Gabel eine Artischocke aufspießte. Allzu weit dürfte Alice mit ihrem Wagen noch nicht sein. Andererseits hatte sie einen ganzen Tag Vorsprung.

Er musste raus aus diesem Kaisersaal. Er brauchte ein Reitpferd für Alice.

Bernhard wandte sich nach dem Gastmahl und den überwältigenden Geschenken Alexios' an die herablassend hochmütige Kaisertochter Anna. Latein verstand sie ja zum Glück. Welch ein Lächeln, als er ihr mitteilte, er benötige eine Stute.

»Ich nehme an, die Dame ist sehr schön«, antwortete sie amüsiert.

Diese vielen heidnischen Baudenkmäler! Wie konnte sich ein christlicher Kaiser auf einer Säule als Apollon stilisieren lassen!

Nur weitergehetzt – am Hippodrom entlang. Brot und Spiele. Genauso wie bei den Römern, das Volk sollte bei Laune gehalten werden, während es ausgenutzt wurde. So wie er selbst auf Veranlassung von Prinzessin Anna eine reichliche Summe bezahlt hatte. Ärgerlich war das.

Jetzt auch noch enge Gassen. Kaum ein Durchkommen. Wie konnten mehr als 100.000 Menschen in einer Stadt zusammenleben. Welch ein Lärm, welch ein Gestank trotz des vielen Parfums. Endlich aus diesem Gedränge raus. Da, die Theodosianische Mauer, noch durch das Tor. Endlich konnte Rother, sein Lieblingsjagdhund, weit ausholen. Zehn Meter voraus raste er dahin, immer am Riemen mit seinem Herrn verbunden.

Alice würde sicher denselben Weg zurückfahren, den sie Anfang Dezember benutzt hatten.

Am Balkangebirge war sie ihm aufgefallen. Eigentlich schon vorher, wenn sie am Feuer stand und ihm zuhörte. Die Geschichte von Roland, dem Helden, der gegen die Sarazenen kämpfte, und seinem Schwert Durndart.

Nun, mit dem Schwert wollte er es mit jedem Mann aufnehmen. Das war ein Tanz auf der Brücke. Bis in die Nacht hinein hatten sie die Byzantiner verfolgt. Blut war geflossen, byzantinisches und ihres. Bis keiner noch etwas erkennen und unterscheiden konnte und Gottfried seinen Bruder Balduin herzlich bat, mit dem Kampf aufzuhören. Ein kleiner Vorgeschmack war das auf die Schlachten, die sie demnächst erwarteten.

Aber vorher musste er Alice wiederhaben.

Nicht ganz ungefährlich. Der Herzog hatte angedroht, dass er im Falle von Unzucht Mann und Frau nackt ausziehen lassen und den Mann, an den Genitalien mit der Frau zusammengebunden, durch das gesamte Heerlager führen lassen würde. Bernhard war sich sicher, dass es irgendeinen armen Ritter einmal träfe. Nur nicht ihn, das hatte er sich geschworen. Das würde er zu verhindern wissen. Nur wie? Eine Heirat war nicht möglich. Schade. Aber nichts war so unmöglich wie eine Ehe. Ein Graf heiratete keine Frau niederen Standes, das verstieß gegen die gottgewollte Ordnung. Das war Gottes Gesetz. Und das war richtig. Andererseits, Alice' Onkel hatte es geschafft. War Abt.

Wie würde er reagieren, wenn er erführe, dass Alice seine Geliebte war?

Wie sollte er das erfahren? Alice schrieb ihm das gewiss nicht. Aber Martin. Ein Knecht, der lesen und schreiben konnte, fließend Latein sprach und sich auf Griechisch ganz gut verständigte. Es war vielleicht nicht sehr ratsam, mit der Nichte dieses mächtigen, skrupellosen Abtes Unzucht zu treiben. Wie reizend das auch war.

Vielleicht sollte er, Bernhard, doch zu den Huren gehen.

War nicht ganz sein Geschmack. Es hieß, diese verlorenen Frauen bekämen so selten Kinder, weil sie alle krank wären. Dann lieber eine Wäscherin, so ein nettes Ding. Die war keine Prostituierte und doch auf ein wenig Geld und etwas Freundlichkeit angewiesen. Wenn diese jungen Frauen nach einem Arbeitstag so klitschnass waren, dass nicht ein Fetzchen ihrer Kleidung noch trocken war, da konnte man schön ihre Formen sehen, die zeichneten sich wunderbar ab. Da wusste man, was man kaufte. Und treu waren diese Mädchen auch, sofern man sie ein bisschen versorgte.

Oder doch lieber eine adelige verheiratete Frau?

Warum überhaupt Alice?

Die Stute könnte er wohl noch verkaufen. Lass Alice ziehen, wenn sie unbedingt Nonne werden will, kam es ihm in den Sinn. Niemals hätte er es für möglich gehalten, dass er einer Frau nachlief. Er konnte Frauen betören, ohne ihnen ergeben zu sein.

Also umkehren.

Unsanft wurde er aus seinen Gedanken gerissen. Rother schlug an. Er war ein ausgezeichneter Jagdhund. Er hatte die ganze weite Strecke Alice gewindet, jetzt hatte er sie aufgespürt. Rother griff Raum. Am Wegesrand stand der Bauer und pinkelte gegen die Büsche.

Da stand Alice' Wagen.

Alice und Hildegard saßen vorne eng beieinander und unterhielten sich.

Bernhards erster Blick: Alice trug nicht mehr seine Ohrringe.

Er richtete sich hoch auf und war der, zu dem er erzogen war, Herrscher über seine Untertanen.

Des Grafen Sohn erzeugte Schrecken. Bernhard verbreitete Herrlichkeit und Macht. Der Mann kam zögernd heran. Er humpelte. Argwöhnisch blieb er in einiger Entfernung stehen. Auf Bernhards Aufforderung näherte er sich mit krummem Rücken, nahm seine Mütze ab, senkte untertänig den Kopf und verharrte in ziemlichem Abstand. Auf seinem Gesicht zeigte sich Angst, obwohl er nicht Bernhards Höriger war. Seine Frau lugte aus dem hinteren Teil des Wagens hervor. Hildegard und ihre Mutter grüßten scheu und ehrerbietig. Es war ihnen nicht ganz klar, weshalb Bernhard plötzlich auftauchte. Es erschien besser, sich da rauszuhalten.

Ohne Alice zu beachten, entledigte sich Bernhard des Riemens und gab Rother den Befehl, sich abzulegen. Der Hund gehorchte trotz seines Durstes und streckte sich der Länge nach auf dem Boden aus. Alice wusste, selbst wenn Rother am Verdursten wäre, wenn jemand ihn angriffe und er stürbe, würde er sich ohne einen auffordernden Anpfiff seines Herrn nicht von der Stelle rühren. Treu bis in den Tod war dieser Hund.

»Folge mir!«, forderte Bernhard Alice auf.

Alice stieg von ihrem Wagen herunter und ging misstrauisch auf ihn zu. Was sollte die Stute, die er mitgebracht hatte und die jetzt der Bauer versorgen musste?

Schweigend entfernten sie sich vom Wagen.

»Du hast dem Papst einen Eid geleistet. Du hast deinen Eid gebrochen«, begann Bernhard streng. »Du hast Gott geschworen, alle Mühen und Gefahren einer bewaffneten Pilgerfahrt auf dich zu nehmen, deren Ziel erst erreicht sein wird, wenn wir Jerusalem erobert haben. Wenn du jetzt einfach nach Passau zurückgehst, wenn du dich feige davonstiehlst, dann steht darauf als Strafe der Kirchenbann und Gottes ewiger Zorn.«

Alice war, als bliebe ihr die Luft weg, dasselbe hatte sie sich auch schon gesagt.

Trotzdem wandte sie ein: »Ich will den Schleier nehmen und ins Kloster Niedernburg eintreten.«

»Pah!«, stieß Bernhard aus. »Wer das Kreuz genommen hat, der darf sich nicht in einer Kutte verstecken.«

»Ihr haltet den Dienst als Nonne für sinnlos?«

»Nicht unbedingt. Aber in deinem Fall – ja. Jesus Christus ist für uns am Kreuz in Jerusalem gestorben. Er hat uns den Befehl erteilt: ›Nehmet euer Kreuz auf euch und folget mir nach‹. Auch du musst bereit sein, für unseren Herrn zu sterben.«

»Ich bin kein Mann, ich kämpfe nicht«, entgegnete sie. »Was sollte es Jesus also nützen?«

Bernhard überhörte ihren Einwand.

»Für diese Todesbereitschaft«, fuhr er unbeirrt fort, »ist uns die Vergebung unserer Sünden verheißen.« Er sah Alice strafend an:

»Die du besonders nötig hast.«

Um Himmels willen, was sagt er nur, dachte Alice.

»Denn abgesehen von der Unzucht, die du getrieben hast und die dir als Frau in weitaus stärkerem Maße angelastet wird als uns Männern, hast du dem Priester verheimlicht, auf welche Weise dein Vater gestorben ist. Du hast nichts von dem Schlafmohn erzählt. Du hast den Priester angelogen, der deinen Vater in geweihter Erde bestattet hat.«

Alice fasste Bernhards Hand, als könnte er sie und ihren Vater vor der ewigen Verdammnis retten. Bernhard aber machte sich los.

»Und mich reißt du mit, beraubst mich meiner himmlischen Freuden. Ich bin ein Ritter Jesu Christi, ich habe ihm Treue geschworen, und doch bin auch ich schuldig geworden, weil ich in der Beichte verheimlicht habe, dass dein Vater selbst Hand an sich gelegt hat.«

»Dann bin ich mitschuldig an Eurer Schuld«, sagte sie bitter. Bernhard schwieg. Er schwieg lange.

Alice ging mit heruntergezogenen Schultern neben ihm. Sie rang mit sich, es auszusprechen: »Dann rettet meinen Vater und mich und auch Euch nur, meinen Eid einzuhalten, dass ich nach Jerusalem pilgere, um dort für die Sünden zu büßen.«

»Wahrscheinlich«, antwortete er.

»Und Ihr?«, drängte es Alice endlich zu fragen. »Alles, was Ihr sagtet, klingt so streng, so nach Gesetz. Habt Ihr denn gar keine Liebe?«

Bernhard dachte: Da hab ich dich endlich. Ziemlich viel Aufwand für eine Kaufmannstochter. Gleichzeitig war er erleichtert und glücklich. Er wunderte sich über sich selbst, als er sagte:

»Ich sehne mich danach, dass du meine Ohrringe wieder trägst.«

Zurück zu den Pferden und zu Rother, den Bernhard mit einem Pfiff aus seiner bewegungslosen Position befreite, lobte und selbst versorgte. Der Seiler und seine Frau hatten sich unterdessen Sorgen gemacht, was wohl mit Alice' Wagen und dem Zugpferd geschehen sollte. Die Tatsache, dass der junge Herr eine Stute mitgebracht hatte, ließ sie hoffen, dass sie den Wagen für ihre Rückreise nach Passau behalten könnten. Sie hatten allerdings das Gefährt und das Pferd zu bezahlen, was ihnen sauer aufstieß, aber unabänderlich war, weil Bernhard es forderte. Alice tat das Geld in den Beutel, und zwar in den sichtbaren, während das Geld, das sie vom Abt erhalten hatte, immer noch unter ihren Röcken verborgen war. Die junge Frau suchte ihre wenigen Habseligkeiten zusammen, die auf die Pferde geschnallt wurden.

Von Hildegard verabschiedete sich Alice herzlich. Die Freundinnen fielen sich um den Hals und weinten. Bernhard stand daneben und drängte zum Aufbruch.

Hildegard jammerte: »Nun muss ich allein ins Kloster eintreten.«

»Und wenn du nicht willst?«

»Ich muss. Ich bringe meinen Eltern dieses Opfer«, entgegnete sie würdevoll.

Doch dann schluchzte Hildegard heftig:

»Ach, Alice! Was soll's? Markus ist ja ein Mönch!«

Geschrei, Gewühl, Gestank, Dreck und Kot von mindestens 100.000 Pferden und Rindern und Schafen und Hühnern. Dazwischen Jagdhunde und Falken und Menschen, die schoben, schubsten, die drängelten, um auf eines der Schiffe zu kommen, das sie endlich von Konstantinopel weg ans andere Ufer des Arms des St. Georgs bringen sollte. Dabei hatte sich Kaiser Alexios nicht lumpen lassen, hatte alles an Galeeren und Fähren und Frachtschiffen aufgebracht, was nur irgend möglich war, um seine Brüder in Waffen so schnell wie möglich in Feindesland zu schaffen.

Dazwischen Alice mit ihrem neuen Pferd, das sie nicht kannte, das unruhig war und von dem sie nicht wusste, wie sie es beruhigen sollte. Denn natürlich war es nervös, scheute die Massen von Menschen, die Enge, den Lärm, es war schließlich kein Schlachtpferd, das alles geduldig über sich ergehen ließ. Und heiß war es. Alice schwitzte und hatte Durst. Ständig wurde ihr auch etwas zu trinken angeboten von Jungen mit schwarzen großen Augen oder zahnlosen alten Männern und athletischen Jünglingen oder dicken geschminkten Frauen oder von wem auch immer. Aber sie war so vorsichtig und dabei so wenig vorausschauend gewesen, ihr ganzes Geld in drei Beuteln unter ihrem Rock zu verstecken, nach denen sie auch von Zeit zu Zeit möglichst unauffällig fasste, ob sie noch da wären. Nun aber am Hafen zwischen all diesen Menschen und Dieben das Geld herauszuholen, grenzte an Wahnsinn. Sie blickte sich wiederum ungeduldig, ärgerlich und enttäuscht nach Bernhard um, der könnte ihr jedenfalls ein bisschen Geld leihen, aber von dem war keine Spur zu sehen. Alice hatte keine Ahnung, ob er schon den Arm des St. Georg überquert hatte und am jenseitigen Ufer zwischen Karren, Kindern und Fußsoldaten mühsam sich den steilen Berg hinaufzwängte oder aber noch wie sie selbst irgendwo in diesem Gewühle stand und ebenfalls wartete. Und auch von Martin war nichts zu sehen. Die Männer kümmerten sich überhaupt nicht um die Frauen. Dafür schrien die Mütter um so mehr, passten auf, dass ihre Kinder in der Menge nicht verloren gingen, und wenn ein Mädchen oder Junge sich auch nur ein bisschen entfernte, schon gab's eine runter.

Alle waren gereizt bis auf die besonders Frommen, die ruhig standen und beteten.

Alice war gar nicht nach Ruhe zumute, höchstens nach einem stillen Gebet. Es war schon hart, den Vater in einem Grab vor Konstantinopel zurückzulassen. Aber darüber nachzudenken, fand sich wenig Gelegenheit, denn das Pferd war ganz zappelig und schlug aus.

»Ruhig«, sagte Alice. Dann aber sah sie, die Stute hatte allen Grund auszuschlagen, denn da hatte sich jemand an ihrem Eigentum zu schaffen gemacht. Ein Dieb! Ihr Kopfkissen fehlte. Jemand hatte ihr Kopfkissen gestohlen! Alice stampfte mit dem Fuß auf vor Wut und Unglück.

Das war nun die ungeheure Hilfe, die Bernhard ihr versprochen hatte.

›Wenn du immer meine Ohrringe trägst, dann bringe ich dich heil nach Jerusalem. Ich schwöre es vor Gott‹, hatte er ihr letzte Nacht zugeflüstert, während er einmal innehielt, an ihren Brüsten zu saugen, wovon die Liebesmale immer noch wehtaten. Von wegen!

Na endlich, es ging ein kleines Stück weiter. Alice wurde von vorn und hinten angerempelt. Nicht mal verstehen konnte sie die Menschen um sich, dieses Gebrabbel von fremden Dialekten und Sprachen. Warum hatte sie nur auf Bernhard gehört und sich breitschlagen lassen. Weil sie nicht Nonne werden wollte. Das stand mit einem Male fest, Nonne werden wollte sie nicht. Ein Leben hinter Klostermauern – das nicht.

Also dann nach drüben, nach Romanien, nach Jerusalem. Wohin auch immer.

Der Gefahr entgegen, Anfang
April – 15. Mai 1097

DER TOD WAR DEN CHRISTLICHEN HEEREN VORAUSGEEILT. Er befand sich im Feldlager bei Civitot und dem engen, schluchtenreichen, bewaldeten Gebiet, in dem die Fußsoldaten und Ritter Peters des Einsiedlers umgekommen waren. 17.000 Menschen – an einem einzigen Tag.

Alice grauste bei der Vorstellung, dass die verblichenen Gebeine der Hingemetzelten noch immer den Wegesrand säumten oder im ehemaligen Lager verstreut oder gar übereinander lagen. An diesem Ort des Entsetzens und Mordens, an diesen Toten sollten sie in nur wenigen Tagen vorüberziehen!

Im Stillen wunderte Alice sich über Bernhard, der mit keinem Wort über die Schlachten sprach, die ihn in kürzester Zeit erwarteten. Von Verwundung, Sterben und Tod war nie die Rede.

Stattdessen beschäftigte sich Bernhard wie auch die anderen Ritter des Herzogs Gottfried, die nun müßig im Lager von Pelekanon auf den Abmarsch warteten, mit dem interessanten Klatsch, der aus Konstantinopel zu hören war. Überheblich lachend und schadenfroh erzählte man, wie Tankred, der Neffe des gefürchteten normannischen Heerführers Bohemund, dem Treueid entgangen sei, indem er unauffindbar in Konstantinopel sein Unwesen getrieben habe.

Es wurde auch ausgiebig darüber geredet, wie ein Ritter sich im kaiserlichen Palast pöbelhaft benommen und sich auf den Thronsessel gefläzt habe. Der Kaiser, der sich seine frechen Widerworte übersetzen ließ, habe ihm mit ruhiger, eindringlicher Stimme in Aussicht gestellt, er werde bald genug Gelegenheit haben, seine Unverfrorenheit und Tapferkeit zu erproben.

Alice fand die Geschichte überhaupt nicht komisch, vielmehr ziemlich bedrohlich. Alexios wusste offenbar sehr genau, wie gefährlich Sultan Kildj Arslan und seine Krieger waren, und sie fand den Kaiser hinterhältig, wie bereitwillig er seine Freunde aus dem Westen ins offene Messer laufen ließ. Umso mehr erstaunte es sie, dass Bernhard beim Erzählen ganz auf der Seite des Kaisers Alexios stand, gegen den er doch zusammen mit Balduin so manchen Raubzug unternommen hatte.

Dieser neuerlichen Ergebenheit für Alexios ungeachtet, regte sich Bernhard heftig darüber auf, dass der Legat des Papstes auf seinem Weg nach Konstantinopel von Alexios' Soldaten verwundet und gefangen genommen worden war.

Es verwirrte Alice, dass Bernhard keine eindeutige Haltung gegenüber Alexios einnahm, sie konnte es jedoch nicht deuten und ließ davon ab, darüber nachzudenken.

∽✲∼

Adhémar, Bischof von Le Puy, Legat des Papstes, nahm den Soldaten des Kaisers die üble Zurichtung und Gefangennahme keineswegs übel.

Hatte er doch mit Papst Urban II. noch vor dem Konzil in Clermont im November 1095 Gefahren, Erfolge und Niederlagen eines Kreuzzugs ins Heilige Land eingehend besprochen. Sofort im Anschluss an Urbans Rede hatte der Bischof einen Kniefall vor dem Papst getan und inständig darum gebeten, das Kreuz nehmen zu dürfen, worauf wie von Zauberhand Hunderte von roten Kreuzen bereitlagen, die sich die Ritter auf ihre Kleidung nähen lassen konnten.

Auch über Alexios' zwiespältige Lage waren der Papst und Adhémar sich durchaus im Klaren: Der Kaiser hatte um gut ausgebildete und kampferprobte Ritter gebeten, die ihn gegen die Seldschuken unterstützen sollten, stattdessen waren Heere in sein Land eingedrungen, die keineswegs davor zurückschreckten, aufsässig und gewaltbereit aufzutreten. Für die Bevölkerung von Byzanz stellten die Kreuzfahrer eine Plage dar und Adhémar hatte für ihre Abneigung durchaus Verständnis. Dass diese gereizte Stimmung zu Scharmützeln mit den kaiserlichen Soldaten führen musste, dessen war er sich nur zu bewusst. So hegte der Bischof von Le Puy keinen Groll gegen die Byzantiner. Er war allein geritten, nichts hatte auf seine hohe Stellung als geistiges Oberhaupt des Kreuzzuges hingedeutet. Nach seiner Freilassung ließ er lediglich in Thessalonike seine Verletzungen sachgemäß behandeln. Damit war für ihn die Angelegenheit erledigt.

Jetzt weilte der Bischof von Le Puy in Konstantinopel, war von Alexios zur Audienz empfangen worden, die, wie sollte es bei um Ausgleich bemühten Fürsten anders sein, in freundschaftlichem Tone gehalten wurde.

Sein eigentliches theologisches Anliegen aber galt dem vertrauensvollen Ausgleich mit den höchsten Würdenträgern der byzantinischen Kirche. Wenn auch der Spaltung zwischen Rom und Byzanz als Tatsache Rechnung zu tragen war, so suchte er doch das versöhnliche Gespräch. Adhémar ließ sich sogar den Altar zeigen, auf den im Jahre 1054 der damalige päpstliche Legat die Bannbulle gegen den Patriarchen von Konstantinopel niedergelegt hatte. Den Anspruch Roms auf die Oberherrschaft aller Christen erwähnte er geflissentlich nicht, sprach nur sein Bedauern über das Schisma aus.

Der Legat vermied es vor allem, einen Brief zu erwähnen, den schon Papst Gregor VII. an König Heinrich IV. gerichtet hatte, in dem es hieß, die Kirche von Konstantinopel sehne sich nach der Einigkeit mit dem Sitz des Apostels, was, zwar diplomatisch ausgedrückt, doch so viel bedeuten sollte, als dass die Ostkirche sich dem Papst unterzuordnen hätte. Jetzt, so könnte der byzantinische Patriarch argwöhnen, sollte möglicherweise die von den Sarazenen befreite Ostkirche mit sanfter Gewalt dazu gebracht werden, in den Schoß der römischen Kirche zurückzukehren. Das aber hieße, der Kreuzzug gelte nicht nur den Sarazenen, sondern auch Byzanz.

Wenn auch Adhémar den Bischof von Rom, den Papst, für den wahren Nachfolger Petri hielt, so war ihm eine erzwungene Vereinigung der Ost- und der Westkirche in seinem Innersten nicht recht. Adhémar setzte lieber auf Argumente. Unablässig führte er Gespräche über das Wort, das unversöhnlich zwischen den römischen und den byzantinischen Christen stand: filioque. Adhémar gestand ein, es sei ungeschickt von Papst Sergius IV. gewesen, in das Nikaenische Glaubensbekenntnis ohne vorhergehende Rücksprache mit dem byzantinischen Patriarchen das Wort einzufügen, insbesondere, da dieses Glaubensbekenntnis bei jeder Eucharistiefeier in Byzanz seit dem 6. Jahrhundert gebetet würde. Gleichwohl sei aber die Einfügung, dass der Heilige Geist nicht nur von Gott Vater, sondern auch von seinem Sohn ausgesendet würde, sachlich richtig und unbedingt notwendig, vielleicht für das Überleben der christlichen Kirchen gegenüber dem Islam existentiell. Denn alles käme darauf an, nicht nur die menschliche Natur Jesu Christi zu betonen, sondern die göttliche hervorzuheben und wirken zu lassen. Hätte nur Gott die Macht, den Heiligen Geist auszusenden, und nicht auch der Sohn, dann bestünde eine hierarchische Abstufung: Gott an der Spitze und Jesus Christus an zweiter Stelle, gefolgt vom Heiligen Geist. Nähme man Jesus Christus etwas von seiner Göttlichkeit, dann aber wäre der Weg, Jesus nur als Propheten zu betrachten, ein kurzer und es wäre durchaus bedenkenswert, dass überall dort, wo die Wesensgleichheit Jesu Christi mit Gott geleugnet würde, der Islam bei den Christen ein leichtes Spiel zur Konversion hätte.

Die Würdenträger der Ostkirche wiesen demgegenüber auf die tiefe Frömmigkeit des Kaiserhauses und der byzantinischen Bevölkerung hin, ehrten den Legaten, indem sie ihm die wertvollen Reliquien zeigten, insbesondere die Heilige Lanze, mit der Jesus am Kreuz in die Seite gestochen worden sein sollte.

Doch Adhémar blieb beunruhigt.

Er dachte also wieder einmal über diese Frage nach und ging in dem Saal seines Palastes, den er in Konstantinopel bewohnte, auf und ab, als sein Diener untertänig den Raum betrat und dem Bischof einen Brief aushändigte.

Adhémar nahm das Schreiben in die Hand, betrachtete es verwundert, der Brief war zwar an ihn persönlich gerichtet, der Absender jedoch verschwieg seinen Namen, er nannte sich: ›Ein Fürst aus deutschen Landen‹. Auch dem Siegel war nicht zu entnehmen, wer der Schreiber war, er hatte lediglich flüssiges Wachs benutzt, um den Brief vor unbefugtem Öffnen zu schützen.

»Es ist ein Jude, der den Brief gebracht hat. Er wartet im Domestikeneingang auf Antwort.«

Ein Fürst aus deutschen Landen? Adhémar wiegte den Kopf, wog den Brief in seiner Hand, als könnte dies ihm etwas über den Inhalt verraten. Dann öffnete er ihn. Der Brief enthielt lediglich die Bitte, der Legat möge den Juden empfangen. Der Jude sei vertrauenswürdig und von großer Gottesfurcht.

Adhémar erfasste eine Anspannung, die er sich verbat. Er gab seinem Diener die Anweisung, er möge dem Juden ausrichten, dass er abends nach Einbruch der Dunkelheit wiederkommen dürfe.

Auch nach dem Besuch des Juden gelang es Adhémar nicht, sich in das besonnene Maß zurückzuversetzen, das er sich als Haltung zur Pflicht auferlegt hatte. Im Gegenteil, aufgewühlt war er, während er wiederum den mit unzähligen Kerzen erleuchteten Saal durchschritt, eine Verschwendung, die sich nur die Byzantiner erlaubten.

Wie hatte der Jude auf Adhémars Bemerkung geantwortet, er sei für seinen Botengang sicher reichlich bezahlt worden. Ein feiner ironischer Blick erhellte das an sich ernste Gesicht des Mannes, als er erwiderte: Ein Lächeln seines Auftraggebers sei ihm Dank genug.

Woraufhin er dem Legaten einen Brief aushändigte, sich verbeugte und den Raum verließ.

Adhémar öffnete das Schreiben. Und zog verwundert die

Stirn kraus. Was war das für eine elegante Schrift! Wenn dieser Brief nicht diktiert war, wofür der Wille, unerkannt zu bleiben, sprach, so war der fremde Fürst im Gegensatz zu den meisten Adeligen, die oftmals nicht einmal lesen und schreiben konnten, mehr als schriftkundig.

Herrlich diese Waffen, die der Briefschreiber ihm durch den Juden geschickt hatte und die ausgebreitet auf dem Tisch lagen: das Schwert, die Lanze, der Schild, das Kettenhemd, Helm und Sporen, Zaumzeug, Sattel, Steigbügel und Geld für ein Schlachtross. Den Wert dieser Geschenke wusste Adhémar, selber aus einer Familie des französischen Hochadels stammend, sehr wohl abzuschätzen.

Der fremde Fürst schickte sie für seinen natürlichen Sohn. Der allerdings wisse nichts von dem hohen Rang seines Vaters.

Der Sohn sei Knecht im Dienst eines Kaufmanns aus Passau und befände sich im Heer des Herzogs Gottfried von Bouillon. Martin sei gebildet, dazu körperlich geschickt, schnell, umsichtig, kraftvoll, habe aber natürlich keinerlei Erfahrung im Schwertkampf.

Der Unbekannte bat Adhémar, Martin als einen Edlen anzuerkennen und ihm die Möglichkeit zu geben, sich zu bewähren. Insbesondere riete er dem Bischof, dem jungen Mann so schnell wie möglich Unterricht in den Waffen zukommen zu lassen. Sein Sohn möge einen hervorragenden Ritter als Lehrmeister erhalten, damit er sich nicht nur im ersten Kampfgetümmel mutig schlagen würde, sondern auch in weiteren Schlachten das Lob des Herrn verdienstvoll verbreiten könne. Er, der Fürst, vertraue auf die kluge Umsicht des Legaten des Papstes.

Gedankenverloren nahm Bischof Adhémar das Schwert in die Hand und ließ die beidseitig geschliffene Klinge durch seine Hände gleiten. Kostbar war dieses Schwert, eines jeden Herzogs würdig. Beunruhigend war nur, dass derjenige, dem es zugedacht war, wohl nicht lange leben würde. Warum nur erschreckte Adhémar diese Vorstellung. Es würden auf dieser Pilgerfahrt nach Jerusalem so viele Menschen sterben, nicht nur Kämpfende, nicht nur Ritter und Fußsoldaten, sondern auch Kinder und Frauen, sodass Bischof Adhémar sich wunderte, warum nun gerade das Schicksal dieses unbekannten jungen Mannes ihm so viel Unruhe und Verdruss bereitete.

Jerusalem. Das himmlische und das irdische verflossen für Martin zu einer Einheit. Er träumte von hohen weißen Mauern, von glänzenden Dächern und Kuppeln und Zinnen, die im Sonnenlicht erstrahlten. Und des Nachts unter einem großen, runden Mond und unzähligen Sternen gingen Engel, angetan mit weißen Kleidern, lockigem goldenem Haar und wunderschönen weiten Flügeln durch die Heilige Stadt. Doch was Martin selbst in dieser visionären Welt wollte, das wusste er nicht. Sicher war, er wünschte wie jeder andere auch die Vergebung der Sünden und einen sicheren Platz im Himmel, er würde auch für die Seele seiner verstorbenen Mutter bitten. Das war sicher, Martin würde, sobald Jerusalem erobert wäre, als Erstes zur Grabeskirche eilen und inständig zu Jesus Christus beten. Aber was er dort in Jerusalem, dem irdischen, nach dem Gebet unternehmen wollte, wovon er leben sollte, ob er dort bleiben oder nach Passau zurückkehren würde, davon hatte er keine Vorstellung. Was Martin allerdings auch überhaupt nicht störte. Er war jung und stark, er hatte Geld für eine lange Zeit, denn offenbar schenkte der Abt den Kreuzzugspredigern keinen Glauben, dass Jerusalem innerhalb eines Jahres erobert werden könnte. Und vor allem besaß Martin Rab. Das war das Wichtigste. Rab war sein Pferd. Es war eine unentwegte Freude, Rab springen, hüpfen, tänzeln zu lassen, auf ihm im leichten Trab durch den Frühling dahinzureiten.

Warum nun Alice ihm das Pferd überlassen hatte, es kümmerte Martin wenig. Ihm war irgendwie bewusst, dass sie ihm Abbitte leisten wollte für das, was sie tat. Auch wenn ihn, Martin, ihr Verhältnis zum Ritter von Baerheim nicht wirklich etwas anging, so war er doch Zeit ihres Lebens wie ein Bruder gewesen. Und fast einmal ein Geliebter. Und nun waren sie wie durch unsichtbare, aber eherne Wände voneinander entfernt, sodass sie nur selten miteinander irgendein Wort sprachen. Dabei sah Martin Alice mit dem Ritter kaum jemals zusammen. Alice ritt auf ihrer prächtigen Stute im Zug der Frauen, Kinder und Kranken in der Mitte des Heeres, begleitet und umfasst von Reitern und Fußsoldaten, die die Wehrlosen im Falle eines unerwarteten Angriffs beschützen sollten. Bisweilen gesellte sich Bernhard hinzu, blieb eine Weile neben Alice und sprengte wieder davon zu Balduin de Boulogne und seinen Rittern.

Als Martin dann doch einmal das Bedürfnis hatte, mit Alice zu sprechen, bemerkte er zu seiner eigenen Genugtuung, wie er feststellen musste, dass ein Hauch von Traurigkeit auf ihrem Gesicht lag. Ansonsten wirkte sie gefasst und energisch.

»Wie kommst du klar, so ohne deinen Wagen?«, sprach er sie an.

»Ganz gut, ich kann im Zelt einer Freundin übernachten, bei Theresa. Kennst du sie?«

Martin schüttelte den Kopf.

»Vielleicht doch. Theresa hat dicke, rötlich braune geflochtene Haare, so immer zu einem Kranz gewunden, blaugrüne Augen und Sommersprossen. Sie müsste dir doch aufgefallen sein.«

»Nein, wirklich nicht.«

»Ist ja auch gleichgültig. Jedenfalls, bei ihr konnte ich unterkommen. Sie ist allein wie ich, ich meine, ohne Eltern. Theresas Vater ist schon lange tot, bei einem Reitunfall ums Leben gekommen. Ihre Mutter ist vor Kurzem gestorben, sie war Amme im Dorf Bouillon in Niederlothringen. Als Herzog Gottfried nun sein Heer für den Kreuzzug sammelte, schloss sie sich den Pilgern an.«

Martin antwortete darauf nicht.

»Hörst du mir überhaupt zu?«

»Doch, doch«, nickte der junge Mann. »Erzähl nur weiter.«

»Jedenfalls lerne ich von ihr Französisch oder jedenfalls so ähnlich. Ist ja wahnsinnig, was die Leute hier auf der Pilgerfahrt so alles sprechen. Ich bin sicher«, plauderte sie weiter, erleichtert, einmal mit Martin reden zu können, »dass in Jerusalem die Franken das Sagen haben werden, weil sie die meisten Pilger sind. Bernhard hat die Sprache von seiner Amme schon als Kind gelernt und kann sich fließend mit ihnen verständigen.«

Die Erwähnung Bernhards war nun wieder nicht richtig, Alice bemerkte es sofort.

Es war auch nicht zu übersehen, denn Martin verabschiedete sich kurz und ritt davon.

Meistens war er gut gelaunt und froh, keinen Anflug von Leid in seiner Seele aufkommen lassen zu müssen. Nur manchmal, wenn er die jungen Ritter beobachtete, die ihn nicht beachteten, für die er Luft war, wenn er Bernhard sah, der ihn schon immer von oben herab behandelt hatte, dann überkam Martin der Kummer, dass es aus dieser Gesellschaft, in der allein die Geburt über den Stand entschied, kein Entrinnen gab.

Er war zum Knecht geboren. Da halfen auch keine Fluchtpläne wie vor einem Jahr, als er, kurz nachdem seine Mutter gestorben war, das Kreuz nehmen und sich dem Heer Peters des Einsiedlers anschließen wollte. Allein seine Armut hatte ihn daran gehindert. Er hätte vagabundierend mitziehen, hätte plündern müssen, um überhaupt am Leben zu bleiben.

Doch auch jetzt blieb er trotz des Geldes, das der Abt ihm geschenkt hatte, und trotz der besseren Kleidung von niederem Stand und dazu noch ein Bastard.

Denn eines war allen Rittern gemeinsam, die da in ihren Kettenhemden übermütig ihre Pferde ausgreifen ließen: Sie hatten eine Familie, die ihnen die Rüstungen, die Helme, Sporen, Schlachtrosse, die Lanze, den Schild und, als Wichtigstes, das Schwert bezahlt hatte. Dabei waren die meisten Familien der Ritter keineswegs vermögend, lebten auf ihrer hölzernen Turmburg mit den Wirtschaftsgebäuden oftmals kaum komfortabler als ein reicher Bauer. Der hohe Preis aber für all diese ritterliche Pracht und Herrlichkeit konnte in der Regel nicht auch noch für die zweit- und drittgeborenen Söhne ausgegeben werden.

Doch Martin hatte kaum einen Blick für die vielen jungen Männer, die, obwohl von Adel, ein trostloses Leben in Abhängigkeit hätten führen müssen, wenn nicht der Kreuzzug sie aus diesen engen Lebensverhältnissen befreit hätte. Er sah nicht die Männer, die als milites plebei, berittene Bewaffnete, im Gefolge der großen Herren mitzogen und eigentlich nichts hatten außer ihrem Pferd. Denn sogar Herzog Gottfried von Bouillon wäre als zweitgeborener Sohn fast leer ausgegangen, wäre nur ein lästiger Esser unter dem Dach seines älteren Bruders Eustachius gewesen, wenn er nicht in seinem buckligen Onkel Gozolo von Niederlothringen einen väterlichen Freund gefunden hätte, der ihn als Erben eingesetzt hatte.

Ja, selbst Bernhard hätte so ein trauriges Leben fristen müssen, wäre sein älterer Bruder nicht als Kind beim Spielen aus dem Fenster gefallen.

»Na, was ist?«, wurde er von Markus aus diesen grüblerischen Gedanken gerissen.

Der hatte allerdings wirklich Grund, gedrückter Stimmung zu sein.

Ein Mönch mit Liebeskummer! Das war nun albern und tragisch zugleich. Martin sprach seinen Freund nicht darauf an, aber wenn er ihm ins Gesicht sah, war es zu offenkundig. Markus trauerte um Hildegard, die sich im fernen Passau hinter den unüberwindbaren Mauern des Benediktinerinnenklosters Niedernburg für immer verbergen und damit wie aus der Welt scheiden würde. Es war Martin ausgesprochen angenehm, keinen Liebeskummer zu haben. Er nahm sich vor, sich vorerst nicht zu verlieben, und galoppierte zu den schwatzenden, gut gelaunten jungen Männern, die sich alle auf Nikäa und die erste große Schlacht freuten.

Irritierend in dieser übermütigen Aufbruchstimmung war allerdings der Byzantiner Tatikios, ein Verwandter und Vertrauter des Kaisers Alexios, auf den die Heerführer ganz und gar angewiesen waren, weil er die Gebräuche des Landes und den Weg durch Romanien bis nach Antiochia, bis nach Jerusalem kannte. Martin wie allen im Heer war nur zu bewusst, dass sie ihm ausgeliefert waren. Und dabei wirkte dieser Mann so abschreckend, so unheimlich mit seiner abgeschnitten Nase. Dass er statt seiner richtigen einen goldenen Ersatz trug, machte ihn auch nicht vertrauenswürdiger.

Aber auch das Gesicht Peters des Einsiedlers, des Anführers des im Oktober vernichteten Armenkreuzzuges, verhieß Unheil. Wie ein ferner, böser Gott hockte die hässliche Gestalt auf seinem Esel und erwartete die herannahenden Heere. Wenn ihr wüsstet, drohte Peter den heiteren, zuversichtlichen Menschen. Er verachtete sie alle, die jetzt so fröhlich den bevorstehenden Kampf nicht erwarten konnten. Wenn Martin ihn erblickte, fror ihn und Jerusalem rückte in ziemliche Entfernung.

Mit einer eindrucksvollen Geste wies Peter vor sich auf eine weite Ebene.

Sie hatten sein ehemaliges Heerlager bei Civitot erreicht.

Doch nichts, kein Topf, kein Zelt, kein Schmuck, kein Geld, keine Decke, kein Kleid, keine Kinderrassel, deutete darauf hin, dass sich an diesem Ort jemals ein großes Lager befunden hatte. Es war alles geplündert, als Kriegsbeute weggeschafft.

Das Geplauder, das Gespräch aller Ankommenden verstummte.

Alice stieg von ihrem Pferd ab. Tränen würgten in ihrer Kehle.

Was sie vorfanden: Köpfe, Skelette, Knochen, nichts als Köpfe, Knochen und Skelette.

Und wie nun Gottfrieds und Bohemunds und Robert von Flanderns Leute sich um die verödete Stätte scharrten, um in dem Gedränge einen Blick darauf werfen zu können, sahen sie das Gemetzel deutlich vor Augen. Die Krieger Sultan Kilidj Arslans waren auf ihren rasenden Pferden in das unbewachte Lager hineingesprengt. Man sagte von ihnen, sie seien Reiter von Geburt an, sie würden auf ihren Pferden essen, trinken und sogar ihre Notdurft verrichten. Von ihren Pferden herab hatten sie getötet, gemordet. Mit ihren Schwertern hatten sie die Wehrlosen niedergestreckt. Übereinander lagen die Toten, so dicht. Man sah noch, wo die Pilger in Gruppen um eine Feuerstelle herumgehockt haben mochten und mitten in ihren alltäglichen Tätigkeiten überrascht wurden, wo sie in ein Zelt geflüchtet sein mochten oder versucht hatten zu entkommen. Es war, als hörte man ihre Schreie. Kinder, schwangere Frauen, Säuglinge, Kranke, Alte, Priester – und niemand, der sie hätte verteidigen können. Abgeschlachtet wurden sie. Tote über Tote.

Nur der Umstand, Zufall, die Gnade Gottes, dass sie selber sich später auf den Weg ins Heilige Land aufgemacht hatten als diese Unglücklichen hier, hatte sie gerettet. Alice schämte sich und dankte Gott zugleich für ihre Rettung.

Herzog Gottfried von Bouillon hatte als Heerführer der größten Pilgergruppe anderes zu bedenken. Er zog sich mit seinem Bruder Balduin sowie Tankred, der Bohemunds Heer führte, Graf Robert von Flandern, Peter dem Einsiedler und den byzantinischen Abgesandten zur Beratung zurück. Nicht weit vor ihnen lag die Schlucht, in der die Fußsoldaten und Ritter Peters des Einsiedlers vernichtet worden waren und die nun auch ihre Heere durchqueren mussten. Man befürchtete, es wäre Kilidj Arslan ein Leichtes, sie alle aus dem Hinterhalt anzugreifen und niederzumetzeln. Keine Möglichkeit des Entkommens, wenn noch dazu die Ausgänge der Schlucht versperrt sein würden.

Man beschloss, Späher auszuschicken, die den Wald von Drakon und die Schlucht nach etwaigen Feinden absuchen sollten.

Martin meldete sich freiwillig und wurde ausgewählt, da er geschickt war und Erfahrung hatte, sich ohne Begleitung durch fremdes, unsicheres Gebiet zu bewegen.

Es war ein warmer Frühlingstag. Die Sonne lag warm auf dem dichten Kiefernwald, auf Martins Schultern, wenn er einen

Abhang hinunterschlich. Bisweilen knackte es im Holz, ansonsten bewegte er sich wie ein Eichkätzchen lautlos über den mit Nadeln und trockenem Gehölz bedeckten Waldboden.

In den Bäumen aber hingen Gerippe, bleiche Schädel schienen ihn aus leeren Augenhöhlen anzublicken. Der Waldboden war übersät mit Knochen, solchen, die am Wegesrand lagen, und solchen, deren einstige Träger weiter in den Wald hinein flüchten konnten und dann doch noch fliehend, von einem Pfeil getroffen, von einem Schwert niedergemacht, getötet wurden. Pferdeskelette sah Martin nur sehr wenige. Die Toten hier in der Schlucht waren zumeist Fußsoldaten.

Martin erreichte die Ebene, auf der Sultan Kilidj Arslan, von seinen Spähern benachrichtigt, die Ritter mit seinem großen Heer erwartet hatte.

Hier am Rande des Waldes sah Martin zum ersten Mal in seinem Leben, was es bedeutete, Sieger oder Verlierer einer Schlacht zu sein.

Zögernd wagte sich Martin auf das offene Feld hinaus. Er fasste sich ans Herz bei dem Anblick: Schädel, Skelette von Menschen und Pferden, aber nicht ein Fitzelchen Stoff, keine Rüstung, schon gar kein Schwert. Martin schätzte ihre Zahl, es mochten wohl 500 gewesen sein.

In Martin stiegen Trauer und Zorn auf. Niemals hatte er bisher seine Ohnmacht so sehr gespürt wie beim Anblick dieser hingemetzelten Ritter, die es mutig gewagt hatten, einer feindlichen Übermacht im Kampf offen entgegenzureiten. Aus der Lage der Skelette schloss Martin, dass es einigen Männern sogar gelungen war, die türkischen Linien zu durchbrechen und die Gegner von hinten anzugreifen.

Diejenigen Ritter aber, die zurück in die Schlucht zu fliehen versucht hatten, waren zusammen mit den Fußsoldaten gehetzt, verfolgt worden. Ihnen blieb nur die verzweifelte Flucht durch den Wald, die Schlucht, zurück zum Lager, das sie nicht mehr erreichten.

Martin kehrte um. Vorbei an den Toten, traf er auf die anderen Späher und übereinstimmend meldeten sie den Heerführern, dass kein Feind sich in der Nähe befände.

Trotzdem war Martin bedrückt und niedergeschlagen. Niemals lastete so sehr sein niedriger Stand auf ihm und vor allem die Tatsache, dass er unbewaffnet war. Der junge Mann nahm sich vor, sich bei der ersten besten Gelegenheit ein Schwert zu beschaffen.

Wie er noch so in Gedanken versunken dastand, kam Alice ganz unerwartet auf ihn zu und bat den Freund, ihr zu folgen. Alice führte ihn zu Kinderskeletten.

Tränen liefen ihr über die Wangen.

»Kinder«, schluchzte sie. »Sie haben den Kindern die Köpfe abgeschlagen. Guck, wie klein die sind. Die waren noch Säuglinge. Ich kann das nicht verstehen.«

Martin konnte nicht weinen, er nahm Alice in die Arme und tröstete sie, auch wenn sie untröstlich schien.

Bernhard trat hinzu und Martin ließ sie schnell wieder los.

Martin schaute, auf seiner Schlafdecke sitzend, die Beine angewinkelt und die Knie mit den Händen umschlungen, auf das vom Mondschein beleuchtete Nikäa. Es hätte eine Idylle sein können, dieses Bild der mächtigen Stadt, darüber der südländische Sternenhimmel und im Hintergrund die sanft ansteigenden Hügel und der Wald.

Doch Martin ließ sich von diesem Anblick nicht beeindrucken, er war nicht in die Schönheit versunken, sondern in seine Gedanken.

Drohend trotzten die von Gräben umgebenen massiven Ringmauern allen Anstürmen. Die Wachtürme wirkten auf Martin wie steinerne Giganten. Angsteinflößend ragten sie in den nächtlichen Himmel. Martin hatte sich bedrückt gefühlt, als er zusammen mit Markus die mehrere Meilen umfassende hohe Befestigungsmauer entlanggeritten war. Jedenfalls so weit wie möglich, denn ein großer Teil der Befestigung grenzte an den Askanischen See. Der Mönch hatte ihm unerwartet ernsthaft erklärt, die Stadt sei bedeutend für die Christenheit, und zwar nicht nur wegen des Nikaenischen Glaubensbekenntnisses und des Ökumenischen Konzils, das im Jahre 325 hier getagt hatte, sondern vor allem, weil die Menschen, die außer des Sultans Garnison und dem Hofstaat in Nikäa lebten, Christen seien.

»Nikäa ist schon christlich gewesen, als wir im Norden noch lange Zeit Götzen angebetet haben«, bemerkte Markus und stieß dabei Martin scherzhaft in die Seite.

Doch wie Nikäa zurückerobern?

Wie, so fragte sich Martin, sollte eine Belagerung überhaupt siegreich ausgehen?

Wieso hatte Kaiser Alexios seine Verbündeten so schlecht mit Belagerungsmaschinen ausgerüstet?

Warum war er nicht selbst mit nach Nikäa gezogen?

Also bliebe nur ein Sturmangriff aller Kreuzfahrerheere.

Er würde mutig sein, furchtlos, waghalsig und verwegen.

Martin griff nach seinem blitzenden Schwert, das ganz dicht bei ihm lag und auf so wundersame Weise zu ihm gekommen war.

Keiner der Ritter, die nun vor Nikäa lagerten, konnte sich rühmen, ein besseres Schwert zu besitzen. Und selbst Bernhard von Baerheim, dessen Waffe Martin so genau kannte, weil er sie doch des Öfteren hatte reinigen müssen, hatte sich zu der Äußerung hinreißen lassen:

»Dieses Schwert musst du erst im Kampf verdienen.«

Und ob er es sich verdienen wollte!

Andächtig zog Martin das Schwert aus dem weiß gefärbten Lederschaft, wog es in der Hand, umfasste den Griff, fühlte den Knauf, in dem eine Reliquie versenkt war, und strich über die Parierstange. Unendlich vorsichtig ließ er seine Hand über die Klinge seines Langschwertes gleiten, in die der Fremde die Worte hatte eingravieren lassen:

›In nomine Domini‹ – im Namen des Herrn.

Wie hatte sich Adhémar ausgedrückt:

»Die Maße deines Schwertes sind vollkommen. Der Auftraggeber muss dich besser kennen als vielleicht du dich selbst.«

Der Auftraggeber – das war sein Vater!

Martin verschränkte die Arme unter seinem Kopf und lag ganz still vor Glück und Staunen. Gott hat ein Wunder an mir gewirkt, dachte er.

Der natürliche Sohn eines Fürsten aus deutschen Landen!

Ich bin der natürliche Sohn eines Fürsten!

Denn schon beim Eintreten in das blaue Zeltgewölbe des Legaten des Papstes hatte Martin die Waffen und die Rüstung entdeckt, schon als Martin vor Bischof Adhémar niederkniete, hatte er zu diesen Begehrlichkeiten hinübergeblinzelt, die da ausgebreitet auf einem schneeweißen, glänzendem Tuch lagen. Und noch ehe der Bischof dem jungen Mann gestattete, sich zu erheben, hatte er ihm eröffnet, dass sein Vater ein Edler, ein Adeliger sei.

Sie hat also nicht gelogen, schoss es Martin durch den Kopf, seine Mutter hatte ihn nicht angelogen, wenn sie ein Gewese, ein Getue um seinen Vater gemacht hatte, als sei er fast ein Prinz. Gerade in den letzten Monaten vor ihrem Tod hatte sie nicht aufhören können, sich in unentwirrbaren Andeutungen zu gefallen, bis Martin ihr letztlich gar nichts mehr glaubte und sich zu der Auffassung durchrang, sein Vater sei irgendein Knecht, der sie schlicht und ergreifend genommen hatte.

Nun aber griff der große Unbekannte, der Vater, als der Geheimnisvolle nach ihm.

Es gab ihn!

Auch Bischof Adhémar hatte über diesen Fremden nachgedacht, als er Martin rufen ließ, um ihm die Waffen zu überreichen. Er kannte alle Fürsten in Franken und viele in deutschen Landen, wenn auch nicht persönlich, jedoch so genau, dass er eine Vorstellung von ihrem Charakter, ihren Lebensumständen und ihren finanziellen Möglichkeiten hatte. Schon dass dieser Unbekannte unerkannt bleiben, seine Vaterschaft nicht enthüllen wollte, war keineswegs zwingend. Wohl bei den armen Menschen, bei den Leibeigenen und auch den freien Bauern war ein uneheliches Kind, ein Bastard, eine Schande für die Mutter. Wie mochte es Martin an Demütigungen nicht gefehlt haben, weil er als unehelich Geborener zu den Verworfenen zählte, zu den umherziehenden Spielleuten, vagabundierenden Lohnkämpfern, Korb- und Kesselflickern oder gar Dieben. Er galt als rechtlos. Er war nichts als der Schatten eines Menschen.

Der Adel hingegen, und schon gar der Hochadel, beanspruchte Privilegien, auch die der Moral. Ein unehelicher lebender Sohn war ein Garant, dass die Adelsfamilie nicht ausstarb, wenn ein ehelicher Sprössling fehlte. Wilhelm der Eroberer, so hatte Adhémar überlegt, war gleich nach seiner Geburt zum legitimen Sohn erklärt worden, Graf Raimond von Toulouse, wenn er doch endlich aus Konstantinopel käme, hatte seinem natürlichen Sohn die Verwaltung über seine unzähligen Burgen und seinen unermesslichen Reichtum während seiner Abwesenheit überlassen. Und selbst der König von Frankreich scherte sich nicht um seine Exkommunikation wegen seines offenkundigen permanenten Ehebruchs mit einer schönen adeligen Dame. Dieser Fürst aber hatte offenbar Gründe, die die Preisgabe seiner Identität verboten.

Vielleicht ließ sich das Geheimnis um diesen Fremden enthüllen, indem Martin die Rüstung anzog und den Helm aufsetzte, das Schwert in die Hand nahm wie auch die Lanze, vielleicht gab er etwas preis, wenn ihm bewusst wurde, wer ihn so genau beobachtet haben konnte, dass er sogar die Maße des jungen Mannes kannte. Ein Diener reichte Martin den dick wattierten gamboison sowie die Bundhaube, die unter dem Helm getragen wurde und ganz eng anliegen musste, damit der Helm nicht rutschte. Das Kettenhemd musste Martin ohne fremde Hilfe anziehen. Er schlüpfte in die Ärmel, hob das Hemd hoch über den Kopf, sodass es rasselnd an seinem Körper hinunterglitt. Die Schlitze an beiden Seiten waren so bemessen, dass sie Martin Bewegungsfreiheit boten, sich blitzschnell zu drehen, zu wenden, zu reiten, und gleichzeitig bis zum Knie einen bestmöglichen Schutz gewährten. Es war leichter, als Martin erwartet hatte. Der Helm, versehen mit einem Nasenschutz, passte wie angegossen.

»Dein Vater muss besorgt um dich sein und dich sehr lieben, wie ich an diesem Kettenhemd bemerke. In jedem Ring befinden sich vier weitere Ringe, sodass es wohl 60.000 Ringe sein mögen, die hier zusammengelötet wurden. Und dies in so kurzer Zeit. Ein ganzes Dorf mag daran Tag und Nacht gearbeitet haben. Und schau einmal, hier im Knauf deines Schwertes befindet sich eine kostbare Reliquie, ein Stück Stoff aus der Kutte des Heiligen Benedikt.« Und für sich dachte Adhémar, dieser Fürst teilte offenbar seine Abneigung gegen die barbarische Art, wie die Knochen von Heiligen oder Menschen, die möglicherweise heiliggesprochen würden, beschafft wurden. Martin staunte, eine echte Reliquie, eingefasst von einem schmalen, kaum sichtbaren Goldreif.

Bischof Adhémar sah ihn aufmerksam an:

»Nun?«, fragte er.

»Ich kenne keinen Fürsten. Ich war der Knecht eines Kaufmanns und zu mir ist gewiss nie ein Fürst gekommen.«

Der Bischof räusperte sich.

»Sag mir, was sind deine Fähigkeiten? Dass du fließend Latein sprichst, höre ich. Es verwundert mich.«

»Ich kann lesen und schreiben und rechnen. Reiten natürlich. Und ich kann ziemlich gut Griechisch sprechen und ein wenig Fränkisch. Und Briefe schreiben. Für viele Ritter habe ich Briefe geschrieben.«»Wer hat dir Griechisch beigebracht?«

Martin wurde es heiß.

Wer? Der Abt war es. Und der Abt war ein …, Martin schluckte innerlich. Der Abt war ein Fürst! Unmöglich konnte er dies dem Bischof mitteilen.

»Ich habe es im Kloster gelernt«, antwortete er stattdessen. »Ich war krank und wurde gesund gepflegt.«

Bischof Adhémar ließ es bei dieser Antwort bewenden.

»Du bist ein fähiger junger Mann, Martin. Ich habe Verwendung für solche Begabungen. Es wird ohnehin nötig sein, dass du in meine Dienste trittst, denn deine Waffen werden Neid und Missgunst hervorrufen. Dein Aufstieg bricht Gottes Recht, wird besonders vom Adel als Verstoß gegen die göttliche Ordnung gewertet werden. Ich kann dich als Boten gebrauchen, auch als Schreiber. Du wirst also am besten in das fränkische Lager, genauer, in meines wechseln. Zu welcher Heeresgruppe unter Herzog Gottfried gehörst du?

Ah, zum Grafen Otto von Baerheim. Er hat einen Sohn. Bernhard, soviel ich weiß. Er wird dich in der kurzen Zeit, die bis zur Schlacht bleibt, im Schwertkampf unterrichten.«

Martin schluckte jede Entgegnung herunter.

Er wollte sich schon mit dem Kniefall verabschieden, da sagte der Bischof en passant: »Bewährst du dich im Kampf, so wird sich zeigen, wer dein Vater ist.«

Martin kräuselte die Stirn. Diese Verheißung machte seinen Vater noch geheimnisvoller.

Wenn, so überlegte Martin, seine Tapferkeit ihm den Namen seines Vaters verriet, so müsste er ihn kennen. War es einer der Adeligen hier im Heer? Martin war nicht aufgefallen, dass irgendeiner der hohen Herren auch nur ein Fünkchen Anteilnahme für ihn gezeigt hätte.

Oder doch? Er, Martin, Graf Otto von Baerheims Sohn? Unmöglich.

Aber hatte sich seine Mutter nicht bisweilen, als Martin noch klein war, auf den weiten Weg zur Burg gemacht, beladen mit Stoffen, die sie der Gräfin präsentieren sollte, damit diese sich daraus Gewänder schneidern ließ? Da könnte Graf Otto die schöne junge Frau gesehen und an ihr Gefallen gefunden haben. Und da wäre er entstanden. Auf der Burg des Grafen? Wohl kaum.

Fest stand: Er war am selben Tag wie Alice geboren. Das hieß doch, dass sie zum selben Zeitpunkt gezeugt worden waren. Möglicherweise war auch Graf Otto geladen und möglicherweise hatte er es nicht verschmäht, sich bei einem Kaufmann fürstlich bedienen zu lassen. Das war es. Seine Mutter hatte dem Grafen aufgewartet, ihm Wein eingeschenkt, sich zu ihm hinuntergebeugt und er hatte ihr Gesicht gefasst und ihr zugeflüstert, sie solle sich in der Nacht bei ihm einstellen. Sie, die immer erzählt hatte, sie habe ihre Ehre für einen Adeligen aufgespart, wäre tatsächlich in der Nacht zu ihm gekommen.

Martin lag stocksteif, wischte sich dann verwirrt über Stirn und Augen.

Warum aber sollte der Graf ihn plötzlich mit so kostbaren Waffen beschenken?

Von Liebe hatte Adhémar gesprochen. Adhémar war wohl durch den Brief und die Kostbarkeit der Rüstung und der Waffen zu der Ansicht gelangt, der fremde Fürst liebe seinen Sohn. Aber lieben tat Graf Otto ihn gewiss nicht, es war nicht einmal sicher, ob er Bernhard liebte, wenn Martin es recht überlegte.

Da gab es diesen Zweikampf, von dem sich ganz Passau erzählte und den Graf Otto befohlen hatte. Ein Ritter aus ärmlichen Verhältnissen hatte Bernhards jüngere Schwester entführen oder sie hatte mit ihm fliehen wollen. Jedenfalls waren sie bei der Flucht entdeckt worden. Graf Otto hatte zur Ehre seiner Tochter einen Zweikampf auf Leben und Tod gefordert, der zwischen Bernhard und dem Ritter ausgetragen werden sollte. Bernhard, so hieß es, habe durch den Helm hindurch den Schädel des jungen Ritters gespalten.

Noch am selben Tag habe die Hochzeit der Schwester mit einem ältlichen Grafen stattgefunden.

Also, ein dermaßen brutaler, machtgieriger Mann sollte seinem natürlichen Sohn so kostbare Waffen durch einen Juden schicken?

Martin fiel wieder die Auflage ein, von der Bischof Adhémar gesprochen hatte:

›Dein Schwert ist an dein Versprechen gebunden:

Du darfst das Schwert niemals gegen wehrlose Menschen gebrauchen, gleich, welchen Glaubens sie sind.‹

Unmöglich, dass Graf Otto die Juden und Muslime schützen wollte.

Nein, er war es nicht und Martin wollte auch nicht, dass Graf Otto sein Vater sei. Sein Körper bis in die Fußspitzen sträubte sich gegen diese Vorstellung.

Blieb nur der andere, derjenige, von dem Martin die ganze Zeit ahnte, dass er es sei, von dem seine Seele hoffte, dass er es sei. Und alles sprach dafür. Martin ließ die Erinnerungen an sich vorübergleiten.

Nein, das konnte nicht die Wahrheit sein. Nicht der Abt. Der war so streng. Er war kalt und gerecht und nicht liebevoll. Vor allem aber...

Vor allem konnte sich Martin nicht vorstellen, dass der Abt und seine Mutter...

Und doch, damals, als Karl Felicitas heiratete, da war der Abt noch kein Fürst, da war er auch kein Mönch. Da wohnte und lebte er mit Martha, seiner Mutter, unter einem Dach.

›Zu den Gräbern dieser beiden Frauen gehe ich nicht‹, hörte Martin den Abt wieder sagen und sah sich und ihn am Eingang des Friedhofs vor der Kirche St. Severin in der Schneenacht stehen.

Die Worte hallten in ihm weiter, sie begleiteten ihn in den Schlaf.

Martin sah eine Gestalt in einem mit rohen großen Steinen behauenen Gemäuer aus einem Fenster blicken. Die Gestalt, der Mann in einer schwarzen Mönchskutte, stand von Martin abgewandt. Er schaute hinaus in eine abendliche Schneelandschaft, die noch von einem Hauch rötlich untergehender Sonne erhellt war, schaute über die Landschaft hinweg in die Ferne. Dann aber kroch das Rot der Sonne immer näher an ihn heran und er erglühte in einem feuerroten Schein. Und wie lichterloh brennend, verwandelten sich seine Kleider und er trug das Festtagskleid, das der Abt Martin für den Kreuzzug geschenkt hatte. Nun aber blickte die Gestalt sich um und es war das Profil des Ritters von Baerheim, dessen Auge Martin angewidert und böse lauernd, hämisch betrachtete. Gleichzeitig hörte Martin seine Stimme ruhig und sachlich kommandieren:

›Schau dem Feind in die Augen und nicht auf sein Schwert. Dein Schild ist dein Schwert. Bewege dich niemals ohne Deckung, gib deine Blößen nicht frei. Gehe fließend von einer Hut in die andere. Benutze niemals eine tiefe Deckung. Achte auf deine Beinarbeit. Vor allem: Besinne dich recht: *Du* bestimmst den Kampf, nicht dein Gegner. Schwertkampf ist der Tanz des Todes.‹

Martin wollte dem Traum entfliehen, doch der andere, Bernhard, griff mit der linken Hand nach Martins Klinge, kreuzte mit dem Schwert Martins Parierstange, bog dessen Arm nach hinten, sodass er vor Schmerz sein Schwert fallen ließ. Gellend begann Bernhard zu lachen.

»He, Martin! Wovon hast du geträumt? Wach auf!« Markus schüttelte ihn.

»Du, Sohn eines Fürsten, wach auf. Bischof Adhémar schickt nach dir.«

»Was ist denn los?« Martin setzte sich auf.

»Unsere Patrouille hat zwei als Christen verkleidete Türken erwischt, die Kilidj Arslan nach Nikäa geschickt hat. Bei der unbesetzten Südseite haben sie versucht, sich durchzuschleichen. Den einen haben unsere Leute sofort erschlagen. Den anderen aber haben sie zu den Heerführern gebracht. Und unter Tränen und Bitten und dem Versprechen, er begehre nichts so sehr wie die Taufe, er wolle Christ werden, hat er verraten, dass Sultan Kilidj Arslan seine Streitigkeiten im Osten beendet und im Eiltempo sein Heer bis kurz vor Nikäa gebracht hat.«

Markus starrte zu den dunklen, bewaldeten Höhen hinauf, die wie ein schwarzer Würgegriff das Lager umschlossen.

»Morgen um die dritte Tagesstunde wird der Sultan uns angreifen. Der Gefangene beteuerte, dass er die Wahrheit sage, sonst solle man ihn morgen um die dritte Stunde töten.«

»Morgen schon«, sagte Martin. »Und warum weckst du mich deshalb?«

»Graf Raimond von Toulouse trödelt mit seinem Heer immer noch in Konstantinopel oder so herum. Du sollst ihm ausrichten, wenn er nicht sofort zu uns nach Nikäa kommt, dann sind wir alle verloren. Dann greift uns der Sultan von den Hügeln her an und die große Garnison von Nikäa macht einen Ausfall. Und dann gnade uns Gott.«

Martin bekreuzigte sich.

Also, auf! Zurück, zurück durch die Schlucht und den Wald Drakon. Mitten in der Nacht. Vorbei an den Toten, den Schädeln und Skeletten. Allein.

Aber das hatte er ja gewollt. Sich bewähren als Ritter.

Morgen ist die Schlacht. Morgen wird Kilidj Arslan uns mit Tausenden seiner Krieger angreifen. Morgen werden wir siegen oder genauso abgeschlachtet werden wie die Menschen des Armenkreuzzuges.

Wieso erschien Martin das so unwirklich?

Martin empfand unbändigen Stolz und genoss seinen ersten Ritt in Waffen durch die Nacht. Er trug sein Kettenhemd und freute sich, dass Rab das ungewohnte Gewicht gar nicht zu bemerken schien.

Glücklich beugte sich Martin zu Rab und streichelte ihn aufmunternd am Hals, und das mit Handschuhen!

Zusammengesetzt aus unzähligen kleinen Stücken, damit sie biegsam waren, als trüge er keine, so kunstvoll zusammengenäht, dass nirgends eine Naht zu fühlen war und drückte, aber gleichzeitig so fest, dass ein Schwertschlag kaum hindurchginge. Nur die Sporen hatte er weggelassen. Rab fühlte auch so jede kleinste Anspannung, jeden Wunsch, jeden Befehl.

Martin richtete sich hoch auf und stand in seinen Steigbügeln: Wichtig war er, tatsächlich wichtig. Er hätte jubeln mögen.

Doch das Hochgefühl kippte sofort wieder um. Sie waren wirklich in Gefahr. Wenn es ihm nicht gelänge, Graf Raimond mit seinem Heer rechtzeitig vor der Schlacht nach Nikäa zu bringen, dann würden die Ritter und Fußsoldaten des Herzogs von Bouillon, Robert von Flanderns und Bohemunds niedergemetzelt, so tapfer sie auch kämpften.

Wie konnte Graf Raimond von Toulouse sie alle im Stich lassen und bis in den Mai hinein beim Kaiser in Konstantinopel bleiben, obwohl er genau wusste, dass die Belagerung von Nikäa schon begonnen hatte und sein Heer, das sogar das größte war, dringend benötigt wurde. Diese Eitelkeit. Dabei nutzlos. Denn zum Oberbefehlshaber hatte ihn der Kaiser nicht ernannt.

Beeilen musste Martin sich. Hetzen, rasen, galoppieren.

Die Dunkelheit setzte dem schnellen Lauf natürliche Grenzen.

Martin begann sich aufzuregen. Wenn Sultan Kilidj Arslan tatsächlich sein ganzes Heer gegen sie aufbrächte, dann wären sie sogar mit Raimonds Fußsoldaten und seinen Rittern zahlenmäßig weit unterlegen. Und Kilidj Arslan hatte allen Grund, siegen zu wollen, denn er, der ein sehr vornehmer Herr sein sollte, hatte all seine Schätze in Nikäa zurückgelassen, bevor er zum Streit mit den Danischmandiden in den Osten zog.

Natürlich, Kilidj Arslan hatte das anrückende Kreuzfahrerheer gar nicht ernst genommen, nachdem er mühelos das Armenheer Peters des Einsiedlers hatte umbringen können. So hatte er auch keine Sorge um die Sultanin gehabt, die nun mit seinen beiden Söhnen in Nikäa eingeschlossen war. Allein um sie, die seine Lieblingsfrau sein sollte, zu befreien, würde er das christliche Heer zu vernichten suchen.

Martins Gedanken blieben an dem Wort ›Lieblingsfrau‹ hängen. Merkwürdig war es in der Tat, dass die Moslems vier Ehefrauen haben durften und dazu noch Konkubinen und Sklavinnen. Das war vor Gott nicht recht, eine merkwürdige Religion, die Vielweiberei erlaubte. Jedenfalls hatte der Priester immer wieder gepredigt, Christen sollten ihre Gelüste unterdrücken, ja, alle Menschen sollten das, und sie wüssten auch, dass Fleischeslust Sünde sei. Das wüssten auch die Heiden.

Und was war mit Balduin von Boulogne? Der nahm seine junge Frau mit auf die Pilgerfahrt, nicht einmal ein Jahr war er verheiratet, und konnte es offenbar nicht ertragen, dass eine andere Frau, die ihm nur irgend gefiel, sei sie nun Gräfin oder Magd, verheiratet oder Jungfrau, nicht mit ihm schlief? Und Bernhard von Baerheim? Wie lange ginge das gut mit Alice? Wie lange bliebe er ihr treu? War er ihr überhaupt treu, wenn er so eng mit Balduin zusammenlebte?

Alice, sie liebte ihn, sie bewunderte ihn. Martin hatte es neulich deutlich gemerkt, als sie überraschenderweise beim Übungsschwertkampf hinzutrat und zusah. Da stand sie unter den Zuschauern, sichtlich stolz, als ginge Bernhards Kraft in die ihre über, als habe sie Teil an seinem Ruhm. Seht, wer ich bin, die Geliebte des Ritters von Baerheim. Allerdings, Bernhard beanspruchte die Bewunderung aller und fand sie auch. Wenn natürlich auch mit Neid gemischt. Hart, schnell, unnachgiebig, brutal kämpften alle Ritter, sie alle bevorzugten direkte Angriffe, um das Kampfgeschehen zu bestimmen. Was aber bei Bernhard hinzukam, wie Martin gerechterweise und missgünstig zugeben musste, war die Intuition, jede Bewegung des Gegners vorauszuahnen, waren sein hohes Maß an Selbstbeherrschung und sein Kampfstil, der ungehemmt und frei war.

»Behandle dein Schwert wie eine Geliebte«, hatte er Martin aufgefordert.

Nur war es leider zu deutlich, dass Bernhard ihn verachtete und verabscheute. Außerhalb des Kampfes sprach er kein Wort mit Martin. Wenn sie sich zufällig trafen, gelang es Bernhard, an ihm vorbeizugehen, als sei er nicht da.

In den Übungsstunden aber war Bernhard wie umgewandelt.

Sie übten ohne Rüstung, ohne Helm, ohne jeden Schutz, täglich, mehrfach, stundenlang. In all diesen Kämpfen hatte Bernhard Martin nie verletzt. Mit Wucht ließ Bernhard sein Schwert auf Martins Kopf hinuntersausen, Martin fühlte schon den Hieb, sah das Blut spritzen und seinen Kopf gespalten, doch Bernhard hielt inne, berührte nicht die Spitze des kleinen Wirbels, der vorwitzig aus Martins Haar hervorsah.

Es war erstaunlich, Bernhard erlaubte sich keine unsachlichen Bemerkungen, kein höhnisches Lachen, überhaupt keine Überheblichkeit, sondern handelte weisungsgemäß. Er hatte den Befehl vom Legaten des Papstes erhalten, Martin als den natürlichen Sohn eines Fürsten im Schwertkampf auszubilden, also gehorchte er dem Legaten als dem Stellvertreter des Papstes, der nun seinerseits der Stellvertreter Jesu Christi auf Erden war. Folglich war es so, als habe Jesus Christus ihm den Auftrag erteilt. Also gab Bernhard sein Wissen und Können, seine Technik und seine Tricks vorbehaltlos an Martin weiter. Er hatte sich offenbar vorgenommen, aus Martin einen bedeutenden Schwertkämpfer zu machen. Jedenfalls sollte er diese erste Schlacht überleben, zumindest aber ehrenvoll sterben. Martins Versagen im Kampf fiele auf ihn zurück.

Martin zuckte zusammen.

Er hatte nun die Ebene erreicht, vor der ihm die ganze Zeit graute: Das Feld der toten Ritter und Pferde. Da lagen die Schädel und Knochen, vom Mond beschienen, im Gras verstreut oder haufenweise übereinander. Ein irrwitziger Einfall durchzuckte Martin. Diese Knochen, Skelette und Schädel müsste man sammeln und zusammen mit den verblichenen Überresten der Menschen aus dem Lager aufrichten und daraus ein Haus, eine Burg, eine Totenstadt bauen.

Welch ein Unsinn!

Er musste aufpassen. Es war sehr wahrscheinlich, dass Kilidj Arslan überall seine Späher hatte. Der wusste genau, wo Raimonds Heer sich befand. Nur dass der Graf sofort sein Lager abbrechen und durch die Nacht ziehen könnte, um vor seinem Angriff in Nikäa zu sein, damit rechnete der Sultan natürlich nicht.

Martin hatte endlich das Gebirge erreicht. Er orientierte sich an den eisernen Kreuzen, die Herzog Gottfried hatte aufstellen lassen als Wegweiser für Pilger und für die nachrückenden Heere. Erleichtert wurde sein Ritt durch die Nacht, weil Herzog Gottfried bei ihrem Durchzug 3.000 Männer, bewaffnet mit Äxten und Schwertern, vorausgeschickt hatte, die den Weg von Buschwerk und Bäumen befreiten und für das große Heer erweiterten und gangbar machten.

Martin fürchtete deshalb nicht so sehr, Rab könnte sich die Beine brechen, als dass er selbst aus dem Hinterhalt abgeschossen würde.

Wenn irgendwo Späher ihm auflauern und ihn angreifen würden, dann hier auf dem breiten, vom Mond beschienenen Weg. Für Martin aber war es zwar möglich, im schnellen Trab den Wald zu durchqueren, aber er war sich bewusst, er bildete eine herausfordernde Zielscheibe. Er selbst aber konnte nichts und niemanden erkennen, der sich hinter dem Buschwerk und den Felsen verbarg.

Martin spannte all seine Sinne an, er fühlte, dass er in dieser Wildnis nicht allein war, dass irgendwo ein Kundschafter Kilidj Arslans lauerte. Galopp, er müsste diesem Mann entkommen! Galopp, nur durch hier! Nein, verbesserte Martin sich. Wenn tatsächlich ein Späher ihn gesehen hätte, dann würde er dem Sultan Bericht erstatten, dass die Christen etwas Ungewöhnliches beabsichtigten. Kilidj Arslan würde vermuten, dass seine eigenen Boten vor Nikäa von den Christen entdeckt worden wären, in diesem Falle aber würde Kilidj Arslan nicht länger warten, sondern sofort angreifen.

Also, nicht entkommen durfte Martin dem Späher, vielmehr im Gegenteil, er musste ihn finden und töten. Da er aber selbst den Späher nicht sehen konnte, der sich wohl am Wegesrand versteckt hielt, wollte er von ihm entdeckt werden.

Martin ritt langsam. Schritt. Wenn nur nicht ein Pfeil Rab trifft, hoffte, betete er. Nur nicht Rab. Dann wären sie verloren, wären wir alle verloren, denn niemals könnte er rechtzeitig den Grafen Raimond benachrichtigen. Sollte er nicht besser im Galopp durch die Schlucht reiten? Martin presste seine Füße fest in Rabs Leib. Galopp, nur durch hier!, betete er.

Martin hörte den Pfeil. Blitzschnell duckte er sich, beugte sich nach links.

Der Pfeil sauste an ihm vorbei. Galopp, weiter! Ein Pfeil traf Martin im Rücken, die Wucht des Aufpralls drückte ihn nach vorn. Doch der Pfeil mit einer unsagbar scharfen Spitze blieb im Kettenhemd hängen.

Der nächste Pfeil konnte tödlich sein.

Also ins Gebüsch und Dickicht hinein und den Mann ergreifen? Unmöglich, ihn dort zu fassen. Der andere war im Vorteil, er sah Martin, der ihn aber nicht. Dazu war der Mann womöglich schneller, weil ohne Rüstung. Es war zwecklos, ihn zu suchen. Vielmehr müsste er dessen Pferd finden, bevor dieser es erreichte, und ihn dort fassen und kämpfen.

Nur, wo war dieses Pferd? Irgendwo im Wald versteckt. Martin lauschte, er hörte nichts. Jetzt abgeschossen – und er wäre tot.

Rab kam ihm überraschend zu Hilfe. Er hatte die Stute gewittert. Martin wich vom Weg ab und bahnte sich seinen Weg durch das Unterholz, bis er eine Lichtung erreichte, auf der er das Pferd des Spähers fand.

Er sprang ab, blieb regungslos stehen und horchte angestrengt. Ein Knacken im Gebüsch. Mit erhobenem Schwert sprang der Späher auf Martin zu. Ein großer, kräftiger Mann. Wie den Kampf beherrschen? Die Klingen der Gegner trafen sich. Unmöglich, den Türken an einer seiner Blößen ernstlich zu verwunden, denn auch er trug eine Rüstung.

›Schlag ihm auf die Hände, füge ihm tiefe Wunden zu!‹ Bernhards Worte hallten in ihm wider. Töte ihn!

Martin löste sich aus der Bindung der Schwerter, indem er mit der kurzen Schneide nach dem Gesicht des Gegners schlug. Der andere duckte sich blitzschnell und zielte unter Martins Schwert hindurch nach dessen Achseln. Martin wich zurück, stolperte. Ein gezielter eisenharter Schlag entriss Martin sein Schwert. Das also war sein Ende. Das war das Ende des Pilgerheeres nach Jerusalem. In seiner Verzweiflung sprang Martin auf den Mann zu, um ihn zu würgen. Der lachte und holte aus zu einem Fußtritt, mehr war dieser Schwächling in seinen Augen nicht wert. Entschlossen packte Martin das Bein des Angreifers, riss es mit all seiner Kraft zu sich. Der andere verlor das Gleichgewicht und schlug rückwärts nieder.

Martin sprang auf ihn, wollte nach der Kehle des Mannes fassen.

Das Messer, gebrauche dein Messer, sei schnell, stich zu!

Martin zückte sein Messer, der andere umklammerte seinen Arm und versuchte, das Messer von seiner Kehle wegzudrücken. Martin biss ihn in die Hand und stieß zu.

Das Blut schoss ihm entgegen. Einen Augenblick blieb er noch auf dem Feind sitzen, um sicherzugehen, dass sein Gegner auch wirklich tot war. Dann erhob Martin sich, er nahm die Waffen des Mannes an sich.

Rab und die Stute standen nun still, waren zärtlich miteinander. Ein paar freundliche Worte sprach Martin mit den Pferden, während er die Stute an einem Baum festband, damit das reiterlose Tier ihn nicht verriet. Mitführen konnte er sie nicht. Sie hinderte ihn am schnellen Reiten und auf Schnelligkeit kam es jetzt an. Aufgesessen und fort von hier zu Graf Raimonds Heer.

Martin nahm sich vor, auf dem Rückweg die Stute loszubinden.

Passau, der Abend nach Christi Himmelfahrt, 15. Mai 1096

DER ABT TRAT AM SPÄTEN ABEND aus dem bischöflichen Palast hinaus auf den weiten, vom Mond hell beschienenen Residenzplatz. Die Diener verflüchtigten sich. Das große Tor hinter ihm wurde geschlossen.

Nachdenklich ging er über die Holzbohlen zu dem lang gestreckten Pferdestall, aus dem aus engen Luken Licht drang. Der Reitknecht des Bischofs erwartete ihn bereits und führte sein Pferd hinaus. Langsam ritt er an den prächtigen Fachwerkhäusern der Domkanoniker vorbei. Still war es hier, nur die Hufe seines Pferdes hallten, als er die Steinstraße Richtung Paulusbogen hinunterritt.

Endlich allein, atmete er tief durch, obwohl sein Geruchssinn vom Gestank der verfaulenden Abfälle, vom Kot der Tiere, von den Fäkalien empfindlich gestört wurde.

Zu seiner Erleichterung war er in großen Ehren von Bischof Thiemo verabschiedet worden, Bruderkuss, Umarmungen, das ganze Zeremoniell fürstlicher Würdigung war aufgefahren worden, um ihn dem hohen Hirten gewogen zu machen. Offenbar war nichts von den fragenden, forschenden Blicken auf den Wegen im Kloster, der stummen Rede bei der Messe, dem Getuschel im Kreuzgang und trotz des Redeverbots dem Flüstern im Dormitorium nach Passau hinausgedrungen, offenbar bewahrten die Brüder Schweigen über ihre Vermutungen, Verdächtigungen, Verleumdungen, deren Wispern von den Klostermauern auf ihn eindrangen, ihn durchstachen, seitdem er Martin gepflegt hatte, seitdem er allein mit ihm ausgeritten war.

Hier jedoch in Passau war ihm größte Achtung entgegengebracht worden. Auch jetzt.

Wo ihm zu dieser späten Stunde noch ein Nachtschwärmer in der engen Gasse begegnete, verbeugte der sich tief, und zwar nicht, wie der Abt erneut feststellen konnte, vor seinem hohen Amt, sondern aus Dankbarkeit, aus Verehrung, aus Ehrfurcht. War ihm diese beinahe kindliche, vertrauensvolle Zuwendung sonst zur Selbstverständlichkeit geworden, so nahm er sie nun als Geschenk an.

Der Abt erreichte den Paulusbogen, dessen Tor selbstredend schon längst geschlossen war. Er rief nach dem Wächter, der wohl schon schlief, bisweilen auch zu viel getrunken hatte. Während er wartete, huschte aus der Dunkelheit ein Mann hervor, warf sich vor ihm auf die Knie und stieß einen grausigen stimmlosen Laut tief aus dem Kehlkopf hervor.

»Michel«, erkannte ihn der Abt und stieg von seinem Pferd.

Der Bleicher ergriff den Saum seines Gewandes und küsste es.

Der Abt richtete den Mann auf, legte seine Hand auf die beiden, kürzlich vom Henker abgeschnittenen, noch wunden Fingerstümpfe und dann in die Mundhöhle, aus der die Zunge herausgeschnitten worden war. Neugierig stellte sich der Torwächter hinzu. Unter dem scheelen, misstrauischen, missbilligenden Blick des Ordnungshüters segnete der Abt den Verstümmelten.

Hoheitsvoll wandte er sich an den gedrungenen, kräftigen Beobachter und wies ihn zurecht:

»Dieser Mann hat seinen Meineid hart gebüßt. Jesus aber lehrt uns, nicht zu verletzen, sondern zu heilen.«

Der Torwächter machte verschreckt eine demutsvolle Handbewegung, verbeugte sich und öffnete das große, schwere Tor.

Noch musste der Abt die armseligen, mit Moos bedeckten Hütten der Vorstadt hinter sich bringen, dann war er endlich im Freien. Er ließ sein Pferd weit ausholen, während er dicht am Ufer der Donau entlangritt. Breit war der Fluss, träge, Mond und Sterne ließen ihn glitzern, sanft stiegen die Hügel hinan. Dem Abt fiel auf, wohl zum ersten Mal, seitdem er als junger

Mann ins Kloster eingetreten war, wie sehr er an dieser Landschaft hing.

Für einen Augenblick kehrten seine Gedanken zu der schwierigen Verhandlung mit dem Bischof zurück. Die Äbtissin des Klosters Niedernburg hatte ihn gebeten, die Interessen der Nonnen gegenüber dem Bischof zu vertreten, der die Orte Aufhausen, Anthofen und Irching für sich beanspruchte. Mit dem Ergebnis der Abmachung konnte die Äbtissin mehr als zufrieden sein, bereits am frühen Morgen wollte er ihrem Kloster seinen Besuch abstatten.

Doch nicht lange befasste der Abt sich mit dem geschlossenen Vertrag. Stattdessen kreisten seine Gedanken, seine Vorstellungen um Bilder, die ihn in der letzten Zeit fast unmerklich und zunächst wider Willen in Anspruch nahmen:

War Martins Ritt nach Konstantinopel glücklich verlaufen? Wo war er jetzt wohl? Hatte Martin das Heer Herzog Gottfrieds noch rechtzeitig erreicht? Oder war er allein von Konstantinopel in feindliches Gebiet aufgebrochen? Dann, so war dem Abt schmerzlich bewusst, wäre er wohl kaum noch am Leben. Jedoch eine innere Stimme versicherte ihm, dass Martin nicht tot war. Noch nicht.

Allerdings musste die Belagerung von Nikäa begonnen haben, und Belagerung hieß, dass Menschen über Menschen geopfert wurden. Belagerung bedeutete zumeist qualvollen Tod. Oder aber es käme zur Schlacht. Es hieß, dass Sultan Kilidj Arslan oftmals nicht in Nikäa weilte, sondern Krieg gegen andere türkische Fürsten führte. Dann aber würde der Sultan seine Streitigkeiten beenden, schnellstmöglich nach Nikäa zurückkehren und das christliche Heer von außen angreifen, während möglicherweise die Garnison einen Ausfall machte. Würde Martin diese erste Schlacht überleben?

Ihn fröstelte bei diesem Gedanken und er trieb sein Pferd noch mehr zur Eile an, obwohl allmählich das Mondlicht vom Schatten der Bäume und dann dem des Waldes verschluckt wurde.

Doch je mehr der Abt sich seinem Kloster näherte, desto fester saugte sich der Preis in ihm fest, der für seine erfolgreiche Verhandlung zu zahlen war.

Zwar nicht seinen Schädel hatte der Bischof als Reliquie für den Dom von Passau von ihm gefordert, wohl aber seine Handknochen und seine Gebeine.

Kämpfe in Romanien, 16.
Mai – Oktober 1097

ZUR ERSTEN STUNDE DES TAGES war Graf Raimond, lang ersehnt und ungeduldig erwartet, endlich im Lager vor Nikäa eingetroffen. Er wurde von den Heerführern ehrenvoll, aber kurz begrüßt.

Gewollt würdevoll, aber müde und erschöpft ritt Raimond Saint Gilles, Graf von Toulouse und Marquis der Provence, mit über 50 Jahren der Älteste der principes, an der Außenseite der Heere Bohemunds, Herzog Gottfrieds und des Grafen Roberts von Flandern, an Tausenden bunter Zelte vorbei. Die Banner, die den Eindruck erweckten, als reichten sie bis zum Horizont, erzeugten Mut. Zu seiner Beruhigung bemerkte er, alle Ritter hatten ihre Rüstungen angelegt, die Bogenschützen waren dabei, die Flanken zu besetzen. Nun aber hielten sie inne und blickten neugierig zu den ankommenden Pilgern. Natürlich neben Rittern, den milites plebei und Fußsoldaten – Nichtkämpfende, Graf Raimonds Gemahlin Elvira von Léon-Kastilien, Gräfin von Toulouse, die Ehefrauen seiner Ritter, Priester und Mönche, Tausende von weiblichen und männlichen Bediensteten, Wäscherinnen, Händelrinnen, Kindern, Alten, Kranken, Prostituierten.

Graf Raimond war mehr als besorgt, wenn er auch eine hochfahrende, stolze Miene zeigte, als er endlich die für ihn frei gehaltene Südseite der Festungsmauer Nikäas erreichte. Voller Argwohn blickte er die Hügel hinauf zu den bewaldeten Höhen, wo mit Sicherheit irgendwo Kilidj Arslan ihn beobachtete und die Kampffähigkeit des christlichen Heeres abschätzte.

Wenn der gefangene Türke die Wahrheit gesprochen hatte, woran ernstlich niemand zweifelte, dann bliebe überhaupt keine

Zeit. Dann müsste Kilidj Arslan jeden Augenblick angreifen. Noch während die Frauen und Männer in aller Hast und Angst das Lager aufbauten und die Bogenschützen und Lanzenträger es abzusichern versuchten, schrien es die Kinder und zeigten auf den Kamm der Anhöhe:

»Sie sind da!«

Wie eine Fata Morgana und doch wirklich griff um die dritte Tagesstunde Kilidj Arslan an.

Des Sultans Krieger sahen furchterregend und mächtig aus, wie sie von der Höhe der Berge herab, in Schlachtreihen geordnet und zahlreich wie der Wüstensand, auf ihre Feinde zugaloppierten, glänzend bewaffnet mit Panzer, Helm und Schild, die funkelten wie Gold, und mit ungezählten Bannern von ungeahnter Schönheit.

Zehntausende von Pfeilen sausten in einem Augenblick durch die Luft, prasselten nieder auf die Reiter, die sich in geschlossener Formation dicht an dicht, Reihe um Reihe unter dem Pfeilregen duckten. Ein Schrei des Entsetzens ging durch das christliche Heer. Pfeile bohrten sich in Rüstungen, durchschlugen gar Kettenhemden, durchschossen Gesichter, verwundeten die Pferde, die so dicht nebeneinander angeordnet waren, dass nicht einmal ein Apfel dazwischenpassen sollte.

Pferde schrien auf. Von Pfeilen durchbohrt, stürzten die wertvollen Tiere zu Boden und starben. Wut stieg auf, niemals hätte ein Ritter ein Pferd verwundet. Kämpfen wollten sie gegen diesen Feind.

Doch so, wie die Türken auf ihren windschnellen Pferden herangaloppiert waren und ihre Pfeile abgeschossen hatten, so stürmten sie auch wieder davon. Und schon wendeten sie am Saum des Waldes und wieder flogen Zehntausende von Pfeilen durch die Luft.

Erwartet hatten Raimonds Ritter Feinde, die wie sie selbst mit eingelegter Lanze anstürmen und den Kampf mit dem Schwert Mann gegen Mann suchen würden. Die Taktik der Türken aber hieß: auf rasend schnellen Pferden angreifen, Pfeile abschießen, den Feind zermürben, ermüden, mutlos machen, demoralisieren und dann, wenn die Reihen des Gegners gelichtet und in Auflösung begriffen waren, ihn einkreisen und mit dem Schwert niedermachen. So hatten sie gesiegt, von den weiten Steppen Asiens kommend, immer weiter nach Westen vorrückend bis zur Küste des Mittelmeeres. So würden sie auch jetzt mit einem Schlage siegen.

Der Pfeilhagel schlug tiefe Lücken. Verendende Pferde, verwundete und tote Reiter bedeckten den Boden.

Jedoch Graf Raimond hielt seine Leute zusammen.

An der Spitze seiner Ritter, umgeben von Mönchen mit Kreuzen, schloss der Heerführer die Reihen seiner Krieger. Über die krepierenden Pferdeleiber hinweg, über die stöhnenden, schreienden, zerfetzten Männer hinweg stießen seine Reiter weiter den Hügel hinauf.

Das Gelände hinter ihnen war gegen sie. Das Lager im Rücken mussten sie sich bergauf abmühen.

Das Gelände vor ihnen war für sie. Denn der Wald auf den Höhen verhinderte das erfolgreiche Spiel des türkischen Heeres: Angreifen, davonjagen, wieder angreifen.

Das Gelände zwang sie auf das begrenzte Schlachtfeld.

Wenn auch die Pferde der Türken so rasend schnell waren, dass niemand sie einholen konnte, so nützte ihnen diese Geschwindigkeit nichts. Unaufhaltsam näherten sich die schweren Schlachtrosse der Ritter. Kein Lärm, kein Kampfgetümmel, kein Gemetzel konnte diese Streitrosse aus der Ruhe bringen. Pferd an Pferd, Reiter an Reiter, die Lanzen eingelegt, wie eine Mauer näherten sich die Ritter den Feinden.

Endlich hatte Graf Raimond die Krieger Kilidj Arslans erreicht und griff sie an.

Endlich konnte die Schlacht Mann gegen Mann beginnen.

Der Tag wurde immer heißer. Die Mittagshitze stieg. Unerträglich wurde es unter Rüstung und Helm.

Seit Stunden verfolgte Bernhard die feindlichen Krieger. Sofort nach dem Angriff Kilidj Arslans waren Herzog Gottfried und Balduin im Galopp Graf Raimond zu Hilfe gerast und hatten den rechten Flügel des türkischen Heeres angegriffen.

Wie durch die Zauberkraft der Liebe berührt, jagte sein Hengst den davongaloppierenden Stuten hinterher. Und nicht nur der seine. Welch ein unerwarteter Vorteil, lachte Bernhard. Die Türken reiten auf Stuten! Mit verhängten Zügeln raste er mitten in die Feinde, warf vom Pferd ab, wen er fassen konnte, durchbohrte ihn und schlug mit dem Schwert zu.

Verfolgen, herangaloppieren, mit der Lanze den Feind vom Pferd stoßen, mit dem Schwert kämpfen.

Neben Bernhard schrie ein Knappe seines Vaters auf, dessen Auge von einem Pfeil durchbohrt worden war. Sich nur nicht ablenken lassen. Weiterkämpfen. Bernhard holte einen Türken ein, stieß ihn mit der Lanze vom Pferd, beugte sich tief hinunter, schlug dem Mann den Kopf ab. Als er wieder hoch kam, war ihm schwindelig.

Er hatte Durst, die Lippen waren aufgesprungen und bluteten. Neben ihm glitt ein Freund vor Erschöpfung oder vom Hitzschlag getroffen vom Pferd. Verwundete, Tote überall.

Die Schreckensnachricht durchlief das Heer Herzog Gottfrieds:

»Graf Balduin von Gent ist gefallen!«

Sich nur nicht beirren lassen!

Breschen in die Feinde schlagen, geschlossene Karrees bilden, aus denen es für die Krieger Kilidj Arslans kein Entkommen gibt.

Gegenseitig riefen sie sich zu, die Feinde niederzumachen. Es war ein gewaltiger Kampf, das Krachen der Lanzen, Klirren von Schwertern, es war ein ungeheures Gemetzel, in das Bernhard sich hineingestürzt hatte. Er liebte den Kampf.

Er wollte Intuition, Geschicklichkeit, Kraft und Ausdauer nicht nur unter Beweis stellen, sondern ausleben. Wieder hatte Bernhard einen Türken vom Pferd gestoßen. Er selber sprang ab, zwang den Mann zum Kampf mit dem Schwert.

Im Zweikampf seid ihr uns unterlegen, lachte er über die unerwartete Erfahrung.

Die Schwerter kreuzten sich, es war ein tosender Lärm vom Schlagen auf Rüstungen, auf Helme. Bernhard ergriff das Schwert mit beiden Händen und schlug es auf das Haupt des Gegners, sodass dessen Helm sprang und der Kopf auseinanderklaffte, fasste die Waffe mit einer Hand, um dem Gegner das Schwert zu entwenden, er kämpfte mit beiden Händen an der Klinge, um dem Feind ganz nahe zu kommen, er umklammerte das gegnerische Schwert und schlug mit dem seinen zu. Er verteilte Fußtritte, setzte dabei seinen ganzen Körper ein und brachte den anderen zu Fall. In diesem Tanz des Todes, als den Bernhard den Kampf auffasste, nahm er dem Gegner Raum und Bewegungsfreiheit. Und falls der Todesstoß nicht angebracht werden konnte, so doch das Außergefechtsetzen, indem Extremitäten verletzt oder abgetrennt wurden, Arme, Füße und Beine. Er war es nicht alleine, der so kämpfte. Die Ritter mit ihrer jahrelangen Ausbildung, die letztlich nur ein Ziel hatte, das Töten, ließen nicht ab, unentwegt und ungeachtet der eigenen Verluste, der eigenen Verwundeten und Toten, anzugreifen, niederzuschlagen, niederzumachen, zu verwunden und zu vernichten.

Es wurde Nachmittag. Die Sonne glühte. Von seinem Hügel herab musste Kilidj Arslan zusehen, wie seine Leute fielen. Er begann sich darauf einzustellen, dass ihm hier ein Feind gegenüberstand, der in nichts zu vergleichen war mit dem armseligen Heer Peters des Einsiedlers. So wie er diese Christen einschätzte, würden die auch bei Nacht kämpfen. Sie würden nicht aufhören, bis sie die Schlacht gewonnen hätten oder alle tot wären. Wenn er sein Heer nicht ganz verlieren wollte, so war es klüger, sich zurückzuziehen, Nikäa aufzugeben, seine Frau, seine Söhne und seine Schätze, um bei passender Gelegenheit, wenn sie nicht darauf vorbereitet wären, wieder anzugreifen. Die Klugheit gebot, diesen Kampf zu beenden. Und Klugheit und Weisheit gehörten zu den Tugenden, die Sultan Kilidj Arslan für sich beanspruchte.

Er ließ die Kriegshörner blasen, dass die Schlacht beendet sei. Wer noch von seinen Leuten lebte, raste mit ihm über die Hügel davon.

Der Kampf war beendet. Bernhard ritt ins Lager zurück.

Was ihn dort erwartete, waren Verwundete, Geschrei, Gewimmer, Weinen. Männer mit tiefen Gesichtsverletzungen, ausgestochenen Augen, durchschlagenen Kniekehlen, abgeschlagenen Händen. Ihre Armstümpfe sahen ekelerregend aus, Blut und Eiter sickerte durch die Verbände. Es stank nach Wunden und Tod.

Knechte brachten einen Ritter, dem ganz zuletzt noch die Hand abgeschlagen worden war. Sein Blut strömte aus der Wunde. Von einer kräftigen Frau wurde er in Empfang genommen, die kurzerhand den Stumpf in das bereitstehende dampfende, siedend heiße Fett tunkte. Der Ritter brüllte auf. Die Frau kümmerte sich nicht darum. Schnelligkeit war alles, wenn er nicht verbluten sollte. Geschickt und kraftvoll zog sie die Haut über die Wunde, eine andere Frau nähte sie zusammen.

Das alles nur nicht sehen, dachte Bernhard, während er sein Pferd durch die Reihen der Verwundeten führte. Bloß Augen, Ohren, Nase verschließen! Das Schreien eines Mannes war trotzdem nicht zu überhören, dem von einem Mönch ein Pfeil durch den Oberschenkel gestoßen wurde, während zwei andere den Brüllenden festhielten.

Nur weiter. Er hatte Durst und wollte zu Alice.

Bernhard fragte Theresa, die gerade dabei war, einem Mann die Gesichtshaut über das abgeschlagene Nasenbein zu schieben und zusammenzunähen, wo Alice sei.

»Bis vor Kurzem war sie noch hier und hat sich um die Verwundeten gekümmert. Sie ist zum Zelt gegangen, damit Ihr sie findet, wenn Ihr sie sucht.«

Bernhard nickte kurz, saß auf und war erleichtert, das Elend hinter sich zu lassen.

Zunächst begab er sich zu seinem Vater. Graf Otto von Baerheim stand in tadellos blitzender Rüstung vor seinem großen Zelt. Er hatte sich in Bereitschaft gehalten, falls die Garnison einen Ausfall aus Nikäa unternommen hätte. An der Schlacht hatte er nicht teilgenommen.

Die Begrüßung war kurz und knapp. Vater und Sohn war die Begegnung unangenehm. Graf Otto zeigte nur mühsam eine Spur von Erleichterung, seinen Sohn lebend vor sich zu sehen.

Ganz anders Alice.

Ungeduldig und voll Sorge um sein Leben und seine Gesundheit wartete sie im Zelt. Unablässig ging sie auf und ab, setzte sich kurz auf ihr Bettlager und nahm die Wanderung wieder auf. Unter den Verletzten, die es ins Lager geschafft hatten, war Bernhard nicht, da war sie sich ziemlich sicher. Aber unter den Verwundeten oder Toten auf dem Schlachtfeld?

Als Bernhard tatsächlich kam, wagte sie nicht, ihn zu umarmen. Er kam aus einer anderen Welt. Den Helm hatte er zwar abgenommen, aber das Kettenhemd war blutverschmiert wie auch das Schwert, in dessen Hohlkehle sich das Blut der Feinde angesammelt hatte und das überhaupt über und über mit Blut beschmiert war. Bernhard erzählte, während er sich nach vorne beugte, um das Kettenhemd abzuschütteln, dass vermutlich fast alle Männer des christlichen Heeres, die an der Schlacht teilgenommen hätten, verletzt seien.

Und er selbst?

Sein Gesicht war blutig, aber es waren keine tiefe Wunden. Er befühlte die Schulter, auf der sich ein blauer Fleck weit ausbreitete. Ein heftiger Schlag mit dem Schwert auf die Rüstung, jedoch nicht stark genug, um ihm das Schlüsselbein zu brechen. Alice tunkte ein Tuch in einen Steinkrug mit Wasser, säuberte sein Gesicht und kühlte Bernhards Schulter. Sie fühlte und roch den Schweiß auf seiner Haut, sie blickte aufmerksam und liebevoll in sein Gesicht, in dem sich die Erschöpfung bemerkbar machte.

Von draußen, aus dem Lager, hörten sie Stimmen, Frauen, unbewaffnete Pilger und Priester versammelten sich, um gemeinsam zum Schlachtfeld zu gehen, nach den verwundeten Männern zu sehen und die toten Mitstreiter zu beklagen.

Martin, Alice schreckte auf.

Was war mit Martin? Natürlich hatte Alice auch an ihn gedacht während der vielen Stunden des langen Tages, an dem sie nichts anderes tun konnte als beten, während sie Verletzten Wein gegen die Schmerzen brachte und klaffende Wunden verband.

Bernhard bemerkte ihren unruhigen Blick zum Eingang des Zeltes, an dem einige Frauen mit Fackeln vorbeigingen.

»Ich habe Martin nachmittags noch gesehen, wie er mit erhobener Lanze hinter fliehenden Türken hergeritten ist. Vollkommen verrückt, er hat Rab mit in die Schlacht genommen statt des Schlachtrosses, für das sein Vater, so wie man hört, auch noch das Geld geschickt hat.«

Bernhard verkniff sich vor Alice die Bemerkung, es sei ein Wunder, dass Martin sich so lange habe halten können.

Verwundet, tot? Vielleicht ist Martin tot?

»Geh nur, du hörst ja, sie brechen auf. Die Frauen des Heeres Raimonds sind längst auf dem Schlachtfeld, um ihre Männer zu suchen.«

Schon im Hinausgehen fragte Alice: »Was geschieht mit den verwundeten Türken?«

»Ihnen wird, sobald es hell wird, der Kopf abgeschlagen.«

Alice blieb stehen, sie schluckte.

»Wozu?«, fragte sie. »Wozu wird ihnen der Kopf abgeschlagen?«

»Warum nicht?«, gab er leichthin zurück. »Spaß beiseite. Die Köpfe werden über die Befestigungsmauer katapultiert. Wir haben zwar die Schlacht gewonnen, aber Nikäa noch lange nicht erobert. Wenn Kaiser Alexios uns nur so mickrige Katapulte liefert, dass wir damit nicht einmal ein Loch in die Mauer schlagen können, dann müssen wir der Garnison da drinnen eben auf diese Weise drohen und Angst einjagen.«

»Und Ihr?«, fragte Alice. »Schneidet Ihr auch Türken die Köpfe ab?«

Bernhard lächelte verächtlich.

»Ich bin Graf. Vergiss das niemals, Alice. Außerdem gehen mich Tote und Verwundete nichts an. Was mich reizt, ist der Kampf.«

Alice schwieg. Das ›Niemals‹ hatte sie durchaus vernommen und es bereitete ihr Angst.

»Ich werde morgen«, fuhr Bernhard fort, »mit Balduin und Raimonds Leuten das Lager Kilidj Arslans aufsuchen und die Beute einholen. Ich wette, der Sultan hat alles stehen und liegen gelassen, als er geflohen ist.«

Der Gedanke an Balduin wirkte auf Alice nicht gerade beruhigend. Was tat er in dieser Nacht, nachdem die Heerführer ihre Beratungen beendet hatten?

Natürlich. Er ging zu Godvere di Tosni, seiner jungen Frau.

»Und nun, was macht Ihr heute Nacht?«, konnte Alice sich nicht enthalten zu fragen.

»Schwimmen. Ein heißes Bad wird wohl kaum aufzutreiben sein. Ich gehe im Askanischen See schwimmen. Nach einer Schlacht musst du allen Dreck, allen Schweiß und alles Blut einmal von dir fortwaschen. Du musst rein werden, damit du bei der nächsten Schlacht kämpfst wie am ersten Tag.«

Das Schlachtfeld. Es war ein grauslicher, unheimlicher Anblick. Den ganzen weiten Hügel hinauf lagen die Verwundeten und Toten. Zwischen all den Leichen gingen Kinder, Frauen und Mönche mit Fackeln umher, die nach lebenden Christen suchten. In ihren dunklen Gewändern sahen die Mönche aus wie der Tod. Alice nahm sich zusammen.

Soweit es ging, die Wunden und die Dunkelheit es zuließen, behandelten die Frauen und Mönche schon auf dem Schlachtfeld die Verletzten, die in bizarren Verrenkungen auf dem Boden lagen. Zu zweit mühten Frauen und Kinder sich, ihren Mann, ihren Vater, Bruder ins Lager zu schaffen. Überall ein Wimmern und Klagen und Schreien der Männer: französisches, italienisches, deutsches, englisches, türkisches. Viele Dialekte. Auch wenn Alice die fremden Sprachen nicht verstand, so wusste sie doch, was das Wort bedeutete: Hilfe!

Die Männer riefen um Hilfe.

Alice wurde übel. Sie nahm sich vor, nicht nach rechts und links zu sehen, nicht auf die Wunden und Verstümmelungen zu achten, sondern nur Martin zu suchen.

Aber dazu musste sie den Männern ins Gesicht leuchten. Der Anblick der Türken erschreckte sie, diese bärtigen Gesichter, diese dunklen Augen und die dunkle Haut.

Nur weiter. Irgendwo musste Martin sein. Alice stolperte über einen Toten und fiel hin. Beim Aufrichten erkannte sie im Schein der Fackel einen Knappen des Grafen Otto von Baerheim. Sein Kopf war von einem Pfeil durchbohrt. Er mochte, überlegte sie im Weitergehen, so alt sein wie Martin, wie sie selbst.

Nur weiter. Nicht darüber nachdenken.

Alice gab acht, dass sie nicht wieder über Leichen und Verwundete stolperte. Und über Pferde. Überall verendende Pferde und tote Pferde.

Nur langsam vorwärtskommend, stieg sie den Hügel vor Nikäa hinauf. Sollte Martin tatsächlich die Türken so weit verfolgt haben? Sie bereute heftig, dass er ihr in der letzten Zeit so fremd geworden war.

Da endlich, fast am Rande des Waldes, sah sie Markus, der eine schwere, große Leiche von einem darunterliegenden Mann hievte.

»Vielleicht lebt er noch«, sagte er und blickte zu Alice hoch.

Alice packte mit an. Sie sahen in Martins bleiches Gesicht. Alice kamen die Tränen.

Markus beugte sich tief über seinen Freund.

»Martin ist nur bewusstlos«, stellte er erleichtert fest. »Ich vermute, er hat einen Hieb auf den Kopf bekommen. Der Schlag hat Gott sei Dank den Helm nicht gespalten. Wir müssen ihm die Rüstung ausziehen und ihn dann ins Lager schaffen.«

Alice nickte.

Markus nahm ihm den Helm ab und hielt den Verwundeten kopfübergebeugt mit starken Armen fest, sodass Alice Martin das schwere Kettenhemd vom Körper ziehen konnte.

»Pass auf, dass die Ringe sich nicht verhaken«, ermahnte Markus sie.

Das war doch selbstverständlich. Was der sich einbildete.

»Wir sollten den gamboison ausziehen. Wir müssen wissen, wenn wir Martin tragen, welche Verletzungen er sonst noch hat«, entgegnete sie.

Markus zögerte. Er wusste, was Martin verbarg. Vor Alice verbarg. Sie würde den Brief finden. Es war Martin sicher nicht recht, wenn Alice von dem Brief wüsste.

Ihm wurde heiß, er druckste:

»Ehrlich gesagt, also, ich muss dir etwas sagen. Martin trägt einen Brief vom Abt bei sich. Er sollte ihn deinem Vater überreichen, aber er kam zu spät, dein Vater war schon tot. Martin hat aber dem Abt versprechen müssen, ihn nur deinem Vater auszuhändigen, sonst niemandem.«

»Ich darf den Brief also nicht lesen?«

»Nein, auch Martin selbst darf ihn nicht lesen.«

Markus zog ein zusammengefaltetes Schreiben hervor.

»Du siehst, das Pergament ist noch mit dem Siegel des Abtes verschlossen.«

Alice schoss das Blut in die Wangen vor Empörung. Schließlich war sie die einzige Tochter und Erbin ihres Vaters. Sie rang einen kurzen Moment mit sich.

»Steck den Brief wieder weg«, entschied sie und fand sich sehr selbstlos. »Lass uns lieber Martin endlich von diesem schrecklichen Ort wegbringen.«

Neben sich vernahmen sie ein kaum hörbares Klagen.

Unvorsichtigerweise hielt Alice die Fackel über den Mann und sah, dass er ein Türke war. Unter seinen Beinen hatte sich das Blut gesammelt.

»Ihm sind die Kniekehlen durchgehauen worden«, sagte Markus, der ebenfalls den Mann betrachtete. Der Verwundete hatte eine junge Stimme. Er hatte ein junges Gesicht. Seine Augen drückten Gottergebenheit und Flehen um Hilfe aus.

»Du kannst ihm nicht helfen, Alice. Er ist ein Ungläubiger, unser Feind.«

»Es muss schrecklich sein«, konnte sie ihren Gedanken nicht unterdrücken, »wenn morgen früh unsere Männer kommen und er noch bei Bewusstsein ist und sieht, wie allen der Kopf abgeschlagen wird, und dann die Männer vor ihm stehen.«

»So schrecklich, wie du dir das vorstellst, ist das für ihn nicht. Sie geben alles in Allahs Hand. Wenn Allah dieses Schicksal für ihn bestimmt hat, dann nimmt er es an.«

Alice war nicht beruhigt. So viele Tote, so barbarisch und wild anzusehen. Aber dieser hier tat ihr leid. Martin war es vielleicht, der den Jüngling so schwer verwundet hatte. So wie der Kampf hier aussah, war er es gewiss. Und dann hatte ein älterer Türke vom Pferd aus Martin den Schlag auf den Schädel versetzt, Martin war zusammengebrochen, irgendein christlicher Reiter hatte wiederum den Türken getötet, der auf Martin gefallen und dort liegen geblieben war, bis Markus ihn fand.

»Komm, lass uns endlich Martin hier fortschaffen. Du nimmst seine Rüstung und die Waffen, ich trage ihn auf den Schultern. Alice, nimm dich zusammen. Der Türke hätte sonst Martin getötet. Das ist Krieg. Für den Türken kannst du nichts anderes tun als beten, dass er gestorben ist, bevor sie morgen kommen.«

»Wo ist Rab?«, war Martins erste Frage, als er endlich erwachte. Er versuchte, sich aufzusetzen, wurde aber von Markus daran gehindert.

»Du musst liegen bleiben, du hast eine Gehirnerschütterung. Deine Augen sind ja noch ganz verdreht und stehen schief. Ich habe vieles im Kloster gelernt, auch dass man dabei liegen und liegen und liegen muss, sonst hast du dein ganzes Leben lang Kopfschmerzen.«

Martin wollte von dieser ganzen langen Rede nichts wissen. »Wo ist Rab?«, fragte er ungehalten.

»Ich wusste, dass das deine erste Frage sein würde. Du fragst erst nach Rab, bevor du dich nach deinem Schwert und nach dem Ausgang der Schlacht erkundigst. Dein Schwert liegt gereinigt und geradegehauen neben dir.«

Markus hob es auf und zeigte es Martin. »Wir haben gewonnen. Stell dir vor, wir haben Kilidj Arslan in die Flucht geschlagen. Genau genommen natürlich du«, lobte er und klopfte seinem Freund aufmunternd auf die Schulter. Ernsthaft tadelte er:

»Du, mein Lieber, du bist ganz schön verrückt, dass du Rab in die Schlacht mitgenommen hast. Ja, ja, nun reg dich nicht auf. Du kannst beruhigt sein. Es geht ihm gut. Ich habe ihn gesucht, sobald es hell wurde. Er wird wohl ein wenig gewartet haben, als du am Boden lagst, und ist dann zu den Futterplätzen am See gelaufen. Wo kein Kriegslärm ist. Da weidet auch deine Stute.« Markus lächelte. »Deine Heldentat hat bereits die Runde gemacht.«

Martin schloss einen Augenblick erschöpft und erleichtert die Augen.

»Ich mochte das Schlachtpferd nicht. Genau genommen, es mochte mich nicht. Es hat mich immer wieder abgeworfen. Au!«, stöhnte er. »Mein Kopf! Mir ist so schlecht.«

»Kann ich mir denken. Dein Helm sah auch ziemlich verbeult aus. Alice hat übrigens die ganze Zeit neben dir gesessen und auf dich aufgepasst, während ich auf der Suche nach Rab war.«

»Alice?«

»Sie hat sich Sorgen um dich gemacht und ist deswegen in der Nacht aufs Schlachtfeld gekommen, um zu erkunden, ob du noch am Leben bist. Wir haben dich auch zusammen hierhergeschafft.«

»Wo bin ich eigentlich?« Martin versuchte, sich wieder aufzusetzen, doch diesmal hinderte ihn sein schmerzender Kopf.

»Du bist in einem Zelt für Verwundete, das Bischof von Le Puy hat einrichten lassen. Wer allein ohne Familie auf dem Kreuzzug ist, wird hier versorgt. Sieh, da bringen die Frauen wieder jemanden.«

»Ich kann nicht richtig sehen«, antwortete Martin.

»Dem Ritter da ist ein Arm abgeschlagen worden. Ziemlich übel. Kaum Überlebenschancen. Er stirbt am Wundbrand, an einer Blutvergiftung, am Wundschock oder einfach am hohen Blutverlust«, fügte Markus sachkundig hinzu.

»Hoffentlich versteht uns hier keiner. Ich finde es nicht so rücksichtsvoll, wenn wir uns über die Verletzungen der anderen unterhalten.«

»Die meisten hat es sehr viel schlimmer getroffen als dich, Martin. Sie sind regelrecht verstümmelt. Und werden das hier nicht überleben, zumindest aber nicht weiter nach Jerusalem ziehen können. Ich weiß auch nicht, was mit ihnen geschieht.«

Sie schwiegen.

Doch obwohl er auf seiner Decke am Boden nur wenig von dem erkennen konnte, was um ihn herum geschah, bemerkte er, wie neben seinem Lager ein Toter von Frauen fortgetragen wurde.

Markus sah dem Toten nach, wandte sich dann wieder zu Martin und sagte:

»Du kannst Gott danken und deinem unbekannten Vater, der dir so einen hiebfesten Helm geschenkt hat.«

Martin antwortete nichts darauf. Er spürte durchaus die Neugierde Markus', die in seinen Worten mitklang.

Statt auf Markus einzugehen, fragte er:

»Was passiert denn mit den Toten?«

»Welchen? Den türkischen oder unseren?«

Martin war etwas verwirrt. Natürlich, es herrschte der Kriegsbrauch sogar unter Christenmenschen, dass die Sieger die Verlierer sofort auf dem Schlachtfeld umbrachten, ausraubten und nackt liegen ließen. Nur für die Adeligen wurde ein Lösegeld gefordert.

»Den türkischen«, antwortete Martin.

»Auf dem Schlachtfeld liegen und verwesen lassen, kann man sie nicht. Sonst breitet sich schnell eine Seuche aus. Zuerst ging das Gerücht, dass die Leichname verbrannt werden sollen, weil sie keine Seele haben und in der Hölle schmoren. Aber Bischof Adhémar hat entschieden, dass sie in ein Massengrab kommen. Das Verbrennen würde zu sehr stinken. Das wäre natürlich ganz gut, weil die Garnison in Nikäa es auch riechen würde. Aber andererseits müssen wir uns das nicht antun. Die Pferde werden übrigens auch in einem Massengrab verscharrt.«

Martin erschrak.

»Nun beruhige dich doch. Dein Rab lebt wirklich. Ich flunkere dir nichts vor.

Graf von Toulouse und die anderen Heerführer haben übrigens beschlossen, 1.000 Türkenköpfe dem Kaiser Alexios nach Konstantinopel zu schicken, damit er sieht, dass wir die Schlacht gegen Kilidj Arslan gewonnen haben und damit er uns besser bei der Belagerung unterstützt und uns nicht wieder hungern lässt wie vor ein paar Tagen. Sie haben schon begonnen, die Köpfe auf Karren und Wagen zu laden. Ich sah es, als ich eben zu dir kam.«

Martin verzog angewidert sein Gesicht. Ihm wurde schlecht. Markus gab ihm eine bereitstehende, mit etwas Wasser gefüllte Schale, in die Martin hineinspeien konnte. Er hielt den Freund an den Schultern, damit er nur wenig hochkommen musste, und reichte ihm anschließend ein ziemlich sauberes Tuch, mit dem Martin seinen Mund abwischte.

»Du, ich muss dir was erzählen. Nicht so was Trauriges. Denn die Stimmung von unseren Leuten ist bestens. Das ist ein Spaß, sage ich dir. Hörst du, da sind auch schon einige betrunken. Weißt du, was Bernhard und die anderen im Lager Kilidj Arslans beim Plündern gefunden haben? Du glaubst es nicht. Wagen voller Stricke, mit denen sie uns fesseln wollten!«

Von draußen drang lautes Hörnerblasen zu ihnen ins Zelt.

»Ich muss los«, sagte Markus. »Es wird zur Totenmesse gerufen. Nachher komme ich wieder. Ich werde dich schon gesund pflegen.«

»Sind es viele? Ich meine, von unseren Leuten?«

»Ja, natürlich.« Markus setzte sich wieder und nahm Martins Hand.

»Es sind viele Ritter gefallen, besonders aus Raimonds und Gottfrieds Heer. Die Gräber sind schon ausgehoben. Graf von Toul wird mit besonderen Ehren beigesetzt. Nachher werden Almosen an die Armen verteilt. Martin, du kennst viele von denen, die heute begraben werden. Es sind vor allem die Jungen, für die es die erste Schlacht war.«

»Vergiss nicht, Gott zu danken!«, war das Letzte, was Markus seinem Freund zurief, bevor er zu den Begräbnissen ging.

Dazu hatte Martin allen Grund. Von den Verwundeten, die nach der Schlacht hier eingeliefert wurden, waren trotz der aufopferungsvollen Pflege durch die Frauen und Mönche die meisten gestorben. Die jetzt neben ihm lagen, waren bei den wiederholten Anstürmen auf Nikäa verwundet worden. Sie hatten sich schmerzhafte Pfeilverletzungen oder Brandwunden zugezogen, verursacht durch heißes Pech, das über die Befestigungsmauer gegossen worden war. Martin konnte sich also wirklich glücklich schätzen. Trotzdem wurde ihm das Liegen von Tag zu Tag unerträglicher. Die Hitze im Zelt der Kranken, der Geruch von Essen, Wunden, Urin machten ihn ungeduldig und unzufrieden. Er nahm es Markus übel, dass der ihm strikt verbot aufzustehen. Die Stunden schleppten sich dahin, bis endlich der junge Mönch kam, einen Korb mit Essen und Wein unterm Arm. Beim Hineintreten ins Zelt streifte er seine Kapuze ab und fuhr sich mit der Hand über sein dichtes blondes Haar.

»Musst deine Tonsur mal wieder rasieren lassen«, wurde er von Martin begrüßt.

Markus verzog das Gesicht, setzte sich zu Martin auf den Boden und packte den Korb mit den Lebensmitteln aus.

»Damit wir gleich beim Appetitlichen bleiben:

Kaiser Alexios hat das Geschenk von 1.000 Türkenköpfen zu würdigen gewusst, er hat von einem ›glorreichen Sieg‹ gesprochen und den Fürsten Wagenladungen voller Geschenke, Geld, sogar Purpurstoffe geschickt und uns armen Pilgern reichlich zu essen. Dazu hat er noch seine Kaufleute angewiesen, uns Getreide, Fleisch, Bohnen, Wein und Öl preiswert zu verkaufen – aber ...«

»Aber was?«, fragte Martin.

»Aber er hat uns keine Belagerungsmaschinen geliefert. Dabei müsste so ein mächtiger Herrscher Belagerungsmaschinen wie nichts haben oder zumindest welche bauen lassen können. Darum haben unsere Heerführer beschlossen, dass wir uns selber helfen müssen. Holz gibt es ja genug in dieser Gegend.«

»Das klingt doch schon ganz gut.«

»Ist es aber nicht.«

»Mit zwei Wurfmaschinen, also Manganen, haben wir täglich auf dieselbe Stelle in der Befestigungsmauer geschossen, aber nicht ein einziger Stein ist herausgebröckelt.«

Martin zog die Stirn kraus. »Weißt du nicht was Aufheiterenderes?«

»Ja, äh, also, Ritter Bernhard von Baerheim, er ist der Held des Tages. Gestern Nacht war er im See schwimmen. Weißt du, er geht jede Nacht schwimmen, glaub ich. Ich ahne schon, was du denkst, – ob er Alice mitnimmt. Er geht wohl meistens allein. Neulich habe ich sie allerdings zusammen am Ufer gehört. Ach was, Martin. Mach nicht so ein Gesicht.

Jedenfalls – es war im Zelt so stickig, die Nachtluft klar und der Abendhimmel wunderschön. Da bin ich zum Baden an den See geschlendert. Na ja. Nun reg dich nicht so auf. Du hast doch gar nichts mit ihr.« Markus schüttelte den Kopf, setzte die Flasche Wein an den Mund und reichte sie danach seinem Freund.

»Gestern Nacht war er jedenfalls allein. Da ist er ganz weit hinausgeschwommen bis hin zum Seetor von Nikäa. Die Wachen standen oben auf der Stadtmauer mit ihren Bögen, aber die waren schläfrig, haben wohl auch nicht erwartet, dass jemand von den Unsrigen sich so weit vor traut. Da hat Bernhard beobachtet, wie Händler auf ihren Schiffen angefahren kamen und an die Türken alles verkauft haben, was sie brauchten, Lebensmittel und Waffen und Baumaterial, um unsere Belagerungsmaschinen zu zerstören.

Bernhard hat sofort Herzog Gottfried und Balduin benachrichtigt. Alle Heerführer haben noch in der Nacht beschlossen, Bernhard zusammen mit Graf Stephan de Blois und einigen Rittern zum Kaiser zu schicken, damit er ihnen eine kleine Flotte auf dem See zur Verfügung stellt und die Lieferungen aufhören. Sie könnten Erfolg haben, der Graf bewundert den Kaiser abgöttisch.«

Markus lachte.

»Ausgerechnet mit Stephan de Blois. Es mag Bernhard ja schmeicheln, sich mit dem Schwiegersohn Heinrich des Eroberers zusammen zum Kaiser von Byzanz zu begeben, aber er verachtet bestimmt einen Mann, der unter dem Kommando seiner Frau steht.

Heißt es jedenfalls.«

Markus setzte sich gerade und gebieterisch auf:

»Spricht also seine Frau Adele zu ihm: ›Stephan, mein lieber Gemahl, schließt Euch der bewaffneten Pilgerfahrt an und zieht nach Jerusalem. Hinweg mit Euch aus Eurer Burg! Kommt, mit Ehre und Ruhm beladen, als Held zurück!‹

Gehorsam ist er dann auch losgezottelt, hat aber, kaum dass seine Frau ihm nichts mehr befehlen konnte, den Winter zusammen mit Herzog Robert von der Normandie in Kalabrien verbracht und es sich dort angenehm sein lassen.

Man sieht es ihm an der Nasenspitze an, dass ihm das Lagerleben nicht passt, dieser ständige Rauch von den Feuern, die Latrinen und die vielen Armen.

Er denkt bestimmt: ›Ich bin einer der reichsten Männer Frankreichs, habe ein Prunkgemach mit dem Himmelsgewölbe als Decke und dem Erdkreis als Fußboden und muss mich trotzdem den Strapazen, Unbequemlichkeiten und Gefahren eines Kreuzzuges aussetzen.‹

Das wiederum missfällt sicherlich Bernhard. Stephan de Blois sieht aus, als hätte er überhaupt keine Lust zu kämpfen. Bezeichnenderweise ist er auch erst *nach* der Schlacht gegen Kilidj Arslan bei uns eingetroffen.

Er hat auch Pech gehabt. Ein Schiff mit 400 seiner Leute und Pferden und Geldtruhen ist gleich an der Küste von Italien vor aller Augen untergegangen. Fulcher de Chartres behauptet, den Leichen am Strand seien Kreuze auf den Schulterblättern eingebrannt gewesen.«

Markus schüttelte den Kopf.

»Und was hat das mit mir zu tun?«, fragte Martin gereizt.

»Mehr als du denkst. Fulcher de Chartres schreibt eine Chronik über die Ereignisse auf unserem Weg nach Jerusalem. Bischof Adhémar wünscht, dass du ihm dabei behilflich bist. Du sollst heute Abend zu Fulcher de Chartres kommen, das soll ich dir ausrichten. Er will mit dir über deine Aufgaben sprechen.«

»Na endlich«, seufzte Martin erleichtert. »Endlich erlaubst du mir aufzustehen. Weißt du eigentlich, wie lange ich hier schon liege? Fast vier Wochen.«

»Na, reg dich nicht auf. Du hast nicht viel versäumt.«

Martin setzte sich auf.

»Ich muss raus.«

»Nein, nein. Erst heute Abend. Jetzt bleibst du noch schön liegen. Brav, so ist es brav.«

»Du treibst Spott mit mir.«

»Nein. Ich staune. Als du in Passau das Kreuz nahmst und ich dich auf dem Domberg das erste Mal sah, warst du nichts als ein Knecht und jetzt gehörst du zu der Abteilung des Legaten des Papstes und bist der Sohn eines Fürsten.«

»Der natürliche Sohn«, ergänzte Martin.

»Dein Vater ist aber großzügig, als seiest du der einzige, der wahre Sohn.«

Martin erwiderte lieber nichts darauf. Auf das Thema Vater wollte er sich mit Markus nicht einlassen.

»Du weißt wirklich nicht, wer dein Vater ist?«, setzte Markus nach.

Vielleicht war jetzt die letzte Gelegenheit, mit Martin in Ruhe zu sprechen.

»Nein«, antwortete Martin.

»Aber du hast eine Ahnung, wer es sein könnte.«

»Nein, habe ich nicht.«

»Du lügst. Ich sehe es dir an, du lügst. Du weißt ziemlich genau, wer dein Vater ist.«

»Ich sage nichts dazu. Markus, nicht einmal mit dir kann ich darüber sprechen.«

»Mit *mir*?«

»Nein, natürlich nicht mit dir speziell, ich kann mit niemandem darüber sprechen.

Bischof Adhémar hat auch schon vorsichtig nachgehakt, hat aber höflich davon Abstand genommen. Er ist sowieso ein sehr weiser Herr.«

»Martin, du lenkst ab. Also, du willst es mir wirklich nicht verraten. Hm. Alice hat übrigens den Brief vom Abt gefunden, den du bei dir trägst.«

Martin stöhnte.

»Ich habe sie davon abhalten können, ihn zu öffnen.«

»Danke«, antwortete Martin.

Beide schwiegen.

Martin rang mit sich. Sollte er nun Markus nach dem Abt fragen oder nicht?

So leichthin wie möglich sagte er:

»Wenn ich nun schon noch den ganzen Tag hier herumliegen muss, dann vertreib mir doch die Zeit und erzähl mir etwas vom Kloster.«

»Was denn? Willst du Mönch werden?«

Martin schüttelte den Kopf. »Ach was.«

»Ich erzähl dir etwas von mir. Schon bei meiner Geburt haben meine Eltern mich für den geistlichen Stand bestimmt als Gottesgabe zum Heil ihrer Seelen. Wir sind neun Kinder und nur für meinen ältesten Bruder reichte das Geld zum Ritter. Deshalb musste ich mit sieben Jahren ins Kloster eintreten, und zwar in eines, das ganz weit weg von meinem Zuhause lag, weil meine Eltern befürchteten, ich könnte es im Kloster nicht aushalten und davonlaufen. Was ich auch versucht hätte. Aber Passau ist eben sehr weit von Würzburg entfernt.

Also, bei meinem Eintritt ins Kloster musste ich eine in ein Altartuch eingewickelte Bitturkunde in der Hand halten und sie auf den Altar legen. Meine Eltern haben bezeugt, dass ich mich dem Joch der Ordensregel nicht entziehen darf, und sie haben unter Eid vor Gott und den Engeln geschworen, mir niemals die Gelegenheit zum Austritt zu geben. Vom Tag der Aufnahme ins Kloster an haben meine Eltern alle Rechte an den Abt des Klosters abgegeben. Ich durfte meine Eltern nicht besuchen noch von ihnen Besuch bekommen. Auch die Briefe meiner Mutter durfte ich nur lesen, wenn der Abt dies bewilligte. Einmal hat meine ältere Schwester Karoline mir eine schöne Decke für den Winter geschenkt. Der Abt hat bestimmt, dass ein anderer Mönch sie erhalten sollte. Als ich darüber wütend wurde, hat er gesagt, der Teufel würde mich versuchen, und zur Strafe wurde ich hart geschlagen.«

»Der Abt?«, fragte Martin zweifelnd.

»Nein, nicht der jetzige. Nicht Abt Johannes. Der davor, Abt Eckbart.«

Ohne zu bemerken, worauf Martin eigentlich hinauswollte, fuhr Markus fort:

»Die Ewigen Gelübde habe ich mit 15 abgelegt, du weißt, Gehorsam, Armut und Keuschheit. Nun war ich vollwertiger Mönch. Aber eigentlich hat es nichts verändert, weil wir Mönche dem Abt Gehorsam gelobt haben, uns ihm unterwerfen sollen. Ich habe also in der Schreibstube gearbeitet. Im Winter klamme Finger, das ganze Jahr krummer Rücken. Manchmal fragte ich mich, ob ich überhaupt noch reiten könnte. Ich habe zu Gott gebetet, dass ich einmal raus aus dem Kloster käme und gleichzeitig habe ich mich verflucht, dass ich so böse Wünsche hatte und nicht dankbar war.

Dann starb Abt Eckbart. Wir haben ihn alle sehr beweint.«

»Nicht im Ernst.«

»Das ist so eine Floskel. Und dann durften wir Mönche den neuen Abt wählen. Bruder Johannes genoss ein sehr hohes Ansehen, weil er wegen der Heilung eines Leprakranken fast wie ein Heiliger verehrt wird.«

»Warst du dabei?«

»Ja.«

»Dann ist es wahr?«

»Ja. Er hat zum Kreuz geblickt, Jesus Christus um seine Gegenwart und Hilfe angefleht und gebetet, in seinem Namen heilen zu dürfen und zu können. Dann hat er den Sud aus Blut und Eiter getrunken.«

Es war ganz still zwischen den beiden jungen Menschen. Beide stellten sich das Bild vor, die Kirche mit den bunten Malereien biblischer Szenen, den Mönch Johannes, die Versammlung der Brüder, den Leprakranken, die Heilung.

Markus räusperte sich.

»Seitdem kommen die Kranken natürlich in Scharen zum Kloster. Besonders Adelige wollen auf dem Friedhof für Laien bestattet werden. Es werden Totenmessen gelesen – und bezahlt.«

Markus lachte.

»Natürlich hat er auch Feinde, besonders den Prior Philipp, den Cousin von Bernhard. Von der Geschichte damals in der Badestube hast du wahrscheinlich nichts gehört.«

»Wovon?«

»Auch egal. Für mich änderte sich das Leben im Kloster,

seitdem Johannes Abt ist. Ich kam weg von der Schreibstube, endlich auch in den Reitstall. Ich durfte raus. Martin, kannst du dir vorstellen, welche Glückseligkeit nach so vielen Jahren des Eingeschlossenseins das für mich bedeutete, das erste Mal die Klostermauern verlassen zu dürfen?

Luft, Felder, Wälder. So ging es nicht nur mir. Abt Johannes beobachtet uns Mönche. Wie es in der Ordensregel des Heiligen Benedikt steht, teilt er uns nach unseren Vorlieben und Fähigkeiten ein. Er ist nämlich der Auffassung, dass alle Menschen Gnadengaben haben und Gott will, dass sie die auch entwickeln und leben dürfen. Jedenfalls stelle ich mir vor, dass er so denkt.

Nur eins wundert mich, ich habe häufig darüber nachgedacht. Ich bin zu der Ansicht gekommen, er hat selbst keine Wünsche, keine Bedürfnisse, keine Vorlieben. Jeder im Kloster hat welche, und sei es ein weiches Kopfkissen. Jeder hat unter den Brüdern Freunde. Abt Johannes behandelt alle gleich. Auch seine Feinde, ich möchte mal den Prior so nennen.

Weißt du, Martin, jeder Mensch, so meine ich, möchte etwas in der Welt, Ruhm oder Geld oder Liebe oder Macht oder auch Demut und Glauben, was weiß ich. Er ist der einzige Mensch, von dem ich annehme, dass er nichts will. Wir Mönche sollen der Welt vollkommen entsagen. Aber keiner will es, keinem gelingt es. Ich habe den Eindruck, dass Abt Johannes mit seinem Leben abgeschlossen hat, dass er mit seinem Eintritt ins Kloster die Welt ganz hinter sich gelassen hat. Er liebt niemanden, auch sich selbst nicht. Manchmal denke ich, dass er überhaupt nichts für sich will, nicht einmal seine paradiesische Glückseligkeit.«

Martin hatte mit brennendem Herzen zugehört. Markus hatte mehr erzählt, als Martin zu hoffen gewagt hatte. Er war sehr bewegt.

Markus betrachtete ihn kritisch.

»Übrigens scheinst du gerne gepflegt zu werden, erst im Winter vom Abt persönlich, nun von meiner Wenigkeit.«

»Halt den Mund!«, rief Martin und versetzte dem Freund einen heftigen Knuff in die Rippen.

»Ist schon gut. Na los, steh endlich auf und geh zu Fulcher de Chartres.«

Martin schnitt seinen Gänsekiel an, tauchte ihn in das Tintenfass und schrieb für Fulcher de Chartres:

›Nikäa, im Namen des Herrn am 19. Juni 1097

Über Nikäa wehen byzantinische Fahnen!

Als wir heute Morgen aus unseren Zelten traten, waren auf allen Türmen, auf der gewaltigen Befestigungsmauer Nikäas byzantinische Flaggen gehisst.

Jetzt ist es herausgekommen. Der byzantinische Admiral Butumites ist so zwielichtig, wie er aussieht. Während wir die Stadt unter großen Verlusten belagert und für Byzanz den Sultan Kilidj Arslan besiegt haben, nahm er heimlich im Auftrag Kaiser Alexios' Verbindung mit der türkischen Garnison auf. Kampflos wurde heute Nikäa an Byzanz übergeben. Die Sultanin mit ihren Kindern ist mit großen Ehren aus ihrem Palast herausgeführt worden, damit sie im Kaiserpalast in Konstantinopel von ihrem Gatten Nachricht erhält, wo er wünsche, dass die feierliche Übergabe erfolgen solle. Er müsse kein Lösegeld bezahlen. Der Hofstaat des Sultans wird unter sicherem Geleit ebenfalls nach Konstantinopel gebracht. Die Hofbeamten und Diener können ihre bewegliche Habe mitnehmen. Ihnen ist es gestattet, sich und ihre Frauen und Kinder freizukaufen. Man ist sehr vornehm und höflich hier im Orient.

Wir alle, die wir für Kaiser Alexios den Kopf hingehalten und viele Tote zu betrauern haben, sind empört. Nur mit Mühe haben es unsere Heerführer durchsetzen können, dass einige von uns zu dritt oder zu viert Nikäa betreten dürfen. Natürlich sind die ganz Armen, die plündern wollten, von vornherein davon ausgeschlossen.

Die Wut kocht bei uns. Dagegen helfen auch die grandiosen Geschenke nichts, die Alexios den Großen unseres Heeres in

Pelekanon überreichen wird, und auch nicht die gute Verpflegung für das Fußvolk.‹

Martin verharrte vor seinem Stück Pergament, steckte seinen Federkiel in das Glas, blies die Kerze aus und ging ins Lager hinaus.

∽◉∾

Alice stand vor dem Römischen Theater in Nikäa am Rande einer Menge gaffender Menschen. Staunend und neugierig schaute sie zu, wie unter lautem Gejohle und Geschrei der einheimischen christlichen Bevölkerung der Hofstaat des Sultans und seine fürstlichen Berater, Beamten und Offiziere von byzantinischen Soldaten in die Gefangenschaft geführt wurden. In einigem Abstand folgten die Frauen, alle tief verschleiert und fremd in ihren bunten, kostbaren Gewändern anzusehen. Die kleineren Kinder trugen sie auf dem Arm oder hielten sie an der Hand. Die größeren liefen bedrückt und schweigend nebenher.

Alice aber hatte sich aus Erleichterung und Freude, dass der für den Tag geplante Sturmangriff nicht erfolgt war, es keine Toten mehr bei der Belagerung gab und sie nicht um das Leben Bernhards bangen musste, einen bunten Blumenkranz aufs blonde Haupt gesetzt, was sie jetzt bereute, da so viel zur Schau gestellte Haarpracht die Blicke der Männer anzog und missgünstige Bemerkungen anderer Frauen hervorrief. Dergleichen war man im Orient nicht gewohnt.

Alice wollte den Haarschmuck gerade abnehmen, als sich aus dem Zug der Frauen und Kinder eine Türkin löste, vor Alice auf die Knie stürzte, ihre Hand ergriff und hastig hervorstieß:

»Rettet mich! Ich bin Schwester Eva, Nonne vom Kloster St. Maria zum Speicher von der Kirche zu Trier. Versteht Ihr mich?«

»Ja«, antwortete Alice verwirrt. Sie wusste nicht, was sie von der Frau halten sollte, die nun aufstand, den Schleier zurücknahm und sich auf römisch-katholische Weise bekreuzigte.

Dabei blickte sie jedoch nicht Alice an, sondern sah den türkischen Gefangenen nach, die jetzt die Straße zum Hafen hinabgetrieben wurden und kaum noch zu erkennen waren. Alice beobachtete, wie einer der Männer stehen blieb, sich umdrehte und dann von einem byzantinischen Soldaten weitergedrängt wurde.

Augenblicklich wandte sich die Frau wieder Alice zu:

»Rettet mich!«, rief sie und hob flehend die Hände, wobei goldene, mit Edelsteinen besetzte Armreifen hervorblitzten.

»Warum seid Ihr nicht bei den Christinnen, die heute von den Byzantinern aus türkischer Gefangenschaft befreit wurden? Warum lauft Ihr bei den türkischen Frauen mit?«, fragte Alice misstrauisch. Die Frau blieb Alice die Antwort schuldig. Denn jetzt hatten nicht nur die Schaulustigen, sondern auch die byzantinischen Soldaten den Zwischenfall bemerkt und waren dicht an die Frauen herangetreten. Eva zeigte auf sich, wiederholte eindringlich das Wort ›Christin‹ und machte dabei das Zeichen des Kreuzes. Die Wachen sahen sie verdutzt an, besprachen sich eine Weile miteinander, nickten der Frau zu und ließen sie gehen.

Nach kurzer Überlegung sagte Alice:

»Ich bringe Euch zum Heer des Herzogs Gottfried von Bouillon.«

Die Fremde nickte hastig und sagte leise:

»Das ist gut. Es wird alles gut. Gelobt sei Jesus Christus.«

Während die beiden Frauen durch die Straßen Nikäas an Palästen, zahllosen Kirchen, Häusern mit Fenstern aus Glas und ungezählten Brunnen vorbeigingen, erzählte Schwester Eva unter Schluchzen, sie sei mit Peter dem Einsiedler und seinem Pilgerheer ins Land gekommen. Am Tag des Überfalls seien die Frauen und Kinder, Kranken, Priester, Mönche und Nonnen allein, ohne Schutz der Ritter und Fußsoldaten, im Lager gewesen. Sie, Eva, habe ein unheimliches Gefühl, eine böse Ahnung gehabt, habe bedrückt und voller Sorge etwas Schreckliches vorausgesehen.

Eva stockte, sie weinte. Endlich holte sie aus ihrem Gewand

ein seidenes, mit Goldfäden durchwirktes Schnupftuch hervor, Alice hatte so etwas Feines noch nie besessen.

»Gegen Nachmittag stürmten die Türken das Lager. Sie metzelten uns von ihren schnellen Pferden herab ab. Jeden machten sie mit dem Schwert nieder, der schwach war: schwangere Frauen, Priester, Mönche, Alte, Kinder, sogar Säuglinge. Nur uns Jungfrauen und Jungen zwischen neun und zwölf Jahren nahmen sie gefangen. Und von den Jungfrauen auch nur die, die sie schön fanden.«

Eva wurde verlegen. »Ich will und darf mich nicht rühmen.«

Alice blickte ihr ins Gesicht. Eva war tatsächlich außergewöhnlich schön.

»Dort«, sagte Eva und wies auf die dreischiffige Basilika an einer Kreuzung, »dort, in der Hagia Sophia, haben uns die Männer vergewaltigt. Die Jungen aber haben sie an den Taufsteinen beschnitten. Wer sich weigerte, wurde getötet.«

Alice nahm die junge Frau in die Arme, die nun weinte und stammelte:

»Ich bin Nonne. Ich habe die ewigen Gelübde abgelegt.« Sie fasste sich wieder:

»Am nächsten Morgen haben die türkischen Soldaten uns zum Sklavenmarkt gebracht und da sind wir verkauft worden.«

Vor dem Sklavenmarkt hatte Alice Angst. Schon als kleines Mädchen hatte der Vater ihr oftmals die furchterregenden Geschichten erzählt von Pilgerinnen und Pilgern, die auf der Reise nach Jerusalem, nach Zypern oder Rom von Piraten gefangen genommen und auf den Sklavenmärkten Alexandrias, Damaskus' oder Askalons verkauft worden waren. Sie ging diesen Gedanken nach, als Eva plötzlich entschieden erklärte:

»Ich muss wieder Jungfrau werden.«

Alice wusste nicht, wie das zugehen könnte.

»Es ist furchtbar, vergewaltigt zu werden«, sagte Eva leise.

Alice konnte sich das vorstellen.

Sie hing noch diesen Gedanken nach, da blieb die Frau beim dunklen, gewaltigen römischen Triumphbogen stehen, zeigte drohend auf die mächtige Befestigungsmauer und sagte mit anklagender Stimme:

»Wie konntet ihr uns das antun?«

»Was?«, fragte Alice.

»Die Köpfe der im Kampf gefallenen türkischen Krieger über die Mauer zu schießen.«

Abrupt hielt sie inne, biss sich auf die Lippen.

»Was sagst du da?« Auch Alice blieb stehen und fasste die Frau fest am Arm.

»Das haben wir gemacht, um euch aus der Sklaverei zu befreien.«

Voller Argwohn blickte Alice die Frau an. »Bist du überhaupt eine Nonne? Lügst du mir etwas vor? Bist du eine Spionin?«

»Nein, nein, ich bin Christin«, beteuerte die Fremde. Sie wollte wieder anfangen zu weinen, konnte sich aber gerade noch zurückhalten.

»Ich bin wirklich eine Nonne aus Trier. Gibt es vielleicht jemanden im Heer Herzog Gottfrieds, der das bezeugen könnte?«

Alice überlegte. »Graf Heinrich von Burg Ascha könnte dich kennen.«

Im Heer Herzog Gottfrieds erregte das Erscheinen Evas die Neugierde der Pilger, die aus den Zelten hervorlugten, die ihre Arbeit beim Schlachten und Zubereiten der Lämmer und Schafe unterbrachen, die den Brotteig liegen und die Pferde, die sie gerade versorgten, stehen ließen, um dieses Ereignis nicht zu verpassen: eine prachtvoll gekleidete Türkin, eine auf dem Sklavenmarkt von Nikäa verkaufte Frau, die in Wirklichkeit eine Nonne aus Trier war.

Alice bahnte der Nonne einen Weg durch die Menge der verblüfften Zuschauer und führte Eva zu Graf Heinrich von Ascha, der, umgeben von anderen Rittern, die Fremde erwartete.

Sofort, ohne zu zögern und ohne sich zu bedanken, lief die Frau auf den Grafen zu und fiel vor ihm auf die Knie. Mit tränenerstickter und demütiger Stimme flehte sie ihn an, er möge ihr zu ihrer Reinigung und Rechtfertigung verhelfen.

Heinrich von Ascha strich sich bedächtig über seinen grauen Vollbart, während er der Nonne aufmerksam zuhörte. Er war tief bewegt von ihrem Unglück und erbot sich, die Ärmste zu Herzog Gottfried zu führen, wo er es durchsetzen wollte, dass Adhémar, der hochwürdige Bischof und Legat des Papstes, ihr die Beichte abnehme.

Derweil wartete Alice im Zelt auf die Rückkehr der Nonne Theresa hatte sich einen Augenblick zu ihr gesetzt, ließ sich kurz das Schicksal der unglücklichen Frau erzählen und verschwand dann wieder zu ihren Verwundeten und Kranken, die nach wie vor ihrer Hilfe bedurften.

Die Unterredung und Beichte beim Legaten des Papstes zog sich in die Länge und Alice begann schon auf ihrem weichen Kopfkissen dahinzudämmern, als Eva in Ordenstracht erhobenen Hauptes zurück ins Zelt trat, sich zu Alice auf das Bettlager setzte und strahlend erklärte:

»Ich bin wieder Jungfrau.«

Alice setzte sich verdutzt auf.

»Wie das?«

»Bischof Adhémar hat mir die Beichte abgenommen und mich von meiner Ehe losgesprochen. Er hat mir nur eine leichte Buße auferlegt, weil ich vergewaltigt wurde und gegen meinen Willen verheiratet und zum schändlichen Umgang mit diesem Mann gezwungen worden sei.«

»Ihr wart verheiratet mit einem Türken?« Alice war fassungslos.

Die Nonne nickte, wurde blass und hielt ihre schönen Hände vors Gesicht.

»Er ist Astronom am Hofe des Sultans und hat mich auf dem Sklavenmarkt gekauft. Aber ich war nie seine Sklavin. Erkan hat mich zu seiner Mutter in sein Haus geführt und eine Woche später haben wir geheiratet.«

Dann sagte sie nichts mehr. Nur noch, dass sie endlich schlafen wolle. Eva kauerte sich auf ihr von Alice bereitetes Lager und rollte sich zusammen. In der Nacht hörten Theresa und Alice die junge Frau weinen. Sie ließen die Nonne in Ruhe.

Alice fragte sich, welche entsetzlichen Bilder Eva wohl durch den Kopf schwirrten und wie verwirrend es sein müsste, noch gestern die Ehefrau eines Türken und heute wieder erklärtermaßen Jungfrau und Nonne zu sein. Und dazu stellte sich die Frage, war sie nun Christin oder Muslima, wenn sie einen Moslem geheiratet hatte? Offensichtlich hatte Eva es gut gehabt bei ihrem Mann. Das schöne bunte Seidenkleid, der Goldschmuck, das keineswegs abgehärmte, sondern in ganzer Schönheit erblühte Gesicht, die vollen Wangen und das zauberhafte Parfum, das sie noch immer trotz des Kleiderwechsels umgab, sprachen ihre eigene Sprache.

Schweigend gingen die Frauen morgens zur Messe.

Bedrückt aß Eva ihren Hirsebrei, den Alice ihr mit freundlichen Worten reichte. Das Wenige, was Eva sagte und was Alice und Theresa befremdete, war die Bemerkung, dass sie morgens gewohnt sei, Kaffee zu sich zu nehmen. Das Getränk kannte Alice aus Pera, Bernhard hatte es bisweilen von einem Diener servieren lassen.

Nach einem langen Gebet verbrachte Schwester Eva den Vormittag auf ihrer Decke, hatte sich von Alice abgewandt und starrte gegen die Zeltwand.

Alice ließ sie in Ruhe. Theresa war wie jeden Tag bei ihren Kranken.

Gegen Nachmittag wurde es laut im Lager. Ein Türke, mit ebensolchem grauen Bart wie Heinrich von Ascha, war, ganz in Weiß gekleidet, ohne Waffen und zum Zeichen seiner guten Absichten mit erhobenen Händen ins Lager geritten und bat inständig, die Nonne sprechen zu dürfen.

Er wurde ihr gemeldet: Schwester Eva stand auf, bekreuzigte sich, sprach ein Pater Noster, blieb unschlüssig stehen und nahm gedankenverloren ihr Kreuz in die Hand.

»Ihr müsst ihn nicht empfangen, wenn es Euch quält. Ihr seid Nonne, Ihr müsst nicht mit einem Türken sprechen.«

»Doch ich muss. Es ist gewiss Ahmet.«

Gemeinsam mit Alice trat sie vor das Zelt, um das sich die Schaulustigen nur so drängelten. Ganz vorne standen die Kinder und bohrten vor Aufregung mit ihren Zehen Löcher in den Sand.

Alice beobachtete, wie der Bote erschrak, als er Eva in ihrem Nonnenhabit sah. Hoch aufgerichtet, stand die Christin vor ihm.

Der Türke verneigte sich tief vor ihr. Sodann begann er in seiner fremden Sprache, auf Eva einzureden. Alice verstand nur das Wort ›Christ‹. Am Ende seiner langen, mit Gefühl und dem Willen zu überzeugen gehaltenen Rede verbeugte er sich wiederum. Fließend erwiderte die Nonne in seiner Sprache einige Worte, die ihn nicht ganz unzufrieden machten. Er stieg auf sein Pferd und verließ das Lager seiner Feinde.

Die Nonne verschwand sofort im Zelt, das ihr Schutz vor der gaffenden Menge bot.

»Was soll ich tun?«, klagte sie verzweifelt.

»Ich weiß nicht, was er gesagt hat«, erwiderte Alice.

»Mein Mann hat Ahmet geschickt. Er ist seit Langem der erste Diener des Hauses. Mein Mann bittet mich inständig, zu ihm zurückzukehren, er könne ohne mich nicht leben. Er liebt mich wirklich. Erkan hat mich zu seiner rechtmäßigen Ehefrau gemacht, obwohl er wusste, dass ich geschändet war. Mein Mann verspricht mir, Christ zu werden, sobald er aus byzantinischer Gefangenschaft befreit ist.«

Sie schwieg und dachte wohl über seine Liebe und sein Versprechen nach.

»Und Ihr, liebt Ihr ihn auch?«

»Was soll ich darauf antworten? Was erwartet Gott von mir?

Natürlich hatte ich, so, wie ich es gelernt hatte zu denken, unablässig Gewissensbisse, weil ich in einer verbotenen, unzüchtigen Ehe lebte. Aber kann denn eine Ehe unzüchtig sein, wenn die Eheleute sich lieben? Hat nicht Gott *alle* Menschen geschaffen und liebt sie?«

Sie brach ab, drehte sich von Alice weg und sagte nur noch: »Ihr habt es gut. Ihr lebt mit Christenmenschen zusammen und müsst euch nicht entscheiden und müsst keine Angst haben, in die Hölle zu kommen, weil ihr einen Ungläubigen liebt.«

Leise war Theresa inzwischen in das Zelt getreten. Müde von ihrem Arbeitstag bei den Verwundeten hatte sie sich auf ihr Bettlager gesetzt und still zugehört. Nun blickte sie auf und sagte zu Alice:

»Es ist entschieden. Die Krüppel bleiben in Nikäa.«

Nach Mitternacht wachte Alice auf. Sie hörte, wie Eva sich leise aufsetzte, im Schein der Öllampe nach den beiden Frauen sah und beruhigt, dass Alice und Theresa fest schliefen, heimlich das Zelt verließ.

Die Empörung unter den Pilgerinnen war am nächsten Tag groß. Händlerinnen verbreiteten die Neuigkeit, die Nonne sei ihrem Mann in die byzantinische Gefangenschaft gefolgt. Beim Wasserschöpfen, beim Essenkochen wurde mit bösen Worten über die Schmeicheleien und falschen Hoffnungen, die verbrecherische und unzüchtige Ehe, die Schamlosigkeit und blutschänderische Wollust der Nonne hergezogen.

Alice mochte sich daran nicht beteiligen. Das Wort ›Unzucht‹ hatte sich tief in ihre Gedanken hineingegraben. Es tat besonders weh, dass dieser Türke die Nonne geheiratet hatte.

Irgendwie musste Alice damit fertig werden.

Gegen Abend überwand sie sich und machte sich auf zum Zelt des Grafen Otto von Baerheim, das Bernhard noch immer mit seinem Vater teilte. Bernhards Falke saß vor dem Zelt auf der Jule und sah Alice mit seinen scharfen Augen an. Ein Bursche teilte ihr mit, dass Graf Otto von Baerheim und Ritter Bernhard zu Kaiser Alexios nach Pelekanon aufgebrochen seien, wo sie Geschenke aus der Schatzkammer des Sultans für die Eroberung Nikäas entgegennehmen sollten.

Betreten entfernte sich Alice. Sie empfand es als ein schlechtes Zeichen und demütigend, dass Bernhard zu den Feierlichkeiten geritten war, ohne ihr vorher Bescheid zu geben.

Es blieb ihr nichts anderes übrig, als zu warten, bis Bernhard zu ihr käme. Ein zweites Mal zum Zelt des Grafen zu gehen, traute sie sich nicht. Schon so wäre Bernhard ungehalten und missgestimmt, wenn der Bursche ihm mitteilte, Alice habe nach ihm gefragt.

Endlich kam Bernhard. Schlecht gelaunt, wie Alice schon befürchtet hatte, machte er ihr Vorwürfe. Es mache ihn lächerlich, wenn sie ihn aufsuche. Trotzdem ließ er sich auf Alice' Bitte ein, gemeinsam auszureiten. In Alice brodelte es, als sie die Hügel um Nikäa hinaufgaloppierten. Für das weite, fruchtbare Land hatte sie keinen Blick, nur für die verschlossene Miene ihres Begleiters. Der sagte in erbittertem Ton und zeigte dabei auf die Felder:

»Die Kornkammer Byzanz'. Wir aber haben sie mit unserem Blut für Kaiser Alexios zurückerobert.«

Es beruhigte Alice, dass Bernhards Zorn letztendlich nur dem Kaiser galt.

Er wollte wohl nicht zu ungnädig sein und erzählte von den kaum vorstellbaren Geschenken, die die Heerführer und auch er selbst erhalten hätten. Diejenigen Ritter, die bisher nicht den Treueid geleistet hätten, wären von Alexios aufgefordert, dies nachzuholen. Nur Tankred habe sich wieder geweigert.

Bernhard lachte. Tankred sei unverschämt geworden und habe lauthals verkündet, er wäre nur dann bereit, Alexios als Lehnsherrn anzuerkennen, wenn dieser ihm ein großes Zelt voller Gold schenken würde. Bohemund habe seinen Neffen mit scharfen Worten für dieses ungebührliche Verhalten zurechtgewiesen.

»Es ist gegen die göttliche Ordnung, wenn Herrschaftsverhältnisse nicht anerkannt werden. Ich habe den Treueid ebenso wie Tankred als Schmach empfunden. Aber ich muss anerkennen, dass Alexios der Kaiser von Byzanz ist, in dessen Hoheitsgebiet wir uns befinden.«

Alice war diese Wendung des Gespräches nicht lieb. Bernhards Unterwerfung unter die göttliche Ordnung sah nicht besonders vorteilhaft für sie aus.

»Mir ist es in den letzten Tagen sehr schwer ums Herz geworden, dass wir in Unzucht leben, dass *ich* in Unzucht lebe«, verbesserte sie sich, denn für ihn als Mann waren die Grenzen weiter gesteckt.

»Gefällt es dir etwa nicht?«, fragte er leichthin. »Es kann nicht Liebe genannt werden, wenn einer lange um eine Frau wirbt. Man soll zur Liebe eilen. Damit die Aufpasser es nicht merken, bevor sie ihren Willen gehabt und miteinander das Lager geteilt haben, soll man es geheim halten«, gab er eine geläufige Meinung wieder.

»Es ist aber nicht mehr geheim«, erwiderte Alice.

»Nun?«, er hob die Augenbrauen. »Was folgt daraus?«

»Dass ich meine Ehre als Jungfrau verloren habe.«

»Das hättest du dir eher überlegen müssen.«

Sie schwiegen.

Natürlich hätte Alice es wissen müssen und wusste es auch genau, dass man mit Bernhard nicht über ihr Verhältnis reden konnte.

»Alice, ich könnte jetzt über dich spotten und hätte auch Lust dazu. Aber ich nehme dich ernst«, sagte er wider Erwarten. Diese einleitenden Worte klangen beängstigender, als wenn Bernhard sie ausgelacht hätte.

»Es gibt zwei verschiedene Arten von weltlicher Liebe, die aus dem Willen des Herzens und die Liebe der Pflicht, zu der die Liebe zum Vater, der Mutter, den Geschwistern, Verwandten und, nicht zu vergessen, zur Ehefrau gehört.

Dir nun ist beschieden, die Liebe meines Herzens zu sein. Meine Ehefrau wirst du nie. Sei froh, denn es steht doch für alle Zeiten fest, dass die Liebe zwischen Eheleuten ihre Macht nicht entfalten kann. Das weiß jedes Kind, nichts ist eintöniger und öder als der eheliche Verkehr. Meine Ehefrau wirst du schon deswegen nicht, weil ich gerne mit dir schlafe.«

»Das ist grausam für mich«, wandte Alice ein.

»Ist dir eigentlich bewusst, dass ich dir eben eine Liebes-erklärung gemacht habe?

Die erste, eine weitere wird so schnell nicht folgen. Freu dich also.«

Alice ritt mit betrübtem Gesicht neben ihm. Von den Hügeln aus konnten sie auf Nikäa mit seinen hohen Mauern, Türmen, Palästen herabblicken, in der Ferne glitzerte der See in der Sonne.

»Alice, bist du von Sinnen, dass du an eine Heirat denkst? Ich habe dich bisher für eine vernünftige junge Frau gehalten. Du weißt wie jede andere, dass die Wahl des Ehepartners bei Edelfreien und gar Grafen eine Familienangelegenheit ist. Standesgleichheit ist Voraussetzung, dazu kommen die Mitgift und die Möglichkeit, weiteren Besitz zu erlangen.«

Er zügelte sein Pferd, sodass es stehen blieb.

»Ich werde von meiner Familie verstoßen und mache mich vor dem gesamten Adel des Abendlandes lächerlich, wenn ich dich aus Liebe heirate.

Meinst du, ich hätte diesen jungen Ritter, den Buhlen meiner Schwester, den sie sehr liebte, im Zweikampf getötet, wenn er nicht arm und bedeutungslos gewesen wäre? Dabei war er immerhin von Adel. Sie wollten gemeinsam fliehen, sich dem Heer Peters des Einsiedlers anschließen. Meine Mutter, die ihre Augen und Ohren offen hält, hat sie entdeckt, wie die beiden nachts die Leiter von der Kammer meiner Schwester hinunter-stiegen. Noch jetzt habe ich ihr Weinen und Geschrei und Beten und Betteln im Ohr um Gnade für ihren Geliebten. Was wäre heute, wenn sie sich durchgesetzt hätte? Der Ritter wäre tot und meine Schwester in Gefangenschaft, eine Sklavin. Es ginge ihr sicher nicht so gut wie der entlaufenen Nonne, über die das ganze Lager herzieht.«

Ernst sah er Alice an:

»Ich töte keinen Menschen, um dann selbst eine Kaufmanns-tochter zu heiraten, meine Pflichten gegenüber meiner Familie zu verletzen und verstoßen zu werden.«

Mit Nachdruck fügte er hinzu: »Diese Schande werde ich niemals auf mich nehmen.«

Alice fühlte sich beschämt.

»Das Höchste, was ich für dich tun kann, ist, sofern du mir einen Sohn gebierst, ich jedoch keinen männlichen Nachkommen von meiner rechtmäßigen Ehefrau haben sollte, von der ich bisher übrigens noch keine Vorstellung besitze, zu deiner Beruhigung, diesen unseren Sohn als legitimen Nachkommen anzuerkennen.«

Alice wusste, das Thema war für Bernhard erledigt. Mehr wollte und, wenn sie ehrlich war, konnte er ihr nicht zugestehen.

Viel Zeit zum Nachdenken blieb auch nicht. Die Heere brachen von Nikäa auf. Es ging an hohen, schroff ansteigenden Bergen vorbei durch enge Felsschluchten. Der Weg war beschwerlich und es ermüdete und reizte Alice, dass es so langsam vorwärts ging, weil sich die Pilger aller Heere gemeinsam durch die Hitze quälen mussten. Unabsehbar lang war dieser Zug von Tausenden von Menschen, von denen die meisten zu Fuß pilgerten. Allein der Tross schien kein Ende zu nehmen. Irgendein Wagenrad brach immer. Viele Kranke und leicht Verwundete liefen mit.

Von Bernhard sah sie nichts. Er ritt zusammen mit Balduin und anderen Adeligen und kümmerte sich schon seit ihrem Abmarsch vor zwei Tagen nicht mehr um sie. Es schien Alice, als hielte er sich bewusst fern, was ihre Laune nicht gerade verbesserte.

Jedoch am frühen Abend, als man sich nach Stunden auf dem staubigen Weg endlich zwischen zwei Berggipfeln lagerte, überall die Feuer brannten und das Essen zubereitet wurde, kam er zu ihr. Sie verließen das Lager, kletterten die steilen Hänge hinauf, wohin niemand ihnen folgen würde, ließen sich in einer mit Gras bewachsenen Mulde nieder. Wie fast jeden Abend suchten sie die Kopfhaut nach Nissen und Läusen ab und kämmten sich gegenseitig die Haare. Leise klimperten die Kreuze und Perlen und Glöckchen an ihrem Ohrgehänge.

Bernhard ließ seine Hände durch Alice' Haare fahren, roch an ihren blonden, widerspenstigen Locken, sagte etwas von ›schönster Zierde der Frau‹ und raunte ihr zu, dass er sie erregend fände.

Dann schliefen sie miteinander. Alice fühlte mit all ihren Sinnen, dass sie sich nicht aus eigener Kraft von ihm trennen könnte.

Wieder im Lager angelangt, hockte sich Alice neben Theresa, die am Feuer saß und mit Appetit in eine Hammelkeule biss.

»Iss auch was, Alexios hat sich nicht lumpen lassen und uns mit bester Verpflegung versorgt.«

Alice erwiderte, sie habe keinen rechten Hunger. Die Nonne ginge ihr nicht aus dem Sinn.

»Kein Grund zu verhungern. Du kannst auch an sie denken, wenn du es dir schmecken lässt. Sie hat dich bestimmt längst vergessen und liegt nun in den Armen ihres geliebten Mannes.«

»Alle sagen, sie sei wegen der Wollust zu ihm zurückgekehrt. Das glaube ich aber nicht, jedenfalls ist das nicht der einzige Grund«, überlegte Alice.

»Weshalb denn sonst?«

»Sie war schwanger. Abgesehen davon, dass sie sicher wollte, dass ihr Kind einen Vater hat und eine Schwangerschaft für eine Nonne besonders heikel ist, graute ihr gewiss davor, die Strapazen einer Pilgerfahrt in diesem Zustand auf sich nehmen.«

»Ach, Alice. Warum denn nicht? Fast alle Frauen sind hier schwanger. Das ist doch normal, dass man als Frau immerzu schwanger ist. Jeden Tag wird mindestens ein Kind geboren.«

Alice fühlte sich bei diesem Gespräch unbehaglich, über Schwangerschaft und Kinder dachte sie nicht so gerne nach, besonders, seitdem sie vor ihrem Aufbruch zurück nach Passau und mit dem festen Entschluss, Nonne zu werden, das restliche Sadebaumöl ausgeschüttet hatte. Bisher war wohl noch nichts passiert.

Sie wechselte das Thema.

»Weißt du, was mich besonders beeindruckt hat bei der

Nonne? Ihre Rechenkünste. Ihr Mann hat Eva Mathematik beigebracht, das Rechnen mit arabischen Zahlen.

Eva fragte mich, ob ich Schreibzeug dabei hätte. Natürlich hatte ich das als Tochter eines Kaufmanns. Sie forderte mich auf, ich sollte mir Rechenaufgaben ausdenken. Ich rechnete also mit römischen Zahlen, sie mit arabischen. Bevor ich überhaupt die Zahlen aufgeschrieben hatte, und ich kann gut rechnen, hatte sie die Aufgabe schon gelöst.«

»Arabische Zahlen sind des Teufels, heißt es.«

»Ja, das habe ich auch eingewandt.

Eva sagte, sie habe darüber nachgedacht. Wenn Gott den Menschen die Fähigkeit gegeben habe, so flink zu rechnen und niemandem dadurch Schaden entstünde, sei es sicher keine Sünde. Weißt du, wir lernen so wenig auf dieser Pilgerfahrt.«

»Da bin ich anderer Meinung«, sagte Theresa und sah von ihrer Hammelkeule hoch, in die sie weiterhin mit Appetit gebissen hatte.

»Wir lernen, Entbehrungen auf uns zu nehmen, obwohl das hier gerade köstlich ist. Versuch mal die Früchte. Sie sind nicht giftig, obwohl besonders die Ritter Datteln für ungenießbar halten. Wir lernen Geographie oder hättest du jemals sonst etwas vom Askan-See oder von einem Gipfel Avdan Dagi, einem Dorf Lefke oder vom Blauen Fluss gehört, den wir morgen überqueren werden? Wir lernen es, Wunden zu säubern und zu verbinden, Kranke gesund zu pflegen, Frauen bei der Geburt zu helfen. Du wirst sehen, wir werden hier noch so gebildet wie Ärzte.«

»Hast du es gut, dass du keinen Liebsten hast«, seufzte Alice. »Du hast deinen hübschen Kopf frei und kannst die ganze Zeit an vernünftige Dinge denken.«

»Einen Liebsten habe ich sicher nicht. Aber dass mir keiner gefällt, kann ich auch nicht sagen.«

Alice horchte auf. »Wer ist es denn?«

»Neugierig?«

»Natürlich.«

»Es ist der junge Ritter, der so lange im Krankenzelt gelegen hat. Ich konnte nur ein paar Worte mit ihm wechseln, weil er dauernd von diesem Mönch versorgt wurde.«

»Martin?«

Theresa nickte. »Du kennst ihn?«

»Ja, ja. Aus Passau. Aus Passau kenne ich ihn«, sagte Alice zerstreut. »Aber Martin ist kein Ritter.«

»Er sei, wer er sei«, war Theresas altkluge Antwort.

»Vielleicht wird er ja noch einer!«, lachte sie und sah mit ihren Sommersprossen sehr hübsch aus.

Die Schwangeren ließen Alice keine Ruhe. Quälend verfolgten sie die junge Frau in den Schlaf. Entsetzt wachte sie auf. Noch war es vielleicht nicht zu spät. Nein, nein. Sie war sicher noch nicht guter Hoffnung. Was für ein Ausdruck. Es war bestimmt eine Freude, ein Kind zu erwarten. Aber nicht unter diesen Umständen.

In aller Frühe, es war noch dunkel, lief Alice zur Beichte. Sie beabsichtigte, alle ihre Sünden zu bekennen. Doch als sie in dem mit Tüchern verhängten Beichtstuhl kniete, brachte sie es nicht über sich, Bernhards Namen zu erwähnen. Sie sprach nur von einem Ritter aus dem Heer Gottfrieds und dass sie ehelichen Umgang mit ihm gepflegt habe. Der Beichtvater erteilte ihr die Absolution unter der Bedingung der Reue, des Betens des Rosenkranzes, aber vor allem unter der Voraussetzung, dass sie von ihrem unzüchtigen Verhalten abließe. Durchaus bemerkte er Alice' inneren Widerstand und möglichen Ungehorsam. Er befahl ihr mehr, als dass er ihr den Vorschlag unterbreitete, sich dem Heer Bohemunds anzuschließen. In dieser wüsten Gegend gebe es nicht genug Weideplätze für die Pferde und deswegen sei eine Teilung der Heere notwendig.

»Nutze sie, meine Tochter, trenne dich vom Heer des Herzogs Gottfried, um deine Keuschheit wiederzuerlangen.«

Alice hatte gute Vorsätze, war aber keineswegs innerlich überzeugt und gefestigt, als sie nach einem kurzen Abschied von Martin mit dem ihr unbekannten Heer auf einer von den Byzantinern gut ausgebauten Brücke den Blauen Fluss überquerte. Es war ihr wieder, als betrete sie eine andere Welt, aber keineswegs eine freundliche. Sie blickte noch einmal zurück zu den Heeren Herzog Gottfrieds und des Grafen Raimonds von Toulouse, die in einem Abstand von einem Tagesmarsch folgen sollten. Alice drehte sich um, konnte aber niemanden, und schon gar nicht Bernhard, in der Menge erkennen. Der aber suchte sie, von einem ihm nicht erklärbaren Gefühl gedrängt, über das er sich nicht Rechenschaft ablegte.

Als er Alice nicht fand, jagte er dem Heer Bohemunds hinterher.

Da ritt sie auf Treugold, seinem mit teurem Geld erkauften Pferd, und trug ein blaues Oberkleid, das er ihr geschenkte hatte, und war auffallend schön anzusehen mit ihren Locken, die unter dem breiten Hut weit über die Schultern fielen.

Bernhard holte Alice ein und fuhr sie an:

»Ich warne dich, mit Bohemund mitzuziehen. Du setzt dich Gefahren aus, die du nicht einmal erahnst. Bohemunds Heer ist viel zu klein, um dich zu schützen. Bleib bei uns.«

Alice schüttelte den Kopf.

Unwillig und verständnislos betrachtete er sie:

»Ich habe versprochen, dich lebend nach Jerusalem zu bringen. Das ist viel in dieser Zeit.«

»Ich habe gebeichtet. Ich habe Euren Namen aber nicht genannt. Der Beichtvater hat gesagt, ich solle mich von Euch trennen. Wenn Ihr es wünscht, gebe ich Euch Treugold zurück.

Ich kann auch zu Fuß gehen.«

Wortlos wendete Bernhard sein Pferd und galoppierte davon.

Alice bereute die Trennung von Bernhard bereits, als sie den Fluss verließen und sich über einen engen Gebirgspass auf Doryläon zubewegten. Es war ihr, als lauerten hinter allen

Felsspalten und Geröllhalden bewaffnete Späher Kilidj Arslans. Dabei war sie inmitten des Heeres ziemlich sicher, zumindest wenn nicht der Pfad so eng wurde, dass sie aus dem Hinterhalt jederzeit abgeschossen werden konnte. Sie sah voller Argwohn zu den Höhen hinauf und beneidete die Ritter, die allesamt ihr Kettenhemd trugen, auch wenn sie sichtbar unter der Hitze litten.

Zur ihrer Beruhigung trug auch nicht gerade der Byzantiner Tatikios bei, der mit seiner in der Sonne glänzenden goldenen Nase bisweilen bei den Frauen vorbeiritt. Noch beängstigender und unangenehmer fand es Alice, dass einer der Elitesoldaten Alexios' nicht mehr von ihrer Seite wich, dauernd auf sie einredete, ohne dass sie nur irgendein Wort verstanden hätte, bis er in einer Felsspalte ganz dicht neben Alice ritt, ihr mit seiner großen Hand über die Wange strich und in bettelndem, schmeichelndem Ton sagte: »Guote vrouwe – ich wil mit di slâfen.«

Alice wandte ihr Gesicht erschrocken ab, ein Ausweichen war unmöglich. Vor ihr und hinter ihre ächzten Pilger. Sie vermutete, als sie den Mann endlich los war, dass er in vielen Sprachen diesen einen Satz kannte und vermutlich auch schon Erfolg damit gehabt hatte.

Gegen Abend erreichte das Heer in der Gegend von Doryläon ein weites, von Hügeln umgebenes Tal, das genug Futter für die Pferde bot. Vögel flatterten kreischend auf, als sich der Zug einem mit Schilf bewachsenen Sumpf näherte. Sie machten Halt. Bohemund befahl, dass an diesem Ort die Nacht gelagert werden sollte.

Alice führte ihre Stute Treugold zu einer Wasserstelle, wo schon Hunderte anderer Pferde standen. Sie war müde und es leid, darüber nachzudenken, ob sie nun Bernhards Ohrringe abnehmen sollte oder nicht. Ziemlich lustlos aß sie Brot und Oliven, wickelte sich in ihre Decke und beschloss, diesen unerfreulichen Tag möglichst schnell zu beenden. Alice fühlte sich allein, weil sie keine der Frauen und überhaupt niemanden aus dem fremden Heer kannte und auch niemand sie beachtete. Eine Mitläuferin mehr.

Es war schon finster, da ging ein Rascheln, Raunen durch das Lager.

Frauen hockten zusammen, machten beim Schein der Feuer aufgeregte, sorgenvolle, furchtsame Gesichter.

Alice setzte sich auf und versuchte, etwas mitzubekommen.

»Kilidj Arslan«, wurde ängstlich und beinahe ehrfurchtsvoll geflüstert.

Sie gesellte sich zu den fremden Frauen, verstand aber ihre Sprache nicht.

Verwirrt blickte sie von einer zur anderen. Da setzte sich eine freundlich aussehende Normannin zu ihr, ebenso blond wie sie selbst, sie hielt einen Säugling im Arm und sprach Alice auf Latein an:

»Du bist neu hier?«

Alice nickte.

»Ich bin Maria aus dem Heer Bohemunds. Seine Späher haben einige Krieger Kilidj Arslans ganz in der Nähe gesehen.«

Alice wurde blass.

»Nun erschrick nicht. Es hat wahrscheinlich nichts zu bedeuten. Es ist ja selbstverständlich, dass Kilidj Arslan unser Heer beobachtet und genauso seine Späher hat wie wir die unsrigen. Bohemund ist stark und kriegserfahren, er weiß schon, was er tut.«

»Und wenn es ein Heer ist? Und wenn sie uns morgen früh angreifen?«

Die Frage hing schreckensvoll in der Nacht, während jeder versuchte zu schlafen.

Alice wälzte sich hin und her. Sie fühlte sich keineswegs beruhigt, auch wenn das Lager die ganze Nacht bewacht wurde.

Maria ermahnte sie: »Nun bleib mal still liegen, Fremde.«

Alice aber wurde es heiß und kalt, während sie regungslos unter ihrer Decke lag und fieberhaft überlegte:

›Wenn es ein türkisches Heer ist, dann müssen wir Herzog Gottfrieds und Graf Raimonds Heere holen, und zwar noch heute Nacht.‹

Bernhard hatte sie davor gewarnt, mit dem kleinen Heer Bohemunds mitzugehen, sie aber hatte ihren Dickkopf durchsetzen wollen. Welche Vorwürfe würde er ihr machen, falls es überhaupt noch die Gelegenheit dazu gäbe.

›Warum schicken wir keinen Boten?‹, dachte sie verzweifelt.

Das war es. Sie, Alice, müsste zu Bohemund gehen und ihm sagen, er solle einen Boten zu den Hauptheeren schicken.

Unmöglich.

Der würde sie niemals im Leben empfangen.

Und wenn doch, dann würde er sie streng zurechtweisen. Sie als Frau habe sich in Entscheidungen der Heerführer nicht einzumischen, sie verstehe sowieso nichts von Kriegsdingen. Vor Bohemund hatte jeder Angst, gerissen, brutal und mächtig, wie er war.

Das ging also nicht. Sie müsste sich heimlich an den Wachen vorbei aus dem Lager schleichen und den Weg zurück zu Herzog Gottfried reiten. Noch nie war sie allein nachts auf einem Pferd unterwegs gewesen. Das war ziemlich heikel. Sie wusste nicht einmal, wo Gottfrieds Heer sich befand. Und wenn sie es trotz der Dunkelheit schaffte und tatsächlich dort ankäme, ohne dass ein Krieger von Kilidj Arslan sie vorher ermordet hätte, dann würde Herzog Gottfried ihr natürlich auch nicht glauben, eben weil Bohemund es nicht für nötig erachtet hatte, einen Boten zu schicken.

Wenn er aber tatsächlich mit seinen Rittern aufbräche, wie wütend wären sie, welche Vorwürfe würde sie zu hören bekommen, wenn sich ihre Pferde in der dunklen Nacht die Beine brächen – und nichts würde passieren. Kein Angriff.

Und wie unbeschreiblich zornig wäre Bernhard. Peinlich wäre das für ihn.

Also still liegen bleiben und Angst haben.

Nein, entschied Alice. Es kommt kein Angriff. Bohemund

hätte tatsächlich sonst einen Boten geschickt. Ich werde mit diesem Aberglauben endlich aufhören und meine Ohrringe abnehmen.

Es zeigte sich gerade ein schmaler Lichtstreifen am Horizont über den Hügeln, da kehrten einige Späher Bohemunds zusammen mit dem Byzantiner Tatikios ins Lager zurück.

Rufe, Geschrei drangen zu Alice. Noch in ihre Decke gehüllt, stand Alice entsetzt da und sah, wie die Männer vom Tross die Wagen zu einem Halbkreis zusammenschoben. Maria, die ihr saugendes Kind an der Brust hielt und ebenfalls den Männern zuschaute, meinte:

»Im Rücken werden wir wohl durch den Sumpf gedeckt, hoffentlich. Es ist viel schlimmer als befürchtet. Kilidj Arslan hat nicht nur aus seinen östlichsten Gebieten seine Krieger geholt. Er hat sich mit den anderen türkischen Emiren gegen uns verbündet. Tatikios mit der abgeschnittenen Nase hat die kappadokischen Türken und die Danischmandiden, ja, sogar Krieger aus Persien an ihren Feldzeichen erkannt. Sie sind 360.000 Mann.«

Alice sah die Frau ratlos und verzweifelt an.

»Hol dein Pferd und bring es ins Lager«, riet ihr Maria.

Alice machte sich mit vielen Nichtkämpfenden auf, die Pferde ins Lager zu treiben, die noch friedlich schlafend auf den Wiesen standen oder grasend umherliefen. Sie machte sich bittere Vorwürfe, dass sie so feige gewesen war und es nicht gewagt hatte, Bohemund anzusprechen.

Die Angst schnürte ihr die Kehle zu.

Wenn Alice auch die Zahl 360.000 für übertrieben hielt, so viele konnten es unmöglich sein, so war eines sicher: Das türkische Heer war ihnen weit überlegen.

Sie waren nichts als ein verzweifelter Haufen.

Mit allen Frauen, Kindern und den nicht kämpfenden Männern wurde Alice ins Lager befohlen. Kaum Platz war vorhanden, um schützende Zelte aufzubauen. Die durch die Wagenburg begrenzte Wiese, voll gepfropft mit Kühen, Schafen, Pferden,

Hunden und Menschen, ließ sie schon jetzt Furchtbares erahnen. Alice bekreuzigte sich. Sie versuchte, sich Trost zuzusprechen, indem sie an die Toten dachte, mit denen sie noch heute vereint werden würde, wenn sie ums Leben käme: ihre Mutter und ihr Vater, ihre Großeltern und Martins Mutter Martha und überhaupt alle Menschen, die bisher um sie herum gestorben waren. Diese Gedanken halfen nur wenig.

Um die zweite Stunde meldeten die Kundschafter, das feindliche Heer sei im Anmarsch.

Alice sah es mit Erleichterung: Bohemund schickte endlich Boten zu den Heeren Herzog Gottfrieds und Graf Raimonds von Toulouse. Sie fragte sich nur bang, ob die noch rechtzeitig kämen.

Die Bogenschützen bezogen Stellung. Sie hatten Befehl, das Lager zu verteidigen.

Die im Lager zurückblieben, blickten auf Bohemund, wie er sich mit Tankred, Robert von der Normandie und Stephan de Blois an der Spitze seiner Ritter in den Kampf begab. An Tankreds Seite ritt sein jüngerer Bruder Wilhelm und jeder konnte sehen, wie stolz der Jüngling war, seine Lanze mit dem Banner in die Schlacht zu tragen. Draußen vor dem schützenden Lager erwarteten die Ritter in geschlossener Kampfstellung die Feinde.

Als die Erde erzitterte von den Tausenden von Hufen, die türkischen Heere die Hügel hinabstürmten und ihren Schlachtruf ausstießen, wie ihn so entsetzlich niemand zuvor gehört hatte, setzten sich die Ritter zum Kampf in Bewegung.

Alice zuckte von dem gellenden lauten Schrei zusammen. Die Kinder hielten sich die Ohren zu. Die Kleinen auf dem Arm ihrer Mütter fingen an zu weinen. Die Mütter sprachen beruhigend auf ihre Kinder ein, Bohemund und die Ritter würden die Feinde besiegen, ganz sicher. »Im Lager kann uns nichts passieren.«

Sie verstummten vor Entsetzen. Es wurde still. Die Türken

näherten sich nicht zum Kampf Mann gegen Mann. In sicherem Abstand blieben sie stehen und schossen aus einer unglaublichen Entfernung ihre spitzen, todbringenden Pfeile ab. Der Himmel verfinsterte sich, ein Gesurre, ein Gesause, ein Treffen. Männer schrien auf, Pferde wieherten in Todesangst. Pfeile über Pfeile.

Dann – Pferdegestampfe, in rasendem Tempo entfernten sich die feindlichen Reiter. Alice vermutete, sie hätten ihre Pfeile verschossen, und atmete auf.

Da – von den Hügeln herab das Donnern der Hufe, Tausende und Abertausende mochten es sein. Und wieder Pfeile, dass kein Regen, kein Hagel dichter hätte sein können. Der Himmel war schwarz.

Das Schreien der Männer, ihrer Pferde, nur jetzt näher, immer näher. Bohemund war mit seinen Rittern gar nicht zum Kampf gekommen. Die Türken wollten nicht kämpfen. Sie zogen sich zurück, um wiederum aus unfassbaren Entfernungen Pfeile abzuschießen.

Ein Pfeilregen jagte den nächsten. Die Ritter flohen zum Lager. Alice konnte sie durch die Lücken beim Tross sehen, wie sie sich vereinzelt, versprengt, viele zu Fuß und verwundet, vor den Pfeilen retten wollten.

Aber Rettung gab es nicht, auch nicht im Lager, das Bohemund nicht schützen könnte, das die feindlichen Krieger gewiss stürmen würden.

Alice verlor die Hoffnung. Die Männer kämpften vergeblich. Sie würden alle hingeschlachtet werden. Herzog Gottfried, Graf Raimond, Bernhard, sie kämen zu spät und würden nur noch ihre Leichen vorfinden.

Mit gewaltiger, fester, lauter Stimme sammelte und ordnete Bohemund die verunsicherten, entmutigten und um ihre Pferde trauernden Ritter. Er befal den Männern, vor dem Lager gegen die anrückenden Feinde zu kämpfen.

Sein Befehl für Fußsoldaten und Ritter lautete: Nicht Angriff, sondern Verteidigung des Lagers mit Lanzen und Schwertern.

Die Türken kamen näher.

Alice hörte ihre fremdartigen Stimmen. Wieder dieser furcht-erregende, entsetzliche, dämonische Kampfschrei, der wie ›Allah Akbar‹ klang. Die feindlichen Krieger erreichten die Schlacht-reihen der Ritter. Pfeile schlugen im Lager ein und verbreiteten Entsetzen und Verwundungen, brachten den Tod.

Draußen begann der Kampf Mann gegen Mann.

Alice horchte auf das Schlagen der Lanzen und Schwerter, sie versuchte herauszuhören, wie es für ihre eigenen Leute stand. Was sie hörte, war ein harter, unerbittlicher, doch vergeblicher Versuch, die Feinde aufzuhalten. Denn immer neue Krieger rasten den Hügel hinunter. Ihre Zahl schien unerschöpflich zu sein, während die Ritter ein so kleiner Haufen waren, dass sie nicht einmal das ganze Lager abdecken konnten.

Immer heißer und staubiger wurde es. Die Sonne stand hoch. Die Männer kämpften gegen ihre Erschöpfung an.

Wie lange hielten sie noch durch?

Alice flehte, Herzog Gottfried möge kommen. Bernhard möge kommen. Aus ihrem Beutel nestelte sie die Ohrringe, ertastete ihre Ohrlöcher. Sie hoffte, dass so etwas wie eine magi-sche Wirkung von ihnen ausginge, auch wenn Bernhard fern war.

Die Geistlichen, Bischof Adhémar, die Prälaten, Priester und Mönche, hatten ihre weißen Gewänder angezogen und bete-ten zu Gott, er möge die Macht der Feinde brechen. Um Alice herum sanken Männer und Frauen auf die Knie. Die Mütter umfassten ihre weinenden oder vor Schreck erstarrten Kin-der. Unter Schluchzen und Tränen bekannten sie, dass sie Sün-der seien.

Alice fiel in die Gebete ein. Sie war eine Sünderin. Die schwär-zeste, böseste unter all diesen Sündern. Sie hatte ihren Vater ermordet.

Und jetzt würde sie sterben. Es war die furchtbare Wahr-heit: Gottfrieds Heer käme zu spät. So viele Stunden dauerte der Kampf unter dieser entsetzlich heißen Sonne schon. Nur noch Sklaverei oder Tod, dachte Alice.

Das war's, ihr Leben.

»Komm, Alice. Bohemund hat befohlen, wir Frauen müssen unseren Männern Wasser nach vorne zur Kampflinie bringen. Sie sterben vor Erschöpfung und Durst. Steh auf!«, forderte Maria, zog Alice am Arm hoch und schob sie in Richtung Gepäck.

»Suchen wir uns einen passenden Kochtopf.«

Alice sah sie verständnislos an.

»Als Helm natürlich«, beantwortete Maria ihren fragenden Blick.

Frauen mit Töpfen auf dem Kopf, beladen mit ledernen Wasserflaschen, kamen Alice schon entgegen. Quellen gab es genug. Alice füllte ihre Flaschen und befestigte sie an ihrem Gürtel. In den Kampf vor dem Lager sollte sie!

Während sie sich zwischen den Wagen nach draußen durchzwängte, fiel ihr ein, dass sie noch vor einem Jahr Angst vor dem Pieken der Hühnerschnäbel gehabt hatte. Nun wurde sie von Frauen nach draußen auf das Schlachtfeld gestoßen.

Alice atmete tief durch, überwand ihre Angst und bat Gott, er möge dieses Opfer annehmen, wenn sie jetzt stürbe.

»Vergib mir meine Schuld«, betete sie.

Die Ritter kämpften mit dem Rücken zum Lager.

Alice zwang sich zwischen den Kämpfenden und über die Verwundeten und Toten hinweg nach vorn.

Fest entschlossen, dem Befehl zu gehorchen, mutig zu sein und bis in die vorderste Linie durchzudringen, drängte sich Alice, ihr Messer in der Hand, durch das Schlachtgewühl, wich Schwertern und Lanzen aus, duckte sich, sprang zur Seite. Einen scheuen Blick warf sie auf den toten Jüngling Wilhelm, der, von einem Pfeil getroffen, seine Lanze noch immer fest umklammerte. Sie stieg über seine Leiche hinweg und lief weiter.

Erleichtert aufatmend, erreichte sie schließlich ihr Ziel. Hastig griffen die Männer nach dem Wasser. Ein Schluck und sie hieben und stachen weiter auf die Gegner ein.

Ein Türke schlug mit seinem Schwert nach ihr. Alice duckte sich und warf sich zur Seite. Er holte nicht ein weiteres Mal nach ihr aus, sondern hieb dem Ritter neben ihr die Hand ab. Das Blut schoss heraus.

In eben diesem Augenblick durchschlug ein Pfeil ihren letzten Lederbeutel. Das Wasser ergoss sich auf den Boden, als wäre es Blut.

Entsetzt schrie sie auf.

Von Angst gepackt, flüchtete Alice durch die Kämpfenden ins Lager zurück. Aber sie erkannte, während sie den Waffen auswich, dass im Lager keine Rettung wartete. Die Türken umkreisten, umschlossen es. Nur der Sumpf hielt sie noch zurück.

Alice zwängte sich durch die Wagen hindurch. Der Anblick, der sich ihr bot, war beängstigend. Eingeschlossen wie Hammel in einem Pferch, hatten sich die Frauen und Kinder, Kranken und Alten zitternd und von Schrecken erfüllt eng aneinandergedrängt, gerade noch geschützt von den Fußsoldaten. Gegen eine gewaltige Übermacht kämpften die Männer einen erbitterten Kampf. Aber vergebens. Es waren zu viele Feinde. Von der Seite am Sumpf brachen die feindlichen Krieger in das Lager durch.

Einige machten sich sofort daran, zu plündern und ihr erbeutetes Gut in Sicherheit zu bringen. Die meisten aber stürzten sich auf die Menge der Unbewaffneten.

Alice kreischte auf, die Menschen um sie herum kreischten ebenfalls.

Die Reiter stürzten sich auf die Wehrlosen, durchbohrten sie vom Pferd mit Schwertern und Lanzen, metzelten, wen immer sie zu fassen bekamen.

Alice flüchtete zu den Pferden. Sie wollte sich unter Treugold verstecken, sie bückte sich, um unter das Tier zu kriechen. Da brach es zusammen. Von Pfeilen getroffen, brach es vor ihren Augen zusammen. Die tödlichen Geschosse steckten in der Flanke beim Herzen.

Alice packte das Entsetzen. Wohin? Überall im Lager wurde gemordet.

Angst hatte sie keine mehr. Retten wollte sie sich dennoch.

Da sah sie, wie einige der vornehmsten Mädchen sich in ein Zelt flüchteten.

Alice raffte ihr Kleid und lief, so schnell sie nur konnte, an diesen womöglich sicheren Ort.

Der Anblick, der sich ihr bot, war überwältigend. Die Mädchen, fast noch Kinder, hatten ihre schönsten Kleider angezogen, sie schmückten, sie schminkten sich, ihre Haare trugen sie offen und flochten Bänder und Geschmeide hinein, in der Hoffnung, die Türken fänden Gefallen an ihnen, würden in Begierde entbrennen, sie als Beute mitnehmen und am Leben lassen. Alice war fassungslos. Die wohl Älteste gestikulierte heftig und forderte so die neu Hinzugekommene auf, ihren Kochtopf abzunehmen, ihr zerrissenes und blutverschmiertes Kleid schnell auszuziehen und gegen ein sauberes zu tauschen.

Noch bevor Alice sich entscheiden konnte, ob sie sich auch so herausgeputzt darbieten wollte, drangen die Feinde in das Zelt, Männer mit schwarzen Bärten und spitzem Helm, gebogenen Schwertern und runden Schilden. Alice richtete sich auf, zückte ihr Messer, blickte sie wütend an und fürchtete sich vor der Gier in ihren Augen. Unter Weinen und Schreien wurden die geschmückten Mädchen an ihren Haaren aus dem Zelt gezerrt. Alice hörte, wie sie laut und anklagend um Hilfe riefen – dann wurde es still.

Allein stand sie einem Mann gegenüber, in der Rechten hielt er sein Schwert, mit der Linken zeigte er auf sein Geschlecht und griff nach der Frau. Alice wich zurück, zückte ihr Messer und stürzte sich auf ihn. Der Mann lachte nur, drückte ihr das Handgelenk zu, sodass Alice die Waffe fallen ließ. Mit Wucht stieß er ihr den Knauf seines Schwertes ins Gesicht.

Etwas Körniges fühlte Alice, so als habe ihr jemand Sand in den Mund geworfen, der Mund füllte sich mit Blut. Schmerz empfand sie keinen.

Der Türke packte sie und drückte ihren Kopf nach unten, sodass der Topf zu Boden fiel. Alice spuckte das Blut aus. Sie zappelte mit den Beinen, trat ihn, mit ihren Fäusten hämmerte sie gegen seine Brust, ließ aber sofort wieder davon ab, da sie unter seinem grünen Kaftan seine Rüstung spürte.

Er schleuderte das Leichtgewicht über seine Schulter.

Alice schrie wie noch nie in ihrem Leben – doch niemand kümmerte sich darum.

Es war wirklich sinnlos. Die Fußsoldaten kämpften gegen die noch immer anstürmenden Feinde, die sie einzeln niederzumachen versuchten, sobald die Reiter in das Lager eindrangen. Bei der Wagenburg lagen Leichen, als hätte sie jemand übereinandergeworfen. Gellend und angstvoll schrien Kinder. Jeder versuchte, sich irgendwie zu retten – da war ihre Stimme ein Nichts.

Der Mann warf Alice quer auf sein Pferd, drückte sie mit fester Hand gewaltsam nieder, versetzte ihr einen leichten Schlag auf den Kopf, trieb sein Pferd zu der Wagenburg, sprang über eine Deichsel, sodass Alice ihre Beine einziehen musste, und jagte mit ihr an den Kämpfenden vorbei in die Ebene hinaus.

Doch plötzlich, welch ein atemberaubender Anblick!

Von der Höhe galoppierten Herzog Gottfrieds Ritter in das Tal hinab. In dem erglühten gleißenden Sonnenlicht erschienen ihre Schilde wie im goldenen Glanz und die eisernen Kettenhemden und Schwerter funkelten wie Sterne. Mit dem Kampfschrei »Deus vult!« stürzten sie sich auf den Kampfplatz vor dem Lager.

Ihr Entführer aber trat seinem Pferd heftig in die Flanken und flüchtete in entgegengesetzter Richtung mit seiner Beute davon.

Alice verlor ihren Mut. Hatte sie seit Stunden gewartet und gebetet, Herzog Gottfried möge mit seinen Rittern endlich kommen, hatte sie genau gewusst, dass der Bote das Heer erst einmal finden, die Ritter sich rüsten und dann noch an dem endlos langen Tross, an den Wagen und Pilgern vorbei mussten, die sie in den engen Schluchten aufhielten, so hatte sie doch jeden Augenblick gehofft: Jetzt sind sie da.

Nun aber, da das Heer Gottfrieds wirklich dem Heer Bohemunds zu Hilfe stürmte, da auch Graf Raimonds Heer mit lautem Schlachtruf durch die Ebene auf das Heer Kilidj Arslans zuraste – da war alle Hoffnung verloren. Rettung war da, aber nicht für sie.

Es würde zwischen den Ihren und den Türken beim Lager gekämpft werden – und in der Zwischenzeit drückte der Mann, zufrieden mit seinem Raub, Alice gewaltsam auf dem Pferd nieder und entkam. Wenn er sie vergewaltigt, wenn er sie genossen hätte, ließe sich eine blonde Fränkin dennoch lohnend auf dem Sklavenmarkt verkaufen.

Ein Leben lang in einem Haus, in einem Harem eingeschlossen zu sein, missbraucht zu werden – Alice wusste mit einem Mal, das war das Schlimmste. Lieber tot als Sklavin. Lieber sich den Hals brechen und vom Pferd herunterfallen, als endgültig Beute dieses Mannes zu sein.

Alice wand sich, strampelte mit den Beinen, trat dem Pferd in die Flanken, biss ihm in das Fell. Der Mann drückte sie mit harter Hand noch stärker nieder, sodass sie meinte, ihr würde die Wirbelsäule gebrochen. Er würde mit ihr entkommen. Bald schon hätten sie das Ende der Ebene erreicht und er würde irgendwo hinter den Hügeln und Bergen mit ihr verschwinden.

Doch Alice spürte, dass das Pferd erlahmte, es war erschöpft von dem Kampf seit den frühen Morgenstunden, es hatte Durst in der Mittagshitze. Es wurde langsamer und langsamer mit der Last, die der Mann ihm zusätzlich auferlegte.

Vom Lager her, hinter ihnen, wurde es schlagartig laut. Pferde wendeten, ein Gestampfe der Hufe, ein Donnern, fremd aussehende Männer rasten an ihnen vorbei, gefolgt von Rittern Herzog Gottfrieds und Graf Raimonds. Diese setzten den Fliehenden nach.

Die Feinde flohen!

Alice sah einen Türken am Boden liegen, eine Lanze im Rücken.

Er bringt mich um, dachte sie. In dieser wilden, rasenden Verfolgungsjagd war ihr Entführer viel zu langsam. Er bringt mich um. Bevor ein Ritter ihn tötet, schlägt er mir den Kopf ab. Und wenn er mich doch lediglich vom Pferd wirft… – das wäre ihre Rettung. Alice versuchte, sich aus seiner Umklammerung zu lösen. Er würde sie vom Pferd stoßen, er müsste sie vom Pferd stoßen, wenn er nicht von den Rittern eingeholt werden wollte. Und dann – Tausende von Pferden rasten heran, Pferde, Pferde der Türken, Gottfrieds, Raimonds, Bohemunds, Roberts von der Normandie, Pferde aus allen Heeren – und würden sie tot trampeln.

Dann müsste ihr jedenfalls nicht mehr der Zahnstumpf gezogen werden, wenn sie tot wäre. Was denke ich da? Was denkt man Seltsames, Unsinniges beim Sterben.

Ganz nahe kam ein Ritter, galoppierte dicht an sie heran. Alice konnte ihn, den Kopf immer noch nach unten hängend, sehen, wie er die Lanze zum Stoß erhoben hatte.

Der Türke fasste nach seinem Schwert, lockerte den Griff, nun würde er ihr den Kopf abschlagen, bevor er selber angegriffen würde.

Alice bäumte sich auf, griff ins Leere, fasste sein Messer und rammte es in seine Wade.

Mit seinem Ellenbogen stieß er sie vom Pferd.

Alice prallte auf den Boden und verlor das Bewusstsein.

※

Bernhard hatte nachgedacht. Alice musste eine Stellung im Heer erhalten, die es ihr ein für alle Male verbot, sich selbstständig zu machen und davonzulaufen. Er hätte Martin am liebsten den Hals umgedreht, dass er sie nicht von ihrem Vorsatz abgehalten hatte, mit Bohemunds Heer mitzuziehen. Der Kerl hatte natürlich die Gefahr unterschätzt. Jetzt nach der Schlacht machte das Wort die Runde, die Türken müssten als das tapferste und edelste Volk der Welt gelten, wenn sie nur Christen wären. Und eigentlich seien der Legende nach Franken und Türken Stammesbrüder, weil beide Völker Nachfahren der Trojaner seien.

Wie auch immer. Einen Denkzettel hatte Alice erhalten, tot

wäre sie, wenn nicht Heinrich von Ascha so ein erfahrener Reiter gewesen und Alice vom Boden aufgegriffen und zu sich aufs Pferd gezogen hätte. Davon allerdings hatte sie nichts mitbekommen. Umso mehr von ihrem ausgeschlagenen Backenzahn, dessen Reste Theresa ihr ohne Betäubung, oder vielmehr nach mehreren Bechern Wein, gezogen hatte. Unglaublich war es, diese Unmengen von Wein, die sie im Lager Kilidj Arslans vorgefunden hatten, obwohl die Moslems den nicht auf Erden, sondern erst im Paradies trinken durften. Jedenfalls der Schmerz beim Zahnziehen war so ungeheuerlich, dass er und Martin Alice kräftig hatten festhalten müssen.

Und nun war auch Treugold, sein teures Pferd, durch Pfeilschüsse verendet. Immerhin hatte dieser Narr Martin die bei seinem nächtlichen Ritt erbeutete Stute Alice geschenkt. Jedenfalls musste sie nicht zu Fuß gehen, was ihr im Heer einen noch niedrigeren Stand eingebracht hätte.

Das war es. Alice' Stellung im Heer war zwar nicht unhaltbar, bedurfte aber dringend einer Absicherung. Als alleinstehende junge Frau, ganz ohne Eltern und Verwandtschaft, war sie Verdächtigungen, übler Nachrede vielleicht nicht gerade ausgesetzt, so doch immer Gefahr, für etwas anderes gehalten zu werden, als sie wirklich war. Es hatte allerdings wohl noch nichts dergleichen gegeben, man hielt sie nicht für eine Hure, denn der Umstand, dass sie seine Geliebte war, stopfte jedem Verleumder das Maul. Trotzdem. Die wegen Unzucht angedrohten Strafen des Herzogs würden wohl nie verwirklicht werden, aber nach einer verlorenen Schlacht oder einer erfolglosen Belagerung könnte es durchaus zu der immer passenden Anschuldigung kommen, das zügellose Liebesleben sei an allem schuld und müsse deswegen geahndet werden. Besser war es, vorzubeugen und Alice in einen Stand zu versetzen, in dem sie vor jedermann unangreifbar war.

Sie musste also im Gefolge einer hochrangigen Frau pilgern.

Die Wahl fiel nach gründlichem Nachdenken auf die Ehefrau Balduins von Boulogne, Godvere di Tosni.

Bernhard ließ sich von einem Bediensteten melden, wurde auch sogleich vorgelassen und traf die Gemahlin Balduins in Gesellschaft einiger Damen: ihrer aus England stammenden und wegen eines Aufstandes gegen Wilhelm den Eroberer im Exil lebenden Cousine Emma von Hereford sowie Humberges von le Puiset, der Ehefrau Walos II. von Chaumont-en-Vexin, des Konstablers des französischen Königs. Nicht ganz so erlaucht, dafür auffallend schön, war in diesem Kreis Emeline von Bouillon, die Ehefrau Fulchers, eines Vasallen Gottfrieds von Bouillon.

Bernhard sah sich im Zelt um. Es war nur zu deutlich, das üppig mit Möbeln, Kissen, goldenen Leuchtern und Vasen aus Silber ausgestattete Zelt hatte zusätzlich zu der aus Frankreich mitgebrachten Pracht sehr durch die Plünderung des Lagers Kilidj Arslans gewonnen. Bernhard kannte diese Prunksucht Balduins, der, wo immer es die Umstände gestatteten, jeden nur denkbaren Luxus für sich in Anspruch nahm.

Die dem Hochadel entstammenden Damen grüßte Bernhard so ehrerbietig, wie es seinem Stand gebührte. Godvere hieß ihn sich setzen und er ließ sich in den weichen Kissen nieder.

Die Frauen waren in bedrückter Stimmung, hatten sie nicht nur an den Trauerfeierlichkeiten und der Beisetzung der adeligen Gefallenen teilgenommen, sondern auch die Nachricht erhalten, dass Sven, der Prinz von Dänemark, kurz hinter der byzantinischen Grenze von Seldschuken aus einem Hinterhalt angegriffen worden sei und mit seinen Rittern den Tod gefunden habe. Hier nun begannen die Frauen zu weinen und Bernhard schwieg mit ernstem Gesicht so lange, bis sie sich so weit wieder beruhigt hatten, dass Godvere, immer noch unter Schluchzen, weitererzählen konnte. Florina von Burgund und der Prinz wollten in Jerusalem heiraten, sie hätte noch versucht zu fliehen, wurde jedoch verwundet. Von Pfeilen getroffen, sei Florina von ihrem Maultier gestürzt und enthauptet worden.

Bernhard drückte sein Bedauern aus.

Godvere fasste sich.

Was ihn, den Ritter Bernhard von Baerheim, zu ihr geführt habe.

Bernhard setzte sich aufrecht und sah Godvere an.

»Ich bitte für eine junge Dame.« Nun, das war ein guter Anfang. Junge Damen sind immer interessant, schon gar, wenn ein junger, heldenhafter Ritter für sie eintritt. Ihres Vaters Bruder sei Abt. Wie gut, dass er den Namen dieses ihm missliebigen Mannes einmal für seine Zwecke gebrauchen konnte.

»Ihr, Alice'«, er betonte ihren hübschen Namen, »Vater war ein reicher Kaufmann aus Passau, in der ganzen Gegend bekannt für seine Großmut und Gottesfurcht. Dieser ehrwürdige Mann hat sich auf den Kreuzzug zusammen mit seiner Tochter begeben, ist aber bereits in Pera gestorben. Alice hat auch keine Mutter mehr, die Beklagenswerte hat schon im Kindbett das Zeitliche gesegnet«, log er.

»Nun pilgert die junge Frau«, Jungfrau zu sagen, brachte er dann doch nicht über die Lippen, »allein und ohne weibliche Begleitung nach Jerusalem. Ich komme auch aus Passau und wäre dankbar, wenn ich meine Landsmännin zu ihrem Schutz Eurem Wohlwollen und Eurer Obhut anvertrauen dürfte. Alice ist fromm und besitzt Fähigkeiten, die Ihr schätzen würdet. Sie ist gebildet, spricht fließend Latein, hat eine angenehme Stimme, kann schön und ausdrucksvoll singen. Dazu besitzt sie auch praktische Fähigkeiten wie Nähen«, was Alice, wie er wusste, nicht ausstehen konnte. »Aber diese Fertigkeiten verstehen sich für eine Frau von selbst.«

Godvere zeigte sich keineswegs abgeneigt, im Gegenteil. Sie könne eine domicella, eine Zofe, durchaus gebrauchen. Sei doch Blanca, ihre vertraute Dienerin, unlängst auf dem Weg von Nikäa nach Doryläon bei der Geburt eines Sohnes gestorben.

»Die Ärmste«, seufzte Godvere.

Alle Anwesenden gaben ihr recht und dachten still für sich das Gleiche:

Godvere ist erleichtert, dass Mutter und Kind die Geburt nicht überlebt haben.

Den Damen klang noch das Kreischen der Dienerin in den Ohren, als die Wehen einsetzten. Auch Bernhard, der dicht neben Balduin geritten war, konnte sich mehr als gut an den Augenblick erinnern, als die Schwangere nicht weiterreiten konnte. Balduin, ganz besorgt in ihrer Nähe, half ihr von ihrem Pferd und ordnete an, dass der Gebärenden ein bequemes Lager aus Kissen, Steppdecken und weißem Bettzeug zu bereiten sei.

Später am Abend wussten es alle: Obwohl Blanca mit erfahrenen Frauen zurückgelassen wurde, habe man ihr nicht helfen können: Kaiserschnitt.

In aller Eile sei nach einem Priester geschickt worden, der die Letzte Ölung vorgenommen hätte. Blanca habe sich gottergeben dem Höchsten anvertraut. Ihr Kind aber sei trotzdem tot zur Welt gekommen.

Das war für Godvere, die, nur um schwanger zu werden, von Balduin auf den Kreuzzug mitgeschleppt worden war, ein gnädiges Ende. Denn lebhaft konnte Bernhard sich die Misshelligkeiten zwischen den Ehegatten vorstellen, sah im Geiste Balduin, dessen Beziehung zu Blanca er nicht allzu sehr zu kaschieren suchte. Godvere war die überaus große Besorgnis Balduins um eine geglückte Geburt sicher nicht entgangen, auch wenn sie ihm erbmäßig nichts einbrachte. Trotzdem, für Godvere war es bitter, ihre Ehe mit Balduin war kinderlos und blieb es anscheinend auch.

Godvere war denn durchaus einverstanden, eigentlich ganz erleichtert, eine junge Frau wie Alice als Hofdame, nun, einen Hof im eigentlichen Sinne gab es ja auf der Pilgerfahrt gar nicht, in ihren Dienst zu nehmen. Der Umstand, dass Bernhard für sie bat, und schließlich war Godvere durchaus bestens über das Verhältnis Bernhards zu Alice unterrichtet, zeigte seinen Anspruch auf diese Frau – und er wirkte nicht so, als dass er sich diesen, nicht einmal von Balduin, nehmen ließe.

Aufrecht und vornehm, in einem Kleid aus changierender blauer Seide, ritt Alice bereits am nächsten Morgen im Gefolge Godvere di Tosnis neben der hohen Frau in südöstlicher Richtung auf die gebirgige Hochebene Phrygiens zu.

Bernhard hatte den Stoff nach dem Sieg im Lager Kilidj Arslans gefunden. Diese glänzende Seide erinnerte ihn an das Blau Marias, der Mutter Gottes, wie er es von Marienbildern kannte. Es würde wunderbar zu Alice' blondem, lockigem Haar passen. Ohne zu zaudern, hatte er den erhöhten Preis bezahlt, den die Näherinnen für die Auflage forderten, das Kleid müsse noch vor ihrem Aufbruch fertig werden.

Alice bemühte sich, den Ratschlägen und Anweisungen Bernhards zu folgen; ihre Hauptaufgabe bestünde darin, Godvere die traurigen Gedanken zu verscheuchen, sie aufzuheitern. Sie solle Geschichten erzählen, es könnten auch derbe sein, oder etwas von ihrem Leben in Passau, schließlich sei Alice die Tochter eines reichen Kaufmanns und brauche ihre Herkunft nicht zu verleugnen.

Bedrückt näherte sich Alice der Stelle, an der sie sich aus den Händen ihres Entführers gerettet hatte. Sie warf einen Blick auf die Toten und erkannte den Mann im grünen Kaftan, der, von einem Speer durchbohrt, am Boden lag.

Sie schluckte ihre Angst, ihren Schrecken herunter und begann von sich zu erzählen, von ihrer Kindheit in Passau, ihrem Vater, von den Geschichten, die er von fremden Kaufleuten gehört oder von seinen weiten Reisen mitgebracht hatte.

»Erzähl mir eine«, wurde sie von Godvere aufgefordert.

»Mir fällt eine aus Italien ein«, sagte Alice und begann:

»Also. In Italien, in Genua, lebte ein junger, schöner, reicher Ritter. Er war wundervoll gekleidet und trug die Haare nicht kurz wie die normannischen Männer, sondern ganz nach der neuen Mode lang bis auf die Schultern. Francesco, so hieß er, liebte eine Dame, Amicia. Sie war verheiratet mit einem Grafen, einem weitaus älteren Mann, dem sie treu ergeben war. Zwar entging ihr nicht die Liebe Francescos, wohl war ihr bewusst, dass die Feste, die er für seine Freunde gab und zu denen sie nie erschien, dass die Freigiebigkeit gegen Fremde und die Almosen, die er verschwenderisch an die Armen verteilte, nur dazu dienten, ihre Aufmerksamkeit auf sich zu lenken, doch mit keinem Zeichen gab sie dem jungen Ritter zu verstehen, dass sie seine Huldigungen auch nur bemerkte.«

Godvere lachte höhnisch auf.

»So geht es im Leben nicht zu. Ich kenne jedenfalls unter allen Adeligen nicht einen, der sein Vermögen für eine geliebte Frau verschwenden würde.«

Alice biss sich auf die Lippen. Natürlich, sie hatte es doch eigentlich gewusst, Godvere wollte so eine Geschichte nicht hören.

Denn Balduin hatte Godvere wegen ihrer Ländereien in der Normandie und in England geheiratet. Sie, eine der besten und begehrtesten Partien auf dem Heiratsmarkt des Hochadels, war wohl seinen eleganten Manieren, seiner Bildung und seinem Charme erlegen, obwohl er als dritter Sohn bei der Erbteilung leer ausgegangen war, nichts besaß und nichts besitzen würde. Er hatte sich eine Herrschaft erheiratet, die dem Paar allerdings nur unter der Bedingung zufallen würde, dass sie ihm einen Sohn gebar.

Der sich nicht einstellte.

»Amicias Haltung änderte sich auch nicht nach dem Tod ihres geliebten Mannes. Sie nahm sich vor, im treuen Andenken an ihn zu leben und sich ganz der Erziehung ihres kleinen Sohnes zu widmen. Mit Bedauern, aber ohne dass sie etwas hätte daran ändern wollen noch können, erfuhr Amicia, dass Francesco all sein Vermögen verschwendet und sich auf ein kleines Gütchen zurückgezogen habe, wo er, fernab von dem gesellschaftlichen Leben, ohne einen einzigen Bediensteten lebte.

Einzig und allein sein Falke blieb ihm.«

»Ja, Falken«, wurde Alice von Godvere unterbrochen. »Unsere Ritter können auf sie nicht verzichten, wie man deutlich sieht. Die Jagd ist ein Vergnügen des Mannes. Ein harmloses«, setzte sie hinzu.

Alice dachte, erst ein Jahr verheiratet und schon so verbittert.

»Nun, dieses Ritters auch. Nun begab es sich«, fuhr sie fort, »dass der Sohn Amicias erkrankte. Die arme Frau fürchtete, ihr Kind werde sterben, und hoffte, sie könne ihr Kind durch eine große Freude retten. Sie fragte ihren Sohn, was er sich wünsche. Da antwortete dieser: den Falken Francescos. Die Dame war tief bewegt. Niemals hatte sie sich erkenntlich gezeigt, ihretwegen lebte der Ritter in größter Armut und nun sollte sie ihn um das Letzte bitten, was ihm geblieben war?«

Alice musste ihre Erzählung unterbrechen und Leichen ausweichen, denen die Vögel die Augen aushackten. Den ganzen Weg entlang lagen Tote aus den türkischen Heeren. Zwei Tage lang waren sie von den Rittern verfolgt worden. Die türkischen Männer waren geflohen, bis, so wie es hieß, nur noch der Herrgott sie verfolgte. Alice konnte sich an den Anblick von Leichen immer noch nicht gewöhnen. Sie nahm sich zusammen.

»Doch die Liebe zu ihrem Sohn überwog all ihre Bedenken und schon am nächsten Tag schickte sie einen Diener zu dem Landgut, Francesco ihren Besuch zu melden. Die hohe Frau schämte sich sehr, als sie sein Elend sah. Trotz allem hatte er sie fürstlich bewirtet. Und als sie fast zu Ende gespeist hatten, fragte er sie nach dem Grund ihres Kommens. Amicia antwortete, ihr Sohn sei tödlich erkrankt und nichts vermöge ihn wohl am Leben zu erhalten als sein Falke.

Da legte Francesco sein Messer beiseite und erwiderte:

»Madame, Sie haben ihn eben verspeist.«

Godvere lachte auf: »Meint Ihr wirklich, Euer Ritter Bernhard würde seinen Falken für Euch opfern?«

Alice war verwirrt. »Natürlich nicht«, murmelte sie und begann darüber nachzugrübeln, ob Bernhard sein Falke lieber sei.

»Männer sind machtgierig und eitel«, erklärte Godvere entschieden.

Alice sah sie fragend an.

»Nehmen wir beispielsweise Bohemund. Warum wohl hat er Graf Raimond nicht schon in der Nacht um Hilfe gebeten, obwohl er als erfahrener Feldherr die Gefahr hätte erkennen können? Nun? Was meint Ihr?«

Alice wusste darauf nichts zu antworten.

»Aus Eitelkeit natürlich. Bohemund ist zwar der Sohn des gefürchteten Normannen Robert Guiscards, aber er ist fast leer ausgegangen. Graf Raimond hingegen ist unendlich reich und dazu noch mit einer Königstochter verheiratet.«

Godvere erklärte entschieden: »Ich will zukünftig von dir nur noch Geschichten hören, die sich ereignen könnten.«

Die wurden ihr von der Wirklichkeit geliefert.

Vor ihnen lag ein Dorf, in dessen Mauern die Glut noch schwelte. Kilidj Arslan hatte es ausgeplündert, in Brand gesteckt und die Felder verwüstet.

Doch das war nicht das Schlimmste: Auf seiner Flucht in unwirtliches Gebirge hatte Kilidj Arslan die alten byzantinischen Zisternen unbrauchbar gemacht.

Die Brunnen waren verschmutzt, das Wasser untrinkbar.

Mittlerweile stand die Julisonne hoch am Himmel. Es war heiß und wurde mit jeder Minute heißer. Das Geplauder, die Freude über den Sieg waren verstummt und mit Bangen fragte sich jeder, vom Heerführer bis zum Ärmsten, wie das nächste Dorf aussehe, ob Kilidj Arslan tatsächlich alle Städte und Dörfer, durch die die Kreuzfahrer ziehen mussten, hatte niederbrennen, die Brücken zerstören und die Felder verwüsten lassen, ob er bei seinem Rückzug das Kreuzfahrerheer durch verbrannte Erde schlagen wolle.

Doch es war wie befürchtet. Kilidj Arslan hatte keine Gnade gegenüber seinen eigenen Untertanen walten, vielmehr alles verwüsten lassen, um die Verpflegung des christlichen Heeres unmöglich zu machen.

Alice litt wie alle anderen mehr, als sie sich es je im Leben hätte vorstellen können, unter der Hitze. Für die Ritter wurde es unter den Rüstungen unerträglich heiß. Sie abzulegen schien nicht ratsam, da zwar kein Angriff Kilidj Arslans mehr zu erwarten war, doch durchaus aus dem Hinterhalt geschossen werden konnte. Wer krank war, wer ein Kind gebar, wer aus welchem Grund auch immer nicht mehr mitkam und hinter dem mühsam, aber unaufhaltsam weiterziehenden Heer zurückblieb, der musste befürchten, von Pfeilen getroffen, verwundet oder getötet zu werden.

Alice hatte Angst. Aber noch stärker als die Angst war der Durst.

Durst. Ein Wort, das für sie noch niemals Bedeutung gehabt hatte. Wenn Alice durstig gewesen war als Kind, dann trank sie eben Wasser oder mit Wasser verdünnten Wein oder bisweilen Saft. Hunger kannten viele Frauen und Männer und Kinder im christlichen Heer, aber Durst keiner von ihnen: Wälder, Wiesen, Felder, Flüsse und Bäche, die wärmende Sonne des Sommers, die den regenreichen kalten Winter, den Schnee und das ewige Frieren vergessen ließen, das alles erschien wie in einem goldenen Glanz. Und wenn es auch im Süden heiß war, auf Sizilien oder in Bari und Tarent und der Provence, so konnte man sich doch mittags zurückziehen unter die weit ausladenden blattreichen Äste der Bäume.

Hier aber nichts als eine schattenlose, vulkanische, von glühender Sonne aufgeheizte Öde.

Alice verging das Geschichtenerzählen und es wurde auch nicht mehr von ihr erwartet. Bei dieser Glut mochte keiner noch ein unnötiges Wort sprechen.

Godvere litt mit ihrer hellen Haut unsäglich unter der Sonne. Sie sagte nur einmal zu Alice, sie sehne sich nach dem kalten Island ihrer Vorfahren zurück.

Als Erstes starben die Pferde.

Jedem starben die Pferde weg. Dem Grafen Otto von Baerheim waren drei Reitpferde und zwei Packpferde am Wegesrand liegen geblieben und mussten geschlachtet werden. Voll Bangen suchte Alice Rab und mit Erleichterung stellte sie fest, dass

Martin das Pferd noch am Zügel hielt. Ans Reiten war nicht zu denken, wollte man sein Pferd nicht zusätzlich belasten.

Alice gab sich alle erdenkliche Mühe, das Pferd, das ihr Martin mit schlechtem Gewissen geschenkt hatte, am Leben zu erhalten, indem sie das Tier zu den Disteln am Wegesrand führte, die sie auch selber aussaugte, um nicht zu verdursten. Umsonst, die Stute war trächtig und starb. Bernhard bot ihr an, sie könne ihr Gepäck auf seinen Wagen lagen, vor den sein Diener die Hunde gespannt hatte. Unter der glühenden Sonne zogen mühsam und schwerfällig Schafe, Ziegen und Hunde die Gepäckwagen. Niemals hätten die Ritter gedacht, dass so mancher auf einem Ochsen reiten musste, ohne dass dies jemand ehrbrüchig oder lächerlich gefunden hätte.

Betrübt ging Bernhard neben Alice, sein gezähmter Edelfalke sei unter den Händen seines Falkners gestorben.

»Wenn selbst die Vögel kein Wasser mehr finden ...«, setzte er bedeutungsvoll hinzu.

»Meine Jagdhunde keuchen und ich habe große Sorge, dass Rother elendig verendet.«

Wie alle schnappte Bernhard trotz lechzender Kehle nach Luft, in der Hoffnung, so den Durst zu lindern.

Sterbende am Wegesrand, denen die Letzte Ölung zuteil wurde. Sterbende ohne geistlichen Beistand, ganz allein, während alle, die noch laufen konnten, Staub aufwirbelnd an ihnen vorbeihetzten. Weiter, weiter, nicht nachdenken.

Tote, unbestattet am Wegesrand.

Frühgeburten, Fehlgeburten, Gebärende mit gespreizten Beinen. Eine Frau davor kniend. Sie fasst den Kopf des Kindes, das Kind schreit, schreit um sein Leben. Die Frau legt es nicht der Mutter auf den Bauch. Sie lässt es auf den Boden fallen.

Noch die Nachgeburt heraus. Die Mutter erhebt sich mühsam, zieht den Rock glatt und dann weiter, weiter, ohne sich umzusehen, das Kind schreiend und verdorrend, sterbend zurücklassend.

Frauen, die sich neben ihrem Neugeborenen auf dem Boden

wälzen, von Sinnen vom Durst, der Sonnenglut, und dort neben ihrem Kindlein sterben.

Die Körper der Frauen waren ausgedorrt, nicht einen Tropfen Milch konnten sie ihren ausgetrockneten Brüsten entlocken. Für die Neugeborenen und noch zu stillenden Kinder bedeutete das den Tod. Alice fand es schrecklich, sie mochte sich nicht umblicken, wenn sie beim Vorbeilaufen eine ältere Frau aus der Menge der Armen erblickte, wie sie sich dieses in der Sonne vergehenden Menschenkindes erbarmte und es lautlos erstickte.

Weiter, weiter, nicht hinsehen, nicht nachdenken. Jeder Schritt ist Leben. Jeder Schritt bringt uns dem Wasser näher.

Nur nicht nachdenken.

Nicht nachdenken. Nur ein Schritt und noch einer. Nicht nach rechts und links sehen. Nicht auf die anderen achten. Jeder Schritt war Leben.

Und doch, da war Theresa, die vor einer Frau kniete.

»Hilf mir!«, rief sie Alice zu. »Bei der nächsten Wehe press das Kind aus dem Bauch heraus.« Theresa fasste den Kopf des Kindes, zog.

»Mein Kind«, lächelte die Mutter. »Was ist es?«

»Ein Junge.«

»Endlich ein Sohn.«

Die Mutter legte es an die Brust, wieder und wieder. Nichts. Das Kleine saugte. Aber es kam nichts. Das Kind schrie. Die Mutter bekam ein hoffnungsloses, verzweifeltes, eingefallenes Gesicht, das zu sagen schien, ich lege mein Kind trotzdem nicht in den Sand. Doch noch bevor Theresa einen Priester holen konnte, trug sie ihr totes Kind im Arm und dann lag es wie alle anderen im Staub. Ungetauft. Undenkbar bis zu diesem Marsch des Grauens. Was tat man sonst alles, damit ein Neugeborenes ein Christenmensch wurde, bevor es der Erde übergeben ward. Damit es nicht in die Hölle kam.

›Lasset die Kindlein zu mir kommen‹, sagt Jesus. Auch ungetauft?

Eines Abends setzte sich Martin neben Alice. – Sie mieden sich, soweit das möglich war.

Er sagte bekümmert, es seien heute 500 der Ihren gestorben, Männer wie Frauen und besonders Kinder. Trotzdem habe Fulcher de Chartres bemerkt, ihm erscheine es wie ein Gott gewirktes Wunder, dass, obwohl so viele verschiedene Sprachen gesprochen und alle so sehr leiden würden, die Pilger doch alle Brüder in der Liebe zu Gott und in einem Geist zusammengeschlossen seien. Trotz aller Qualen und Verluste sei der Kampfgeist des Heeres ungebrochen.

»Die Neugeborenen, die am Wegesrand verdorren und sterben müssen, haben keinen Kampfgeist, sie wollen nur leben, aber dürfen, können es nicht«, wandte Alice ein.

Beim Einschlafen, wie war ihre Kehle ausgetrocknet, wie war ihr schwindelig, wie fieberte sie, da plagte Alice die Vorstellung, sie sei noch ein Kind und begegne ihrer eigenen Mutter. Die Vision verschwand, Alice wusste schließlich nicht einmal, wie ihre Mutter ausgesehen, nur dass sie rotes Haar gehabt hatte. Doch im Traum kehrte die Mutter zurück. Sie stieß ihre Tochter zur Treppe, zur verbotenen Treppe. Steil führten die steinernen Stufen vom Tanzsaal hinab bis auf den breiten Gang mit den quaderförmigen Steinen, auf die ihre Mutter geschlagen war. Auf der Mitte der Treppe der Abt, eine Stufe tiefer ihr Vater, dann die Mutter. Sie fiel, sie fiel. Die Mutter schrie.

Aber Alice empfand kein Mitleid. Erschrocken drehte sie sich auf die andere Seite.

Beim Aufwachen auf dem staubigen, harten Boden taten Alice die Glieder weh, sie starrte in einen Himmel, dessen stechendes Blau ihren Augen schmerzte. Verlassen fühlte sie sich und hatte gleichzeitig das Empfinden, dass jene ferne Nacht, in der die Mutter den Tod fand, wie ein böser Greifvogel über ihr selbst schwebte. Es war Alice, als verliefe ihr Leben nach einem ehernen Gesetz, auf das sie keinen Einfluss hatte.

Alice hätte bitter geweint, wenn nicht die Tränen vertrocknet wären.

❧

Wasser!

Alice fiel auf die Knie und dankte Gott aus ganzem Herzen, dass sie nicht verdurstet war, dass auch Bernhard und Martin und Theresa noch lebten. Sogar Graf Raimond kniete wieder unter ihnen, der bei dem Marsch durch diese Hölle entlang der Salzwüste schon die Letzte Ölung empfangen hatte. Es war ein Zeichen Gottes, dass sie ausgerechnet an Mariä Himmelfahrt, genau am 15. August, dem Tage ihres Aufbruchs ins Heilige Land vor einem Jahr, Ikonion erreicht hatten und vom Verdursten errettet wurden. Tränen der Freude liefen Alice über die Wangen. Mit ihr knieten alle Pilger und priesen ihren Herrn Jesus Christus, der sie aus großer Not gerettet hatte.

Wer nicht den Fehler beging und zu viel Wasser in sich hineinsoff, sodass ihn nun zu guter Letzt noch der Tod ereilte, der genoss es, lebendig zu sein.

Zu ihrer Freude war Ikonion verlassen, sodass sie nicht erst einmal gegen die Türken kämpfen mussten, um zu den Bächen und Obstgärten zu gelangen, die sich weit im lieblichen Tal ausbreiteten.

Auf den Wiesen lagerten sie, an den Bächen ruhten sie. Alice traf auf Martin und Theresa, die unter dem Schatten eines Obstbaumes saßen und sich gegenseitig süßes Gebäck in den Mund schoben, das Martin bei einem armenischen Händler in einem der nahe gelegenen Dörfer gekauft hatte. Der Mann hatte ihn mit seinen sehnigen, hageren Armen gedrückt und dann das Zeichen des Kreuzes gemacht.

»Köstlich!«, rief Theresa ihr und Bernhard zu. »Möchtet ihr probieren?«

Theresa lachte und Martin mit ihr. Wann hatte Alice Martin jemals lachen gesehen? Alice und Bernhard dankten und steckten sich die honigsüßen Leckereien in den Mund. Alice fiel auf, dass die Freundin Bernhard wie nebenbei geduzt hatte, während sie ihn selbst nach wie vor mit ›Ihr‹ ansprach. Nun ja, Alice zuckte mit den Achseln. Selbst adelige Eheleute bewahrten in jedem noch so vertrauten Augenblick die Distanz des ›Ihr‹.

An den Grüppchen zusammenstehender oder im Gras sitzender und essender Menschen vorbei schlenderten sie weiter. Kinder und Erwachsene sangen, spielten Fangen, Verstecken und blinde Kuh, die Spiele langer Winterabende in Bauernhütten und auf Burgen.

Im Vorbeigehen hörten Alice und Bernhard dies und das. Sie gingen still und einander zugetan durch einen Torbogen in das Geflecht von Straßen und Gassen hinein. Bernhard hatte einen Raum gefunden, der noch teilweise eingerichtet war, weil die Möbel zu groß und schwer waren, um sie auf der Flucht in die Berge mitzuschleppen. Auf einem breiten Bett lagerte sich Alice und besah die schönen Deckenmalereien, während Bernhard sein Schachbrett holte, das er auf die Pilgerfahrt mitgenommen hatte.

Dennoch entging ihr nicht die tiefe Falte auf Bernhards Stirn, während er die Schachfiguren aufstellte. Sie mochte ihn aber nicht fragen, warum er ganz unerwartet so ernst und betroffen aussah.

Bernhard liebte Schach, seitdem ihm sein Großvater Hanno das Spiel nach dem tödlichen Unfall des älteren Bruders als Trost gegen die Trauer und die Verlorenheit geschenkt hatte. Überall auf der Burg der stille, unausgesprochene Vorwurf in den Augen der Mägde, der Knechte, der Knappen und Ritter seines Vaters, ja sogar bei den Bauern im Dorf, denen es getratscht wurde, überall die stumme Anklage, den eigenen Bruder beim Fangenspielen aus dem Burgfenster gestoßen zu haben. Der Priester ermahnte ihn, die Tat zu beichten. Der Vater schlug ihn bis aufs Blut mit der Reitgerte und seine Mutter, das war vielleicht das Schlimmste, setzte sich jeden Abend an sein Bett und erzählte die Geschichte, wie Kain seinen Bruder Abel aus Neid ermordete und Kain zur Strafe vertrieben wurde und als Fremder umherirren musste.

Nur Bernhards Großvater schenkte dem Jungen diese Kostbarkeit, das Andenken seines Mutes und seiner Stärke, sein Schachbrett mit den wunderschönen seltsamen Figuren. Für Bernhard war es das Zeichen des Vertrauens, das Symbol seiner Unschuld. Still und versunken mochte er als Kind das mit Gold bemalte Pferd oder den mächtigen, mit Edelsteinen geschmückten König betrachten und sich vorstellen, wie sein Großvater als junger Mann in Spanien gegen die Sarazenen das Schwert erhoben hatte.

›Kein Ritter kann verbissen kämpfen, wenn er nie einen Schlag erfühlt‹, war der Leitspruch seines Großvaters. Und Bernhard empfand schon als Kind den Trost in diesen Worten, verstand, dass der Großvater nicht nur körperliches Leid meinte. Der Junge nahm sich vor, ungeachtet aller Schmerzen ein Held zu werden.

»Sonderbar«, sagte Bernhard, für Alice unvermittelt, »obwohl mein Großvater gegen die Sarazenen gekämpft hat, war doch einer von ihnen beinahe wie ein Freund. Mein Großvater Hanno hat mir als Kind erzählt, wie er in Spanien des Öfteren Schach gegen diesen hohen Moslem gespielt hat«, plauderte Bernhard, während er die Figuren aus Ebenholz aufstellte.

»Also fangen wir an.«

Meistens war er zufrieden mit Alice, die das Spiel mittlerweile gut beherrschte.

Doch nun rügte Bernhard sie schon nach wenigen Zügen:

»Du spielst heute unaufmerksam. Ein Gegner, der nicht gewinnen will, langweilt mich.«

Alice nahm sich zusammen.

»Schach«, stellte Bernhard fest.

»Ich fühle mich schachmatt gesetzt«, entgegnete Alice leise.

»Weil ich von dir fortgehe? Sonst bist du es immer, die mich verlässt. Ich aber tue nichts anderes, als mit Balduin nach Tarsos

zu ziehen, während du bei Herzog Gottfried und dem Hauptheer bleibst. Also, was ist dabei?«

»Mir ist nicht wohl bei der Spaltung der Heere. Nach der
Schlacht bei Doryläon haben die Heerführer beschlossen, dass
alle Heere fortan zusammen nach Jerusalem pilgern. Und nun
will Balduin unbedingt den Weg durch die Kilikische Pforte, den
gefährlichsten Weg, einschlagen, wo ihr euch in einem Engpass
befindet und es für die Türken ein Leichtes wäre, von den Bergen aus Pfeile auf euch zu schießen, ohne dass ihr euch wehren könnt.«

»So schlimm wird es schon nicht kommen. Die Türken sind
nach Doryläon vermutlich ebenso schachmatt gesetzt wie du.
Balduin will Herr über Kilikien werden und die Huldigungen
der Armenier entgegennehmen. Was nicht allzu schwer sein
dürfte, denn in Tarsos, der wichtigsten Stadt, gibt es nur eine
türkische Garnison. Die Bevölkerung aber ist christlich. Du
siehst es ja selbst, nach 20 Jahren Chaos und Leiden unter den
seldschukischen Türken werden wir von der christlichen Bevölkerung als Befreier begrüßt.«

»Aber Balduin hat doch Alexios einen Eid abgelegt, dass alle
zurückeroberten Gebiete an den Kaiser fallen«, wandte Alice ein.

»Balduin schert sich um diesen Eid nicht. Was geht er ihn
an? Sieh. Balduin ist in einer ziemlich aussichtslosen Position.
Er hat nichts geerbt. Godvere aber schenkt ihm keinen Sohn,
nicht einmal eine Tochter. So fallen ihre ganzen Besitztümer
nach ihrem Tod an ihre Verwandtschaft und Balduin geht leer
aus. Da muss er sich eben ein Reich erobern. Am liebsten würde
er König von Jerusalem.«

»Na, da hat er wohl keine Chance.«

»Richtig«, erwiderte Bernhard. »Den Anspruch auf Herrschaft erhebt berechtigterweise die Kirche, in deren Namen wir
nach Jerusalem ziehen.«

Alice schüttelte nachdenklich den Kopf.

»Warum aber verlässt auch Tankred das Hauptheer und zieht
unabhängig von Balduin auf getrennten Wegen nach Kilikien?«

»Er ist in einer ähnlichen Lage wie Balduin. Er hat nichts und er erbt nichts. Er will also dasselbe wie Balduin, Tarsos für sich erobern.«

Verächtlich runzelte Alice die Stirn. So heilig schienen ihr die Pläne der Heerführer nicht zu sein.

»Da werden sich zwei christliche Heere gegenüberstehen und sich bekämpfen. Es wird wohl Scharmützel geben.«

»Also Verwundete und Tote«, folgerte Alice.

Bernhard zuckte die Achseln und sagte leichthin: »Das Übliche eben.«

»Und Ihr, welche Absichten verfolgt Ihr?«

»Ich? Keine. Ich ziehe mit Balduin, weil ich einer seiner engsten Vertrauten bin. Außerdem halte ich den Feldzug durch Kilikien für strategisch sinnvoll, weil die türkischen Truppen in dieser Gegend uns nicht mehr in den Rücken fallen können, wenn wir Antiochia erobern wollen.« Er schüttelte den Kopf.

»Auf dieser Pilgerfahrt will ich kein Land für mich gewinnen. Ich vertrete den Willen Gottes und will Jerusalem von den Ungläubigen für unseren Herrn Jesus Christus befreien und mein Gelübde erfüllen. Danach kehre ich zurück, möglichst reich.«

»Und dann?«, fragte Alice und biss sich auf die Lippen. Wie konnte sie nur fragen. Hoffentlich sagte Bernhard nicht: ›Und dann werde ich eine reiche adelige Frau heiraten‹.

Er aber antwortete: »Bis zum Tod meines Vaters, bis ich also selbst unsere Grafschaft als Lehen empfange, will ich etwas für meine Familie tun. Ich beabsichtige, unsere Besitzungen um die des Stadtgrafen von Passau zu erweitern.«

»Ihr wollt die Burg von Ulrich Vielreich belagern?«, fragte Alice zweifelnd.

»Nein, ich will ihn töten.« Bernhard lachte. »Wusste ich doch, dass du dich erschrickst. Töten ist nicht nach deinem Geschmack.«

Alice schluckte. Sie fühlte sich unbehaglich. Ein guter Mensch zu sein, war offenbar keine Auszeichnung in den Augen Bernhards. Und mit so einem Mann war sie zusammen, der einen Mord Monate, vielleicht Jahre im Voraus plante?

Von Zweifeln geplagt, kaute sie an ihren Nägeln.

Bernhard nahm ihr den Finger aus dem Mund und sagte ernst: »Nicht doch. Was du nur alles Schlechtes von mir denkst. Wenn ich dich jetzt berühren und mit dir schlafen wollte, du würdest dich verweigern. Das erste Mal. Alice, Alice, was sind das für Mätzchen.«

Er trank einen Schluck Wein, drehte sich ihr wieder zu und fasste ihren Arm.

Alice entwand sich ihm, setzte sich kerzengerade auf die Bettkante und fischte mit den Füßen nach ihren Schuhen.

»Willst du denn gar nicht erfahren, was ich mir so unter Töten vorstelle?«

»Was denn? Wollt Ihr gegen den Grafen Krieg führen oder ihn hinterrücks des Nachts ermorden?«, fragte sie gereizt.

»Nein, Raub und Mord hinterlassen einen schlechten Eindruck. Die Angelegenheit lässt sich eleganter erledigen. Sogar alle, ganz Passau, der bayerische Adel, ja selbst Kaiser Heinrich wird mir recht geben, denn ich will meine Ehre verteidigen.«

»Hätte die jemand jemals verletzt? Und dann Graf Ulrich?«

Alice zog die Stirn kraus, setzte sich aber wieder zu Bernhard aufs Bett.

»Nun bist du im Zweifel, was du von mir halten sollst. Ich kann dich beruhigen. Mir bleibt gar keine andere Wahl. Die Sache verhält sich so«, begann er. »An dem Abend, als wir bei deinem Vater in Passau zu Gast waren und du mir durch deine außerordentliche Schönheit aufgefallen bist ...«

»Keine Schmeicheleien, keine Unwahrheit bitte«, unterbrach Alice ihn.

»Also gut, als ich dich überhaupt nicht beachtet habe ... Auch nicht richtig?«

»Erzählt doch einfach, was sich zugetragen hat.«

»Am Abend vor unserem Aufbruch aus Passau sind mein Vater und ich zur Messe in den Dom gegangen. Ulrich, der seinen Grafentitel noch nicht lange trägt, stieß vor den Augen der anderen adeligen Kreuzfahrer meinen Vater zurück, drängte sich vor und nahm meinem Vater den berechtigten Vortritt in das Gotteshaus. Der Abt ist Zeuge. Da ich schon das Kreuz genommen und meinen Eid abgelegt hatte, habe ich auf einen sofortigen Zweikampf verzichtet.«

Bernhard schwieg.

Alice schwieg auch. Eigentlich lag es ihr auf der Zunge: ›Und weiter?‹ zu sagen und: ›War das alles?‹

»Wie in der Nibelungensage«, bemerkte sie endlich. »Weil Kriemhild und Brunhild sich um den Vortritt in den Dom streiten, wird Siegfried ermordet und Tausende von Rittern werden getötet.«

»Und hier gibt es lediglich einen Zweikampf zwischen zwei Männern, bei dem einer von beiden sterben wird«, bemerkte er trocken.

Alice blieb die Luft weg.

»Warum kämpft Euer Vater nicht selbst? Er war es doch, dessen Ehre verletzt wurde?«

»Fürsten tragen keinen Zweikampf aus, wenn es sich nur irgend vermeiden lässt. Ich aber muss mir meinen Ruhm noch erwerben.«

»Also bringt Ihr Euch willentlich in Gefahr«, stellte Alice scharf fest.

»Natürlich, besonders, da ich von vornherein darauf bestehen werde, dass nur der Tod, Ulrichs oder mein Tod, den Zweikampf beendet. Ich werde ihn also rechtmäßig vor aller Augen, vor den Nobiles der Stadt Passau und dem bayerischen Adel töten. Auch vor deinen, wenn du Lust hast.«

Alice schauderte. Gleichzeitig reizte es sie.

»Alles um des Ruhmes willen?«, fragte sie nach.

»Ruhm ist für einen Adeligen das Wichtigste«, sagte Bernhard nachdenklich. Dann fügte er in ironischem Ton hinzu: »Ich gehe allerdings davon aus, dass Ulrichs Lehen nach seinem Tod an mich fällt.«

»Ist das nicht hinterhältig?«, wagte Alice einzuwenden. Erschrocken hielt sie sich den Mund zu. Bernhard Hinterlist vorzuwerfen, würde ihn wegen der Ehrverletzung – und sei es auch nur durch eine Frau – sicher rasend machen.

Bernhard drohte ihr jedoch lediglich mit dem Finger.

»Ulrich wünscht mir mit Sicherheit den Tod. Insgeheim hofft er, dass die Türken für ihn das erledigen. Wenn er milde gestimmt ist, stellt er sich vor, dass ich im Heiligen Land bleibe. Und im Übrigen nimmt er an, dass nach dem Kreuzzug alles vergessen ist, was jedoch nicht der Fall sein wird.«

»Und Ihr seid Euch sicher, dass Ihr gewinnt?«

»Das entscheidet Gott.«

»Ist Ulrich ein guter Kämpfer?«, fragte Alice.

»Er ist Ritter wie ich«, antwortete Bernhard.

Aber er ist zu Hause im friedlichen Passau und nicht auf dem Kreuzzug, dachte Alice.

»Neben der Gnade Gottes gehört zum Gewinnen die Lust am Leben. Wer nicht gerne lebt, verliert im Zweikampf. Schöne Frauen zu hofieren, gilt deswegen als äußerst nützlich.«

»Frauen?«, fragte Alice zurück.

»Natürlich nicht in der Mehrzahl. Eine schöne Frau genügt.«

»Warum tut Ihr mir das an?«

»Was? Ich werde nur für dich kämpfen.«

Alice sah ihn ungläubig an.

»Das meine ich nicht.«

»Ich weiß nicht, warum ich dir das antue«, murmelte Bernhard, während er das Schachbrett behutsam auf den Boden stellte. »Aber du bist mir doch wieder gut? Ja?«

Alice nickte und strich Bernhard sanft, fast mütterlich, über das Gesicht.

Während Bernhard sie nun küsste und mit ihr aufs Bett sank, hingen Alice' Gedanken noch jenem Grafen Ulrich nach, dessen Lebenszeit sich um jeden Tag verkürzte, den Bernhard näher nach Jerusalem und damit zurück nach Passau kam.

Doch dann durchzuckte es Alice, ihr blieb fast die Luft weg

bei dieser Verlockung: Sofern Bernhard auch in Zukunft keinen legitimen Sohn hätte, dann, ja dann würde ihr, Alice' Sohn, von Bernhard rechtmäßig anerkannt werden. Und dann, ja, dann würde ihr Sohn Herr über zwei Grafschaften werden.

Von dieser Vorstellung berauscht, befolgte Alice den Rat einer Nonne, deren medizinisches Lehrbüchlein sie in Passau im Apfelgarten an einem heißen Sommertag gelesen hatte. In dem Abschnitt über die Liebe hatte die kluge, mit allen Heilpflanzen wohl bewanderte Nonne geschrieben: Wenn der Mann und die Frau jung und gesund sind und beide in heißem Verlangen zueinander höchste Lust empfinden, dann wird ein starker Junge gezeugt.

Hell leuchtete der Komet am nächtlichen Himmel über dem eroberten Heraklea. Es schien den Pilgern, als funkelte er in Form eines Kreuzes, als erstrahlte er zum Zeichen des Sieges und der Verheißung mit der Spitze nach Osten.

Alice betrachtete die Himmelserscheinung. Sie stand ganz eng neben Bernhard und fühlte für einen Moment seine Hand, vielleicht ein letztes Mal für lange Zeit. Mit ganzem Herzen hoffte sie, dass dieser Komet auch ihre Wünsche bestätigen würde, um deren Erfüllung sie insgeheim und heftig betete.

Dann kam vier Tage später die Trennung. Bernhard und Alice machten kein Aufhebens davon. Es wäre selbst für Ehegatten unschicklich. Jedenfalls zeigte Godvere kaum Gefühl, als sie Balduin nicht mit zur Kilikischen Pforte begleitete, sondern mit den Haupttheeren Richtung Nordosten aufbrach.

Alice war guter Dinge, auch wenn ihr nicht klar war, warum sie den Umweg über das Anti-Taurus-Gebirge machen würden, wo es schon im Frühherbst Schnee geben konnte. Der Umstand jedoch, dass sie durch ein von Christen bewohntes Gebiet zogen, die sie als Freunde begrüßten und von denen sie Nahrungsmittel genug kaufen konnten, kam in Verbindung mit der baumreichen, angenehmen Landschaft ihrem erhofften Zustand sehr entgegen. Wissen tat sie nichts. Fühlen tat sie alles.

An einem Berghang wurden die Zelte aufgeschlagen. Es war eine schöne, wildreiche Gegend, so ganz zur Jagd geeignet. Die Ritter nahmen mit Vergnügen Bogen und Köcher, umgürteten sich mit dem Schwert und bestiegen die waldigen Bergeshöhen.

Die Frauen blieben im Lager zurück, kochten, nähten, spielten mit ihren kleinen Kindern, hockten zusammen und unterhielten sich. Alice saß etwas abseits und hing ihren Gedanken und Gefühlen nach. Während sie so ganz in sich gekehrt mit sich allein war, setzte sich Theresa zu ihr auf den warmen, felsigen Boden. Theresa schwieg eine Weile und schaute in die sonnige Landschaft. Sie wirkte verlegen, so als brenne ihr etwas auf der Seele.

Alice legte ihren Arm um die Freundin und erleichterte ihr den Gesprächsanfang, indem sie fragte:

»Ist Martin auch mit auf die Jagd gegangen?«

»Ja, natürlich. Er liebt die Jagd wie alle anderen Adeligen auch. Jedenfalls denke ich mir das. Ich weiß so wenig über ihn. Er ist der fröhlichste, offenste Mensch, den ich kenne, und gleichzeitig der geheimnisvollste.«

Als Alice darauf nicht antwortete, fragte Theresa unumwunden:

»Wie denkst du über ihn?«

»Ich kann dir über Martin nichts sagen. Ich weiß nicht, was er dir erzählt hat, und ich möchte nichts sagen, was ihm nicht lieb wäre.«

»Martin hat mir erzählt, dass er der natürliche Sohn eines Fürsten aus Deutschland ist. Sein Leben lang aber sei er der Knecht deines Vaters gewesen.«

»Dann weißt du genau so viel wie ich«, antwortete Alice. Sie merkte, über Martin wollte sie eigentlich nicht sprechen.

Theresa ließ jedoch nicht locker.

»Du und Martin, ihr seid doch am selben Tag geboren worden. Ist das nicht sonderbar? Dann muss der fremde Fürst bei euch im Haus gewesen sein.«

»Ich habe wirklich keine Ahnung, wer Martins Vater ist. Als

Kind und manchmal sogar bis zur Pilgerfahrt nach Jerusalem habe ich bisweilen geglaubt, mein Vater sei auch Martins Vater. Das ist natürlich frevelhaft, denn dann hätte mein Vater an seinem Hochzeitstag auch mit der Magd, du verstehst schon, etwas haben müssen. Außerdem kann ich mir das von meinem Vater nicht vorstellen. Von Martha schon. Die war so eine. Nicht, dass sie es mit Männern getrieben hätte, aber nach dem Tod meiner Mutter hat sie alle Mägde und Knechte gescheucht und sich als Herrin des Hauses aufgespielt. Sie war auch meines Vaters Bettgenossin«, fügte Alice leise hinzu.

Alice spürte, wie Theresa jedes Wort in sich aufsog.

»Ich habe nie verstanden, warum sie Martin so schikaniert hat, wie den allerletzten Knecht behandelt hat. Dazu passte allerdings nicht, dass sie darauf bestand, Martin solle lesen und schreiben und rechnen lernen. Eines Tages hörte ich, wie sie in einem Streit mit meinem Vater ausrief, sie habe versprochen, dass er ein gebildeter junger Mann würde. Versprochen! Wem versprochen? Martins Vater, dem unbekannten Fürsten? Bei uns ist aber niemals ein Fürst nach der Hochzeit meiner Eltern zu Gast gewesen. Das wüsste ich. Aber Martha muss ihn ja getroffen haben, nachdem Martin geboren war.

Irgendwie hast du recht mit dem Geheimnis. Martin ist eigentlich nicht geheimnisvoll, aber es umgibt ihn ein Geheimnis.«

»Ja, und dann ist da dieser Brief«, gab Thersa zu bedenken. »Als ich einmal Martin fragte, was das Erste sei, was er in Jerusalem tun wolle, antwortete er, er werde den Brief vom Abt in der Grabeskirche vernichten und für die Seele deines Vaters beten.«

»Ich weiß von dem Brief. Er quält mich. Ich habe mir natürlich auch schon Gedanken gemacht, was darin stehen könnte. Es muss etwas mit der Schuld zu tun haben.

Theresa, der Abt wirft meinem Vater vor, er habe, also er habe meine Mutter die Treppe, also wir haben – hatten – eine Steintreppe, er habe sie die Steintreppe hinuntergestoßen.

Ich habe jahrelang nichts davon gewusst, nur geahnt, dass hinter dem Tod meiner Mutter eine furchtbare Tat steht. Dann, als dazu aufgerufen wurde, das Kreuz zu nehmen, kam der Abt plötzlich in unser Haus. Nachts, ich war selbst noch durchs Haus geschlichen, da habe ich ihn auf der Steintreppe gehört, wie er wohl die Stufen abtastete. Jedenfalls vermute ich das. Er hat irgendetwas gesucht. Höchstwahrscheinlich hat er, nachdem unser Haus an das Kloster verpfändet und wir uns auf die Pilgerfahrt gemacht haben, das ganze Haus vom Keller bis zum Boden abgesucht und irgendetwas gefunden, was meinen Vater entweder belastet oder entlastet.«

»Martin erzählt nichts über diese Familiengeschichten«, bemerkte Theresa. »Sie gehen mich natürlich auch nichts an, genau genommen. Das ist alles lange her und hat mit Martin und mir nichts zu tun.«

»Du magst ihn sehr.«

Theresa nickte.

»Für mich zählt nur, was heute für Martin wichtig ist. Da habe ich schon den Eindruck, dass er den Abt verehrt, sogar mehr noch als den Bischof Adhémar, obwohl er dem größte Achtung entgegenbringt. Aber keine Liebe. Ich glaube, neben dem unbekannten Vater liebt Martin nur den Abt.«

»Ich muss gestehen, ich mag ihn nicht, den Abt. Versteh mich recht, er ist nicht fromm. Ich meine, die Menschen hier, die Pilger und Herzog Gottfried und Graf Raimond und selbstverständlich Bischof Adhémar, sie sind fromm vom Herzen, aber der Abt ist fromm vom Kopf.«

»Ich bitte dich, Alice. Das ist gut. Ich glaube gewiss auch an Wunder, aber den Kometen neulich halte ich nicht für von Gott gesandt. Die Pilger taten so, als hätten sie dergleichen noch nie gesehen. Es ist ganz natürlich, dass im September Sternschnuppen am Himmel zu sehen sind. Was meinst du?«

»Ich meine, dass Godvere dringend ein Wunder braucht. Sie hustet, vor allem nachts, und das, obwohl sie Normannin ist. Ich dachte immer, Normannen werden nicht krank. Seitdem ich in ihrem Zelt schlafe, muss ich sie immer halten, wenn sie einen Hustenanfall bekommt. Sie habe ein Lungenleiden seit ihrer Kindheit, sagte sie. Sie spuckt auch Blut. Ich frage mich, wie soll das weitergehen, wenn der Winter kommt. Natürlich, man denkt, man sei im Süden, aber wenn ich diese mächtigen Bäume hier sehe, muss es ja irgendwann einmal regnen.«

»Das habe ich mir auch schon überlegt. Wenn ich an den letzten Winter vor Konstantinopel denke ... Das hier wird noch schrecklicher. Wie sollen wir, Tausende von Leuten, mit unseren Wagen und Zugtieren im Herbst, wenn es regnet oder vielleicht sogar schon schneit, über das Anti-Taurus-Gebirge kommen? Wie viele von uns werden da umkommen. Es ist mir immer noch rätselhaft, warum wir nicht die viel kürzere Strecke nach Antiochia gehen.«

Noch ehe Alice ihre Vermutung aussprechen konnte, ging ein Schreckensschrei durch das Lager: Gottfried, der Herzog von Bouillon, ist schwer verwundet!

Er habe einen armen, unbewaffneten Bauern vor einem Bären retten wollen und sei dabei durch sein eigenes Schwert verletzt worden. Ein Pilger, ein Berittener, der durch das Geschrei des Bauern herbeigerufen worden war, habe dann das Tier erlegt.

Theresa ahnte, dass dieser Reiter Martin war, sprang auf und lief ihm entgegen.

Das Atmen wurde schwer in dieser unwirtlichen Höhe. Den ganzen Tag durch die Steinwüste. Bei jedem Schritt die Angst, abzugleiten und in den Abgrund zu stürzen. Endlich Rast. Alice suchte sich einen Platz unter einer Felsspalte, zog die Schuhe aus und besah sich den blutenden Zeh. War nicht so schlimm, entschied sie. Hunger hatte sie kaum, nur müde war sie, so müde ... »Sie schläft schon«, flüsterte Theresa, bückte sich und zog den Pilgermantel über Alice' Schulter. »Komm, lass uns woanders ein Plätzchen suchen«, sagte Martin leise. Wovon sie wohl träumt?«, überlegte Theresa im Fortgehen und drehte sich noch einmal nach der Freundin um.

Der Tanzsaal in Passau in ihres Vaters Haus erstrahlte im Schein unzähliger Kerzen, das Feuer im hohen Kamin knisterte und Alice, die daneben stand, warf einen Buchenholzscheit in die Glut, dass es aufzischte. ›Dies ist keine Beschäftigung für dich. Dies ist ein Fest, meine Schöne‹, hörte sie hinter sich Bernhard sagen, der sie bei der Hand nahm und auf die Tanzfläche führte. Er lächelte ihr zu und sie setzen beide den linken Fuß vor und reihten sich in die Tanzenden ein. Vor ihnen schritt eine vornehme, stolze Frau, in deren leuchtend rote Locken eine Perlenkette kunstvoll gewunden war. Alice wusste, es war ihre Mutter. Ihre Hand hielt Alice' Vater, ebenfalls kostbar gekleidet, wirkte er doch wie immer trotz seiner Größe gedrungen. Die Paare bildeten Reihen, auf der einen Seite die Damen, auf der anderen die Herren. Immer wenn sie sich in der Mitte trafen und das Tamburin geschlagen wurde, fasste Bernhard Alice an der Taille und hob sie hoch, um sie bedachtsam wieder auf ihre schmalen Füße zu setzen. Bernhard wirkte beglückt, berauscht vom Wein und noch mehr vom Tanz – und er bemerkte nicht, was auch sonst niemandem von den Tanzenden auffiel, auch ihrer Mutter nicht, die sich nun neben Alice mit fremdem, teilnahmslosem Blick lautlos bewegte, dass Alice unentwegt Tränen über die Wangen rannen. Nur einer im Saale nahm es wahr, der Abt. Er stand am Rande der Tanzfläche, hoch aufgerichtet, unnahbar, beobachtete Alice aus schmalen Augen, dass ihr kalt wurde unter seinem Blick. Doch mit einem Mal, als sie sich im Tanz drehte, lächelte er ihr vergebend, verzeihend zu. Was gab es zu verzeihen? Nichts! Aber auch gar nichts. Alice war mit einem Male wach, legte ihre Arme um ihre Knie. Das Lagerfeuer unter dem Felsvorsprung war heruntergebrannt und ihr Pilgermantel klamm und kalt. Alice wischte sich die Nässe aus dem Gesicht, sie wusste nicht, ob es Regentropfen waren, die der Wind auf die Schlafenden trieb, oder aber Tränen. Auf jeden Fall war sie nicht daheim in Passau, nicht im Tanzsaal, sondern im Gebirge – und es regnete immer noch, hatte wahrscheinlich die ganze Nacht geregnet. Mit steifen Beinen erhob sie sich, massierte den schmerzenden Nacken und Rücken und fühlte über ihren Bauch, horchte in sich hinein, ob immer noch dieses unbestimmte Gefühl da war, dass dort etwas festsaß. Nebenan wickelten sich Kinder, Frauen und Männer aus ihren Pilgermänteln, erhoben sich schimpfend, fluchend oder einfach stumm. Hunderte waren es, die wie Alice für die Nacht unter dem Felsen Schutz gesucht hatten vor dem immer währenden Regen. Aus ihrem fest zugeschnürten Lederbeutel, den Alice noch zusätzlich mit einer Ziegenhaut umwickelt hatte, nahm sie einen Kanten Brot heraus, er war trotzdem feucht und dazu noch schimmelig geworden. Alice verging der Hunger, den sie sowieso nicht hatte, ihr war schlecht – seit Tagen schon, jeden Morgen. Vor Kälte bibbernd, umscharten sie zur Morgenmesse den Priester, der die heilige Handlung so kurz wie möglich zelebrierte, denn wie alle hatte er nur ein Ziel, natürlich Jerusalem, aber noch viel dringlicher war es ihm, dem Regen zu entkommen, der ihnen nachsetzte, der ihnen vorauseilte, die Wege aufweichte, sodass sie glitschig waren und der Fuß kaum Halt fand, irgendjemand ausglitt und schreiend in die Tiefe stürzte. Selbst die Ritter gingen zu Fuß, zu reiten getraute sich niemand mehr bei diesen schlammigen Wegen. Missmutig betrachtete Alice die Maulesel, die aneinandergebunden in einiger Entfernung vor ihr hergetrieben wurden. Wenn nur ein Tier ausrutschte, riss es alle anderen die Schlucht hinunter mit in den Tod. Alice schnürte die Riemen ihres Bündels fester, die der Regen immer mehr in die Länge zog. Gott, war ihr kalt, trotz des Pilgermantels. Noch weiter vorne im Zug, in einer weiten Wegbiegung, erblickte Alice die Sänfte Godvere di Tosnis. Die hochadelige Frau wurde schon seit Caeserea in Kappadokien getragen, aber nicht aufgrund ihrer hochherrschaftlichen Abstammung, sondern weil sie selbst nicht mehr gehen konnte. Sie hustete, sie spuckte Blut. Auch wenn Alice wegen des Regens und der Entfernung nichts hörte, so wusste sie doch, Godvere keuchte und hustete. Wenn sie aber einmal nicht geschüttelt wurde von ihren Anfällen, dann verdunkelte sich ihr Blick und sie war weit, weit fort. Schon bei den Toten, vielleicht noch bei den Lebenden, bei ihrem Ehemann Balduin, der ihr so wenig Liebe gezeigt hatte.

Auch wenn, so überlegte Alice, er seine Frau gewiss nicht vermissen würde, so musste ihm ihr Tod äußerst unangenehm sein, verlor er doch damit das Recht auf ihre fast unermesslichen Besitzungen in Frankreich und England. Wann würde, so fragte sich Alice vor sich hintrottend und dabei äußerst aufmerksam Fuß vor Fuß setzend, wann also würde Herzog Gottfried endlich seinen Bruder vom bevorstehenden Tod seiner Frau benachrichtigen und einen Boten nach Kilikien schicken, der schneller sein könnte als die Masse von Pilgern, die über den schmalen Gebirgspfad keuchte.

Eigentlich müsste sie, Alice, zu Godvere gehen als ihre Gesellschafterin, vielleicht sogar ein wenig Freundin, und sie zu trösten versuchen. Aber Alice wollte allein sein, allein sein unter diesen Tausenden von Pilgern, die sich nun verstummt ihren Weg immer höher ins Gebirge bahnten. Nur nicht herabblicken in die tödliche Tiefe.

Allein wollte Alice sein mit ihren Gedanken, mit ihrer bangen Frage, ob sie nun schwanger war oder nicht. Schon seit Tagen wusste Alice nicht, was sie empfinden, was sie denken sollte. Unterbrochen von seltenen unerwarteten Glücksgefühlen, graute ihr vor einer Schwangerschaft. Wie erleichtert war sie bisher jedes Mal, seitdem sie mit Bernhard zusammen war, wenn es ihr wieder nach Art der Frauen ging, obwohl die Blutung ebenfalls widerwärtig war. Aber zu beobachten, wie die Schwangeren sich dahinschleppten, wie sie in der Salzwüste verreckt waren, wie sie jetzt am Bergesrand sich in eine Nische kauerten, geschüttelt, gepeinigt von den Wehen, und alle wortlos an ihnen vorbeitrampelten, wenn sie mitbekam, wie viele von ihnen starben, wie das Neugeborene schon tot war oder nur wenige Stunden überlebte, das alles machte Alice Angst. Sie hatte Angst vor der Schwangerschaft, vor der Geburt, sie hätte sich ja sogar in Passau davor gefürchtet, obwohl sie dort doch immerhin ein Bett gehabt hätte und heißes Wasser und saubere Windeln.

Aber hier auf dem Kreuzzug. Wie lange würde er noch dauern? Wann endlich hätten sie Jerusalem erreicht? Niemand konnte es erahnen. Nur eines wussten alle: Vor ihnen lag Antiochia, das noch stärker befestigt sein sollte als Nikäa, mindestens aber genauso uneinnehmbar war. Würden sie die Stadt belagern, müsste sie die Schwangerschaft draußen verbringen, im Zelt. Es hieß jedoch, dass es in dieser Gegend den ganzen Winter über regnen würde. Vom Regen hatte Alice mehr als genug. Von ihrem breiten Pilgerhut strömte der Regen und durch ihren Pilgermantel drang die Nässe bis auf die Haut. Alice' Schuhe waren trotz der Trippen durchweicht, ihre Füße eisig und ihre Hände konnte sie vor Kälte kaum noch bewegen. Würden sie und das Kind die Schwangerschaft und die Geburt überleben?

Und wenn ja, was dann?

Selbst wenn Bernhard bei der Belagerung von Antiochia, bei der Eroberung von Jerusalem nicht den Tod fand, was wäre dann? Könnte sie sich tatsächlich vorstellen, dass Bernhard, sein Vater Graf Otto, der noch niemals ein Wort an sie gerichtet hatte, zusammen mit ihr, Alice, und dem Kind, hoffentlich dem Sohn, zurück ins diutsche lant zögen, um auf Bernhards Burg zu leben?

Undenkbar. Denn dort erwartete sie Bernhards Mutter, die Gräfin. Die aber wäre alles andere als erfreut, wenn Bernhard mit einem Bastard und mit einer Geliebten auf ihrer Burg auftauchte.

Der Bastard, das Kind, ginge ja noch an, einen Enkel würde die Gräfin dulden, nicht aber eine verarmte Kaufmannstochter. Alice schwindelte bei der Vorstellung, sie stolperte, jemand hielt sie von hinten fest und zischte:

»Pass doch auf!«

Nein, fortjagen würde Bernhards Mutter sie – genauso fortjagen, wie die Mutter des großen Kirchenlehrers Augustinus dessen Konkubine fortgetrieben hatte. Wie hatte diese junge Frau Alice immer leid getan. Es war schon sonderbar, dass der Kanoniker, bei dem sie und Martin Latein lernten, mit ihnen dieses merkwürdige Buch ›Confessiones‹ las – und dann noch die Stelle, wo Augustinus schrieb, man habe die Frau, mit der er sein Lager teilte, gewaltsam von ihm getrennt. Was waren das für verlogene Worte. ›Man‹, das war niemand anderes als seine eigene Mutter! Er hatte es geschehen lassen, ein erwachsener Mann, ein Lehrer der Rhetorik, fand keine Worte, um seine Mutter von ihrem bösen Tun abzubringen.

Aber, das war das Entsetzliche, wäre Bernhard besser?

War Alice für ihn ebenfalls nichts anderes als ›die Gefährtin, mit der ich sonst mein Lager teilte‹, wie sich Augustinus ausdrückte? Wäre sie für ihn nicht genauso bedeutungslos, ein Niemand, wie jene Frau vor 700 Jahren, mit der Augustinus 15 Jahre zusammenlebte, mit der er einen natürlichen Sohn gehabt hatte und die er nicht ein einziges Mal namentlich erwähnte?

Würde Bernhard um Alice kämpfen?

Das war das Furchtbare daran, er würde es nicht, er würde seiner Mutter gehorchen, er würde es genauso wie Augustinus mit sich geschehen lassen, dass seine Mutter Alice vertrieb und für ihn eine adelige Verlobte aussuchte, die er dann bereitwillig heiraten würde. Vielleicht wäre diese Braut wegen ihres zarten Alters von neun oder zehn Jahren auch noch nicht heiratsfähig und Bernhard würde sich eben in der Zwischenzeit bis zur Hochzeit eine neue Geliebte für seine Bedürfnisse suchen.

Au, das tat weh. Alice hatte den Felsen nicht gesehen, unter dem sie sich hätte bücken müssen. Sie rieb sich die Stirn, um den Schmerz zu verteilen.

Die Konkubine Augustinus', diese verstoßene, gedemütigte Frau, hatte von Mailand nach Afrika zurückkehren müssen ohne ihr Kind. Wovon lebte sie da? War sie in Armut zugrunde gegangen? Ihr Sohn aber blieb bei seinem Vater und bei dessen entsetzlicher, grausamer, herzloser Mutter, die doch von allen fast wie eine Heilige verehrt wurde, weil sie aus Augustinus einen Christen machen wollte. Das Kind der Konkubine aber war schon drei Jahre später tot.

Ihr Kind würde auch sterben, dachte Alice und fühlte sich todtraurig und schämte sich noch dazu. Denn es war nicht nur Bernhards fromme, herrschsüchtige Mutter, vor der sie

Furcht hatte, sondern sie selbst war es. Alice war über ihre eigenen Fantasien entsetzt, die sie ausgelebt hatte, als das Kind gezeugt wurde. Nicht Bernhard traf die Schuld, wenn es dem Kind schlecht ginge und Gott es strafte, sondern sie selbst. Wie schämte Alice sich dafür, dass sie gewünscht hatte, Bernhard möge Ulrich im Zweikampf töten, damit ihr Sohn einmal später auch mit dessen Grafschaft belehnt würde. Wie konnte sie nur sich Bernhard ganz hingeben, höchste Lust empfinden, ein Kind empfangen wollen und dabei den Tod eines anderen Menschen erhoffen?

»Oh, Gott«, betete Alice, »verzeih mir, verzeih meinem Kind, verzeih um Bernhards willen, der von all dem Schändlichen nichts gewusst hat.«

Trostlos ging Alice vor sich her. Stunde um Stunde. Rast wurde erst gegen Abend gemacht. Ein Aufatmen ging durch die Menge der Pilger, als die byzantinischen Führer sie zu einer Höhle führten, in der die durchnässten, erschöpften Menschen die Nacht verbringen konnten. Man lagerte sich, Feuer wurden gemacht, man aß gepökeltes Fleisch mit dicken Bohnen.

Martin und Theresa nickten Alice zu und winkten sie zu sich heran. Beide hockten zusammen unter einer Wolldecke, die sie am Feuer getrocknet und nun einander um die Schultern gelegt hatten. Alice setzte sich dazu. Doch das innige Beisammensein Theresas und Martins machte sie noch trübseliger.

Niemals, so musste sie denken, niemals würde sich Bernhard öffentlich, vor allen Menschen, mit mir unter eine Decke kuscheln. Es machte ihm nichts oder nur wenig aus, wenn sie vor den Augen seiner Zeltgenossen miteinander schliefen – das taten ja alle – aber so eine Vertrautheit, Zärtlichkeit, die wäre ihm peinlich.

Alice schluchzte auf, sodass Martin und Theresa sie erschrocken anblickten.

»Verzeiht«, sagte Alice und erhob sich.

Ich jammervolle Frau, dachte Alice, während sie an den Essenden, Schlummernden, Schlafenden vorbei aus der Höhle schlich. Nicht einmal nach Passau in mein Vaterhaus kann ich zurück, niemals werde ich das Geld haben, um es wieder vom Kloster auszulösen.

Alice trat hinaus in die Dunkelheit auf den schmalen, glitschigen Saumpfad, unter ihr die Schlucht. Einen Fuß falsch setzen und sie würde ausgleiten, fallen, tiefer und tiefer in den Abgrund, – dann der Aufschlag –, endlich wäre alle Qual vorbei.

Es war Alice, als hörte sie den Schrei ihrer Mutter, wie sie die Steintreppe beim Tanzsaal hinunterstürzte. Es schien ihr, als riefe Felicitas sie, ihre Tochter …

Die Beerdigung war vorbei. Alle hatten sich entfernt, am eiligsten Balduin, der gar nicht rasch genug vom Grab seiner Frau wegkommen konnte.

Auch Alice hatte den kleinen Gottesacker in Marasch verlassen, war dann aber wieder umgekehrt und stand nun vor dem Grab Godveres. Die junge Frau starrte auf die Erde, in die der eiligst zusammengezimmerte Sarg versenkt worden war. Und wie sie so starrte, drängte sich das Bild der toten Godvere auf. Schön sah sie aus, bleich und friedlich. Friedlich? Blut gespuckt hatte sie bis zum Schluss. Und Balduin, ihr Ehemann, der noch gerade rechtzeitig ans Sterbebett aus dem fernen Kilikien herbeigeeilt war, hatte sie ihn überhaupt noch bemerkt?

Da drin liegt sie nun, sann Alice, umkränzt mit Blumen, in ihrem kostbarsten Kleid, aber ganz ohne ihren Schmuck. Den hat Balduin behalten, natürlich, dachte sie bitter.

Alice blickte hinauf, geradewegs in den blauen Himmel hinein. Warm lag die Sonne auf ihrem Gesicht, auf ihren Schultern. Ihr Kleid war wunderbar trocken.

Ist sie dort glücklicher? Ist man dort wirklich glücklich im Paradies, wenn man ein sündenfreies Leben geführt hat wie Godvere und auf dem Kreuzzug gestorben ist?

Alice fürchtete sich ein wenig vor der Ewigkeit. Sie war ihr viel zu lang und sie wunderte sich, dass sie noch vor Kurzem die Sehnsucht verspürt hatte, sich einfach fallenzulassen, einen

Augenblick die Leichtigkeit des Schwebens zu spüren und dann – der Aufschlag – tot.

Alice zog ihr braunes Wolltuch fester um die Schultern. Ohne sich umzudrehen, bemerkte sie, dass jemand näher kam, und sie wusste, es war Bernhard.

»Hier bist du«, sagte er und nahm Alice' Hand.

»Er hat seine Godvere gar nicht geliebt. Balduin hat seine Frau überhaupt nicht geliebt.«

»Wie sollte er«, entgegnete Bernhard. »Sie hat als Frau versagt.«

»Weil sie ihm keinen Sohn geschenkt hat?«

»Wozu sind denn Frauen sonst da?«, entgegnete er, wenn auch nicht hart, so doch bestimmt. Alice zuckte zusammen, sie ließ seine Hand los und wandte ein:

»Godvere war doch noch so jung und sie war schön und gebildet und ...«, ›reich‹ wollte sie sagen. Aber von diesem Reichtum würde Balduin ja nichts ohne einen Sohn erben.

Bernhard schüttelte den Kopf. »Alice, Alice, was hast du für Vorstellungen von dem Zweck einer Ehe.«

Er lachte. »Graf Balduin von Hennegau ist der Einzige, von dem ich weiß, dass er sich geweigert hat, eine reiche Frau zu heiraten, weil sie ihm zu hässlich war. Als er am Hochzeitstag seine Verlobte zum ersten Mal sah, hat er vor Entsetzen, sie begatten zu müssen, die Hochzeit platzen lassen. Die Braut war tief gekränkt und ihre Familie stellte harte Forderungen. Eine Burg hat es den Grafen gekostet.«

Lauernd sah er Alice von der Seite an: »Ich verstehe nur nicht, wieso du mir noch nicht einen Sohn geboren hast.«

Alice erschrak. Sollte sie ihm nun etwas von ihren Vermutungen sagen? Und wenn nicht, wenn die Blutung einfach ohne erkennbaren Grund ausfiel wie schon so oft ...

»Es ist gar nicht so einfach für uns Frauen, schwanger zu werden bei den Strapazen, besonders, wenn es das erste Kind ist.«

Bernhard ließ das nicht gelten.

»Du bist doch nicht etwa unfruchtbar?«, fragte er misstrauisch.

Alice biss sich auf die Lippen. Nur nicht schon jetzt etwas sagen, er würde es ihr anlasten, wenn nicht ...

Bernhard schien es mit seinem Nachwuchs allerdings nicht allzu ernst zu nehmen, denn er fasste Alice um die Taille und meinte leichthin:

»Nicht schwanger ist die Liebe auch viel schöner. Sonst hast du einen dicken Bauch und ich darf nicht und muss mir eine andere Frau suchen, damit ich mich erleichtern kann.«

»Habt Ihr denn ...« Oh Gott, was frage ich denn da nur. »Habt Ihr denn jetzt während unserer Trennung ...?«

»Das geht dich nichts an«, erwiderte er abweisend.

Alice atmete schwer und fasste nach ihrem Unterleib. Ganz sicher fühlte sie, da war etwas.

Ganz sicher war sie schwanger, erwartete von Bernhard ein Kind.

Er lachte wieder, lachte sie aus. Strich dann aber zärtlich über Alice' Gesicht und sagte in beruhigendem Ton:

»Mach dir nichts draus. Es ist Herrenrecht, selbst wenn wir verheiratet wären. Natürlich, die Kirche predigt Sünde, sogar wenn der Mann sein Gattenrecht fordert. Aber unter Männern gelten andere Gesetze.

Und nun komm. Es ist nicht gut, zu lange bei den Toten zu bleiben. Sie sind noch nicht wirklich fort und verfolgen uns.«

Es war Alice, als sei Godveres Seele noch ganz nahe, umschwirrte sie, und so ließ sich Alice bereitwillig von Bernhard von der Begräbnisstätte weg auf den lauten, überfüllten Basar von Marasch führen.

Überall lächelten freundliche Gesichter der armenischen Bevölkerung sie an, die ihre Waren den christlichen Befreiern aus dem Norden wortreich anboten.

Bernhard ließ sich treiben, hatte nur noch Augen für die schillernde, bunte Pracht, die sich von Stand zu Stand, von Laden zu Laden vor ihnen ausbreitete. Und auch Alice gab ihre bedrückten Gedanken auf, besonders als sie bemerkte, dass Bernhard nichts für sich, sondern für sie suchte. Bereitwillig und allmählich gespannt, was er ihr denn kaufen wollte, folgte sie ihm in einen kleinen, tonnenartigen Laden, in dem Schals und Gürtel angeboten wurden.

Und wie sie nun einen Gürtel um ihre schmale Taille wand, bemerkte sie seinen Blick, sehr zärtlich, sehr liebevoll und Alice fragte sich, ob er diese schrecklichen Worte nur sagte um seiner Ehre willen, um sie zu ärgern, aber nicht, weil er ihr wirklich untreu geworden war.

Entschlossen, jeden trüben Gedanken zu verscheuchen, sich vielmehr zu freuen, dass sie noch lebte, dass Bernhard nicht verwundet worden war, dass er lebte, verließ Alice den kleinen Laden.

Alice empfand Bernhards Nähe als wohltuend und als aufregend zugleich und sie war stolz, dass er nicht zögerte, den Arm um ihre Schulter zu legen. Wenn auch nur kurz. Und es war ja auch ziemlich dunkel in der Seitengasse, durch die sie jetzt gingen. Bernhard ließ sich von einem Armenier in einen Laden locken, in dem nichts anderes angeboten wurde als Kämme, die auf einem samtroten Teppich ausgebreitet waren. Bernhard bückte sich, nahm einen Zierkamm in die Hand, hielt ihn gegen das Licht einer Öllampe, in deren Schein die blauen Steine des Aquamarins nur so funkelten. Andächtig, Alice in die Augen blickend, steckte er den Kamm in ihr Haar.

Der Händler witterte die Chance und begann sofort zu feilschen, sobald Bernhard das Kleinod wieder aus der Hand legte.

Der Kamm ist viel zu teuer, dachte Alice für sich. Ich kann ihn sowieso niemals tragen, sonst wird er mir gestohlen oder ich werde von irgendwelchen armen Pilgern überfallen und sie reißen mir den Kamm vom Kopf und vielleicht sogar das Ohrgehänge vom Ohrläppchen ab. An die Ohrringe hat man sich ja anscheinend gewöhnt. Es ist geradezu ein Wunder, dass mir noch nichts passiert ist. Aber, ihr wurde ganz schwindelig bei der Vorstellung und auch ein wenig schlecht, warum kauft er mir so etwas Kostbares? Oder hatte Bernhard doch eine andere Frau gehabt, vielleicht nicht nur einmal, sondern jeden Tag, solange er sich in Tarsos aufhielt. Oder war die Frau sogar durch Kilikien mitgezogen, war ihm jede Nacht zu willen gewesen, bis Bernhard sich kurzerhand vor Marasch ihrer entledigt hatte?

Bernhard bezahlte und schmückte stolz Alice' widerspenstiges, lockiges Haar. Alice jedoch fühlte sich gequält und unglücklich und wusste nicht, ob es sinnlose Hirngespinste waren, die sie da marterten. Nur über eine Sache war sie nicht im Zweifel, Bernhard würde ihr niemals, aber auch niemals die Wahrheit so sagen, dass Alice ihm glauben könnte. Selbst dann nicht, wenn überhaupt nichts geschehen war.

Wie mit den Ohrringen, durchfuhr es sie. Niemals würde sie erfahren, was wirklich mit der Frau damals bei der Plünderung von Selymbria geschehen war und welchen Anteil Bernhard an ihrem Tod hatte. Um Gottes willen, und nun erwarte ich ein Kind von ihm, schoss es ihr durch den Kopf.

»Was ist, Alice? Freust du dich gar nicht?«

»Doch, doch«, nickte sie.

»Na ja«, kommentierte er und ging schlecht gelaunt neben ihr her.

Dann jedoch hielt er Alice vor einem Torbogen am Arm zurück, deutete mit dem Blick auf den mit Steinen gepflasterten Platz und meinte:

»Da müssen wir nicht hingehen.«

Umringt von einer Menschenmenge, wurden Balduin und einige Ritter von Herzog Gottfried verabschiedet. Die Männer umarmten sich und gaben sich herzlich den Bruderkuss.

»Balduin zieht nach Edessa, zusammen mit Bagrat, dem Armenier. Er will dort den ständigen Überfällen der Ungläubigen ein Ende bereiten.«

»Mit so wenig Berittenen?«

Bernhard zuckte die Achseln und sagte: »Na und?«

»Und Ihr seid nicht dabei?«

»Ich habe mich schon vor der Beerdigung von ihm verabschiedet«, sagte Bernhard knapp.

»Habt Ihr Euch mit ihm gestritten?«

»Alice, stell nicht solche Fragen. Oder, warum eigentlich nicht. Nur lass uns von hier fortgehen.«

Sie drängten sich durch eine enge Gasse zum Stadttor hinaus, bis sie weit außerhalb der Stadtmauer zu einem Bach gelangten, an dessen dicht bewachsener Böschung sie sich niederließen.

»Ihr hattet also Unstimmigkeiten mit Balduin in der Zwischenzeit?«

»So kann man es auch nennen. Das ganze Heer hatte eine Wut auf ihn, vom geringsten Fußsoldaten bis zu den Rittern, sogar sein Cousin Balduin de Le Bourg hat sein Verhalten missbilligt. Also, Balduin hat 300 von Tankreds Fußsoldaten und Rittern vor den Stadttoren von Tarsos von den Türken niedermetzeln lassen. – Das glaubst du nicht?«

»Doch, doch.« Alice nickte, sie konnte sich so etwas von Balduin schon vorstellen.

»Das kam so: Wie du weißt, wollten beide, Balduin wie auch Tankred, eine Herrschaft in Kilikien für sich errichten. Tankred nun hatte um Verstärkung seiner Truppe gebeten. Balduin, der Tarsos bereits besetzt hatte, verweigerte Tankreds Männern nicht nur den Einlass in die Stadt, sondern sogar die Verpflegung. Besonders Balduins niedere Soldaten konnten das nicht mit ansehen und ließen heimlich Lebensmittel an Stricken die Stadtmauer hinunter. Tankreds Männer lagerten also vor der Stadt. Nachts aber wurden sie im Schlaf von den Türken überfallen. Sie schrien und flehten, man möge doch das Stadttor öffnen. Balduin verbot es und ließ sie nicht hinein. Wir standen auf der Befestigungsmauer und haben miterlebt, wie unsere eigenen Leute niedergestochen wurden.«

»Oh, großer Gott!«, jammerte sie. Es kamen ihr die Tränen, Alice zog schluchzend die Nase hoch.

»Ich halte Balduins Verhalten für niederträchtig«, fügte Bernhard hinzu. »Deshalb habe ich mich in jener Nacht mit Balduin gestritten, ziemlich heftig. Es hat aber nichts genutzt. Er hat trotzdem das Tor nicht geöffnet, sondern unsere Männer, Christen!, von den Ungläubigen massakrieren lassen. Ich bin mir nicht sicher, ob überhaupt einer von den Männern draußen mit dem Leben davongekommen ist«, meinte er bekümmert und beobachtete, dass Alice diese moralische Einschätzung nur zu gerne hörte.

»Danach waren alle gegen Balduin.«

»Ich sah ihn aber heute Morgen erhobenen Hauptes durch Marasch reiten. Allzu sehr scheint ihm diese Gemeinheit nicht geschadet zu haben«, wandte Alice ein.

»Natürlich nicht. Denn Balduin wäre nicht er selbst«, fuhr Bernhard fort, »wenn er nicht sogleich einen Vorteil für sich ergattert hätte. Also, die Empörung hatte sich noch nicht gelegt, da hat sich Balduin mit Seeräubern verbündet, dänischen, friesischen und flämischen, die sich von Holland auf den Weg gemacht hatten, um den Kreuzzug von der See her zu unterstützen. Beste Gesellschaft ist das nicht, Mörder sind sie alle, aber immerhin wohl nützlich.

Mit Tankreds Leuten war natürlich nichts in Ordnung.

Zu guter Letzt haben wir uns mit ihnen noch eine schwere Schlacht geliefert, es gab auf beiden Seiten Blutvergießen, bis Tankred mit seinen Männern zurückwich und die Flucht ergriff.«

»Das heißt, sie sind jetzt Feinde.«

»Nein, sind sie nicht. Sie haben Frieden miteinander geschlossen. Bischof Adhémar von Le Puy hat Balduin heute vor der Trauerfeier für Godvere ernsthaft ermahnt, er möge nicht aus Eigennutz Christenmenschen den Ungläubigen opfern. Damit ist die Sache erledigt. Tarsos und Kilikien hat Balduin als Herrschaft für sich aufgegeben. Es ist auch nicht unbedingt das Land, das er erobern will: diese mörderische schwüle Hitze.

Aber Godvere ist tot und damit jede Hoffnung auf eine Herrschaft in Frankreich und England. Darum der Aufbruch jetzt nach Edessa. Das Land wird ununterbrochen von den Türken.

bedroht, sie zerstören die Felder, bringen Bauern und ihre Familie um. Die Armenier sind schlechte Krieger. Ich denke, Balduin wird einmal kräftig und entschieden diese Überfälle beenden, als Befreier von Not und Pein gelten und als Held gefeiert werden. Thoros, der Fürst von Edessa, der übrigens alt und kinderlos ist, wird dies nicht übersehen können. Balduin wird also irgendeine Art von Herrschaft bei den Armeniern gewinnen.«

Bernhard schwieg, zupfte einen Grashalm und blies hinein. Dann sagte er mehr zu sich selbst als zu Alice:

»Ich habe mich nicht mit Balduin zerstritten, aber es hat eben diese harte Auseinandersetzung gegeben. Und nun habe ich keine Lust, ihn zu sehen.«

Alice war es, als wäre die Bedrückung von ihr genommen. Bernhard empfand und urteilte wie sie, unterschied zwischen Gut und Böse. Sie lächelte erleichtert und fühlte sich sehr sicher.

»Er ist brutal und hartherzig«, äußerte Alice endlich ihre Meinung über Balduin.

»Godvere ist heute Morgen beerdigt und schon rüstet Balduin sich zur Abreise und hält keine Trauerzeit ein. Das ist gegen Gottes Ordnung.«

»Nun, er denkt, unser Herr Jesus Christus sagt: ›Lass die Toten ihre Toten begraben.‹ Schließlich war Balduin für den geweihten Stand bestimmt und kennt sich aus in der Bibel.«

»Ihr Euch offensichtlich auch.«

Bernhard wandte sich ihr zu und sagte streng: »Es ist sehr einfach, entrüstet zu sein, wenn man keinen Vorteil verliert und keinen Nachteil fürchten muss.«

Er schüttelte den Kopf und lachte über sich selbst.

Dann küsste er Alice begehrlich auf den Mund und kam ihr so nahe, dass Alice deutlich seine Erregung spürte. Mit geübten Händen schob er rasch ihren Rock hoch, hielt jedoch unerwartet inne und strich Alice sanft über die Stirn.

»Fort mit deinen Gedanken, Liebste«, bat er, »verscheuch deine nutzlosen Grübeleien. Sieh her! Sieh mich an!«

Mit einem Seufzer schlang Alice ihre Arme um Bernhards Hals.

Antiochia, 21. Oktober 1097

»STURMANGRIFF!« GRAF RAIMOND VON TOULOUSE LIESS SEINE FINGERKNÖCHEL KNACKEN, dass jeder der Heerführer aufschaute.

»Sturmangriff gleich morgen früh in der ersten Tagesstunde. Ein schneller, überraschender, entschlossener Angriff ist die einzige Möglichkeit, Antiochia zu erobern.«

Schweigen.

»Mit Belagerungsmaschinen schaffen wir das nie, wie wir noch von Nikäa wissen«, fuhr Raimond, den Zorn zurückhaltend, fort. »Dazu sind die Befestigungsmauern viel zu mächtig. Ich bin sicher und ihr solltet es auch sein: Gott, der uns bis hierher geschützt hat, wird uns den Sieg schenken.«

»Da bin ich mir nicht so sicher, dass ein Sturmangriff auf Antiochia Gottes Wille ist. Der Versuch, die Mauern zu erklimmen, würde nahezu das ganze Heer Jesu Christi vernichten. Es wird fast alle unsere Männer das Leben kosten«, wandte Bohemund ein.

»Eben, fast alle Männer«, erwiderte Graf Raimond.

»Das sagt sich leicht«, entgegnete Bohemund. »Dieser junge Mann da«, er zeigte mit seinem Schwert auf Martin, »der da so eifrig jedes Wort mitschreibt, wird wahrscheinlich den morgigen Abend nicht mehr sehen.«

Martin setzte den Gänsekiel ab. Am kommenden Tag schon tot? Das sollte das Leben gewesen sein? Er wünschte doch so sehr, Theresa in Antiochia zu heiraten. Gefragt hatte er sie noch nicht. Jedoch ihre Augen, ihre Stimme, ihre Aufmerksamkeiten, ja ihre Zärtlichkeit sprachen ihre eigene Sprache. Herzog Gottfried, der nun düster in Adhémars Zelt saß, würde wohl seine Einwilligung geben, so hoffte Martin.

»Seit wann setzt Ihr Euch für ein einzelnes Leben ein?

Das wäre für einen Normannen ein ganz neuer Zug«, fragte Graf Raimond mit sarkastischem Unterton.

»Seitdem Jerusalem unser Ziel ist und nicht Antiochia. Selbst wenn wir durch einen Sturmangriff Antiochia erobern sollten, was fraglich ist, denn die türkische Garnison unter Yaghi-Siyan ist stark, gäbe es so viele Tote und Krüppel, dass wir Jerusalem nicht mehr einnehmen könnten.«

»Wir haben schon sehr viele Männer, die zum Krüppel geschlagen wurden, in Nikäa zurücklassen müssen«, gab ebenfalls Bischof Adhémar zu Bedenken.

»Stellen wir uns den Sturmangriff einmal vor«, sagte Bohemund in bewusst nüchternem Ton. »Ohne Risiko, ohne Gefahr für ihr eigenes Leben könnten die Türken uns von ihrer Befestigungsmauer, von ihren Türmen abschießen. Selbst die Ritter in ihren Rüstungen fänden gegen ihr siedendes Pech keine Rettung. Eine Generation von Rittern würde morgen ausgelöscht. Jeder Ritter, der auf seine Ehre hält, ist mit auf dem Kreuzzug. Wie dieser junge Mann dort eben auch.«

»Der ist kein Ritter«, entgegnete Graf Raimond mürrisch.

»Beinahe wie einer. Schließlich hat er Euch«, Bohemund wandte sich an Herzog Gottfried, »das Leben im Kampf mit dem Bären gerettet.« Gottfried sah nach dieser Bemerkung noch verdrießlicher aus als vorher, was Martin beunruhigte.

»Fürsten, darum geht es im Moment nicht«, versuchte Bischof Adhémar, die gereizte Atmosphäre zu mildern.

»Tatikios, könntet Ihr uns Genaueres über Antiochia berichten, damit wir zu einer vernünftigen Entscheidung kommen?« Die Heerführer blickten auf den Mann, dessen fehlende Nase immer noch bisweilen irritierend wirkte.

»Antiochia war die drittgrößte Stadt des Römischen Reiches und war bis vor zwölf Jahren eine der wichtigsten Handelsplätze Byzanz'. Sie gilt als uneinnehmbar. Auch Suleiman ibn Kutulmisch hat die Stadt nur durch Verrat erobern können. Wie Ihr festgestellt habt, ist Antiochia von gewaltigen Befestigungsmauern umschlossen, die vor nicht langer Zeit von uns

Byzantinern instand gesetzt wurden. Die Wälle sind mit Wachtürmen besetzt, und zwar in solchen Abständen, dass jedweder Fußbreit der Mauern in Reichweite der Bogenschützen liegt. Wegen der dicht bewaldeten und felsigen Umgebung ist es unmöglich, Antiochia von allen Seiten anzugreifen, selbst wenn wir genügend Männer hätten. Die sumpfigen Niederungen längs des Flusses verhindern ein schnelles Anstürmen ebenso wie die Gebirgshänge im Osten und Westen. Im Süden befindet sich eine tiefe, felsige Schlucht, durch die reißend ein Gebirgsstrom ins Tal fällt. Die Stadt wird beherrscht durch die Zitadelle, die sich weit oberhalb der Stadt befindet. Innerhalb der Ringmauer ist reichlich Wasser vorhanden. Die Kampfkraft der Garnison ist nicht zu unterschätzen. Im Gegenteil, es handelt sich um eine Eliteeinheit.

Die starke Befestigung spricht gegen einen Sturmangriff. Andererseits: Es ist, wie gesagt, unmöglich, eine vollständige Blockade zu errichten. Yaghi-Siyan wird es möglich sein, mit den anderen Sultanen, insbesondere mit dem schrecklichen Kerbogha, Verbindung aufzunehmen und ihn um Hilfe zu bitten.«

»Eben, genau diese Chance haben wir auch. Wenn Kaiser Alexios uns seine fantastischen Belagerungsmaschinen schickt und die christlichen Seeräuber uns Männer aus ihrer Flotte abgeben und uns mit Nachschub versorgen, so ist es uns möglich, Antiochia ohne große Verluste zu erobern.«

»Oder nie«, Raimond blickte Bohemund hasserfüllt an. Denn ihm war klar, dass Herzog Gottfried, der um sein Leben besorgte Stephan de Blois und der eitle Feigling Hugo de Vermandois sich von den Befestigungswerken einschüchtern ließen.

»Was wird nun?«, fragte Bischof Adhémar. »Wer von euch Fürsten entscheidet sich für einen sofortigen Angriff?«

Graf Raimond ergriff das Wort. »Nur jetzt ist uns ein Erfolg beschieden. Yaghi-Siyan wird die Nerven verlieren und geringen Widerstand leisten. Wir haben Nachrichten von Boten, dass er sich nicht gewappnet fühlt. Ein Aufschub wird sein Selbstvertrauen wieder herstellen.«

Schweigend blickten die Heerführer zu Boden.

»Also, wie entscheiden wir uns?«, wiederholte Bischof Adhémar.

»Ich fürchte, es ist entschieden«, sagte Graf Raimond. »Ihr werdet es bereuen. Sofern Alexios nicht seine Belagerungsmaschinen schickt, und wie sollten die uns in nächster Zeit erreichen, wir schreiben schon den 21. Oktober, so ist vor dem nächsten Sommer mit Alexios' Hilfe nicht zu rechnen. Und unterschätzt den Hunger und die Kälte nicht!«

»Immerhin haben wir einen Geleitzug von Rindern, Schafen und Getreide, der für die Garnison in Antiochia bestimmt war, beim Kampf um die Eiserne Brücke in die Hände bekommen«, erwiderte Bohemund.

»Das reicht nicht mal bis Weihnachten«, sagte Graf Raimond bitter. »Täuscht Euch nicht.«

»Nun, wer stimmt für einen Überraschungsangriff? Wir müssen uns jetzt entscheiden, Fürsten.« Der Legat des Papstes, Bischof Adhémar, blickte in die Runde.

»Wie ich sehe, nur Ihr, Graf Raimond.«

Ein bedrücktes Schweigen lag im Raum. Die Luft war stickig, jeder wollte hier weg, hinaus ins Freie.

Die Heerführer erhoben sich. Martin beeilte sich, ihnen ihre Kettenhemden und Helme zu reichen. Stephan de Blois witzelte: »Ich habe meiner Frau Adele geschrieben: In fünf Wochen sind wir in Jerusalem. Es sei denn, wir werden vor Antiochia aufgehalten.«

Bohemund schlug ihm aufmunternd auf die Schulter. Dann wandte er sich an Martin. »Deinem Gesicht nach zu urteilen, bist du mit der Entscheidung sehr einverstanden.«

Martin mochte darauf nicht antworten.

»Wie alt bist du?«

»Im nächsten Monat werde ich 17.«

»Martinstag. Natürlich. Der Sohn des fremden Fürsten. Du willst, so Gott will, noch ein bisschen leben.«

»Ich bin ein Soldat Jesu Christi«, antwortete Martin würdevoll, indem er sich gerade aufrichtete. »Ich bin bereit, jederzeit für unseren Herrn zu sterben.«

»Das trifft zu, bei dem schweren Kampf um die Eiserne Brücke hat Martin tapfer und furchtlos gekämpft«, bestätigte Bischof Adhémar von le Puy. Martin blickte den Bischof dankbar an, der mit einem Nicken den Mut Martins bekräftigte.

»Unser junger Freund entwickelt sich zum Ritter«, fügte er mit einer beschützenden Geste hinzu.

Bohemund interessierte das alles nicht. Nur mit Selbstbeherrschung unterdrückte er ein triumphierendes Lächeln, als er den anderen Heerführern knapp zunickte, während er als Erster das Zelt verließ. In gedrückter Stimmung folgten Herzog Gottfried, Hugo von Vermandois, Robert von Flandern und Robert von der Normandie, keineswegs sicher, richtig entschieden zu haben. Stephan de Blois dachte beklommen an den Brief an seine Frau Adele, den zu schreiben er wohl nicht umhin kam. Sie, die Tochter Wilhelms des Eroberers, hätte sicher für einen Sturmangriff gestimmt. Er seufzte innerlich ob der heroischen Wertvorstellungen seiner Gattin.

Im Hinausgehen wandte sich Graf Raimond an Bischof Adhémar:

»Ich fürchte, dass Bohemund ganz andere Ziele verfolgt, indem er sich meinem Plan widersetzt. Er will Antiochia auf eigene Faust mit List erobern und Herr über die Stadt werden, dieser normannische Emporkömmling. Hoffentlich werden wir durch eine lange, erfolglose Belagerung nicht alle an seinem Ehrgeiz krepieren.«

Sorgenvoll und ohne weiter auf Martin zu achten, kniete der Bischof vor dem Kreuz nieder.

Martin ließ die Mitschrift und den Federkiel auf dem Pult liegen und verließ das Zelt.

Draußen blieb er stehen.

Regen wie in Passau, ging es ihm durch den Sinn.

Feiner, durchdringender Regen blieb an seinen Wimpern

haften, setzte sich in seinem welligen braunen Haar fest, legte sich auf seinen weiten Umhang.

Der Himmel war endlos grau, der Regen so nass und kalt wie in der fernen Heimat. Martin wunderte sich über diesen Gedanken. An sein Zuhause erinnerte er sich sonst nie.

Martin schüttelte das Nachsinnen ab.

Sein erster Weg nach dieser Beratung der Fürsten führte zu Rab. Wie immer krampfte sich etwas in ihm zusammen, wenn er zu den Flusswiesen ging, wo die Pferde weideten. Wie immer spürte er die Sorge, Rab könne fort sein oder noch Schlimmeres. Schließlich waren die meisten Pferde, mit denen sie zu Beginn der Pilgerfahrt aufgebrochen waren, tot, in den Schlachten von Pfeilen getroffen, unter glühender Sonne verdurstet, die Abhänge des Anti-Taurus hinuntergestürzt. Rab aber lebte noch, freudig wiehernd kam er Martin entgegen.

Zurück zum Lager, wo die Frauen dabei waren, trotz des Regens Feuer zu machen. Martin verspürte den heftigen Wunsch, Theresa zu sehen, die nach wie vor zusammen mit Alice in Herzog Gottfrieds Lager lebte. Doch auf dem Weg zu ihr blieb er erschrocken stehen: Ein Käfig wurde die Stadtmauer hinuntergelassen. Wie von einem Pendel geschwenkt, baumelte er auf halber Höhe hin und her. Drinnen hockte ein Mensch, zusammengekauert, gekleidet in kostbare Stoffe, die Mitra auf dem Haupt.

Ein Raunen des Erschreckens und der Entrüstung ging durch das Lager:

»Der Patriarch von Antiochia!«

Während nun Tausende gebannt auf den Gefangenen starrten, richteten türkische Bogenschützen ihre gespannten Bogen auf das Herzogtor. Die gewaltigen Portale öffneten sich:

Ein Zug von Menschen, Frauen, Männern und Kindern, vor allem Kindern.

»Es sind Christen!«, schrien die Pilger aufgeregt.

»Eine Schande, dass die Ungläubigen Christen verbieten, auf einem Pferd zu reiten«, schimpfte eine Frau, spuckte aus und drohte mit der Faust.

Sie kamen ohne Tross, fast ohne Gepäck, hielten Bündel auf dem Rücken, nur so viel, wie ein jeder tragen konnte. Schweigend gingen sie dahin, stumm waren sie, es war, als gäbe es keine Sprache, nur Grauen. Möglicherweise weinte irgendwo weit hinten ein Kind. Zu hören war auf diese Entfernung nichts.

Ob es alle Christen Antiochias waren, konnte Martin nicht abschätzen. Sie kamen näher in diesem unablässigen Regen. Martin erkannte mühsam Bischof Adhémar, der den Ausgewiesenen, den Flüchtenden, entgegenlief. Den byzantinischen Priester an der Spitze des Zuges begrüßte der Bischof mit dem Friedenskuss, wie er auch die umstehenden armenischen und syrischen Geistlichen mit dieser versöhnenden Geste empfing.

Wie sollen wir die noch alle miternähren, überlegte Martin und schämte sich gleich darauf dieses Gedankens.

Winter 1097/98,
Antiochia/Im Kloster

»GELD IST LEBEN«, hatte der Abt beim Abschied im Kloster gesagt.

Nicht Gott ist Leben, sondern Geld.

Martin hätte nicht erwartet, dass dieser Satz sich so unmissverständlich bewahrheiten würde. Die Pilger begannen nicht nur Mangel zu leiden, sondern zu verhungern. Je weiter der Winter voranschritt, je kälter und nasser es wurde, je offensichtlicher die Lebensmittel nicht zur Versorgung so vieler Menschen reichten, desto mehr stiegen die Preise. Für eine Eselladung Lebensmittel forderten die armenischen und syrischen ortsansässigen Christen acht Byzantii, das konnten sich nur die wohlhabenden Krieger leisten. Für ein Stückchen Brot, das man früher für einen Denar kaufen konnte, kassierten die christlichen Händler zwei Soldi, ein junges Lamm stieg im Werte auf fünf Soldi und für ein Rind, das man im Herbst noch für zehn Soldi erstand, zahlte man jetzt zwei Mark. Und dazu hatte man ständig das Gefühl, beim Wechseln der Währungen übers Ohr gehauen zu werden.

Martin fragte sich bedrückt, wie das erst im Februar, im März werden sollte, wenn schon vor Weihnachten keine Nahrungsmittel in der näheren Umgebung von Antiochia aufzutreiben und die Preise ins Unfassbare gestiegen waren.

Noch hatte Martin Geld. Der Abt hatte sich mit dem Prior um die Summe gestritten. Eines Abends, kurz vor der Komplet, wollte Martin ihn gerne sprechen. Er vermutete den Abt in der Kirche, und so war Martin durch das nur von einer Fackel erleuchtete Refektorium Richtung Kreuzgang gegangen, als er die Stimmen des Abtes und des Priors vernahm. Obwohl beide in gedämpftem Ton sprachen und die Säulen viel vom

Klang nahmen, war der Streit nicht zu überhören. Hart forderte der Prior:

›Wie die Vögel unter dem Himmel sollen Pilger leben, sich nicht um Geld und Nahrung kümmern, Gott wird ihnen schon genug geben. Es ist Sünde, sich um Geld Sorgen zu machen, ein Stab, eine Flasche für das Trinken, ein Rock, das genügt. Gott wird sein Heer führen und ein Heer Gottes kann nur siegen.‹

Der Abt widersprach. Gott habe das Geheimnis seiner Gerechtigkeit noch nicht offenbart. Jesus lehre, Gott lasse seine Sonne über Gerechten und Ungerechten aufgehen. Schließlich habe es Gott zugelassen, dass Jerusalem von den Ungläubigen erobert und nun schon über 400 Jahre besetzt sei.

›Weil wir als Volk Gottes untätig waren und nicht gekämpft haben‹, entgegnete der Prior.

›Damit gibst du zu, dass wir Menschen nach menschlichem Maß für Gott handeln müssen, also beispielsweise Krieg führen. Das heißt, eine bewaffnete Pilgerfahrt wird nach den Regeln dieser Welt geführt, mit Waffen, Belagerungsmaschinen *und* mit Geld. Es nützt Jesus Christus nichts, wenn die Menschen unterwegs sinnlos krepieren, weil sie verhungern.‹

›Du willst nur deinen Liebling retten. Wer weiß, was du mit Martin hast‹, raunte der Prior.

Was den Abt mit Martin verband, das mochten sich auch die Mönche fragen, während ihr himmlischer Gesang durch das Gewölbe der Klosterkirche hallte. In ihren schwarzen Kutten standen sie mit blassen, ausdruckslosen Gesichtern hinter dem Abt, der vor dem Altar, den Blick auf den Gekreuzigten gerichtet, die heilige Handlung zelebrierte. Nichts an ihren schönen Stimmen verriet, dass sie Gott lobten und priesen. Ihr Gesang war eintönig, monoton wie der Tod. Sie alle hatten dem Leben abgeschworen, sich dem Jenseits zugewandt. Das Jenseits aber kannte keinen rasenden Puls, keine aufpeitschenden Gefühle, keine Leidenschaft. ›Der Tod hat keinen Rhythmus‹, durchfuhr es den Abt. ›Er ist teilnahmslos gegenüber den Lebenden, er nimmt sie fort in seiner unergründlichen Gerechtigkeit, er ist so gleichgültig wie diese Musik, die ihr Gotteslob in keinem jubilierenden Ton ausdrückt.‹ Der Abt horchte auf seine eigene Stimme – dann auf den Respons der Brüder. Er klang weder traurig noch freudig, er klang, und das war das Erschreckende, weder gut noch böse. Dort aber, so dachte der Abt weiter, wo etwas das Gleichgewicht zu halten scheint, dort, wo Gut und Böse sich die Waage halten – dort obsiegt das Böse. Denn das Gute muss getan werden, es ist Tat, wie Jesus lehrt. Das Böse aber entsteht, indem man das Gute unterlässt. Das Böse ist die bleierne Gleichgültigkeit. Es war dem Abt unangenehm, dass er als Einziger am Altar stand, dass alle Mönche ihn anblickten, er aber selber die Brüder nicht sehen konnte, die da im nur spärlich erleuchteten Kirchenschiff hinter ihm lauerten. Es war ihm, als bohrten sich ihre Gedanken in seinen Rücken. Nicht nur die des Priors Philipp, der ihn seit jener körperlichen Niederlage im Badehaus hasste und sich jetzt rächte, weil er den über ihm Stehenden, den hoch Geachteten, den wie einen Heiligen Verehrten einer Schwäche bezichtigen konnte.

Wer hoch steht, der fällt tief. Und tief war er auch für die Brüder gefallen, die nicht, noch nicht, seine Feinde waren. Feinde, wirkliche Feinde, hatte er nur wenige im Kloster, vielleicht nur einen, diesen einen. Und doch, ihm war bewusst, dass auch die anderen, dass jeder Genugtuung empfand, ihm, dem Abt, endlich einen Fehler vorwerfen zu können. Und wenn auch nicht jeder seiner Brüder ihn des Vergehens verdächtigen mochte, er habe unkeusche Beziehungen zu Martin gehabt, so klebte an ihm der Vorwurf, er habe den jungen Mann offensichtlich, für jedermann sichtbar, bevorzugt. Das aber war für die Brüder das Verletzendste. Hatten sie bisher im Vertrauen und in der Sicherheit gelebt, dass der Abt niemanden, aber auch niemanden weder jemals benachteiligte noch ihm seine besondere Gunst schenkte, hatte sich also jeder gerecht behandelt gewusst, so war dieses Gleichgewicht zusammengebrochen. Bis zu jener Nacht, als er sich in Kreuzesform vor Martin geworfen hatte, war er zu allen Brüdern wie der große Gleichmacher – wie der Tod. Dann aber hatte der Abt einen anderen, dazu noch einen niederen Knecht, herausgehoben, ihm seine Aufmerksamkeit, seine Fürsorge, seine Zeit, ja, seine Liebe geschenkt. Das war es doch, was die Brüder ihm vorwarfen, was er sich selber eingestehen musste, seine Liebe zu Martin. Er liebte Martin, wie nur ein Vater seinen Sohn lieben kann. Was hielt ihn ab, dies offen zu bekennen?

War es die Schande, die auf das Kloster fiele? War es die Gefahr, die auf ihn selbst unausweichlich zukäme und vor der er Martin bewahren wollte? Körperlich fühlte der Abt die Bedrohung, die wie ein übler Geist im Kirchenschiff schwirrte.

Trotzdem wollte er die Mönche dulden, die misstrauisch geworden waren, sich zurückgesetzt fühlten, beleidigt waren, murrten, gegen ihn rebellierten – ihn fallen ließen. Was denn hatte seine Gerechtigkeit mit dem Leben zu tun? Sie war aus Ekel entstanden! Aus Ekel! Wie hatte es ihn angewidert, mit ansehen zu müssen, dass sein Bruder Karl dem Weib, der Magd, nachschlich, während er Felicitas, einen Engel, seine Gattin nannte. Wie hatte Martha über Felicitas triumphiert, weil sie Karl, ihren Herrn, nicht erhörte. Wie hatte ihn die bösartige Niedertracht, das Verbrechen, der Mord an Felicitas verletzt und gepeinigt, so sehr, dass er in jener stürmischen, wilden, eiskalten Januarnacht vor der Welt floh und das Kloster aufsuchte, um dem Leben für immer zu entgehen. Es wurde ihm mit einem Male eng in der Klosterkirche, es fiel ihm auf, wie viele Brüder sich seit Langem nicht gewaschen hatten, sie stanken. Er wünschte sich raus aus diesen Klostermauern, in die die Welt hineingekrochen war so unerträglich, wie sie draußen herrschte.

Der Abt stimmte das Tedeum an – Dich, Gott, loben wir.

Nun also war sein Bruder Karl auch tot. Ein Bote hatte ihm in der Frühe Martins Brief gebracht, der kurz vor dessen Aufbruch aus Konstantinopel geschrieben worden war, und er hatte ihn wie üblich den Brüdern im Refektorium vorgelesen. Warum schrieb Martin nicht, woran Karl gestorben war? Warum gar nichts über die Umstände seines Todes? Der junge Mann gestand lediglich, und das hatte ihn sicher große Überwindung gekostet, dass Karl noch am Leben war, als er Pera erreichte. Als aber Martin sich wirklich zu Karl aufgemacht hatte, da war es zu spät. Der Abt seufzte innerlich, während er sang und unhörbar klagte.

Sein Bruder Karl war also gestorben, ohne erfahren zu haben, dass er am Tod seiner Frau unschuldig war oder zumindest nicht in dem Sinne schuldig, wie er selbst vermutet hatte. Und Alice? Was würde aus Alice? Obwohl verwaist, war sie nicht mit ihrer Freundin nach Passau zurückgekehrt und ins Kloster Niedernburg eingetreten. Hochachtung hatte er vor der jungen Frau. Alice war offenbar standhaft und mutig. Sie befand sich trotz allem auf dem Kreuzzug.

∽❦∽

Ungesehen verschwand eine übel riechende Frau mit einem Sack auf dem Rücken in dem Zelt Theresas und Alice'.

»Diese jungen Weiber«, brabbelte sie. »Es ärgert mich, dass Peter Bartholomäus beim weihnachtlichen Mysterienspiel nur auf sie gesehen hat. Er hat die eine an ihrer Schminke und ihrem Ohrgehänge genau erkannt.

›Los!‹, hat er befohlen, mich am Nacken gepackt und mich in ihr Zelt gehetzt.

Wenn mir bloß genügend Zeit bleibt, das Versteck zu finden. Hoffentlich predigt Adhémar heute mal ausnahmsweise. Peter Bartholomäus hat ganz recht, der Legat des Papstes predigt viel zu selten, und schon gar nicht zu uns armen Leuten. Er wird noch den Zorn Jesu Christi auf sich ziehen. Aber heute ist Weihnacht, da wird der Bischof wohl endlich auch einmal das Wort Gottes verkünden. Trotzdem, ich muss mich beeilen. Dunkel ist's hier im Zelt. Aber ich habe Augen wie eine Katze, behauptet Peter Bartholomäus. Dieser Schmeichler.

Wo haben sie nur ihr Essen versteckt? Wenn sie mich nun erwischen. Das Liebchen von dem Ritter von Baerheim zu bestehlen, kann sehr unangenehm werden. Hoffentlich lässt er mir nicht die Hand abschlagen. Ach was, tut er nicht. Peter Bartholomäus sagt, eine Frau würde nicht so hart bestraft. Trotzdem, warum immer ich? Warum soll ausgerechnet ich die Lebensmittel stehlen? Warum gehorche ich diesem Peter Bartholomäus, diesem Seher. Er ist doch nichts als ein Bauer, nichts als ein Bediensteter, der einem mal an die Brust greift. Wieso hat er diese Macht?

Meinen Mann habe ich verlassen, bin allein ohne ihn auf die Pilgerfahrt gegangen. Mein Leben lang Körbe flechten … ›Nein‹, habe ich gesagt. Er aber hat über die Kreuzfahrer gelacht und gemeint, sie seien Irrsinnige. Diese Pilgerfahrt würde nichts als das Leben kosten, da sei es besser, Weiden zu schneiden. Wer ihm nun wohl die Körbe flicht? Daran will ich gar nicht denken, wer das sein könnte. Und ich bin hier vor Antiochia und esse Ratten und hungere. Das Schreckliche ist, ich verhungere wirklich. Kein Spaß, kein Witz. Wie konnte ich nur allein, ohne Geld und Schutz, das Kreuz nehmen? Jesus Christus – unser Schwert und Schild? Hastig mich bekreuzigen. Das ist Sünde. Herr, vergib mir!

Da – das Kästchen. Es hat einen glänzenden Verschlag. Gold? Das Kästchen nehme ich mit. Nein, es könnte mich verraten. Was da wohl drin ist? – Ganz leicht ist es zu öffnen. Schminke. So viel Schminke hat diese Dirne aus Konstantinopel oder Nikäa mitgenommen. Läuft mit ihren roten Lippen und roten Wangen, schwarz umrandeten Augen und ihrem langen, klimpernden Ohrgehänge im Lager herum, während wir armen Frauen verhungern.

Was ist das? Noch nie gesehen. Das schaut merkwürdig aus. Es ist rund, fühlt sich glatt an und duftet köstlich. Es riecht nach Rosenöl. Wozu sie das wohl braucht? Auftragen auf die Haut kann man es nicht. Wenn ich dran kratze, splittert es. Möglicherweise ist es doch essbar und sie hat es zwischen der

Schminke versteckt, damit niemand diese Köstlichkeit findet. Es ist bestimmt eine Delikatesse. Ich werde es probieren. Nur einmal hineinbeißen.

Bäh, igitt, scheußlich. Nur schnell ausspucken. Wie kriegt man diesen Geschmack wieder weg? Da, der Krug. Etwas Wasser ist noch drin. Entsetzlich, es schäumt im Mund. Mit Wasser schmeckt es noch schrecklicher.

Also, ich vergeude meine Zeit. Mir wird schon ganz heiß, obwohl es kalt ist. Von wegen, im Süden ist es heiß und man würde sich nach nichts als nach Kälte sehnen. Kalt ist es. Horch, der Regen prasselt auf das Zelt.

Also, wo würde ich das Essen verstecken? Irgendwo im Boden muss ein Loch, eine Grube sein. Doch zu dunkel, um etwas zu sehen. Ich muss den Boden abfühlen. Schritt für Schritt. Oder? Da unter ihrem Lager könnte das Versteck sein. Ein Kopfkissen haben die Damen, ein Kopfkissen aus Federn. Und Felle, weiche Felle, worauf sie schlafen. Na, das fühlt sich doch an wie eine Grassode. Lässt sich ganz leicht herausnehmen.

Ah, Brot. Krüge sind eingegraben. Wein, Getreide und eingelegter Fisch und gepökeltes Fleisch. Habe ich Hunger, Hunger. Ich denke nur noch Hunger und Kälte. Das Fleisch schmeckt tierisch gut. Wie kriege ich diese Krüge nur aus dem Zelt. Das Brot ist noch ganz frisch.

Stimmen. Das müssen sie nicht sein.‹

»Dass ich jemals bei Bernhard von Baerheim zum Weihnachtsfest eingeladen würde«, hörte die Frau im Zelt eine noch jugendliche Männerstimme auf Französisch sagen.

»Das haben wir Alice zu verdanken.«

»Nur dass die Gäste den Wein selber mitbringen müssen. Ob das wohl alle Gäste müssen oder nur die nicht so vornehmen?«

»Nun, der Herzog Gottfried von Bouillon müsste sicher seinen Wein nicht mitbringen. Aber er würde gewiss auch nicht mit Bernhard feiern, jedenfalls nicht, solange noch Bernhards Vater der Lehnsträger ist. Außerdem ist Gottfried sterbenskrank.«

»Ja, leider«, seufzte der junge Mann, während er die Zeltplane beim Eingang zurückschlug.

»Eine Diebin!«, rief Theresa und zeigte mit dem Finger auf
die Frau.

Die Frau drückte das runde, duftende Brot fest an ihren
Busen.

»Sie hat die ganzen Lebensmittelvorräte gefunden.« Theresa
blickte wütend in die Grube.

Die Frau stand mit furchtsamem Gesicht mitten im Raum.

»Ich habe Hunger«, sagte sie. »Ich bin ganz allein auf die
Pilgerfahrt gegangen und habe kein Geld und niemanden, der
mir etwas gibt.«

Theresa überlegte kurz: »Du kannst das Brot behalten.« Die
Frau wollte entwischen.

Martin hielt sie am Arm fest. »Versuch nicht noch einmal,
hier zu stehlen.«

Die Frau nickte, schlüpfte durch die Zeltöffnung und verschwand hinaus in die Dunkelheit.

Martin und Theresa blickten sich ratlos im Zelt um.

Schließlich sagte Theresa tief aus ihrem Inneren:

»Ich frage mich, welche Schuld wir Christen auf uns geladen
haben, dass Gott uns so leiden lässt.«

»Nun, der Hunger wird bald vorüber sein. Gleich nach
Weihnachten wird Bohemund mit etlichen Tausend Fußsoldaten und Rittern aufbrechen und Lebensmittel für unser Heer
erbeuten.«

»Noch sind sie nicht zurück.«

»Den Bauern ihr Getreide und ihr Vieh abzunehmen, dürfte
ein Leichtes sein.«

»Trotzdem, Martin, wir befinden uns in Feindesland und den
Spähern, Kundschaftern und Spitzeln Yaghi-Siyans in Antiochia
entgeht nichts. Ich glaube an den Erfolg der Unternehmung erst,
wenn ich die Kühe, Schafe und Ziegen wirklich sehe.«

»Warum so misstrauisch? Ein Heer Gottes, das für Jesus

Christus kämpft, muss siegreich sein. Ohne diesen Glauben würden wir hier vor Antiochia verzweifeln.«

»Ich bin auch überzeugt, dass wir Jerusalem erobern und für unseren Herrn Jesus Christus zurückgewinnen werden. Angesichts unserer Leiden frage ich mich, ob es eine Strafe Gottes ist.«

»Aber für welche Sünde?«, entgegnete Martin. »Sicher, die Menschen haben in Gedanken und Taten alle irgendwie gesündigt und die meisten hatten auch für die Teilnahme an dieser Pilgerfahrt eigene Beweggründe, die nichts mit Gott zu tun haben. Natürlich, jeder will seinen Vorteil, sein Glück versuchen. Aber Schuld?«

Martin strich sich über sein Kinn. Er lachte freundlich.

»Du jedenfalls, Theresa, bist schuldlos. Da bin ich mir ganz sicher. Dich wird Gott nicht strafen.«

Theresa schüttelte den Kopf. »Wie kannst du das wissen? Du bist doch noch manchmal richtig grün hinter den Ohren.«

»Na, na, na, du alte Frau von 19 Jahren.«

»Vielleicht auch erst 18. Ganz genau weiß ich nicht das Jahr, in dem ich geboren wurde. Meine Mutter hat sich immer mehr um andere Frauen und Kinder gekümmert als um mich.«

»Sie war Geburtshelferin?«

»Ja, da liegt die Sünde. Meine Mutter ist letztlich an ihrer Schuld zugrunde gegangen. Sie war eine weise Frau, sie war Tag und Nacht bereit, sommers wie winters, um sich auf den Weg zu machen und den Frauen bei der Geburt zu helfen. Aber sie tat eben auch anderes, du verstehst schon.«

Theresa hatte sich auf ihr Lager gesetzt. Vorsichtig legte Martin seinen Arm um ihre Schulter.

»Martin, es kamen häufig Frauen zu meiner Mutter. Deswegen. Ich glaube, es hieß in den Dörfern, meine Mutter kenne die richtige Zubereitung des Mutterkorns. Ein wenig irre Träume und das Kind ist weg. Schließlich zeugen ja nicht nur adelige Männer Kinder, bei denen aus dynastischen Gründen ein Bastard erwünscht ist. Auch der fünfte Sohn eines Ritters, der selbst gar keine Möglichkeit hat zu heiraten, weil er eine Familie nicht standesgemäß erhalten könnte, hat Bedürfnisse und greift sich eine Dienstmagd. Oder der freie Bauer, der Graf selbst, oder ein Mönch oder ein Priester, der ein junges Ding betört. Häufig sind die Mädchen nicht älter als 13, 14 Jahre alt. Es kamen auch oft verheiratete Frauen, die nicht wussten, wie sie ein weiteres Kind ernähren sollten.

Meine Mutter zeigte Erbarmen. Denk doch, selbst für Alice ist es eine Schande. Bernhard will einen Sohn, und zwar ausschließlich einen Sohn. Was ist, wenn es ein Mädchen wird? Sie ist allerdings felsenfest überzeugt, dass sie ihm einen Sohn schenkt.

Weißt du, was Alice sich von der Geburt eines Sohnes erhofft? Dass Graf Otto, Bernhards Vater, sie grüßt. Es demütigt sie, dass Graf Otto sie behandelt, als gäbe es sie nicht. Er geht an ihr vorbei, als wäre sie nicht da, obwohl er doch genau weiß, dass sie die Geliebte seines Sohnes ist.«

»Es wundert mich trotzdem immer noch, dass Alice so bereitwillig dieses Los auf sich nimmt«, sagte Martin nachdenklich, mehr zu sich selbst als zu Theresa.

»Vielleicht verfolgt sie eigene Ziele. Ich weiß es nicht. Jedenfalls, meine Mutter hat Gewissensqualen ausgestanden. Natürlich wollte sie den jungen Frauen zur Seite stehen und andererseits haben die toten Kinder sie verfolgt.«

Martin sah, dass Theresa tatsächlich Tränen in den Augen standen.

»Du sollst deinen Vater und deine Mutter ehren. Es war so schwer, sie zu ehren, nachdem ich wusste, was sie tat. Nun will ich nach Jerusalem pilgern, weil ich weiß, wie sehr meine Mutter ihre Sünden bereut hat. Auf ihrem Krankenlager hat sie nur noch gebetet. Als es tatsächlich ans Sterben ging, hat sie darauf bestanden, in die Kirche getragen zu werden, um dort zu beichten, Buße zu tun und die Letzte Ölung zu erhalten und in der Kirche zu sterben. Sie hat sich geradezu begierig an die Sterbesakramente geklammert. Sie hatte so eine Angst vor den Qualen, die sie nach dem Tod erwarten.«

»Ich glaube, sie hätte sich nicht so fürchten müssen. Nein, widersprich mir nicht gleich. Als ich das Kreuz nahm, habe ich wie so viele gedacht, ich müsste eine Schuld abtragen, sonderbarerweise ebenfalls die meiner Mutter. Welch eine Sünde sie begangen haben sollte, das habe ich nie erfahren. Da tappe ich noch immer im Dunkeln. Dass sie aber der Vergebung ihrer Sünden bedürftig war, dessen bin ich mir sicher. Nur denke ich nicht mehr, dass es von mir abhängt, wie es ihr nach dem Tode ergeht. Denn Christus ist für unsere Sünden gestorben. Wenn wir das ernst nehmen und dran glauben, dann haben wir weniger Sorge um unsere Seele und um die Seelen unserer verstorbenen Verwandten.«

»Der Papst lehrt anderes. Schließlich befinden wir uns alle zur Vergebung unserer Sünden auf dieser Pilgerfahrt.«

»Sicher. Nur ...«, Martin stockte.

Theresa sah ihn groß an. »Was denn ›nur‹?«

»Also. Es war Weihnacht genau vor einem Jahr, da lag ich mit Wundfieber im Kloster. Vor der Heiligen Messe am Abend kam der Abt zu mir und fragte mich, ob ich mich stark genug fühle, in die Kirche zu kommen. Er schickte mir einen Bruder, der mich stützte. Ich muss dir sagen, nie hatte ich ein schöneres Gewölbe einer Kirche gesehen. Es war, als würdest du in den Himmel blicken. Es war sogar warm in der Kirche, jedenfalls erschien es mir so. Vielleicht war es auch das Fieber. Aber ganz bestimmt habe ich mit Bewusstsein die Predigt gehört. Es war eine sonderbare Predigt. Der Abt sprach über den Vers aus dem Johannesevangelium:

›Niemand kommt zum Vater denn durch mich.‹

Seine Worte verweilten bei dem ›Niemand‹. Wer ist dieser Niemand? Kein Mensch, auch kein Priester, Mönch, Bischof, Heiliger oder Papst komme zum Vater außer durch Jesus Christus. Der Abt meinte natürlich auch uns mit, die Mönche und mich und sicher sich selbst, die wir alle ganz und gar auf Jesus Christus angewiesen seien. Allein Jesus Christus sei derjenige, der die Pforte zum Paradies öffne. Jesus Christus sei aber kein Rächer, sondern ein Liebender, so predigte er, der Abt.«

»Du liebst ihn sehr«, sagte Theresa fast zärtlich.

»Wen? Jesus Christus?«

»Das weiß ich nicht, wie sehr du Jesus Christus liebst. Ich meine, ihn, den Abt, liebst du sehr.«

»Ich liebe dich.«

Theresa blickte Martin mit ihren schönen Augen an. Wie lange hatte nun Martin dieses sagen wollen. Es war ihm so schwer gefallen. Nun sprach es sich so leicht wie natürlich.

»Ich liebe dich. Ich möchte dich heiraten.«

Theresa nahm Martins Hand, öffnete sie, fuhr mit dem Finger über seine Handlinien.

»Ein langes Leben erwartet dich.« Sie beugte sich zu seiner Hand und küsste sie.

»Ja, Martin, ich möchte deine Frau werden. Ich wünsche es mir schon, seitdem ich dich in Nikäa gesehen habe und dieser Mönch dich immer umsorgte und bewachte vor mir.«

Martin lachte.

Er nahm Theresas Gesicht. Bereitwillig erwiderte sie seinen Kuss. Doch als zärtlich seine Hand tiefer fasste, drückte sie ihn weg.

»Lass uns warten. Bis wir verheiratet sind.«

Martin seufzte, ließ aber von ihr ab.

Dann jedoch entschied Theresa unerwartet:

»Es sind schon so viele gestorben. Lass es uns jetzt tun.«

Theresa wachte auf und blinzelte. Unwillkürlich schätzte sie die Tageszeit. Nach der Stille zu urteilen, die auf unsichtbaren Wegen aus dem Lager zu ihr drang, schienen noch alle zu schlafen. Jedoch aus der Farbe des Lichts, dem ein Loch in der Zeltwand den Weg freigab und das sich jetzt grau im Zelt ausbreitete, schloss Theresa, dass es schon früher Morgen sein müsste. Sie fand, es war verwunderlich für eine in der Kindheit so behütete Kaufmannstochter, dass die zerrissene Zeltwand Alice eigentlich nicht sonderlich störte. Unbekümmert hatte sie einfach einen Eimer unter das Leck gestellt.

Draußen begann es wieder zu regnen.

Theresa horchte auf das gleichmäßige Klacken der Wassertropfen, das sie schläfrig machte und auch beunruhigte. Wie noch bei diesem unaufhörlichen Regen das Zelt reparieren?

Denk etwas Freundliches, forderte Theresa sich auf, oder schlaf noch ein bisschen.

Und während sie mit geschlossenen Augen auf dem Rücken lag, vernahm sie Martins sanften Atem, auf den sie andächtig lauschte. Wie sie nun ganz still dalag, durchflutete Theresa ein ungewohntes Glücksgefühl. Sie liebte und sie wurde geliebt. Mehr noch, sie gehörte zu den wenigen Frauen, die aus Liebe heirateten und nicht aus dynastischen Gründen oder weil es der Vater beschlossen hatte. Wäre sie in Lothringen geblieben, sie wäre verheiratet worden, wahrscheinlich mit einem Bauern. Diese Pilgerfahrt aber versammelte Menschen aus aller Herren Länder, hatte sie zu Martin geführt. Theresa stützte ihren Kopf auf ihren Arm und schaute zu Martin. Behutsam und zärtlich beugte sie sich über sein Gesicht, das nun im Schlaf fast kindlich entspannt und hingegeben wirkte.

Vor allem jung, jung und zärtlich. Es war Theresa als offenbare sich Martins Seele im Schlaf. Ohne ihn zu berühren, liebkoste Theresa Martins Augen, sein Haar, seine Stirn, seinen Mund.

Martin wurde unruhig, drehte sich um, sodass Theresa deutlich den Schnitt auf seiner Wange erkennen konnte, den er sich bei der Schlacht um die Steinerne Brücke zugezogen hatte. Es würde eine Narbe bleiben, das war sicher. Wie viele Kämpfe wären noch zu bestehen, bevor das Heer endlich Jerusalem erreichte?

Die Zeltwand öffnete sich und Alice, ziemlich durchnässt, schlüpfte hinein. Eng um den Kopf hatte sie ein Tuch geschlungen.

Sie will immer noch nicht erkannt werden, wenn sie beim Morgengrauen von Bernhard kommt, unwillkürlich musste Theresa über Alice lächeln.

Nach nun eineinhalb Jahren Pilgerfahrt kannte man sich gegenseitig sehr genau, nichts blieb verborgen, schon gar nicht ein so auf Liebesspiel angelegtes Verhältnis wie das zwischen Alice und Bernhard. Das braune Tuch, das Alice um Kopf, Gesicht, Hals und Schultern geschlungen hatte, verriet mehr, als wenn Alice offen durch das Lager gegangen wäre, um vielleicht christliche armenische oder syrische Händler aufzusuchen und irgendetwas Essbares für viel zu teures Geld zu kaufen.

Getratscht wurde doch nur über Peter, den Einsiedler, den Anführer des Armenkreuzzuges, der tatsächlich, nein, das konnte nicht wahr sein, versucht hatte, zusammen mit Wilhelm dem Zimmermann zu fliehen. Es hieß, Bohemund habe in eigener Person die Flüchtenden verfolgt und eingeholt. Zur Strafe habe Wilhelm eine ganze Nacht in Bohemunds Zelt stehen müssen und sei anschließend von dem Heerführer scharf zurechtgewiesen worden. Nicht irgendwelche Liebesgeschichten, sondern Flucht, das war es, woran fast jeder der Pilger einmal dachte. Welchen Sinn sollte es haben, hier vor Antiochia zu verrecken? Jesus war mit diesen vielen Toten nicht geholfen. Besser wäre es, zu einem späteren Zeitpunkt sich wieder auf den Weg nach Jerusalem zu machen und jetzt in die Heimat zurückzukehren, auf welchen Wegen und unter welchen Gefahren auch immer.

Theresa beobachtete, wie Alice sich vor ihrem Bettlager hinkniete, ein Kreuz aus ihrem Beutel nahm. Sie hielt es in der Hand und betete lange wie versunken. Dann legte sie sich ins Bett und kauerte sich zusammen wie ein kleines Kind. Es war Theresa, als ob die Freundin mit den Zähnen bibberte.

Dann – Stille.

Schrecken. Aufschrecken!

Die Hörner ertönten, Herolde ritten durch das Lager. Verkündeten in mancherlei Sprachen, die Pilger Gottes möchten und sollten sich draußen versammeln. Schläfrig und verdutzt zwängten sich Hunderte und Tausende durch die Öffnungen ihrer Zelte und standen dann fröstelnd, die Arme eng um den Körper geschlungen, im Nieselregen.

Ein Blick in Richtung Antiochia verriet, auch die Türken drängten sich auf der Stadtmauer, gespannt, was es Neues bei den Christen gäbe. Es war jedenfalls kein Angriff, das stand fest, kein Kampf, weswegen alle so früh aus dem Schlaf gerissen wurden. Alice wie auch Theresa hatten eine Wolldecke um die Schultern geschlungen, die bis zum Boden reichte. Auch so war es noch kalt. Martin stand dicht hinter Theresa und fragte sich, ob dies zu dieser frühen Stunde nicht doch zu verräterisch sei.

»Da sind sie! Da sind sie!«, riefen Kinder und zeigten mit lang ausgestreckten Armen in die Richtung, aus der sich das Erwartete nähern sollte.

Eine Frau, ein Mönch, nackt, aneinandergefesselt, wurden durch das Lager getrieben. Wurden ausgepeitscht!

Zur Abschreckung der Pilger, zur Belustigung der Türken wurde ihre Sündhaftigkeit zur Schau gestellt. Martin hörte geradezu die Häme, mit der die Ungläubigen über die verderbten Christen lachten.

Ja, sie sei eine verheiratete Frau und er – Mönch! Beim Ehebruch ertappt, eben gerade.

»Das darf uns nicht passieren«, flüsterte Theresa Martin zu. »Unzucht heißt vieles, auch unsere Liebe.«

»Wir heiraten doch«, flüsterte Martin zurück. »Wir heiraten ganz schnell. Willst du?«

Theresa lächelte, sie lächelte, wie nur sie es vermochte.

»Anfang Februar, ich muss nur noch Herzog Gottfried fragen.«

Erschrocken blickte Theresa Martin an. »Meinst du, er gibt uns die Erlaubnis? Ich wüsste allerdings nicht, warum er sie verweigern sollte.« Sie seufzte. »Gottfried ist ja nicht so launisch wie Graf Raimond, aber … Natürlich wird er seine Zustimmung geben«, unterbrach sie ihre skeptischen Gedanken. »Gottfried mag mich. Außerdem, wir sind garantiert nicht verwandt und gehören ungefähr dem gleichen Stand an, jedenfalls solange du nicht als Sohn eines Fürsten legitimiert bist ...«

Martin lachte.

»Ich spreche zuerst mit Bischof Adhémar. Wenn er seine Einwilligung gibt, kann Gottfried sie nicht mehr entziehen.«

»Worüber redet ihr denn?«, fragte Alice. »Ist es euch ganz gleichgültig, dass die beiden dort aneinandergefesselt sind und blutig geschlagen werden? Ich finde es schrecklich, wie sie gedemütigt und bestraft werden.«

Theresa und Martin sahen sich verdutzt an. Tatsächlich hatten sie das elende Paar ganz vergessen. Auch die Zurufe wie »Gotteslästerer!«, »Hure!«, »Teuflischer Mönch!« waren bisher nicht in ihr Bewusstsein gedrungen. Jetzt erst bemerkten Theresa und Martin die teils aufgebrachte, teils in gedrücktem Schweigen stehende Menge. Wie konnte es sein, dass, während sie glücklich waren, andere so sehr leiden mussten.

»Ich denke, wir können jetzt wieder ins Zelt gehen«, ließ sich Alice hören.

»Wir sagen Alice noch nichts«, flüsterte Theresa Martin zu. »Sie wird sonst nur traurig.«

Laut sagte sie: »Ich habe Hunger. Lasst uns was Richtiges essen. Zum Glück ist die von Bischof Adhémar angeordnete dreitägige Fastenzeit vorbei. Es ist lächerlich, Fasten, während viele vor Hunger sterben.«

»Essen?«, fragte Martin. »Habt ihr denn überhaupt noch Essbares?«

»Genug«, antwortete Theresa. »Dank Alice' Geld.«

Alice schüttelte den Kopf:

»Unsinn. Wenn Theresa nicht schon im Herbst vorgesorgt und Lebensmittel gehortet hätte, dann wären wir jetzt schlimm dran.«

Wohl leider wahr, dachte Martin. Deine Mitgift müsste allmählich aufgebraucht sein.

Laut sagte er: »Bald wird es besser. Der Patriarch von Jerusalem will uns eine große Ladung Lebensmittel schicken, Adhémar hat schon Nachricht erhalten.«

»Er will das Vieh und die Kornsäcke von Jerusalem hierher schaffen?«, wunderte sich Alice.

»Nein, aus Zypern. Der Patriarch fürchtete in Jerusalem einen Mordanschlag und ist nach Zypern geflohen.«

»Ich glaube es erst, wenn ich die Ladung sehe«, sagte Theresa. »Nicht, dass sie uns wieder von den Türken abgenommen wird und alle Männer getötet werden wie Bohemunds Fußsoldaten.«

»2.000 sollen es gewesen sein«, ergänzte Alice düster.

»Bin ich schuld an unserem Elend? Bloß weil ich nicht verheiratet bin?«, jammerte sie, während sie das Brot aus dem Kasten nahm. »Ist mein Kind Sünde?«

Groß sah sie Martin und Theresa an.

»Ich freue mich auf das Kleine«, sagte sie leise und nahm Theresas Hand, die sie auf ihren Bauch legte. »Fühl mal, es strampelt.« Sie seufzte. »Aber in Jerusalem. Was wird dort aus mir? Ich sehne mich dorthin zu kommen, aber ich fürchte mich auch davor.«

Theresa strich Alice sanft über das Haar.

»Wir helfen dir. Martin und ich, wir stehen zu dir.«

Alice richtete sich auf. In entschiedenem Ton erklärte sie:

»Wir müssen das Loch in der Zeltwand stopfen.«

»Die Zelte müsst ihr vielleicht sowieso bald abbauen. Die Heerführer haben darüber beraten, ob alle Frauen eine Zeit lang das Lager verlassen sollen, die unverheirateten wie die verheirateten, damit das sündhafte Leben aufhört und Gott uns gnädig wird. Jedenfalls überlegt sich das Bischof Adhémar.«

»Also sind die Frauen doch daran schuld, dass unser Heer Antiochia nicht einnehmen kann«, stellte Alice fest.

»Es soll für kurze Zeit ein Frauenlager eingerichtet werden, das ist alles. Die Kampfbereitschaft der Männer wird vielleicht dadurch auch gehoben.

Jedenfalls macht keiner der Heerführer die Frauen für unsere miserable Lage verantwortlich. Auch nicht die Huren. Die müssen sich schließlich so ihr Geld verdienen, wenn sie nicht verhungern wollen. Bestraft wird höchstens der Mann, wenn er zu so einer Frau geht. Der Arme. Schlimmstenfalls muss ein solcher Ritter wählen, ob er seine Rüstung und seine Waffen verliert oder stattdessen nackt durch das Lager getrieben wird. Also ihr Frauen seid nicht der Sündenbock.«

»Aber Tatikios und die anderen Byzantiner, die werden richtig gehasst«, sagte Alice, um das Gespräch von sich abzulenken.

»Die Leute erzählen sich, dass Kaiser Alexios selbst die Ungläubigen gegen uns anstachelt. Es herrscht eine Stimmung im Lager, als wollten wir die Byzantiner lynchen. Ich an Tatikios' Stelle würde mich auf und davonmachen.«

»Ja, man braucht einen Sündenbock. Dabei fehlt es uns schlicht und ergreifend an Belagerungsmaschinen und Nahrungsmitteln. Wir können Antiochia nicht einschließen und deshalb bekommt die Garnison noch immer Nahrungsmittel und Waffen geliefert. So einfach ist die Erklärung für unser Unglück.«

»Wann denn? Wann werden wir Frauen ausquartiert?«, fragte Theresa wie aus einer anderen Welt.

»Steht noch nicht fest«, erklärte Martin.

»Dann müssen wir vorher heiraten«, entfuhr es Theresa.

»Heiraten? Wieso? Ihr wollt heiraten?«

Heiraten. Dann müsste sie wohl das Geld herausrücken, das der Abt ihr für Martin anvertraut und das sie sogar vor Bernhard bisher verborgen gehalten hatte.

Andererseits, so überlegte Alice, war es nur noch eine Frage von wenigen Tagen, bis ihre Mitgift aufgebraucht war. Dann müsste sie selbst von dem verborgenen Geld leben, wenn sie satt werden wollte. Sie wollte aber satt werden, damit das Kind gesund zur Welt käme.

Und überhaupt, dachte sie trotzig, schien Martin zu den wenigen zu gehören, die nicht am Verhungern waren. Schließlich wurde er von Bischof Adhémar versorgt. Also irgendwann später.

Passau, Alice' Elternhaus

SEITDEM DER ABT WUSSTE, dass sein Bruder Karl nicht der Mörder seiner Frau Felicitas war, hatte er sein Elternhaus in der Marchgasse nicht mehr betreten. Der Tod seines Bruders aber hatte ihn und den Konvent zu Entscheidungen über das weitere Geschick des Handelshauses veranlasst.

So wartete er an diesem Februarnachmittag in der Eingangshalle und schaute derweil durch das weit geöffnete Tor auf den Hof, auf dem sonst früher jahraus, jahrein geschäftiges Treiben herrschte, Knechte und Fährleute Fässer mit Salz und Getreide herbeischafften, die Waren auf Wagen geladen wurden, Mägde aus dem Brunnen Wasser schöpften und, die Hände in die Taille gestemmt, laut miteinander sprachen, lachten und tratschten oder das frisch gebackene Brot, dessen Duft er so sehr mochte, vom Backhaus auf einem großen Brett ins Herrenhaus trugen. Und dazwischen Pferde, Wagen, Hühner und Hunde, deren unablässiges Bellen nie zu enden schien.

Nun aber war es still. Die Mauern zur Gasse verschluckten jeden Laut und der Schnee lag wie ein weißes Tuch über dem Hof. Nur die Spur der Hufe seines Pferdes und seinen eigenen Fußabdruck konnte er in dem Schneegewirbel gerade noch erkennen.

Kalt und klamm war es in der Halle und der Abt schickte sich an, Feuer zu machen, Licht und trockenes Brennholz hatte er mitgebracht. Und während er vor dem Kamin hockte und die Flamme entfachte, dachte er an Alice.

Arme Alice, sie war die Verliererin in diesem Spiel, diesem Kampf um Liebe und Macht. Was konnte sie vom Leben erwarten, nun, da ihr Vater tot und das Handelsunternehmen verpfändet war? Hoffentlich nicht nur himmlischen Lohn dafür, dass sie das Kreuz genommen hatte und nach Jerusalem pilgerte, sondern bisweilen – wenn möglich – auch irdische Freuden.

Irdische Freuden? Ihm fiel dazu das Gesicht Bernhards ein, es drängte sich ihm geradezu auf, war ihm wie Gewissheit und zog seine Gedanken so sehr in Bann, dass er beinahe das Klopfen am Tor überhörte. Der Abt erhob sich und sah einen Mann im Eingang stehen, wohl Ende 20, so schätzte er, mit braunen, kurz geschnitten Locken und einem offenen, freundlichen Gesicht, Reinhold, der mögliche Käufer des Hauses.

»Dies sieht nach einem plötzlichen Aufbruch aus«, sagte nach der Begrüßung der Ankömmling und wies auf die Tafel, die, umgeben von Sitzbänken und Stühlen, statt an die Wand gelehnt, noch immer mitten im Raum stand.

»So ist es«, erwiderte der Abt knapp. Für den Bruchteil eines Augenblicks zog das Bild dieses letzten Festmahles an vor ihm vorbei, Graf Otto von Baerheim mit seinem Sohn, ihr Gefolge, sein Bruder Karl, Martin, wie er die Gäste, wie er ihn bediente und Wein einschenkte. Er sah Alice, wie sie gespannt, nein, angespannt dem Gespräch der hohen Herren zuhörte. Selbstredend hatte sie, wie es sich für ein junges Mädchen ziemt, kein Wort gesagt. Sie sind es, so ging es ihm durch den Sinn, die Stummen, die in dem Drama keine eigene Rolle spielen, sondern es nur erleiden, sie sind es, die beachtet, geachtet werden sollten.

Entschlossen holte er sich aus seinen Gedanken zurück und blickte unverwandt den möglichen Käufer an. Als hätte er etwas besonders Unpassendes gesagt, räusperte Reinhold sich und setzte von neuem an.

»Verzeihung. Ich möchte mich Euch vorstellen. Ich war – und bin es immer noch – die rechte Hand eines Fernhandelskaufmanns aus Regensburg. Eine glückliche Heirat hat mich in die Lage versetzt, mich selbstständig zu machen. Meine Frau Katharina ist in Passau geboren und aufgewachsen und möchte wieder hierher zurück ziehen. So haben wir durch Freunde erfahren, dass dieses Handelshaus leer steht und zum Verkauf angeboten wird. Ich würde mich gerne einmal umsehen.«

»Ihr zieht es sicher vor, Euch ein eigenes Urteil zu bilden. Darum werde ich Euch lediglich durch das Haus führen, ohne seine Vorteile anzupreisen. Für Fragen bin ich natürlich offen«, sagte der Abt und öffnete die Tür zum Kontor.

Noch immer etwas verlegen, betrat Reinhold den engen Raum, der trotz der dicken Staubschicht und der Spinnweben an den Wänden nach wie vor den Eindruck von Ordnung vermittelte.

Auf dem Schreibpult lag statt des Gänsekiels und der Papiere ein Kreuz.

»Und Euer Bruder ist tot?«, fragte Reinhold und blieb vor dem Pult stehen.

»Wie so viele Pilger aus Passau. Ich habe die Nachricht von einem verlässlichen Mann schriftlich erhalten. Ihr müsst also nichts befürchten.«

»Es gibt auch keine Erben, die Anspruch auf das Haus erheben könnten?«

»Eine Tochter. Alice. Eure Frau kennt sie vielleicht. Sie wird nicht die Mittel haben, es nach dem Kreuzzug wieder auszulösen.«

Es entstand eine kurze Pause. Der Abt unterbrach das Schweigen, indem er Reinhold zu den Lagerräumen führte. Doch trotz seines geschäftlichen Interesses, trotz der Notwendigkeit, eine richtige Entscheidung zu treffen, wirkte der junge Kaufmann zerstreut.

»Ist es etwas Bestimmtes, wonach Ihr fragen möchtet?«, ermunterte ihn der Abt.

»Ja«, druckste der andere. »Ich würde gerne den Tanzsaal sehen.«

Der Abt hob die Augenbrauen, lächelte dann und führte seinen Gast durch den düsteren Gang die dunkle, steile Steintreppe hinauf. Die Flammen ihrer Fackeln warfen Schatten gegen die kalten Wände.

Wie damals, ging es dem Abt durch den Sinn.

Er fühlte, dass es seinem Gast unheimlich zumute war, ein Gefühl, das sich zu verstärken schien, als sie nun in dem Tanzsaal stehen blieben, der sie wie ein schwarzer Moloch umhüllte. Es war, als würde der Schein der Fackeln nur die Schwärze des Raumes vertiefen. Totenstill war es, keine Menschenseele war zu hören, lediglich aus dem Zwischenfußboden drang das Rascheln und Huschen der Mäuse und Ratten zu ihnen hinauf.

Reinhold war gänzlich verstummt.

»Was wollt Ihr wissen?«, erleichterte der Abt ihm den Gesprächsbeginn.

»Es gehen über diesen Tanzsaal Gerüchte in Passau um«, sagte Reinhold fast flüsternd, so als könnten seine Worte Geister hervorrufen.

»Es heißt, dass sich hier vor vielen Jahren ein furchtbarer Unfall ereignet hat, vielleicht sogar ein Mord. Ja, dass die Herrin des Hauses ermordet wurde.«

»Das heißt, Ihr wollt das Haus nicht kaufen oder habt Eurer Frau versprochen, es nicht zu erwerben, wenn sich diese Gerüchte als wahr erweisen und hier noch der Geist der Verstorbenen umhergehen könnte.«

Reinhold nickte: »So ist es.«

»Es war damals ein glänzendes Fest, zu dem jeder, der Ansehen und Reichtum in Passau besitzt, geladen war. Das Licht unzähliger Kerzen erhellte diesen wunderbaren Raum, dessen Wandmalereien Ihr jetzt nur erahnen könnt. Es sind biblische und antike Szenen. Also nichts von Heimlichkeit und Dunkelheit, wie man es bei einem Verbrechen vermuten könnte. Felicitas, die Herrin des Hauses, um deretwillen die Festlichkeit stattfand, fühlte sich an diesem Abend nicht wohl, sie war blass und ihr war schwindelig.«

Der Abt machte eine Pause und sah Felicitas wieder Karl gegenüber am Tisch sitzen und ihn aus schmalen, kalten Augen beobachten, wie er den Humpen Wein zum Mund führte und trank.

Damals, in dieser Nacht, war er selbst an sie herangetreten, hatte das Wort an sie gerichtet. Zum ersten Mal, nach monatelangem Schweigen und Nichtbeachten, hatte er Felicitas zum Tanz aufgefordert. Zögernd war die junge Frau ihm auf die Tanzfläche gefolgt. Die Perlen in ihrem roten Haar schimmerten und ließen die Blässe ihres Gesichtes noch deutlicher hervortreten. Unendlich schön und begehrenswert fand er sie in dieser Nacht.

»Wohl weil ihr in der Tat schlecht war, verließ die Herrin den Tanzsaal. Ihr Ehemann und ich folgten ihr. Auf der Steintreppe berührte mein Bruder Karl versehentlich ihren Rücken. Aber er stieß seine Frau nicht. Sie erschrak, stolperte, verlor das Gleichgewicht und stürzte die Treppe hinunter.«

»Das ist alles?«, fragte Reinhold. Der Abt dachte: fast. Denn das für ihn damals so Schmerzliche war, dass Felicitas mit blutüberströmtem Gesicht und Haar unten auf dem Steinfußboden lag und, kaum noch bei Sinnen, nicht den Namen ihres Gatten Karl hauchte, sondern seinen. ›Daniel‹ war die Botschaft, die die Sterbende den Umstehenden auf ihren weiteren Lebensweg mitgab. Sollten sie damit fertig werden, sollten sie daran krepieren.

»Doch auch wenn die Ereignisse sich anders gestaltet hätten, wenn es tatsächlich Mord war, so sollten wir uns vor magischem Denken hüten. Wir sind Christen, weil wir glauben, dass Gott uns die Welt geschenkt hat, damit wir sie uns untertan machen. Es gibt keine Wiederholung, keine dämonischen, keine bösen, verbotenen Orte. Mit jedem Neugeborenen beginnt eine neue Geschichte mit Gott. Und dieses Haus ist es wert, dass Menschen hier wieder wohnen und fröhlich sind. Ihr habt doch Kinder, wie ich hörte.«

»Ja, zwei Söhne«, sagte Reinhold stolz und erleichtert. »Und meine Frau ist jetzt wieder schwanger. Eine gute Amme haben wir schon. Ich würde deswegen gerne auch die Gesindekammern sehen.«

»Gerne«, sagte der Abt und machte eine einladende Handbewegung.

Er öffnete die Tür zu Marthas Kammer.

Da – ihr Lager.

Er schloss einen winzigen Augenblick die Augen.

Reinhold sah sich um, viel zu betrachten gab es nicht, nur eine Truhe, die ihm auffiel und ihn entzückte.

»Meine Frau liebt mit Messing beschlagene Möbel. Darf ich einmal hineinsehen?«

Der Abt zauderte. Er öffnete sie aber dann doch und forderte Reinhold auf:

»Bitte, werft einen Blick hinein.«

Obenauf war ein kostbares feuerrotes Gewand sorgsam zusammengefaltet, das Hochzeitskleid Felicitas'. Vorsichtig hob Reinhold es heraus. Darunter aber lagen auf einem gelbbraunen Damasttuch die Perlen, die Felicitas in ihrer Todesnacht im Haar getragen hatte.

»Solcher Schmuck bei einer Magd!«, entfuhr es dem Fremden.

Neugierig, ob er noch mehr Kostbarkeiten finden würde, musste er feststellen, dass darunter nur Handschriften lagen, mit ungelenker Schrift geschriebene Rezepturen von Heilmitteln und Ähnlichem. Reinhold warf nur einen flüchtigen Blick auf die Blätter, die der Abt allerdings schon vor Monaten sorgfältig gelesen hatte.

Der Kirchenmann verschloss die Truhe wieder und beschloss, sofort nach dem Aufbruch des Kaufmanns dem Juden Elias den Schmuck für Alice zur Aufbewahrung zu bringen. Das allerdings hieße, er käme spät zum Kloster zurück und könnte nicht die Komplet mit den Mönchen feiern. Das würde dann wohl der Prior Philipp übernehmen.

Wann, so dachte er, während er aus Passau hinausritt, durften Juden endlich in der Stadt siedeln und mussten nicht weit draußen in der Einsamkeit hausen?

Es war schon dunkel, als der Abt seinen Freund Elias verließ. Auf einem verlassenen, dicht mit Schnee bedeckten Waldweg begegnete ihm der Prior. Beide Männer überlegten angestrengt, während sie auf dem schmalen Weg dicht aneinander vorbeireiten mussten, was der andere in dieser scheinbar gottverlassenen Einsamkeit wohl suchte.

Bedrohungen, Februar –
28. Juni 1098

AM 8. FEBRUAR 1098, einen Tag vor dem Beginn der Fastenzeit, gaben sich Theresa und Martin vor dem Zelt, in dem die Morgenmesse zelebriert werden sollte, das Eheversprechen. Sie bekräftigten, dass sie nicht verwandt seien und freiwillig in Liebe den Bund der Ehe schlossen. Bischof Adhémar segnete sie, worauf sich die Hochzeitsgesellschaft in das Zelt zum Gottesdienst begab.

Doch kaum war die Messe beendet, hörten sie ein Flüstern, aufgeregte, wenn auch gedämpfte Stimmen tuschelten, der mächtige Ridwan von Aleppo hätte seinen Streit mit Yaghi-Siyan beigelegt und wäre schon auf dem Weg, das Kreuzfahrerheer anzugreifen.

Theresa schloss die Augen für einen Augenblick, sah bereits Martin, angetan mit Rüstung, Schwert und Speer davonreiten und nie wiederkehren.

Nur fortreitend konnte sie sich Martin vorstellen. Nein, dachte sie, Bilder sind Lug und Trug. Sie zwang sich, an ihre Hochzeit zu denken.

Auf den Brautlauf musste verzichtet werden, da Theresa keine Eltern mehr besaß und somit nicht in das Haus des Ehemannes geleitet werden konnte. So sollte gleich nach der Messe die Ehe durch den Beischlaf des Brautpaares vollzogen und damit rechtsgültig werden. Da das Brautpaar ohne Verwandtschaft war, hatte Bischof Adhémar als Zeugen des Aktes Markus als Priester und Freund des Bräutigams, Bernhard als Sachverständigen und Vertreter des Adels bestimmt sowie seinen neuen Bannerträger Léon von Orléans, einen mutigen, kampferprobten jungen Adeligen mit ausgesucht angenehmen Umgangsformen. Martin schätzte ihn ebenso wie seinen kürzlich beim Kampf auf der Steinernen Brücke umgekommenen Vorgänger. Seine Gegenwart wusste Martin als besondere Ehre zu würdigen.

Alice, Freundin und Vertraute der Braut, sollte zum Schluss den vollendeten Akt durch Untersuchung der Braut feststellen.

Sofort nach der Messe fanden sich die geladenen Gäste im Zelt Alice' und Theresas ein. Das Brautpaar hatte sich überlegt, dass das Hochzeitsessen erst nach dem vollendeten Vollzug der Ehe gereicht werden sollte, damit später niemand behaupten könnte, sie hätten die Zeugen betrunken gemacht.

Kaum dass alle anwesend waren, zogen sich Theresa und Martin, wie verabredet, gegenseitig aus. Martin wandte sich darauf den Gästen zu, um zu zeigen, dass sein Geschlecht in Ordnung sei. Desgleichen tat Theresa, wobei man bei ihr naturgemäß außer einem schönen Busen wenig sehen konnte.

Martin nahm sich die Zeit, in das Gesicht eines jeden zu blicken. Léon schaute freundlich und ein wenig teilnahmslos drein. Markus hingegen wirkte aufgeregt, wenn nicht erregt. Sicher hatte er feuchte Hände. Er schämte sich wohl auch, weil er als Mönch das Gelübde der Keuschheit abgelegt hatte. Von Bernhard hatte Martin erwartet, dass er entweder hämisch, verächtlich oder lüstern dem Akt zusehen würde. Stattdessen aber war er auf eine natürliche Weise würdevoll. Der geborene Herrscher, konnte sich Martin nicht enthalten zu denken.

Alice, deren Leibesfrucht sich nun schon deutlich unter ihrem Kleid abzeichnete, gab sich offensichtlich Mühe, freudig auszusehen, zumindest aber weder traurig noch neidisch. Sonderbar, fremdartig erschien es ihm, dass er diese Frau einmal begehrt hatte.

»Lass uns daran denken, dass wir uns von Herzen lieben«, flüsterte Martin Theresa ins Ohr. Sie nickte und nahm ihn bei der Hand.

Wie von den Anwesenden erwartet, legten sich Martin und Theresa auf das gemeinsame Lager, dass sie für die Zeremonie von der Zeltwand abgeschoben und mitten in dem Raum platziert hatten, sodass die Zeugen sich, wenn sie es wünschten, um das Lager herumstellen konnten.

Es war wie sonst auch, es bedurfte nicht ausführlichen Streichelns und Küssens, damit Martin erregt wurde. Er liebte ihren Körper, jede Rundung, jede Beuge, den Duft ihrer Haut und ihres Haares. Theresa war für ihn vollkommen.

Ohne Weiteres drang er sofort in Theresa ein. Martin sah in das Gesicht seiner jungen Frau und fand sie schön wie noch nie. Vielleicht war es das Licht der vielen Kerzen, das ihrer Haut diesen wunderbaren schimmernden Glanz verlieh. Vielleicht war Theresa glücklich. Er fühlte ihre zierlichen Füße, wie sie sich an ihn schmiegten. Martin lächelte Theresa zu und sie lächelte zurück. Theresa war ihm fremd und vertraut zugleich. Ein Wunder, dass sie seine Frau wurde. Einen Augenblick fühlte er so etwas wie Triumph, dieses kostbare Wesen sein Eigen zu nennen.

Martin hatte sich vorgenommen, den Akt nicht zu kurz zu halten, damit auch Theresa Freude empfände und ihre Lust den Zuschauern deutlich würde. Andererseits wollte er ihn auch nicht zu sehr in die Länge zu ziehen, damit man ihm nicht Unfähigkeit vorwerfen könnte. Es geschah alles nach Wunsch. Während des Höhepunktes hatte Martin sogar das Gefühl, mit Theresa allein zu sein. Oder sehnte er sich nur danach?

Nachdem die Ehe vollzogen war, klatschten die Gäste. Ein Hoch- und ein Jubelruf ertönte. Alice ging zu dem Lager. Eine Defloration konnte sie nicht feststellen, wohl aber den vollzogenen Akt. Bernhard reichte Alice ein Gefäß mit Wasser und Seife, sodass sie ihre Hand waschen konnte.

Das Ehepaar erhob sich, lächelte den Gästen freudig zu und zog sich die Festtagskleider an. Theresa wickelte das feine, durchsichtige Tuch, das sie nun als verheiratete Frau trug, um ihr Haar. Als Nachtisch wurde zu dem Wein Brot, Fleisch und Gebäck gereicht. Die Hochzeitsgeschenke wurden mit Freuden in Empfang genommen und zum Erstaunen aller spielte Bernhard auf seiner Laute zum Tanz.

Es war bereits Abend, als Alice den Ritter von Baerheim vor sein Zelt begleitete, im Eingang stehen blieb und ihn schweigend anblickte. Es fröstelte sie trotz der braunen Decke, die sie sich um die Schultern gelegt hatte und nun mit beiden Händen festhielt.

Sie sieht blass aus, dachte er, und irgendwie unförmig. Sogar das Gesicht wirkt nicht mehr liebreizend oval, sondern eckig, wohl von der Schwangerschaft. Im Moment ist sie nicht gerade eine Schönheit, stellte er nüchtern fest.

Doch seine Hände empfanden anders als seine Gedanken. Er strich ihr zart über das Gesicht. Alice lächelte, versank jedoch gleich wieder in ein schier unergründliches Schweigen.

»Sei beruhigt. Man wird dir nichts tun so wie dem Paar neulich. Sie werden dich nicht auspeitschen oder brandmarken. Allein die Leibesfrucht schützt dich – und natürlich ich.«

Ihr seid der Urheber meiner Leiden, dachte sie, während Bernhard überlegte, dass die Schwangerschaft wohl bald so weit fortgeschritten war, dass er sich Alice nicht mehr nähern durfte. Die Sitte gebot es, der Schutz des ungeborenen Kindes hätte Vorrang vor seinen Bedürfnissen. Und natürlich hätte er auch die Fastenzeit zu beachten. Leider.

Es verwunderte ihn, dass er sich dennoch so zärtlich zu Alice hingezogen fühlte. Es war nicht Mitleid, was er empfand. Er verachtete Mitleid. Niemals sollte es einen Augenblick geben, in dem irgendein Mensch Mitleid mit ihm hätte. Nein, es war etwas anderes, was ihn zu Alice führte. Es war der leichtsinnige Wunsch, sie mit den Worten anzusprechen:

›Alice, meine liebste und liebenswerteste Gattin, unserem Kinde und allen Vasallen unseres Geschlechts Heil und Segen.‹

Kaufmannstochter, dachte er verächtlich. Niemand, keiner der Adeligen, käme auch nur im Leisesten auf eine solche Vorstellung, sich eine Frau so niederen Standes als Eheweib im Entferntesten vorzustellen.

Bernhard richtete sich auf. Kampf war seine Passion, Kampf war ihm weitaus gemäßer denn Liebe.

Er blickte sich um. Und tatsächlich, da erschien schon wie gerufen der Bote des Krieges. Aus dem Rauch der vielen Feuer trat Eduard, ein Page des Herzogs Gottfried von Bouillon, grüßte ehrerbietig und flüsterte, der Ritter Bernhard von Baerheim möge ihm folgen. Ohne Alice noch einen Blick zuzuwerfen, ließ Bernhard die junge Frau vor seinem Zelt stehen.

Im Gehen auf engen Wegen zwischen den Zelten und Pferden, dem Gewühl der Pilger wunderte sich Bernhard, dass Gottfried einen Pagen, der fast noch ein Kind war, mit einem offenbar wichtigen Auftrag schickte. Als sie aus der Sichtweise Alice' waren, flüsterte der Junge, die Ritter sollten sich an einem geheimen Ort treffen. Niemand, wirklich niemand dürfe davon erfahren. Bernhard nickte. Die Gefahr, verraten zu werden, war groß, denn überall lauerten als Händler verkleidete Kundschafter Yaghi-Siyans, die dem Kommandanten verrieten, wann sich Pilger auf der Suche nach Nahrung vom Lager entfernten. Gerade neulich war Ludwig, der Archidiakon von Toul, mitsamt seiner Schar von Klerikern und Laien in den Bergen niedergemetzelt worden.

Angst hatte sich ausgebreitet, sich auch nur ein kurzes Stück vom Lager zu entfernen. Angst nun, Furcht, Gedrücktheit lasteten auf den Menschen, die hungrig um ihre Töpfe herum hockten, in denen sich fast nichts anderes befand als Wasser. Herzog Gottfried von Bouillon hatte angeordnet, dass alles, was nur irgend essbar erschien, in diese Wasserplörre hineingegeben werden sollte. Hunger lag auf ihren Gesichtern, wie sie da standen in ihren nassen Kleidern, die meisten mit Decken, die sie um sich geschlungen hatten. Hunger und Kälte, Erschöpfung und Krankheit und nun ein türkisches Heer, von dem sie nicht einmal eine Ahnung hatten, wie groß es war! Es mussten Tausende sein. Wie hatte der Bischof von Le Puy gesagt, die bis dahin verfeindeten heidnischen Fürsten hätten sich verbündet, um mit einem gewaltigen Schlag das Heer Gottes anzugreifen und zu vernichten. Ja, ihre eigenen Späher hatten erkundet, dass es ihr Ziel war, alle Pilger, auch die unbewaffneten, zu töten und ihnen die Köpfe abzuschneiden.

»Ich muss noch andere Ritter benachrichtigen«, flüsterte der Junge und verschwand in der Menge.

Lautlos, in tiefster Dunkelheit, schlich sich Bernhard zu dem bezeichneten Kastell. Es war erst kürzlich nach dem Hinschlachten des Archidiakons und seiner 300 Begleiter errichtet worden, um zu verhindern, dass die türkische Garnison die Stadt auf der den Bergen zugewandten Seite verlassen, Boten schicken und Nahrungsmittel von draußen erhalten konnte.

In der Schwärze der Nacht nahm Bernhard bisweilen schemenhaft die Gestalten anderer Ritter wahr, die sich, ohne irgendein Wort zu sprechen, auf das in den Felsen gelegene Kastell zubewegten.

Erst dort, wo die feindlichen Wachposten auf der Befestigungsmauer Antiochias keinen Einblick mehr hatten, brannten Fackeln. Auf einem Felsvorsprung stehend, erwarteten die Heerführer und der Legat des Papstes die Ritter.

Bernhard erschrak, so wenige kampffähige Ritter waren sie nur noch! Schweigend standen die Männer da, niedergedrückt und zugleich kampfbereit.

»Ihr allerchristlichsten Männer«, hob der Legat an. »Ihr habt gehört, dass die Heiden von allen Seiten sich zu vielen Tausenden vereinigt haben. Sehen wir es klar, die türkischen Truppen sind ausgeruht, sie haben Pferde wie der Feuerwind und wenn sie nicht Ungläubige wären, dann wären sie die vollendeten Krieger. Wir aber sind geschwächt von Hunger, Kälte und Krankheit und unendlichen Mühsalen.«

Tausende? Und ihrer waren so wenige, viele besaßen kein Pferd mehr, und die wenigsten Pferde taugten zum Kampf. Auf Maultieren und Eseln müssten etliche Ritter in den Kampf reiten.

»Unser Plan ist folgender: Noch heute um Mitternacht versammeln wir uns bei der Schiffsbrücke. Alles Weitere werdet Ihr dann in den Morgenstunden erfahren.

Folgende Ritter dürfen den ersten Angriff auf den Gegner führen. Sie mögen sich mit kampffähigen Pferden versorgen.«

Namen wurden aufgerufen. Bernhard horchte angespannt. Wenn er nun nicht zu diesen Auserwählten gehörte, die den besonders riskanten Vorstreit eröffnen durften! Er wollte Ruhm, er wollte Ehre, die höchsten Werte eines Ritters. Hatte niemand bemerkt, dass er stets zusammen mit Balduin von Boulogne in der ersten Reihe gekämpft und sich blutbeflecktes Lob schon längst verdient hatte?

Endlich, so schien es ihm, hörte er den Herzog seinen Namen rufen, sogar als einen der ersten. Warum nur hatte sich sein Herz so zusammengekrampft?

Eine tiefe Stille lastete auf allen, nachdem der Herzog die Namen der von ihm ausgezeichneten Ritter bekannt gegeben hatte.

Bernhard sah Martin ganz in seiner Nähe stehen, sein Name war nicht gefallen. Fehlte es ihm an Tapferkeit oder fürchtete der Bischof um das Leben seines Sekretärs? Oder war er einfach zu jung?

Auch Graf Otto, Bernhards Vater, gehörte nicht zu denjenigen, die Herzog Gottfried für den ersten Angriff auserwählt hatte. Sein Vater stand nicht weit von Bernhard entfernt und warf ihm einen Blick zu, den Bernhard deutete als eine Mischung aus Neid, Starrsinn und Hochmut. Wie gut, dass er nicht mehr mit seinem Vater in einem Zelt leben musste, seitdem er nach der Schlacht bei Doryläon ein kostbares Zelt von den Türken erbeutet hatte.

Die tiefe, angenehme Stimme Adhémars, in die trotz aller Strenge ein weicher Unterton gemischt war, unterbrach Bernhard in seinen Gedanken. Der Bischof forderte die Ritter auf, zur Beichte niederzuknien. Willig leisteten sie ihm Folge. Es war jedem der Männer deutlich klar, dass er den Anbruch des kommenden Abends nicht mehr auf Erden erleben könnte.

Dann waren sie entlassen. Ein jeder ging so heimlich des Weges, wie er gekommen war.

Es umfing Bernhard die todesstille Nacht. Sicher, er hätte nichts anderes ertragen, als in der ersten Reihe kämpfen zu dürfen, es gab da eigentlich nichts zu überlegen, schließlich war er zu nichts anderem erzogen worden als zum Kampf, zum Krieg. Von klein auf lief seine Ausbildung zum Ritter darauf hinaus, ihn furchtlos und kampfbegierig zu machen, die Schlacht als Ziel des Lebens.

Wieso dachte er über die Gefahr nach, während er über die flussnahen Wiesen zurück zum Lager ging und dabei mit jedem Schritt in einem unsichtbaren Matsch versank? Der feuchte Schlamm klebte an seinen Schuhen, die Strümpfe waren schon längst durchnässt, die Beinlinge verdreckt bis zum Knie.

Dann fing es auch noch an zu regnen, plötzlich, heftig, ohne die zarte Vorwarnung von einzelnen Regentropfen ergoss sich die Flut über ihn. Bernhard fühlte, wie das Wasser seine Haare durchnässte, das Gesicht herunterrann, die Kleidung durchfeuchtete. Da hieß es, in Syrien sei es unerträglich heiß, stattdessen war der Winter ekelhafter, kälter und unangenehmer als in Passau. Dort lag nun Schnee, lag auf dem Wohnturm der Burg, den Mauern, auf Bäumen und bedeckte, weiß in der Sonne glitzernd, die Wiesen. Er liebte es von Kind auf an, durch den sonnenbeschienenen Schnee zu reiten.

Welch eine aberwitzige Vorstellung, wies er sich zurecht. Erst wünschte er, mit Alice verheiratet zu sein. Betonung auf: *zu sein*, sie als Ehefrau zu besitzen, obwohl es doch sehr wohl bekannt war, dass die Liebe vor dem Ehebett die Flucht ergriff.

Und dennoch schätzte und brauchte er fast nichts so sehr, als mit Alice abends sich gegenseitig das Haar zu kämmen und die unvermeidbaren Nissen aus den Haaren zu zupfen. Es war wie eine Andacht, das Beilager erfolgte immer erst hinterher, sofern sie einen nur einigermaßen ungestörten Ort fanden, das hieß, einen Platz, an dem nicht Fremde zusehen würden. Denn dass seine Zeltgenossen oftmals dabei waren, musste er als unvermeidbar hinnehmen.

Mit einem Male wusste Bernhard es genau, er würde niemals in seinem Leben einer anderen Frau gestatten, ihm die Haare zu kämmen.

Das ist der Tod, dachte er. Wenn dir solche Vorstellungen im Kopf herumspuken, ist das der Tod. Tausende von Feinden werden es sein, morgen.

Bernhard warf einen erzürnten, wütenden Blick in Richtung Antiochia, das er aber nicht sehen, sondern nur erahnen konnte. Jedenfalls hatte der Regen auch seinen Nutzen, er würde die Wachsoldaten davon abhalten, sich allzu gerne auf dem Befestigungsring aufzuhalten, und sie würden stattdessen das Hocken in einem der Türme bevorzugen. Doch morgen, bei Anbruch des Tages, würden diese Krieger feststellen, dass die Ritter mitsamt den Pferden verschwunden waren, und es wäre nicht allzu schwer zu erraten, dass die Christen dem türkischen Entsatzheer entgegengeritten waren, um es zum Kampf zu stellen. Dann aber könnte die Garnison aus Antiochia einen Ausfall machen und das christliche Lager angreifen.

Gnade uns Gott!

Und Alice mitten in den Kampfhandlungen, Wasser tragend, Pfeile aufsammelnd. Vielleicht griff sie selbst zu Pfeil und Bogen, sie hatte es sich von ihm zeigen lassen an einem einsamen Platz im Gebirge. Alice brächte es fertig, seinen Sohn in Gefahr zu bringen! Nein, das nicht. Dazu liebte sie Kinder zu sehr. Dennoch war sie in Gefahr. Er müsste ihr verbieten zu kämpfen, sich überhaupt im Schlachtfeld aufzuhalten. Er müsste eine hochrangige Frau bitten, Alice, sofern es zu einem Angriff auf das Lager käme, bei sich aufzunehmen. Natürlich müsste er sich vorsichtig ausdrücken. Nur im Moment, so durchnässt und dreckig, wie er war, konnte er unmöglich eine Frau des Hochadels aufsuchen. Er müsste sich vorher umziehen, nur hatte er allmählich keine Kleidung mehr, die sauber war und nicht stank. Alles stank, das ganze Lager stank.

»Merde!« Da hatte jemand am Rande des Lagers seine Fäkalien hinterlassen, ohne sie einzugraben, und er war mitten hinein in diese stinkende Scheiße getreten. Bernhard fluchte, wenn auch lautlos.

Die Dunkelheit war auch im Lager fast vollkommen. Die

Pilger hatten die Eingänge ihrer Zelte so dicht wie möglich verschlossen, sie selbst hatten sich vor dem Sturzregen in die Zelte geflüchtet. Nur bisweilen traf er jemanden, der austreten musste, oder eine Frau, die ihren Lebensunterhalt allein mit ihrem Körper verdiente.

Während Bernhard auf sein Zelt zuging, überlegte er, ob er den verschmutzten, stinkenden Schuh vor dem Eingang ausziehen und stehen lassen sollte. Das Risiko, dass er gestohlen würde, war vielleicht durch die Nacht und das entsetzliche Wetter gemildert. Sein Bursche aber lag krank mit Fieber, er müsste den Schuh selber reinigen, und dazu fehlten ihm die Zeit und eigentlich auch die Lust.

Bernhard ließ den Schuh also draußen stehen, klitschnass war er ohnehin, und betrat sein von den Türken erbeutetes Zelt, dessen Schönheit ihn immer wieder überraschte. Auf rotem und violettblauem Grund glänzten beim Schein der Öllampen Halbmonde und Sterne aus Baumwolle und vergoldetem Leder. Die Kettenhemden seiner Zeltgenossen baumelten an den Stöckern, als sei für immer Friede eingekehrt. An einem mit Intarsien verzierten Tischchen saßen auf Lederpolstern die Ritter Achard von Montemerle und der lange Olivier von Schloss Jussey. Bernhard schätzte beide Männer als kühne und rauflustige Kampfgefährten. Sie schauten kaum auf, als Bernhard das Zelt betrat, sondern waren vollends mit ihrem Damespiel beschäftigt, als gäbe es nichts Wichtigeres, keinen Kampf und keinen Krieg, keine Verwundung und keinen Tod.

»Die haben die Ruhe weg«, bemerkte Balduin von Hennegau, der nun, ebenfalls vor Nässe triefend, das Zelt erreicht hatte.

»Dabei werden uns die Türken ganz schön einheizen. Na ja, so schnell lassen wir uns nicht unterkriegen«, meinte er und stellte sich zu Engilrand, der im Hintergrund des Zeltes auf Fellen und Decken lag. Er war der leichtsinnige Lieblingssohn seines Vaters, des Grafen Hugo von St. Paul. Durch seinen Plan hatten sie im Herbst das Antiochia gegenüberliegende Kastell erobert. Nun allerdings war er krank. Durch das stunden- und tagelange Reiten in nassen Kleidern hatte er sich schon auf dem Weg nach Konstantinopel Nierensteine zugezogen, ein Leiden, das durch die anhaltende Kälte unerträglich geworden war. Er müsste sich einer Operation unterziehen, die er allerdings immer wieder hinauszögerte, wenn die Schmerzen etwas nachließen. Zu seinem Bedauern konnte er den Angriff nicht mitreiten, er stellte aber bereitwillig Bernhard sein Schlachtross zur Verfügung.

Bernhard hatte sich schon auf dem Hinweg entschieden, welche der hochrangigen Frauen er aufsuchen wollte, um sie zu bitten, Alice unter ihren Schutz zu nehmen. Sofern die Türken nicht das gesamte Lager überrollten wie in Doryläon, würde das Leben der hochadeligen Frauen besonders geschützt, weil sich ihre Zelte in der Mitte des Lagers befanden. Er entschied sich für Humberge von le Puiset, mit deren Mann Walo er den Angriff in der ersten Linie führen würde. Er schätzte sie als verständnisvoll ein, seitdem er Humberge im Zelt Godvere di Tosnis, Gott habe sie selig, nach der Schlacht von Doryläon angetroffen hatte.

Beklommen war Bernhard dennoch zumute, als er sich dem Zelt der hohen Frau näherte. Es hatte wenigstens aufgehört zu regnen, sodass die gewechselte Kleidung nicht schon wieder durchnässt war. Bernhard ließ sich von einem Bediensteten melden, er hoffte, die Dame allein anzutreffen, was natürlich nicht der Fall war. Niemand war jemals allein. Es war eigentlich ein hübsches Bild, wie Emma von Hereford und Elvira, Gräfin von Toulouse, gemeinsam an dem Banner stickten und es ausbesserten, das der tödlich verwundete Bannerträger Adhémars so tapfer verteidigt hatte.

Bernhard trat mit den Worten »Gott grüße Euch« ein und verneigte sich.

Die Damen erwiderten seinen Gruß, dem Humberge, ebenfalls auf Fränkisch, ein »Willkommen« hinzufügte.

Die hohen Frauen blickten Bernhard abwartend an.

»Es sind harte Zeiten«, begann er. »Schon nach Weihnachten ist das Lager des ruhmreichen Heerführers Raimond von Toulouse«, er wandte sich an Elvira, die Ehefrau des Grafen, »von den Türken überraschend angegriffen worden. Und nur die Umsicht und Tapferkeit Eures Gatten hat sie in die Flucht schlagen können, sodass das Volk Gottes ihm auf ewig dankbar sein wird.«

Die Dame lächelte.

»Nun, auch Euch gebührt Ruhm«, ergriff Humberge das Wort. »Mein Ehemann Walo von Chaumont-en-Vexin erzählte mir, Ihr habt mit ihm zusammen auf der Steinernen Brücke in der ersten Reihe gekämpft, ohne auf Euer Leben zu achten.«

»Es war ein großer Sieg«, sagte er bescheiden, das Lob von sich abwehrend.

»Leider kein vollständiger«, erwiderte sie.

»Eben deshalb komme ich. Ich trage Sorge um eine Pilgerin, Alice aus Passau. Sie war die Gesellschafterin Godvere di Tosnis.«

»Ich beklage meine Cousine jeden Tag und bete für ihre Seele«, erwiderte Emma von Hereford. »Doch aus welchem Grund bittet Ihr ausgerechnet für diese junge Pilgerin?«

»Ich habe wohl leichtsinnigerweise noch in Konstantinopel Alice einmal das Versprechen gegeben, dass ich sie, solange sie mir vertraut, lebend nach Jerusalem bringe. Als Ritter halte ich mein Wort. Und deswegen stehe ich hier.«

»Wohl doch eher, weil das Mädchen schwanger ist. Sie erwartet ein uneheliches Kind, so hört man«, ließ sich nun Elvira, die Gräfin von Toulouse, vernehmen.

Du Aas, dachte er. Bist selber die illegitime Tochter König Alfons' VI. – und dein Ehemann hat überdies einen unehelichen Sohn.

Nach außen hin lächelte er gewinnend.

»Es scheint mir, Jerusalem braucht dringend jeden neuen Christenmenschen. Und außerdem habe ich noch niemals von einem Priester gehört, Adam und Eva wären verheiratet gewesen, obwohl Gott der Frau das Schicksal und die Bestimmung auferlegt hat, unter Schmerzen Kinder zu gebären.«

»Dann wollen wir dieser Bestimmung Gottes nicht entgegenstehen«, entschied Humberge. »Sofern es einmal zu einem Angriff der Ungläubigen auf unser Lager kommen sollte, befindet sich die Euch Anvertraute unter meinem Schutz.«

Bernhard dankte, grüßte und machte sich schnellstens auf zu Alice.

Er fand sie schlafend, während Martin und Theresa in der kurzen Zeit, die ihnen bis Mitternacht blieb, nachzuholen versuchten, was beim öffentlichen Beischlaf zu kurz gekommen war. Erschreckt deckten sie sich zu.

Bernhard setzte sich zu Alice auf die Decke, weckte sie behutsam und teilte ihr mit, sie solle sich im Falle eines Angriffs in das Zelt Humberges von Le Puiset flüchten.

Alice sah ihn verständnislos an.

»Ich darf darüber Näheres nicht sagen. Alice, bring meinen Sohn nicht in Gefahr. Versprich mir das.«

Das war nicht der letzte Gang, den Bernhard in dieser Nacht tun musste oder von dem er annahm, dass er nötig sei. Der unangenehmste stand ihm noch bevor: Ein Besuch bei seinem Vater.

Es war einfach so, dass Bernhard seinen Vater mied, sich in seiner Gegenwart unwohl fühlte, wie zurechtgewiesen, obwohl der Ältere allen Grund gehabt hätte, stolz auf seinen Sohn zu sein.

Er ist zu streng, zu starrsinnig, überlegte Bernhard.

Das war es. Sein Vater konnte nicht selbstvergessen spielen wie ein Kind.

Sein Vater verabscheute die Spiele, die er selbst so sehr schätzte.

Fangen, blinde Kuh, Verstecken, Rätselraten. Wer sich aber nicht dem Spiel hingeben kann, der gibt sich auch dem Kampf nicht hin. Bernhard schüttelte unwillkürlich den Kopf. Das allein aber war es nicht, was ihn von seinem Vater trennte. Es war etwas Unerklärbares, das zwischen ihnen stand und das Bernhard nicht benennen mochte.

Wiederum fühlte Bernhard, wie seine Füße nass wurden vom aufgeweichten Boden des Lagers. Nur Schlamm und Dreck und Morast, dachte er, während er gleichzeitig bemerkte, dass der Befehlshaber der Fußsoldaten aus dem Zelt Bohemunds trat. Also rechneten die Heerführer ebenfalls mit einem Angriff Yaghi-Siyans.

Bernhard betrat das Zelt seines Vaters ohne Anmeldung. Er fand ihn bei seinen Vorbereitungen für den Aufbruch zum Kampf.

Vater und Sohn verzichteten auf den Bruderkuss. Graf Otto von Baerheim entließ seinen Knappen mit einem Wink.

»Was führt dich ungewohnterweise zu mir?«, begann der Vater das Gespräch.

Bernhard überhörte den Vorwurf und entgegnete:

»Die bevorstehende Schlacht. Es ist damit zu rechnen, dass wir alle, die den Vorstreit reiten, den Tod finden.«

»Es ist deine Tollkühnheit, deine Ruhmsucht, deine eitle Überheblichkeit, die dich dazu treibt, immer in der ersten Reihe zu kämpfen.«

»Ich würde es anders bezeichnen, Kühnheit und Streben nach Ruhm und Unterwerfung meines Lebens für Jesus Christus.«

Der Vater machte eine abwehrende Handbewegung.

»Das klingt ja sehr edel. Tatsächlich hättest du es nicht nötig, dein Leben aufs Äußerste zu wagen, wenn du eine reiche adelige Frau geheiratet und dich nicht mit dieser Bauerntochter eingelassen hättest.«

Bernhard beobachtete, wie hässlich sein Vater den Mund verzog.

Unbeeindruckt erwiderte er: »Zu Eurer Erinnerung: Alice ist eine Kaufmannstochter, sie war die liebste Gesellschafterin Godvere di Tosnis und hat den Abt eines der bedeutendsten Klöster zum Onkel. Was aber hätte ich einer Frau des Hochadels vor dieser Pilgerfahrt zu bieten gehabt außer einem angenehmen

Äußeren und ansehnlichen Manieren? Womit hätte ich sie auf mich aufmerksam gemacht? Ich habe keinen Besitz, kein Geld und schon gar kein Lehen. Meine im Kampf erworbene Ehre ist mein einziges und höchstes Gut. Das werde ich zu gegebener Zeit einzusetzen wissen. Ihr könnt sicher sein, ich werde eine schöne, reiche Frau des Adels heiraten.«

»Bis dahin hast du eine Geliebte. Oder willst du diese Alice neben deiner Ehefrau behalten?«

»Wir werden sehen. Jetzt jedenfalls erwartet Alice ein Kind von mir.«

Graf Otto von Baerheim räusperte sich.

»Da wären wir wieder beim Ausgangspunkt unseres Gespräches. Es kann durchaus möglich sein, dass ich morgen tot bin. In diesem Falle bitte ich Euch, meinen Sohn zu legitimieren und ihn als Erben anzuerkennen.«

»Ich werde niemals den Sohn einer Dirne um mich dulden, geschweige denn ihn legitimieren.«

»Wilhelm der Eroberer war auch der Sohn einer unstandesgemäßen Frau«, gab Bernhard zu bedenken.

»Das ist eine Zumutung, einen Enkel zu haben, der von einer solchen Person abstammt.«

»Ihr kennt sie nicht, Ihr überseht sie so deutlich, dass all ihre Versuche, Euch zu grüßen, scheitern.«

»Das sollen sie auch«, erwiderte Graf Otto aufgebracht. »Ich lasse mich von dieser Dirne nicht grüßen.«

Bernhard sah ein, es war zwecklos, über Alice zu streiten. Wenn er seinen Vater umstimmen wollte, so müsste er beim Kind ansetzen.

»Vater, wir haben keine andere Wahl. Unser Geschlecht wird mit Euch aussterben, wenn ich jetzt falle. Ich bin Euer einziger überlebender Sohn. Konrad ist ins Kloster gegangen und ist später am Fieber gestorben. Heinrich aber ...«

»Hör auf!«

»Heinrich aber ist als Kleinkind aus dem Fenster gefallen. Ich weiß, Ihr gebt mir die Schuld. Ich aber sage, ich war es nicht. Doch sein Tod ist eine Schande für unsere Familie, die ich durch Tapferkeit auszugleichen suche, auch wenn es mich selber das Leben kostet.«

Er machte eine kurze Pause und setzte dann zum Frontalangriff an:

»Wie aber wollt Ihr nach der Eroberung Jerusalems ohne männlichen Erben vor Mutter treten?«

Der Vater wehrte ab.

Die Erinnerung an den Abschied von seiner Ehefrau war ihm mehr als unangenehm. Kein liebendes Wort, kein Kuss war ihm zuteil geworden. Zwar hatte sie sich seinem Willen gebeugt und den Sohn ziehen lassen, zwar hatte sie ihm den kostbaren Ring gegeben, den sie bis dahin ständig am Finger getragen hatte, aber nur, damit ihr Gatte sich an sein Treuegelöbnis erinnerte. Stumm hatte sie dagestanden, die Lippen zusammengepresst, während er sich vom Pferde zu ihr herunterbeugte und ihr die Wange tätschelte.

›Lasst das!‹, hatte sie kaum hörbar gezischt.

›Kein Segenswunsch?‹, hatte er erwidert. ›Wollt Ihr so Euren Gatten verabschieden, den Ihr vielleicht nie wiederseht?‹

Zu Bernhard gewandt, hatte sie dann die Worte gesprochen:

›Gott gebe euch ein gutes Wiederkehren. Gott bewahre euch.‹

Graf Otto war ganz dicht an Bernhard herangetreten und sah seinen Sohn böse an:

»Dein Kind ist noch nicht einmal geboren. Vielleicht wird es auch eine Tochter.«

»Vater!«, flehte Bernhard, seinen Stolz unterdrückend.

»Nun gut. Ich werde über eine Legitimierung nachdenken, wenn es an der Zeit ist. Das ist mein letztes Wort.«

Mitternacht.

Absitzen.

Schweigend absitzen in noch immer dunkler Nacht. Jedenfalls hatte es aufgehört zu regnen.

Kaum hörbar wurden die in Decken eingeschlagenen Banner von den Karren abgeladen.

Bernhard konnte das Kreuz auf weißem Grund nur erahnen, das der Bannerträger Bischof Adhémars in der Hand hielt, als er zu Bernhard trat und ihn leise fragte, ob er schon Genaueres über den Schlachtplan wisse.

Bernhard erwiderte, er könne ihn sich denken, wisse aber nichts.

Die beiden Ritter standen dicht beieinander, sie wandten sich um, als sie bemerkten, dass der Heerführer Bohemund mit unterdrückter, gepresster Stimme dem Ritter Walter von Domedart und seinem Schützling Bohemund, einem vor Kurzem getauften und von ihm persönlich mit dem heiligen Quell gewaschenen Türken, den Auftrag erteilte, das Lager der feindlichen Heere auszukundschaften.

Dass Bohemund *dem* traute!

Die beiden Männer nickten und verschwanden über die Eiserne Brücke, unter der tosend und brausend, durch die anhaltenden Regenfälle noch verstärkt, der Orontes dem Meer zudonnerte. Trotz des Getöses des Flusses flüsterten die Ritter nur, wenn sie sich überhaupt miteinander unterhielten. Nur leise, liebkosend, besänftigend sprachen sie auf die Pferde ein, auf dass kein Wiehern sie verriete.

Bernhard blinzelte in das rötliche Grau, das sich im Osten am Himmel abzeichnete. Es lastete auf ihm wie auf allen Männern das Unglück und die Wut, dass dieses Land, durch das schon der Apostel Petrus gewandert war und dessen Bewohner seit 1.000 Jahren christlich waren, nun von den Ungläubigen beherrscht wurde.

Er blickte in die Gesichter der um ihn stehenden Männer. Entschlossen sahen sie aus und auch zermürbt vom Warten. Wann kamen endlich die Kundschafter zurück?

Was war, wenn dieser Türke ein Verräter war, der den Grafen Gernod hinterrücks ermordete und das türkische Heer warnte? Es war mehr als zweifelhaft, dass dieser Mann ehrlich war.

Nur nicht ermüden. Er musste sich die Zeit vertreiben mit Gedanken an das Ziel seiner Reise, Jerusalem.

An langen Winterabenden wurde in Dörfern und Burgen oft das Schicksal jenes Jünglings erzählt, der sich selbst geopfert hatte, um die Christen Jerusalems vor dem sicheren Tod zu retten. Es war Bernhard bisweilen, als träte dieser junge Mann, den er sich schön und männlich und dabei zart vorstellte, aus dem Zwischenreich der Toten neben ihn. Als spräche er einen Wunsch aus, den Bernhard nicht hören oder gar verstehen konnte.

Es geschah unter dem Kalifen Hakim, der sogar unter den Ungläubigen als grausam und ungerecht verschrien war. Nicht nur, dass er die Grabeskirche hatte zerstören lassen, nicht nur, dass er den Christen verbot, ihre Feste zu feiern und sie willkürlich gefangen nahm, ihnen die Hand oder den Fuß abschlagen ließ, vielmehr sann er auf ein Mittel, sie alle zu töten.

Eines Tages ließ er heimlich einen toten, verwesenden, bereits stinkenden Hund auf den Platz vor den Felsendom legen. Am Morgen erhob sich Geschrei und alle Ungläubigen waren sich einig, dass nur die Christen eine solche Schandtat verübt haben konnten. Sämtlichen Christen Jerusalems sollte deswegen der Kopf abgeschlagen werden.

Der Jüngling aber trat vor die ungerechten Richter und, obwohl unschuldig, klagte er sich selber an, den Hund vor die Moschee gelegt zu haben, sodass nur er enthauptet wurde.

Hätte er sich auch geopfert?, sann Bernhard diesem Jüngling nach. Wer von den Rittern hier hätte den Tod für alle auf sich aufgenommen? Wohl keiner. Wahrscheinlich nur der Legat des Papstes, von Adhémar konnte er es sich vorstellen.

Dazwischen zuckte ein Bild, die Gewissheit: Er, der Abt, hätte sich geopfert.

Unsinn. Es gab so viele Äbte, auch unter den Pilgern, warum nur war dieser eine für ihn *der* Abt? Er jedenfalls, Bernhard, hätte sich gewehrt. Wenn auch die Heiden den Christen verboten hatten, ein Schwert zu tragen, überhaupt eines zu besitzen, so hätte er einen von ihnen erdrosselt oder mit dem Messer erstochen und sich ein Schwert besorgt und gekämpft. Niemals aber hätte er sich abschlachten lassen.

Eine Bewegung ging durch die Reihen der Männer. Sie blickten, sie starrten zur Eisernen Brücke, über die nun die Kundschafter mit hängenden Zügeln zurückkehrten. Bohemund eilte ihnen entgegen und Bernhard beobachtete, wie der Heerführer bei den ersten Worten des Grafen und des getauften Türken immer sorgenvoller und grimmiger dreinblickte.

Wir werden alle sterben, dachte Bernhard, während er niederkniete. Wie mit einer einzigen fallenden Bewegung sanken mit ihm die 700 Ritter in ihren schweren Kettenhemden zu Boden. In ihrer Mitte, hoch aufgerichtet, stand der Legat des Papstes, über seinem Haupt sein Banner, auf dem das leuchtend rote Kreuz auf weißem Grund von Demut und Kampfbereitschaft zugleich zeugte.

Eben noch hatte Adhémar die Ritter ermahnt, sie mögen ohne zu zögern um des Kreuzestodes Jesu Christi willen in den Kampf gehen, dem zuliebe sie bereits Heimat und Familie verlassen und all ihr Hab und Gut aufgegeben hätten.

Eben noch hatten alle einstimmig erklärt, lieber sterben zu wollen, als schmählich dem Feind den Rücken zu zeigen.

Nun aber erschien Bernhard die Verheißung des Legaten des Papstes schal, dass, wer an diesem Tage fallen dürfe, noch heute bei Gott dem Herrn sein werde.

Bernhard hatte ein abfällig enttäuschtes Lächeln nicht unterdrücken können. Als Gnade empfand er es nicht, noch an diesem Tage sterben zu müssen, auch wenn ihm der Himmel verheißen war. Natürlich, mit ganzer Kraft und Seele wollte er ins Paradies eingehen und natürlich war er bereit, sein irdisches kurzes Leben für sein ewiges himmlisches einzutauschen. Nur dass es keinen Morgen, keine Hoffnung geben sollte ...

Denn Tausende waren es, die da unter Ridwan von Aleppo sich zu einem gemeinsamen Angriff entschlossen und versammelt hatten. Die beiden Kundschafter hatten davon gesprochen, dass jeder Ritter es mit mehr als zehn Mann aufzunehmen hätte! 12.000 Krieger sollten es sein, wurde angstvoll geflüstert. Und sie waren gerade einmal 700 Ritter.

Dies nun war wahrscheinlich die letzte Beichte vor seinem Tod.

23 Jahre, dachte er, vermutlich nur 23 Jahre.

Bernhard nahm sich zusammen. Er musste inbrünstig, ergeben und aufmerksam sein. Er musste bereuen, aus tiefstem Herzen all seine Sünden bereuen.

Doch Bernhard fühlte in sich Widerstand, er fühlte sich nicht als Sünder. Natürlich, jeder Mensch war schuldig, aber über dieses allgemeine Maß hinaus empfand er sich als sündenfrei.

Gewiss, er hatte sich als Knappe von der Ehefrau des Grafen verführen lassen. Kurz vor seiner Schwertleite war es gewesen in einer sternenleuchtenden Sommernacht, als sie ihn beim Schwimmen im See überrascht hatte.

Gewiss, er hatte den Liebsten seiner Schwester im Zweikampf getötet, aber schon dies war keine Sünde, da er auf Geheiß seiner Familie den jungen Ritter herausgefordert hatte. Schließlich war der Kampf für den Entführer weitaus vorteilhafter, als wenn man ihn entmannt oder hingerichtet hätte. So hatte der Ritter die Möglichkeit, seine Ehre zu verteidigen und seinerseits Bernhard zu töten.

Wenn von Schuld die Rede sein sollte, dann nur, weil er das mit Rubinen und Halbedelsteinen besetzte goldene Kreuz aus der Kirche in dem zerstörten Belgrad entwendet hatte. Sonst aber hätten es Räuber gestohlen, während es jetzt auf dem Altar der Burgkapelle bei jeder Messe seine Pracht beim Schein der Kerzen entfaltete.

Auch Alice war keine Sünde, jedenfalls keine bedeutende, denn ohne Eltern, ganz allein als junge Frau, wäre sie den Belästigungen der Männer ausgesetzt. So aber stand sie unter seinem Schutz und niemand traute sich, ihr zu nahe zu kommen.

Nein, er hatte in seinem Leben nur selten gelogen, nicht gestohlen, nicht vergewaltigt, nicht gemordet. Bei dem Gedanken stockte Bernhard. Die Anklage, seines Bruders Mörder zu sein, hallte durch die Zeit, schmerzte immer noch, auch wenn niemand sie auf der Burg mehr erhob. Sein Charme, seine Kampfeslust hatten die bösen Verdächtigungen fortgewischt, ein Lächeln von ihm und sie waren weggeblasen, fortgeweht. Im Gegenteil, er war unschuldig, er befand sich in einem heiligen Krieg, und er würde, ohne zu zaudern und zu klagen, in den Tod gehen.

Mit bewegter Stimme erteilte Bischof Adhémar nun den vor ihm knienden Rittern die Absolution. Und während Bernhard sich erhob, beobachtete er die ägyptische Delegation, die etwas abseits ihre Gebetsteppiche ausgerollt und ebenfalls in ihrer Gebetshaltung Allah um den Sieg angefleht hatte.

Verwirrend fand er es, dass ägyptische Gesandte zu ihnen ins Lager gekommen waren, um gegen ihre Glaubensbrüder zusammen mit den Christen zu kämpfen. Es war wohl so wie überall auf der Welt, die Türken hatten ihnen vor einigen Jahren Jerusalem genommen, also waren sie ihre Feinde.

Bernhard wurde aus seinen Überlegungen gerissen. Die Heerführer Bohemund und Herzog Gottfried hoben die Lanzen mit den grell bunten Kriegsfahnen zum Aufbruch.

Wie ein Mann saßen all die Ritter auf, ob sie nun zu Pferde kämpfen konnten oder auf Maultieren in den Kampf ziehen mussten. Nur noch über die Eiserne Brücke, und das Schlachtfeld wäre nicht mehr weit. Geordnet in Formation, ritten die Männer hinüber, Bernhard in der ersten Reihe neben Walo II., dem Konstabler des Königs von Frankreich, dessen Ehefrau gestern Nacht Fürsprache für Alice gehalten hatte. Bernhard überlegte, wenn es zum Rückzug kommen sollte, war die enge Brücke eine Falle.

Bernhard schüttelte diese Vorstellung ab. Statt dieser Schreckensbilder sah er den Orontes im warmen Licht. Das Wasser des rauschenden Flusses glitzerte in der Morgensonne und es schien, als wenn die Wassertropfen hochspritzten und tanzten.

Jenseits der Brücke lag vor ihnen die Straße nach Aleppo, die sanft den Hügel hinanlief, nicht weit von hier musste das türkische Heer ihnen entgegenziehen.

Die Heerführer befahlen, dass diejenigen Ritter, die nur noch Esel und Maultiere zur Verfügung hatten, sich bereits zu dem schmalen Gelände zwischen dem See von Antiochia und dem Fluss begeben sollten, wo die Schlacht stattfinden sollte.

Beim Fortreiten blickte Bernhard in die Gesichter der Männer, die mit ernsten, dennoch entschlossenen Mienen zurückblieben, etwas lächerlich anzusehen, während die Berittenen ihre Pferde antrieben, damit sie nicht noch vor dem geplanten Angriff von Ridwan von Aleppo entdeckt würden. Trotz der Gefahr war es nach der in Dunkelheit und Regengüssen verbrachten Nacht ein Vergnügen zu reiten. Vom vielen Regen schien jedes Blättchen auf den immergrünen Büschen und Bäumen zu flimmern. Ein Morgen wie für die Jagd geeignet. Wie noch nie, seitdem er seine Heimat verlassen hatte, sah Bernhard die Burg, von der schroff felsig ein Abhang hinunterführte zu einem Bach, von dem aus die bewaldeten Hügel sanft bis in ferne Weiten hinaufstiegen. Bernhard wurde von der Sehnsucht überrascht, all dies wiederzusehen, zu besitzen, Herr darüber zu werden. Und gleichzeitig packte ihn die Wut, dass seinem Vater nicht einmal mehr etliche Dörfer und Ländereien gehörten.

Unbemerkt erreichten die Ritter den bewaldeten Hügel, wo sie sich in Deckung begaben und die Ankunft des türkischen Heeres abwarteten, um es dann aus dem Hinterhalt anzugreifen. Lauernd saßen die Männer auf ihren Pferden, die sie ruhig hielten.

Dann, wie aus einem konzentrierten Nichts erwacht, horchten die Männer auf. Donnernde Hufe kündigten die feindlichen Heere an, die sich zu einer einzigen Streitmacht zusammengeschlossen hatten.

Im zügigen Trab ritten sie den Hügel hinunter in die weite Flussebene. Ein Schlachtfeld, als hätten es die Türken ausgewählt. Hier wäre es ein Leichtes, die Christen zu umzingeln und niederzumachen.

Jedenfalls sind wir dieses Mal nicht verraten worden, beurteilte Bernhard nüchtern seine Lage. Keine Phalanx aus Fußsoldaten erwartete sie, die kniend mit ihren Speeren die Ritter vom Angriff abhielten, keine Krieger hinter ihnen, die ihre Pfeile und Spieße über die Lanzenträger hinwegschossen.

Aber auch so war der Anblick furchterregend und achtungsgebietend. Durch das Gestrüpp beobachtete Bernhard ungezählte mit Gold bestickte und mit Edelsteinen besetzte Banner, die in der klaren Februarsonne blinkten. Bernhard verwunderte es wiederum, dass genauso wie auf den eigenen Bannern Löwen und Adler dargestellt waren, die die Kraft und Stärke des Heeres symbolisierten. Viele der Männer trugen einheitliche Kleidung, Pluderhosen und einen knielangen Kaftan in der gleichen Farbe, oftmals in einem leuchtenden Gelb. Um ihre spitzen Helme hatten sie einen weißen Turban geschlungen. Ihre Speere blitzten nur so, unendlich viele.

Die haben nicht den ganzen Winter damit verbracht, ihre Kleidung vom Schmutz und von Läusen zu befreien und ihre Rüstungen vom Rost.

Bernhard sah das Entsetzen auf den Gesichtern der mit ihm wartenden Männer, stieß innerlich einen Fluch aus. Kampfbereit, entschlossen und hart richteten sich dann aber die Ritter auf.

Jetzt hatte das türkische Heer den Hügel erreicht.

Gottergeben schwangen Bohemund und Herzog Gottfried die Lanze, führten den Schild an die Brust, die Trompeten erschallten und Bernhard stieß gleichzeitig mit allen Rittern sein furchterregendstes Schlachtgeschrei aus.

In geordneter Schlachtreihe, Pferd neben Pferd, Mann neben Mann, galoppierte Bernhard auf das feindliche Heer zu.

Erstaunen, Entsetzen, ein Aufschrei ging durch das türkische Heer.

Die feindlichen Kämpfer stoppten und es herrschte eine vor-
übergehende Unordnung in den vorderen Reihen. Für einen
Moment schwankten die Fahnen.

Hoch richtete Bernhard sich im Sattel auf, sodass er fast
stand. Die Lanze fest unter den Arm geklemmt, raste er auf
die vordere Reihe der Türken zu. Wie eine eiserne Faust jagten die Ritter in die feindliche Linie hinein. Bernhard hatte
einen Krieger ins Auge gefasst, den er niederstoßen wollte.
Entschlossen stieß er mit ganzer Kraft die Lanze in die nur
leicht gepanzerte Brust, riss seine Waffe, die keinen Widerha-
ken hatte, aus dem Körper des nach hinten schlagenden Mannes, jagte auf den nächsten Feind zu – und stieß seine Lanze
ins Leere.

Denn auf ein Signal hin wendeten die Türken ihre Pferde,
galoppierten zurück in rasendem Tempo, blieben plötzlich stehen, um in großer Entfernung Aufstellung zu nehmen. Angsteinflößend.

Sie lassen sich auf den Kampf nicht ein, dachte Bernhard
erbost und verächtlich und bewunderte zugleich die überlegene Strategie.

Genau wie er selbst es befohlen hätte, wäre er türkischer
Befehlshaber, teilten diese sich zu Tausenden, um die Christen
einzuschließen. Kein Entrinnen, kein Entkommen. Jetzt richten sie ihre Pfeile auf die Pferde der Christen, jetzt feuern sie
ihre Bolzen und Pfeile, jetzt schießen sie unsere Pferde ab. Die
Pfeile sausen durch die Luft. Ein Schwirren, ein Brausen, ein
Treffen, ein Verwunden, ein Töten. Das Schreien der Pferde,
wenn sie, von Pfeilen getroffen, zusammenbrechen. Bernhard
hatte es so deutlich im Ohr, als hörte er es bereits.

Er kannte die Taktik: Noch während der erste Pfeil flog,
wurde der zweite bereits abgeschossen, die Pferde würden in
diesem Augenblick zusammenbrechen und dann wären wir
Ritter nichts als Fußsoldaten. Die Türken aber werden uns von
ihren Pferden aus niedermachen. Wir werden genauso niedergemetzelt wie Bohemunds verratene Fußsoldaten, während die

Feinde kaum einen Mann verlören. Da halfen kein Mut, keine Geschicklichkeit, keine Kraft, da gab es nur den Willen, möglichst viele Feinde zu töten, bis er selbst getötet würde.

Dazu war Bernhard entschlossen. Dazu waren alle Ritter entschlossen, die wie er den Todesstoß erwarteten. Unruhe herrschte unter den Männern. Unruhe spürten auch die Pferde. Ein Wiehern, ein Schnauben, ein Stampfen.

Und da geschah das Wunder.

Kein Pfeil flog. Lasch fielen die spitzen, scharfen Todesbringer zu Boden.

Stille. Stille.

Verwirrung, aufschreiendes Entsetzen auf Seiten der Türken – Mut auf Seiten der Christen. Die Ritter lachten auf. Lächerlich sah es aus, wie die Feinde sich bemühten, Pfeile abzuschießen, obwohl es sinnlos war, weil die Bogensehnen vom Regen weich und lasch geworden waren.

Doch schon gab ihr Heerführer Ridwan von Aleppo erneut den Befehl zum Angriff, es ertönten die Hörner und Trompeten und mit furchtbarem Kriegsgeschrei stürzten seine Männer den Rittern entgegen.

Endlich – gleichzeitig schwenkte der Bannerträger Bohemunds dreimal die Fahne, das verabredete Zeichen zur Flucht.

Der kaum noch vorhandene räumliche Abstand musste ausgenutzt werden, wollten sie nicht von den viel schnelleren Pferden eingeholt und von Lanzen durchbohrt werden. Zurück, zurück. Die Ritter wendeten ihre Pferde blitzschnell im Stand. Wiehernd und an ihrem Zaumzeug zerrend, drehten sich Hunderte von Pferden auf ihren Hinterbeinen. Die Ritter rissen die Lanzen hoch, um sich nicht gegenseitig zu verletzen, und jagten davon. Es sollte aussehen wie eine wilde, ungeordnete Flucht. Bernhard, der den Angriff in der ersten Reihe geritten hatte, befand sich nun in der letzten.

Er musste zum ausgewählten Kampfplatz gelangen, bevor er von den sich im rasenden Galopp nähernden Pferden eingeholt wurde.

Die Türken waren dicht hinter ihm. Schneller, schneller! Bernhard trieb sein Pferd an, er bedauerte es nun, dass er seine Sporen für den Schwertkampf abgenommen hatte.

Der Abstand verringerte sich zusehends. Die Feinde rasten wie von Flügeln getragen heran.

Neben ihm flog ein Speer durch die Luft, traf, traf den Mann neben ihm, Walo. Während der Ritter vornüber kippte und nur noch leblos im Sattel hing, ritt der türkische Krieger dicht an ihn heran, hob sein Krummschwert und schlug dem Adeligen, dem Vertrauten König Philipps, den Kopf ab.

Bernhard packte die Wut, dass eine so hochrangige Persönlichkeit einfach niedergemetzelt wurde, statt dass man für den Gefangenen Lösegeld verlangte.

Er merkte sich das Gesicht des Türken, der den Grafen niedergestochen und getötet hatte, diesen spitzen schwarzen Bart und diese triumphierende Miene. Er würde Walo rächen.

Doch an Rache war vorerst nicht zu denken. Er musste sein Leben retten. Bernhard trieb sein Pferd an. Dieses Schlachtross war viel zu langsam. Vollkommen ungeeignet im Krieg gegen dieses Reitervolk.

Schneller, aber sein Pferd schien zu ermüden. Ein Krieger setzte ihm besonders nach, erreichte Bernhard. Bernhard war versucht, seine Lanze zwischen die Beine des Türken zu schleudern. Dessen Pferd würde sich überschlagen, die nachfolgenden Feinde würden über Tier und Reiter stürzen und er hätte Luft zu entkommen und zu überleben.

Ausgeschlossen, schon der Gedanke war irrwitzig. Er hätte keine Waffe für den Angriff, der zwischen See und Fluss geplant war, und noch schlimmer, der freiwillige Verlust seines Feldzeichens, der drei Bären, die an der Lanzenspitze befestigt waren, bedeutete eine Schmach, von der er sich Zeit seines Lebens niemals erholen könnte.

Er würde verspottet, er wäre für seine Adelsgesellschaft ein Nichts. Lieber in Ehren sterben, als in Schande leben. Dennoch, er musste sich retten. Der Türke setzte an zum Überholen. Vor

Anstrengung keuchend, rammte Bernhard den Schaft seiner Lanze dem Mann mit voller Wucht in den Bauch.

Bernhard riss der Aufprall fast die Lanze aus der Hand und ihn vom Pferd. Hinter ihm entstand Tumult, was ihm ein wüstes Lachen entlockte.

Doch nun, schräg linker Hand vor Bernhard strauchelte ein Pferd, das Tier knickte ein. Feindliche Reiter stürzten zu dem Mann, der ganz allein als Fußsoldat aufsprang, das Schwert in der Hand, seinen Schlachtschrei ausrief und im Gedränge verschwand.

Durch diesen Ritter, durch diesen Kampf, wurden die Verfolger abgelenkt. Es war Bernhard, als opferte der andere sich für ihn.

Endlich der Kampfplatz, die Ritter hatten sich gesammelt. Keuchend erreichte Bernhard mit zwei weiteren Männern als Letzter das morastige Gelände zwischen See und Fluss.

Die Hufe tief im vom Regen aufgeweichten, schlammigen Boden, saß der Adel der westlichen Welt aufgerichtet in geordneten Schlachtreihen zu Pferde oder in den letzten Reihen auf Eseln und Maultieren.

Seite an Seite mit den Rittern harrten die Delegierten des Kalifen von Ägypten auf den Beginn der Schlacht. Die Sonne hatte sich verzogen. Es begann wieder leise zu regnen und schlug auf die Kettenhemden.

Bernhard suchte kurz und flüchtig nach seinem Vater, der in der dritten Schlachtreihe neben Heinrich von Ascha den erneuten Angriff erwartete. Während ein erleichtertes Aufatmen durch das Heer ging, dass nun auch die letzten Ritter den Türken entkommen waren, hob Graf Otto, ein leichtes Grüßen andeutend, die Hand, was Bernhard befremdete. Wie war diese Bewegung zu deuten, unterdrückter Stolz und Freude, seinen Sohn lebend vor sich zu sehen, oder nur Konvention, da Bernhards Mut und Tapferkeit der Ehre der Familie diente?

Bernhard nickte seinerseits seinem Vater zu, wendete sein Pferd und ordnete sich in die vorderste Schlachtreihe ein.

»Walo? Was ist mit Walo?«, flüsterte sein Zeltgenosse Graf Balduin von Hennegau.

»Tot«, antwortete Bernhard. »Ein Türke hat ihm den Kopf abgeschlagen.«

»Ah, die werden uns noch kennenlernen. In einer Stunde sind mindestens 1.000 von denen tot«, sagte der andere und zeigte mit der Hand auf das türkische Heer, das in einem Abstand von 20 Pferdelängen vor ihnen Halt gemacht hatte. »In die Falle sind sie uns jetzt schon gegangen. Ein genialer Plan. Auf diesem schmalen Gelände zwischen dem See und dem Fluss können sie uns nicht umzingeln. Sie sind gezwungen unseren Angriff zu parieren. Ausweichen nach hinten geht nicht, denn da strömen ihre eigenen Krieger nach. Wenn sie trotzdem die Flucht ergreifen, bricht in dem Gedränge Panik aus. Eine Flucht über die Eiserne Brücke ist diesen Tausenden von Männern auch nicht möglich ...«

Bernhard hörte kaum hin. Seine Aufmerksamkeit galt den türkischen Heerführern, die, etwas abseits von ihren Leuten, ihr weiteres Vorgehen zu beraten schienen. Noch vor zwei Jahren hatte Yaghi-Siyan, der Herrscher über Antiochia, seinen Lehnsherrn Ridwan von Aleppo verraten und sich mit dessen Bruder Duquad von Damaskus verbündet. Trotz der Belagerung Antiochias hatte Duquad jedoch seine Hilfe gegen die Kreuzfahrer verweigert. Nach diesem Misserfolg hatte Yaghi-Siyan seinem einstigen Herrn Ridwan die Lehnsherrschaft wieder zugestanden. Es war also zweifelhaft, dass Ridwans Männer mit ganzer Kraft kämpfen würden, um dem bisherigen widerspenstigen Verräter zu Hilfe zu kommen.

Sie aber kämpften für die Menschen im Lager, die sonst niedergemetzelt, erstochen, enthauptet würden, die jungen Frauen vergewaltigt und in die Sklaverei verkauft.

Und eine Schwangere? Wahrscheinlich umgebracht, urteilte er.

Trotzdem, es wäre falsch, diesen Gegner zu unterschätzen. Auch Ridwan von Aleppo hatte kampferprobte, erfahrene, mutige Männer.

Es war jetzt ganz still geworden. Selbst die Schlachtrosse, so als erwarteten sie wie ihre Reiter den Kampf, schienen ihre ganze Kraft zu sammeln, während die gegnerischen Pferde, leicht tänzelnd, kaum zu bändigen waren.

Endlich – eine Bewegung ging durch das christliche Heer.

Herzog Gottfried und Bohemund setzten sich an die Spitze ihrer Ritter, die Trompeten erschallten, in die Hörner wurde geblasen, die Banner wurden erhoben und nun, und nun, mit dem schrecklichsten Kampfruf »Gott hilf uns!« jagte das Heer, die Lanzen fest unter den Arm geklemmt, auf die Feinde zu. Dreck spritzte auf, der Boden wurde in eine einzige Schlammwüste verwandelt und vermengte sich alsbald mit Blut. Als geschlossene Phalanx aus Panzerreitern rasten die Ritter auf ihre Feinde zu.

Jetzt bestimmen wir, wie gekämpft wird. Jetzt könnt ihr uns nicht mehr feige ausweichen, höhnte Bernhard.

Auch Ridwan von Aleppo hatte seinen Kriegern das Zeichen zum Angriff gegeben, sodass seine Männer ihren Pferden die Sporen gaben und sie auf das Heer der Kreuzfahrer zugaloppierten.

Doch Bernhard schätzte, während er auf den Feind zustürmte, dass gerade die Überzahl dem Gegner zum Verhängnis würde. Sie mussten kämpfen, sie waren gezwungen zu kämpfen, denn ihre eigenen nachrückenden Pferde und Fußsoldaten versperrten ihnen auf dem schmalen Streifen zwischen dem See und dem Fluss den Fluchtweg.

Schon scheuten ihre schnellen, nervösen Pferde. Diese geballten Schlachtreihen hatten weder sie noch ihre Reiter jemals erlebt. 700 Ritter, in schweren Kettenhemden, die Reihen so nah, dass die auf die Feinde gerichteten Lanzen fast den Vordermann berührten, so dicht, dass kein Messer mit Schaft und Klinge zwischen die einzelnen Pferde gepasst hätte, donnerten auf Ridwans Krieger zu, hatten sie erreicht. Unter dem rechten Arm die Lanze, in der linken Hand das Schwert, stürmten die Männer mit ihren kampferprobten Pferden in die Reihen ihrer Feinde hinein. Die vordersten Linien prallten aufeinander.

Die Schlacht begann. Mit der Lanze stach Bernhard zu. Der kreisrunde Schild des türkischen Kriegers reichte nicht aus, um ihn vor einer Verwundung an der Schulter zu schützen. Der Mann kippte vom Pferd.

Bernhard durchbrach die Linie, schlug sich weiter durch. Jeder Mann, der am Bogen lag, wurde von Lanzen erstochen oder von den Pferden tot getrampelt. Überall Kampfgeschrei, Getöse, Schwerter schlugen aufeinander, die Aufschreie der Verwundeten gellten in den Ohren. Pferde, die herrenlos im Weg standen oder sich angstvoll aus dem Getümmel herausdrängten. Auf den Gesichtern der Ritter Kampfeslust. Vor ihm tauchte Bohemund im Schlachtenlärm auf, ohne Schild, zwei Schwerter in den Händen, er überragte um Haupteslänge die meisten der Männer.

Weiter, dachte Bernhard, während er sich vorwärtskämpfte, er hieb mit dem Schwert auf den Helm eines Gegners, sodass dessen Kopf gespalten wurde. Bernhard hätte das Knacken gehört, wenn in diesem Kampfgetöse überhaupt ein Geräusch zu unterscheiden gewesen wäre. Der Getötete musste ein hochrangiger Herr gewesen sein, denn schon stürzten sich drei Feinde auf ihn. Der Aufprall war enorm. Sie hoben ihn aus dem Sattel. Wuterfüllt verwundete er mit Schwert und Lanze die Pferde der Gegner, sodass auch diese zu Boden stürzten. Er schlug einem Gegner die Hand ab, dem zweiten zertrümmerte er den Kiefer, es traf ihn ein Schlag auf die Schulter, Bernhard bückte sich, drehte sich und schlug dem Mann sein Schwert in die Kniekehlen. Der sackte stöhnend zusammen.

Ein vierter stürzte sich auf Bernhard. Er war etwa gleich groß, gleich alt, von gleicher Kraft und Geschicklichkeit, wie ein Tänzer. Sie kämpften gegeneinander mit dem Schwert, das der andere vollendet beherrschte. Endlich ein Zweikampf, dachte

Bernhard. Dieser Gegner war nur durch List zu überwinden. Berechnend täuschte Bernhard einen Schlag zum linken Oberkörper seines Gegners vor. Als dieser parierte und seine Brust schützen wollte, drehte Bernhard windesschnell sein Schwert und versetzte dem Mann einen Schlag mit der kurzen Scheide in den Magen. Der andere kippte nach hinten. Bernhard schlug ihm sein Schwert ins Gesicht, sprang auf sein Pferd. Kurz stellte er sich im Sattel auf, um von diesem erhöhten Standort aus das Schlachtgeschehen zu überblicken.

Sie werden fliehen, dachte er.

Ridwans Heer begann sich aufzulösen. Aus den vorderen Linien drängten seine Krieger nach hinten, andere, mutigere Männer zwängten sich durch das Gewühl aus Pferden und Schwertern und Lanzen nach vorn. In diesem Gedränge sah Bernhard plötzlich Martin, wie dieser einen Feind niederstach. Neben ihm tauchte sein Vater auf, dem das Blut in den Mundwinkel tropfte.

»Vater!«, rief Bernhard. Er erhielt keine Antwort, schon war dieser kämpfend in der Menge verschwunden. Doch dieses Zögern war nicht unbemerkt geblieben, einer von Ridwans Soldaten griff Bernhard an, ein Schlag mit dem Schwert traf ihn am Rücken. Bernhard fühlte den Schmerz, dessen ungeachtet, drehte er sein Pferd im Stand und griff seinerseits den Mann an. Der Gegner stürzte. Bernhard warf sich zur Seite und schlug dem Mann die lange Schneide seines Schwertes ins Gesicht. Aus der Rille seines Schwertes rann das Blut.

Neben ihm tauchte Herzog Gottfried auf, Pferd und Reiter von Schlamm und Blut bespritzt.

»Wir siegen!«, rief er Bernhard triumphierend zu.

Wie auf ein Stichwort ertönte über dem Schlachtfeld das Trompetensignal zum Rückzug, die Banner Ridwans wurden heruntergeholt. Sie würden besonders verteidigt, falls die Christen es wagen sollten, sie rauben zu wollen. Dass die dargestellten Löwen und Adler in die Hände der Feinde gerieten, diese Schmach wollte sich Ridwan ersparen.

Ridwan flüchtete, sein Schwiegervater, der Emir von Hama, ergriff die Flucht sowie auch sein Vetter Soqman und mit ihnen ihre Heere. Mit Genugtuung beobachtete die ägyptische Delegation, dass keiner von ihnen nur im Entferntesten daran dachte, Yaghi-Siyan in Antiochia zu Hilfe zu kommen.

Lachend, triumphierend und sich das Blut aus den Gesichtern wischend, zogen die Ritter mit groben Worten darüber her, wie ihre Feinde zurück nach Aleppo flohen.

Das Schlachtfeld war vom Feind verlassen. Herrenlose Pferde liefen zwischen den Verwundeten und Leichen umher. Die Ritter saßen ab, rieben sich Hände und Nacken, schätzten aufgrund ihrer Erfahrung ab, wie hart die Schwertschläge des Feindes sie getroffen hatten und ob ein Arm nur verstaucht oder gebrochen war. Die Heerführer standen zusammen und berieten das weitere Vorgehen. Bohemunds kräftige, weit tönende Herrscherstimme gab auf Lateinisch den Befehl, den am Boden liegenden besiegten Feinden die Köpfe abzuschlagen, ihre Pferde einzufangen und so schnell wie möglich zum Lager zurückzukehren. Es gelte, der Garnison in Antiochia Angst einzujagen.

Angst erfasste auch Bernhard, erdrückte ihn beinahe, Furcht um Alice. Eine Schwangere, sie würde nicht verschont, wenn Yaghi-Sihan inzwischen einen Ausfall aus Antiochia gemacht hatte! Wie lange würden die Fußsoldaten seinem Angriff standhalten können? Alice, tot? Bernhard zuckte zusammen. Er musste wohl oder übel den Befehl ausführen.

Trotz Bohemunds Bitte um Verständnis fand Bernhard das Kopfabschlagen unter seiner Würde, vor allem widerte es ihn an. Er verabscheute Blut und Dreck.

Am Boden klagte ein Mann. Als Bernhard seine Pflicht erfüllte, empfand er nichts dabei, auch keinen Hass, nur Ekel. Krieg war Krieg. Läge er am Boden, der Türke würde ihm mit derselben Gelassenheit den Kopf abschlagen. Pech hatte, wer unten lag. Das war alles, das war überall so. Durch das Schwert umzukommen, war das gewöhnliche Los des Ritters, wie es das der Frau war, bei irgendeiner Geburt zu sterben.

Bernhards Blick fiel auf Martin. Ohne darüber zu sprechen, schien der Junge, der er in Bernhards Augen trotz der Hochzeit immer noch war, den Befehl zu verweigern, er kümmerte sich um die Verwundeten, die christlichen.

Ausgerechnet er, der Einzige, der hier nicht rein adeliger Abstammung und dazu noch illegitim war, weigerte sich, Leblose zu köpfen. Natürlich, Alice hatte es ihm erzählt, Martins Schwert sei an das Gebot gebunden, niemals Wehrlose zu töten. Aber auch darauf hatte jeder der Ritter hier bei seiner Schwertleite einen Eid abgelegt. Vier Köpfe, dachte er, vier Köpfe sind genug.

Bernhard warf Martin einen missbilligenden Blick zu, der vor allem dem galt, der der geheimnisvolle Auftraggeber dieses Schwertes war. Allzu viele Fürsten kamen als Vater nicht in Betracht und noch viel weniger solche, die so zimperlich waren. Bernhard war die Lust gänzlich vergangen. Er brachte seine Köpfe zu dem Haufen, der angesammelt wurde. Von Weitem kamen Ritter, um ihre Beute abzulegen. Neben dem Berg von Köpfen standen die ägyptischen Delegierten mit Bohemund im Gespräch, das Ritter Herluin, der sowohl fließend Persisch als auch Arabisch sprach, übersetzte. Kurze Zeit später bliesen die Hörner zum Aufbruch, die Ritter banden die Köpfe an ihrem Sattelzeug fest. In Hetze ging es zurück zum Lager.

Sie hatten die Eiserne Brücke schon hinter sich, als Bernhard neben Herluin ritt und ihn fragte, was denn die ägyptische Delegation von Bohemund wollte.

»Köpfe«, antwortete der andere. »Sie wollen sie einsalzen und als Siegeszeichen mit nach Ägypten nehmen.«

»Appetitlich«, antwortete Bernhard. »Ich dachte, Muslime dürften nicht gegen Muslime Krieg führen.«

»Genauso wenig wie Christen gegen Christen kämpfen dürfen.«

Die beiden Männer lachten.

Kaum hatte Bernhard das heimische Lager erreicht und kaum hatte die türkische Garnison von Antiochia ihren Irrtum erkannt, dass nicht das siegreiche Heer Ridwans von Aleppo, sondern die Christen auf schnellen erbeuteten Pferden herangeritten kamen und ihre Banner mit den Löwen und Adlern triumphierend im Wind flattern ließen, kaum also war die Garnison, die eben noch mit Trompetenfanfaren einen Ausfall unternommen hatte, zurück hinter die sicheren Stadtmauern geflüchtet, da war Humberge von Le Puiset, die Ehefrau Walos, auf ihn zugestürzt: »Ritter von Baerheim, wo ist mein Mann? Ihr habt Seite an Seite mit ihm gekämpft.«

Die hohe Frau hatte Bernhards Zaumzeug erfasst und sah flehentlich zu ihm hinauf.

Bernhard stieg vom Pferd, verbeugte sich vor ihr und antwortete:

»Madame, Graf Walo II., Konstabler Philipps, des Königs von Frankreich, ist im Kampf gefallen.«

Sie hatte Bernhard fassungslos angesehen, dann aber mit klarer, bestimmter Stimme gefordert: »Bringt mich zu ihm auf das Schlachtfeld!«

Und nun stand er vor dem Zelt Humberges und sah, wie Ritter und Fußsoldaten zum Plündern auszogen, während er von dieser Frau nicht wegkam. Humberge hielt das Haupt ihres Mannes fest an ihre Brust gedrückt und fauchte ihn an, als er ihr den Kopf abnehmen wollte. Bernhard bat Alice, Martin zu suchen, der wiederum den Bischof Adhémar von Le Puy bitten sollte, ihm beizustehen.

Martin musste warten, bis der Bischof die Messe für die Toten zelebriert hatte. Dann jedoch war er bereit, die vor Schmerz Wahnsinnige zu beschwichtigen. Eindringlich ermahnte Bischof Adhémar sie, den Kopf freizugeben, damit Körper und Haupt zusammen auferstehen könnten.

Ein Zittern lief über ihr Gesicht, endlich gab sie nach.

Bernhard nahm den Kopf und hielt ihn so, dass der Helm der Frau zugewandt war, das Gesicht aber ihn mit noch immer weit aufgerissenen Augen anstarrte.

Er merkte wider Erwarten, dass ihm das Haupt dieses Toten Furcht und Übelkeit einjagte. Er schluckte es hinunter, nahm den Zügel des Pferdes, auf dem der Körper Walos noch immer, in eine Decke gehüllt, festgebunden war, und ging, den Kopf unter dem linken Arm, die Zügel in der rechten Hand, langsamen Schrittes zu dem Ackerstück, das den Christen als Begräbnisplatz diente. Walos Kopf schien unter seinem Arm zu schrumpfen.

Warum trockneten Tote nur so schnell aus? Bernhard schüttelte sich vor Ekel.

Nur endlich diesen Leichnam loswerden und dann zu Alice.

Die saß, als hätte sie ihn schon erwartet, auf ihrem Bett und sah ihn verschmitzt lächelnd an.

»Mach Wasser heiß!«, forderte Bernhard, während er das Zelt hinter sich schloss. »Ich muss mich waschen.«

»Schon geschehen«, erwiderte sie. »Ich dachte nicht, dass Ihr in den kalten Orontes springen und Euch zu guter Letzt noch von einem herumlaufenden Türken abschießen lassen wolltet. Seife liegt bereits daneben. Ein sauberes Handtuch auch.«

Ein Wunder, dachte er und beugte sich nach vorn, sodass das Kettenhemd rasselnd zu Boden fiel. Alice öffnete ihm die Schnüre seines Gamboison.

»Ihr habt auf dem Rücken einen großen blauen Fleck«, sagte sie und zeichnete mit dem Finger den äußeren Rand nach.

Bernhard stand jetzt nackt da, während sie sich wieder auf ihr Bettlager setzte.

»Na, was war nun mit dem Kopf?«, fragte Alice.

»Nervenzusammenbruch«, erwiderte er. »Zuerst machte Humberge auf mich einen vernünftigen Eindruck. Sonst hätte ich sie niemals zu dem Schlachtfeld geführt. Sie sagte, sie habe schon so viele Tote auf dieser Pilgerfahrt gesehen, sie könne den Anblick eines Schlachtfeldes, auch nackter, geköpfter Moslems, sehr wohl ertragen. Später, auf dem Weg zur Eisernen Brücke, erzählte sie mir, sie sei die treibende Kraft gewesen, sie habe ihren Mann überredet, sich dem Heer Gottes anzuschließen. Als junges Mädchen sei sie sterbenskrank gewesen, habe sogar die Letzte Ölung empfangen, dann aber habe sie vor dem Priester ein Gelübde abgelegt. Wenn sie wieder gesund würde, werde sie eine Pilgerfahrt nach Jerusalem machen. Ihr Mann Walo widersetzte sich zunächst ihren Wünschen, weil er bei einer so langen Abwesenheit um seine gute Stellung am Hofe des Königs fürchtete. Nun macht sie sich Vorwürfe, sie sei schuld am Tode ihres Mannes. Ich hätte es ahnen müssen, dass sie zusammenbricht, verrückt wird, als sie mir auch noch unschicklicherweise anvertraute, Walo sei ihr Geliebter und ihr Gemahl gewesen. Fürwahr, eine Seltenheit. Ich hätte umkehren sollen.«

Er drehte sich zu Alice, während er sich trocken rubbelte.

»Stell dir vor, Humberge warf sich über seinen Kopf, schluchzte, weinte. Das ging ja noch. Dann aber galoppierte von irgendwoher Walos Pferd heran. Der Fuß des Toten hatte sich im Steigbügel verfangen, sodass er nicht vom Pferd gefallen war. Nur der Rumpf auf dem jagenden Pferd, das an uns vorbeiraste. Als ich es endlich eingefangen hatte, Humberge hatte ununterbrochen geschrien, da griff sie sich Walos Schwert, beschimpfte es, dass es seinen Herrn nicht beschützt habe, und wollte sich schließlich damit umbringen. Ich konnte sie nur davon abhalten, indem ich sie darauf aufmerksam machte, im Falle des Selbstmordes hätte sie ihr Gelübde gebrochen und würde gewiss in die Hölle kommen, ihr Mann jedoch in den Himmel, sie würde ihn deshalb im Jenseits nicht wiedersehen.

Die ganze Strecke zurück nach Antiochia hat sie den Kopf ihres Mannes im Arm gehalten und dabei weiter ununterbrochen geschrien. Ich war kurz davor, sie ohnmächtig zu schlagen.

Die Frau eines Ritters darf sich so nicht benehmen. Sie weiß, dass jeder Kampf der letzte sein kann und dass wahrscheinlich eines Tages jemand kommt, der stärker ist als ihr Geliebter. Der Tod kämpft immer mit.«

Er machte eine Pause und schien über diesen Tag nachzudenken, der auch ihn treffen würde. »Alice«, sagte Bernhard und setzte sich neben sie auf ihr Lager.

»Ich bitte dich, verhalte dich maßvoll und würdig, wenn ich eines Tages nicht mehr zurückkomme.«

Er griff nach ihrer Hand. »Versprich es mir.«

»Bernhard«, entgegnete sie klug. »Ihr habt mir versprochen, mich lebendig nach Jerusalem zu bringen. Wie könnt Ihr dann sterben?«

»Dann eben später«, entgegnete er ausweichend.

Der Gedanke an ein Später war verwirrend.

»Jedenfalls«, sagte er, stand auf und zog angewidert seine stinkende Kleidung an.

»Jedenfalls floss aus ihrer Nase und aus ihren Augen Blut. Blut, wie bei Kriemhild, als der ermordete Siegfried tot auf der Schwelle zu ihrem Schlafgemach lag. Du kennst ja die Sage?«

»Das wisst Ihr doch. Die kennt auch jeder in unserer Gegend. Mir hat sie Martha erzählt, Martins Mutter, die Magd meines Vaters. Sie war nach dem Tode meiner Mutter die eigentliche Herrin über das ganze Haus. Gewundert habe ich mich, dass Martha immer auf der Seite Brunhilds stand, obwohl die böse war und Hagen zum Mord an Siegfried angestachelt hat. Ich vermute, weil die schöne Kriemhild die starke Brunhild tödlich beleidigt und sie eine Kebse genannt hat. Mir lief es immer kalt den Rücken runter, wie Martha das Wort aussprach: *Kebse*. Eigentlich hatte ich ja Mitleid mit diesen Frauen, die zwar verheiratet waren, aber anders als bei eine Munt- und Friedelehe keine Rechte hatten, fast wie eine Sklavin dem Mann unterworfen waren. Bei Martha hatte das Wort jedoch einen wilden, zornigen Klang. Martha hatte auch lange schwarze Haare wie Brunhild und sie war ebenfalls eine starke Frau. Sie sah uns Kinder mit funkelnden Augen an. Und wie sie das Wort ›Kebse‹ aussprach, so zornig, so verletzt, irgendwie rachsüchtig, da habe ich mich später gefragt, ob Martha selbst von jemandem als Kebse beschimpft und beleidigt worden ist.«

Kebse, dachte Bernhard, während er nicht weiter zuhörte. Alice – meine Kebse. Ein verlockender Gedanke. Neben der Muntehe, aus der der erbberechtigte Sohn hervorginge, noch eine Kebsehe mit Alice. Leider leben wir nicht mehr zu Zeiten Karls des Großen, dachte er bedauernd. Jetzt gäbe es wohl Schwierigkeiten mit der Kirche.

»Jedenfalls war Martha mit meinem Vater enger zusammen, als es schicklich war.

Das habe ich als Kind gefühlt, ich weiß es aber erst genau seit dem Gespräch zwischen meinem Vater und dem Abt, wisst Ihr, kurz bevor wir das Kreuz genommen haben. – Da sagte mein Vater zum Abt: ›Du konntest ja Martha sowieso nie leiden.‹ Der Abt antwortete darauf:

›Du aber immer umso lieber.‹

»Was sagte der Abt? Ich habe eben nicht richtig zugehört.«

»Ihr wart wohl noch bei der Schlacht?«

Bernhard ließ das durchgehen. »Du sagst, der Abt mochte Martha nicht?«

»Ja. Warum?«

»Allzu viele Fürsten aus unserer Gegend kommen als Vater für Martin nicht in Betracht. Da kam mir der Gedanke. Aber es ist anscheinend nichts daran.«

∽୭୧∼

Bernhard sah ihn schon von Weitem, den schmalen Jungen, der vor seinem Zelt auf ihn wartete und mit seinem großen Zeh Muster in den von der Märzsonne beschienenen Sand malte. Er mochte wohl elf Jahre alt sein.

Der Junge hatte schwarzes, lockiges Haar und blickte zu Bernhard auf aus großen, dunklen Augen, die umschattet waren von langen, glänzenden Wimpern.

Obwohl er verwahrlost und hungrig aussah, wirkte der Junge auf Bernhard zäh und durchaus in der Lage, sich zu verteidigen.

Der Junge verneigte sich vor Bernhard und bat heiser auf Französisch:

»Euer Wohlgeboren, Ritter von Baerheim, gewährt mir, dass ich einen Augenblick mit Euch spreche.«

Bernhard sah den Jungen erstaunt an und, ohne zu antworten, machte er eine knappe einladende Bewegung, sodass der Junge ihm ins Zelt folgte. Die Pracht machte Eindruck, silberne Leuchter, ein mit glänzendem Stoff überzogener Diwan, der mit Sternen übersäte Himmel. Bernhard nahm auf einem Schemel Platz, während er den Jungen vor sich stehen ließ.

»Was führt dich zu mir?«, fragte er das verschüchtert vor ihm stehende Kind.

»Ich heiße Kaspar«, begann der Junge zögernd. »Ich komme«, er druckste, »um Euch um Eure Hilfe anzuflehen. Meine Eltern, mein Vater und meine Mutter, sind beide tot.«

Almosen will er, dachte Bernhard. Was habe ich damit zu schaffen?

»Meine Mutter ist im Januar bei einer Geburt gestorben. Das Kleine ist auch gestorben, obwohl es gesund war«, fuhr der Junge mit trauriger Stimme fort. »Es war sogar ein Junge. Aber mein Vater hatte kein Geld, um eine Amme zu bezahlen. Umsonst wollte es keine tun, so sehr mein Vater auch bettelte und flehte.«

Die Mitleidstour, dachte Bernhard. Na ja. Die Frauen sind wirklich so ausgehungert, dass sie gerade nur ihr eigenes Kind am Leben erhalten können. Er hätte es Alice verboten, ein fremdes Kind mitzustillen.

Der Junge schwieg und starrte in eine unbekannte Ferne. Sicher, eine traurige Geschichte, aber nichts Besonderes.

»Gestorben sind in diesem Winter viele«, bemerkte Bernhard. Gleichzeitig dachte er einen Augenblick sorgenvoll an Alice. Frauen starben bei der Geburt. Dass sie unter Schmerzen gebären sollten, das hatte Gott nach dem Sündenfall Eva auferlegt. Doch unter den Bedingungen von Hunger und Schmutz im Lager war die Gefahr, die Geburt nicht zu überleben, besonders groß. Es beruhigte ihn allerdings, dass Theresa die Hebamme sein würde.

»Nun ist mein Vater auch tot.«

Der Junge verstummte, Tränen rannen ihm aus seinen großen Augen.

Er fasste sich und zog den Schnodder hoch.

»Mein Vater war froh, als wir hörten, dass Schiffe unter dem Befehl des verbannten englischen Thronfolgers Edgar Atheling mit Holz für Belagerungsmaschinen und Lebensmitteln im Hafen von St. Symeon vor Anker liegen.

Als nun Fürst Bohemund Männer anwarb, die Lebensmittel und Baumaterial vom Hafen abholen und in unser Lager bringen sollten, da hat mein Vater sich sofort gemeldet. Endlich die Aussicht auf Geld und einen vollen Bauch. Und nun haben diese gottverdammten heidnischen Hundesöhne ihn umgebracht.«

Er schniefte wieder, hielt sich dann ein Nasenloch zu und rotzte auf den Boden.

Bernhard sah ihn angewidert an und sagte: »Nicht hier. Das solltest du wissen.«

»Verzeiht!« Kaspar blickte beschämt nach unten.

»Also?«

»Ihr wisst, was geschah. Alle Männer, die das Holz transportiert haben, sind gestern auf dem Rückweg vom Hafen von den Ungläubigen niedergemetzelt worden. Irgend so ein Schweinehund hat den Plan an die Türken verraten. Diese Hurensöhne, diese Lecker, Täuscher, diese Spitzel!«, brach es aus dem Jungen hervor. »Die Teufel sollen sie holen, auf dass sie ewig in der Hölle braten. Immer reden die Einheimischen freundliche Worte und lächeln einen an und schwupps, drehen sie einem den Rücken zu, haben sie uns schon verraten.«

Der Junge machte ein zorniges Gesicht und sackte dann in sich zusammen.

»Als der Ritter, der dem Gemetzel entkommen war, ins Lager jagte und überall die Menschen erschrocken aus den Zelten kamen und hörten, dass alle Männer, die zu dem Transportzug gehörten, erbarmungslos hingeschlachtet worden waren, da habe ich gebetet, mein Vater könnte entkommen sein. Meine Hoffnung war, dass Herzog Gottfried und all Ihr Ritter euch sofort gerüstet habt und in den Kampf gegen diese Kläffer gezogen seid, um unsere Väter zu rächen und das Baumaterial wiederzuerlangen.

Am Abend nach der Schlacht und Eurem Sieg bin ich über die Schiffsbrücke gegangen, um meinen Vater zu suchen. Der Fluss war rot vor Blut und überall schwammen Leichen.

Sie haben meinem Vater den Kopf abgeschlagen und den anderen Männern auch.«

Der Junge sah nun ganz verloren aus. Es war, als hätte er Bernhard ganz vergessen.

»Nun?«

»Ich bitte Euch, helft mir. Ich möchte mich unter Euren Schutz begeben.«

Bernhard hob fragend die Augenbrauen.

»Wir Jungen haben uns letzte Nacht getroffen. Wir sind ganz viele, die keine Eltern mehr haben, und wir wissen nicht, wovon wir leben sollen. Niemand beachtet uns, niemand kümmert sich um uns. Um nicht zu verhungern, haben wir uns in Banden zusammengeschlossen und einen Anführer gewählt. Dieser nennt sich nach einem der Heerführer. ›Bohemund‹ oder ›Gottfried‹ oder ›Stephan de Blois‹ oder nach einem anderen großen Krieger. Überall im Lager erzählt man sich von Euren ruhmreichen Taten gestern im Kampf.«

»Ich dächte, man erzählt sich vor allem, dass Herzog Gottfried einen gepanzerten Türken bis zur Brust mit einem einzigen Schwertstreich in zwei Teile hieb.«

Der Junge schüttelte den Kopf.

»Man erzählt sich, wie Ihr im blutigen Kampf zuerst die räuberischen Ungläubigen in die Flucht geschlagen habt und dann, als Yaghi-Siyan einen Ausfall aus Antiochia machte, im stürmischen Ritt mitten in die Feinde hineingebrochen seid und sie auf der Brücke niedergemacht und zurück bis in die Stadt gedrängt habt.«

Nur schlossen sich vor uns die Stadttore, dachte Bernhard sorgenvoll.

Er bemerkte: »Ich denke, das war das Werk der Ritter aller Heere.«

Der Bub machte eine flehentliche Gebärde, indem er seine Hand zum Herzen führte.

Bernhard betrachtete Kaspar prüfend. Seine Kleidung bestand aus Lumpen, die allerdings geflickt waren. Der Junge stank.

»Warum sollte ich das tun, dich ernähren? Ich kenne dich gar nicht.«

»Nein, ich gehöre nicht zu dem Heer des Herzogs Gottfried von Bouillon. Meine Eltern sind mit dem Grafen Walter von Poissy auf Pilgerfahrt gegangen und haben uns Kinder mitgenommen.«

»Warum?«

»Wir sind gottesfürchtige, fromme Leute. Wir wollten Jerusalem von den Ungläubigen befreien und in das himmlische Jerusalem eingehen.«

»Das wollen wir alle«, entgegnete Bernhard. »Aber jeder von uns hat auch einen eigenen persönlichen Grund, aus dem er das Kreuz genommen hat.«

»Meine Eltern waren unfreie Bauern des Grafen von Poissy. Wir sind arme Leute. Schon in den letzten Jahren wussten wir kaum, wovon wir uns im Winter ernähren sollten. Dann aber kam die große Hungersnot, gerade in dem Jahr, als die Heere sich zur großen Pilgerfahrt versammelt haben. Da hat mein Vater beschlossen, dass wir uns auf den Weg machen in das Land, in dem Milch und Honig fließt.«

»Mit der ganzen Familie? Wie alt war dein jüngstes Geschwisterchen?«

»Ein und ein halbes Jahr.«

»Und deine Mutter war schwanger?«

»Gerade nicht mehr. Sie war noch im Wochenbett. Es war eine Totgeburt.«

»Also? Was war der Anlass für eure Entscheidung?«, fragte Bernhard.

»Es war so, dass mein Vater wegen der Missernte die Abgaben an den Grafen Walter von Poissy nicht leisten konnte. Er bat den Grafen, er flehte ihn an, ihm die Schuld bis zum nächsten Jahr aufzuschieben. Er hoffte, dass Gott unsere Gebete erhört.

Aber Graf Walter sagte Nein. Er wollte auf die Pilgerfahrt gehen mit vier Männern seiner Familie. Dafür brauchte er Geld, um Waffen und Pferde und Lebensmittel für all seine Ritter zu kaufen. Er blieb hart und verlangte die gesamten Erträge, das war fast die ganze Ernte. Meine Mutter hat geweint, weil nach der Abgabe an den Grafen nichts mehr für uns selbst zum Leben übrig blieb. ›Werde bloß nicht wieder schwanger‹, hat mein Vater ihr jeden Tag gedroht.

›Ich kann doch nichts dafür, wenn ich ein Kind empfange. Würdest du mich in Ruhe lassen, ich wäre nicht immerzu schwanger‹, hat sie gejammert.

›Ach, Weiber!‹, hat er ihr geantwortet.

In diesem Unglück kamen unser Nachbar und mein Vater auf den Gedanken, dass zumindest eine Familie überleben könnte, wenn sie die Ernte der anderen besäße. Sie beschlossen, um die Ernte zu würfeln. Betrunken waren beide. Um sie herum standen grölend die anderen Männer und verfolgten das Spiel.«

Der Junge schwieg einen Augenblick und wartete auf eine Bewegung oder ein Wort der Spannung von Seiten Bernhards.

»Mein Vater gewann das Glücksspiel. Gott war mit meinem Vater.

Doch der Nachbar, dieser verdammte Hurensohn, wurde wütend und fluchte:

›Deine Nase soll im Arsch eines Hundes stecken!‹

Einige der Umstehenden, die zu der Familie des Nachbarn gehörten, schrien nun, mein Vater sei ein wissentlicher Betrüger und habe falsch gespielt.

Mein Vater geriet in Zorn und musste den Vorwurf abwehren und da schwor er, dass er unschuldig sei, er schwor bei der Jungfrau Maria.«

»Hm«, sagte Bernhard. »Was schwor er denn genau?«

»Mein Vater schwor bei der unbefleckten Fotze der Jungfrau Maria.«

Schweigen.

»Das hätte er natürlich nicht tun dürfen. Jedenfalls unser Nachbar ging gleich bei Sonnenaufgang zum Grafen von Poissy und meldete ihm, dass mein Vater die Jungfrau Maria gelästert hätte. Der Graf wurde zornig. Auf der Stelle befahl er meinen Vater auf die Burg und er ließ auch kurzerhand seinen Henker kommen, damit er meinem Vater die Zunge abschnitte.

Mein Vater fiel auf die Knie, winselte und bettelte und bat um Gnade und Erbarmen. Im letzten Augenblick, als die Knechte schon meinen Vater aus den Burghof herausführen wollten, damit der Henker vor aller Augen jedem zeige, welche Strafe auf diesem Fluch lag, da gab Gott meinem Vater einen Gedanken ein und er rief:

›Ich nehme das Kreuz. Ich gelobe es. Ich gehe mit meiner ganzen Familie zum Heiligen Grab nach Jerusalem und bitte um Vergebung!‹«

»Familie«, gab Bernhard zu bedenken. »Ich vermute, du wünschst, dass ich deine Geschwister miternähre. Wer gehört zu deiner Familie?«

»Ich habe nur einen kleinen Bruder, er ist jetzt drei Jahre alt, und zwei Schwestern. Die eine, Anne, ist sechs Jahre alt, genau wissen wir das nicht. Sie sorgt für uns, seitdem meine Mutter tot ist. Sie kocht und backt, wenn wir etwas Essbares haben, wäscht und passt auf meinen kleinen Bruder auf. Sie ist sehr gut und fromm.

Für meine älteste Schwester braucht Ihr nicht zu sorgen. Die sorgt für sich selbst.«

Bernhard strich sich über das Kinn und sah den Jungen abwartend an.

»Natürlich, meine Mutter bettelte und schalt und verbot das meiner Schwester.

Sie sagte zu Marie: ›Welch eine Schande für die Familie. Denk an dein wichtigstes Gut.‹ Aber meine Schwester erwiderte:

›Ich will nicht verhungern. Vater bringt nur noch Ratten und Hunde, die wir kochen und essen müssen.‹«

Auf Bernhards Blick, denn ihm waren auch zwei Jagdhunde abhanden gekommen und sogar Rother war spurlos verschwunden, rief der Junge erschrocken:

»Nein, nein, von Euch hat mein Vater keinen Hund gestohlen. Ich schwöre.«

»Wehe!«

Der Junge wich zurück aus Angst, Bernhard würde ihn schlagen. Als nichts dergleichen geschah, fuhr er fort zu erzählen:

»Meine Mutter weinte und flehte meine Schwester an:

›Denk nach, du bist viel zu jung. Warte wenigstens, bis du eine richtige Frau bist und es dir nach Art der Frauen geht.‹

Da antwortete Marie:

›Um so besser jetzt. So kann ich jedenfalls noch nicht schwanger werden und einen Esser mehr ins Haus, ich meine ins Zelt, bringen.‹

Meine Mutter konnte es nicht verhindern und an Weihnachten brachte Marie ein großes Stück Hammelfleisch in einem Tuch unterm Arm. Meine Mutter wollte zuerst nichts anrühren. Aber dann hat sie das Fleisch trotzdem gegessen. Maries Freier ist ein Herr von hohem Stand.«

Bei diesen Worten verlor Kaspar seinen demütigen Gesichtsausdruck und blickte Bernhard herausfordernd an. Bernhard bemerkte den Blick und fragte scharf:

»Was willst du damit andeuten?«

»Nein, nein. Nichts. Marie hat uns niemals wieder etwas abgegeben und ist sehr hochmütig geworden wegen des Herrn, der sie umwirbt. Mit Marie habt Ihr nichts zu tun. Ich wollte nur sagen, dass ich Euch bitten möchte, meinem Bruder Gerard und meiner Schwester Anne zu helfen. Wir sind nur drei.«

Drei mehr, für die er sorgen müsste. Bernhard überschlug seine Geldmittel, die knapp zu werden begannen, wenn er auch noch keine Schulden hatte aufnehmen müssen wie so mancher Ritter.

»Deine Familie steht in nicht sehr gutem Licht da und ich habe den Eindruck, dass du mir das verheimlichen wolltest.«

»Ach, Herr. Helft uns, damit wir nicht verhungern. Denkt an meine Schwester Anne, sie ist wirklich gut, und meinen kleinen Bruder.«

»Sag mir, was für dich spricht.«

»Ich bin ehrlich und stehle nicht.«

»Noch nie gestohlen?«

Kaspar schwieg.

»Kannst du mir ein Beispiel geben, dass du ehrlich sein kannst?«

»Ja. Gestern Nacht haben die Ungläubigen ihre Toten auf dem mohammedanischen Friedhof vor den Toren Antiochias beerdigt. Unsere Heerführer haben sie gewähren lassen, ohne sie anzugreifen. Heute Morgen haben wir die Leichen ausgegraben und ihnen ihren Schmuck abgenommen. Ich habe nichts davon behalten, keinen Silberring, gar nichts. Ich habe alles für die Kriegskasse des Grafen Raimond abgegeben.«

Bernhard überlegte. Sein Bursche war erst wochenlang krank gewesen und dann vom Pferd gefallen. Seitdem hinkte er. Bernhard könnte einen zweiten Burschen ganz gut gebrauchen. Anne könnte Alice beim Wassertragen helfen oder sonst bei schwerer Arbeit.

»Warum bittest du nicht den Grafen Walter von Poissy?«

»Ich glaube, er ist auf meine Familie nicht gut zu sprechen«, antwortete Kaspar wahrheitsgemäß.

»Also«, sagte Bernhard. »Ich sorge dafür, dass du und deine beiden Geschwister nicht verhungern. Jedoch nicht umsonst. Dafür musst du mir Dienste leisten, die du unverzüglich und ohne zu murren auszuführen hast. Wenn du lügst oder stiehlst, werde ich dich bestrafen.«

Kaspars Gesicht verlor den abwartenden, demütigen Ausdruck, er lächelte erleichtert und stolz. Der neue Bursche warf sich vor Bernhard nieder und wollte ihm vor Freude und Dankbarkeit die Hand küssen.

»Diese Demutsbezeigungen sind nicht nötig«, wies Bernhard ihn zurecht.

⌒⌒

Es war Alice unerträglich heiß. Der Schweiß rann ihr zwischen den Brüsten den unförmigen Bauch hinunter. Das Kleid klebte am Rücken. Die blonden Locken fühlten sich fettig an und am Haaransatz juckte es, sodass sie das fortwährende Kratzen nur schwer unterdrücken konnte.

Läuse. Wohl kaum. Schließlich suchten sie und Bernhard sich fast täglich abends nach Nissen und Läusen ab. Allerdings nun gerade nicht. Seit einer Woche nicht, seitdem er mit drei befreundeten Rittern zum Mittelmeer geritten war, um zu schwimmen. Alice packte Bernhards wattierte Jacke zur Seite, die zu flicken er ihr aufgetragen hatte. Mühsam erhob sie sich von ihrem Bett und ging zu dem Tisch, um sich aus einem Krug einen Becher Wasser einzuschenken. Es schmeckte schal und war viel zu warm. Während Alice stand und trank, fühlte sie, wie ihr Kind mit aller Kraft nach unten drückte. Sie hatte ein wundes wie offenes Empfinden am Muttermund. Theresa meinte, das Kind könne nun stündlich kommen.

Und Bernhard war nicht da.

Ihre Mundwinkel zogen sich böse nach unten, während sie sich wieder setzte und die Näharbeit aufnahm. Er wusste genau, wie ungern sie nähte, obwohl sie nun Windeln genug angefertigt hatte und Bänder, in die das Kind vom Hals bis zu den Füßen gewickelt würde. Ausdrücklich hatte Bernhard gefordert, er erwarte, dass sein Gamboison wie neu wattiert sei, wenn er wiederkomme.

Aber Bernhard kam nicht. Entweder die Türken hatten ihn

geschnappt und er war verwundet, in Gefangenschaft geraten oder tot. Wahnsinnig, leichtsinnig war es, ohne triftigen Grund das Lager zu verlassen. Nur um zu baden. Oder aber er vergnügte sich. Auch letztere Vorstellung war nicht gerade erheiternd. Bernhard vergnügte sich, während sie sein Kind gebar. Er kümmerte sich nicht darum, dass sie oder das Kind und gar beide sterben könnten. Er schwamm, ließ sich von den Wellen treiben und genoss seinen Körper und seine Kraft.

Das war es. Alice passte nicht auf und stach sich vor Zorn in den Finger.

Das war es. Die vier Männer wollten gar nicht nur schwimmen, sie waren auf anderes aus. Entsetzliche Vorstellung, dass Bernhard es jetzt mit einer anderen Frau trieb, während sie jeden Augenblick mit ihrer Niederkunft rechnen musste.

Gespürt hatte sie die Veränderung, das Heimliche, das Bernhard vor ihr verbergen wollte, als sie neulich in sein Zelt trat, um die Näharbeit abzuholen. Das Gespräch verstummte, die Männer sahen sie an, sie fühlte sich fehl am Platz. Alice nahm hastig Bernhards Jacke und ging schnell zum Ausgang. Doch während sie noch das Zelt verließ, hörte sie Bernhards Freund und Zeltgenossen Balduin von Hennegau sagen:

»Geh doch zu den Mägden.«

Das war es. Ritter, adelige Herren, ob verheiratet oder nicht, gingen zu den Mägden.

Die Ehe war sowieso nur Pflicht zur Erzeugung eines legitimen erbberechtigten Sohnes und hatte mit Liebe nichts zu tun.

Sie aber, Alice, war nicht einmal Ehefrau, sondern betrogene Geliebte.

Alice seufzte. Sicher, es war sein gutes Recht, sich als Mann Ausgleich zu verschaffen.

Trotzdem, es tat weh. Bevor Bernhard das Lager verließ, war er kurz zu Alice ins Zelt gekommen. Auf ihre Frage, ob es noch andere Gründe für seinen Ritt zum Meer gäbe als schwimmen, hatte er knapp geantwortet, das ginge sie nichts an.

Und nun saß sie da mit ihrem dicken Bauch in ihrem Elend und der unerträglichen, stickigen Luft, dabei unverheiratet und allein gelassen.

Einen Augenblick konnte Alice nicht begreifen, warum sie nicht den Kaufmann mit den fünf Kindern geheiratet hatte. Dass er wesentlich älter war, machte eigentlich nichts. Denn schließlich war er fast das ganze Jahr fort, entweder in Italien, um Ware zu besorgen, oder in Norwegen und gar Island, um seinen Weihrauch zu verkaufen. Weihrauchhandel machte reich. Jede Kirche, die im hohen Norden errichtet wurde, war eine Geldeinnahme.

Sie aber, Alice, würde von allen Menschen, die zum Haus des Kaufmanns gehörten, als rechtmäßige Ehefrau geachtet. Sie hätte Schlüsselgewalt, würde über das Gesinde bestimmen und zudem noch das Handelsgeschäft leiten, solange ihr Mann fern wäre. Jeder, der im Dienste ihres Mannes stand, hätte ihr zu gehorchen.

Stattdessen hatte sie das Kreuz genommen, saß nun vor Antiochia fest und keiner wusste, ob sie Antiochia jemals einnehmen oder hier krepieren würden. Alice machte ganz kleine, hastige Stiche vor Verletztheit und Wut.

Wie konnte Bernhard ihr nur so wehtun.

»Woran hast du denn gedacht?«, fragte Theresa, die ungesehen eingetreten war und sich zu ihrer Freundin auf das Bett setzte.

»Hast du mich erschreckt!«

»Böse Gedanken darfst du nicht haben, und das kurz vor der Geburt. Du weißt, dass all deine Gedanken und Gefühle sich auf dein Kind übertragen. Deine Freude, deine Liebe und deinen Schmerz und Hass empfindet dein Kind auch und es wird sein ganzes Leben dadurch geprägt.«

»Sage das den Männern, nicht mir.«

»Weißt du, ich habe so viele Geburten miterlebt. Und eines ist sicher: Niemals in seinem Leben, in keinem Augenblick ist ein Mann so hilflos wie in jenen Stunden, während derer seine Frau ein Kind gebiert.«

»Frau«, bemerkte Alice höhnisch.

»Ja, Frau, du bist Bernhards Frau.«

»Männer dürfen bei der Geburt ihres Kindes nicht einmal dabei sein. Sie müssen vor der Kammer oder vor dem Zelt stehen, hören das Stöhnen, das Schreien. Hast du dir schon einmal überlegt, dass in diesen Augenblicken bei der Geburt alle Männer gleich sind. Selbst wenn eine Königin ihr Kind gebiert, umgeben von ihrem weiblichen Gefolge, muss der König draußen warten. Da unterscheidet er sich nicht vom Bettelmann.

Männern bleibt nichts anderes übrig, als zu hoffen und zu beten.

Und das geschieht nun Rittern, Männern, die sonst fast alles mit dem Schwert bewältigen können. Sie haben das Fehderecht, sie führen Krieg, ja, jede Beleidigung können sie mit dem Schwert ahnden. Das Schwert gibt ihnen Macht und Stärke, selbst dann, wenn sie es nicht gebrauchen. Es verleiht ihnen das Bewusstsein, jeden Gegner besiegen zu können.

Bei der Geburt aber hilft ihnen das Schwert nicht. Der Kampf einer Geburt ist nicht der des Schwertes, nicht der des Mannes. Und hier nun werden die Männer wie Frauen. Sie sind es, die geduldig sein und alles ertragen müssen, was da geschieht.

Ich habe häufig Männer erlebt, die das nicht ausgehalten haben, die sich betrunken oder Streit angefangen haben, jagen gegangen oder sogar zu einer Magd gegangen sind. Nur um dieses Gefühl der Ohnmacht nicht ertragen zu müssen.

Nimm es Bernhard nicht übel, dass er geflüchtet oder sagen wir, fortgeritten ist. Schwimmen ist seine Leidenschaft und es ist wirklich unerträglich heiß hier.«

Alice legte ihr Gesicht in ihre Hände und schluchzte: »Wenn es nur das wäre!«

»Lass dich trösten, lass dich umarmen. Auch das ist nicht so schlimm, wie du denkst.«

»Woher weißt du, was ich denke?«

»Weil es das Übliche ist. Überlege mal. Ich halte Bernhard für einen Mann, der sich an Regeln hält. Er würde also niemals in

Friedenszeiten ein Dorf überfallen und plündern, selbst wenn er in Not wäre.«

»Ich versteh dich nicht. Was hat das mit mir zu tun?«

»Genauso ist es mit der Liebe. Mindestens drei Monate vor der Geburt durfte er dich nicht anrühren. Und hat es sicher auch nicht. Davor war die Fastenzeit. Und dazu noch die vielen Wochen nach der Geburt, je nachdem, ob es ein Junge oder Mädchen wird, also bis zu deinem ersten Kirchgang, darf er dich auch nicht bedrängen. Hast du dir schon einmal überlegt, wie viele Monate Enthaltsamkeit du dem Mann aufzwingst?«

Alice dachte nach. Das war fast ein ganzes Jahr.

»Bernhard verhält sich dir gegenüber sogar sehr rücksichtsvoll.

Niemals geht er zu den Frauen am Rande des Lagers, von denen es heißt, dass sogar Türken sie heimlich aufsuchen. Bernhard nimmt sich auch keine andere Frau aus deiner Nähe. Sagen wir es einmal direkt. Er treibt es nicht mit einer anderen vor deinen Augen.

Also, Alice, fass dir ein Herz. Nimm es Bernhard nicht übel, wenn er sich mal befreien musste. Wobei du noch nicht einmal weißt, ob er es getan hat. Und wenn, dann ist es nur irgendeine Frau, die er sofort wieder vergisst.

Auf jeden Fall, Bernhard kommt zu dir zurück und dann ist alles gut und er freut sich über seinen Sohn und ist stolz auf ihn und auf dich.«

»Martin würde dir niemals solches Leid antun«, sagte Alice leise. »Er hat auch ein Schwert und ist in jedem Kampf dabei.«

»Hör auf zu murren und zu klagen. Komm lieber endlich aus diesem Zelt raus. Es ist ja schrecklich stickig hier. Das ist auch nicht gut für das Kind. Ich wollte dich sowieso fragen, ob du mit mir zu dem Obstgarten beim Herzogtor gehst. Der Garten soll wie ein Wald bewachsen sein, richtig kühl und schattig und angenehm. Adalbero, du weißt, der Sohn des Grafen Konrad von Luxemburg, und ich wollen da eine Partie Würfel spielen. Eigentlich hatte sich Martin mit ihm verabredet, aber

Martin hat keine Zeit, weil Bischof Adhémar ihm Briefe diktieren will. Es wäre mir sowieso lieber, du kämest mit. Ist doch sonst irgendwie merkwürdig, auch wenn Adalbero Kleriker und Archediakon der Kirche von Metz ist.«

Alice wiegte den Kopf. »Ich weiß nicht.«

»Warum denn nicht? Bitte, mir zuliebe. Endlich können wir aus diesem stinkigen Lager einmal raus. Seitdem wir vor den Toren Antiochias Festungstürme gebaut haben, sind wir vor ihren blutigen Überfällen sicher. Da kommt keiner mehr rein und keiner mehr raus. Bitte.«

»Ich kann mich irgendwie nicht entschließen. Der Weg ist mir auch zu weit.«

»Weit? – Überleg einmal. Wenn nun tatsächlich die Wehen einsetzen, bin ich bei dir und kann dir sofort beistehen.«

»Theresa, du hast ja recht. Aber. Wenn Bernhard heute zurückkommt. Das könnte doch sein …«

»Dann würde sein neuer Bursche Kaspar dich ganz schnell holen. Aber gut, ich merke, du willst wirklich nicht. Dann setz dich jedenfalls vor das Zelt in den Schatten. Ewig wird dieses Würfelspiel auch nicht dauern. Und wenn was ist mit der Geburt, schick nach mir. Ich komme sofort.«

Damit erhob sich Theresa, sie drehte sich beim Zelteingang nach Alice um, machte ihrer Freundin ein Zeichen, dass Alice endlich nach draußen gehen sollte, und verschwand.

Einen Augenblick saß Alice gedankenverloren auf ihrem Bett, dann raffte sie sich auf, nahm das Nähzeug mit und einen Schemel und setzte sich in den Schatten. Die Watte zum Füttern und seine Jacke lagen unberührt in ihrem Schoß.

Alice starrte auf eine Gruppe von vier- bis fünfjährigen Jungen, die Steine in eine Sandmulde gelegt hatten und nun mit einem Kieselstein darauf zielten.

Sie atmete schwer. Etwas lag bedrückend auf ihrer Seele – die Beichte. Schon seit Tagen schleppte sie sich damit herum, dass sie endlich wahrheitsgemäß und ohne etwas zu verschweigen beichten müsste. Jedenfalls jetzt, da sie vielleicht schon in wenigen Stunden sterben würde, müsste sie die Absolution empfangen. Es war eben Brauch, alle Frauen beichteten vor der Entbindung, warum nicht auch sie?

Nur wusste Alice von anderen Frauen, dass der Priester bei dieser letzten Beichte vor der Absolution immer den Namen des Vaters herausbekommen wollte. Nein, sie könnte es nicht. Auch wenn Bernhards Name dem Beichtvater sicher bekannt wäre. Verzweifelt und hingebungsvoll dachte Alice an die Mutter Gottes, die doch selbst die Schande der Schwangerschaft eines unehelichen Kindes ertragen hatte.

Nüchtern stellte Alice plötzlich fest, sie musste mal.

Bernhards Gamboison brachte Alice ins Zelt zurück und machte sich dann auf den weiten Weg, um ihre Notdurft außerhalb des Lagers zu verrichten. Die Latrinen stanken ihr zu sehr und hier in Zeltnähe hinhocken mochte sie sich nicht. Es war verboten, auch wenn keineswegs alle sich daran hielten.

Das Gehen fiel Alice schwer, was sie beunruhigte. Denn es hieß, man solle bis kurz vor der Geburt schwere körperliche Arbeit tun, dann verliefe alles ganz glatt. Ihr war aber jeder Schritt schon zu viel, das Kind drückte mit aller Kraft nach unten.

Alice wählte den kürzesten Weg, obwohl der sie an dem Zelt vorbeiführte, in dem die Kriegsgefangenen bewacht wurden. Martin hatte erzählt, dass hier ein vornehmer muslimischer Jüngling aus Antiochia gefangen gehalten wurde, der bei einem Überfall auf eine Gruppe von Rittern selbst festgenommen worden war, während seinen Gefährten die Flucht gelang. Seine Familie habe eine hohe Summe für sein Leben geboten, doch die Heerführer hätten abgelehnt. Schließlich habe sich die Familie bereit erklärt, Antiochia für das Leben ihres Sohnes zu verraten. Sollte der Plan scheitern, würde der vornehme Jüngling unweigerlich hingerichtet. Alice hatte Mitleid mit ihm und seinen Eltern. Es war verwirrend zu denken, dass die Ungläubigen ihre Söhne so liebten wie die Christen. Wäre Bernhard bereit, eine Stadt gegen das Leben des Kindes, das nun in ihrem

Bauch strampelte, zu verraten? Alice umfasste ihren Leib mit ihren Händen.

Endlich am Ende des Lagers angekommen, stellte sie fest, es war wohl nur der Druck auf ihre Blase gewesen, der sie so belastet hatte. Sie trat den Rückweg an.

Da geschah es, die Fruchtblase platzte und das Wasser ergoss sich über ihre Beine, sie fühlte, wie ihr Kleid nass wurde. Das war also der Tag, den sich ihr Kind für die Geburt ausgesucht hatte. Alice stöhnte.

Sie brauchte Hilfe. Bernhards Bursche Kaspar müsste Theresa und einen Priester holen. Die Beichte war nun unvermeidlich geworden.

Vor Kaspars Zelt saß auf dem Boden Anne, ebenfalls mit einer Näharbeit beschäftigt. Daneben stand ihre ältere Schwester Marie. Sehr schön, wie Alice mit einem einzigen Blick nicht umhin kam festzustellen. Die gleichen großen, dunklen Augen, umschattet von schwarzen Wimpern, wie bei ihrem Bruder.

Alice entging der Ausdruck nicht, mit dem Marie sie, die Schwangere, abschätzte. Noch nie war Alice so demütigend betrachtet worden. Sie merkte, sie wurde rot vor Scham.

»Où est ton frère?«, wandte sie sich an Anne.

»Er ist nicht da. Er hat sich ein Schwert aus Holz gemacht und einen Schild aus Bast und übt mit anderen Jungen Schwertkampf.«

»Dieux m'en garde!«, rief Alice. »Anne, hilf mir. Lauf zum Obstgarten und hol Theresa. Du kennst sie doch?«

Anne nickte und drückte Alice ihr Nähzeug in die Hand.

»Ich bin schnell wie der Wind«, rief sie und zeigte, dass sie laufen konnte wie ihr Bruder.

Ratlos stand Alice mit dem Nähzeug herum, drückte es dann Marie entschlossen in die Hand mit einem Blick, in den sie ihre Verachtung hineinzulegen suchte, und ging.

»Metze! Hure!«, rief die andere ihr nach.

Alice brannte vor Wut und gleichzeitig fing sie an zu weinen. Sie empfand einen heftigen, nie gekannten Schmerz, die Wehen setzten ein. Theresa hatte einmal lachend zu ihr gesagt, die Wehen, die überschläft keine Frau.

Sicher war Theresa schon vor Alice da, so schnell, wie dieses Mädchen laufen konnte. Wenn sie nur schon da wäre! Irgendwie ahnte Alice, dass sie noch vor Theresa ihr Zelt erreichen würde. Die Freundin war nicht da. Das Zelt wirkte dermaßen verlassen, dass Alice noch heftiger anfing zu weinen.

Sie musste sich zusammennehmen, sie musste aufhören zu heulen. Eine weinende Mutter bei der Geburt war ein böses Zeichen. Theresa kam sicher gleich, jeden Augenblick. Anne musste sie ja schließlich erst einmal finden. Es gab ja viele Büsche und Sträucher im Obstgarten und dann musste Theresa auch erst den weiten Weg zurücklaufen. Vielleicht holte sie auch noch den Gebärstuhl ab, den sie am Vormittag verliehen hatte. Allerdings mit der Bedingung, dass sie ihn sofort wiederbekäme, wenn bei Alice die Wehen einsetzten. Also kein Grund zur Sorge. Nur keine Aufregung. Bleib ruhig, Alice, forderte sie sich auf, als sie sich auf ihr Bett legte. Bleib ruhig.

Alice legte die Hände auf ihren Bauch, die Spannung ließ einen Augenblick nach. Dann kam schon die nächste Wehe. Wer hatte gesagt, dass das nicht weh tue? Niemand hatte das gesagt. Aber mit diesem Schmerz hatte Alice nicht gerechnet.

Alice faltete ihre Hände und fing an zu beten. Stoßweise stammelte sie die Wörter hervor. Sie betete zur Mutter Gottes und zu Margarete, der Schutzheiligen der Gebärenden.

Theresa kam nicht. Wieso kam Theresa nicht? Jetzt musste sie längst hier sein, selbst wenn sie den Gebärstuhl der Kreißenden unter dem Hintern weggezogen hatte. Was denke ich denn. Vielleicht liegt es daran, dass Theresa natürlich während der Geburt der Frau nicht den Stuhl wegnehmen konnte. Sicher wartete Theresa, bis diese ihr Kind geboren hatte. Schließlich begann ja bei Alice erst die Entbindung.

Aber Theresa könnte doch immerhin jemanden schicken, der Alice benachrichtigen würde. Kein Wort. Kein Zeichen von Theresa.

Das konnte sie sich von ihrer Freundin gar nicht vorstellen, dass Theresa sie während einer so schweren Stunde allein, so im Stich ließe.

Alice stöhnte auf, vor Kummer und vor Schmerz. Jedenfalls brauchte sie unbedingt eine Frau, die ihr bei der Geburt half.

Unsinn, im nächsten Augenblick wäre Theresa da und alles würde gut. Es wäre doch töricht, irgendeine Frau zu bitten. Bloß weil die mehrere Kinder geboren hatte, wusste sie noch lange nicht, wie man einer Gebärenden beisteht. Es wäre auch unhöflich, misstrauisch gegenüber Theresa zu sein. Nein, es gab einen wirklichen Grund, dass Theresa nicht kam, und die Freundin würde es ihr später erklären.

Also, jetzt kam sie wirklich – sicherlich.

Und überhaupt ein Priester, sie hätte Anne beauftragen müssen, auch einen Geistlichen zu holen. Warum hatte sie das unterlassen? Jetzt war es zu spät. Nein, es war nicht zu spät. Sie musste irgendwas tun, sich zumindest bemerkbar machen.

Alice richtete sich auf. Draußen hörte sie Stimmen, Männerstimmen, aufgeregtes Rufen.

Sie hörte einen Namen. Adalbero. Wieder dieser Name: Adalbero.

Alice schleppte sich gekrümmt aus dem Zelt. Sie sah Männer in Kettenhemden, Graf Konrad von Luxemburg jagte im Galopp an ihr vorbei, sodass er die aus dem Zelt tretende Frau fast über den Haufen geritten hätte.

»Was ist los?«, schrie Alice aufgeregt.

Sie erhielt keine Antwort. Niemand befand es für nötig, ihr zu antworten. Die Männer ritten oder liefen einfach fort.

Eine alte Frau, die gebeugt mit einem Büschel Reisig an ihrem Zelt vorbeihinkte, blieb stehen, sah Alice an und sagte: »Adalbero ist tot. Ermordet. Im Obstgarten.«

Alice fasste sich an ihr Herz. Es war ihr, als bräche sie zusammen, als fiele sie in Ohnmacht. Doch sie blieb gekrümmt vor der Frau stehen und rief: »Und Theresa?«

»Von einer Frau weiß ich nichts. War denn auch eine Frau im Obstgarten?«, fragte diese und schlurfte weiter.

»Hilfe!«, schrie jetzt Alice, was zumindest dazu führte, dass die Frauen vor ihren Zelten sich nach ihr umblickten. »Sie hat die Wehen!«, rief Johanna, die das benachbarte Zelt bewohnte. »Komm, Kindchen. Ist keine Frau bei dir?«

»Wo ist Theresa?«

»Komm erst mal ins Zelt. Ich habe sechs Jungen geboren und zwei Mädchen. Ich kann das schon. Deine Theresa kommt bestimmt gleich.«

»Aber Ihr kennt sie doch. Theresa hat zusammen mit mir hier gewohnt.«

»Ja, ja, das ist die, die zu dem jungen Herrn gezogen ist, zu dem Sekretär von Bischof Adhémar. Ein hübsches Ehepaar.«

Alice dachte, sie werde verrückt.

Die Frau gebot Alice, sich auf das Bett zu legen. Myrrhe und was sonst noch gut sei, um den Muttermund zu öffnen, habe sie leider nicht.

»Aber es geht schon auch so«, lachte sie. »Bisher ist jedes Kind herausgekommen. Und sei es durch den Kaiserschnitt.«

Alice japste auf vor Not.

»Nein, nein, Kindchen. Du bist noch jung. Das passiert bei dir nicht. Das passiert nur bei alten Frauen, jedenfalls meistens. Lass mal fühlen.«

Die Frau fasste Alice unter den Rock und betastete ihren Bauch. Dabei wirkte sie ernst und vertrauenswürdig.

»Also, ich meine, das Kind liegt mit dem Kopf nach unten. Da brauchen wir es nicht zu drehen. Und die Öffnung ist schon ziemlich weit. Brav gemacht.«

Für einen Augenblick spürte Alice so etwas wie Erleichterung.

Da stürzte Martin ins Zelt.

»Wo ist Theresa? War sie bei dir?«

»Sie wollte, dass ich mit ihr zum Obstgarten komme.«

»Und, ist sie dorthin gegangen?«

»Ja, ich glaube ja.«

»Mein Herr«, rief die Nachbarin. »Das ist eine Geburt. Nehmt Rücksicht.«

»Was ist mit Theresa?«, rief Alice.

»Sie ist fort. Im Garten liegen noch die Würfel und das Brettspiel. Adalbero haben die Türken enthauptet. Von Theresa fehlt jede Spur.«

»Nimm dich zusammen!«, rief die Frau. »Du darfst nicht in Ohnmacht fallen. Da, ich sage es doch. Ich sehe den Kopf des Kindes.«

Martin schrie. »Du bist sicher, dass Theresa in den Obstgarten gegangen ist? Sag mir die Wahrheit, Alice!«

»Junger Mann, nun nehmt Euch mal zusammen«, wies ihn die Frau zurecht.

»Ich habe ihn. Ich habe den Kopf. Die nächste Wehe. Ihr«, sie wandte sich an Martin, »drückt mit ganzer Kraft das Kind nach unten. Nein, das kann die junge Frau nicht allein. Also, vom Busen an nach unten drücken. Aufgepasst, die nächste Wehe. Das schaffen wir. Nur keine Angst. Mit ganzer Kraft das Kind rausdrücken. Jetzt! Ich habe den Kopf, nein, ich krieg ihn zu fassen. Jetzt. Drücken! Drücken!«

Alice spürte, wie das Kind aus ihr herausgezogen wurde. Es ging ganz schnell und dann erschallte ein Weinen. Das Kind weinte. Die Frau legte ihr das nasse, glitschige Kind an die Brust.

»Gut gemacht«, lobte sie. »Es ist ein Junge.«

»Das Messer«, befahl Johanna. »Gebt mir Euer Messer. Ach, ich hole schon eins«, tat es und schnitt die Nabelschnur durch.

»So, nun der Mutterkuchen. Der ist noch nicht draußen. Den werdet ihr noch schön rausdrücken und dann könnt ihr gehen. Wo ist eigentlich die Geburtshelferin?«

Martin brüllte die Frau an: »Hört auf, hört auf, sonst bringe ich euch um!«

»Nicht so hastig. Nur noch den Mutterkuchen und Ihr seid fertig. Na, da ist er ja schon.«

»Oh Gott!«, rief Martin. »Gott, erbarme dich meiner«, und er stürzte aus dem Zelt.

Alice weinte, das Kind weinte.

Johanna rief eine andere Nachbarin herbei. Die beiden Frauen machten Wasser heiß, wuschen das Kind, rieben es mit Alice' Rosenöl ein und verbanden die Nabelschnur.

»Wo habt Ihr Windeln und die Bänder zum Schnüren?«, fragte Johanna, wobei das ›Ihr‹ darauf hindeutete, dass Johanna Alice nach der Geburt eines Jungen mehr achtete.

Alice zeigte auf einen Kasten.

»Das liegt ja alles schön ordentlich da. Habt euch auf das Kind gefreut. Sieht man.«

»Ich bin müde«, sagte Alice. »Ich möchte schlafen. Bitte gebt mir mein Kind.«

»Aber nicht beim Schlafen tot drücken«, ermahnte sie die Frau. »So sind schon viele Säuglinge ums Leben gekommen.«

»Passiert mir nicht«, entgegnete Alice.

»Erst mal müsst Ihr den Jungen stillen«, fiel es der Frau ein. »Wie soll er denn heißen?«

»Hanno«, antwortete Alice. »Nach seinem Urgroßvater.«

»Euer Großvater heißt Hanno?«

»Nein«, sagte Alice zornig.

»Ah, ich verstehe. Wo ist denn der Vater?«, fuhr die Frau unbeirrt fort. »Hat allen Grund, stolz auf seinen Sohn zu sein. Das wird mal ein tapferer Kämpfer. Du wirst mal ein starker Ritter. Hab ich recht?«, lachte die Frau und hielt den Jungen hoch.

»Der Vater ist Ritter Bernhard von Baerheim, stimmt's? Na, Ihr braucht darauf nicht zu antworten. Weiß es auch so.«

Johanna beugte sich zu Alice und gab ihr den Jungen. Alice nahm ihn in den Arm und betrachtete ihr Kind. Zärtlichkeit durchströmte sie, der Kleine hatte schon Haare, so dunkel wie sein Vater, und blaue Augen und sah glatt und schön aus, gar nicht runzlig wie manche Säuglinge. Sie legte ihren Jungen an und Johanna war sehr zufrieden, dass es mit dem Stillen klappte. Überhaupt war die Frau stolz auf sich.

»Das war meine erste Geburtshilfe. Ging doch wunderbar. Ich werde noch Hebamme.«

Alice fühlte das Mündchen ihres Kindes, spürte Glück und dann durchstach es ihr das Herz: Theresa. Theresa war fort. Theresa war doch eben noch bei ihr gewesen und alles war wie immer. Sie hatten sich unterhalten und Theresa hatte lauter vernünftige Dinge gesagt und Bernhard in Schutz genommen. Es war doch eigentlich ein ganz gewöhnlicher Tag.

Wieso war sie fort?

Hatte man sie verschleppt, hielt man sie gefangen? Alice ahnte es, Männer vergewaltigten die Freundin. Männer lachten über die dummen Christen, die unfähig waren, ihre Frauen zu beschützen, während Martin besinnungslos durch die Gegend irrte und seine Frau suchte.

Wo war Theresa?

Es gab nur einen Ort, wo Theresa sein konnte, wo Theresa war: Antiochia.

⁓❦⁓

›Seinem hochwürdigen Herrn Johannes, durch Gottes Gnade Abt des Klosters Lichtenfels, von Martin, seinem untertänigen Knecht.

Seid gegrüßt.

Wir stehen kurz vor der entscheidenden Schlacht, genauer, morgen, spätestens übermorgen wird der Atabeg Kerbogha von Mossul unser Lager mit 100.000 Mann angreifen. Zusätzlich zu seinen eigenen Truppen haben ihm die Sultane von Bagdad und Persien sowie die Ortoqiden- Fürsten des nördlichen Mesopotamien Mannschaften zur Verfügung gestellt, wie uns unsere Kundschafter meldeten. Wir liegen immer noch vor Antiochia. Die dortige türkische Garnison unter Yaghi-Siyan wird einen Ausfall machen, sodass wir umzingelt sind. Das Heer Gottes ist erschöpft, wir haben kaum Pferde. Rab lebt zwar noch, bis morgen oder übermorgen. Als Anerkennung für die Bewährung im Kampf und als Vorschuss für den Tod hat der Legat des Papstes Bischof Adhémar mich und zwei andere Männer zum Ritter geschlagen.

Jeder von uns weiß, wir werden diese Schlacht nicht überleben. Wahrscheinlich bin ich tot, wenn Euch dieser Brief erreicht.

Ich gebe ihn Stephan de Blois, dem Schwiegersohn William des Eroberers, mit, er wird noch heute mit einer großen Schar von Nordfranzosen das Lager verlassen und sich über Zypern nach Europa einschiffen. Ich habe gehört, wie er zu Bohemund sagte, es sei reine Tollheit, auf den sicheren Massenmord zu warten. Lebend könnte er der Sache Jesu Christi auf Dauer nützlicher sein. Fürst Bohemund hat nur abfällig gelächelt.

Es ist bemerkenswert zu beobachten, wer angesichts unserer hoffnungslosen Lage bleibt, wer die Flucht ergreift. Viele Frauen mit Kindern versuchen, sich in Sicherheit zu bringen, natürlich auch Unbewaffnete, Fußsoldaten und sogar Ritter. Niemand hält sie mehr zurück wie noch vor ein paar Monaten, als selbst Peter, der Anführer des Armenkreuzzuges, zu fliehen versuchte.

Zu meiner Verwunderung scheint Alice zu bleiben, trotz ihres kleinen Sohnes. Ach, das wisst Ihr noch nicht. Alice hat Ritter Bernhard von Baerheim einen gesunden Sohn geboren, Hanno. Sie steht zum Heer Gottes, obwohl Bernhard sie in dieser Schlacht nicht beschützen können wird, niemand kann irgendwen beschützen, wenn uns der für seine Grausamkeit und Tapferkeit berühmte Kerbogha mit seinen Reitern, alle ausgeruht und kampferfahren, angreift. Bestenfalls wird sie als Sklavin verkauft. Sie hofft aber, wie wir alle, auf ein Wunder. Nebenbei gesagt, Bernhard bleibt auch. Er ist, wie ich ihn kenne, fest entschlossen, bis zum Äußersten zu kämpfen.

Ihr fragt auch nach mir. Ich werde sterben, aber bevor ich sterbe, werde ich töten.

Ich werde Theresa, meine Frau, rächen. Ihr wisst es möglicherweise nicht, mein Brief, den ich Euch nach meiner Hochzeit im Februar schrieb, hat Euch vielleicht nicht erreicht. Ich habe geheiratet. Ihr hättet Theresa wie eine Tochter geliebt. Sie war die Reinste, sicher die Wissbegierigste, die Klügste. Vor allem, sie war begabt zum Leben und zum Überleben. Warum ausgerechnet sie? Ich gestehe, ich klage, ich klage Gott an, ich schreie zu Gott, dass ausgerechnet sie auf diese schändliche, schmerzensreiche Weise sterben musste. Sie ist von den Türken in einem Garten vor Antiochia gefangen genommen und in die Stadt verschleppt worden. Dort hat man sie vergewaltigt, eine ganze Nacht. Ich weiß es von rechtgläubigen Christen, die Verbindungsleute in Antiochia haben. Vor Verzweiflung bin ich schier wahnsinnig geworden. Ich habe versucht, durch das schmale Eiserne Tor in die Stadt hineinzugelangen. Vergeblich, die Befestigungsmauer rings um Antiochia war die ganze Nacht besetzt, besonders aber beim Silpiosberg, der Stelle, wo die Mörder aus der Stadt gekommen waren. Am Morgen ist Theresa beim Herzogtor auf der Stadtmauer von Antiochia vor unser aller Augen, vor meinen Augen, geköpft worden. Ihr Kopf ist zu uns hinüberkatapultiert, ihr geschändeter Leichnam über die Mauer geworfen worden. Wir haben Theresas Körper in der Dunkelheit der Nacht zu uns ins Lager geholt. Der Bischof Adhémar hat für meine Frau die Totenmesse gehalten.

Nichts sage ich mehr.

Der Tod ist mir willkommen. Her mit dir, Tod! Doch bevor ich sterbe, werde ich töten. Ein anderes letztes Wort an Euch fällt mir nicht ein. Verzeiht.

Martin‹

Martin verließ das Zelt, um den Brief noch rechtzeitig Stephan de Blois zu überreichen.

Der hohe Herr stöhnte:

»Ekelhaft, dieser süßliche Geruch«, und hielt sich mit spitzen Fingern die Nase zu. »Menschenfleisch!«, rief er empört aus.

Martin zuckte die Achseln.

»Ihr blickt so verständnislos? Wisst Ihr nicht, was hier vor sich geht?«

»Bischof Adhémar hat mir seit den frühen Morgenstunden Briefe diktiert, die ich Euch hiermit überbringe«, entgegnete Martin.

»Dann will ich es Euch sagen, was geschehen ist. Bohemund, dieser Barbar, hat alle Kriegsgefangenen heute in der Frühe hinrichten lassen und den Befehl erteilt, dass sie gewürzt werden wie Schweine und dann am Spieß gebraten.«

Martin musste schlucken.

»Warum?«

»Warum? Warum? Höchstwahrscheinlich aus Grausamkeit. Was rede ich überhaupt mit Euch darüber.«

»Natürlich. Hier, die Briefe des Legaten des Papstes. Es bitten Euch auch einige Ritter, Briefe an ihre Familien zu übermitteln. Es ist ebenfalls ein Brief von mir dabei an den Abt des Klosters Lichtenfels bei Passau in Bayern.«

»Renard, nimm die Briefe«, befahl Stephan de Blois dem herbeieilenden Knappen.

»Ihr wollt also bei dem Gemetzel im Lager bleiben. Ihr wisst, das ist der sichere Tod«, bemerkte Stephan de Blois, während er sich auf sein Pferd schwang.

›Nichts wünsche ich lieber‹, dachte Martin.

Er verneigte sich höflich.

»Alors, chevaliers!«, rief Stephan de Blois seinen Rittern zu. »Vite. Allons en France.«

Martin sah der großen Schar der davonreitenden Männer nach. Doch noch während er da stand und eine ungewisse Frage sich in ihm regte, ob am Spieß gebratene Türken seinen Schmerz, seine Trauer, seine Verzweiflung und seinen Willen zur Rache irgendwie mildern könnten, stand plötzlich Alice neben ihm, den Jungen im Arm, und sah den abziehenden Pilgern Jesu Christi nach.

»Ich dachte bisher immer, Stephan de Blois habe mehr Angst

vor seinem Eheweib Adele als vor den Türken«, bemerkte Martin. »Sie ist schließlich die Tochter Wilhelm des Eroberers und sie zieht sicher den toten Helden dem lebendigen Feigling vor.«

»Vor mir hast du dafür gar keine Angst«, erwiderte Alice in unfreundlichem Ton.

»Wieso?«

»Hast du an den Abt geschrieben?«, fragte sie scharf.

Martin wandte sich ihr zu und erwiderte: »Ja, habe ich.«

»Hast du etwas von mir geschrieben?«, hakte sie nach. »Hast du geschrieben, dass ich ein uneheliches Kind von Bernhard habe?«

»Nein, so direkt nicht«, sagte er verlegen. »Ich habe geschrieben, dass du sehr mutig bist und mit deinem Kind im Lager bleibst.«

»Du hättest mich fragen sollen, ob ich damit einverstanden bin. Schließlich hätte ich dies dem Abt mitteilen müssen. Er ist mein Onkel, auch wenn ich mir das nicht vorstellen kann. Trotzdem, er ist mein einziger naher Verwandter.«

»Du hast ihm aber nicht geschrieben und morgen ist es zu spät.«

»Da bin ich entweder tot oder werde als Sklavin verkauft. Das wolltest du doch sagen.

Wart's ab.«

»Ich frage mich, warum lässt Bohemund die hingerichteten Kriegsgefangenen braten?«, überlegte Martin.

»Es heißt, er habe das zur Abschreckung getan. Bohemund hat verkünden lassen, dass jeder Spitzel auf der Stelle getötet und gebraten würde. Welch einen Sinn sollte diese Warnung haben, wenn wir sowieso alle verloren sind. Bohemund ist listig, vielleicht hat er einen Plan.«

»Wir werden sehen«, antwortete Martin. »Auf jeden Fall muss ich jetzt zu Bischof Adhémar und ihm melden, dass Stephan de Blois tatsächlich das Heer mit seinen Rittern verlassen hat.«

Auf dem Weg dorthin fiel Martin die Stille im Lager auf, kein Gezänk, kein Geschrei, kein Lachen, selbst die Säuglinge schienen nur noch leise zu weinen oder zu winseln.

Alle haben Angst vor dem Tod, dachte er.

»Halt!«, rief die Wache vor Bischof Adhémars Zelt und versperrte Martin mit der Lanze den Zutritt.

»Hier darf niemand hinein. Keinen Schritt weiter«, drohte der Soldat und drückte nun die Spitze der Lanze auf Martins Brust.

»Ich bin Ritter und der Sekretär des Legaten des Papstes. Melde mich!«, forderte Martin in scharfem Ton.

»Ich kann es mal versuchen«, antwortete der andere unerwartet gutmütig.

Mühsam atmend stand Bohemund, die anderen Heerführer an Größe und Kraft weit überragend, mitten im Zelt. In der Hand hielt er eine kunstvoll aus Hanfstricken gefertigte Leiter.

»Heute Nacht, wenn Gott uns gnädig ist, wird Antiochia in unsere Hände gegeben werden«, sagte er mit unbewegtem Gesicht, seine eigene Furcht unterdrückend.

»Ihr müsst Euch nur meinem Plan und meinen Vorbereitungen anvertrauen.«

»Damit Ihr die Stadt für Euch selbst in Besitz nehmen könnt«, höhnte Graf Raimond. »Das ist es, was Ihr wollt, Alleinherrscher über Antiochia sein.«

»Falls wir die Stadt überhaupt einnehmen können«, gab Bischof Adhémar zu bedenken, »dann müssen wir sie ihrem rechtmäßigen Besitzer, dem byzantinischen Kaiser Alexios, zurückgeben. Ihr habt einen Eid darauf geschworen.«

»Ich nicht!«, rief Graf Raimond.

»Pah!«, stieß Bohemund verächtlich aus. »Der Kaiser hat uns einen ganzen Winter hungern lassen. Seit fast einem Jahr warten wir vergebens auf seine Truppen. Er ist ein Verräter am Christentum.«

»Sachte, sachte«, beschwichtigte Bischof Adhémar.

»Bitte, Ihr Fürsten. Hört meinen Plan«, unterdrückte Bohemund seinen Groll und sah die Heerführer der Reihe nach an:

»Ich habe in unendlicher Mühe und Gefahr die Verbindung zu Firûz, einem Hauptmann Yaghi-Siyans, aufgenommen. Heute Nacht bewacht er den Turm der Zwei Schwestern und den daran anstoßenden Abschnitt der Stadtmauer. Er wird uns ein Seil hinunterwerfen, an dem wir diese Leiter befestigen und hinaufklettern werden.«

»Warum sollte er das tun? Eine Stadt wie Antiochia verraten?«, wandte Graf Raimond ein.

»Hauptmann Firûz ist Christ gewesen bis zu dem Zeitpunkt, als die Ungläubigen Antiochia eingenommen haben. Um nicht zu verarmen und nicht unterdrückt zu werden, ist er zum Islam übergetreten, aber in seinem Herzen Christ geblieben. Er hat die Verbindung zu Christen weiterhin gesucht.«

»Das reicht zum Verrat?«, fragte Graf Raimond misstrauisch.

»Nicht ganz. Firûz hat eine Wut auf die türkischen Besatzer. Nämlich als es unserem Heer dank Gottes Hilfe endlich gelungen war, Wachtürme zu bauen und Antiochia von der Außenwelt abzuschließen, hat er Getreide versteckt. Das ist entdeckt worden, Firûz musste das Getreide abgeben und dazu noch Strafe bezahlen. Trotzdem, ich gebe es zu, konnte er sich zum Verrat immer noch nicht entschließen. Den Ausschlag gab, dass Firûz seine Frau beim Ehebruch mit einem Moslem auf frischer Tat ertappt hat.«

»Das ist gut«, lachte Tankred, der ungestüme Neffe Bohemunds, und schlug sich vor Vergnügen auf die Schenkel. »Wir sollen seinen Nebenbuhler für ihn abmurksen, indem er die Stadt verrät und wir die Stadt erobern. Das Geschäft erledige ich gerne.«

»Welche Sicherheit haben wir, dass Firûz uns nicht in eine Falle lockt?«, erkundigte sich argwöhnisch Graf Raimond.

»Firûz schickt uns noch heute Nacht seinen eigenen Sohn als Geisel.«

Die anderen Fürsten schwiegen. Auch Graf Raimond unterdrückte sein Misstrauen, seinen Hass auf Bohemund. Herzog Gottfried sprach die allgemeine Meinung aus:

»Da bleibt uns nichts anderes übrig, als zuzustimmen, wenn wir nicht von Kerbogha geschlachtet werden wollen. Schon morgen kann er unser Lager erreicht haben.«

Bischof Adhémar strich sich über seinen Bart und sagte leise, aber bestimmt:

»Also, Männer, heute Nacht.«

∾❧∿

»Was seht Ihr?«, fragte aus der Tiefe des Saales der kränkelnd auf einem Diwan liegende Bischof Adhémar seinen Sekretär.

Martin stand an einem hohen Fenster und schaute auf den weiten Platz vor dem Palast hinunter.

»Leichen, Euer Exzellenz. Menschen, die über Leichen stolpern.«

Von Weitem meinte Martin sogar, Alice zu erkennen, die mit ihrem Kind auf dem Arm über die übereinanderliegenden Toten hinweghetzte.

»Schließt das Fenster. Ich kann den Gestank der verwesenden Kadaver nicht ertragen«, hüstelte Bischof Adhémar. Mehr zu sich als zu Martin klagte er:

»Wo immer, sei es im Abendland oder hier im Morgenland, ein christliches Heer eine Burg oder eine Stadt erobert, deren Bewohner sich vorher nicht ergeben haben, wird geplündert und die Menschen werden niedergemetzelt, Frauen, Kinder, Alte.«

»Euer Exzellenz. Bitte verzeiht, aber es wundert mich, dass Ihr als Legat des Papstes so sprecht. Wir haben Antiochia vor kaum zwei Tagen erobert. Da draußen vor den Toren steht schon angriffsbereit das Heer Kerboghas. Alles kampferprobte, furchtlose Männer, mehr als wir selbst zu Beginn der Pilgerfahrt je gewesen sind. Kerbogha hat sein Feldlager genau da aufgeschlagen, wo unseres lag. Seine Truppen haben unsere Wehrtürme besetzt und Antiochia ganz eingeschlossen. Wir sind Gefangene in dieser Stadt. Und Kerbogha wartet nur darauf, uns alle umzubringen und abzuschlachten. Ich weiß von dem getauften Türken, dass sich Kilidj-Arslan noch heute damit brüstet, an einem einzigen Tag fast 20.000 Menschen des Armenkreuzzuges massakriert zu haben, von denen die weitaus größte Zahl unbewaffnete Pilger waren. Und nun beklagt Ihr die toten Ungläubigen auf der Straße.«

Er stockte.

Adhémar unterließ eine Rüge, stattdessen nahm er Martins Gedankengang auf.

»Tote, die wir schnellstens begraben müssen, wenn nicht eine Seuche ausbrechen soll. Bohemund, als wäre er Herr über Antiochia, hat endlich den Befehl dazu erteilt«, sagte Bischof Adhémar bitter.

Er schwieg und Martin hatte den Eindruck, als überlegte der Bischof, ob er seine Gedanken vor ihm oder überhaupt äußern sollte.

»Es ist so, mein Sohn, die Moslems dürfen nach ihrer Religion Krieg führen. Der Weltfriede ist zwar ihr Ziel, aber nur unter der Voraussetzung, dass alle Menschen zum Islam übertreten. Wenn sie dazu nicht bereit sind und sich nicht durch Worte oder Steuern oder sonstige Nachteile überzeugen lassen, darf nach dem Koran gegen die Widerspenstigen, also uns, gekämpft werden.«

Der Geistliche machte eine Pause.

»Unser Herr Jesus Christus aber hat gepredigt und uns gelehrt:

Liebet eure Feinde.

Widerstehet dem Bösen *nicht*.«

»Es steht mir nicht zu, es zu sagen, dass ich anderes denke. Seit wir unsere Heimat verlassen haben, waren die meisten unserer Toten gar nicht in der Lage, dem Bösen zu widerstehen, sich zu verteidigen. So wie ich waren es einfache Pilger, sie führten keine Waffe mit sich. Sie sind verhungert, verdurstet, von den Felsen gestürzt oder von den Ungläubigen ermordet worden«, rief Martin in seinem Schmerz und Hass aus.

Theresa, klagte und schrie es in seinem Inneren. Theresa. Martin bedeckte seine Augen mit seiner Hand, damit der Bischof seine Trauer nicht sähe.

»Du, mein Sohn. Was tatest du in jener Nacht, als wir Antiochia erobert haben, als uns Gott Antiochia in unsere Hände gab?«

»Ich habe getan, was mir befohlen war – von Euch. Wie alle Fußsoldaten und Ritter habe ich am Abend das Lager verlassen, so als zögen wir dem schrecklichen Kerbogah entgegen.

Die Fußsoldaten plagten sich mühsam die Bergpfade hinauf. Wir Ritter hatten es auch nicht viel besser. In der Dunkelheit und wegen des Gerölls auf den Abhängen brachen sich mehr als 30 Pferde den Hals. Dann erhielten wir Ritter den Befehl umzukehren und uns in der Nähe des St.-Georg-Tors zu sammeln. Von da an krochen ungefähr 60 von uns in tiefstem Schweigen zu der Schießscharte, hinter der sich Firûz verborgen hielt. Wir sollten noch warten, bis die wachhabende Patrouille mit ihrem Licht vorbei wäre. Dann ließ Firûz ein Seil hinunter, an dem Fürst Bohemund die Hanfleiter selber befestigte.

Obwohl wir alle bereit waren, für unseren Herrn Jesus Christus zu sterben, traute sich keiner von uns, die Leiter hochzuklettern. Wir argwöhnten, es sei eine Falle und wir würden erdrosselt.«

Ich verstehe mich selber nicht, dachte Martin. Mein größter Wunsch ist es zu sterben, aber meuchlerisch umgebracht zu werden, davor schrecke ich zurück.

»Bohemund kletterte als Einziger hinauf, Firûz ergriff seine Hand und soll gesagt haben:

›Es lebe diese Hand‹.«

Martin räusperte sich, als er Bischof Adhémars abfälligen Gesichtsausdruck bemerkte.

»Jedenfalls, als es trotzdem niemand wagte hinaufzusteigen, auch Ritter Bernhard nicht, der doch sonst immer als Erster beim Kampf ist, stieg Bohemund die Leiter wieder hinunter, ermahnte uns. Da gab es keinen Zweifel, kein Halten mehr. Wir drängten uns, hinaufzuklettern und durch ein schmales Fenster einzusteigen.

Das Mauerwerk, an dem Firûz das Seil befestigt hatte, hielt nicht, weil alle auf einmal die Hanfleiter hinaufsteigen wollten, und etliche der Ritter stürzten hinab in die Tiefe, genau in unsere Lanzen hinein. Die Männer schrien, doch wohl wegen des heftigen Windes, den Gott für uns wehen ließ, wachte niemand der feindlichen Soldaten auf.

Oben auf der Befestigungsmauer sind wir die Wehrgänge entlang zu den Türmen gelaufen und haben die noch schlafenden Wachsoldaten mit dem Schwert niedergemacht oder erdrosselt. Ich weiß, dass es in der Mauer eine kleine Pforte gibt, durch die ließen wir die unten vor der Befestigungsmauer wartenden Ritter hinein.«

Martin verstummte. Die Ohnmacht, die Verzweiflung überkamen ihn erneut, die ihn gepackt hatten, als er auf der Suche nach Theresa vor dieser schmalen Pforte stand und das Tor zu öffnen versuchte, über ihm die Wachsoldaten, die ihn bemerkten und einen Eimer mit heißem Teer hinunterschütteten, sodass Martin gerade noch fortspringen konnte. Beim Fliehen schossen sie auf ihn mit ihren spitzen, scharfen Pfeilen. Jetzt, so kurze Zeit später, hatte er wieder vor dieser Pforte gestanden und konnte sie von innen öffnen.

Martin nahm sich zusammen.

»Dann begann der Kampf um die Stadt. Die armenischen und syrischen Christen halfen uns, die Stadttore zu öffnen, und Bohemund pflanzte sein ruhmreiches rotes Banner am höchsten Punkt der Stadt.«

»Ich weiß, ich weiß«, winkte Bischof Adhémar ab. »Bei Tagesanbruch strömte unser ganzes Heer nach Antiochia hinein, Yaghi-Siyan floh, fiel vom Pferd und Bauern brachten Bohemund sein abgeschlagenes Haupt. Nur frage ich mich«, sagte Bischof Adhémar und setzte sich auf, »für wen wir diesen Sieg errungen haben, für Jesus Christus? Balduin hat das Fürstentum Edessa für sich gewonnen, Bohemund beansprucht Antiochia und wer wird Jerusalem in seinen Besitz nehmen?«

Martin wusste darauf nichts zu antworten. So trostlos hatte er Adhémar noch nie erlebt.

»Nun belagert Kerbogha die Stadt und wir sind die Eingeschlossenen. Eingeschlossen in einer Stadt, in der es nichts Essbares gibt. Wir haben eine ausgehungerte Stadt erobert.«

Martin stand der missglückte Versuch, ein Ei zu kaufen, vor Augen. Für Rab hatte er nur ein paar Halme Heu besorgen können. Die Pferde litten besonders.

»Ich bin mir bewusst«, sagte Bischof Adhémar, »wir werden alle Hungers sterben, wenn nicht ein Wunder geschieht. Ich bete, dass ein Wunder geschieht.«

Martin hatte sich nach einer langen Nachtwache dazu durchgerungen, Rabs Blut zu trinken.

Es war nun schon fünf Tage her, dass er etwas Eselfleisch gegessen hatte. An Brot war gar nicht zu denken, stattdessen kochte er Feigen, Wein- und Distelblätter. Am Vorabend hatte er, um überhaupt etwas in den Magen zu bekommen, versucht, gekochte ausgedörrte Kamelhaut herunterzukriegen. Martin kannte Menschen, die ihre Schuhe verspeisten. Sogar der Kot von den Tieren wurde gewürzt und als Nahrung nicht verschmäht.

Bedrückt öffnete Martin das Tor zum Pferdestall. Er hörte Schritte und in dem Dämmerlicht sah er einen Mann, der gedankenverloren auf ihn zukam. Es war Ritter Bernhard. Kummer lag auf seinem abgemagerten Gesicht, ein Leiden, das über die durch die Hungersnot verursachten Schrecknisse hinauszugehen schien. Martin wunderte sich, dass Bernhard offenbar zu Empfindungen und Gedanken fähig war, die jenseits der durch seinen Stand gebotenen Wahrnehmungen lagen. Dicht gingen die beiden Männer aneinander vorbei und es ärgerte Martin wieder einmal, dass er als Erster grüßen musste.

Als Bernhard den Stall verlassen hatte, blieb Martin einen

Augenblick stehen, drehte sich noch einmal nach dem Tor um. Es reizte ihn nachzuschauen, ob Bernhard etwa auch das Blut seiner schönen Araberstute getrunken hatte. Die Verletzung des Tieres an der Flanke war mit einiger Mühe zu erkennen. Bernhard fiel es offenbar ebenfalls schwer, Pferdeblut zu trinken, er war offensichtlich um das Wohl des Tieres besorgt und es war ihm sogar gelungen, Heu aufzutreiben.

Martin ging zu Rab. Flüsternd und streichelnd, sprach er auf sein Pferd ein, bis er den entscheidenden Schnitt tat, das warme Blut in einem irdenen Gefäß auffing und es trank.

Unentschlossen stand er später vor dem Stall. Alice ging ihm nicht aus dem Sinn, auch wenn er selten mit ihr sprach. Seit Theresas Tod fast gar nicht. Zögernd durch das nun von Leichen befreite Antiochia schlendernd, ging Martin mal hierhin und mal dorthin, bog dann wie zufällig in die Straße ein, in der Bernhard zusammen mit anderen jungen Rittern und eben auch mit Alice und dem Kind einen Palast bewohnte. Als Martin möglichst unauffällig an dem hohen Gebäude vorbeischlenderte, öffnete sich eine Seitentür und eine sehr junge Frau, fast noch ein Kind, schlich mit bedrücktem Gesicht hinaus. Im Türrahmen stand Kaspar, Bernhards Bursche, und schien etwas Unfreundliches zu sagen.

Von Alice war nichts zu sehen.

Irgendwie unangenehm berührt, lief Martin weiter zu dem Palast, den Bischof Adhémar gegenüber der Kathedrale von St. Peter bewohnte.

Ein Diener meldete ihm, er solle sofort zum Bischof kommen. Graf Raimond von Saint-Gilles und sein Kaplan seien bereits anwesend. Martin hetzte die Treppen hinauf, öffnete die Tür und blickte verwundert in den Saal. Mitten in dem Raum stand ein verwahrlost aussehender Mann, der sich offenbar bemühte, vertrauenswürdig zu wirken.

Mit einem Blick wies Bischof Adhémar Martin an seinen Platz, wo Gänsekiele, Tinte und Pergament bereitlagen. Der Mann drehte sich nach Martin um und fiel dann vor dem

Legaten des Papstes, Graf Raimond von Toulouse und Kaplan Raimond von Aguilers auf die Knie: »Ich bin nur ein armer Bauer aus der Provence. Weil ich so niedrig bin, habe ich mich nicht getraut, Euch früher aufzusuchen. Aber Andreas, der Apostel unseres Herrn Jesus Christus, hat mir heute das vierte Mal befohlen, ich solle zu Euch gehen, damit wir die Heilige Lanze finden, die die Seite unseres Erlösers am Kreuz öffnete.«

In zweifelndem Ton forderte Bischof Adhémar den Mann auf zu erzählen, unter welchen Umständen ihm die Offenbarung geschah. Martin wusste, dass der Bischof den Mann kannte, Peter Bartholomäus war sein Name und sein Ruf ziemlich zweifelhaft.

»Bei dem ersten Erdbeben, das zu Weihnachten in Antiochia stattfand, als das Heer der Franken noch die Stadt belagerte, war ich allein, als plötzlich zwei Männer in leuchtenden Gewändern vor mir standen. Ich hatte große Furcht, denn ich wusste, es war niemand da. Der eine Mann sagte:

›Ich bin der Apostel Andreas. Suche den Bischof von Le Puy auf und den Grafen von Saint-Gilles und sage ihnen: Warum unterlässt es der Bischof zu predigen und das Volk jeden Tag zu ermahnen und mit dem Kreuz zu segnen?‹«

Martin blickte erstaunt auf. Noch nie hatte jemand es gewagt, und dann noch ein Mensch so geringer Herkunft, den Bischof zu tadeln.

Auch Peter Bartholomäus hielt sich vor Schreck die Hand vor den Mund. Als Bischof Adhémar jedoch keine Miene verzog, fuhr er fort:

»Der Apostel forderte mich auf, ihm in die Stadt Antiochia zu folgen ohne andere Kleidung als mein Hemd. Er führte mich in die Kirche des Apostels Petrus. Der heilige Andreas stieg unter die Erde, zog eine Lanze hervor, gab sie mir in die Hände und sagte:

›Hier ist die Lanze, die die Seite unseres Herrn Jesus Christus am Kreuz geöffnet hat, aus der das Heil der ganzen Welt kommt. Bald, denn die Stadt wird genommen werden, wirst du mit zwölf Männern dort suchen, wo ich sie jetzt von Neuem verberge.‹

Als das geschehen war, führte er mich durch die Mauer der Stadt in meine Behausung.

Meine Armut und Eure Herrlichkeit hat mich bis auf den heutigen Tag abgehalten, Euch davon zu berichten.«

Peter Bartholomäus hob flehend die Hände:

»Bitte gestattet den Versuch. Lasst mich nach der Lanze graben und sie wird unser aller Heil sein und uns von der Umzingelung befreien und zum Sieg gegen den furchtbaren Kerbogha führen.«

Tränen liefen ihm aus den Augen. Tränen der Rührung, der Freude und des Glaubens standen auf dem Gesicht des Grafen Raimond Saint-Gilles von Toulouse.

Bischof Adhémar sagte jedoch nur ein Wort: »Betrug.«

Peter Bartholomäus zuckte zusammen.

»Geh jetzt!«, befahl der Bischof.

Sich verneigend, verließ der Mann den Saal.

Einen Augenblick sahen alle nach der Tür. Dann wandte sich Graf Raimond an Bischof Adhémar:

»Ich halte es nicht für Betrug. Ich glaube dem Mann und seiner göttlichen Erscheinung.«

»Betrug«, wiederholte der Bischof sein Urteil.

»Dieser Mann, dieser Bartholomäus, war einer der Arbeiter, die die Kathedrale von St. Peter wieder instand gesetzt haben. Ich glaube ihm gern, dass man eine Lanze in der Kirche ausgraben wird. Nur hat er sie selbst vergraben. Die Heilige Lanze befindet sich, sofern es sie überhaupt gibt, in Konstantinopel. Kaiser Alexios hat sie mir gezeigt.«

Graf Raimond schüttelte den Kopf. »Auch mich hat Kaiser Alexios zu der kostbarsten und heiligsten Reliquie der Christenheit geführt. Doch wie sollte sie nach Konstantinopel gelangen? Ist es nicht viel einleuchtender, dass Petrus, nachdem Jesus, unser Herr, gekreuzigt worden war, diese Lanze an sich genommen und hierher nach Antiochia gebracht hat, wo sich zum ersten Mal Gläubige Christen nannten?«

»Unser Herr Petrus ist geflohen, als sein Herr gekreuzigt wurde. Er hat ihn verraten und war nicht bei der Hinrichtung dabei«, antwortete Bischof Adhémar.

»Wie könnt Ihr, der Legat des Papstes, des Nachfolgers des Heiligen Petrus, nur so sprechen?«, sagte Graf Raimond verwundert und enttäuscht. »Die Lanze wird uns retten. Der heilige Andreas hat es uns offenbart durch den Mund dieses armen provenzalischen Bauern. Er mag ein Nichtsnutz sein, aber Gottes Wege sind rätselhaft.«

»Gottes Wege sind klar und deutlich«, widersprach Bischof Adhémar. »Unser Herr Jesus Christus lehrt uns: Ich bin die Wahrheit und das Leben. Die Wahrheit, Graf. Die Wahrheit. Nur so gewinnen wir das ewige Leben, indem wir uns der Wahrheit verschreiben, auch wenn es das irdische Leben kostet. Die Wahrheit Gottes steht über den wenigen Jahren, die wir auf der Erde wandeln. Ich bin nicht bereit für eine Lüge, und wenn sie das ganze Heer Gottes retten sollte, die Wahrheit Jesu Christi zu opfern.«

Graf Raimond schüttelte den Kopf.

»Ich verstehe Euch nicht. Wir pilgern nun seit zwei Jahren und haben jede Schlacht gewonnen. Jesus Christus hat uns bis nach Antiochia hineingeführt und nun zeigt er uns durch eine Offenbarung den Weg aus Antiochia hinaus. Wir müssen der Heiligen Lanze nur folgen und wir werden Kerboghas Heer schlagen, das uns sonst erwürgt.«

»Nachfolge bedeutet den Tod am Kreuz«, entgegnete Bischof Adhémar. »Nachfolge bedeutet nicht, der Lüge zu gehorchen.«

»Ich glaube der Vision des Mannes und dem Sieg der Lanze«, entgegnete Graf Raimond. »Ich werde Peter Bartholomäus unterstützen und einer der Männer sein, der in der Kirche nach der Lanze sucht.« Damit wandte sich der Heerführer zur Tür und verließ den Saal zusammen mit seinem Kaplan, der nur schweigend zugehört hatte.

»Was sagst du, Martin?«

»Ich weiß nicht«, antwortete dieser.

»Hüte dich vor Lüge und Betrug«, mahnte Bischof Adhémar streng. »Auch ich muss mich davor hüten.« Er räusperte sich. »Ich muss dir«, er verbesserte sich, »ich muss Euch etwas anvertrauen, was ich vielleicht von Anfang an Euch hätte sagen müssen. Setzt Euch zu mir.«

Neugierig und angespannt zugleich, folgte Martin der Aufforderung.

»Euer Schwert hat einen Namen. Es heißt ›Chion‹.«

»Neige?«, wiederholte Martin auf Französisch.

»Wie ich höre, könnt Ihr das griechische Wort übersetzen. Ich vermute, Ihr erinnert Euch an den Augenblick, als man Euch es beibrachte.«

Martin sah sich und den Abt über die sonnenbeschienenen, schneebedeckten Abhänge reiten. Der Abt zeigte auf die funkelnde Winterlandschaft und sagte:

›Schnee heißt auf Griechisch Chion. Merk es dir gut, Martin.‹

Über Martins Gesicht huschte einen winzigen Augenblick ein strahlendes Lächeln. Er hätte es niemals für möglich gehalten, dass er sich jemals nach Theresas Tod wieder freuen könnte.

»Ihr wisst, wer Euer Vater ist?«

Martin nickte.

∞⚬⚬

Bernhard hatte eine lange Nacht wachend verbracht. Er war auf dem gefährdeten Abschnitt der Befestigung Antiochias eingesetzt gewesen, ganz in der Nähe der Zitadelle, die noch immer von ihrem Befehlshaber Ahmed ibn Merwan besetzt gehalten wurde und von der eine ständige Bedrohung ausging. Es war Bohemund nicht gelungen, diese gewaltige, ganz Antiochia überragende Bastion einzunehmen. Von seinem Posten blickte Bernhard in ein Flammenmeer, denn Bohemund hatte Straßenzüge in Brand stecken lassen, damit im Falle eines Angriffs die

Männer schneller zur Verteidigung auf die Stadtmauer gelangen könnten.

Der Rauch brannte ihm noch immer in den Augen, als er am frühen Morgen die mäßig erleuchtete Halle seines Palastes betrat. Im hinteren Dunkel der Halle stand Kaspar und spielte mit etwas, das er durch die Finger gleiten ließ.

»Sie ist tot«, sagte der Junge und wandte sich Bernhard zu.

»Wer ist tot?«

»Meine Schwester. Sie hatte hohes Fieber. Da wollten die Frauen sie nicht mehr bei sich haben und haben sie in der Nacht weggeschickt. Sie sagten, eine Sterbende verderbe das Geschäft und vertreibe die Freier.«

»Das hast du gewagt? Ohne meine Erlaubnis diese Hure in meinem Hause aufzunehmen?«

Bei dem Wort ›Hure‹ zuckte Kaspar zusammen. Er stammelte:

»Ihr wart nicht da und auch die anderen Grafen nicht. Ich habe Alice gefragt, sie war noch wach.«

Bernhard sah den Jungen misstrauisch an.

»Ich gebe zu, sie glaubt, dass Anne im Sterben liegt und nicht Marie. So habe ich Marie hier in der Ecke ein Lager bereitet. Sie macht auch keine Umstände mehr, sie ist noch in der Nacht gestorben.«

Kaspar machte ein trauriges Gesicht, gab sich einen Ruck und sagte:

»Das hier, dieser Ring, ist das einzige Wertvolle, was Marie hinterlassen hat. Er ist bestimmt wertvoll? Schaut. Seht ihn einmal an.«

Damit öffnete Kaspar seine Hand und sichtbar wurde ein großer, schimmernder, in Gold gefasster Bernstein.

Bernhard starrte einen Augenblick auf den Ring. Dann nahm er ihn mit gleichgültiger Miene.

»Der Ring ist nicht viel wert«, sagte er leichthin. »Bernstein gibt es an der Ostsee mehr als genug. Die Fassung vielleicht ist kostbar, kommt auf den Goldgehalt an.«

»Marie hatte den Ring von dem Grafen, der ihr Weihnachten die Unschuld genommen hat.«

Bernhard erschrak bei dem Wort ›Graf‹.

Er trat zu einer Lampe und ließ Licht auf den Ring scheinen. Der Stein entfaltete seine Pracht. Im Inneren der Fassung aber waren Worte auf Latein eingraviert:

›In ewiger Treue, Gertrude‹.

Ihm wurde schwindelig und gleichzeitig dachte er, nur vor diesem Jungen keine Schwäche zeigen.

Wie er diesen Ring kannte, sogar von Kindesbeinen an. Bernhard konnte sich nicht entsinnen, seine Mutter jemals ohne den Ring gesehen zu haben. Beim Abschied aber hatte sie das Kleinod ihrem Gatten auf die Pilgerfahrt mitgegeben, damit er sich ewig an sein Treuegelöbnis erinnerte.

Bernhard warf lässig, wie spielend, den Ring einmal hoch, fing ihn auf und umschloss ihn mit seiner Hand.

»Der Ring gehört mir.«

Bernhard merkte, wie zweideutig diese Worte waren. Wusste Kaspar, dass der Verführer seiner Schwester Bernhards Vater war? Hatte Kaspar ihn deswegen ausgesucht, um ihn zu demütigen, vielleicht zu erpressen?

»Aber Herr!«, entgegnete Kaspar zaghaft.

»Mir«, wiederholte Bernhard. »Ich glaube dir immer noch nicht, dass du mir nicht mindestens einen Hund gestohlen hast. Ja, mach nicht ein so erschrockenes Gesicht. Und außerdem, auch wenn das nicht der Fall sein sollte, so bist du mir etwas dafür schuldig, dass ich dich ernähre, kleide, du hier wohnen darfst und ich dich überhaupt am Leben erhalte.

Also vergiss den Ring und hole einen Priester, damit er jedenfalls noch einige Gebete spricht und für ihr Seelenheil bittet. Ich vermute, deine Schwester hat die Letzte Ölung nicht empfangen.«

Kaspar schüttelte den Kopf.

»Die Fürbittgebete bezahle ich auch. Also los. Lauf. Sorge dafür, dass sie hier wegkommt.«

Die Tür schlug hinter Kaspar zu.

Bernhard war allein. Allein mit dem Leichnam des Mädchens, an dem sein Vater sich versündigt hatte.

Sein Vater Otto hatte den Hochzeitsring seiner Frau einer Hure geschenkt! Wenn Bernhards Mutter davon erführe, könnte er mit nichts auf der Welt ihre Achtung wiedergewinnen.

Gerade sie, die ihr Leben Jesus Christus weihen und Nonne werden wollte, würde ihrem Mann den Ehebruch nimmermehr vergeben. Sie weigerte sich schon als Kind, überhaupt zu heiraten. Ihre Eltern nahmen diesen Wunsch nicht ernst, belächelten ihn, sie war als Erbtochter zu umworben, als dass der Weg ins Kloster führen könnte. Die Wahl der Eltern fiel auf Graf Otto von Baerheim, dessen Besitztümer bis auf eine Exklave in Niederlothringen an die eigenen grenzten. Dass die Braut gerade eben erst ihren zwölften Geburtstag gefeiert hatte und der Bräutigam bereits 34 Jahre zählte, fiel als Hinderungsgrund ohnehin nicht ins Gewicht.

Bernhard sah sich noch als kleinen Jungen in der Küche stehen, wie das Gesinde beim Hühnchenrupfen und Gemüseputzen hinter vorgehaltener Hand tuschelte:

›Sie hat sich geweigert. Noch am Abend vor der Hochzeit drohte sie fortzulaufen und Schutz in einem nahen Kloster zu suchen. Ihr Vater hat sie in ihrer Kammer einsperren lassen. Durch Bitten und Betteln hat ihre Kinderfrau heimlich die Tür geöffnet. Doch ihr Vater hat Verdacht geschöpft. Zur Strafe und um ihren Gehorsam zu erzwingen, hat er seine Tochter, in einem Sack eng verschnürt, die Nacht vor ihrer Hochzeit auf dem kalten Steinboden des Verlieses liegen lassen. Erst kurz bevor der Bräutigam sie holte, um sie auf dem Brautlauf in seine Burg zu führen, hat man Eure Mutter aus dem Sack gelassen, ihr in Windeseile schöne Kleider angezogen, das Haar geflochten und es mit Geschmeide geschmückt.

Nach dieser Nacht schien ihr Wille gebrochen. Sie gab ihr Jawort.

Aber als die Familien um das Brautbett standen und Graf Otto sich anschickte, die Ehe mit seiner jungen Braut zu vollziehen, da richtete sie sich hoheitsvoll auf und sprach:

›Als Entgelt dafür, dass Ihr, mein Gemahl, mir mein Heiligstes, mein Mädchentum, nehmt, legt einen Eid ab bei dem Ring, den Ihr mir geschenkt habt. Ihr müsst mir ewige Treue schwören, wie auch ich Euch ewige Treue gelobt habe.‹

Bernhard empfand immer ein schreckenvolles Kribbeln, wenn die Dienstleute das Entsetzen der Hochzeitsgäste ausmalten.

Eine Braut, die Forderungen an ihren Ehemann stellte!

›Wir leben zwar nicht in Frankreich, wo dem Herrn über seine Unfreien das Vorrecht der ersten Nacht zusteht, aber es ist doch Sitte, dass jeder Adelige sich nimmt, was ihm gefällt.

Der Vater Eurer Mutter, das schwöre ich Euch, hätte seine Tochter lieber wieder in den Sack gesteckt und ins Kloster gebracht, als diese Schande ertragen zu müssen.‹

Doch Graf Otto leistete den Eid und die Ehe wurde vor aller Augen vollzogen.

Wenn aber jemand von den Mägden und Knechten oder Gefolgsleuten gehofft hatte, ihr Wille sei gebrochen in jener Nacht oder sie sei noch sehr jung oder sie sei so fromm, dass sie sich um Weltliches nicht kümmerte, der hatte sich geirrt. Nicht eine Zwölfjährige war des Morgens vom Brautlager aufgestanden, sondern die Gräfin Gertrude von Baerheim. Sie war sich ihrer Schlüsselgewalt als Herrin bewusst. Unverzüglich durchschritt sie die Burg, besah sich alles von der Küche bis zu den Stallungen. Nichts entging ihr. Mit sanfter Stimme gab sie ihre Befehle. Es gab keinen, aber auch keinen, der ihr nicht untertänigst gehorchte.

Kein Unfreier, kein Dorf, dessen Abgaben sie nicht genau kannte. Es entging ihr kein Ei, das irgendein Huhn gelegt hatte. Nur eines wusste seine Mutter nicht genau: Wann sie ihrem Zweitgeborenen das Leben geschenkt hatte. Wahrscheinlich, weil sie ständig schwanger war und die Kindchen immer gleich starben, tröstete die Amme den Jungen.

Trotz ihrer Kälte hatte Bernhard schon immer auf der Seite seiner Mutter gestanden und ihren Anspruch auf Treue für das höhere Recht gehalten, dem der Vater seine Bedürfnisse zu opfern hatte.

Bernhard seufzte tief, er fühlte sich wund und geschunden vor Schmerz, Enttäuschung, Ohnmacht und Zorn. Während er das starre Antlitz der Toten betrachtete, spürte er Hass in sich aufsteigen. Er nahm eine Lampe und leuchtete in ihr Gesicht. Marie war schön und jetzt, da sie tot war, wirkte sie kindlich und unschuldig. Trotzdem, recht geschah ihr, dass sie zur Strafe so jung gestorben war.

Bernhard hörte Stimmen. Kaspar kam zurück mit dem Priester. Da Bernhard sich nicht genötigt sah, Fürbittgebete für die Verstorbene zu sprechen, grüßte er kurz und verließ die Halle, um zu den Stallungen zu gehen. Auf der Treppe zum hinteren Flügel des Palastes zögerte er, ob er Alice aufsuchen sollte. Von dem Ring wollte er ihr jedenfalls nichts erzählen.

Kurz vor Mitternacht meldete Bernhards Bursche seinem Herrn den Besuch des Grafen Otto von Baerheim. Bernhard verzog verächtlich die Mundwinkel, warf das Rasiermesser beiseite, betrachtete sich im Spiegel und sagte:

»Also doch. Wo ist dein Stolz, Vater?«

Er begab sich in das Kabinett, wo Graf Otto ungeduldig wartete.

Vater und Sohn blieben in ziemlicher Entfernung voreinander stehen.

»Prachtvoll hast du es hier«, begann der Graf das Gespräch und wies gönnerhaft auf die Wände.

»Ziemlich imposant für deine Jugend. Umgibst dich mit 1.000 Jahren Vergangenheit. Säulen und Marmorfußboden aus der Römerzeit. Gemälde von Abraham, der Jungfrau Maria und Johannes dem Täufer als Boten des Christentums. Koransuren als Wandbemalung. Erstaunlich nur, dass der Schleiertanz der Tochter der Herodias Gnade vor den Augen des muslimischen

Herrn gefunden hat, der bis vor einigen Tagen diese Räume noch bewohnt hat.«

»Möglicherweise hat ihn der Tanz des Mädchens an die Jungfrauen in einem Harem erinnert, die sich für ihren Gebieter schmücken und sehnsuchtsvoll seiner harren, auf dass er sich ihrer annimmt«, bemerkte Bernhard so obenhin.

Graf Otto erblasste, doch er nahm sich zusammen.

»Ich muss dich etwas sehr Ernstes fragen. Meine Diener überraschten vor etwa zwei Wochen ein junges Mädchen beim Diebstahl. Seitdem vermisse ich den Ring, den deine Mutter mir zum Abschied schenkte. Später erfuhr ich, das Mädchen sei die Schwester deines neuen Burschen und habe sich in dein Haus geflüchtet.«

»Das trifft zu. Marie ist sterbenskrank hergekommen und ist hier gestern Nacht gestorben. Einen Ring allerdings besaß sie nicht.«

»Gewiss nicht?«

Bernhard schüttelte den Kopf.

Es entstand eine Pause, die Bernhard nicht zu überbrücken suchte. Um seine Not zu verbergen, trat Graf Otto an einen Büchertisch aus Ebenholz, auf dem mit Gold beschlagene Ledereinbände lagen.

»Wie ich feststellen muss, beschäftigst du dich mit arabischen Schriften.«

»Sie gefallen mir. Es sind Kostbarkeiten, jedes Buch für sich. Die Blätter sind aus Papier und nicht aus Pergament. Die Einbände nicht aus Holz, sondern aus Leder.«

Graf Otto sah seinen Sohn erstaunt an.

»Je länger ich mich übrigens in diesen Räumen aufhalte, desto öfter befasse ich mich mit dem Mann, der sie bewohnt hat. Vermutlich war er ein Gelehrter, der gleichzeitig eine hohe Stellung im Heer einnahm. Nun ist er tot, wahrscheinlich. Sein Schlafzimmer sprach von dem Entsetzen, das ihn bei unserer Eroberung Antiochias ergriffen haben muss.«

Wohl wissend, dass er seinen Vater immer mehr reizte und in Zorn versetzte, hub Bernhard von neuem an:

»Diese Bücher sind übrigens sehr aufschlussreich …«

Aufgebracht unterbrach ihn Graf Otto:

»Ich kann mich nicht entsinnen, dass du jemals ein Buch zur Hand genommen hättest. Das da sind Bücher der Ungläubigen. Gottverdammtes Zeug! Unser Apostel Paulus hat die Bücher über Zauberei vernichten lassen. Und ausgerechnet im Heiligen Krieg widmest du deine Zeit arabischen Teufeleien!«

Angriff statt Verteidigung, mehr fällt dir zu deiner Schandtat nicht ein, dachte Bernhard und unterdrückte ein verächtliches, angewidertes Lächeln.

Denkst du wirklich, mit Ermahnungen und Vorwürfen könntest du von deiner Schuld ablenken?

»Vater«, wandte er sich zum Grafen Otto, »als ich diese Bücher entdeckte, wollten die Knechte sie zerreißen und verbrennen. Ich habe das verhindert. Für mich übrigens ganz überraschend. Erst im Nachhinein habe ich erkannt, Gott übergab uns Menschen die Erde, damit wir sie beherrschen. Beherrschen bedeutet nicht, sie zu vernichten, sondern sie uns dienstbar zu machen. Und diese Bücher sind äußerst nützlich. Seht sie Euch einmal an. Die Abbildung eines Auges, sogar innerer Organe. Und hier«, er blätterte einige Seiten weiter, »Knochen, Sehnen, Muskeln. Diese Darstellungen des Körpers beweisen uns das verlässlich, was wir aus Erfahrung wissen. Nämlich, wie viel oder auch wie wenig Kraft ein Mann benötigt, um wirkungsvoll den Gegner zu verwunden und zu töten.«

»Kenntnisse, über die der Feind allerdings ebenfalls verfügt. Und du empfindest Hochachtung vor diesen Büchern?«

»Nein, nur Neugierde. Ich schätze den Gegner genauer ein, indem ich mir ein Bild von ihm mache. Der Besitzer dieses Palastes wird sich, falls er noch lebt, dem Heer Kerboghas angeschlossen haben. Er wird von Hass erfüllt sein, weil ihm seine Bücher genommen sind, und nur eine Sorge kennen, sie könnten bei der allgemeinen Vernichtung von Schätzen durch die Unsrigen beschädigt oder ganz zerstört sein. Sein Denken zielt darauf, Antiochia zurückzuerobern. Der Mann ist unser Todfeind.«

»Deswegen komme ich so spät in der Nacht noch zu dir. Im Palast des Legaten des Papstes wurde heute Nacht Kriegsrat gehalten. Alle Heerführer waren anwesend, viele Grafen. Der Ernst der Lage erfordert eine von allen getragene Entscheidung.

Unser Heer steht kurz vor dem Hungertod. Kerbogha kann ganz ohne Kampfhandlungen in Ruhe darauf warten, dass wir alle hier sterben. Die Stimmung im Heer könnte nicht schlechter, nicht hoffnungsloser sein, viele versuchen zu fliehen, besonders nachdem sogar Wilhelm von Grant-Mesnil, dem Schwager des Heerführers Bohemunds, die Flucht durch die feindlichen Linien gelungen ist. Hilfe haben wir nicht zu erwarten. Obwohl wir genau wissen, dass Kaiser Alexios uns mit seinem Heer im Kampf gegen die Türken unterstützen wollte, zieht er von Philomelion nicht weiter und lässt uns im Stich. Bohemund sprach aus, was fast alle denken: Kaiser Alexios ist ein Verräter an der christlichen Welt.«

»Harte Worte. Ich vermute, der Legat des Papstes erinnerte an den Treueid und widersetzte sich dieser Behauptung.«

»Wie auch immer wir die Rolle Kaiser Alexios' beurteilen, der Kriegsrat hat entschieden:

Wir müssen uns selbst retten.«

»Und wie?«, fragte Bernhard düster.

»Eben deswegen suche ich dich so spät in der Nacht auf. Das Schicksal Antiochias soll in einem Zweikampf entschieden werden. Morgen früh werden Peter der Einsiedler und der Franke Herluin, der persisch und arabisch spricht, zu Kerbogha entsandt werden, um ihm den Vorschlag zu unterbreiten, dass zehn von unseren Rittern gegen zehn von seinen Kriegern im Zweikampf gegeneinander antreten sollen. Gewinnen die Türken, geben wir unsere Pilgerfahrt nach Jerusalem auf und kehren friedlich in unsere Heimat zurück.

Siegen jedoch wir Christen, dann gehört Antiochia uns.

Die Zweikämpfe sollen mitten zwischen den beiden Heeren stattfinden. Einer der für diesen Entscheidungskampf Auserwählten bist du.«

Die Trompeten erschallten. Das Tor wurde weit geöffnet.

Aus der Ebene jubelte das versammelte Heer seinen Kämpfern zu, die einer nach dem anderen aus Antiochia hinausritten. Alice beugte sich weit über die Stadtmauer, den Sohn auf dem Rücken im Tragetuch, damit sie Bernhard sähe. An der Spitze ritt Tankred, sein blutrotes Banner triumphierend in die Höhe streckend. Es folgte ein edler, kampferprobter und unbesiegter Ritter aus dem Heer des Grafen Raimonds von Toulouse.

Alice' Herz zitterte, als Dritter ritt Bernhard aus dem Tor, das purpurrote, reich mit Edelsteinen besetzte Banner des Herzogs von Bouillon in den Kampf tragend. Ihr Auge ruhte nur auf ihm, wie er langsam hoch erhobenen Hauptes dem Kampfplatz entgegenritt. Erst als die Ritter dort fast angekommen waren, erblickte sie das weiße Banner mit dem roten Kreuz und sie erschrak, es war Martin, dem die Ehre zuteilwurde, für den Legaten des Papstes kämpfen zu dürfen. War er nicht zu jung, war er stark genug oder verliehen ihm die Trauer, die Wut, der Hass über den Tod Theresas übernatürliche Kräfte? Es war, wie es war.

Die auserwählten Kämpfer aus den von Kerbogha befehligten Heeren waren ebenfalls eingetroffen. Die Männer saßen ab, die Pferde wurden davongeführt.

Die christlichen und die muslimischen Kämpfer standen sich in einer Reihe gegenüber, angetan mit ihren prächtigsten Waffenröcken, mit Helm, Kettenhemd und Schild.

Jeder Mann entschlossen, den Gegner zu töten.

Stille trat ein. Adhémar, der Legat des Papstes, wie auch der mächtige Kerbogha, der Vertraute und Gesandte des Königs von Persien, erhoben sich von ihren thronartigen Plätzen, trafen sich genau in der Mitte der Bahn, auf der der Kampf stattfinden sollte, begrüßten sich ehrfurchtsvoll und wiederholten je auf Latein oder auf Arabisch die Bedingungen des Kampfes. Gott sollte entscheiden. Die Edlen verneigten sich voreinander. Und dann trat aus der Menge ein Gefolgsmann, der den Kämpfern alles abnahm, was ihnen Ansehen, Ehre, Ruhm und Schutz gewährte. Allein das Schwert sollte entscheiden.

Nackt warteten die Männer auf den Kampf um Leben und Tod.

Alice sah es sogleich. Der Krieger, gegen den Bernhard ankämpfen würde, war älter und bedeutend kräftiger als ihr Geliebter. Ein Gigant, so schien es ihr, sicher einen Kopf größer, von breitem Körperbau, während Bernhard eher feingliedrig war, woran auch der unentwegte, unermüdliche und zäh gegen die eigene Natur gerichtete Kampfeswille nichts geändert hatte.

Der erste Kampf war schnell beendet. Tankred, von dem jeder wusste, er dürste nach Türkenblut, hatte scharf angegriffen und seinen Gegner mit ein paar raschen Schlägen besiegt. Jubel brach aus, Tankred wurde gefeiert, aber nur kurz, denn schon trat der nächste christliche Kämpfer auf den Plan – und wurde getötet. Sein Leichnam lag zwischen den Heeren und wurde unter dem Wehklagen seiner Frau und einem unterdrückten ›merde‹ davongetragen, während dem türkischen Sieger die Ehren des Triumphes galten.

Bernhard trat nach vorn an die Kampflinie. Die Gegner verneigten sich noch einmal voreinander.

Kerbogha gab das Zeichen zum Kampf. Der Feind griff an.

Siegesbewusst und von dem unerbittlichem Willen durchdrungen, das Kampfgeschehen zu bestimmen und den Christen zu besiegen, zwang der Gegner Bernhard mit harten, zielsicheren Schlägen, sich zu verteidigen. Mit unsäglicher, die Achtung jedes Ritters herausfordernder Kraft schlug Kerboghas Krieger auf das Schwert des Schwächeren ein, der ängstlich auswich. Bernhard duckte sich, er sprang zur Seite, er benutzte sein Schwert, als sei es sein Schild, er parierte die Schläge – aber er griff nicht an, nicht einen Fuß setzte er dem Feind entgegen.

Mehr und schlimmer noch, es sah aus, als könnte Bernhard sein Schwert kaum noch halten, als würde es ihm im nächsten Augenblick weggeschlagen. Jeder Hieb des Angreifers zwang Bernhard zurückzuweichen. Immer weiter wurde er rückwärtsgedrängt. Warum tat er nichts? Warum kämpfte er nicht? Grauenhaft mit anzusehen, der Türke jagte Bernhard unerbittlich der Schranke zu, die das Kampffeld begrenzte.

Die Menge wurde unruhig. Auch wenn Alice die arabisch, türkisch und persisch hingeworfenen Worte nicht verstand, war ihr der Sinn deutlich genug.

Längst war selbst in den eigenen Reihen eine gereizte Stimmung zu spüren.

»Memme!« »Feigling!«, wurde es laut. »Der hat Angst um seine Haut!« »Der fällt doch in Ohnmacht, wenn er nur einen Tropfen seines eigenen Blutes sieht!«

»Der fürchtet sich vor dem geringsten Kratzer und ist doch dem Tod geweiht.«

Es wurde gelacht, gepfiffen, ausgespuckt, getrampelt und immer wieder im Staccato »Feigling!« geschrien.

Auf der Seite der Christen war inzwischen Schweigen eingetreten, dann Rufen, Anfeuern. Manch ein Ritter kratzte sich am Kopf, weil Bernhard jede Gelegenheit ausließ, die einen Angriff erlaubt hätte. Selbst der Legat des Papstes hatte sich erhoben. Einen so schmählichen Kampf hatte er von Bernhard nicht erwartet. Wo waren sein Mut, seine Kühnheit, seine Eleganz, seine Kampfkraft geblieben?

Alice beobachtete, wie Herzog Gottfried auf Bischof Adhémar leise einsprach.

So eine Schande. Wer hätte gedacht, dass Bernhard sich jemals zum Gespött der Menge, der Feinde machen ließe. Ausgerechnet er, der niemals den geringsten Zweifel an seiner Ehre hatte aufkommen lassen. Und nun dies.

Bernhard hatte sich tatsächlich bis zum Ende des Kampfplatzes treiben lassen. Der Lärm der Zuschauer war immens, ohrenbetäubend. Hörte er denn nichts? War er taub und blind und im nächsten Augenblick tot? Der Gegner zeigte seine rechte Blöße, reizte Bernhard zum Angriff. Nichts geschah.

»Greif an! Greif an!«, riefen inzwischen sogar schon seine Feinde. Ein solches angstvolles, unfähiges Nichts zu besiegen, wäre eine Schande für den Krieger aus Kerboghas Heer. Der Hüne ließ, um Bernhard herauszufordern, um ihn endlich zum Kampf zu zwingen, sogar auch die linke Brust ohne Deckung. Doch Bernhard hielt sein Schwert nur wie ein Schild vor seinen Körper.

Jetzt trennte Bernhard vom Feind nichts mehr als die Länge eines Schwertes.

Mit dem Rücken an der Schranke, die aus Speeren zusammengesetzt war, gab es kein Ausweichen, kein Entrinnen mehr.

Der Gigant lachte.

Der Krieger Kerboghas hob sein Schwert mit beiden Händen, um aus der Höhe mit einem einzigen Schlag den Schädel dieses Feiglings zu zerspalten. Wohin auch Bernhard ausweichen würde, nach links oder nach rechts, das Schwert würde ihn tödlich treffen. Und selbst dann, wenn er sich endlich entschließen sollte, wenn er endlich angriffe, würde der mächtige Hieb von oben ihm sein Schwert aus der Hand schlagen und er wäre im nächsten Augenblick tot.

Mancher bedeckte die Augen, um dieses schmähliche Ende dieses edlen Ritters nicht mit ansehen zu müssen. Die meisten aber standen regungslos gespannt auf ihren Plätzen. Es war atemlos still geworden. Noch nie hatte sich ein Mann in einem Zweikampf so abschlachten lassen. Es war, als würde man das Knacken der Schädelknochen schon jetzt hören.

Da – genau in dem Augenblick, als der Sieger sein Schwert hoch über den Kopf hielt, als der Mann ohne Deckung war und dem Ritter seine ganze Blöße zeigte, sprang Bernhard aus dem Stand ihm entgegen, trat mit dem linken Fuß in seine Männlichkeit, um ihm im Sprung mit dem rechten Fuß einen Tritt ins Gesicht zu versetzen.

Der Krieger Kerboghas wankte, taumelte. Ein weiterer Tritt: Er fiel, stürzte nieder. Noch ehe die Zuschauer es wirklich wahrnehmen konnten, war Bernhard über seinem auf dem Boden liegenden Feind und stieß ihm das Schwert ins Herz, sodass er den Körper des Mannes bis zum Erdboden durchbohrte.

»Woran denkst du denn?«, wurde Alice von der Seite angesprochen. Sie zuckte zusammen. Es war Bernhard, der da, angetan mit Helm und Kettenhemd, das Schwert umgürtet, die auf das Maß eines Fußsoldaten verkürzte Lanze in der Hand, den Schild auf dem Rücken, plötzlich neben ihr auf der Befestigungsmauer stand.

»Ach, nichts«, entgegnete Alice ausweichend, um Bernhard nichts von ihren für ihn wenig ruhmreichen Fantastereien erzählen zu müssen.

»Die Schlacht wird bald beginnen«, sagte er. »Mit der Morgendämmerung versammeln sich die Heere. Doch vor dem Kampf möchte ich dir das hier noch geben.«

Jetzt erst sah Alice beim Schein der Fackeln, dass Bernhard nicht nur Waffen in der Hand hielt, sondern auch eine Pergamentrolle.

»Das Siegel des Legaten des Papstes?«, fragte sie erstaunt.

»Eine Abschrift, die Urkunde besitzt mein Vater. Ritter Martin hat sie für dich heute Nacht angefertigt. Es war übrigens nicht einfach, ihn zu finden. Obwohl der Legat des Papstes allen kämpfenden Männern befohlen hatte, die Nacht mit Gebeten zuzubringen, uns durch die Beichte von unseren Sünden zu reinigen und durch das Sakrament des Herrenleibes zu stärken, habe ich in den Kirchen vergeblich nach ihm gesucht.«

»Und – wo war Martin?«

»Beim Herzogtor. Genau an der Stelle, an der Theresa enthauptet wurde, lag er in Kreuzesform auf dem Boden und betete. Er hat sich aber sofort erhoben und ist mitgekommen, als ich ihm sagte, worum es ging.«

»Worum geht es denn? Was steht denn in der Pergamentrolle?«

»Es ist eine Verfügung nach meinem Tod. Unser Sohn Hanno wird von Bischof Adhémar als dem Legaten des Papstes für legitim und damit für erbberechtigt erklärt, sofern ich bei dieser Schlacht oder überhaupt bei unserer bewaffneten Pilgerfahrt ums Leben komme. Wenn ich sterbe, wird unser

Sohn Graf von Baerheim und die Linie unseres Geschlechts fortsetzen.«

Alice stand bewegungslos da und starrte Bernhard an.

»Du freust dich gar nicht?«, fragte er.

Alice schüttelte den Kopf.

»Weißt du eigentlich, wie schwierig es war, Adhémar zu seiner Einwilligung und Unterschrift zu bewegen? Da predigt er die ganze Pilgerfahrt Keuschheit, da verhängt er Strafen gegen Menschen, die unsittlich leben! Und nun unterschreibt er eine Urkunde, die unseren Sohn, der in Unzucht gezeugt wurde, als rechtmäßig anerkennt, obwohl du nicht einmal adelig bist.

Kannst du dir vorstellen, warum der Legat des Papstes sich dazu bereit erklärt hat und tatsächlich diese Urkunde hat ausfertigen lassen? Deswegen!«, sagte Bernhard scharf und wies hinunter in die Ebene von Antiochia.

»Da draußen warten die Türken nur darauf, uns zu vernichten. Kerboghas Heer ist mindestens viermal so groß wie das, mit dem Wilhelm der Eroberer England eingenommen hat. Es ist das größte Heer, gegen das jemals Christen haben ankämpfen müssen. Keiner unserer Männer, die sich jetzt versammeln, glaubt daran, den heutigen Abend noch zu sehen. Jeder hat in der letzten Nacht über sein Leben nachgedacht, seine Sünden bereut und sich auf den Tod vorbereitet. Nur ich bin durch Antiochia gelaufen, habe meinen Vater gesucht und Martin und Bischof Adhémar aus der Kathedrale von St. Peter weggeschwatzt. Zwischen zwei Messen habe ich ihn endlich zu fassen gekriegt. Adhémar wollte mich gar nicht anhören, sondern den Männern Trost spenden, die Beichte abnehmen und das Heilige Abendmahl feiern. Unwillig hat er sich darauf eingelassen. Und dann komme ich kurz vor dem Morgengrauen zu dir ins Frauengemach – und du bist nicht da, du bist fort.«

Alice fühlte seinen Schmerz.

Verlegen nahm sie Bernhards Hand und sagte:

»Ich danke Euch. Aber Ihr werdet nicht sterben.« Alice biss sich auf die Lippen. Das waren schale Worte.

Er ließ sie auch unbeachtet.

»Es könnte durchaus geschehen, dass sogar Bischof Adhémar bei der Schlacht ums Leben kommt. Da Graf Raimond von Toulouse zu krank ist, wird Bischof Adhémar das Heer des Grafen anführen. Falls wir alle fallen sollten, bring die Urkunde zurück nach Passau.

Der Abt, dein Onkel, wird dir dabei helfen, dass die Legitimation tatsächlich durchgesetzt wird und das Lehen der Grafen von Baerheim nicht an die Krone zurückfällt.«

Es geht dir gar nicht um mich und unseren Sohn, dachte Alice bitter, es geht dir nur um das Fortleben deines gräflichen Geschlechts.

Alice fühlte, wie sie rot wurde, und war froh, dass Bernhard das beim Flackern der Fackeln nicht bemerkte. Um irgendetwas zu tun, nahm sie den Jungen aus dem Tragetuch und hielt ihn im Arm.

Bernhard beugte sich zu Hanno und betrachtete ihn aufmerksam.

»Ich habe ihn noch nie gestreichelt«, bemerkte er. Und dann, Alice sah es mit Erstaunen, strich Bernhard seinem Kind sanft und zärtlich über die Wange.

Er räusperte sich.

»Unser Sohn sieht gesund aus.«

»Dank Euch. Ihr habt mir alles Essbare gebracht, was Ihr nur auftreiben konntet. Ihr habt für uns gehungert.«

Alice hörte leise Schritte hinter sich, sie blickte sich um.

Auf der Mauer erschienen Priester in weißen Gewändern und barfuß, die betend von Wehrturm zu Wehrturm schritten. Überhaupt begann die Befestigungsmauer sich zu bevölkern. Frauen stiegen die Treppen hinauf, um den bevorstehenden Kampf zu beobachten, Bogenschützen bezogen ihre Stellung.

»Sag, Alice, woran hast du gedacht, als ich kam? Du hast dich ja sichtbar erschrocken. ›Nichts‹ ist ein bisschen wenig als Antwort.«

»Ich dachte an den Zweikampf.«

»Der nicht stattgefunden hat. Kerbogha hat unser Angebot verschmäht.«

»Ich stellte mir vor, dass Ihr, bevor der Kampf beginnt, Euch einen Plan überlegt, wie Ihr den Feind besiegen könnt. Denn, verzeiht, ich denke, der Türke wäre größer und kräftiger und stärker als Ihr. Deswegen hättet Ihr auf einen Angriff verzichtet und die Häme der Massen auf Euch genommen. Tatsächlich aber hättet Ihr ihn in die Irre gelockt, sodass er unbedacht aus Hochmut einen Fehler begangen hätte. Ihr hättet den Mann getötet.«

Bernhard schwieg.

»Du kennst mich besser als jemand anders auf der Welt.«

Sie sahen einander an. Er lächelte wehmütig.

»Der Morgen graut. Die Männer sammeln sich schon in Schlachtreihen.« Bernhard nahm ihre Hand.

»Überleb du, Alice. Wir müssen siegen. Wenn nicht, schneidet Kerbogha allen Mädchen und Frauen den Hals durch. Das ist keine Vermutung, sondern sein fester Entschluss. Ich weiß es von Peter, dem Einsiedler. Denk an die Pilger des Armenkreuzzuges. Kilidj Arslan hat uns das vor Nikäa schon vorgemacht, wie es aussieht, wenn Tausende von Frauen und Kindern und Priestern und Alten ermordet werden. Stell dir vor, Kerbogha hat bei der Verhandlung mit Peter dem Einsiedler sein Schwert gezückt, uns verhöhnt und gedroht und gelacht. Er freue sich schon darauf, wie seine Männer die christlichen Mädchen und Frauen vergewaltigen.«

Alice fröstelte.

»Wenn wir die Schlacht verlieren, flieh in die Berge, schlage dich dann schnellst möglich durch zur Küste und finde ein Schiff, das dich und unseren Sohn nach Zypern bringt.

Aber – wir werden sie …«

»Was ist?«, fragte Alice, drehte sich um, schaute in dieselbe Richtung wie Bernhard und erstarrte ebenfalls.

Auf dem höchsten Turm der Zitadelle wurde ein pechschwarzes Tuch gehisst.

Bernhard atmete hörbar durch.

»Es war klar«, sagte er bitter, »dass dem türkischen Kommandanten der Zitadelle die Vorbereitungen für den Ausfall nicht verborgen bleiben würden. Unsere Heerführer hofften, er würde Kerbogha durch einen Boten warnen, den wir abgefangen hätten. Jetzt aber ist die Schlacht schon so gut wie verloren. Ein Überraschungsschlag ist nicht mehr möglich. Ich muss fort, Alice. Unsere Heere müssen die Brücke überschritten haben, bevor Kerboghas Bogenschützen am anderen Ufer Aufstellung nehmen und uns gemächlich einen nach dem anderen abschießen.«

Damit wandte er sich um und eilte mehr springend als laufend die Treppen hinunter zu dem Platz vor der Stadtmauer, auf dem sich Heeresteile formierten.

Alice blieb oben auf der Treppe stehen und schaute ihm nach. Ihr war zum Heulen zumute, liebend gerne wäre sie ihm gefolgt, hätte ihn umschlungen, doch das würde und könnte er nicht dulden. Sie hatte Angst um ihn, noch nie hatte sie vor einer Schlacht eine solche Angst. Warum sollte Bernhard unverwundbar sein? ›Ich habe nicht wie Siegfried in Drachenblut gebadet‹, hörte sie ihn wie in Passau sagen. Nein, all diese Männer da unten vor dem Tor erwarteten den Kampf in den Tod.

Alice fasste sich an ihre Stirn und fühlte, wie abgemagert sie war. Und es war ihr plötzlich deutlich, dass Bernhard aus nichts bestand als aus ein bisschen Haut, die man nur ein wenig anritzen musste, damit es blutete, und aus Knochen, die man zerbrechen, die man zerschlagen konnte.

Zum Kampf geboren – zum Ritter erzogen – zum Sterben bereit, ging es ihr durch den Sinn.

Wie Alice ihm so nachblickte, wie Bernhard an den Bogenschützen Hugos Vermandois', des Bruders des Königs von Frankreich, vorbeilief, die den Kampf gegen Kerbogha eröffnen sollten, erinnerte sie sich an eine sternenklare Nacht, in der Bernhard so leichthin bemerkte:

»Das Leben ist kurz und manchmal sehr schön.«

Jetzt hatte er die Abteilung des Herzogs Gottfried erreicht.

Sie sah, wie Bernhard sich in die Schlachtreihe der Ritter ein-reihte, die kein Pferd mehr besaßen und deswegen als Fußsol-daten kämpfen mussten. Von den Tausenden von Pferden, mit denen sie aus der Heimat aufgebrochen waren, gab es nur noch ungefähr 200, schätzte sie, und selbst Herzog Gottfried hatte sich das Pferd, auf dem er in die Schlacht ritt, vom Grafen Rai-mond leihen müssen. Alice seufzte.

Und Martin? Lebte Rab noch? Von ihrem erhöhten Platz konnte sie die Schlachtreihen des Legaten des Papstes über-blicken.

Da, tatsächlich saß Martin auf einem Pferd, das war wohl Rab, abgemagert und elend sah er aus. Rab war doch viel zu klapprig, um als Schlachtross seinen Dienst zu tun. Und Martin wirkte auch ausgemergelt. Er hielt sich ganz in der Nähe des Kaplans des Grafen Raimond auf, der die außerordentliche Ehre hatte, die Heilige Lanze in die Schlacht zu tragen. Martin würde also auf Leben und Tod die Lanze beschützen und verteidigen, auch wenn er wie Bischof Adhémar an ihrer Echtheit zweifelte. Alice selbst war sich nicht sicher, ob sie an die Lanze glauben sollte, hatte sich aber zu der Auffassung entschlossen, es könne nicht schaden, die Lanze verleihe den Männern überhaupt erst den Mut, gegen diese vielfache Überzahl der Feinde anzukämpfen.

In diesem Augenblick ertönten die Hörner, es erschallten die Trompeten.

Das Brückentor wurde aufgetan.

Bewegung ging durch die Reihen der Männer.

Aus der Stadt heraus zum Fluss, die ersten Bogenschützen erreichten den Orontes, die Brücke.

Alice kratzte sich vor Aufregung am Arm. Hanno fing an zu weinen. Alice versuchte, ihn mit leisem Summen zu beruhigen. Der Kleine weinte lauter. Sie musste ihn stillen und eigentlich auch seine Windeln wechseln. Warum nur hatte sie es schon in der Nacht im Palast nicht mehr ausgehalten, als sie bemerkte, dass alle waffenfähigen Männer fort waren? Warum war sie fortgegangen, obwohl sie wusste, dass Bernhard gegen Morgen zurückkehren würde, um sich für den Kampf zu rüsten? Alice gestand es sich ein, sie hatte befürchtet, Bernhard werde nicht zu ihr kommen, um Abschied zu nehmen.

Es war, wie es war. Das Kind schrie. Alice entschloss sich, zum Palast zurückzulaufen, um das Kind von seinen Bändern, mit denen es von den Schultern bis zum Fuß umwickelt war, zu befreien, kurz die Glieder zu massieren und mit Öl einzureiben, es neu zu wickeln und zu stillen.

Es umfing Alice eine unheimliche Stille, als sie die Eingangshalle betrat. Niemand, aber auch wirklich niemand war zu sehen. In der Küche brannte noch das Feuer, ohne dass jemand Obacht gab. Auf einem Teller lag ein Stück Pferdefleisch, das süßlich nach Verwesung roch und auf das sich die Fliegen gesetzt hatten. Alice wurde übel. Sie hoffte, Bernhard habe nichts davon gegessen, es war das Letzte, was sie überhaupt an Nahrungsmitteln besaßen. Alice hielt sich ein Tuch vor die Nase und lief an Bernhards Schlafzimmer vorbei zu den Räumen der Frauen. Auch hier wirkte alles verlassen. Während sie auf ihrem Bett lagerte, horchte Alice angestrengt auf jedes Geräusch.

Hufe, Stampfen, Pferde, Pferde, so schön, so stark, so schnell, wie nur die Türken sie hatten. Pferde aus den weiten Steppen des Ostens, die heranrasten, Staubwolken aufwirbelten, donnernd. Kerbogha mit seiner unermesslichen Streitmacht ausgeruhter, kampferprobter Männer schlachtete jetzt, durch das verabredete Zeichen der Fahne herbeigerufen, jeden Mann ab, der die Brücke überquerte. Sie sah Bernhard, getroffen von einem Pfeil, der so scharf war, dass er die Rüstung durchbohrte. Gegen diese Übermacht gab es keine Rettung. Bernhard hatte ihr noch am Abend erzählt, Herzog Gottfried habe Peter dem Einsiedler nach seinem gescheiterten Besuch im Lager Kerboghas verboten, laut zu verkünden, wie stark das feindliche Heer sei.

›Wie viele sind es denn?‹, hatte Alice gefragt.

›Zwischen 80.000 und 100.000 Mann‹, hatte Bernhard geantwortet. ›Schwer zu schätzen.‹

›Und wie viele sind wir noch, was meint Ihr?‹

›30.000 vielleicht, Frauen und Kinder und nicht kämpfende Männer mitgerechnet.‹

Alice hatte genickt. Von den wohl 60.000 Menschen zu Beginn der Pilgerfahrt waren nur noch so wenige geblieben.

Alice schloss die Augen, um besser hören zu können, während der kleine Hanno wohlig an ihrer Brust lag und, wie es ihr schien, hingebungsvoll saugte. Ihr fiel ein, dass adelige Frauen immer eine Amme für ihr Kind hatten, doch selbst wenn sie eine Edelfrau gewesen wäre, hätte sie bei dieser Hungersnot ihr Kind selbst ernähren müssen.

Doch außer den Schritten und dem Hufgetrappel, den Trompeten und Trommeln ihrer eigenen Leute hörte Alice nichts. Wo blieb Kerbogha? Auch wenn sein Lager weiter entfernt bei den Bergen lag, so hätte er längst sein Heer sammeln müssen. Warum griff Kerbogha nicht an?

Der kleine Hanno war an ihrer Brust eingeschlafen. Alice stand auf, nahm das Kind, hetzte zur Befestigungsmauer zurück, vorbei an den wenigen Rittern und Bogenschützen des Grafen Raimond, die in der Stadt zurückgeblieben waren und nahe der Zitadelle Stellung bezogen hatten, um einen Ausfall der türkischen Garnison zu verhindern. Sie lief die Treppe hinauf und drängte sich zwischen Frauen und einigen Bogenschützen hindurch, um irgendwie etwas von der bevorstehenden Schlacht sehen, um vielleicht sogar Bernhard erkennen zu können.

Wie in einer Prozession schritten Priester und Mönche in weißen Gewänder, singend um Gottes Hilfe und die Fürbitte der Heiligen flehend, dem Heer voraus, gefolgt von Hugo von Vermandois' Bogenschützen, die bereits die Brücke über den breiten Fluss überquert hatten und nach rechts abbogen, dem Flusslauf entlang, um nicht von allen Seiten eingeschlossen werden zu können. Es folgten auf ihrer linken Flanke die Schlachtreihen Herzog Gottfrieds von Bouillon. Die Priester und Mönche schlossen sich dem Heer Bischof Adhémars an, der seine

Abteilung geradewegs über die weite Ebene zu den Antiochia gegenüberliegenden Hügeln führte.

Um die Kämpfer Kerboghas abzuwehren, die von hinten aus der Richtung des St.-Georg-Tors angreifen würden, wandten sich nun Ritter und Fußsoldaten unter der Führung Renaud von Touls nach links den Fluss entlang. Jetzt ritt Bohemund auf einem prächtigen Pferd über die Brücke. Er überragte jeden Mann, sei er Franke, Byzantiner oder Türke. Aus Hochmut hatte er noch nicht einmal seinen Helm aufgesetzt, sodass sein weißblondes Haar nur so in der Sonne schimmerte. Achtunggebietend und schrecklich war er anzusehen. Er hatte für die Schlacht die meisten Pferde erhalten, denn seine Abteilung würde die äußerste Schlachtreihe bilden, um die anderen Heeresteile zu decken und ihnen rasch zu Hilfe zu kommen, wenn sie im Kampf nachließen. Alice sah, wie er sich am anderen Ufer seinen Helm aufsetzte.

Nun, da alle Heeresabteilungen die Brücke überquert hatten, war die weite Ebene vor Antiochia nur so mit Bannern übersät, aber nicht mit den Fahnen der jeweiligen Grafen, sondern mit den Bannern der Heerführer, sodass kein Kämpfer sich in der Schlacht verlor.

In der Ferne nahm Alice einen einzelnen Reiter mit einer weißen Fahne wahr, wie er auf den Legaten des Papstes zuritt. Bischof Adhémar ließ seine Heeresabteilung anhalten und erwartete den Boten Kerboghas in vollkommener Ruhe. Auch sein Pferd stand still, als sei es aus Stein gehauen.

Alice schloss die Augen zu einem Schlitz, um genauer erkennen zu können, was da vor sich ging. Was wollten die Türken? Ließ Kerbogha dem Legaten des Papstes den Vorschlag unterbreiten, er sei jetzt zu einem Zweikampf von jeweils zehn Kriegern bereit? Alice krampfte sich das Herz zusammen.

Bloß keinen Zweikampf, bitte, Gott, keinen Zweikampf, lieber eine ganze Schlacht als diesen Kampf auf Leben und Tod zwischen zwei Männern.

Der Abgesandte Kerboghas und der Legat des Papstes kamen

offenbar zu keiner Einigung, denn kaum hatte der Bote gewendet und ein vermutlich verabredetes Zeichen gegeben, da galoppierten, ihre fürchterlichen Schlachtrufe ausstoßend, wohl 2.000 Bogenschützen auf wunderbaren, schnellen Pferden auf die Abteilung Hugo Vermandois' zu.

Das kannte Alice schon, den Angriff mit unzähligen nadelspitzen Pfeilen, darauf blitzschnell die Pferde gewendet, kurze Flucht und wieder Angriff und dies immerfort, bis die Christen vernichtet wären.

Alice hielt den Atem an und presste ihren Sohn fest an die Brust. Es war ihr, als schwirrten um sie herum Pfeile und sie sah sich selbst in der Schlacht von Doryläon, wie sie den Männern Wasser brachte, in ständiger Angst, selbst getroffen zu werden.

Jedoch noch ehe die Türken den ersten Pfeil aus den Köchern ziehen konnten, fielen die Bogenschützen Hugos von Vermandois' ihrerseits mit Pfeilen über die türkischen Krieger her und drängten mit vor die Brust gehaltenem Schild die Feinde zurück. Die Angegriffenen ergriffen die Flucht – und brachen zusammen. Pferd um Pferd wurde von den Bogenschützen Hugos von Vermandois' abgeschossen. Alice hörte die Schmerzensschreie der Pferde.

»Ha, jetzt müssen diese Feiglinge endlich ehrlich Mann gegen Mann kämpfen«, hörte sie hinter sich eine sehr vornehme Dame verkünden. Alice drehte sich um, es war tatsächlich die Gattin des Grafen Raimond von Toulouse, die sehr zufrieden auf das Gemetzel unter sich hinunterblickte. Auf der Befestigungsmauer brach allgemeiner Jubel aus, aber nur einen Augenblick, denn nun jagten Zigtausende von Feinden in Schlachtreihen geordnet auf die Heere Hugos von Vermandois', Herzog Gottfrieds und Robert von Flanderns zu. Über die Ebene hinweg blitzten die Banner der feindlichen Feldherren, fürchterliche, unverständliche Schlachtrufe drangen durch Mark und Bein und ebenso schrecklich antworteten die Christen: »Gott, hilf uns!«

Alice wurde übel, die Sonne brannte auf sie herab, sie hörte, wie ihr kleiner Junge unruhig atmete, und da draußen in der

Ebene war Bernhard, umzingelt von Feinden und dem Tode nahe. Und er war wie alle Männer ausgehungert, verzweifelt und entschlossen, nicht zu sterben.

»Wo bleibt Kerbogha?«, hörte Alice hinter sich die Gräfin von Toulouse zu der schönen Emeline von Bouillon sagen.

Die Frauen staunten, wunderten sich, ängstigten sich. Tatsächlich, Kerbogha war noch nicht erschienen. Eine Falle?

Überall auf der Mauer wurde festgestellt und ausgerufen: »Kerboghas Banner fehlt!«

Warum zögerte er, warum ließ er seine Hauptstreitmacht im Lager? Welchen teuflischen Plan verfolgte er?

Doch auch so war die Überzahl der Feinde gewaltig. Und Bernhard mittendrin in der Schlacht, die dort vor ihren Augen stattfand.

Und es überfiel Alice der Gedanke, sodass sie einen Schweißausbruch bekam:

Wenn Bernhard nun fiele, wenn er getötet würde, dann wäre ihr Sohn Graf von Baerheim. So aber, wenn Bernhard am Leben bliebe, wäre er nichts als ein Bastard. Denn niemals, noch in keinem glücklichen Augenblick, hatte Bernhard sein Vorhaben aufgegeben, eine reiche, schöne, adelige Frau zu heiraten. Alice wusste nicht, was sie denken und hoffen sollte. Warm fühlte sie ihr Kind an der Brust. Nun lächelte ihr Sohn sie, seine Mutter, an. Heilige Mutter Gottes, hilf mir und meinem Kind.

Sollte sie nicht mit ihrem ganzen Herzen, mit all ihren Wünschen auf der Seite ihres Sohnes stehen, statt für einen Mann zu hoffen, der nach der Eroberung Jerusalems eine andere Frau, eine Adelige, heiraten würde und unwiederbringlich für sie verloren wäre. Kaum nahm sie noch etwas vom Kampfgeschehen wahr. Kaum bemerkte sie, dass die Fußsoldaten Adhémars und des Grafen Raouls von hinten angegriffen wurden und, statt zu fliehen, kehrtmachten und mit aller Kraft zum Gegenangriff übergingen. Alice aber richtete ihren Groll, ihren Zorn auf Bernhard. Wie er sie behandelte, wie der Graf die Magd, die ihm zu Diensten stehen, die ihm willfahren musste, jederzeit zu seinen Lüsten bereit.

Alice schüttelte den Kopf. Das war nicht wahr. So verhielt sich Bernhard nicht. Sie war es, die ihn verleugnete und verriet. Wie konnte sie wünschen, dass ihm ein Speer in den Rücken gerammt wurde, dass seine Lunge und sein Herz durchbohrt, ihm der Kopf abgeschlagen oder mit dem Schwert in die Kniekehlen gestoßen wurde. Wie konnte sie es wünschen, dass er dort unten verwundet, getötet, abgeschlachtet wurde, während er dafür kämpfte, dass Kerbogah ihr und allen Frauen und Kindern und ihrem kleinen Sohn Hanno nicht die Kehle durchschnitt.

Alice raffte sich auf, streckte sich. Was auch immer Hanno geschah, und meistens ging es den illegitimen Söhnen von Adeligen ziemlich gut, sie würde und dürfte nicht wünschen, dass Bernhard tot auf dem Schlachtfeld liegen bliebe.

Ein Aufschrei des Entsetzens schreckte sie aus ihren Gedanken. Die Feinde warfen aus Töpfen Feuer auf das trockene, sich sofort entzündende Gras. Es brannte lichterloh. Gräser und die Blätter des dürren Strauchwerks gingen in hochlodernden Flammen auf. Der Wind blies hinein und das Feuer breitete sich aus, ein undurchdringlicher Rauch stieg auf, sodass sich die Fußsoldaten Renauds darin verlaufen mussten. Wenn aber einer der Männer es geschafft hatte, sich aus den Flammen zu befreien, so wurde er von den Kriegern Kilidj Arslans niedergemacht oder zurück in den brennenden Glutofen gehetzt. Der Rauch stieg bis zu Alice, stieg bis in das Näschen ihres Sohnes, der Kleine wachte auf und hustete heftig.

Neue Streitmächte nahten. Der Fürst von Damaskus, Alice kannte sein Banner, galoppierte von den Bergen herab, umzingelte mit seinen Kriegern Bohemunds Ritter und Fußsoldaten und griff mit aller Gewalt an. Alice konnte nichts von dem erkennen, was auf dem Schlachtfeld geschah. Nur einen einzelnen Mann mit dem Banner Bohemunds sah sie am Flussufer entlanglaufen, vermutlich, um Herzog Gottfried um Hilfe zu bitten.

An ihm vorbei jagten Türken, aufgelöst, auf der Flucht, galoppierten sie auf ihren windesschnellen Pferden nach Osten. Sie beachteten den Mann nicht, der ihnen entgegenlief. Alice verlor ihn aus den Augen. Überhaupt konnte sie nichts Genaues von Herzog Gottfrieds Heer erkennen. Tote lagen auf dem Schlachtfeld, sie hörte die Schreie der Männer, Ritter liefen umher, herrenlose Pferde waren dazwischen und überall die verendenden Tiere.

Doch dann formierten sich die Männer, Alice sah, wie sich die Banner Gottfrieds langsam auf Bohemunds Abteilung zubewegten, Gottfried mäßigte offenbar den Lauf seiner wenigen Pferde, sodass die Ritter ohne Pferd und die Fußsoldaten mit den Reitern Schritt halten konnten und sie als Einheit zusammenblieben. Alice wünschte nun mit ganzer Kraft und Seele, Bernhard möge unter den Männern sein, die jetzt Bohemunds Abteilung erreicht hatten und sich mit fürchterlichem, Tod und Mord ankündigendem Geschrei in den Kampf warfen.

Der große Kerbogha aber mit seiner Hauptstreitmacht war immer noch nicht auf dem Schlachtfeld erschienen. Alice hatte ihn und sein unermesslich starkes Heer jeden Augenblick erwartet.

Endlich kam er, fast ersehnt und mehr als der Tod gefürchtet, galoppierten Kerboghas Krieger heran auf Pferden, schneller als der Wüstenwind, vor Waffen starrend, siegesgewiss. Unzählig viele, mit ihren Bannern schön und leuchtend anzusehen wie die Sterne am Himmel, kraftvoll wie Löwen, gefährlich wie Skorpione, listig wie Schlangen. Jetzt ginge das Morden erst recht los, der tönende, klirrende, blutrünstige, hässliche Reigen des Todes. Das Abschlachten.

Alice wusste es, das würde, das könnte Bernhard nicht überleben.

Gebannt stierte Alice nach Nordosten. Sie spürte, wie leichte, feine Regentropfen auf ihrer Haut perlten.

Mit einem Ruck stoppte der Atabeg von Mossul, der große, unbesiegbare Kerbogha und mit ihm sein Heer, sodass Pferde zusammenstießen, fielen und sich den Hals brachen.

Denn was er sah, zeigte ihm, dass er durch sein Zögern einen nie wiedergutzumachenden Fehler begangen hatte: Die Truppen seiner kämpfenden Verbündeten waren in Auflösung, in wilder Flucht jagten sie am Fluss entlang Richtung Osten, nur entschlossen, ihr Leben zu retten.

Gleichzeitig aber, mit kaum fassbarer Schnelligkeit, nahte sich das Heer des Legaten des Papstes, schritt in geschlossenen Schlachtreihen durch die Ebene auf das Heer Kerboghas zu und schnitt dem Feldherrn den Weg zu seinen flüchtenden Verbündeten ab.

»Die Lanze!«, triumphierte die Gattin des Heerführers Raimond. »Die Heilige Lanze hat Kerbogha gebannt und ihm seine Kraft genommen.«

Es war nicht zu fassen und dennoch wahr, der mächtige Kerbogha, der meist gefürchtete feindliche Heerführer, wendete sein Pferd, kehrte mit seiner Streitmacht um und verschwand in einer gewaltigen Staubwolke aus Alice' Blickfeld.

Tödlicher Stillstand, Juli 1098

EIN UNGEAHNTER TOD BREITETE SICH ÜBER ANTIOCHIA AUS. Ein Tod, der nicht mit dem Schwert zu beherrschen war. Schwer lastete die Seuche über der Stadt, täglich wurden Arme wie Adelige zum Friedhof gekarrt und dabei waren diejenigen, die auf dem Schlachtfeld lagen, noch nicht einmal alle begraben.

Es begann mit einem leichten Fieber, Übelkeit, Erbrechen und Durchfall, und ängstlich horchten die Sieger in sich hinein, beobachteten ihr Wohlgefühl, ob sich dergleichen Anzeichen ankündigten. Über all dem Elend wehte die blutrote Fahne Bohemunds vom höchsten Turm der Zitadelle.

In seinem Palast lag Bernhard auf dem Bauch auf seinem mit seidenen Kissen übersäten breiten Bett. Alice kniete neben ihm, sie rieb ihm den Rücken mit duftendem Balsamöl ein und massierte ihn mit leichter Hand.

»Ich habe beschlossen, mir sind nicht die Rippen gebrochen, der Schmerz lässt irgendwann nach und es ist vorüber.«

Alice fragte sich, ob so etwas zu beschließen wäre, ließ jedoch Bernhards Worte ohne Bemerkung stehen.

»Ganz am Ende der Schlacht«, erzählte er, »flüchteten die Türken über einen Gebirgsbach und machten vollkommen ermattet auf dem Gipfel eines Hügels Halt. Auch wir verlangsamten unseren Lauf, waren sowieso außer Atem, blieben also unten stehen und wollten sie nicht weiter verfolgen. Da, völlig unerwartet, schossen sie ihre todbringenden Pfeile auf uns. Herzog Gottfried rief mit lauter Stimme die Barmherzigkeit Gottes an und wir stürmten den Hügel hinauf mit vorgehaltenem Schild, ihnen entgegen. Bohemund preschte mit seinen Reitern und großem Geschrei uns zur Hilfe, die

Türken flüchteten weiter, wir setzten ihnen nach, zwangen sie zum Nahkampf. Ein sinnloses Morden nach der gewonnenen Schlacht. Die verwundeten und toten Leiber lagen übereinander, so dicht, als habe der Hagel gewütet. Mich traf von hinten ein Schlag mit dem Schwert. Gleichzeitig wurde ich von mehreren feindlichen Kriegern umzingelt und angegriffen. Ich war dem Tode noch nie so nahe. Da preschte eine weiße Lichtgestalt auf einem weißen Pferd zwischen mich und die Feinde. Die Türken müssen den Reiter auch wahrgenommen haben, denn sie waren wie gelähmt, sodass ich sie überwältigen konnte. Der Reiter war Walo, der tote Konstabler des Königs von Frankreich.«

»Mit oder ohne Kopf?«

»Mit Kopf.« Alice nickte. »Das werde ich seiner Frau erzählen. Es wird sie beruhigen in ihrer Trauer.«

»Jedenfalls, während wir auf's Äußerste kämpften, haben die Nord- und die Südfranzosen in ungewohnter Eintracht das Lager Kerboghas geplündert.«

»Die Mägde erzählen sich am Brunnen beim Wasserschöpfen, Kerbogha habe ein Zelt gehabt so groß wie eine Stadt, mit Türmen und Gängen. 2.000 Menschen sollen darin bequem Platz gehabt haben.«

»Hab ich nicht mehr gesehen. Als wir endlich in Kerboghas Lager ankamen, da war schon ziemlich alles abgeräumt. Gold und Silber und die Lebensmittelvorräte, wobei die auch nur kurze Zeit halten werden.«

Er seufzte.

»Hunger?«, fragte Alice.

Bernhard nickte.

»Durch den Sieg über Kerbogha hat sich leider wenig an unserer Hungersnot geändert.

So erschöpft wir nach der Schlacht auch sind, wir hätten gleich nach Jerusalem weiterziehen müssen, damit die Armen jedenfalls in den blühenden Gegenden weiter südlich plündern können. Der Krieg ernährt den Krieg. Das ist halt so.«

»Es wird erzählt«, Alice stockte und schluckte, »dass den Frauen in Kerboghas Lager Lanzen in den Bauch gestoßen wurden.«

Bernhard lachte verächtlich.

»Kerbogha, diese feige Memme. Er hat genau gewusst, als er an seinem Lager vorbei in die Berge flüchtete, dass er die Frauen und Kinder im Stich lässt.«

»Und Ihr?«

»Was meinst du mit der Frage? Ob ich beim Morden dabei war oder ob ich dich gerettet hätte? Zu deiner Beruhigung, als wir endlich das Lager erreichten, waren die Frauen und Kinder schon alle tot. Und was dich angeht«, Bernhard setzte sich auf und sah Alice an, »ich habe dir ein Versprechen gegeben, fast ein Gelübde getan, ich bin Ritter und würde es niemals zulassen, dass dich die Feinde umbringen.«

Alice schwieg, spielte verlegen mit den Fransen der bunten Seidendecke, beugte sich dann zu Bernhard nieder und umfasste seinen Rücken.

»Au!«, rief er. »Denk an meine Rippen!«

Alice lachte: »Ihr fühlt wohl nur im Kampf keinen Schmerz, im Frieden aber schreit Ihr auf.«

Bernhard schüttelte den Kopf und wurde sehr ernst.

»Ich sehe keinen Frieden. Ich halte es für durchaus denkbar, dass es zwischen Bohemund und dem Grafen Raimond von Toulouse zu einer bewaffneten Auseinandersetzung, zum Kampf, kommt. Bohemund betrachtet Antiochia als sein Eigentum, weil es nur durch ihn erobert werden konnte. Selbstherrlich wie er ist, hat er sogar schon, ohne zumindest auf den Legaten des Papstes Rücksicht zu nehmen, Verträge mit Kaufleuten aus Genua getroffen und ihnen 30 Häuser geschenkt.

Graf Raimond von Toulouse und Bischof Adhémar aber vertreten die Auffassung, die Fürsten hätten Kaiser Alexios den Treueid geschworen und versprochen, die eroberten Gebiete an Byzanz zurückzugeben. Ohne eine starke byzantinische Garnison sei Antiochia auf Dauer nicht gegen die türkische

Übermacht zu halten. Deswegen hat Bischof Adhémar Hugo Vermandois und leider auch Balduin von Hennegau zu Kaiser Alexios nach Konstantinopel geschickt. Ich warte auf Nachricht, ob sie da heil angekommen sind«, fügte Bernhard bekümmert hinzu. Alice, der das Wohl Bernhards weit mehr am Herzen lag als das seines Freundes, fragte in seine Gedankenverlorenheit hinein:

»Wenn es zum Kampf zwischen Bohemund und Graf Raimond käme, auf welcher Seite stündet Ihr dann?«

»Wo denkst du hin? Ich werde meinen Kopf nicht zwischen die Fronten stecken und in einen Bruderkrieg verwickelt werden. Unser Herr Jesus Christus lehrt uns, dass wir nicht gegeneinander Krieg führen, vielmehr dass Christen an der Liebe zueinander erkannt werden sollen.«

Alice lachte laut auf und Bernhard sah sie verwundert an.

»Ich lache, weil Ihr immer dann besonders fromm werdet, wenn es zu Eurem Vorteil ist.«

Bernhard schwieg betreten.

»Ich entdecke immer neue Seiten an Dir. Ich wusste gar nicht, dass du so bösartig sein kannst.

Wie auch immer, wir beide müssen mit unserem Sohn aus Antiochia fort. Am besten nach Edessa zu Balduin, der ist reich und kann für seine Scharmützel mit den Türken ganz gut noch Ritter gebrauchen. Die Fürsten haben beschlossen, dass wir unsere Pilgerfahrt nach Jerusalem erst am 1. November fortsetzen. Bis dahin kann jeder dahin ziehen, wohin er will. Ich jedenfalls habe keineswegs vor, hier an der Seuche zu krepieren.«

»Habt Ihr schon gehört«, sagte Alice in sein Schweigen, »dass der Legat des Papstes erkrankt ist? Es soll noch geheim bleiben, aber Martin meint, Bischof Adhémar wird bald sterben. Martin pflegt ihn.«

»Und ist selbst noch gesund?«

Alice nickte.

Bernhard bemerkte, wie sie kümmerlich in sich versank und dann auch noch an den Fingernägeln kaute.

»Was ist?«, fragte er und nahm ihr den Finger aus dem Mund.

»Martin hat einen Brief vom Abt an meinen Vater bei sich, den er vor mir verheimlicht«, antwortete sie und wurde rot, weil sie an den Geldbeutel dachte, den sie noch immer vor Bernhard verbarg, obwohl Bernhard ziemlich in Geldnot war.

»Wenn wir jetzt fortgehen aus Antiochia, dann weiß ich nicht, ob ich Martin lebend wiedersehe. Auf jeden Fall will ich wissen, was in dem Brief steht«, sagte sie trotzig und merkte, wie wütend sie auf Martin war.

»Aber ich befürchte, dass er sich weigert, ihn mir zu geben. Höchstwahrscheinlich hat er dem Abt schwören müssen, den Brief nur meinem Vater auszuhändigen. Als aber Martin bei unserem Heer in Pera ankam, war mein Vater schon tot.«

Auch eine sehr unangenehme Erinnerung, wie Alice schuldbewusst dachte.

»Ich denke, du als Tochter und einzige Überlebende deiner Familie hast ein Recht auf den Brief. Das wird Martin einsehen müssen. Schließlich war er früher einmal der Knecht deines Vaters. Ich werde Kaspar nach ihm schicken. Entweder soll er dem Jungen den Brief aushändigen oder Martin soll hierher kommen.«

»Kann Kaspar lesen?«, fragte Alice ängstlich, von neuer Sorge erfüllt.

Der Brief des Abtes, Antiochia/ Passau

DUMPF UND DRÜCKEND WABERTE DIE HITZE an diesem 1. August durch die Straßen und über die Plätze der Stadt. In ein Tuch eingehüllte und verschnürte Leichen wurden auf Brettern zu den eilig ausgehobenen Gräbern getragen. Weinend und klagend folgten die Angehörigen dem Toten, der unter Psalmengesang möglichst schnell verscharrt wurde, denn an Brettern herrschte Mangel. Im Laufschritt eilten die Totengräber vom Friedhof zurück zu dem nächsten Verstorbenen. Doch dann, ehrfurchtsvoll traten sie zur Seite für einen Leichenzug, der sich in einer Prozession der Kathedrale des St. Peter zubewegte.

Mönche, Priester und Äbte zogen, Psalmen singend und Kerzen in den Händen haltend, voran, gefolgt von den Fürsten und Edlen und manchem Armen, der sich noch in die Kirche hineindrängte und ein Almosen erhoffte.

Martin stand während der Messfeier mit anderen Rittern etwas entfernt vom Altar.

Er fühlte sich leer, wie betäubt, während um ihn herum Trauernde in Tränen ausbrachen. Besonders der sehr fromme Herzog Gottfried von Bouillon konnte sich nicht fassen, sodass die heilige Handlung immer wieder durch sein lautes Aufschluchzen unterbrochen wurde. Martin hatte keine Tränen, er fühlte sich fremd unter den Weinenden. Er empfand nur Bitterkeit, dass die irdische Hülle Bischof Adhémars unter Gebet und Psalmengesang genau an der Stelle ins Grab gesenkt werden sollte, wo die Heilige Lanze gefunden worden war. Trotz des Sieges über Kerbogha hatte Bischof Adhémar noch auf dem Krankenlager darauf beharrt, die Lanze sei nicht echt, Peter Bartholomäus sei ein Scharlatan und habe die Lanze heimlich vergraben, weswegen dieser jetzt das Gerücht verbreitete, der Bischof sei als Strafe in der Hölle, der Heilige Andreas habe ihm das anvertraut.

Wie auch immer, noch musste Bischof Adhémar auf seiner Seelenreise begleitet werden. Das Grab wurde gesegnet, Psalmen wurden gesungen, und als das Benediktus erklang, fiel Bohemund vor dem Sarkophag auf die Knie. Sein lautes Wehklagen und Weinen übertönte sogar die Tränen Gottfrieds.

Endlich kam der Augenblick, da das Gebet beendet war, das Geläut der Kirchenglocken verstummte, die Kerzen erloschen.

Martin blieb allein am Grabe Bischof Adhémars zurück. Er hörte hinter sich, wie die Trauernden sich langsam, bisweilen laut aufschluchzend, zum Kirchenportal begaben. Er aber wollte beten. Er rief die Mutter Maria an, die Adhémar sehr verehrt hatte, doch dazwischen tauchte das Bild seiner eigenen Mutter auf, was ihn beunruhigte.

Wie sehr Martin sich auch um Andacht bemühte, die Gebete brachten ihm keinen Trost, machten ihn nur noch bedrückter. Er fühlte sich elend. Fast fluchtartig verließ er das Gotteshaus, musste blinzeln, als das grelle Sonnenlicht auf sein Gesicht fiel – und schrak zusammen.

Hart wurde er von einem der Sekretäre Bohemunds angerempelt.

»Ah, Ritter Martin«, grinste der andere. »Bischof Adhémar braucht keinen Schreiber mehr. In Zukunft diktiert Bohemund die Briefe an den Papst und an die anderen Würdenträger uns und nicht Euch.«

Martin sah den Mann befremdet an. Endlich fasste er sich: »Dies ist ein Tag der Trauer und nicht des Triumphes. Das sollten auch Bohemunds Leute nicht vergessen.«

Ohne Bohemunds Sekretär noch weiter zu beachten, ging Martin die Stufen hinunter.

Das Furchtbare war nur, so wurde Martin bewusst, gerade die Widersacher Adhémars übernähmen nun seine Aufgaben. Für ihn selbst aber gab es nichts mehr zu tun. Es war zum Heulen.

Nur sich nicht anmerken lassen, dass er im Moment nicht wusste, wohin er gehen sollte.

Alle fort, alle tot, einfach weitergehen.

Als hätte er ein Ziel, bewegte er sich über den weiten Platz vor der Kathedrale.

Bloß immer einen Fuß vor den anderen setzen. Es schien ja auch natürlich, dass er zum Palast des Bischofs ging, dort waren schließlich noch seine Sachen.

Offensichtlich fand es auch Bernhard selbstverständlich, denn vor dem Eingangsportal stand Kaspar und wartete auf ihn, wie immer barfuß, aber ansonsten ordentlich gekleidet.

Es war Martin nicht angenehm, den Jungen zu sehen, der sich tief vor ihm verneigte.

»Ritter Martin, die Pilgerin Alice möchte Euch sprechen. Ich habe den Auftrag, wenn es nur irgend geht, Euch sogleich zu ihr zu bringen.«

Martin zuckte kaum merklich die Achseln, wunderte sich zwar, jedoch war es ihm recht, mit irgendetwas musste er ja die Zeit ausfüllen.

Bewusst würdevoll stand Alice in einem Saal, durch dessen Fenster nur wenig Licht hineinfiel und der stattdessen von Kerzen erleuchtet war. Inmitten des Raumes befand sich ein großer Tisch mit zwei Stühlen. Von Bernhard war nichts zu sehen, aber Martin ahnte, dass er hinter einer der Türen zuhörte.

»Du hast mich rufen lassen? Wozu?«

Alice schluckte. »Ich wollte gerne wissen, wie es Rab geht.«

Martin kniff die Augen zusammen und zog die Mundwinkel ungläubig nach unten.

»Ja, wirklich. Wir haben ihn gemeinsam aufgezogen. Er war unser Pferd. Das Letzte, was wir noch aus der Heimat besitzen. Und fast alle Pferde tot. Zeitweilig hatten wir kein einziges mehr. Nun hat uns jedenfalls Bernhard Reitpferde aus dem Lager Kerboghas besorgt. Wie geht es Rab?«

»Gut«, antwortete Martin knapp.

Was störte ihn so sehr an Alice? Sie war kaum geschminkt, wenn überhaupt. Das Haar trug sie streng nach hinten zu einem dicken Zopf geflochten, sodass nur ihre Ohrringe funkelten und wohl leise klirrten, wenn sie den Kopf bewegte. Das türkisfarbene Kleid war entgegen der Mode zu eng geschnitten. Alice wirkte vornehm, doch daran war nichts auszusetzen, er musste sich nur selbst betrachten. Von dem ehemaligen Knecht war nichts übrig geblieben.

»Das ist eine sehr kurze Antwort.«

»Alice, du willst mir doch nicht weismachen, dass du mich hast holen lassen, um über Rab zu sprechen.«

»Nein, nicht nur, aber glaube mir, auch ich habe Rab sehr gerne.«

Sie holte Luft. »Ich weiß, du hast einen Brief vom Abt an meinen Vater.« Sie atmete tief durch. »Ich weiß es seit Nikäa, als du verwundet und bewusstlos warst und Markus und ich dich gesucht haben.«

»Und nun willst du wissen, was in dem Brief steht. Das kann ich dir nicht sagen.

Ich habe dem Abt versprechen müssen, dass ich nur Karl, deinem Vater, den Brief aushändige. Wenn dies nicht möglich wäre, soll ich den Brief dem Abt zurückgeben. Wenn ich aber sterben sollte oder in Gefangenschaft gerate, soll ich den Brief vernichten.«

»Hast du das versprochen oder geschworen?«

»Versprochen. Der Abt sagt, Jesus habe seinen Jüngern verboten zu schwören.«

»Ich muss den Brief lesen, Martin. Ich muss. Bitte.«

Martin schüttelte den Kopf.

»Du warst nicht dabei, als mein Vater gestorben ist. Er wurde beim Plündern zum Krüppel zusammengeschlagen. Und als wir Pera verlassen mussten, weil es in Brand gesteckt werden sollte, da wollte er nicht mehr mit, er konnte nicht mehr mit. Jedenfalls, so stelle ich mir seine Gedanken vor. Martin, er hat Schlafmohn genommen, er hat mich mit einem Auftrag weggeschickt und als ich wieder zu ihm kam, war er tot. Weißt du, was das heißt?«

»Er ist ein Selbstmörder.«

»Bernhard hat ihm zu einem christlichen Begräbnis verholfen, auch wenn er die Zusammenhänge richtig deutete. Von ihm hatte ich auch den Schlafmohn gegen die Schmerzen. Gleichgültig, wie es dazu gekommen ist, es ist so.«

»Dann warst du Bernhard wohl zu Dank verpflichtet.«

»Nein, war ich nicht. Wie kannst du nur so was denken.«

Sie schwiegen. Nur nicht streiten, dachte sie.

»Nur fühle ich, bin ich mir ganz sicher, dass mein Vater noch im Zwischenreich ist, dass er keine Ruhe findet und niemals ins Paradies eingehen kann, sondern gequält und gefoltert umherirrt. Verstehst du das?«

»Wie sollte ich nicht, das ist die göttliche Strafe für Selbstmörder.«

»Bist das wirklich du, der das spricht?«

Martin zuckte die Achseln.

»Ich habe solche Angst, dass mein Vater für immer in die Hölle kommt. Jeden Tag bete ich für seine arme Seele. Aber es ist umsonst. Ich bin mir ganz sicher, dass meine Gebetskraft nicht ausreicht, um ihn von seinen Leiden zu befreien. Ich bin keine Nonne, ich bin nicht einmal eine verheiratete Frau.«

Martin blickte auf.

»So bitte doch den Abt, dass er Seelenmessen für deinen Vater liest. Er wird es umsonst tun.«

Alice schüttelte den Kopf. »Ich kann ihn nicht bitten.«

»Er ist nicht so unnahbar, wie du annimmst. Du magst ihn nicht. Aber von weit her kommen Menschen in sein Kloster, um dort wegen der Seelenmessen zu sterben.«

»Nein. Gerade ihn kann ich am wenigsten bitten. An dem Abend, als der Abt nach 15 Jahren zum ersten Mal wieder in sein Elternhaus kam und mein Vater sich entschloss, das Kreuz zu nehmen, habe ich ein Gespräch belauscht. Anfangs habe ich es nicht verstanden. Heute weiß ich, der Abt warf meinem Vater vor, er habe meine Mutter die Treppe hinuntergestoßen, mein Vater sei der Mörder meiner Mutter.«

»Und, was hat dein Vater gegen diese Anschuldigung gesagt?«

»Er konnte sich an nichts erinnern. Er war zu betrunken, als der Unfall geschah.«

»Ja, er war ein Säufer. Er hielt nicht Maß!«

»Martin!«, Alice warf sich vor ihm auf die Knie. »Ich bitte dich. Ich bin auch schuld am Tode meines Vaters. Ich gab ihm den Schlafmohn. Nun ist er tot. Ich fühle, wie seine Seele um mich ist und mich anfleht. Irgendwie bin ich ganz sicher, dass in dem Brief etwas steht, was ihn von dem schrecklichen Vorwurf entlastet.«

»Wenn er frei von Sünde ist, dann weiß das auch Gott. Er wird deinen Vater nicht wegen einer Tat verurteilen, die er nicht begangen hat. Gott ist gerecht.«

Nein, ist er nicht, rebellierte es trotz seiner eigenen Worte in Martin. Niemals hätte er Theresa so sterben lassen dürfen.

»Gott ist gerecht. Aber die Toten bedürfen auch unserer Fürbitte. Ich weiß, dass mein Vater nur zur Ruhe findet, wenn dieser Vorwurf auf Erden von ihm genommen ist.

Bitte, Martin. Schon morgen brechen Bernhard und ich zusammen mit anderen Rittern und ihren Frauen nach Edessa auf. Es kann sein, dass du und ich uns niemals mehr lebend wiedersehen.«

Martin strich sich über sein Kinn, auf dem sich ein dichter Bartwuchs zeigte.

»Ich kann mein Versprechen nicht einfach brechen. Lass mich einen Augenblick allein. Ich muss überlegen, was … was der Abt dazu sagen würde.«

Er setzte sich an den Tisch, stützte den Kopf auf, doch es fiel ihm nichts ein. In seinem Kopf war es dumpf, leer. Er versuchte, sich den Fremden vorzustellen, der sein Vater war. Er wusste so wenig von ihm.

Diesen Brief hatte sein Vater eigenhändig geschrieben. Er enthielt ein Geheimnis, das nicht für ihn bestimmt, aber möglicherweise für ihn von Bedeutung war. Martin gab sich einen Ruck.

»Alice!«, rief er. Die Tür öffnete sich sofort.

»Wir lesen zusammen den Brief. Aber du musst ihn öffnen.«

Wie Adam, dachte sie, der die Verantwortung auf Eva schiebt, als er von dem verbotenen Apfel gegessen hatte.

»Danke«, sagte sie und die beiden jungen Leute schoben die Stühle zusammen.

Alice erbrach das Siegel.

›Im Namen der Heiligen Dreifaltigkeit und der ungeteilten Einheit.

Ich, Johannes, durch Anordnung der göttlichen Gnade unwürdiger Diener der Heiligen Kirche und des Klosters Lichtenfels, wünsche Dir Getreuem Christi Karl Gnade und ewiges Heil in Christo.

Nach schwerer Krankheit verlässt heute Martin das Kloster, um sich der Pilgerfahrt nach Jerusalem wieder anzuschließen. Martin besitzt mein ganzes Vertrauen und so wird er Dir nicht nur Alice' Mitgift überbringen, sondern auch diesen Brief, der nicht in unbefugte Hände gelangen sollte.

Seit Deiner Abreise war ich häufig in unserem Vaterhaus, um festzustellen, welche Verwendung das Kloster für das Gebäude hätte, vor allem aber, um die Wahrheit über den Tod Felicitas' herauszufinden.

Zunächst zu Deiner Beruhigung. Das Kloster übernimmt zwar die anfallenden Kosten, so musste nach einem Sturm im November ein Großteil der Schindeln ersetzt werden, das Haus wird jedoch als Dein Eigentum betrachtet. Du kannst nach Deiner Rückkehr, hoffentlich als reicher Mann. Dein Geschäft in gewohnter Weise wieder aufnehmen. Das Kloster ist reich und ich werde die Brüder zu überzeugen wissen, dass wir einem Jerusalempilger, dessen Leben ständig bedroht war, großzügiges Entgegenkommen erweisen sollten.

Der eigentliche Grund meines Schreibens besteht jedoch in meiner Einsicht, dass Du am Tode Felicitas' keine Schuld trägst, jedenfalls nicht die Schuld, derer ich Dich all die Jahre bezichtigt habe.

Seit Deinem Fortgang nach Jerusalem habe ich viele Stunden in dem Tanzsaal verbracht und jede Stufe der steinernen Treppe untersucht.

Ich habe die Augen geschlossen, die Spielmannsleute und den Tanzbären vor mir gesehen, die Musik gehört und mir uns vorgestellt, wie wir festlich gekleidet an der Tafel saßen, Du neben Felicitas, ich ihr gegenüber.

Jedoch, der Dienende steht immer über denjenigen, die zu Tische sitzen.

Stolz und von magischer Schönheit durchschritt Martha den Saal, brachte den Krug mit Wein und schenkte als Erster ihrer Herrin ein.

Wie aus Versehen glitt ihr der Krug aus den Händen und zerbrach auf dem Steinfußboden.

Wortreich entschuldigte sie sich für ihr Missgeschick, wischte sogar statt der hinzueilenden anderen Mägde eigenhändig den Boden, niemand durfte ihr helfen. Neuer Wein wurde geholt, und so war es nur und ausschließlich Felicitas, die von dem zuerst ausgeschenkten Wein trank. Ich vermute, ihr wurde schon bald schwindelig. Aber wie es Felicitas' Art war, sprach sie nicht darüber. Ich beobachtete, wie ihr Gesicht immer fahler wurde, während ihre Augen einen unruhigen Glanz bekamen. Einmal forderte ich sie, mir zur Qual, zum Tanz auf und fühlte ihre kalten Hände.

Plötzlich, mitten im Tanz, verließ Felicitas den Tanzsaal und eilte die Steintreppe hinunter. Du warst hinter ihr, ich folgte. Deine Hand berührte ihren Rücken. Es sah aus, als würdest Du sie stoßen. Heute weiß ich, die Treppe war an dieser Stelle besonders uneben und glatt und Du wolltest sie nur davor warnen.

Ich habe inzwischen unser Vaterhaus vom Keller bis zum Dachboden durchsucht. Marthas Kammer war seit ihrem Tode unberührt – auch sie fiel eine Steintreppe hinunter.

Gott geht mit den Menschen sonderbare Wege.

Jedenfalls besaß Martha Schriften über Heilkunde, ich fand aber auch die Abschrift einer Rezeptur für ein Gift, das unmittelbar zu Übelkeit, Schwindel, Bewusstlosigkeit und bei einer Überdosis zum Tode führt.

Der Vorwurf gegenüber Martha trifft mich härter, als Du vermutest, weil ich mit ihr enger verbunden war, als ich es jemals gewünscht habe und ihr es geahnt habt.

Es war kein Fluch, den ich ausstieß, als Du mit Felicitas im Brautbett lagst.

Es war Verzweiflung und der Entschluss, zu der Frau zu gehen, von der ich wusste, Du begehrtest sie Dir als Deine Buhle. Es war Rache.

Ich habe Dich auf den Weg nach Jerusalem gehetzt und Du hast um der göttlichen Strafe und der Hoffnung auf Gnade willen Dein Leben als Kaufmann aufgegeben.

Zwar bin ich mir durchaus sicher, dass jede Frau und jeder Mann dieser Pilgerfahrt zur Befreiung des Heiligen Grabes für sein Seelenheil bedarf, so auch Du, jedoch nicht um der Tat willen, um derentwillen Du Dich aufgemacht hast. Mögen Dir die Strapazen und Gefahren auf Erden wie auch in der jenseitigen Welt Gewinn bringen.

Christe eleison, Herr, erbarm dich unser.

Ich empfehle Martin Deiner Gunst und Gnade.

Sei gegrüßt‹

Martin war sterbenselend zumute.

Er selbst aus Verzweiflung, Eifersucht und Rache in Sünde gezeugt!

In Martin stieg es heiß auf, er merkte, wie er flammend rot wurde. Hastig ergriff er den Brief, steckte ihn zurück und floh aus dem dunklen Raum mit den entsetzlich süßlich duftenden Kerzen.

Nur fort aus diesem Palast. Nur weg von Alice!

Er rannte die Stufen hinunter, hörte, wie Alice ihm »Martin!« nachschrie, ja, sogar das Fenster öffnete und noch einmal flehend »Martin!« rief.

In den Gassen und auf den Plätzen überall Arme, die nach der Beisetzung Bischof Adhémars auf die üblichen Almosen warteten und ihn anbettelten.

Scheußliches Antiochia. Martin sprang zur Seite. Doch zu spät. Er wurde hart von einem Totenträger angerempelt, die Leiche fiel vom Brett. Unter Beschimpfungen half er, sie wieder auf die Trage zu legen. Unglücklich blieb Martin stehen und sah dem Leichenzug nach, der davonhetzte.

Nur fort. Er musste raus aus diesen Gassen, über denen gelb, stinkend und bleiern die Seuche lag. Er musste ins Freie. Doch wenn Martin erhofft hatte, am Flussufer Linderung zu finden, so vermehrte sich hier die Qual ins Unermessliche. Nie hatte er sich vorstellen können, wie der Abt und seine Mutter ihn zeugten. Sie waren zwei Pole, die niemals hätten zusammenfinden dürfen. Doch jetzt, während Martin Steine aufhob und sie voller Zorn in das dunkle Wasser warf, da wusste er es, da sah er es. Nein, nicht, wie der Abt, der damals noch Daniel hieß und höchstens gerade 17 Jahre alt war, im Bett auf seiner Mutter lag und Martha einen zärtlichen Kuss auf den Mund drückte, nein, Martin schaute etwas viel Grauenhafteres und er ahnte, es war wahr.

Er sah das Brautbett Karls und Felicitas', geschmückt mit Blumen, mit roten Rosen, deren Dornen die Mägde entfernt hatten. Nun an ihrem Hochzeitstag lag die zierliche Braut hingestreckt auf einem schneeweißen Laken und ihr Haupt mit den wilden feuerroten Locken ruhte auf einem seidenen Kopfkissen. Mit weit aufgerissenen Augen blickte sie entsetzt Karl an, der sie begatten sollte und sich schwer und massig über sie beugte. Dicht gedrängt umstanden die Hochzeitsgäste das Lager, die Eltern der Braut, ihre Schwiegereltern, der Priester und wer sonst Rang und Namen in Passau besaß. Und inmitten dieser Neugierigen – Daniel. Als nun der Brautvater mit befehlender

Stimme seine Tochter aufforderte, die Beine nicht aneinanderzupressen, sondern für ihren Gatten weit zu öffnen, und Karl sich mühte, in sie einzudringen, da hielt es Daniel nicht mehr aus, drohte mit erhobener Faust und stieß die Worte aus: ›Wenn ihr wüsstet, was ich jetzt tun werde!‹, diese Worte, die ihm von Böswilligen immer noch als Fluch ausgelegt wurden. Daniel hatte jedem widersprochen, der sie unbedacht vor ihm äußerte, war rot vor Zorn geworden und hatte dem Beleidiger mit der Faust gedroht, bereit, sich mit ihm aufs Blut zu schlagen. Jetzt wusste Martin, es war tatsächlich ein Fluch.

Damals lief Daniel mit seinen schönen, bunten Kleidern, dem halblangen schwarzen Haar wie besinnungslos aus dem Hochzeitsraum, er stieß die Bediensteten zur Seite, die neugierig gaffend vor der offenen Tür standen, musterte sie forschend, doch Martha, die Lieblingsmagd Karls, war nicht dabei. Er hastete in die Küche, wo nur der Koch und eine alte, zahnlose Magd in großen Töpfen rührten, damit das Essen nicht anbrannte. ›Martha?‹ Sie zuckten die Achseln. Nicht gesehen, keine Ahnung. Weiter. Daniel hetzte die Holzleiter hinauf zu Marthas Kammer, pochte wie wild dagegen, nichts, horchte. Stille. Wütend stampfte er mit dem Fuß auf. Dann durchfuhr es ihn.

Der Keller. Sie ist im Keller.

Und wirklich kam ihm in dem dunklen, nur von einer Fackel erleuchteten Tonnengewölbe die Magd Martha entgegen. Sie trug einen Weinkrug aus Ton, den sie sofort erschreckt absetzte. Drohend, zornig, entschlossen kam er auf sie zu, immer näher. Martha wich zurück.

›Daniel!‹, rief sie flehend.

›Schweig!‹ fuhr er sie an. Jedoch es war nicht die Stimme des Jungen, der dies befahl, es war die des Abtes. Er trug auch nicht mehr die bunten Hochzeitskleider, sondern die schwarze Mönchskutte. Es war der Abt, der dunkel und unerbittlich auf die junge Frau zuschritt, Martha wich weiter zurück.

›Was wollt Ihr von mir?‹, stieß sie angstvoll hervor.

›Dich.‹

›Ich bin Jungfrau!‹, rief sie voller Furcht in ihrer Seelennot.

›Umso besser‹, erwiderte der Abt, packte sie bei den Handgelenken, drückte zu und stieß sie mit dem Rücken gegen den groben, kalten Stein der Wand.

Martha schrie, schrie.

Er lachte. ›Schrei du nur, dich hört hier keiner. Du bist ganz allein mit mir.‹

Martha wand sich. Je mehr sie kämpfte, ihre Hände freizubekommen, desto fester und erbarmungsloser wurde sein Griff. Sie trat nach ihm.

Er schlug sie ins Gesicht, sagte kopfschüttelnd lächelnd: ›So, so.‹

Mit zusammengekniffenen, grausamen Augen blickte der Abt Martha ins Gesicht.

›Du bist meine Sklavin‹, sagte er hart und kalt, sodass sie vor Furcht erbebte.

Mit Befriedigung sah er ihre Erregung und trat so dicht an sie heran, dass sie sein Geschlecht fühlen konnte.

›Das gefällt der kleinen Hure.‹

Martha spuckte ihm ins Gesicht.

Er lachte.

Dann aber, plötzlich biss er in ihren Ausschnitt und riss mit einer kurzen, kräftigen Bewegung das Kleid auseinander. Nackt stand sie mit ihren prallen Brüsten vor ihm. Er musterte Martha vom Hals bis zu den Zehen und schien zufrieden zu sein, während er wieder ihre Arme in Kreuzesform gegen die Wand presste. Dann umspielte er mit seiner Zunge ihre Brüste, ihre Brustwarzen, saugte immer stärker, immer heftiger, sie stöhnte auf. Zuerst biss er leicht zu, ein Schauer der Begierde durchlief sie. Er ließ aber nicht locker, sondern grub seine Zähne immer tiefer in ihr weißes Fleisch. Ein glühender Schmerz durchfuhr sie und entsetzt blickte sie den Blutstropfen nach, die an ihren Brüsten hinunterrannen, während ihr dunkles, glattes Haar sich in den feurigen Lockenkopf Felicitas' verwandelte.

›Unter Schmerzen sollst du Kinder empfangen‹, sagte der

Abt mit teuflischer Stimme und drückte unerbittlich mit seinem Glied ihre Schenkel auseinander. Willentlich brutal drang er in sie ein, Martha immer noch als seine Gefangene festhaltend. Fordernd, hart, unerbittlich stieß er zu, demütigte sie, indem er ihr Gesicht nicht berührte, sie nicht küsste, liebkoste, sondern mit Genugtuung ihren Schmerz genoss. Die Haut an Marthas Händen war abgeschürft, sie blutete und wieder biss der Abt in den Vorhof ihrer Brustwarze, während er immer stärker und schneller zustieß.

Martha keuchte, sie weinte, sie schrie vor unsagbarem Schmerz und wahnsinniger Begierde. Wie ein Feuerball war sein Glied, forderte ihre bedingungslose Hingabe, Erniedrigung, ihre Unterwerfung. Kein Schmerz und keine Lust, die sie sich nicht von ihm zufügen ließ. Der Abt forderte ihre Seele, während Marthas gepeinigter Körper erzitterte.

Da erst löste er sich von ihr. Fing mit dem Zeigefinger ihr Blut und seinen Samen auf und forderte: ›Knie nieder!‹

Sie gehorchte.

Er führte den Finger an ihren Mund und befahl:

›Trink das!‹

Sie sog es gierig in sich hinein.

›Du bist mit meinem Samen getauft. Du gehörst mir.‹

Martha rückte auf Knien an ihn heran und wollte sein Glied küssen.

Der Abt aber wich zurück und sagte:

›Rühr mich nicht an. Ich bin heilig.‹ ›Bitte!‹, rief die junge Frau.

Er lachte sie grausam aus.

Mit einem schnellen Griff warf er Martha die zerfetzte Kleidung über ihren geschundenen Körper und verließ die am Boden winselnde Frau. Doch während er durch das dunkle Gewölbe nach oben dem Licht zueilte, verwandelte sich seine schwarze Kutte wieder in das bunte Festtagsgewand des Jünglings Daniel. Unbemerkt lief er über den weiten Kaufmannshof hinaus in die Marchgasse, zur Donau hinunter und weiter am Fischmarkt vorbei zum Paulusbogen, um für Monate sein Vaterhaus zu verlassen.

Martin stand der Schweiß auf der Stirn. So konnte es nicht gewesen sein. Unmöglich, dass der Abt, dass Daniel Martha vergewaltigt hatte – und dass sie sich von ihm in Gier und Lust vergewaltigen ließ. Letzteres konnte Martin sich schon eher vorstellen. Nein, es musste ganz anders zugegangen sein. Dass Daniel es nicht ertragen konnte, wie Karl an Felicitas die Ehe vollzog, das war nicht nur wahrscheinlich, das war verständlich und gewiss. Auch dass er ihnen mit den Worten: ›Wenn ihr wüsstet, was ich jetzt tun werde‹ gedroht hatte. Und sicher hatte er auch mit dieser Drohung gemeint, dass er mit Martha schlafen wollte. Das ging klar aus dem Brief hervor.

Auch für Martha, die als junge Waise, noch ein Kind, in das Kaufmannshaus aufgenommen worden war und als Magd diente, die ihren Herrn Karl verehrte, jeden Wunsch von seinen Lippen ablas, ihn liebte, auch für sie musste es unerträglich sein, dass er nun Felicitas zur Frau nahm. Darum stand sie nicht bei dem gaffenden Gesinde vor der Tür des Schlafgemachs. Aber sie war nicht im Keller! Nein!

Martha war nicht einmal im Kaufmannshof, obwohl sie in der Küche dringend gebraucht wurde. Sie war zur mit Bäumen und Buschwerk dicht bewachsenen Landspitze geflüchtet, dorthin, wo Donau, Inn und Ilz zusammenfließen, und dort war auch Daniel hingelaufen, dort hatten die beiden Verwundeten, von Liebe Verwundeten und Verletzten und Gedemütigten eng beieinander gestanden, bis schließlich Daniel, der sonst Martha nicht sonderlich mochte, seinen Arm um die traurige junge Frau gelegt, sie sanft auf die Wange geküsst hatte. Lange standen die beiden so zusammen am Ufer. Dann aber hatte er leise und liebevoll zu ihr gesagt: ›Komm!‹ und sie hatten sich ein Lager auf Moos, Gras und kleinen Blumen gesucht, waren zärtlich miteinander gewesen, hatten sich liebkost, bis Daniel ihren Schoß gesucht hatte.

So war es gewesen, so war er, Martin, entstanden. Nicht gerade aus Liebe, so doch aus Sehnsucht, Trauer und Zärtlichkeit.

So war es nicht!

Es war im Kellergewölbe geschehen! Der Abt wollte Grausamkeit, Unterwerfung und Tod – und Martha hatte Blut geleckt. Denn wie haben sie in ihrer grässlichen Lust, ihrem bestialischen Rausch über Felicitas triumphiert, die wie ein Lamm auf dem mit Rosen besteckten Bett lag, und zwar den Schmerz, aber keine Freude empfand. Sie war das Opfer und nicht Martha, die sich voller Gier vom Abt vergewaltigen ließ und nicht genug haben konnte von seiner Kaltblütigkeit, seiner Grausamkeit. Martha würde immer abschätzig auf ihre Herrin herabblicken, die lustlos ihre ehelichen Pflichten erfüllte. Karl aber hätte bald genug von seiner Frau, die nichts bei seinen ungeschickten Liebkosungen empfand und deutlich mit ihrem hochmütigen Gesicht, den roten Haaren, den grünen Augen, hochgezogenen Augenbrauen und den leichten Sommersprossen in einem sonst makellos bleichen Gesicht ihre Verachtung ausdrückte. Martha aber, die sonst ihren Herrn mit Freude und Demut empfangen hätte, war verdorben durch die Begegnung mit dem Abt. Niemals würde Karl in ihr diese wilde, heiße Begierde erwecken oder diese gar stillen können. Karl war ein Nichts in ihren Augen. Das Einzige, was Karl ihr bieten konnte, war Macht – die Macht, Herrin über alle Mägde und Knechte, über das ganze Haus zu sein. Dazu musste Felicitas fort, ganz fort. So keimte seit jener Nacht in Martha der Wille, Felicitas zu töten.

Ja, so musste es gewesen sein. Die letzten Worte, die der Abt der am Boden zusammengekauerten, wimmernden Magd, seiner Sklavin, wie Brotbrocken an einen Hund zuwarf, lauteten:

›Rache! Vernichte sie!‹

Martin blieb abrupt stehen. Die Erkenntnis durchjagte ihn:

Seine Mutter – eine Mörderin! Der Abt aber, sein Vater, war der Teufel!

Wohin nun? Sterben. Auf der Stelle sterben. Endlich tot sein. Warum war er nicht tot? Es waren so viele gestorben, verhungert, verdurstet, im Kampf ums Leben gekommen. Warum nicht auch er, Martin. War Gott so grausam, dass er einen Mann zum Vater haben sollte, der wie ein Heiliger verehrt wurde und in Wahrheit der Satan war?

Aber es starb sich nicht einfach, schon gar nicht, wenn man jung war. Irgendwohin musste er also gehen. Sein Körper war an Raum und Zeit gebunden, er konnte niemals nirgends sein.

Martin stolperte zum Palast des Bischofs Adhémar. Hier waren jedenfalls noch seine Sachen. In der Eingangshalle Fackeln, die knisterten, sonst Stille, niemand zu sehen. Natürlich, die Fürsten und die hohen Geistlichen waren beim Leichenschmaus, die Bediensteten beim Almosengeben.

Er öffnete die Tür zu dem Saal, in dessen Mitte immer noch das Bett des Bischofs stand, ging dann niedergedrückt in sein Zimmer. Am Fenster blieb er stehen und starrte hinaus.

Unter ihm der Platz, auf den allmählich die umgebenden Häuser ihre Schatten warfen. Martin stand ganz ruhig, die wilden Fantasien wichen von ihm. Er wusste schließlich nichts darüber, wie er entstanden war. Aber eines blieb sicher: Es war ein Fluch.

›Wenn ihr wüsstet, was ich jetzt tun werde‹ war wirklich ein Fluch.

Selbst wenn der Abt, sein Vater, es nur als Drohung gemeint und gewollt hatte, so hatten sich die Worte von ihrem beabsichtigten Sinn gelöst, hatten Kraft und Wirkung gewonnen, waren zum Fluch geworden.

Und dieser Fluch lautete: ›Wen du liebst, der stirbt‹.

Martin atmete tief durch. Es war keine Einbildung, es war die Wahrheit.

Der Abt, als er noch nichts war als Karls jüngerer Bruder, hatte Felicitas geliebt und weniger als ein Jahr nach ihrer Hochzeit war sie tot, war sie getötet worden. Ermordet von Martins Mutter! Wie hatte er immer diese blitzenden, herrischen, selbstherrlichen Augen gefürchtet.

Und Karl selbst? Das Vermögen verloren, zum Krüppel geschlagen, tot, ein sinnloses Leben.

Nicht einmal gut als Opfer für Gott.

Aber das Furchtbare war, der Fluch war auf ihn, Martin, übergegangen. Er war in Sünde gezeugt. Kinder aber, deren Eltern eine Schuld auf sich geladen hatten, die miteinander geschlafen hatten während der Fastenzeit, die Gott geflucht, gelogen oder gestohlen hatten, ohne zu beichten, deren Kinder waren verkrüppelt, hinkten, hatten einen Buckel oder waren blind. Er aber hatte kein äußerliches Zeichen, nein, sein Kainszeichen war der Fluch:

›Wen du liebst, der stirbt!‹

Er war schuld, dass Theresa auf der Stadtmauer von Antiochia der Kopf abgeschlagen worden war.

Und nun Bischof Adhémar. Auch ihn hatte er verehrt.

Martin erstarrte. Seine Liebe tötete!

Weg hier, fort aus Antiochia! Nur wohin? Zurück nach Norden? Niemals.

Da erinnerte ihn jeder Stein, jeder Grashalm an Theresa.

Nach Edessa wie Alice? Sie konnte er am wenigsten ertragen. Und Bernhard schon gar nicht. Martin war sich vollkommen sicher, dass Alice ihr Versprechen nicht einhielt und ihrem Geliebten alles erzählte.

Nach Süden. Nach Süden ins Heilige Land. Da vermochte er seine Schuld vor Gott zu bekennen.

Da vermochte er am Heiligen Grab Jesus anzuflehen, den Fluch von ihm zu nehmen. Da vermochte er Theresa um Vergebung zu bitten.

Martin packte eilig seine Habe und lief über den dunklen, beinahe menschenleeren Platz zu den Stallungen.

Er legte eben Rab das Zaumzeug an, als er hinter sich einen Mann hörte:

»Wohin noch so spät?«

Martin drehte sich seitwärts nach ihm um.

»Nach Jerusalem. Was geht es Euch an?«

»Hört, hört. Da wollen wir alle hin. Aber allein und in diesem Aufzug?«

Martin sah an sich hinunter.

»Im Kettenhemd mit Schwert und dann noch zu Pferde durch ein Gebiet, in dem die Ungläubigen den Christen seit über 400 Jahren verboten haben, Waffen zu tragen und auf einem Pferd zu reiten. Nicht zu vergessen das rote Kreuz auf Eurer Kleidung. Ihr werdet auffallen wie ein Kamel auf Island.«

Zufrieden über seinen Vergleich, grinste der Mann Martin an.

»Ah, jetzt verstehe ich. Endlich mal was Erzählenswertes, was ich dem Erzbischof von Reims schreiben kann. Nicht nur immer Schlachten und Hungersnot und Krankheiten und jetzt die Seuche. Nein, ich werde ihm schreiben:

Lebensmüder Jerusalempilger von Moslems niedergemacht und getötet.

Oder noch besser, gefangen genommen und auf dem Sklavenmarkt von Jerusalem verkauft. Weiterer Verbleib unbekannt. Wie es übrigens wahrscheinlich Graf Balduin von Hennegau ergangen ist. Der allerdings unfreiwillig auf dem Sklavenmarkt von Damaskus gelandet sein dürfte, nachdem Bischof Adhémar ihn zusammen mit dem Bruder des französischen Königs zu Alexios geschickt hatte und sie von den Türken überfallen und übel zugerichtet worden sind. Des Königs Bruder ist die Flucht gelungen – dem Grafen nicht.«

Bei diesen Worten drehte sich Martin nun ganz nach dem Unbekannten um und sah einen Mann, wohl Ende 30, mit schwarzen, lockigen Haaren, dunklen Augen und einem kleinen Bärtchen um das Kinn. Die Kleidung war unter einem Lederumhang verborgen.

»Übrigens, ich kenne zwar Euch, Ihr mich wahrscheinlich nicht oder nur vom Sehen. Darf ich mich vorstellen: Anselm von Ribemont.«

Er neigte andeutungsweise seinen Kopf.

Martin deutete einen Gruß an. Natürlich kannte er den Mann, er galt als einer der Vornehmen, obwohl er keinen Grafentitel trug. Er hatte wie Martin am Kampf bei der Eisernen Brücke teilgenommen. Bei der Schlacht gegen Kerbogha war er mit Macht in die zurückweichenden Feinde gestoßen und hatte zusammen mit Herzog Gottfried und den Nordfranzosen die Hauptlast des Kampfes getragen.

»Es ist etwas schwierig, mit Euch zu sprechen. Ihr seid zwar einer der Sekretäre des Legaten des Papstes gewesen und da ist Verschwiegenheit sicher eine Tugend, aber mir ist Euer Name entfallen und so wäre es durchaus höflich, wenn auch Ihr Euch mir vorstellen würdet.«

Martin kam kurz und unwillig der Aufforderung nach.

»So, nun, nachdem dies hier abgehandelt ist: Wohin geht Ihr, bis sich die Heere wieder versammeln und wir gemeinsam nach Jerusalem ziehen?

Ich meinerseits habe nicht vor, an der Seuche zu sterben. Ich reite nach Latakia, das ist jedenfalls endlich wieder eine christliche Stadt, nachdem Seeräuber die Türken daraus vertrieben haben. Durchaus ansprechend erscheint es mir, dass sie ihrerseits wiederum von Engländern fortgejagt worden sind. Es herrscht wieder Recht. Mit Seeräubern nämlich, auch wenn sie christlich sind, habe ich nicht ganz so gerne etwas zu tun.«

»Ja, ja«, reagierte Martin zerstreut. »Es reicht«, setzte er unwirsch hinzu.

Anselm ließ sich von dem unfreundlichen Ton nicht stören.

»Jedenfalls, nachdem auch die Engländer davongesegelt sind und unser Heerführer Robert von der Normandie die Stadt regiert, scheint mir dies ein sehr angenehmer Ort zu sein.

Schließt Ihr Euch mir an? Da ist das Meer, der Hafen, also genug Lebensmittel, die wir kaufen können, wir könnten am Strand leben, im Mittelmeer schwimmen, ein leichtes Lüftchen weht Tag und Nacht. Na, braucht Ihr noch mehr Bilder?«

»Also …«, antwortete Martin.

»Nun?«

»Also … Ich komme mit.«

Es war bereits Mitte September geworden und die beiden Männer lagerten in den Dünen. Der Monat August war vergangen mit Schwimmen, Angeln, täglichem Schwertkampfüben, Beten, Nichtstun und Schlafen.

Das Feuer verglomm wie jeden Abend. Es erschien ihnen sicherer, wenn niemand in der Nacht durch den Schein des Lichtes auf sie aufmerksam würde, auch wenn das morgendliche Feuermachen zeitaufwendig und mühsam war.

Martin starrte in die verlöschende Glut. Sein Gesicht war heiß, er mochte sich nicht von der Stelle rühren und es war ihm, als versänke er in einen Halbschlaf.

Vor seinen Augen erschien ein anderes Feuer, im Winter, im Wald, er sah sich, wie er die Pferde tränkte, wie er und der andere, der Abt, von dem er niemals geahnt hätte, dass er sein Vater war, das Brot schnitten, wie sie nach dem Mahl wieder aufsaßen und er hörte ganz deutlich seine Stimme: ›Dies hier ist Jerusalem‹.

Waren das die Worte eines Teufels? Frieden? Martin strich sich verwirrt über die Schläfe.

Damals hatte er sich über diese Worte gewundert. Wie konnte der Ausritt mit so einem jungen, unbedeutenden Knecht für einen Abt Jerusalem, das höchste Ziel der Christenheit, bedeuten? Jerusalem war schließlich die Stadt mit den goldenen Kuppeln im Heiligen Land, aber nicht ein schneebedeckter Wald, ein Baum auf einer Wiese.

Jetzt aber, wie er doch noch einmal in der glimmenden Asche stocherte, wurde Martin bewusst, dass er damals Jerusalem weitaus näher war als jetzt, obwohl er sich mittlerweile nur etwa zehn Tagesritte von der Stadt entfernt aufhielt. Damals war er gerade 16 und fast noch ein Kind, jetzt war er ein schuldbeladener Mann. Wie so oft, klagte er sich an:

Hätte er sich doch niemals mit Adalbero zum Würfelspiel verabredet. Hätte er niemals Theresa statt seiner in den Garten geschickt!

Martin beobachtete, wie Anselm sich behaglich auf seine Decke legte und die Arme unter seinem Kopf verschränkte.

»Welch ein Himmel! So etwas gibt es bei uns im Norden nicht. Ein Himmel zum Dichten und Träumen.«

Martin blickte nach oben. Es war, als strömten die Sterne dicht auf einem Haufen zusammen und als strahlten und funkelten sie in Feuersglut wie glühende Kohlen.

Wie die Augen seiner Mutter, dachte Martin. Die ihm nachts in Alpträumen erschienen, ihn anfunkelten und flehten, er möge sie aus der Hölle beten.

Allmählich bewegten die Sterne sich auseinander, bildeten in Kranzform die Gestalt einer ummauerten Stadt, lange verharrten sie so, bis sie sich spalteten und an einer Seite des Kreises sich ein Zugang und Weg ins Innere öffnete. Dann aber zerteilten sie sich und entschwanden.

»Ein Zeichen der Hoffnung?«, vermutete Anselm.

»Ich weiß nicht, ob es für mich noch Hoffnung gibt, nicht einmal in der Grabeskirche in Jerusalem«, antwortete Martin. »Ich bete zu Gott, dass es anders sein möge.«

Martin rechnete mit Widerspruch, doch stattdessen fragte Anselm:

»Was macht Ihr, nachdem wir Jerusalem erobert und Ihr Euer Gelübde erfüllt habt?«

»Keine Ahnung.«

»Ich werde auf meine Besitztümer Ostrevant und Valenciennes zurückkehren, meine Tochter Agnes mit Gozwin de Oisy von Cambrai verheiraten, sie wird nach dem frühen Tod meiner Frau von Nonnen erzogen, und ich werde schreiben.«

»Über unsere Pilgerfahrt?«

»Nein. Ich sammle seit Jahren Erzählungen um den Artushof. In Südfrankreich sind sie sehr verbreitet. Kennt Ihr welche?«

Martin schüttelte den Kopf, was Anselm allerdings in der Dunkelheit kaum wahrnehmen konnte. »Ich kenne nur die Nibelungensage und die Heldentaten von Roland und natürlich all die Erzählungen aus dem Alten Testament.«

Anselm richtete sich auf und sah zu Martin hinüber. »Mögt Ihr Geschichten? Ja? Ich frage aus einem ganz bestimmten

Grund. Wollt Ihr mir behilflich sein, wollt Ihr nach unserer Rückkehr aus Jerusalem mein Sekretär sein?«

Martin spürte einen Anflug von Hoffnung, so als könnte er eines Tages wieder ohne Verzweiflung leben.

»Wenn Ihr meint. Ja, natürlich, ja, ich würde gerne Euer Sekretär sein. Ich weiß nur nicht so recht, worin meine Aufgabe besteht.«

»Im Sammeln von Erzählungen, Ordnen, Aufschreiben und Abschreiben.

Wisst Ihr, es geht mir beim Dichten um den Zwiespalt zwischen Tugend und Schuld. Ein Ritter darf nicht vollkommen sein, sondern muss sich in Anfechtungen bewähren. Das jedoch setzt voraus, dass er zuerst schuldig wird. Wir alle sind Sünder und wir müssen es lernen, damit vor Gott zu leben.«

Anselm räusperte sich.

»Also, vor allem eine Erzählung geht mir nicht aus dem Sinn. Kurze Zeit, bevor ich das Kreuz nahm, wollte ich sie aufschreiben.

Es ist die Geschichte von Erec und Enide.

Dem jung verheirateten Paar zu Ehren wird am Königshof ein mehrwöchiges Fest veranstaltet. Doch statt dem Fest durch seine Anwesenheit Glanz und Freude zu verleihen, sinnt Erec nur noch auf die Erfüllung seiner Liebe und auch Enide begehrt ihren Mann heftig.

Die beiden verbringen die meiste Zeit im Bett. Erec verliert dadurch die Achtung und das Ansehen der höfischen Gesellschaft, der Hof verödet, weil die Ritter wegziehen. Erec begeht die Sünde des Verliegens.

Enide erfährt davon und will diesen für Erec schändlichen Zustand beenden. Weil sie aber fürchtet, ihn zu verlieren und in die Verbannung geschickt zu werden, klagt sie ihr Leid, während Erec zu schlafen scheint.

Dieser aber ist wach. Er springt auf, verlässt heimlich mit ihr den Hof und verbietet seiner schönen jungen Frau, mit ihm zu sprechen, sonst würde er sie umbringen. Dennoch bricht Enide das Schweigegebot, und zwar immer, um Erec vor Gefahren zu retten.

Erec kann sich aber nicht entschließen, seine Frau zu töten, stattdessen demütigt und schindet er sie.

Nach vielen Abenteuern erkennt Erec, dass seine Frau ihm zuliebe und aus Treue alles klaglos erlitten hat, und in dieser Nacht schlafen sie zum ersten Mal wieder miteinander auf einer Blumenwiese.

Enide hofft, dass alle Qualen überstanden seien. Doch auf ihrem Weg zum Artushof kommen sie zu einem schauerlichen, verfluchten Ort. Dort sitzen 80 trauernde, schwarz gekleidete Witwen und die Köpfe ihrer im Zweikampf getöteten Ritter stecken in einem verwunschenen Garten auf Pfählen.

Erec gelingt es, den Herrn dieses Gartens zu besiegen. Die Köpfe werden begraben und er führt die 80 Witwen zum Artushof, wo sie von der Königin in Ehren aufgenommen und von König Artus in Gold und Seide gekleidet werden.«

Anselm wandte sich an Martin.

»Wie würdet Ihr die Geschichte enden lassen?«

Martin zuckte die Achseln.

»Was haltet Ihr davon?«, fuhr Anselm fort. »Durch das neue Leben am Artushof werden die Frauen dazu gebracht, dass auch ihr Dasein wieder einen Sinn erhält und sich in Freude verwandelt.«

Martin krauste die Stirn und sah düster vor sich her.

»Die Lösung gefällt mir nicht. Ich glaube nicht, dass sich Trauer in Freude verwandeln lässt. Trauer ist ewig, der Schmerz ist ewig. Und wer etwas anderes sagt, der weiß nicht, wie grausam der Verlust ist. Die Zeit heilt die Wunden nicht und auch nicht der Artushof, auch wenn er das Edelste und Höchste ist, was wir uns von höfischem, ritterlichem Leben denken können. Der Tote bleibt tot«, sagte er schroff.

»Jeder von uns hier hat seit unserem Aufbruch nach Jerusalem mindestens einen Menschen verloren, den er schätzt, den er liebt«, wandte Anselm ein. »Meint Ihr, dass all diese Pilger in ihrem Leben niemals wieder glücklich werden, zumindest einen Augenblick des Glücks werden empfinden können?«

»Möglicherweise, aber nicht, wenn sie schuld am Tod des geliebten Menschen sind. Was ist denn das für eine Schuld in Eurer Geschichte? Erec vernachlässigt seine gesellschaftlichen Pflichten. Eine wirkliche Schuld besteht jedoch darin, dass man sie mit nichts auf der Welt wiedergutmachen kann. Wir können Pilgerfahrten unternehmen, wir können bitten und beten und uns selbst kasteien, wir können gute Werke tun, aber mit nichts können wir unsere Schuld, unsere Sünde wieder rückgängig machen. Sie schreit uns in alle Ewigkeit an und uns bleibt nur, zu klagen und uns anzuklagen.«

Anselm schwieg, natürlich, auch er war bei der Hinrichtung Theresas dabei gewesen, auch er hatte gesehen, wie Martins Frau auf der Mauer von Antiochia der Kopf abgeschlagen und über die Mauer katapultiert wurde. Auch er war dabei, als ihre Folterer ihren verwüsteten, entehrten Körper über die Mauer schleuderten. Nicht aber war ihm bekannt, dass sich Martin dafür die Schuld gab.

Es war Anselm unangenehm, schuldlos vor Martin zu stehen.

»Auch ich habe einen schmerzhaften Verlust erlitten. Mein Kaplan Roger ist bei dem tödlichen Marsch durch die Salzwüste ums Leben gekommen. Nun könnt Ihr sagen, das war seine Sache. Wer sich in Gefahr begibt, der kommt darin um.

Aber so war es nicht. Ich habe auf meinen Besitzungen im Jahre 1083 ein Kloster gegründet, das ein Jahr später von König Philipp bestätigt wurde. Roger war Abt dieses Klosters. Bevor er das Kreuz nahm, haben wir lange darüber gesprochen, ob ein Abt überhaupt sein Kloster verlassen dürfe für eine Pilgerfahrt, die dazu noch Jahre dauern und mit dem vorzeitigen Tod enden könnte. Sei nicht der Platz eines Abtes allein bei seinen Brüdern? Ich denke, mir zum Gefallen ist er mitgekommen. Ich habe ihn inständig um seinen geistigen Beistand gebeten.

Nun hat er Jerusalem nicht erreicht, ist schon ein Jahr tot. Und wem hat sein Tod genützt? Jesus Christus? Wollte Jesus wirklich dieses Opfer? Wen Gott liebt, den züchtigt er. Aber Roger war ein frommer, gottesfürchtiger Mann, der keiner Züchtigung bedurfte.«

»Es mag ja sein«, antwortete Martin, »dass jeder hier für den Tod eines anderen auch irgendwie verantwortlich ist, obwohl natürlich alle freiwillig das Kreuz genommen haben, bis auf die Kinder. Aber Ihr fragt mich, ob ich Euer Sekretär sein möchte. Ich weiß nicht, die Geschichte scheint mir nicht recht aufzugehen.«

»Das müssen Dichtungen auch nicht. Sie dienen der Unterhaltung, der Ablenkung in Zeiten des Kummers und zur Freude und Erheiterung in glücklichen Zeiten.

Was mich bei der Geschichte verblüfft, ist die Frage der Gerechtigkeit. Es kommen in der Erzählung von Erec und Enide auch zwei Grafen vor. Einer von ihnen will Erec umbringen, wird zur Strafe zwar verwundet, kommt aber mit dem Leben davon.

Der andere Graf rettet Enide jedoch das Leben. Sicher, er begeht schwere Verfehlungen. Ich möchte das nicht kleinreden. Natürlich hätte der Graf sie nicht schlagen dürfen. Er war wütend, dass die Frau, die er liebt und begehrt, sich ihm verweigert. Aber steht darauf wirklich der Tod?«

»Ich verzweifele an Gottes Gerechtigkeit«, antwortete Martin, noch immer bedrückt und düster. »Theresa war die reinste und unschuldigste Frau. Sie war immer darauf bedacht, anderen zu helfen, Gottes Gebote zu achten, und sie war auf der Pilgerfahrt nach Jerusalem, um die Verfehlungen und Sünden ihrer Mutter zu lindern.«

Anselm hüllte sich in seine Decke, denn es war kühl geworden. Er stützte seinen Arm auf und blickte zu Martin, den er in der Dunkelheit kaum noch erkennen konnte.

»Ich habe gelernt, dass die Gerechtigkeit sonderbare Wege geht, die wir nicht erkennen.«

»Wie meint Ihr das?«, horchte Martin auf.

»Ich hoffe und glaube, dass Gott nicht nur Sünden bestraft,

sondern dass er aus Bösem Gutes entstehen lassen kann. Wie viele Kinder werden in Sünde gezeugt und werden trotzdem gute Menschen, soweit uns das möglich ist.«

»Wenn Ihr so denkt«, sagte Martin sehr langsam, als sei er sich nicht sicher, »dann nehme ich Euer Angebot an und komme nach dem Kreuzzug mit Euch auf Eure Burg.«

Ende September war die Seuche abgeklungen, sodass Anselm und Martin nach Antiochia zurückkehrten. Martins erster Weg führte zu Theresas Grab.

Er stand lange davor in der Abenddämmerung und es schien, als sei Theresa um ihn, ganz dicht bei ihm, ohne Hass, ohne Zorn, ohne Vorwurf. Er strich sich mit der Hand über sein Gesicht und es war ihm, als gehe ein leichter Wind und sie streichle ihn sanft.

Vielleicht nur Einbildung, vielleicht nur Trug, dachte er. Doch irgendwie sicherer geworden, gefestigter, ging er zu Rab und ritt über die Steinerne Brücke hinein in die Stadt. Zum Palast Bischof Adhémars wollte er nicht, so hoffte er, bei Markus unterzukommen, der mit anderen Mönchen zusammen ein Haus in einer Nebenstraße bewohnte.

Martin traf den Freund beim Briefe schreiben, wobei Markus, als Martin eintrat, statt aufzustehen und Martin mit dem Bruderkuss zu begrüßen, das Schreiben eilends mit seiner Hand und seinem Arm verdeckte. Martin musste grinsen: Also doch und noch nach so langer Zeit. Er ließ sich auf einem Diwan nieder und blickte zu Markus hinüber.

»Du schreibst Briefe?«

Markus fasste sich, stand auf, wie auch Martin sich erhob, und umarmte den Freund. Dann setzte er sich wieder an seinen Platz.

»Ich berichte von den Ereignissen hier«, sagte er. »Ich schreibe an das Kloster Niedernburg in Passau.«

Martin äußerte sich nicht dazu.

»Ich weiß schon, was du vermutest. Ja, es ist das Kloster, in dem Hildegard Nonne geworden ist.«

»Du schreibst natürlich nicht an sie.«

»Nein, ich schreibe der Äbtissin.«

»Die den außerordentlich wichtigen und seltenen Brief eines Teilnehmers der Pilgerfahrt nach Jerusalem sicher den Schwestern im Refektorium vorlesen wird. Da wirst du eine der Nonnen in ihrer Andacht empfindlich stören.«

Markus schüttelte verärgert den Kopf.

»Wie kommt es überhaupt, dass du an dieses Nonnenkloster schreibst? Du hast doch gar keinen Bezug dahin.«

»Abt Johannes, mein Abt, hat die Verbindung zur Äbtissin für mich eingeleitet. Sie, die Äbtissin, hat mir geschrieben, sie wäre gerne selbst auf der Pilgerfahrt und würde deshalb Berichte aus erster Hand sehr schätzen.«

»Und hast du Hildegard gegenüber Abt Johannes erwähnt?«

»Noch ein Wort und ich werfe dich raus.«

Martin kratzte sich am Kopf. Er hätte zu gerne gewusst, ob der Abt in vollem Bewusstsein über die Gefühlslage Markus' oder vielleicht sogar gerade deshalb ihm den Weg ins Nonnenkloster geebnet hatte.

»Bitte nicht. – Erzähl mir lieber, was du der Äbtissin geschrieben hast.«

Markus schien sich versöhnlicher stimmen zu lassen.

»Ich habe ihr geschrieben, dass Bischof Adhémar gestorben ist und dass die Heerführer Papst Urban gebeten haben, nach Antiochia zu kommen und sich an die Spitze unserer Pilgerfahrt zu stellen.«

»Was er wahrscheinlich nicht tun wird.«

»Nein, er wird vermutlich wieder einen Legaten ernennen. Dann habe ich geschrieben, dass die ägyptischen Fatimiden aus unserem Sieg gegen Kerbogha den größten Nutzen gezogen haben, weil sie das von den Türken besetzte Palästina erobert haben. Die Türken seien nach der Schlacht um Antiochia so geschwächt, dass sie Palästina nicht verteidigen konnten und der Garnison in Jerusalem nicht zu Hilfe kommen konnten. Was mir Angst für unsere Belagerung Jerusalems macht, ist, dass die Ägypter mit neuesten Belagerungsmaschinen und 40 Steinschleudern Jerusalem angriffen und der türkische Kommandant trotzdem einen Monat lang die Stadt halten konnte.«

»Du denkst, wie sollen wir dann jemals Jerusalem erobern. Wir haben noch nie eine Stadt mit Belagerungsmaschinen eingenommen.«

»Eben. Dazu heißt es, dass die Ägypter die Befestigungswälle wieder instand setzen.«

»Du bist ja reichlich gut informiert. Woher?«

»Für solche Informationen sind natürlich gute muslimisch-christliche Beziehungen nützlich. Denn die bestehen«, bemerkte Markus wichtig. »Die sonderbarste Nachricht: Emeline von Bouillon, die Ehefrau des Ritters Fulbert, hat sich mit einem Türken verheiratet und Gottfried von Bouillon hat sich mit dem Mörder ihres Mannes verbündet und ewige Treue, Freundschaft und Liebe geschworen.«

»Was?«

»Das habe ich natürlich nicht geschrieben. Aber es verhält sich trotzdem so.

Emir Omar von Azaz hat von seiner Burg aus des Öfteren Christen auf ihrem Wege nach Edessa überfallen, ausgeraubt, verschleppt und ermordet. Das ist auch Fulbert passiert. Der Ritter und seine Begleiter gerieten in einen Hinterhalt, die Männer wurden gefangen genommen und noch an Ort und Stelle alle geköpft.

Emeline aber, die Frau Fulberts, gefiel den Türken, sie ist ja nun auch sehr schön und anmutig, die ließen sie am Leben, nahmen sie gefangen und brachten sie auf die Burg. Der Emir wollte ein hohes Lösegeld erpressen, aber einer seiner Heerführer erbat statt des Soldes die Witwe Fulberts als Gemahlin. Und so geschah es, sogleich wurde Hochzeit gefeiert. Aus Freude über seine Heirat mit der Schönen überfiel der jungvermählte Ehemann nur zu gerne und immer häufiger die Feinde des Emirs Omar, also Moslems, keine Christen, und brachte seiner Frau und dem Emir reiche Beute. Omars Feind ist jedoch der viel mächtigere Ridwan von Aleppo und der sammelte nun ein gewaltiges Heer, um den Emir zu vernichten.

Da machte die Ehefrau, also die Witwe Fulberts, ob sie noch Christin ist, weiß ich nicht, ihrem muslimischen Ehemann den Vorschlag, Emir Omar möge sich doch mit Gottfried von Bouillon verbünden. Das ganze christliche Heer werde ihm gegen den Angreifer Ridwan zur Verfügung stehen. Gottfried hat zunächst gezögert. Doch nachdem Mohammed, der Sohn des Emirs, als Geisel nach Antiochia gegeben wurde, haben unsere Ritter und Fußsoldaten gemeinsam mit den Kriegern des Emirs den Widersacher Ridwan von Aleppo besiegt und in die Flucht geschlagen. Leider haben Ridwans Männer auf ihrem Rückzug noch 600 Christen umgebracht.«

»Das verstehe ich nicht«, sagte Martin. »Die Witwe Fulberts wollte trotz des Bündnisses mit Gottfried nicht wieder zu uns ins christliche Lager? Sie kommt meines Wissens aus Schloss Bouillon. Es wäre ein Leichtes gewesen, dies zur Grundlage der Verhandlungen zu machen.«

Markus schüttelte den Kopf. »Nein, davon war nie die Rede.«

Martin konnte sich das kaum vorstellen, die Frau war bei der Enthauptung ihres Mannes dabei und …

Jedenfalls, dachte er beruhigt, war damit der Weg von und nach Edessa für die Christen sicherer. Dann würde Alice auf ihrem Rückweg von Edessa nicht überfallen.

»Ich muss dir noch was anderes sagen«, riss Markus ihn aus seinen Überlegungen.

»Ich habe mich eben etwas verschwommen ausgedrückt, als ich sagte, Ritter Fulbert und seine Begleiter.«

»Ja, was?«

»Zu den Begleitern gehörten auch Alice und Bernhard und ihr Kind.«

Martin starrte seinen Freund mit offenem Mund an.

»Aber«, stammelte er. »Du sagtest, alle Männer wurden enthauptet. Auch Bernhard? Was ist mit Alice?«

»Ich weiß es nicht.«

»*Du* weißt es nicht?«

»Nein, niemand weiß es. Natürlich habe ich Nachforschungen angestellt. Du warst zwar auch plötzlich verschwunden, aber ich habe doch gehofft und geglaubt, du würdest eines Tages wiederkommen.«

Martin saß auf seinem Diwan und es war, als würde er gänzlich in sich zusammenfallen.

Sie also auch. Alice, seines Vaters Nichte, seine Cousine also auch.

Es war ein Fluch!

∾⊘⌒

Wie verabredet, kehrten die Fürsten Anfang November wieder nach Antiochia zurück.

Herzog Gottfried brachte die abgeschlagenen Köpfe all der Türken mit, die ihm aufgelauert und die er gefangen genommen hatte. Ihr Anblick erzeugte bei Martin Ekel, mit Mühe nur schluckte er die Galle herunter, um sich dann doch in einer Ecke zu erbrechen. Seine Umgebung schienen die Köpfe wenig zu beeindrucken, sie wurden gerade so am Rande, wenn überhaupt, wahrgenommen, denn heftig stritten die Männer und Frauen auf dem Weg zur Kathedrale des St. Peter darüber, ob die Fürsten ihr Versprechen halten und nun endlich dieses heillose Antiochia, diesen verwünschten Ort, an dem sie so unaussprechlich gelitten hatten, verlassen und nach Jerusalem weiterziehen würden.

Als sich Martin so weit erholt, das letzte bisschen Galle ausgespuckt, seinen Mund mit dem Handrücken abgewischt hatte und er sich umdrehte, kamen ihm, an Ketten zusammengebunden, Sklaven entgegen, türkische Frauen und Kinder, die Fürst Raimond von Toulouse aus Albara nach Antiochia gebracht hatte. Er hatte die Stadt vor Kurzem erobert, um einen Stützpunkt im Osten und Nahrung für sein Heer zu erhalten. Martin blieb stehen und ließ den Zug an sich vorüberziehen. Er sah in die unglücklichen, wütenden und auch abgestumpften Gesichter der Frauen, die alle sicher um ihren Mann, ihren Bruder, ihren Vater trauerten. Manche trugen Säuglinge auf dem Rücken, Kinder weinten. Die Brust war Martin wie zusammengeschnürt. Alice, dachte er, genauso wird Alice auf irgendeinem Sklavenmarkt verkauft. Keine Spur von Alice und Bernhard, nichts.

Von der Menge getrieben, erreichte Martin den Platz vor der Kathedrale des St. Petri, auf dem sich schon Tausende versammelt hatten. Die Männer in Waffen, auch die Armen, die Frauen versehen mit langen Messern, oftmals trugen sie Fackeln, obwohl es Tag war. Noch war ein allgemeines Gemurmel zu hören, kein Schreien, kein Rufen, kein Drohen. Nur überall das Wort Jerusalem und die bange Frage, ob die Fürsten ihren Streit um den Besitz Antiochias begraben und endlich nach Jerusalem weiterziehen würden.

Hoch aufgerichtet und jeden auf dem Platz überragend, erschien Bohemund, von seiner eben überstandenen Krankheit merkte man ihm allerdings nichts an. Denn wie er jetzt durch die Menge daherschritt, die ihm trotz allem heimlichen Groll ehrfurchtsvoll Platz machte, da war jedem klar, um jeden Preis, auch um den des gescheiterten Pilgerzuges, auch um den Verlust Jerusalems würde er um sein Antiochia kämpfen.

Martin drehte sich um, als er hinter sich von Edessa reden hörte.

»Ah, eben wieder von Balduin zurück?« Zwei Ritter, von denen Martin wusste, dass sie aus der Nähe von Regensburg kamen, begrüßten sich mit dem Bruderkuss. Martin stellte sich nahe zu ihnen heran und versuchte, von dem Gespräch der Männer möglichst viel mitzubekommen. Die Unterhaltung ging aber nur um ein Kloster armenischer Mönche, die Herzog Gottfried um Hilfe gegen türkische Überfälle gebeten hatten. Gottfried habe deren Burg belagert und die Banditen blenden lassen.

Ein Raunen ging durch die Menge, der Graf von Flandern und der Herzog der Normandie schritten zur Kathedrale. Die Versammlung war nun vollzählig.

»Jerusalem! Jerusalem!«, schrien die Menschen. Nichts wollte diese Menge als nach Jerusalem. Jerusalem, der Ort der Sehnsucht, das Ende ihres Leidens. Zwei Jahre schon. Zwei Jahre war es schon her, dass sie ihre Heimat verlassen hatten, und nichts war ihnen geblieben als Hunger, Verwundungen, Tod und Trauer. Das Rufen verstummte, als sich das Kirchenportal hinter den Heerführern schloss.

Die beiden Ritter nahmen ihr Gespräch wieder auf. Martin stellte sich noch dichter an sie heran, von Edessa war nun tatsächlich die Rede. Balduin habe geheiratet, eine byzantinische Prinzessin, es habe tagelange Hochzeitsfeiern mit allem Pomp und Luxus gegeben. Dies hätte den armenischen Adel jedoch nicht wirklich milder gestimmt, denn Balduin besetze die hohen Posten ausschließlich mit fränkischen Rittern.

Mit Bernhard, hoffte Martin. Balduin war mit Bernhard befreundet. Doch von dem war nicht die Rede, sondern nur von Eroberungen türkischer Festungen.

Ich spreche sie an, dachte Martin. Ich frage sie einfach, ob sie etwas von Bernhard wissen. Es war ganz einfach. Jeder wusste, dass er Adhémars Sekretär gewesen war. Er war Ritter. Natürlich könnte er sie ansprechen. Nein, das war es nicht, was ihn abhielt. Martin wurde von der Angst gepeinigt, die sich lähmend auf ihn legte, er wurde erdrückt von der Sorge und Ahnung, Bernhard und Alice und ihr Kind könnten tot sein.

Nun, er hatte Bernhard nie gemocht, dachte Martin, um sich zu besänftigen. Warum also ginge sein Tod ihn was an?

Aber Alice, natürlich liebte er sie, auch wenn sie ihm fremd geworden war.

›Wen du liebst, der stirbt.‹

Wenn er die Wahrheit erführe, dass sie wirklich tot waren, er würde sich umbringen. Nicht einen Tag wollte Martin länger leben, wenn er anderen Menschen den Tod brachte. Hass regte sich in ihm, Hass nicht nur auf sich selbst, sondern auf einen anderen, seinen Vater, dem er all dieses Elend, diese Schuld zu verdanken hatte. Wie hatte er ihn verehrt, diesen Abt. Geliebt wie keinen Menschen zuvor. Vor ihn würde er die Schuld tragen, ihn würde er anklagen.

Ja, er würde ihn umbringen mit dem Schwert, das sein Vater ihm gesandt hatte. Wozu eigentlich? Damit er nicht als Unbewaffneter an der Pilgerfahrt teilnahm?

Nein, damit er kämpfen, damit er im Kampf fallen würde. Damit er, der sündlose Abt, von seiner eigenen Schande befreit würde, indem der Sohn tot wäre. Wie er ihn hasste!

Hass spürte jetzt Martin um sich herum, Hass erfüllte den Platz und machte sich in nie gekannten Schreien Luft: »Jerusalem! Jerusalem!« »Nieder mit Antiochia!«

Die Männer zückten ihre Schwerter, die Fackeln wurden geschwenkt. Peter Bartholomäus wurde vom Volk, vom Adel in die Kirche geschickt, um den Fürsten zu drohen:

Wenn Bohemund und Raimond sich weiter um die Vorherrschaft über Antiochia stritten, würden sie, das Heer Christi, allein nach Jerusalem ziehen. Zuvor aber würden sie mit Freuden Antiochia dem Erdboden gleichmachen.

Im Kloster, die Nacht vom 11. November 1098

MORGEN BIST DU TOT.

Morgen wirst du nicht mehr die Messe zelebrieren. Nichts mehr als eine Blutlache, als ein Blutfleck unter dem Kreuz wird an dich erinnern. Und den werden die Mönche schon wegzuschrubben wissen. Nein, sie werden ihn immer wieder erneuern. Denn morgen bist du ein Märtyrer – und ich werde deine Heiligung beim Papst vorantreiben und Ruhm dafür ernten – für dich, eine zersägte Leiche.

Der Prior erhob sich vom dunklen, reich geschnitzten Chorgestühl, empfand zutiefst wieder die Demütigung, dass nicht er dort stand, wo der Abt seine Brüder einen nach dem anderen zum Bruderkuss empfing. Doch das Gefühl des Triumphes obsiegte und hämisch dachte er:

Morgen wirst nicht mehr du die Reihenfolge bestimmen.

Morgen werden nicht mehr diese beiden Greise vor mir dran sein, bloß weil sie 50 Jahre früher als ich ins Kloster eingetreten sind, obwohl ich im Rang weit über ihnen stehe, ja sie nicht einmal ein besonderes Amt in ihrem langen Klosterleben hatten. Voller Verachtung schaute er auf die beiden Männer, die tief gebeugt und demütig, vor ihm den Bruderkuss des Abtes entgegennehmen durften. Nichts als einfache Mönche sind sie, die du vor mich gestellt hast, bloß weil es der Regel des Heiligen Benedikt nicht widerspricht.

Niemals mehr, so durchbebte den Prior die Genugtuung, werde ich warten müssen, sondern wo du stehst, da werde ich sein.

Nun trat er hervor zum Bruderkuss. Jedoch verwirrend war es, der Abt schien mit der Umarmung zu zögern. Warum blickte er ihm unvermittelt prüfend in die Augen, so als sagte sein Blick: Verräter. Judas. Nicht auszuhalten war dieser Blick, dem er standhalten musste. Dem Prior wurde heiß. Der Abt lächelte und auch er lächelte zurück und wandte sich dann ab, um wieder auf seinem Chorstuhl Platz zu nehmen. Nach ihm kam Thaddäus an die Reihe. Das würde morgen auch ein Ende haben, stellte er befriedigt fest. Nicht ganz befriedigt, denn er war beunruhigt. Dieser Blick? Ahnte der Abt etwas? Wusste er von der Tat? Unwahrscheinlich. Nein, er konnte ganz unbesorgt sein, denn die Mörder waren erfahrene Männer und der Mittelsmann aus Passau, der seinen Namen verraten könnte, der wäre morgen früh selber tot. In der Nacht im Bett gestorben. Ein gnädiger Tod. Herzversagen. Das kam vor.

Der Prior hatte sich gänzlich beruhigt, als endlich die Messe zu Ende war und er die Kirche verließ. Die Mönche eilten an ihm vorbei Richtung Refektorium, wo noch vor Einbruch der Dunkelheit die Abendmahlzeit eingenommen wurde. Wie die Kinder, dachte er geringschätzig, wie kleine, hungrige Kinder. Er selbst blieb noch vor der Klosterkirche stehen, der Abt ging an ihm vorbei, schien ihn aber nicht weiter zu beachten.

Es war also nichts, der schöpfte sicher keinen Verdacht.

Gott sei Dank. Der Prior sah nach oben zum Himmel, als wollte er sich dort Kraft und Gewissheit holen.

Sein Blick fiel auf das Jüngste Gericht über dem Kirchenportal. Christus thront im Zentrum, umgeben von einem Wolken- und einem Sternenkranz. Mit ausgestreckten Armen teilt er die Welt des Jenseits in das Paradies zu seiner Rechten und die Hölle zu seiner Linken. Dort aber, aus dem Höllentor, ragt der aufgesperrte Rachen eines Ungeheuers, hinter dem der Teufel herrscht. Gekrönt, unter einem Giebel sitzend, hält der Satan Gericht, ein Mönch und eine entblößte Frau warten auf ihre Höllenqualen, ein Ritter wird für seinen Hochmut mitsamt seinem Pferd in die Hölle geworfen und ein Erhängter mit einem Beutel um den Hals schrie ihn an: ›Judas!‹

Und wenn der Abt nun doch ein Heiliger war, wie nicht nur die Armen, Ungebildeten glaubten? Wenn er, Philipp, Prior, für seinen Tod in die Hölle käme? Hatte nicht gerade der Heilige Benedikt dem Prior verboten, neidisch und eifersüchtig auf den Abt zu sein und sich zu stolzer Überheblichkeit verleiten zu lassen? Ausdrücklich hatte er in seiner Ordensregel festgelegt, der Prior führe in Ehrerbietung aus, was ihm von seinem Abt aufgetragen würde.

Noch könnte er der Tat Einhalt gebieten. Philipp schüttelte innerlich den Kopf. Wie denn, ohne sich zu verraten?

Als Letzter begab er sich ins Refektorium zum Essen. Doch während der Mahlzeit beobachtete er den Abt, der oftmals nicht allein, sondern mit den Brüdern aß.

Es war ganz klar, dachte der Prior, als er sich zur Meditation zurückzog, der Abt zog alle in seinen Bann, trotz der Gerüchte, die über ihn hinter vorgehaltener Hand im Kloster umgingen. Gewiss war, er hatte seine Macht vom Teufel. Teuflisch war er, weil er Wunder wirkte. Weil er dieses Gemisch aus Blut und Schleim, den eitrigen Ausfluss der Wunden getrunken hatte – vor aller Augen – und rein blieb. Makellos. Das war Sünde. Der Abt demütigte jeden, indem er vollkommen war. Wie er ihn hasste! Zu Recht hasste. Denn Hochmut war die größte Sünde. Demut war es, was der Heilige Benedikt von jedem Mönch forderte. Demut bis in die Seele und die Körperhaltung hinein. Allzeit sollte sein Haupt geneigt, seine Augen zur Erde gerichtet sein. Dieser Abt machte keineswegs einen schuldbeladenen Eindruck. Selbst wenn also dieser Abt nicht des Teufels war, so beging er doch jeden Tag aufs Neue die Todsünde des Hochmuts, indem er alle beschämte, weil sie nicht makellos sein konnten. Ihm gebührte der Tod.

Die Komplet wurde gesprochen, die allen Mönchen den Mund schloss. Schweigend stiegen sie die Leiter zum Schlafsaal hinauf, in dem schon das Licht brannte. Doch natürlich, zuerst standen sie wieder Schlange, vor den Latrinen. Philipp lächelte verächtlich.

Schade nur, dass der Abt in seiner Wohnung seinen eigenen Abort hatte.

Schade, und hier konnte sich der Prior nicht eines Grinsens erwehren, schade, dass der Abt nicht beim Scheißen ermordet würde. Das wäre geradezu wundervoll. Das wäre der verächtlichste, schandhafteste Tod.

Nur leider könnte man dann auch aus seinen Gebeinen keinen Gewinn mehr schlagen.

Nein, es war schon ganz in Ordnung, wenn er heute Nacht unter dem Kreuz in der Kirche seinen Tod fand. Denn das war sicher, die Nacht zum Martinstag lag er ausgestreckt in Kreuzesform auf dem kalten Boden in der Kirche. Wie dumm die Brüder doch waren anzunehmen, der Abt hätte was mit diesem Jungen, diesem Martin, gehabt. Wieso war ihnen nicht aufgefallen, dass der Abt bereits als Novize, als ganz junger Mönch, schon als er gerade ins Kloster eingetreten war und dann die ganzen Jahre hindurch, während er bei den Leprakranken lebte, immer die Martinsnacht in dieser Stellung in der Kirche gewacht hatte. Ein besserer Zeitpunkt für einen Mord ließe sich nicht finden. Eins war sicher, wenn es nicht die Liebe zum Heiligen Martin war, die ihn zu dieser Demutshaltung trieb, so war es eine Tat vor seinem Eintritt ins Kloster.

Wie auch immer – diese Nacht würde er nicht überleben.

Wenn bloß erst Morgen wäre! Würde der Abt sich wehren? Sein Messer hätte er ja dabei. Aber gegen vier bewaffnete Männer, gegen vier geübte Mörder?

Es mochte jetzt wohl Mitternacht sein. Lautlos erklettern sie die Klostermauer – ohne Seil. Lautlos öffnen sie die Tür zur Abtkapelle, zur Sakristei, zur Klosterkirche, in der in völliger schwarzer Dunkelheit der Abt am Boden liegt. Er würde aufschrecken durch ihr Licht, sich aufrichten, zum Kampf bereit machen. Der Prior wusste, der Abt würde sich nicht wie Jesus kampflos ergeben. Er würde sich wehren, er würde um sich treten, die Angreifer packen, mit dem Messer nach ihnen stoßen. Er ließe sie nicht an sich herankommen – und würde doch von ihrem Morgenstern, von ihren Schwertern niedergestreckt und getötet.

Es wäre eine Lust, dem zuzusehen, wie die Männer den schon Verwundeten mit unzähligen Messerstichen quälen würden. Die Vorstellung reizte, erregte ihn. Er lachte.

Nun, während um ihn herum die Mönche schliefen und schnarchten, ja, manche schnarchten ganz gewaltig, während alles so friedlich war, wurde sein Erzfeind ermordet.

Hoffentlich war er wirklich tot.

Endlich war es Zeit zum Nachtgottesdienst. Schläfrig erhoben sich die Mönche, schlurften mehr als sie gingen wieder zu den Latrinen und von da aus in die Kirche. Dort aber würde der Abt nie wieder dreimal den Vers sprechen: »Herr, öffne meine Lippen und mein Mund wird dein Lob verkünden.«

Ein Schrei hallte durch das Gewölbe. Mit Kerzen standen die Mönche um den am Boden niedergestreckten Abt herum, der Mönchsarzt beugte sich über den blutenden Körper. Ein tiefer Schnitt zerteilte sein Gesicht und beide Pulsadern waren aufgeschnitten.

Aufgeregt fragte der Prior den Arzt: »Ist der Abt tot?«

Verderben bringende Belagerungen, November 1098 – Mai 1099

»Angriff!«, schrie Graf Raimond von Toulouse.

»Mit zwei Leitern«, spottete Anselm und sah missmutig zu den Mauern von Maarat an-Numan hinüber.

»Warum seid Ihr eigentlich hier und nicht beim Heer Herzog Gottfrieds in Antiochia?«, fragte Martin leise und blieb wie jeder Mann genau da stehen, wo er stand.

»Das frage ich mich auch. Und Ihr, warum seid Ihr an diesem öden Ort?«

»Durch Bischof Adhémar bin ich seit Nikäa immer mit dem Grafen von Toulouse gezogen«, antwortete Martin und dachte, das sei nicht die ganze Wahrheit. In Wirklichkeit konnte er es nicht ertragen, wie ein Ritter nach dem anderen aus Edessa zurückgekehrt war und er jedes Mal vergebens gehofft hatte, Alice und Bernhard wären dabei. Als er dann auch noch Bernhards Vater, Graf Otto, in einer Gasse begegnete, war er grußlos an ihm vorübergehetzt.

»Jedenfalls ist dies nicht der Weg nach Jerusalem«, stellte Anselm erbittert fest und blickte auf die Stadt, die unweit von Antiochia inmitten einer Ebene lag.

»Sturmangriff!«, befahl der Graf von Toulouse.

Diesmal setzte sich das Heer in Bewegung, die Männer sprangen über einen Graben, liefen weiter, den Blick auf die Befestigungsmauer gerichtet, auf der die Bogenschützen ihre Angreifer ziemlich gelassen erwarteten.

Sollten sie nur herankommen mit ihren beiden Leitern und ohne jegliche Belagerungsmaschinen.

Wie jeder andere Mann, wie Anselm neben ihm, hielt Martin seinen Schild nahe vor sein Gesicht. Dicht an dicht wurden die Pfeile auf sie abgeschossen.

»Ich habe keine Lust, hier zu sterben!«, rief ihm Anselm zu. Ich auch nicht, dachte Martin.

Doch dann ließ er alle Vorsichtsmaßnahmen fallen. Es ist alles gleich, ging es ihm durch den Sinn. Martin verzichtete auf Deckung, fing an zu laufen, fest entschlossen, auf einer der beiden Leitern die Mauer zu erklimmen. Er lief schneller. Jetzt hatte er die vorderste Linie erreicht. Mit der Rechten erfasste er die Leiter.

Da, ein Geschoss traf ihn hart an der Brust und zerplatzte. Es roch süßlich herb. Eine gelbliche Flüssigkeit rann an seinem Kettenhemd herunter. Eine Limone.

Die Türken über ihm auf der Mauer brachen in Gejohle und Gelächter aus und katapultierten weiter Limonen auf die Männer unter ihnen. Martin fühlte den Saft zwischen seinen Fingern. Er hatte den Angriff für einen Augenblick vor Verwirrung vergessen, als er von Bienen umschwärmt und von einer in den Finger gestochen wurde.

»Das ist nicht wahr!«, rief Anselm ihm in dem Geschrei zu. »Die Türken attackieren uns mit Bienenstöcken.«

Rückzug. Graf Raimond brauchte ihn nicht zu befehlen. Die Männer flohen vor Pfeilen, Bienen und Limonen in ihr Lager, das sie am Abend zuvor in aller Eile aufgeschlagen hatten.

Martin ließ sich vor seinem Zelt nieder. Er saugte an seinem Finger und seufzte.

»Limonen sollen gut gegen Bienenstiche sein. Nur leider habe ich nichts mehr von dem Saft.« Der Finger schwoll immer mehr an. Bis jetzt hatte er nichts von seiner Unverträglichkeit gegenüber Bienenstichen gewusst. Er vermutete, dass er Fieber bekäme.

Anselm ließ sich neben ihm nieder.

»Habt Ihr gehört, Bohemund soll heute Nachmittag mit seinem Heer als Verstärkung kommen.«

Martin schüttelte den Kopf. »Das kann nur Streit geben.«

»Milde ausgedrückt. Hoffentlich bringen wir uns nicht noch mal gegenseitig um.«

Die Männer schwiegen.

»So schlimm wird es wohl nicht kommen«, meinte Martin endlich. »Bohemund hat schließlich feierlich einen Eid ablegen müssen, dass sein Ehrgeiz die Pilgerfahrt nicht behindert und gefährdet. Er platzt nur vor Eifersucht, weil Graf Raimond Albara eingenommen hat und nun auch noch als äußersten Stützpunkt vor Syrien dieses Maarat für sich erobern will.«

»Wodurch unsere linke Flanke besser gedeckt wäre«, versuchte Anselm, des Grafen Raimonds Angriff auf die Stadt zu rechtfertigen.

»Quatsch, der denkt keinen Augenblick an die Pilger. Dem sind wir Arme scheißegal«, fluchte eine Frau, die zufällig vorbeikam und ihr säugendes Kind an der Brust hielt. Sie stellte sich nun drohend vor den beiden Männern auf und sagte zornig:

»Hier gibt es nichts zu fressen. Wenn der Sturmangriff mit Bohemund auch scheitert und wir Maarat an-Numan belagern sollen, dann verhungern wir.«

Martin bekam, wie befürchtet, hohes Fieber und musste kurzfristig ins Krankenlager. Es schien ihm, nur damit er die Klagen des Bischofs von Orange hörte, dass der überwiegende Teil der Einwohner von Maarat an-Numan die Bedingungen der Übergabe der Stadt ablehnte, obwohl sie nur einen fränkischen Gouverneur anerkennen müssten und dafür das Versprechen erhielten, ihr Leben und ihr Besitz werde verschont. Obgleich vollkommen eingeschlossen, vertrauten sie auf ihren Gott, der sie beschützen würde. Es war zu deutlich, wie lächerlich der Bischof diesen Schutz fand, wobei auch er nicht unter dem besonderen Schutz Gottes zu stehen schien, denn Martin musste noch erleben, dass der Bischof vor Hunger und Entbehrung starb.

Was Martin plagte, war ebenfalls der Hunger, nicht nur sein

eigener, sondern der aller Pilger. Kaum war Martin wieder aus dem Krankenlager entlassen und bei seinem Zelt angelangt, da traf er die Frau mit dem säugenden Kind, jedoch ohne ihr Kleines. Er sah sie mehrmals, immer ohne ihren Jungen. Die Frau blickte ihn verbittert an, so als könne er irgendetwas dafür, dass ihr Kind gestorben, er aber noch am Leben sei.

Die Belagerung dauerte nun über eine Woche, der Dezemberregen durchweichte die Zelte und die Kleidung. Es war alles wie vor einem Jahr vor Antiochia, nur viel schlimmer, denn trotz ihrer ausgedehnten Streifzüge fanden sie nichts Essbares. Wenn Martin morgens aufwachte, dann gab es nichts, was er essen könnte. Und wenn er sich abends hinlegte, hatte er den ganzen Tag gehungert. Niemand aber ahnte, dass die Menschen von Maarat an-Numan begannen, die Christen für ihre Standhaftigkeit zu bewundern.

Was die Pilger empfanden, war Verzweiflung, Hunger, Hass. Aber vor allem Hunger.

Als Martin sich wieder einmal von der vergeblichen Suche nach Nahrung dem Lager näherte, sah er ein Feuer, auf dem etwas gebraten wurde. Ihm lief das Wasser im Munde zusammen, obwohl ihn der süßliche Geruch abstieß. Als er näher kam, wurde ihm übel, er bekreuzigte sich hastig.

Martin verzichtete von nun an auf weitere Streifzüge durch die Umgebung und beteiligte sich stattdessen an dem Bau eines Belagerungsturms, mit dem Graf Raimond von Toulouse beabsichtigte, die Stadt zu erobern.

»Das ist die richtige Arbeit für einen Ritter«, rief Anselm zu Martin hinauf, der auf der ersten Plattform des Belagerungsturmes stand und mit dem Holzhammer einen Holzstift in die Schwalbenlöcher schlug.

In Martin kam der Knecht hoch, er merkte, wie er wütend und verbittert wurde.

Natürlich, Anselm von Ribemont gehörte zu den nobiles und würde in den Chroniken über die bewaffnete Pilgerfahrt namentlich mit allen Vornehmen zusammen genannt, gleichgültig, was er tat. Vom Fußvolk jedoch würde niemand etwas aufzeichnen.

Theresa, schoss es Martin durch den Kopf, auch ihr grausamer Tod würde erwähnt. Vielleicht hatte Anselm längst seinem Erzbischof Manasse von ihrer Ermordung geschrieben. Martin war es, als würden die Balken über ihm zusammenbrechen.

Dass Anselm versöhnlich zu ihm sagte: »Den Belagerungsturm werden wir alle gemeinsam an die Stadtmauer schieben müssen, ob nun Ritter oder nicht«, bekam er nicht mit. Irgendwie musste er sich vor dem Gedanken retten, dass in den Briefen und Chroniken sachlich, nüchtern, leidenschaftslos, wie es für die Schreiber üblich war, berichtet wurde, dass einer jungen, schönen Frau, die sich in einem Garten mit einem Geistlichen beim Würfelspiel befunden habe, auf der Mauer von Antiochia von den Türken der Kopf abgeschlagen worden sei, nachdem sie die Nacht über vergewaltigt worden war.

Um irgendetwas zu sagen, fragte er in unfreundlichem Ton, während er die Treppe vom Belagerungsturm langsam hinunterkam:

»Und was habt Ihr Sinnvolles in der Zwischenzeit gemacht?«

»Ob es sinnvoll war, wird sich zeigen. Peter Bartholomäus hat wieder eine Vision gehabt. Der Heilige Andreas sei ihm erschienen und habe die baldige Eroberung Maarat an-Numans vorausgesagt. Deshalb hat mich Graf Raimond zum gegenüberliegenden Lager Bohemunds geschickt, damit bei einem Angriff sein Heer mit unserem zusammen kämpft.«

»Und?«

»Bohemunds Leute haben sich über Peters Visionen lustig gemacht und Bohemund selbst hat die Echtheit der Heiligen Lanze laut und deutlich angezweifelt. Natürlich, Graf Raimond glaubt daran, also muss *er* sie in den Schmutz ziehen.«

»Glaubt Ihr denn an die Echtheit der Lanze?«

»Ja, jedoch in einem doppelten Sinne. Ich glaube tatsächlich, dass es sich um die Lanze handelt, mit der Jesus in die Seite gestochen wurde. Der Sieg über Kerbogha ist ein Wunder und letztlich militärisch nicht nachzuvollziehen. Selbst wenn, wie es heißt, die Emire sich uneinig waren und verhindern wollten, dass Kerbogha zu mächtig wurde, bleibt ein unerklärlicher Rest, den ich auf die Heilige Lanze zurückführe. Aber auch wenn es sich anders verhielte, meine ich, dass die Lanze echt ist.«

Martin sah Anselm zweifelnd an.

»Ich meine, dass Gott uns diese Lanze geschickt hat, gleichgültig, ob es sie tatsächlich schon zu Jesu Tod gegeben hat, damit wir die Kraft haben, Kerbogha zu besiegen, damit wir nicht alle untergehen und sterben, vielmehr tatsächlich unser Ziel Jerusalem erreichen können. Gott fügt unser Leben, wie er es will, auch wenn die Ereignisse unseres Lebens gar nicht nach Gottes Wirken aussehen.«

»Ich verstehe nicht«, sagte Martin.

Anselm holte Luft. »Ich meine es so, dass jeder von uns eine eigene Geschichte mit Gott hat, die ihn dazu brachte, nicht daheim zu bleiben, sondern trotz aller Gefahren das Kreuz zu nehmen, um das Grab Christi zu befreien.«

Martin dachte darüber nach. Er sah sich als Knecht mit anderen jungen Männern im Passauer Dom stehen und fühlte den abwartenden, prüfenden, möglicherweise lauernden Blick des Abtes auf sich ruhen. Ihm wurde erst jetzt bewusst, dass der Abt genau in dem Moment die Kirche verließ, als Martin sich für die Pilgerfahrt gemeldet hatte. Dieses Verhalten war nach wie vor verwirrend. Schweigend, schlecht gelaunt stand er jetzt vor Anselm.

Endlich sagte er: »Ihr meint, der Anlass für unsere Pilgerfahrt nach Jerusalem war oftmals ein böser?«

»Nun, zumindest keine gute Tat.«

»Und Ihr?«, fragte Martin herausfordernd.

»Ich? Mein Anlass?«

»Verzeiht, es geht mich nichts an. Ihr seid ein großer Herr.«

»Und Euer Freund. Und ein Christ, wie Ihr. Vor Christus sind wir alle Sünder.

Kommt, aber nicht hier.«

Die beiden Männer verließen das Lager in Richtung eines Waldes, dessen Bäume weitgehend gefällt waren, da das Holz für den Belagerungsturm benötigt wurde.

Es war unwahrscheinlich, dass sie hier jemandem begegneten.

»Wie Ihr wisst«, begann Anselm, »ist meine Frau schon vor vielen Jahren gestorben. Meine Tochter Agnes wird bis zu ihrer Heirat im Kloster erzogen.

In all den ziemlich einsamen Jahren habe ich bisweilen überlegt, mich wieder zu verheiraten. Aber um bloß eine Erbtochter zu heiraten, dazu bin ich zu reich. Und aus Liebe?« Anselm schüttelte den Kopf.

»Der eigentliche Grund jedoch war, dass ich später nicht zwei Frauen im Himmel haben wollte. Lacht nicht, für die meisten ist das kein Grund, und der Apostel Paulus sagt ja auch, dass wir ganz und gar verwandelt seien. Es sei, wie es sei, ich blieb jedenfalls allein.«

Er räusperte sich und Martin wartete ab.

»Nun ja, also, natürlich. Es ist also so. Einer meiner unfreien Bauern hatte, nein hat eine sehr schöne Frau. Sie fiel mir auf, als der Bauer seine Abgaben an Getreide, Gemüse, Hühnern und so weiter bei mir auf der Burg abliefern musste.

Da bot sie mir einen gewebten Stoff an, nicht als Abgabe, sondern damit ich ihn kaufte. Er gefiel mir sehr. Er war hauchzart. Obwohl aus Wolle, war er wie Seide, und ich schenkte ihn meiner Tochter.

Alors. Ich zog Erkundigungen über die Bäuerin ein, was nicht schwer war. So erfuhr ich, dass sie einmal im Monat ihre Stoffe auf dem Markt anbietet. Wiederholt ritt ich zu ihrem Stand und kaufte ihr einen Großteil ihrer Waren ab.

Nun, ich wusste auch, dass sie am Markttag immer allein die weite Strecke geht.

Nach einigem Zögern entschloss ich mich. Ich schickte meinen langjährigen Knecht, wir kannten uns schon als Kinder. Er fing sie frühmorgens auf ihrem Weg zum Markt ab und befahl ihr in meinem Namen, auf die Burg zu kommen.

Dort führte er sie ohne Umwege in mein Schlafgemach. Sie wusste also genau, was auf sie zukäme. Da sie sich für eine ziemlich lange Zeit allein in dem Raum befand, hätte sie ihn ohne Weiteres verlassen und fortgehen können. Das war mir wichtig. Sie aber setzte sich aufs Bett und trank von dem Wein, den ich für sie bereitgestellt hatte, und aß von dem Gebäck und wartete.

Ich muss zugeben, es fällt mir noch immer schwer, diesen Morgen zu bereuen.

Jedenfalls, in der Zwischenzeit ließ ich ein Mahl für Anna und mich bereiten. Wir haben zusammen gegessen und dann ging sie. Die Stoffe habe ich ihr abgekauft zu einem guten, jedoch nicht übertrieben hohen Preis.

Es wäre auch alles nach Wunsch verlaufen, wenn nicht am Abend die Nachbarin sich bei Annas Schwiegermutter nach ihrem Befinden erkundigt hätte. Sie sei nicht auf dem Markt gewesen und sicher krank.

Das Ganze flog auf. Der Bauer erschien am nächsten Tag bei mir auf der Burg und verlangte, in Zukunft geringere, wenn nicht gar keine Abgaben mehr entrichten zu müssen. Dafür könne ich seine Frau …, ich verstünde schon.

Die Schwiegermutter aber schlug Krach. Sie erzählte es überall herum und brachte es vor den Erzbischof Manasse von Reims. Nun haben Manasse und ich ein freundschaftliches Verhältnis. Er riet mir, mich für längere Zeit auf eine Wallfahrt zu begeben. Santiago de Compostela in Spanien wäre naheliegend gewesen. Als Kind jedoch hatten meine Eltern mich auf eine solche Pilgerfahrt mitgenommen und ich sehe immer noch die Füße einer Frau vor mir, die von Dänemark bis Spanien Erbsen in ihren Schuhen hatte, um die Qualen Jesu Christi nachempfinden zu können.

Da rief Urban zur bewaffneten Pilgerfahrt auf. Es war mir viel lieber, mit Rittern zusammen gen Jerusalem zu reiten, als noch einmal das selbst auferlegte Martyrium von Christen zu erleben, die nicht bedenken und erkennen, dass Gott es selber ist, der uns in die Nachfolge ruft und auch die Leiden gibt.«

»Jedenfalls ist aus dem fröhlichen Ritt geworden«, fügte Martin schmunzelnd, sarkastisch hinzu, »dass wir in Antiochia, statt auf Pferden zu reiten, ihr Fleisch gegessen haben und jetzt schon wieder das Blut unserer Pferde trinken.«

»Ja«, sagte Anselm düster. »Ich habe noch anderes gehört.«

»Ich habe es gerochen und gesehen.«

Barfuß, im weißen Büßerhemd, schritt Graf Raimond von Toulouse vor seinem Heer durch den kühlen Januarmorgen gen Jerusalem, die brennende Stadt Maarat an-Numan im Rücken hinter sich lassend.

Martin führte Rab am Zügel, wie auch die anderen Ritter neben ihren Pferden liefen. Vor Martin ging der alte Graf Hugo von St. Paul, barfuß, mit gesenktem Kopf und hängenden Schultern, im Büßerkleid, ohne Kettenhemd, er trauerte um seinen Sohn Engilrand, der in der Weihnachtszeit gestorben war, einfach so, an einer unerklärlichen Krankheit. Unter Tränen wurde sein Leichnam in der Basilika des seligen Apostels Andreas beigesetzt.

Warum Engilrand und nicht ich? Der wurde von seinem Vater geliebt, klagte Martin.

Wieso war nicht er gestorben, als der Belagerungsturm am 11. Dezember endlich unter ständigem gegnerischen Pfeilregen und Steinschleudern an die Stadtmauer herangerollt war und er den ganzen Tag neben Wilhelm von Montpellier auf der obersten Plattform gestanden und unter ständigem Beschuss der Feinde Steine in die Stadt geschleudert hatte. Beschuss war nichts gegen diese mörderische Verteidigung. Griechisches Feuer wurde auf den Belagerungsturm geworfen. Männer brannten und schrien und fast alle Ritter auf der obersten Plattform kamen ums Leben. Dazu blies Edvard der Jäger ununterbrochen laut die Trompete. Martin wusste nicht, wozu und warum ausgerechnet er am Leben blieb und sich wie von Zauberhand getrieben die Treppe nach unten flüchten konnte. Doch ihr Todesmut hatte Erfolg. Denn hinter und unter dem Belagerungsturm drangen Mineure bis zur Stadtmauer vor, erweiterten den engen Stollen zu einer Höhle, stützten sie mit Balken ab und füllten sie mit Reisig, trockenem Stroh, Gestrüpp und einem fetten Schwein. Gegen Abend gab es endlich die erwartete Explosion. Das Schwein, das einige Leute des Grafen trotz der Hungersnot bei christlichen Bauern hatten auftreiben können, war zerplatzt, die Kammer brannte und die Stadtmauer brach unter Getöse zusammen.

Die feindlichen Turmwachen sprangen zur Seite und flohen – Raimonds Soldaten krochen durch den Tunnel in die Stadt, Bohemunds Männer hatten nun endlich genug Leitern und kletterten auf die Befestigungsmauer.

Die Armen, die Ausgehungerten, die Ärmsten der Armen brachen in die Stadt hinein.

Das Abschlachten begann. Das Plündern begann. Die Armen mordeten, wen immer sie zu fassen kriegten.

Das entsetzte, schreckensvolle, grauenhafte Schreien der türkischen Kinder, Frauen und Männer erweckte Martins Mitleid. Dann durchzuckte es ihn:

Sie haben Theresa ermordet. Sie waren es, die Theresa geschändet und ermordet haben.

Martin ließ sich von einem Pulk von Männern in die Stadt treiben, die, mit Messern, Schwertern und erbeuteten Eisenkeulen bewaffnet, jeden töteten, der ihnen in den Weg kam. Grölend und fordernd drangen sie in die Häuser ein. Bis in die Nacht ging das Morden …

»Da geht Graf Raimond im Büßerhemd«, bemerkte Anselm, der herangeritten kam und nun absaß.

Martin schreckte auf: »Ich habe Euch gar nicht kommen hören.« Er fasste sich:

»Schön, dass Ihr wieder aus Rugia zurück seid.«

»Dabei geht es Graf Raimond von Toulouse um nichts als Macht und Ehre. Reich genug ist er ja. Er ist reicher als der französische König«, sagte Anselm verärgert, während er ebenfalls zu Fuß ging und sein Pferd neben sich führte. Allerdings war er nicht barfuß.

»Was haben denn die Verhandlungen der Fürsten in Rugia ergeben?«

»Nichts«, antwortete Anselm. »Graf Raimond hat versucht, die Heerführer zu kaufen.«

»Auch Bohemund?«

»Nein, aber er hat den anderen Fürsten Geld dafür angeboten, dass sie ihn als Führer über alle Heere anerkennen. Er ist aber bei Herzog Gottfried und den anderen Heerführern auf frostige Ablehnung gestoßen. Graf Raimond hätte ihnen sicher noch höhere Summen angeboten, wenn ihn nicht die Kunde ereilt hätte, dass seine eigenen Leute die Mauern von Maarat an-Numan niederreißen, um ihn zum Weiterziehen nach Jerusalem zu zwingen. Martin, Ihr hättet Graf Raimond sehen sollen, wie er in Aufregung und Panik davongeeilt ist …«

Martin lachte. »Der Bischof von Albara, der zum Bischof über Maarat ernannt worden war, hat ganz schön protestiert, als die Männer anfingen, die Häuser zu zerstören, damit keine Umkehr möglich sei.«

»Ja«, sagte Anselm sehr ernst. »Es war ein Massaker. Jesus aber sagt: ›Liebet eure Feinde, betet für die, die euch verfolgen.‹«

»Ich verstehe Euch nicht«, erwiderte Martin. »Bisher waren es vor allem die Armen, die Unbewaffneten, die von unseren Feinden umgebracht wurden. Jetzt noch vor Kurzem, hier vor Maarat an-Numan, habe ich die Leichen von Kindern und Frauen auf einer Lichtung entdeckt, die, auf der Suche nach Nahrungsmitteln, überfallen, niedergemetzelt und ermordet worden waren.«

»Seid Ihr auch in die Stadt eingedrungen?«

»Ob ich auch in Maarat an-Numan Wehrlose getötet habe, fragt Ihr. Nein, habe ich nicht, aber ich war kurz davor«, antwortete Martin. »Die Einwohner hatten sich verbarrikadiert. Mit Gewalt sind wir in ihre Häuser eingedrungen. Ich sah eine

Frau, ebenso jung wie Theresa, ich habe sie gepackt und wollte sie mit dem Schwert töten.«

»Und?«, Anselm hob die Augenbrauen.

»Ich habe die Frau losgelassen. Mir war, als hörte ich die Stimme meines Vaters:

›Töte keine Frau.‹«

»Der fremde Fürst? Ihr kennt ihn? Ihr wisst, wer Euer Vater ist?«

Martin nickte. »Er hat mir das Schwert mit der Bedingung überbringen lassen, dass ich es niemals gegen Wehrlose gebrauche.«

»Ich überwinde mich und bezwinge meine Neugierde. Eine bemerkenswerte Auflage für einen Fürsten. Er muss schon ein höchst christlicher Herr sein.«

Anselm bemerkte, wie Martin wütend wurde.

»Nein, es geht mich wirklich nichts an.«

Nachdenklich fügte er hinzu: »Unser Herr Jesus Christus verbietet uns noch mehr als Euer Vater: Wir dürfen überhaupt nicht töten.«

»Und warum seid Ihr dann hier? Warum habt Ihr das Schwert genommen, wenn Ihr so denkt?«, fragte Martin in bösem Ton.

»Weil ich diese bewaffnete Pilgerfahrt dennoch für richtig halte. Die Türken haben uns in 20 Jahren all die Städte genommen, in denen der Apostel Paulus missioniert hat.

1.000 Jahre Christentum wollen sie auslöschen. Knaben und Jünglinge werden gezwungen, sich bei den Taufbecken beschneiden zu lassen, und wenn sie sich weigern, werden sie getötet.

Junge Mädchen sind in Kirchen vergewaltigt worden, vor den Augen ihrer Mütter.

Der Name des Dreieinigen Gottes wird entheiligt. Unsere Kirchen haben sie entweiht und geschändet, unseren Heiligen werden die Augen herausgeschossen und die Augenhöhlen mit Kot gefüllt.

Aber selbst wenn wir von Gräueltaten einmal absehen: Sie zwingen den Christen ihren Glauben auf, nicht nur durch

Gewalt. Über die Hälfte der uns bekannten Erde ist von den Moslems erobert worden. Ein so überaus großes Gebiet von Persien über Nordafrika bis nach Spanien und jetzt auch bis Konstantinopel, das wird nicht durch Mord und Totschlag und Plünderung unterworfen und beherrscht, sondern durch die Erschwernisse des täglichen Lebens. Mache es deinem Enkel, deinem Urenkel begreiflich, warum sie noch Christen sein sollen, wenn sie nur Nachteile davon haben. Der Sohn wird es noch verstehen und vielleicht stolz auf sein Bekenntnis zu Jesus Christus sein, der Urenkel wird nicht mehr einsehen, warum er um seines Glaubens willen zu hohe Steuern bezahlen muss, kein hohes Amt bekleiden, nicht auf einem Pferd reiten, kein Schwert tragen darf.

Um meiner Liebe zu Jesu Christi willen, deshalb bin ich auf der Pilgerfahrt nach Jerusalem.«

Anselm holte tief Luft und Martin hatte den Eindruck, dass sich Anselm nicht weiter äußern wollte. Doch dann sagte er leise:

»Aber, das weiß ich jetzt, Jesus wäre mit mir nicht einverstanden. Er hat den Krieg verboten. Jesus Christus hat nicht zwischen gerechtem und ungerechtem, zwischen gutem und bösem Krieg unterschieden. Er hat nicht gesagt, ihr dürft töten unter der und der Bedingung. Das hat erst Augustin verkündet. Ach – was reden wir da?« Anselm lachte. Er wies nach vorn und sagte: »Da vorne liegt Kafartab. Bin gespannt, ob Graf Raimond sein weißes Büßerkleid anbehält, wenn er mit dem Emir von Schaizar die Bedingungen für unseren Durchzug durch des Emirs Land aushandelt.«

Anselm von Ribemont schleuderte seine Lederhandschuhe auf den Tisch, trat ans Fensterloch und sah mit grimmigem Blick über die Festungswälle der Burg Hosn el-Akrad hinweg zu den Bergen des Libanon. Es war so, als würden sämtliche seiner schwarzen Locken aufrecht stehen vor Empörung.

Martin setzte sich auf und rieb sich die Augen. Er hatte Anselm seit Mariä Lichtmess, das mit großer Feierlichkeit vor zwei Tagen auf der Burg zelebriert worden war, nicht mehr gesehen. Martin hatte die Zeit mit Nichtstun und Grübeln verbracht.

»Was ist denn los?«, fragte er mehr erstaunt als besorgt.

»Wir werden die Festung Akkâr angreifen. Graf Raimond von Toulouse hat das selbstherrlich beschlossen.«

»Und wieso?«, fragte Martin. »Es könnte doch gar nicht besser laufen. Der Emir von Homs hat uns nichts getan, obwohl er mit Kerbogha gegen uns gekämpft hat. Die Führer des Emirs von Schaizar haben uns versehentlich in das Tal geführt, in dem die Bauern ihr ganzes Viehzeug vor uns versteckt hatten. Der Emir gestattete sogar, seine eigenen von uns geraubten Tiere in Schaizar gegen Packpferde zu verkaufen.« Martin schüttelte noch immer verwundert den Kopf.

Anselms Gesicht nahm einen etwas freundlicheren Ausdruck an, er blieb jedoch am Fenster stehen und starrte hinaus in die Ferne.

»Ja, und diese wunderbare, mächtige Burg am Bergesrand«, fuhr Martin fort. »Nie hätten wir sie erobern können. Aber die Bewohner waren so zuvorkommend, sie des Nachts zu verlassen.«

»Nachdem sie uns ganz schön gelinkt hatten.« Beide mussten lachen. Es war doch zu komisch, wie das Heer des Grafen Raimond auf den Trick reingefallen war, die aus dem Burgtor hinausgejagten Tiere einfangen zu wollen und sich dabei zu zerstreuen.

»Bei dem Ausfall der Burgbewohner wäre fast sogar Graf Raimond gefangen genommen worden, weil seine Leibwache ihn im Stich gelassen hatte«, bemerkte Martin.

Wäre er es doch, wünschte Anselm, verbot sich jedoch sofort diesen Gedanken.

»Und nun, was ist weiter geschehen?«, fragte Martin.

Anselm wandte sich zu Martin um.

»Der Emir von Tripolis, durch dessen Gebiet wir als Nächstes ziehen müssen, hat Graf Raimond Geschenke überbringen lassen und ihn aufgefordert, Vertreter nach Tripolis zu senden, um die Maßnahmen für den Durchmarsch zu besprechen. Sie sollten sogar das Banner von Toulouse mitbringen, das der Emir über seiner Stadt entrollen wollte.«

»Kapier ich nicht«, sagte Martin.

»Der Emir von Tripolis, Dschalal el-Mulk Abu'l Hassan heißt er, mag die Seldschuken, die seit der Schlacht bei Mantzikert so mächtig geworden sind, genauso wenig wie die Fatimiden, die im letzten Sommer Kanaan und Jerusalem erobert haben. Wenn wir diese beiden Mächte in Schach halten, so sieht der Emir von Tripolis für sich darin einen Vorteil und stärkt uns den Rücken gegen das starke fatimidische Ägypten. Es ist ihm ganz recht, wenn die Fatimiden durch uns geschwächt werden, denn selbst würde er sie nie angreifen. Der Emir von Tripolis ist ein gelehrter Mann, dem Bücher wichtiger und lieber sind als Kriege.«

»Das klingt doch gut.«

»Das klingt nicht nur gut, das ist gut.«

»Nun will Graf Raimond jedoch des Emirs Festung Akkâr angreifen, weil er meint, der Emir bekomme dann Angst vor uns und biete uns nicht nur freien Durchgang und Verpflegung, sondern auch noch Geld. Das ist es, Graf Raimond will Geld und außerdem vor den anderen Heerführern prahlen, er habe eine wichtige Festung erobert. Wie ich das verabscheue!«

»Gab es keine Gegenstimmen?«

»Natürlich, meine und Tankreds. Tankred hat sehr richtig und klug eingewandt, unser Ziel sei Jerusalem, das wir schnellstmöglich erreichen sollten. Vor allem aber spricht gegen den Angriff: Wir haben nur noch 1.000 kampffähige Ritter und 5.000 Fußsoldaten. Damit kann man eine mächtige Festung wie Akkâr nicht erobern.« Bitter fügte er hinzu:

»Aber natürlich hört der weise, erfahrene Heerführer Raimond von Toulouse nicht auf einen so jungen Menschen wie Tankred und dazu noch auf den Neffen Bohemunds. Eitler Wahn, der richtet uns zugrunde.«

»So schlimm wird es vielleicht nicht kommen. Jedenfalls müssen wir in dieser Gegend bei einer Belagerung nicht verhungern«, gab Martin zu bedenken.

Anselm zuckte die Achseln und sagte düster:

»Das gibt Tote.«

Anselm zügelte sein Pferd, als sich die Heere von Norden Akkâr näherten. Er sah es auf einen Blick, die Burg war uneinnehmbar. Schweigend, mit zusammengekniffenen Lippen ritt er auf die Festung zu.

Was machte Graf Raimond so uneinsichtig, so blind, ihn, den erfahrenen Heerführer, der schon in Spanien gegen die muslimischen Herrscher gekämpft hatte? War es die Tatsache, dass seine Ritter und Fußsoldaten noch keine Schlacht verloren hatten? Erkannte er wirklich nicht die für die Feinde vorteilhafte Lage Akkârs? Auf einem Felsvorsprung gelegen, befestigt durch Felsbrocken und Mauerwerk, die Abhänge steil und schroff, und dort, wo sie sanfter abfielen, übersät mit spitzen Steinen, im Osten nur durch einen schmalen, in dieser Jahreszeit von einem reißenden Fluss begrenzten Weg zugänglich. In der Hoffnung, dass im Süden, auf der Rückseite der Burg, bessere Möglichkeiten des Angriffs sich böten, ritt Anselm über eine Brücke, die aus der Römerzeit stammte. Ihm war klar, dass schon die Römer den militärischen Vorteil dieses Platzes genutzt hatten. Er erschrak jedoch, als er die Südseite der Burg sah. Er fand eine Felsschlucht vor, die noch dazu durch das Hochwasser unüberwindbar war. Unmöglich, die Burg einzuschließen, unmöglich, hier irgendwo einen Belagerungsturm aufzubauen, unmöglich aber auch, die Burg von den gegenüberliegenden Felsen anzugreifen, denn die angrenzenden Berge waren so weit entfernt, dass ein Beschuss ausgeschlossen war.

Prahlend jedoch ritt Graf Raimond daher, befahl, das Lager für einige Tage am Fuße des Bergvorsprungs aufzurichten, bis die Burg genommen und ihre Bewohner erschlagen worden seien. Murrend folgte das Heer seinem Befehl. Jerusalem war doch ihr Ziel, oder?

Die Jungen holten ihre selbst geschnitzten Schwerter hervor und begannen zu kämpfen, Mädchen und Frauen sammelten Reisig und Holz und entzündeten die Feuer für die Nacht. Martin stand mit anderen Rittern und Fußsoldaten im Lager herum, der Anblick Anselms von Ribemont war ihm zu verdrießlich.

»Die wissen genau, wie wenige wir sind«, war das Letzte, was er von Anselm hörte, bevor der schlecht gelaunt ins Feuer starrte und vor sich hinschwieg.

Im Morgengrauen: Sturmangriff. Die Männer wussten, es würde mörderisch. Graf Raimond wusste es auch. Bei diesem Angriff würde wahrscheinlich jeder fünfte Mann sterben, zumindest aber verwundet werden.

Die Ritter und Bogenschützen versammelten sich unter ihren Bannern und begannen den Ansturm auf die Burg. Die Sturmleiter in der Hand, das Schwert umgürtet, rannten die Steiger los, versuchten, den im Norden gelegenen Berghang zu erklimmen, der überhaupt nur für einen Angriff geeignet zu sein schien. Ihr Ziel war es, die Leiter an der Burgmauer einzuhaken, hinaufzuklettern und dann im Nahkampf zu siegen. Unmöglich, die Todeszone zu durchqueren, der Abhang war steil, die spitzen Steine verhinderten ein schnelles Fortkommen, die Rüstung drückte schwer bei dem mühsamen Aufwärtssteigen.

Die Angegriffenen lachten, beschimpften die Angreifer mit unverständlichen Worten, die dennoch als Hurensöhne und dergleichen zu übersetzen waren.

Martin wusste, alle feindlichen Krieger der Burg waren an diesem Abschnitt der Befestigungsanlage zusammengezogen, er musste nicht nach oben schauen, um festzustellen, dass auf den Mauern gestaffelte Reihen von Bogenschützen und Steinschleuderern nur darauf warteten, sie abzuschießen. Jeden der Männer hatten die Feinde auf der Burgmauer genau im Blick.

Anselm, Martin und neben ihnen die anderen Männer stießen ihr furchtbares Kriegsgeschrei aus, das wie »Gott will es!« klang, und übertönten damit das Schreien der Verwundeten, der Sterbenden. Über ihnen schwirrten die Pfeile, die ihrer eigenen Bogenschützen, die ihnen Deckung geben sollten, wie auch die feindlichen, deren geschliffene Spitzen sich nicht nur in den Kettenhemden festsetzten, sondern, da sie von der Burg aus abgeschossen wurden, die Durchschlagskraft besaßen, die Rüstung zu durchbohren, schwere Verletzungen hervorzurufen, zu töten. Neben Martin brachen Männer zusammen, deren Gesicht von Steinen zertrümmert war.

Weiter, Martin kletterte weiter den Berghang hinauf. Jetzt nur noch wenige Meter bis zur Burgmauer. Er zweifelte, dass die quaderförmigen Steinblöcke überhaupt ein Einhaken ermöglichten. Von oben wurde ungelöschter Kalk hinuntergeschüttet.

Martin sprang zurück, versuchte, sich mit seinem Schild zu schützen. Felsbrocken wurden herabgestürzt, Dung, der die Augen verklebte, glühende Eisenspäne. Männer schrien auf, kochendes Pech wurde herabgegossen. Freunde wanden sich am Boden vor Schmerzen, starben. Martin versuchte, die Leiter anzulegen, blitzschnell nach oben wollte er.

Nichts davon, die Leiter wurde umgestoßen. Sein Kamerad Wilhelm de Picarde neben ihm hatte mehr Erfolg, halbhoch war er schon, doch da lösten die Feinde den Haken, er fiel in die Tiefe, prallte auf Geröll. Martin hörte etwas hinter sich seinen Aufschrei. Doch bevor er ihm helfen konnte, warfen die Belagerten brennendes Stroh auf den Verwundeten, dass er in seiner Rüstung verglühte.

In der Nacht wurden die Toten gesucht und am nächsten Morgen begraben.

Graf Raimond von Toulouse, Robert von der Normandie, Tankred und Anselm von Ribemont beschlossen, von weiteren Sturmangriffen einstweilen abzusehen und stattdessen große Wurfmaschinen zu bauen, um riesige Steinblöcke gegen die Mauern der Burg schleudern zu können und die Belagerten in Furcht und Schrecken zu versetzen. Dass sie die Mauern tatsächlich zertrümmern könnten, daran musste allerdings gezweifelt werden.

Die nächsten Tage verliefen demnach ziemlich ruhig. Zelte wurden aufgestellt, Vorräte verstaut, Latrinen gegraben, Suchtrupps ausgesandt nach verlässlichen Trinkwasserquellen. Arbeitstrupps mussten sich weit von dem Feldlager entfernen, um geeignetes Holz für die Belagerungsmaschinen zu finden, die Bäume zu fällen und zu verarbeiten und zum Lager zu schaffen. Hunderte von Männern waren damit beschäftigt, Verteidigungswälle zu errichten, zwar gedeckt durch die eigenen Bogenschützen, aber dennoch ständig unter Beschuss von Pfeilen und vor allem Steinen, die die Feinde auf das nördlich gelegene Lager des Grafen Raimond abschossen, Steinen, die nichts kosteten, von denen es unzählig viele gab, die böse Verletzungen verursachten, die oft tödlich waren.

Ende Februar wachte Martin tief in der Nacht von einem Rascheln der Zeltwand auf. Er hörte, wie Anselm leise ins Zelt schlich, seinen Helm und sein Schwert abnahm und sich auf sein Lager legte.

Er ist bei einer Frau gewesen, dachte Martin. Bei einer jener Frauen, die dem Heer nun schon durch halb Europa und durch Romanien unermüdlich gefolgt waren. Trotz aller Ermahnungen zur Enthaltsamkeit wusste auch der Klerus, überlegte Martin, dass die Kampffähigkeit der Männer über einen Zeitraum von mehr als zwei Jahren ohne diese Dienste sinken würde. Wahrscheinlich erhofften auch sie sich in Jerusalem Vergebung ihrer Sünden.

Aber Anselm in einem jener Zelte? Warum nicht? Er hatte ja auch mit der Frau des Bauern …

»Wie ich höre, seid Ihr wach«, unterbrach Anselm Martins Gedankengang. »Ich komme von der Beichte.«

Wegen welchen Vergehens denn? Was gäbe es schon so Neues in der Nacht zu beichten?, überlegte Martin und merkte, dass er sich seiner vorherigen Gedanken schämte.

»Seit wir Akkâr belagern«, setzte Anselm vorsichtig an, »versuche ich mir vorzustellen, was danach kommt. Mit aller Kraft denke ich an Tripolis, Bethlehem, Jerusalem. Ich gebe mir Mühe, die Städte zu sehen. Jerusalem, nicht, wie wir es von den Karten kennen, als Mittelpunkt der Welt, sondern wie es wirklich aussieht, von Mauern umgeben, die wir belagern und erobern müssen. Ich kann mich nicht darin sehen. Jedes Gefühl, jeder Gedanke, jede Vorstellung bricht mit Akkâr ab.«

Anselm schwieg und Martin spürte, wie der Tod ihnen ganz nahe war.

Um die Stille zu durchbrechen, sagte er:

»Auch ich kenne dieses Gefühl oder so ein ähnliches. Es gibt den Riss, mein Leben vor der Ermordung meiner Frau und die Zeit danach. Ich kann ihren Tod nicht begreifen.

So viele eigentlich unwichtige Momente führten zu ihrer Ermordung und ich denke immer wieder, wenn etwas aus dieser Kette gefehlt oder anders gekommen wäre, so lebte Theresa noch. Wenn bei Alice, der Freundin meiner Frau, die Wehen etwas früher eingesetzt hätten, ich mich nicht mit dem Geistlichen verabredet, wenn ich ihm abgesagt und nicht meine Frau gebeten hätte. Wenn ich nicht für Bischof Adhémar eine kleine Arbeit hätte verrichten sollen … Tatsächlich hat Bischof Adhémar nur wenig von meiner Zeit an jenem Nachmittag in Anspruch genommen. Als ich aus seinem Zelt kam, wollte ich sofort in den Garten zu meiner Frau, aber ich wurde aufgehalten, hatte ein Gefühl, mich zu verreden, ich kam einfach nicht von der Stelle. Es war wie im Traum, wenn man fortlaufen will und nicht kann. Immer wieder erscheint es mir so: Es ist so, als hätten sich zwei Pole zielstrebig aufeinanderzubewegt, hier Theresa, dort die Türken, die sich wie an einer Schnur gezogen ausgerechnet an diesem Tag aus Antiochia hinausgeschlichen haben. Und ich bin der Drahtzieher ihrer Not und ihres Todes.«

»Das seid Ihr sicher nicht. Wenngleich ich Euch verstehen kann.« Anselm schluckte. »Auch deswegen war ich eben bei der Beichte. Es ist lange her, viele Jahre, aber es bleibt die

Schuld. Beatrix ist bei der Geburt unseres Sohnes gestorben. Dass Frauen bei der Geburt sterben, ist natürlich, gehört zum Los der Frau dazu. Unter Schmerzen sollst du Kinder gebären, heißt es in der Bibel. Zu den Schmerzen gehört das Sterben. Der Mann stirbt im Kampf, die Frau bei der Geburt.

Dennoch. Schon die Geburt unserer Tochter Agnes war eine Qual, einen ganzen Tag lang hat sie gedauert, die Schreie meiner Frau drangen zu mir in das Vorzimmer, aber nicht die Schreie eines Kindes. Im Raum stand das Schreckenswort: Kaiserschnitt. Doch dann endlich gegen Morgen, die Vögel fingen an zu zwitschern, da hörte ich das klägliche Weinen meiner Tochter, unserer Tochter Agnes. Meine Frau lag ermattet, erschöpft im Bett und hielt unser Kind im Arm und ich konnte eine Magd nach der Saugmutter schicken.

Agnes war anfangs zwar ziemlich zerknittert, aber sie war gesund. Auch meine Frau erholte sich mit der Zeit, so vergaßen wir unseren Vorsatz, dass wir nicht noch einmal eine Schwangerschaft heraufbeschwören wollten. Allerdings, je mehr Agnes gedieh, je besser es meiner Frau ging, desto mehr wünschte ich mir einen Sohn. Auch meine Frau wollte einen Sohn. Beatrix wurde abermals schwanger, sie freute sich. In mir jedoch wuchs die Angst. Ich beobachtete sie heimlich, sie war blass, es war ihr nicht gut, sie fühlte sich nicht stark wie manche Bauersfrau, die noch am Tag ihrer Niederkunft den Lehmboden schrubbt.

Ich betete zu Gott, er möge sie am Leben lassen. Sie starb bei der Geburt. Auch das Kind starb. Es war ein Junge, doch die Nabelschnur hatte sich um seinen Hals gelegt.«

Es war ganz still im Zelt, von draußen drangen die Geräusche des Lagers herein, das Knistern der Feuer, jemand, der sich leise an den Zelten vorbeibewegte, Stimmen, Betrunkene.

»Glaubt Ihr an die Macht des Gebetes?«, fragte Anselm.

Martin dachte an den Augenblick, als er auf die Knie gefallen war und mit Seelenblut gebetet hatte, ein Wunder möge geschehen und Theresa gerettet werden.

»Ich weiß nicht«, antwortete er schließlich, »Jesus sagt: ›Wer da bittet, der empfängt,

bittet, so wird euch gegeben.‹«

»Ich weiß, was Ihr sagen wollt. Es ist aber möglicherweise alles ganz anders.

Wir bitten für gewöhnlich um Irdisches, um die Erfüllung unserer eigenen Wünsche, um uns selbst, nicht um das, was Gottes ist.

Im Lukasevangelium aber steht am Ende des Kapitels vom Beten und Bitten, der Vater im Himmel werde den Heiligen Geist denen geben, die ihn darum bitten.

Es geht also darum, dass der Heilige Geist mit uns sei.

Und im Evangelium des Johannes blicken wir ganz auf Jesus Christus: ›Was ihr mich bitten werdet in meinem Namen, das will ich tun.‹«

»Wieso unterstellt Ihr mir, dass ich nicht im Namen Jesu Christi um Theresas Leben gebetet habe? Natürlich habe ich das!«, empörte sich Martin. »Was in aller Welt sollte gegen Jesus gerichtet sein, wenn Theresa am Leben geblieben wäre?«

»Nichts«, antwortete Anselm.

»Warum hat dann Jesus kein Wunder gewirkt? Denn es heißt im Johannesevangelium weiter, dass unsere Gebete erhört werden, damit der Vater im Sohn verherrlicht werde.

Warum wollte Gott nicht verherrlicht werden? Hätte er Theresa vor den Augen unseres ganzen Heeres und vor den Augen der Ungläubigen aus den Händen der Heiden befreit, so wäre es ein sichtbares Zeichen zu seinem Ruhme gewesen.«

Anselm schüttelte den Kopf. Er suchte nach Worten für das Unfassbare. Endlich sagte er:

»Dieses Zeichen haben die Gaffer, als Jesus am Kreuz hing, auch von ihm gefordert.

›Hilf dir selber, wenn du Gottes Sohn bist, und steige herab vom Kreuz.‹ Jesus Christus hat sich nicht geholfen, er ist am Kreuz gestorben. Wir müssen das aushalten, dass es nicht immer sichtbare Zeichen von Jesu Wirken gibt, gerade jetzt auf unserer Pilgerfahrt zur Befreiung Jerusalems. Ich glaube aber fest, Jesus hilft uns, wenn wir unser Leben nicht als eines vor dem Tod und als eines nach dem Tod begreifen, sondern als Einheit. Hier wie dort gehören wir mit ihm zusammen. Gebete verhallen nicht. Lasst Euch trösten.

Wenn Gott es will, hat er Euer Gebet erhört und Eure Frau ist um Euch und geleitet Euch nach Jerusalem.«

Martin ließ sich in diesen Gedanken fallen, er spürte wieder den leichten Hauch wie ein Streicheln an Theresas Grab und vergrub sein Gesicht in seinem Kissen.

Er hatte Anselm ganz vergessen, als dieser Martins sanften, verheißungsvollen Halbschlaf unterbrach und mit bedrückter Stimme sagte:

»Martin, ich habe ein Gesicht gehabt. Ich fürchte sehr, ich werde diesen kommenden Tag nicht überleben. Schreibt dann Manasse, dem Erzbischof von Reims, und bittet ihn, dass er für meine Seele betet.«

Ein grauer, kühler Morgen zog herauf. Es regnete zwar nicht ununterbrochen wie noch vor einem Jahr in Antiochia, aber die Zelte und die Kleidung waren klamm.

Anselm rüstete sich für den Tag, an dem er glaubte, sterben zu müssen. Schweigend und gefasst und dabei sehr aufmerksam zog er sein Kettenhemd über, setzte seinen Helm auf, gürtete sich zu seinem mit einer kostbaren Reliquie versehenem Schwert noch ein zweites um, überlegte, ob er auch eine Streitaxt zur Messe mitnehmen sollte, entschied sich aber nur für seinen bunt bemalten, mit Edelsteinen verzierten Schild, auf dem ein Berg für den Namen Ribemont dargestellt war.

Martin wartete im Eingang des Zeltes auf ihn und beide Männer begaben sich zur Frühmesse.

»Der Bischof von Albara ist leider nicht ein so von Gott begnadeter Hirte wie Bischof Adhémar«, sagte Anselm wehmütig, während sie sich ihren Weg durch das Gewimmel der Zelte bahnten. »Wenn Adhémar das Herrenmahl spendete, bei der Wandlung von Brot und Wein, habe ich die Gegenwart Jesu Christi deutlich gespürt, es war, als stünde er hinter mir. Bei dem Bischof von Albara muss ich darum mit ganzer Seelenkraft beten.«

Martin hörte mit gesenktem Kopf zu, es war ihm, als spräche Anselm seine letzten Worte, dabei ging er aufrecht neben ihm.

»Niemand«, fuhr Anselm fort, seinen Gedankengang auszubreiten, »kann etwas Sicheres über das Jenseits wissen. Paulus sagt, erst dort werden wir erkennen, jetzt aber sei unser Erkennen Stückwerk. Es ist einfach nicht zu leugnen, die Mauer zwischen dem Leben und dem, was nach dem Sterben kommt, können wir nicht durchdringen.«

Trostlos ging Martin neben Anselm her. Was sollte er darauf erwidern?

Sie hatten das weite, hohe Zelt, das als Kirche diente, erreicht. Die Liturgie begann und Martin musste unablässig daran denken, dass der Mann, der neben ihm kniete, schon am Abend tot sein könnte. Viele waren gestorben, und sicher würden nicht alle, die jetzt das Vaterunser beteten, den nächsten Tag noch erleben. Aber von keinem hatte er zuvor gehört, er habe ein Gesicht gehabt, in dem er sich als Toter, als Leiche geschaut hätte.

Der Segen wurde über sie gesprochen, die Kinder, Frauen und Männer erhoben sich. Es raschelte Stoff, es klirrten Rüstungen, die Männer setzten, nachdem sie das Kirchenzelt verlassen hatten, ihre Helme wieder auf.

»Frühstück?«, fragte Martin.

Anselm nickte. Sie gingen zu einem Feuer inmitten des Lagers, über dem in einem großen Topf Weizenbrei gekocht wurde. Dazu gab es getrocknete Feigen und flaches, auf heißen Steinen gebackenes Brot.

»Meine Henkersmahlzeit«, grinste Anselm schmerzlich. »Schreibt meiner Tochter Agnes, sie lebt im Kloster Argenteuil bei Paris, ich wünsche, dass sie sich bald mit Gozwin de Oisy verheiratet. Sie mögen fröhlich Hochzeit halten.«

Martin blieb der zähe Brei beinahe im Halse stecken. Er fühlte einen Kloß, an dem er würgte. Er zwang sich, etwas zu sagen.

»Wenn Ihr selber nicht an Eure Vision glauben würdet, dann wird sie sicher nicht eintreffen.«

Anselm ließ sich nicht beirren.

»Agnes ist eine reich begüterte Erbtochter. Es ist mir außerordentlich wichtig, dass sie Gozwin heiratet, er ist reich, vornehm und gebildet. Ich will nicht, dass sie einen Mann ehelicht, der es auf ihr Lehen abgesehen hat«, beharrte Anselm von Ribemont.

Martin zuckte die Achseln, ihm war nach Weinen zumute, ihn überfiel schon jetzt die Trauer. Kaum konnte er sich zurückhalten, den Freund zu umarmen.

Nach der Mahlzeit trennten sich Martin und Anselm. Martin machte sich auf zu der Wurfmaschine, die an diesem Tag zum ersten Mal in Betrieb gesetzt werden sollte. Anselm blieb trotz seiner im Kampf bewährten und allseits bekannten Tapferkeit im Lager. Er versorgte die Pferde, auch Rab. Martin dachte, er nähme Abschied.

Vergebens versuchte Martin, sich auf seinem Weg Mut zu machen und sich abzulenken. Von Weitem sah er 50 bis 60 Arbeiter, die auf ihren Schultern schwere Baumstämme trugen, die zu einer weiteren Belagerungsmaschine verarbeitet werden sollten. Sie schwitzten und stöhnten unter dieser Last. Vielleicht half es ihnen, überlegte Martin, dass Graf Raimond sie für ihre Arbeit bezahlte.

Ein Einschlag in seiner Nähe ließ ihn aufschrecken.

»Aufpassen! Die da oben auf der Festung versuchen schon die ganze Zeit, unsere Belagerungsmaschine zu zerstören. Den ›bösen Nachbarn‹ haben wir unser Prachtstück genannt«, begrüßte Markus seinen Freund und klopfte freundlich auf das Holz des Katapults.

»Du kommst spät. Lass, du brauchst dich nicht zu entschuldigen. Alle Mann sind mit Feuereifer dabei. Die ersten Steine haben wir schon gegen die Burg gedonnert.«

Mit wenig Erfolg, dachte Martin. Er hielt die Hand vor Augen, um auf die weite Entfernung genauer sehen zu können.

Lachend und den Männern auf der Burg Schimpfworte zurufend, wurde ein schwerer Stein auf den Schleuderarm der Belagerungsmaschine geladen, der Riegel gelöst, das Seil surrte, der Wurfarm schnellte nach oben gegen den Querbalken und, begleitet von lautem Kriegsgeschrei, flog der Brocken in weitem Bogen auf die Burg zu und prallte mit Wucht an die Wand.

Die Antwort der Belagerten erfolgte sofort. Martin schüttelte innerlich den Kopf. Anselm hatte ganz recht, es war Wahnsinn, diese Burg zu belagern. Denn sie, die Leute von Akkâr, besaßen weitaus mehr Belagerungsmaschinen, hatten alle Zeit der Welt gehabt, sie zu bauen, hatten sie aus ihren Arsenalen herausgeholt und auf den Türmen und der Burgmauer aufgestellt. Ihre Geschosse sausten nur so hernieder, zertrümmerten teilweise den Wall des Lagers, waren auf die Wurfmaschine ausgerichtet, und es grenzte für Martin an ein Wunder, dass sie das Katapult nicht trafen.

Gegen Mittag erschien Anselm.

»Ihr hier?«, fragte Martin erstaunt.

»Man kann dem Tod nicht davonlaufen«, antwortete Anselm leise.

Die Belagerten gingen dazu über, neben den Steinen aus kleineren Ballistas Bolzen zu schießen. Unmittelbar vor Anselm sank ein Ritter nieder, seine Rüstung war durchschlagen, das Blut sickerte aus seinem Kettenhemd, nicht einmal ein Röcheln war mehr zu vernehmen.

Anselm war bleich geworden und flüsterte Martin zu:

»Wenn ich diesen Tag überlebe, werde ich Jerusalem sehen.«

Martin saß in Anselms Zelt. Vor ihm auf einem Tischchen zwei Kerzen und das unbeschriebene Blatt Pergament. Ihm war heiß. Er hatte sein weißes Leinenhemd geöffnet und fuhr sich durch sein dunkelbraunes Haar.

Seine Gedanken schweiften ab, wanderten hin und her, bis sie wieder den einen Moment erreichten, als Theresa vor seinen Augen der Kopf abgeschlagen wurde.

Martin zuckte zusammen. Ein Jahr war es her. Jetzt im Mai – ein Jahr. Und fast zehn Monate waren vergangen, seitdem Alice verschollen war.

Und nun, seit Februar schon, Anselm – tot.

Von draußen drangen die nächtlichen Geräusche des Lagers zu Martin hinein. Fröhliches Reden, Zurufen, Lachen. Beim Morgengrauen würden sie die Zelte abbrechen, diesen Schreckensort Akkâr verlassen und endlich nach Jerusalem weiterziehen. Gleich bei Tagesanbruch würde ein Kurier nach Tortosa reiten, von wo aus ein genuesisches Schiff die Briefe nach Europa brächte.

Letzte Gelegenheit also, sein Anselm gegebenes Versprechen einzulösen und an den Erzbischof von Reims zu schreiben. Es war schon eine Erleichterung, dass die Ehefrau des Grafen Raimond es übernommen hatte, Anselms Tochter vom Ableben ihres Vaters zu benachrichtigen.

Martin müsste die Todesnachricht nun aufschreiben.

Er müsste das Furchtbare in Worte fassen: Wen du liebst, der stirbt.

Martin begann:

›Im Namen Jesu Christi!

Dem verehrungswürdigen, hochwürdigsten Fürsten Manasse, durch Gottes Gnade Erzbischof von Reims, von Ritter Martin, Sekretär und Diener des seligen Legaten des Papstes Bischof Adhémar von Le Puy und Sekretär des Herrn Anselm von Ribemont.

Anselm von Ribemont ist tot.

Anselm von Ribemont ist bei der Belagerung von Akkâr durch einen meuchelmörderischen Überfall am 25. Februar getötet worden.

Der Tod kam für Anselm nicht unerwartet und er bat mich, Euch davon in Kenntnis zu setzen, damit Ihr Euren Freund in Eure Gebete für die verstorbenen Brüder aufnehmen möget.

Anselm hatte am Vorabend seines Todestages ein Gesicht und hat mehreren aus unserem Heer davon berichtet. In der Nacht vor seinem Tod hat er gebeichtet und die Absolution empfangen. Doch er kannte weder Ort noch Stunde.

Es war schon gegen Abend, als wir von Sarazenen angegriffen wurden, die heimlich das Kastell verlassen und bis zu unseren Zelten vorgedrungen waren. Es kam zum Kampf, Hände wurden abgeschlagen, Kniekehlen durchschnitten, Helme und Köpfe zerspalten. Auf Seiten der Sarazenen und auf der unsrigen gab es Tote. Anselm von Ribemont kämpfte mit äußerster Entschlossenheit und Kühnheit. Während viele von uns verwundet wurden und auch mir das Blut aus der linken Hand floss, blieb er unversehrt. Ich hoffte schon, Gott für Anselms Leben danken zu dürfen, da zielte ein Feind, den wir bisher noch nicht bemerkt hatten, aus dem Hinterhalt mit einem Wurfgeschoss auf uns. Anselm hatte gerade einen Gegner niedergerungen und sich erhoben, als sein Gesicht von dem Stein getroffen wurde. Die Nase wurde trotz des Helms tief in den Kopf eingedrückt. Er war sofort tot. Anselm ist so gestorben, wie er es in dem Gesicht zuvor geschaut hatte.

Gottes Ratschlüsse sind unergründlich.

Meine Trauer, ich kann sie Euch nicht schildern.

Graf Raimond Saint-Gilles von Toulouse war so betrübt und erschüttert von dem Tode Anselms von Ribemonts, dass er die anderen Fürsten, besonders Herzog Gottfried von Bouillon und Graf Robert von Flandern, die sich noch immer in Antiochia aufhielten, aufgefordert hat, ihm endlich bei der Belagerung von Akkâr zu Hilfe zu kommen. Er wolle nicht ruhen, bevor die Burg erobert sei. Das sei er Anselm von Ribemont schuldig. Aber die Fürsten haben Graf Raimond den Beistand versagt, jedenfalls zu diesem Zeitpunkt.

Erst später, als Graf Raimond das Gerücht verbreitete, der Kalif von Bagdad habe ein gewaltiges Heer zusammengezogen und würde in nächster Zeit Akkâr erreichen, um uns zu vernichten, da kamen Herzog Gottfried und Graf Robert von Flandern aus Djebali, das sie zu erobern suchten, mit ihren Truppen herbeigeeilt und beteiligten sich ziemlich unwillig und erfolglos an der Belagerung Akkârs. Das geschah Anfang März.

Es gab Streit zwischen den Fürsten, da das Gerücht eines muslimischen Entsatzheeres sich als falsch, wenn nicht als List Raimonds erwies. Tankred, der von Anfang an gegen die Belagerung von Akkâr war, behauptete, nicht genug Geld vom Grafen Raimond erhalten zu haben, und wechselte ins Lager des Herzogs Gottfrieds über. Bohemund, der sich für kurze Zeit entschlossen und auch feierlich versprochen hatte, mit seinem Heer an der Eroberung Jerusalems teilzunehmen, kehrte wieder zurück nach Antiochia.

Es fehlen uns also zwei große Heerführer, Balduin bleibt in Edessa und Bohemund in Antiochia. Beide lösen ihren Kreuzzugseid nicht ein, Anselm von Ribemont hat dies immer sehr getadelt.

Obwohl unser Heer durch den Wegfall dieser Heerführer und ihrer Ritter und Fußsoldaten sowie durch den Streit zwischen den Fürsten geschwächt ist, werden wir nach Jerusalem weiterziehen. Wir wissen alle, dass wir eine seit Jahrhunderten gut befestigte Stadt vor uns haben werden. Aber es sehnt sich jede Frau und jeder Mann, die Heilige Stadt nach bald drei Jahren endlich unserem Herrn Jesus Christus zurückzugeben.

Da also niemand, auch keiner der Fürsten außer Graf Raimond, die weitere Belagerung Akkârs wünscht, gab er tränenden Auges den Befehl, das Lager abzubrechen. Wir werden die Küstenstraße über Tripolis bis zur fatimidischen Grenze am Hundefluss nehmen, englische und genuesische Flotten könnten uns dort am Meer zu Hilfe kommen. Und es geht die Prophezeiung, dass die Befreier Jerusalems die Küste entlangziehen werden.

Anselm von Ribemont ist aus diesem Licht gewandert.

In seinem Namen bitte ich Euch, für uns Pilger zu beten, für die lebenden und für die toten. Helft den Armen, wo sie auch sein mögen, wie es Anselm immer getan hat. Und betet, dass wir Jerusalem nun unverzüglich erreichen.‹

Martin nahm sein Gesicht in die Hände und weinte.

Wen du liebst, der stirbt.

Wie sollte er diesen Fluch jemals loswerden?

Aufs Rad geflochten,
Passau im Mai 1099

»Sie kommen!«, durchfuhr es den Verurteilten. Schweiß brach aus am ganzen Körper und verklebte die Haut. Es war ihm, als stünden seine Haare zu Berge. Das stockfinstere Verlies, das Steinbett, auf dem er die Nacht frierend und horchend verbracht hatte, das Huschen der Ratten und der Gestank erschienen ihm wie das Paradies im Vergleich zu dem, was ihn erwartete. Die Hinrichtung. Angst hatte er, Angst vor der freudig erregten Menge, vor den Qualen des Todes, vor der Hölle. Er setzte sich mühsam auf, die Glieder schmerzten schon jetzt von dem harten Stein, auf dem er gelegen hatte. In Erwartung des Grauens starrte er zur Kerkertür. Von draußen vernahm er die kräftigen Stimmen der Knechte, die ihn zum Richtplatz führen würden. Unruhig den Geistlichen erwartend, erhob er sich. Er hörte den Schlüssel im Schloss, dann ging die niedrige Tür auf und, sich bückend, trat der Priester ein.

»Gelobt sei Jesus Christus«, grüßte er mit klarer Stimme und stellte die Kerze auf einen Mauervorsprung.

Geblendet vom hellen Licht, kniff der Mann die Augen zu, riss sie aber gleich wieder entsetzt auf.

Vor ihm stand der Leibhaftige, der Abt.

»Gelobt sei Jesus Christus«, wiederholte der Abt seinen Gruß.

»In Ewigkeit – Amen«, stotterte der Mann und ließ sich schlotternd auf das Bett fallen.

Das, was er sah, war zu viel. Alles auf der Welt – aber nicht das.

»Wo sind Eure Wunden?«, fragte er bebend. »Ich habe sie Euch selber zugefügt.«

Nichts, aber auch nichts in dem Gesicht des Abtes deutete

darauf hin, dass seine Wange vom Schwert zerteilt worden war, dass der Schnitt den Knochen durchtrennt haben musste. Nicht einmal eine Narbe hatte er davongetragen. Der Mann schaute verstohlen auf die Handgelenke. Der Abt hielt ein Kreuz in seiner Rechten, sodass der Ärmel seiner schwarzen groben Kutte etwas hochgerutscht war. Auch hier nichts. Eine makellose Haut. Nur ein kräftiges Handgelenk. Der Verbrecher hatte die Faust kennengelernt.

Der Abt setzte sich zu dem Verurteilten auf das kalte Steinbett. Der andere wich scheu und ängstlich zurück.

»Gott hat – ein Wunder an Euch gewirkt«, stammelte der Verbrecher. Der Abt war ihm so unheimlich wie ein Dämon, ein Untoter. Der Mann schluckte, Angstschweiß brach wie Blut aus ihm heraus.

»Gottes Ratschluss ist unergründlich«, nahm der Abt das Staunen und Entsetzen des Verbrechers auf. »Jesus Christus, der Auferstandene, trug die Wunden mit sich, damit der ungläubige Thomas seine Hand hineinlegen konnte und sehend wurde. Warum, wozu ein Wunder an mir geschah, das wird mir Gott zeigen, so hoffe ich.«

Um Himmels willen, wenn er nun doch ein Heiliger ist? Was ist, wenn er nicht mit dem Teufel im Bund steht, wie der Mittelsmann behauptet hatte. Doch der war tot. Vergiftet noch in der Nacht des Mordanschlages. Von wem? Wer war der Auftraggeber?, hämmerte es in seinem Kopf.

Der Verbrecher sackte in sich zusammen. Den Rücken zum Buckel gebeugt, ließ er den Kopf hängen. Er war unrettbar verloren.

»Du bist ein mutiger Mann, Robert«, wandte sich der Abt an den Verurteilten. Der horchte auf.

»Deine Kumpane haben sich im Suff verraten, du aber hast dich selber ohne jeden Zwang gestellt.«

»Was ist mit ihnen?«

»Sie werden heute mit dir hingerichtet.«

»Und wie? Durch das Schwert?«

»Sie werden gehenkt.«

Robert setzte sich aufrechter und sah auf seine Hände.

»Gehenkt«, sagte er nachdenklich. »Damit sie am Galgen verfaulen und nicht als Wiederkehrer die Menschen plagen können. Wotan – der Teufel – wird ihre Seelen holen, sie sind sein Eigen. Ich will auch nicht als Werwolf wiederkommen und die Menschen heimsuchen.«

»Du hättest ebenfalls gehenkt werden können. Warum hast du den grausamen, schmerzhaften Tod auf dem Rad gewünscht?«

»Ich hoffte, ich würde dadurch nicht in die Hölle kommen. Nützt alles nichts«, antwortete Robert und schüttelte den Kopf. »Ich habe keine Hoffnung mehr. Wisst Ihr, was ich heute Nacht fest vorhatte? Ich wollte Euch, ich meine, den Geistlichen, der in mein Verlies käme, umbringen, erdrosseln wollte ich ihn mit diesen eisernen Ketten.«

Damit hob er seine Hände zu Fäusten und starrte wild und gierig auf das Mordinstrument.

»Ich hoffte, er hätte einen Schlüssel dabei, um mir für das Gebet die Hände loszubinden. Dann aber hätte ich Eure Kutte angezogen und wäre geflohen. Ein Mord mehr oder weniger ändert auch nichts. Gott will Rache und Strafe. Ich komme so und so in die Hölle. Ganz ohne Fegefeuer«, lachte er bitter.

»Du hast mich aber nicht getötet«, wandte der Abt ein.

»Morden und morden wollen ist dasselbe«, so lehren es die Priester.«

»Nicht ganz. Denn zwischen den Wunsch, den Entschluss zum Verbrechen, tritt oftmals das Gute, die Gnade Gottes. Der Heilige Geist kann einen Sünder von seinen frevelhaften, bösen Vorstellungen befreien. Und er hat dich befreit.«

»Meint Ihr?« Robert nahm sein Gesicht in seine gefesselten Hände und schluchzte, weinte, weinte bitterlich.

»Glaubst du, dass Jesus Christus für unsere Sünden gestorben ist?«

Der Verurteilte nickte, wischte sich mit dem Handrücken die Tränen ab und zog den Schnodder hoch.

»Dann wollen wir gemeinsam das Gebet unseres Herrn sprechen«, forderte ihn der Abt auf, schloss seine Fesseln auf und
kniete nieder. Robert starrte ihn mit offenem Mund an, ließ
sich dann auch auf die Knie fallen. Robert war, als hätte er noch
nie in seinem Leben gebetet, als hätte er noch nie die Worte
gesprochen:

»Vergib uns unsere Schuld, wie wir vergeben unseren Schul-
digern.« Nachdem sie von Gott erbeten hatten: ›Erlöse uns von
dem Bösen‹, wurde es ganz still in dem Raum. Beide Männer
warteten kniend auf die Knechte, die Robert zum Hinrich-
tungsplatz abführen sollten. Ihre lauten Stimmen, ihr geschäftiges Öffnen der Tür ließen den Verurteilten aufschrecken. Der
Abt half ihm, auf die Beine zu kommen, dann wurde Robert
von den Männern gepackt, in Ketten gelegt und aus dem Verlies gestoßen.

Draußen erwartete ihn die lärmende, freudige Menge. Frauen
und Männer in ihren besten Kleidern, Kinder, die aufgeregt riefen, dass sie auch den Verbrecher sehen wollten, Kleinkinder,
die von ihren Vätern huckepack genommen wurden. Dazwischen Händler, die lauthals Süßigkeiten, Wein und Bier anboten. Es war ein Getriebe, ein Leben. Endlich sollte in Passau
Gottes Recht wieder aufgerichtet werden. Gott würde durch
den Tod dieser Verbrecher endlich versöhnt.

Robert wurde durch schmale Gassen auf Umwegen zum Paulustor hinausgeführt. Wer sich noch nicht durch das Gedränge
zwängte, der sah aus dem Fenster begeistert zu. Nichts sollte
von diesem Schauspiel verloren gehen. Unter dem Geleit joh-
lender Menschen wurde Robert hinauf auf den Hügel zur Hinrichtungsstätte der Hofmark geführt. Dort hingen an Galgen
bereits Gerichtete, verwesende Körper, Raben hatten ihnen die
Augen ausgestoßen. Es stank.

Für die Kumpane von Robert waren neue Galgen aufgebaut
worden, einer seiner ehemaligen Freunde war schon gehenkt
worden, der zweite stieg die Leiter hinauf, drehte sich dann aber
um und spuckte in Roberts Richtung.

Robert wandte sich ab. Der Henker stand nun hinter ihm.

Der Abt fragte ihn leise: »Du willst wirklich den Tod auf dem Rad?«

Robert nickte: »Ich möchte Gott durch meine Schmerzen versöhnen.«

»Jesus Christus ist für dich gestorben.«

»Trotzdem«, entschied der Verurteilte. »Ich will für meine Sünden büßen.«

Der Abt erteilte Robert die Absolution. Hinter ihm trat plötzlich der Prior aus der Menge und stellte sich vor den Abt.

»Ausgerechnet du begleitest diesen Verbrecher in den Tod? Welch christliche Nächstenliebe!«

Der Abt sah seinem Bruder in Christo scharf in die Augen und erwiderte:

»Unser Herr Jesus Christus lehrt uns, unsere Feinde zu lieben und die Gefangenen im Gefängnis zu besuchen.« Damit wandte er sich dem Verurteilten zu.

Der Henker, der von allem nichts wahrnahm, griff nach dem Gerichteten und ließ ihn entkleiden. Gebannt schauten die Kinder, Frauen und Männer zu; das war doch noch viel aufregender als das Erhängen. Das schaffte die Genugtuung, dass das Böse wirklich in die Hölle vertrieben würde.

Robert wurde nackt auf den Rücken gelegt und seine ausgestreckten Gliedmaßen auf dem Boden festgebunden. Der Henker richtete sich auf, gewaltig stand er vor dem Hingestreckten. Mit wuchtigen Schlägen brach er seinem Opfer die Knochen. Doch ohne ihn zu töten. Schlag folgte auf Schlag, begleitet vom gepeinigten Aufschreien des Gemarterten, das noch vom Lärmen der Zuschauer um ihn übertönt wurde.

Der Henker zerbrach als Letztes die Fußgelenke, überlegte kurz, ob er den Gnadenakt walten lasse dürfe. Nein, diesen Verbrecher würde er nicht mit einem Stoß auf den Hals oder das Herz töten. Stattdessen legten er und seine Knechte den geschundenen Körper aufs Rad und banden Roberts gebrochene Glieder fest in die Speichen. Unter dem Jubel der Menge, unter Beifallsklatschen wurde das Rad auf einen Pfahl gesteckt und aufgerichtet.

Es geschah diesem grausamen, gotteslästerlichen Verbrecher, der es gewagt hatte, einen Heiligen töten zu wollen, nur recht, wenn er, Wind, Sturm und wilden Tiere ausgesetzt, noch lange nicht krepieren würde.

Der Tag war schon weit fortgeschritten, bis die aufgebrachten, aufgeregten Menschen die Hinrichtungsstätte verließen und sich, noch immer innerlich aufgewühlt, in der Stadt an ihre Verrichtungen, ihre Arbeit begaben.

Der Abt hingegen fasste den Entschluss, während er am Ufer der Donau sein Pferd grasen ließ, sich bückte, mit der hohlen Hand Wasser schöpfte und sein Gesicht kühlte, mitten in der Nacht zum Galgenberg zurückzukehren, den Geräderten loszubinden und ihn auf den Boden vor das Rad zu legen. Am Morgen würde man den Schwerverletzten finden und glauben, die Gottesmutter Maria habe sich seiner erbarmt und ihn vom Rad befreit.

Der Abt wollte dafür sorgen, dass man die Knochen, soweit wie möglich, wieder richtete und Robert im Kloster gesund gepflegt würde.

Im Eilmarsch nach Jerusalem, 13. Mai – 7. Juni 1099

UM SICH NICHT GÄNZLICH ZU VERLIEREN, um noch irgendeinen Halt zu haben, beschloss Martin, die wichtigsten Ereignisse der letzten Strecke nach Jerusalem für sich aufzuschreiben.

13. Mai 1099.
Das Lager vor Akkâr wurde endlich abgebrochen.

16. Mai
Der Emir von Tripolis wollte unsere Heere vermutlich so schnell wie möglich loswerden. Die Belagerung von Akkâr und der Angriff Herzog Gottfrieds auf die Vorstädte von Tripolis Anfang März hat ihm offenbar so sehr gereicht, dass er nur noch sein Land vor Schaden bewahren will.

Jedenfalls hat der Emir uns Futter und Lasttiere zur Verfügung gestellt, ja, sogar Kamele, ganz sonderbar große Tiere, die in der Wüste kaum Wasser brauchen, sowie Verpflegung für das gesamte Heer und einen ortskundige Führer, einen alten Mann, der uns zur fatimidischen Grenze am Hundefluss und weiter begleiten soll. Die Strecke ist für Ortsunkundige kaum passierbar.

Unser Weg führte vom Meeresstrand hinweg durch tiefe Felsschluchten und über so enge Pfade, dass nur mit Not ein Mann hinter dem anderen und ein Tier hinter dem anderen gehen konnte. Von einem Turm aus, der den Pass beherrschte, hätten die Sarazenen uns leicht niedermetzeln können. Aber nichts geschah, alles blieb friedlich.

Als besondere Großzügigkeit kann die Freilassung

von 300 christlichen Gefangenen gelten, die der Emir mit 15.000 Byzantii und 15 prächtigen Pferden entschädigt hat.

Sie haben sich jetzt unserem Heer angeschlossen.

19. Mai

Wir haben den Hundefluss erreicht und die Grenze überschritten, ohne dass die fatimidische Garnison uns Widerstand entgegengesetzt hätte. Der Weg führt jetzt wieder am Meer entlang, aber die Felsen und Klippen sind so steil und schmal, dass man keinen Fußbreit vom Pfad abkommen kann, ohne in die Tiefe ins Meer zu stürzen.

Gegen Abend erreichten wir Beirut, nach wie vor von dem sarazenischen alten Mann geführt. Obwohl wir sehr erschöpft sind, scheint unser Anblick furchterregend und erschreckend zu sein. Denn sogar die meisten Frauen haben sich mit irgendeiner Art von Waffe versehen, zumindest mit Messern, mit denen sie sich verteidigen können. Jedenfalls hatten die Einwohner von Beirut keine Lust auf ein Geplänkel und eilten uns mit Geschenken entgegen. Sie versprachen uns freien Durchzug, sofern wir nur ihre blühenden Gärten und Obsthaine verschonten.

Die Heerführer nahmen die Bedingungen an.

20. Mai

Schlangen. Überall Schlangen. Lange graue oder ockerfarbige kräftige Tiere, gänzlich dieser felsigen Landschaft angepasst und jetzt in der Nacht schon gar nicht zu sehen. Wir sind heute aus dem Gebirge herausgekommen und lagern in der Ebene von Sidon. Aber auf dem Boden, im Strauchwerk, zwischen den Gesteinsblöcken wimmelt es von Schlangen. Etliche unserer Leute sind schon gebissen worden, einige sind gestorben. Um den Schlangenbiss herum schwillt das Gewebe an, es treten starke Schmerzen und furchtbarer Durst auf. Unser alter Mann hat uns geraten, mit Steinen gegen unsere Schilde zu klopfen, um die Schlangen zu vertreiben, sodass die Menschen schlafen können. Wegen der Schlangen wäre es sinnvoll, sofort aufzubrechen, aber die meisten, insbesondere die Armen, können nicht sofort weiterziehen, denn sie sind von dem Marsch durch das Gebirge über alle Maßen erschöpft.

Durch die Nacht dringt nun beständiger Lärm. Ich werde bis zu meiner Nachtwache versuchen zu schlafen.

Was nicht gelang.

»Ich habe es getan. Ich habe es getan.«

»Was hast du getan?«, fragte Martin seinen Freund Markus, während er sich aufsetzte.

Der Mönch hockte sich ganz dicht neben Martin und flüsterte:

»Mit einer Frau geschlafen.«

»Was? Du?«

»Ja! Welche Sünde!«

»In Jerusalem, so hat der Papst versprochen, werden dir deine Sünden vergeben.«

»Versündige dich selber nicht, Martin.«

»Mir ist nicht nach Scherzen zumute. Ich fürchte mich nur selber davor, dass ich in Jerusalem keine Vergebung finde. Aber lassen wir das jetzt.«

»Was sollte ich tun. Sie wäre gestorben, wenn ich nicht … Die Frau hatte sich zur Nacht gelagert und hat auch an nichts Böses gedacht, da wurde sie von einer Schlange gebissen. Sie schlief ganz in meiner Nähe. Sie schrie laut auf und ich eilte ihr zu Hilfe. Vom Kloster wusste ich, dass man sofort die Wunde fest umwickeln und das Gift auspressen muss.

Ich habe ihr also die Wunde ausgedrückt. Aber sie meinte, es sei nicht genug.

Einige von unseren Leuten seien schon am Schlangenbiss in dieser Nacht gestorben, sogar ein Graf. Sie wisse von einem Heilmittel, das von jeder giftigen Geschwulst befreit. Deshalb müsse ich bei ihr liegen, sofort und auf der Stelle und ganz heftig, dass sie ordentlich schwitze. Ich sei jung und stark.

Ich war vollkommen verwirrt. Sie sah sehr schön aus im Schein des Feuers, sehr wild mit ihren langen schwarzen Haaren. Von dieser Arznei hatte ich auch schon gehört, wenn auch nicht im Kloster. Sie sagte, ihr Mann sei schon seit Nikäa tot und es helfe nur, wenn man es sofort mache. Da dachte ich, besser eine Sünde begehen, als einen Menschen sterben zu lassen.«

Markus holte tief Luft.

»Und nun?«, fragte Martin.

»Was nun? Meinst du etwa, dass ich es wieder mache?«

Martin zuckte die Achseln.

Markus erwiderte bekümmert: »Nein, das nicht.«

23. Mai

Die Einwohner von Sidon haben gegen Morgen einen Ausfall gemacht und unser Lager am Ufer des Nahr el-Awali angegriffen. Wir haben sie zurückgeschlagen, die Vororte verwüstet und sind weitergezogen, nachdem wir vergebens auf Walter von Schloss Verna gewartet haben, der in den Bergen verschollen ist.

Nach einem für das Fußvolk sehr anstrengenden Marsch haben wir unser Lager vor Tyros aufgeschlagen. Die dort stationierte Garnison belästigt uns nicht. Die Landschaft ist durchzogen von Bächen, eigentlich ein sehr angenehmer Halteplatz – für die anderen.

Morgen oder übermorgen wird Balduin von Le Bourg erwartet und mit ihm Ritter aus Antiochia und Edessa.

Die Vorstellung, dass Alice nicht dabei sein könnte, dass sie wirklich tot wäre, sie griff nach Martin, es wurde ihm heiß und kalt, als hätte er Fieber. Schweißnass war er.

Er konnte das nicht aufschreiben.

Mutlos packte er das Pergament, die Feder und Tinte in seinen Lederbeutel zurück, hüllte sich in seine Decke, betete und blickte in den Sternenhimmel.

Er träumte.

Alice.

Alice, sie stand angekettet mit anderen Frauen auf einem hölzernen Gerüst auf dem Sklavenmarkt irgendwo, in Tripolis, in Damaskus, in Bagdad.

Der Sklavenhändler fasste sie am Arm, dass es wehtat, und schubste sie nach vorn. Sie war an der Reihe, sie wurde zum Verkauf angeboten.

Vergewaltigt war sie, das wusste Martin im Traum, auch wenn er es nicht sah, oftmals vergewaltigt, wie die Nonne es in Nikäa erzählt hatte.

Mit beiden Händen griff der Sklavenhändler nach ihrem Mund und riss ihn auf, damit die Männer, die Käufer ihre Zähne sähen. Ein blankes, bis auf einen Eckzahn tadellos weißes Gebiss, pries er sie an und klappte den Mund gewaltsam wieder zu.

Die Brust wurde frei gemacht. Einen Augenblick stand Alice unverhüllt vor den Männern. Dann wurde sie wieder den Blicken verborgen.

Die Versteigerung begann. Der Sklavenhändler nannte eine Summe, sie wurde schnell überboten, die Frau dort, sie war blond, noch ziemlich jung, ihre Ohrringe blitzten, man hatte sie ihr gelassen, wohl weil es ihren Wert erhöhte.

Der Preis stieg.

Von niemandem beachtet, stand inmitten der Männer Bernhard, seinen Kopf unter dem Arm. Den Helm hatte man ihm abgenommen und als Beute behalten. Bernhard schrie, er überbot den genannten Preis. Genauer, der Mund in seinem Kopf rief und schrie. Als von keinem der Männer eine höhere Summe mehr geboten wurde und ein Eunuch Alice für den Harem kaufte, fuchtelte Bernhard mit den Armen, sein Kopf geriet ins Wanken und wäre fast auf die Erde gefallen. Er fing ihn gerade noch auf. Entschlossen klemmte er ihn an die Seite. Sein Gesicht war krebsrot und in heller Aufregung. Die schwarzen Haare standen nur so nach oben.

1.000 Byzantii! schrie sein Mund, eine ungeheure Summe für eine Sklavin.

Alice wurde von ihren Ketten befreit, um sogleich dem Eunuchen übergeben zu werden. Der seinerseits packte sie am Arm, stieß sie aus der Menge, schleifte sie durch enge Gassen, wo sie begafft wurde von Männern, die unter der Verhüllung die Frau erkennen wollten. Verschleierte Mädchen und Frauen blickten aus den Fenstern und lachten. Der Eunuch brachte Alice in den Harem des Kalifen. Das schwere, mit Eisen und Gold beschlagene Tor schloss sich hinter ihr. Eine lebenslange Gefangenschaft erwartete sie, bis sie irgendwann, in ein Tuch gehüllt, irgendwo verscharrt würde. Jetzt stieß der Eunuch Alice in den Teil des Harems, in dem die Frauen sich aufhalten mussten, mit denen der Kalif noch nicht geschlafen hatte.

Sie setzte sich auf ein rotes, schweres Kissen und verlor alle Farbe. Alles an ihr wurde grau, das Kleid, die Lippen, sogar das Haar und die Ohrringe, sie weinte. Alice weinte graue Tränen, die auf den Boden fielen und eine dunkle Lache bildeten.

Draußen aber vor dem Eingangsportal des Palastes pochte Bernhard, seinen Kopf unter dem Arm, gegen das Tor.

Der Eunuch öffnete einen Spalt weit.

Was er begehre.

Er wolle die Christin, er wolle Alice haben, sprach der Kopf.

Der Eunuch lachte höhnisch und verschloss das Tor.

Da legte Bernhard seinen Kopf neben sich auf die Erde, um auf Alice zu warten und zu sterben.

Martin wurde von lautem Rufen geweckt. Die Ritter aus Antiochia und Edessa seien da. Martin sprang auf, schlüpfte in seine Schuhe, fuhr sich mit der Hand durch das Haar und lief in die Richtung, aus der die Reisenden erwartet wurden.

Er sah Bernhard sofort. Noch zu Pferde, befand er sich in einer Gruppe von Rittern um Balduin von Le Bourg. Die Herren wurden von anderen Adeligen begrüßt und aufgefordert, sie möchten in des Herzogs Gottfrieds Zelt kommen, um sich zu stärken, ein Frühstück erwarte sie dort. Die Ritter saßen ab, heitere Erwartung sprach aus ihren Stimmen.

Nur im Vorübergehen bemerkte Martin, wie Bernhard sich suchend umsah.

Er wundert sich wohl, dass sein Vater beim Willkommen fehlt, überlegte Martin.

Umgeben von einer Gruppe von bewaffneten Reitern, näherten sich die Damen.

Martin stockte das Herz. Alice war dabei!

Er stand da, sah sie entgeistert an und mochte Alice nicht begrüßen. Wie viel Sorgen und Kummer hatte er sich ihretwegen gemacht. Und sie?

Alice schaute prächtig aus in ihrem Reisekleid.

Der breite Pilgerhut verdeckte zwar den oberen Teil ihres Gesichtes, aber ihre goldenen Ohrringe funkelten, ihre Wangen waren voll und ihr Mund rot.

Ihr kleiner Sohn Hanno wurde von einer Kinderfrau gehalten, wohl einer Armenierin, die Alice in Edessa als Dienerin gewonnen hatte.

Alice aber hatte Martin schon entdeckt, sprang vom Pferd, lief ihm entgegen und umarmte ihn. Er ließ es widerwillig über sich ergehen.

Alice blickte ihm ins Gesicht und rügte:

»Du bist mir ein Schlingel. Freust du dich denn gar nicht? Aber macht nichts, das kommt noch. Stell dir vor: Ich habe einen Maulesel für mich allein, nur mit Kleidern und ...«, sie mochte das Wort nicht vor ihm aussprechen, schämte sich plötzlich, ›und Schminke‹ wollte sie sagen. »Und allerlei Sachen.«

Alice wurde unterbrochen.

Es erschien die Gräfin Elvira von Léon-Kastilien, Gräfin von Toulouse, die Ehefrau Raimonds. Hochschwanger, begrüßte sie die adeligen Frauen höchstpersönlich und teilte ihnen mit, auch für sie stehe ein Frühstück bereit. Die Damen mögen sich in ihr Zelt begeben.

Alice aber würdigte sie keines Blickes. Ratlos stand diese herum.

»Dabei ist sie unehelich. Diese eingebildete Gräfin ist nichts weiter als die illegitime Tochter des Königs Alfons«, zischte Alice erbittert.

Martin legte den Arm um seine Cousine. Er fragte sich, ob ihr bewusst war, dass sie verwandt waren.

»Kannst gemeinsam mit einem Ritter essen«, schlug er aufmunternd vor.

»Ich habe Brot, Käse, Fleisch und allerlei getrocknete Früchte, Nüsse und Wein. Wir suchen uns ein ruhiges Plätzchen und du kannst mir von Edessa erzählen.«

Alice nickte. Sie nahm der Kinderfrau den Jungen ab, schließlich war auch er der Sohn eines Grafen, und sie begaben sich in einen Garten außerhalb des Lagers, wo sie im Schatten einer Pinie die Speisen auf einer Decke ausbreiteten.

Hoffentlich werden wir hier nicht überfallen, dachte Martin. Werden wir wohl nicht. Er hatte wie immer sein Schwert dabei und auch Alice war bewaffnet.

Alle Gerüche und Düfte des Orients schienen die Luft zu erfüllen. Die Apfelsinen und die Zitronenbäume blühten, die Mandelblüten schimmerten in kostbarem Weiß. Alice nahm ihren Pilgerhut ab, schüttelte ihre dichten blonden Locken und seufzte:

»Wie schön waren unsere Apfelwiesen daheim in Passau.«

Sie drückte ihren Sohn an die Brust, streichelte ihn, kaum merklich vernahm man die sanften Töne des schlafenden Kindes. Martin sah sie erstaunt an. Das passte nicht zum Maulesel mit Kleidern und allerlei Sonstigem.

»Wie war es in Edessa?«, fragte er dann.

Alice kräuselte die Nase.

»Unheimlich. Die Burg, die Treppen und Gänge waren düster und unheimlich. Auch wenn die Frauengemächer eigentlich sehr prachtvoll waren.«

»Bevor du erzählst, muss ich dich etwas fragen«, unterbrach Martin sie. »Ich habe mich die ganze Zeit damit herumgequält. Ihr gehörtet doch zu der Reisegesellschaft Fulberts…«

»Du fragst, warum wir nicht auch ermordet wurden? Das kam so:

Kurz bevor wir den Hinterhalt erreichten, in dem die Türken auf Reisende nach Edessa lauerten, fing der kleine Hanno an zu weinen. Er war aufgewacht und alles Reiten und alles besänftigende Zuflüstern nützte nichts mehr. Emeline schalt mich denn auch aus, ich solle dafür sorgen, dass das Kind aufhöre zu schreien. Durch den Lärm würden noch die Türken angelockt. Da sind Bernhard und ich hinter den anderen zurückgeblieben. Ich habe Hanno gestillt und gewickelt. Das dauert ziemlich lange, bis du die Bänder losgemacht, das Kind gesäubert, eingeölt und massiert und wieder neue saubere Binden um den Kleinen gewickelt hast. Und dann«, Alice wurde rot, »waren ja auch die Wochen der Enthaltsamkeit nach der Geburt vorbei und Bernhard und ich waren endlich einmal allein. Jedenfalls, wir wollten die anderen abends, wenn sie ihr Lager aufgeschlagen hatten, wieder einholen.

Als wir am späten Nachmittag durch das Wäldchen ritten, es so merkwürdig schwül und still war, da war mir seltsam ängstlich zumute. Auch Bernhard erging es so und er flüsterte mir zu:

Hoffentlich kein Hinterhalt. Er gab mir seinen Schild als Deckung für unseren Sohn.

Dann erreichten wir die Lichtung. Das Gras, das Gestrüpp voller Blut, die Leichname, die Köpfe überall verstreut. Kein einziger der Männer hat den Überfall überlebt.

Auch Emelines Kammerfrau haben sie den Kopf abgeschlagen.

Von Emeline selbst, der Ehefrau Fulberts, gab es keine Spur.

Wir überlegten, ob wir ein großes Grab ausheben und die Toten beerdigen sollten.

Plötzlich kam Kaspar aus dem Gebüsch gesprungen, in dem er sich verborgen gehalten hatte. Ihm war als Einzigem die Flucht gelungen. Er sagte, Emeline von Bouillon sei von den Türken verschleppt worden. Später habe ich erfahren, dass sie zwangsverheiratet wurde mit einem Seldschuken. Die Ärmste, vielleicht musste sie den Mörder ihres Mannes heiraten.

Da habe sogar ich es noch besser, obwohl ich nicht verheiratet bin.«

»Erging es dir in Edessa denn so schlimm?«

»Nein, eigentlich nicht. Ich habe auf der Burg in Edessa gelebt und durfte am höfischen Leben teilnehmen.«

»Wie denn das?«

»Ja, natürlich, das war nicht ganz einfach und war dann doch ganz einfach.

Bernhard und ich haben uns auf dem Ritt nach Edessa überlegt, wie ich bei Hofe eingeführt werden könnte, obwohl ich nicht adelig bin. Bernhard kann sehr unkonventionell sein, wenn er seine Wünsche durchsetzen will und seine Adelsprivilegien nicht berührt sind.

Du weißt vielleicht, dass Balduin bald nach dem Tod seiner ersten Frau mit großem Pomp eine armenische Prinzessin geheiratet hat. Die Armenier waren so begeistert von ihm, weil er im Süden von Edessa zwei Städte erobert hatte, dass Tafroc, der reich an Burgen und Geld ist, Balduin seine Tochter als Frau angeboten hat, sofern Balduin ihn gegen die Türken verteidigt und seine Besitzungen schützt. Da sie einzige Erbtochter ist, hat Balduin natürlich sofort zugesagt, wenn nicht von ihm überhaupt der Vorschlag kam. Ohne dass die Prinzessin zuvor ihrem zukünftigen Ehemann begegnete, geschweige denn gefragt worden wäre, hat sie am Traualtar zum ersten Mal in Balduins Gesicht geblickt. Aber das habe ich alles erst später erfahren. Bernhard meinte sehr schlau, da ich die Gesellschafterin von Balduins erster Frau Godvere gewesen sei und diese zum französischen Hochadel gehört habe, könne die zweite Ehefrau mich nicht ablehnen, ohne das Andenken an Godvere di Tosni zu verletzen. Eine kluge zweite Ehefrau werde immer die verstorbene erste in Ehren halten. Die Tote könne ihr schließlich nicht schädlich werden, es sei denn, ihr Andenken werde irgendwie geschmäht. Das war auch der Prinzessin bewusst und so hat sie mich freundlich bei Hofe aufgenommen und ich bin auch ihre Gesellschafterin geworden.

Außerdem herrscht Balduin, und niemand, aber auch niemand wagt etwas gegen seine Forderungen einzuwenden. Wenn er also befiehlt, weil er mit Bernhard befreundet ist, dass ich mit Ehrerbietung zu behandeln sei, so geschieht das. Außerdem bin ich eine Fränkin, so heißen wir dort alle, gleichgültig, woher wir tatsächlich kommen, ob aus Lothringen oder Aquitanien oder aus Bayern, und Franken werden immer den Armeniern vorgezogen.«

»Und was war so unheimlich?«, fragte Martin.

»Die Armenier mit den abgeschlagenen Füßen und Händen. Balduin hat einen gegen ihn gerichteten Aufstand aufgedeckt und noch am selben Tag den höchsten Adeligen Edessas vom Henker die Füße und Hände abhacken lassen. Das war im Dezember und ich konnte es zwar verstehen, dass er unmissverständlich seinen Herrschaftsanspruch auf das Fürstentum Edessa durchsetzen wollte, aber ich fand es trotzdem grausam. Ich fürchte mich vor ihm.«

Der kleine Hanno war nun aufgewacht, wollte von Alice' Arm herunter, sie setzte ihn ins Gras, wo er herumkrabbelte und unermüdlich aufzustehen versuchte.

Alice hatte die Beine angewinkelt und zupfte nervös Grashalme.

»Balduin überlistet nicht nur seine Feinde und stellt ihnen einen Hinterhalt, sondern er verrät auch seine Freunde, wenn sie ihm nicht mehr nützlich sind.«

»Er hat Bernhard verraten?«, fragte Martin zweifelnd.

»Nein, das nicht. Aber Bernhard war ihm ja auch nützlich.«

»Ich meine auch vor allem die Armenier. Du hast vielleicht bemerkt, dass sich Balduin in Nikäa mit einem Armenier angefreundet hat, der ihn in die armenischen Verhältnisse einweihte. Als nun Bagrat, so hieß er, das leiseste Missvergnügen äußerte, Balduin wolle die Macht in Edessa an sich reißen, ließ er ihn gefangen nehmen und foltern. Bagrat konnte zwar entkommen und ist zu seinem Bruder Kogh Vasil geflüchtet, was übrigens ›der Räuber‹ bedeutet, aber ...«

»Niemand verlasse sich auf einen Freund«, unterbrach Martin ihren Redefluss.

»Wie?«, fragte Alice.

»Steht schon in der Bibel«, ergänzte er.

Verunsichert saugte Alice an einem Zuckerrohr und blickte nachdenklich zu ihrem Sohn, der freudig angekrabbelt kam. Sie fasste sich und nahm den Kleinen auf den Schoß.

»Am hinterhältigsten hat sich Balduin gegenüber Thoros, dem Fürsten von Edessa, verhalten. Balduin hatte von Thoros einen Brief bekommen, das war Anfang Februar vor einem Jahr, in dem Thoros Balduin bat, Edessa vor den Türken zu retten. Am 20. Februar ritt Balduin in Edessa ein mit seinen wenigen Rittern und wurde jubelnd von der Bevölkerung begrüßt und sogar von Thoros, der selbst keinen Sohn und Erben hatte, noch am Tag seiner Ankunft adoptiert. Das ist übrigens ein ulkiges Verfahren. Der Adoptivvater steigt mit dem Adoptivsohn in ein großes Gewand und dann reiben sie die nackte Brust aneinander. Dieselbe Zeremonie geschah mit der Fürstin. Aber nur 14 Tage später rebellierte die Bevölkerung von Edessa gegen Thoros, ob mit Balduins Einverständnis, wird sich wohl nie klären lassen. Jedenfalls flüchtete sich Thoros in die Zitadelle, flehte seine eigene Bevölkerung um freien Abzug an, den man ihm nicht gewährte. Thoros versuchte darauf zu fliehen und wurde, wie es heißt, auf der Straße von den Einwohnern von Edessa in Stücke gerissen. Das geschah am 9. März, also kurz nach Balduins Ankunft in Edessa. Balduin jedenfalls hat ihm nicht geholfen, vielleicht den ganzen Aufstand angezettelt, jedenfalls geduldet. Das Ergebnis war, Balduin ist Fürst von Edessa und unumschränkter Machthaber, obwohl eigentlich Edessa zu Byzanz gehört. Seinen Kaiser Alexios gegebenen Eid hat er auch gebrochen.«

»Wie Bohemund«, ergänzte Martin.

»Ja«, stimmte Alice ihm zu. »Das war dem Adel von Edessa

auch nicht recht, dass nun ein Franke sie regierte, daher der Aufstand im Dezember.«

»Wie denkt denn Bernhard über diese Ereignisse?«

»Ganz anders. Weißt du, Thoros war bei den Armeniern verhasst, weil er hohe Steuern verlangte und dem Titel nach ein Staatsbeamter vom byzantinischen Kaiser war, und die Byzantiner sind bei den Armeniern genauso verhasst wie die Türken. Dazu war Thoros noch orthodoxen Glaubens. Ist schon komisch, uns Katholiken verzeihen sie alle Irrlehren, wie sie meinen, Thoros aber verabscheuten sie deswegen. Vor allem aber warfen sie ihm Unfähigkeit vor, seine Untertanen vor türkischen Überfällen zu schützen. Ständig wurde die armenische Bevölkerung von den Türken bedroht, ihre Felder verwüstet und ihre Herden gestohlen, sie selbst ausgeraubt und bisweilen auch tributpflichtig gemacht. Die drei Söhne meiner Kinderfrau sind hinterrücks bei ihrer Feldarbeit ermordet worden. Damit hat Balduin bereits bei seiner Ankunft ein Ende gemacht. Er hat Festungen der Türken erobert und darüber hinaus ihre Dienste mit Geld erkauft. Dem Emir von Samosata hat Balduin sogar sein Emirat abgekauft und ihn selbst lehnspflichtig gemacht, was ihm die Christen übel nehmen. Sie werfen ihm vor, dass er sich, um das Land zu schützen, mit Moslems verbündet. Die große Katastrophe für die Armenier wäre aber hereingebrochen, als Kerbogha, der Emir von Mossul, Edessa drei Wochen belagerte. Ohne Balduin und die christlichen Ritter wäre die einheimische Bevölkerung rettungslos verloren gewesen, denn die Armenier sind schlechte Kämpfer. Bernhard meint, Balduin und seine Ritter und auch er, Bernhard selber, hätten Edessa gegen die Türken verteidigt und beschützt, sie hätten immer ihr Leben gewagt und deswegen stehe ihnen auch die Herrschaft zu. Das stimmt ja auch, Bernhard war laufend fort, in zahlreiche Kämpfe verwickelt, und ich hatte immerzu Angst um ihn und dachte, wie sinnlos, hier in Edessa zu sterben und nicht nach Jerusalem zu ziehen.«

»Nun, Jerusalem wird ein christliches Land im Norden gut gebrauchen können«, gab Martin zu bedenken. »Sogar der Weg zwischen Edessa und Antiochia ist für Christen frei und ungefährlich geworden.«

»Ja, natürlich, aber Bernhard war ständig weg, immer kampfbereit, immer in Lebensgefahr, wurde auch gut von Balduin bezahlt für seine Dienste. Und ich war allein in dieser Burg oder fühlte mich allein. Das war aber nicht das Schlimmste, es überkam mich, je länger wir in Edessa blieben, immer häufiger die Angst, dass meinem Sohn etwas passiert. Das war so um Weihnachten herum, eine ganz schreckliche Zeit.«

»Du meinst, dass ihn jemand töten wollte.«

»Ja – nein, wie soll ich das sagen? Am Anfang, so Ende September, lief alles gut an. Ich wurde ja Gesellschafterin bei der Prinzessin. Das klingt glanzvoll und ich war neugierig auf das Leben bei Hofe und Bernhard schenkte mir wunderschöne Kleider, obwohl er zu dem Zeitpunkt gar nicht viel Geld hatte. Es gab auch Feste zu unserem Empfang, wundervolle Feste, denn Balduin liebt den Luxus und die Pracht.

Aber schon sehr bald habe ich festgestellt, dass ein heimliches Leiden am Hofe ist. Die junge Ehefrau wurde nicht schwanger und Balduin gab ihr die Schuld. Am Anfang tat die Prinzessin mir leid, ich sah, wie sie litt. Einmal war ich dabei, wie sie wieder ihre, du weißt schon, bekam. Sie wurde ganz blass, fing an zu weinen und lief aus dem Raum. Überall war ein Raunen in der Burg und Balduin hatte besonders schlechte Laune. Ich fand, dass er sehr grob und unhöflich zu seiner Gemahlin war, obwohl er doch zu Frauen so überaus gewinnend und charmant sein kann.

Eines Tages fragte mich die Prinzessin, ich mühte mich gerade ab, ein Kissen zu besticken, weil sie eine Künstlerin ist und die schönsten Muster entwirft und von mir als Hofdame erwartete, dass ich gut Nadelarbeiten ausführen kann, sie fragte mich also, wie ich es denn geschafft hätte, einen Sohn von Bernhard zu empfangen.

Ich hätte mich fast in den Finger gestochen. Natürlich wusste jeder am Hof, dass Hanno Bernhards Sohn ist, man sieht es ja sogar, finde ich, aber wir sind nicht als Paar aufgetreten, wohnten in ganz verschiedenen Räumen und trafen uns nur heimlich. Sie aber wollte vor allem wissen, was man machen muss, damit es ein Sohn wird. Was sollte ich darauf antworten? Ich selber habe damals fest daran geglaubt, dass, wenn Mann und Frau stark sind und sich lieben, es ein Junge wird. Aber das als Ratschlag und Regel? Außerdem waren die Prinzessin und Balduin nicht in Liebe miteinander verbunden. Ich glaube, sie hat ihn gefürchtet und verabscheut und er hat sie verachtet, je länger sie nicht schwanger wurde. In ihr wuchs die Angst, er würde sie verstoßen und die Ehe auflösen.

Doch mein Mitleid verwandelte sich in Sorge und Bedrückung, als ich merkte, wie sehr sie mich um meinen Sohn beneidete und auch ein Auge auf Bernhard geworfen hatte. Sie ist nicht richtig treu, weißt du, obwohl sie nichts macht, weil sie ja von Balduin ein Kind bekommen muss. Aber trotzdem. Blicke sagen ja auch viel.«

Alice räusperte sich.

»Dass ich Angst um unseren Hanno hatte, das fing scheinbar ganz harmlos an. Die Prinzessin bemerkte eines Tages, mein Haar sähe immer so zerwühlt aus, als sei ich gerade aus dem Bett gestiegen. Sie empfahl mir deswegen, es mit Öl einzureiben, sie zwang es mir geradezu auf. Es war wie ein Befehl.

Bernhard hat nur ein Wort dazu gesagt: ›Scheußlich‹. Er ist auch den Abend nicht zu mir gekommen, um mir die Haare zu kämmen. Er hat mich überhaupt erst wieder angesehen, als ich dieses ganze Ölzeug aus meinen Haaren rausgewaschen hatte und sie so widerspenstig abstanden, wie er es liebt.

Beunruhigend war es dann, wie oft sie betonte, Hanno sähe krank aus. Etwas stimme mit seiner Atmung nicht. Ich fand, er sah ganz gesund aus. Aber andererseits die feuchten, klammen Räume in der Burg. Es war Winter. Auch die Kamine heizten die Kammer, in der er schlief, nicht richtig. Eigentlich war

Hanno fast immer bei mir, schlief mit mir in einem Raum, wenn auch nicht im selben Bett, denn ich fürchtete, ihn in der Nacht zu zerdrücken, wie es so oft geschieht. Es war Weihnachten, da wurde ein großes Fest veranstaltet. Gäste waren geladen, einige Ritter mit ihren Damen waren eigens aus Antiochia nach Edessa gekommen, um hier in aller Pracht und Herrlichkeit zu feiern. Ich selber war wunderschön gekleidet, Bernhard hatte mir kostbare Bänder für mein Haar geschenkt. Doch ich war unruhig. Die Musikanten spielten zum Tanz auf, Bernhard war bester Laune und sogar Balduin und die Prinzessin schienen sich zu verstehen. Ich aber wollte einfach nur weg, zu unserem Sohn. Irgendwann habe ich mich davongeschlichen. Am Ende des Ganges, an dem Hannos Kammer lag, sah ich Kaspar, wie er davonlief oder genauer, sich davonschlich. Er drehte sich noch nach mir um, machte aber den Eindruck, als wollte er nicht gesehen und erkannt werden. Hastig öffnete ich die Tür, fand unseren Sohn schlafend, nein, nicht schlafend, er atmete nicht mehr. Neben seiner Wiege lag auf einem Hocker ein großes Kissen. Lag das auch schon da, als ich zum Fest ging? Hatte Kaspar unseren Sohn erstickt? Schreckliche Angst, furchtbare Angst. Das Blut stieg mir zum Halse. Ich neigte mein Ohr an seinen Mund, nichts. Er atmete nicht.

Da fiel mir ein, entschuldige, was Theresa mich gelehrt hatte. Ich begann, das Herzchen zu massieren und zu pumpen und den Mund zu beatmen. Und Gott war mit mir. Unser Kind fing wieder an zu atmen und wurde wieder lebendig. Leise trat auch Bernhard in den Raum, er hatte mich vermisst, und ich gab ihm das Kind und er hielt Hanno im Arm, das war so noch nie vorgekommen.

In diesem Augenblick dachte und hoffte ich, es gehe auch Bernhard nicht allein darum, einen Sohn zu haben aus dynastischen Gründen, sondern weil unser Hanno ein Mensch ist, ein kleiner Mensch noch, der leben und groß werden möchte.

Jedenfalls von diesem Tag an hatte ich Angst um mein Kind, war ständig bei ihm, habe die Speisen, den Brei für ihn immer selber zubereitet. Ich hatte Sorge, man wolle ihn vergiften. Ich nahm auch eine Kinderfrau für die seltenen Augenblicke, wo ich nicht auf Hanno aufpassen konnte.«

»Warum sollte man ihm das antun, vergiften?«, fragte Martin. Alice zuckte die Schultern.

»Ich habe Kaspar hart ins Verhör genommen, aber das nützt natürlich nichts. Ich traue ihm überhaupt nicht. In mir ist so eine Bangigkeit, die ich nicht loswerde. Aber sieh mal, Hanno steht jetzt richtig. Er hält sich nur noch an seinem Tuch fest, das er in der Hand hält.«

Martin beobachtete Mutter und Kind. Auch Theresa war schwanger gewesen …

»Wie ist es denn dir in der Zwischenzeit ergangen?«, fragte Alice, während sie sich wieder zu ihm unter den Baum setzte.

»Ich war bei verschiedenen Belagerungen dabei. Letztens im April ist wieder Streit um die Heilige Lanze entstanden.«

»Ich hörte davon, Peter Bartholomäus ist den Feuertod gestorben.«

»Ganz so war es nicht. Peter Bartholomäus behauptete, der Heilige Andreas sei ihm erschienen und habe einen Sturmangriff auf die Burg Akkâr befohlen.

Die Nordfranzosen sahen darin nur eine List Raimonds, sie zum Angriff zu zwingen, und behaupteten, Peter Bartholomäus habe gar keine Visionen und die Heilige Lanze sei auch nicht echt, Bischof Adhémar habe nie an sie geglaubt.

Darauf wurde Peter Bartholomäus so wütend, dass er selber die Feuerprobe als Beweis seiner himmlischen Eingebungen gefordert hat.

Das war am 8. April. In einem engen Durchgang wurden zwei Holzstöße errichtet, die von den Bischöfen gesegnet und angezündet wurden. Es war schon dunkel, wir standen alle um das Feuer. Ich habe gedacht, welch ein Wahnsinn. Die Holzscheite waren so dicht beieinander aufgestellt, dass niemand, ohne Schaden zu nehmen, dazwischen durchlaufen konnte. Am Anfang wurde noch gewettet. Als Peter Bartholomäus erschien, nur in einem weißen, leichten Überhemd, den Heiligen Speer in der Hand, war es totenstill. So als glaube er wirklich an seine Visionen, sprang er durch die Flammen. Aber sein Hemd fing an zu brennen. Er wäre in das Feuer zurückgefallen, wenn nicht Raimund Pilet ihn herausgezogen und aufgefangen hätte. Aber er war nicht mehr zu retten. Zwölf Tage nach der Feuerprobe ist er unter Qualen an seinen Verbrennungen gestorben.«

»Grauslich«, sagte Alice. »Aber eigentlich ist es nichts von dir, was du mir erzählt hast.«

Martin überlegte, was er wohl erzählen könnte und wollte.

In diesem Moment erklangen die Hörner, das Lager sollte zum Weitermarsch nach Jerusalem abgebrochen werden.

Beide erhoben sich, sammelten die Essensreste in einen Korb. Alice nahm ihr Kind auf den Arm.

»Zu welchem Heer gehörst du denn jetzt?«, fragte sie.

»Zu dem des Grafen Raimond von Toulouse. Ich bin so lange mit Bischof Adhémar bei seinem Heer gewesen, dass ich jetzt nicht mehr so kurz vor Jerusalem zu Gottfried zurückwechseln will. Außerdem bezahlt der Graf seine Truppen besser. Ich habe fast kein Geld mehr, obwohl der Abt mich reichlich damit versorgt hatte.«

Alice schwieg darauf. Schwer wog das Geld, das sie von eben diesem Abt erhalten und unter ihrem Rock verborgen hatte, schwer wog es auf ihrer Seele, dass sie während der Hungersnot in Antiochia davon genommen hatte, wenn auch nur wenig. Nun wäre der geeignete Augenblick, es hervorzuholen. Sie aber schwieg. Sie schwieg so lange, dass es Martin unangenehm wurde. Er sagte, um die Stille zu unterbrechen:

»Seit Tripolis gehört eine Frau zu seinem Heer, sie ist eine der freigelassenen christlichen Gefangenen. Stell dir vor, sie trägt nur Männerkleidung und hat jahrelang unerkannt als Mann in Konstantinopel gelebt. Es heißt, dass sie im Bogenschießen jedem Mann an Kraft, Geschicklichkeit und Zielsicherheit gleichkommt.«

»Eine Frau wie ein Mann?«, fragte Alice zurück.

Endlich im Gelobten Land!

Endlich im Heiligen Land!

Endlich im Lande Jesu Christi!

Trotz der unglaublichen Geschwindigkeit, mit der die Pilger Tyros, Akkon und den dicht bewaldeten Karmelberg von Haifa hinter sich gelassen hatten und am Meer entlanghetzten, die meisten zu Fuß, den Pilgerstab in der Hand, zerlumpt, müde, erschöpft, fielen sie immer wieder auf die Knie, um den staubigen, grauen, körnigen Sand zu berühren und zu küssen, auf dem Jesus gegangen sein mochte. Andächtig schöpften sie Wasser aus Brunnen, die schon zur Zeit Jesu erbaut worden waren, und tranken das kühle Wasser, mit dem Jesus selbst sich gelabt hatte. Es schien den Müden, Entkräfteten wie das Wasser des Lebens, von dem der Herr gesprochen hatte. Lobpsalmen singend, priesen besonders die Armen aus dem Fußvolk Gott für seine Güte und Gnade, dass er sie bis ins Heilige Land geführt hatte und Jerusalem nun schon so nahe war. Es erschien ihnen wie ein Wunder, dass die Menschen in Palästina zumeist Christen geblieben waren, trotz der jahrhundertelangen Demütigung durch die Sarazenen. Einheimische, meist arme Bauern, strömten herbei, um die Pilger zu sehen, zu bestaunen, die aus dem Westen seit drei Jahren zu ihnen unterwegs waren, die ihre Heimat verlassen, Tote begraben und betrauert, die Kälte und Hitze, Kämpfe, Wunden und Armut auf sich genommen hatten, um sie vom Joch der Fremdherrschaft durch die Araber, durch die Seldschuken und nun durch die Fatimiden zu befreien. Glocken ertönten, soweit es noch Kirchen gab und die Glocken nach 400 Jahren Verbot überhaupt noch läuten konnten. Eine Frau, so jung wie Alice, lief den Abhang zum Strand hinunter, ergriff ihre Hand, drückte und streichelte sie und vergoss Freudentränen. Alice sprang von ihrem Pferd und umarmte die Frau und weinte, weinte so sehr wie lange nicht, und sie wusste nicht, ob aus Kummer oder aus Freude. Denn sie fürchtete sich vor der Schnelligkeit, mit der sich das Heer Jesu Christi Jerusalem näherte. Sie fürchtete sich, seitdem sie morgens Haifa verlassen hatten und am Abend schon Caeserea erreichen wollten, um dort das Pfingstfest zu feiern. Sie fürchtete sich, seitdem Bernhard am Morgen beim Aufbruch zu ihr geritten kam, um ihr mitzuteilen, dass sein Vater tot sei und er die Lehnsfolge antreten werde. Es sei ein erbliches Lehen.

»Natürlich muss ich trotzdem Heinrich um die Investitur bitten und das diutsche landt ist weit«, setzte Bernhard bedauernd hinzu und schickte sich an fortzureiten.

Woran sein Vater denn gestorben sei, konnte Alice ihm noch gerade nachrufen.

»Am Schlangenbiss!«, rief er zurück, besann sich aber, dass sein Verhalten unschicklich sei, wendete sein Pferd und ritt nahe an Alice heran. »Mein Vater ist mehrmals von einer Schlange gebissen worden.«

Damit war er fort bei Balduin von Le Bourg und den anderen Rittern, mit denen er die meiste Zeit verbrachte.

Der Schrecken saß tief. Bernhard würde die Grafschaft der Baerheims erhalten. Er wäre Herr über unzählige unfreie Bauern, er würde nun wie sein Vater die Gerichtsbarkeit über seine Vasallen ausüben. Bernhard war mit einem Male ein mächtiger Mann, er wusste und genoss es.

In Caeserea angekommen, schlugen die Heere auf den Feldern vor der Stadt ihre Zelte auf. Für Wasser war gesorgt, denn am Fuße des Berges entsprang eine Quelle, ein angenehmer Ort also. Es war warm, aber noch nicht zu heiß, und vom Meer wehte ein leichter Wind. Bernhard hatte sich bei ihrer Ankunft sofort ins Meer gestürzt, Alice wusste es, auch wenn er es ihr nicht gesagt hatte.

Mühsam baute sie mit anderen Frauen ihr Zelt auf. Beschwerlich erschien es ihr, obwohl ihr nach drei Jahren unterwegs nichts gewohnter war, als ein Zelt aufzuschlagen und in einem Zelt zu leben.

Überall Stimmen um Alice herum, die Lagerfeuer wurden entzündet, der Geruch von gebratenem Hammelfleisch drang in ihre Nase, überall stieg Rauch auf und biss in den Augen. Überall Menschen, die laut in Worten und in ihren Herzen Gott priesen für die Gnade, Pfingsten im Heiligen Land feiern zu dürfen.

Raus musste sie hier. Nachdenken wollte sie. Alice drückte ihrer Kinderfrau den Jungen in den Arm und verließ zum ersten Mal, seitdem sie den Orient, seitdem sie Feindesland betreten hatten, allein das Lager.

Am Strand zog sie ihre Schuhe aus, ging bis ans Meer, ließ ihre Füße vom Wasser umspülen. Es fühlte sich kühl an und Alice beneidete Bernhard, der, wo immer er einen See oder einen Fluss fand, sich auszog und in den Wassern tauchend verschwand.

Bernhard. Bis jetzt waren sie beide Pilger gewesen, wie jeder hier. Ob Herzog oder Ritter, ob Gräfin oder Bauersfrau, ob Priester oder Dirne, sie alle waren Pilger.

Auch wenn die Ritter einen höheren Rang, ein höheres Ansehen besaßen, so beruhte dies nur auf ihrer Aufgabe, Jerusalem zu erobern und die Frauen, Kinder und nicht kämpfenden Männer zu schützen. Vor Gott aber waren sie alle Sünder, über alle wurde das Gericht gesprochen, sodass jeder, gleich welchen Standes, von der Frage gequält wurde, ob er nach seinem Tode in den Himmel oder in die Hölle käme.

Wenn aber Jerusalem erobert wäre, und das würde, sofern überhaupt möglich, bald geschehen, dann, ja dann hätten sie ihr Gelübde erfüllt, dann wären sie keine Pilger mehr, dann wären sie wieder Herren und Knechte, dann wäre Bernhard Graf und Herr über viele Untertanen – und sie, Alice? Ein Nichts.

Ruckartig verließ sie das Wasser und lief am Strand entlang. In ihrer Kehle würgte es. Ein Nichts. Es war wahr, sie war nichts, sie hatte nichts und sie durfte nichts. Von ihrem Unglück erschreckt, fuhr sie sich über das Gesicht.

Sie musste nachdenken. Was geschähe nach der Eroberung Jerusalems?

Bernhard hatte sie gewarnt an jenem Tag in Ikonion, noch bevor sie ihren Sohn zeugten, er werde Alice niemals heiraten.

Merkwürdig, überlegte Alice, so oft hatten sie beieinander gelegen, und doch hatte sie dieses eine Mal deutlich empfunden, dass sie schwanger würde. Aber all dies war jetzt unwichtig. Bernhard war Graf und sie war nicht adelig, das allein zählte. Selbst wenn Bernhard es gewollte hätte, so wäre eine Heirat unmöglich. Das war das Verwirrende, sie dachte an eine Ehe, obwohl schon der Gedanke an sich undenkbar war. Es kam zwar bisweilen vor, dass ein freier Mann eine unfreie Frau heiratete um den Preis, dass er selbst seine Freiheit aufgab, aber dass ein Graf auf seinen Adelstitel, seine Privilegien und auf sein Lehen verzichtete aus Liebe, das war ausgeschlossen. Es wäre eine Schande, Bernhard würde sich vor dem gesamten Adel des Abendlandes und des Morgenlandes lächerlich machen, er würde zum Gespött der Bauern, seiner früheren Vasallen. Durfte sie das wünschen? Durfte sie wünschen, dass Bernhard erniedrigt würde? Verbot das nicht ihre Liebe zu ihm?

Eine Liebe, die keinen Bestand hätte, denn welche Reize könnten ihn auf Dauer so locken und binden, dass er alles, seinen Ruhm, sein Ansehen, seine Burg, sein Lehen für die Liebe hingäbe, um irgendwo mit ihr in Armut und Schande zu leben.

Nein, es war sowieso sinnlos, darüber nachzudenken, denn Bernhard war niemals, zu keinem Zeitpunkt ihres Glückes, auch nicht, wenn sie sich unter dem Sternenhimmel vereinigten, davon abgewichen, eine reiche, schöne, adelige Frau heiraten zu wollen. Genau das würde Bernhard jetzt, nachdem er sein Lehen erhalten hätte, anstreben. Und Alice war sich sicher, dass Bernhard in Gedanken schon jede einzelne Erbtochter Europas in Erwägung gezogen und geprüft hatte, inwiefern sie als Gattin für ihn infrage käme.

Das tat weh.

Wenn aber Bernhard heiratete, was würde aus ihr, Alice? Bestenfalls seine Geliebte.

Geliebte, dachte sie verbittert. Irgendwohin abgeschoben, in einem kleinen Haus lebend, in einer Hütte, weit entfernt von der Burg, aber nahe genug, um gelegentlich einmal Besuch von ihm zu empfangen. Heimlich, nachts, damit es kein Gerede gäbe. Denn sicher würde Bernhard es nicht darauf ankommen lassen, wegen einer Geliebten exkommuniziert zu werden wie der König von Frankreich, der seine rechtmäßige Ehefrau Berta davongejagt hatte. Starrsinnig und standhaft hielt der dicke König Philipp zu seiner Geliebten und ließ sich nicht zu einem Kniefall vor dem Papst nieder wie vor einigen Jahren Heinrich der IV. in Canossa. Na ja, da ging es auch nicht um eine Geliebte, sondern um die Einsetzung der Bischöfe und Äbte, um Macht.

Also zurück zu ihrer Lage. Sie, Alice, wäre auf Bernhards Gnade angewiesen, dass er ihr Geld zum Leben gäbe, dass er sie besuchte, dass er weiterhin Lust hätte, mit ihr zu schlafen, dass er sich keine neue Geliebte nähme. Ein furchtbares Leben. Dauernd warten, das hielte sie nicht aus, dauernd auf ihn zu warten. Das bedrückte sie schon jetzt, dass sie so auf seine Gnade angewiesen war.

Möglicherweise verheiratete Bernhard sie auch mit einem Mann aus seiner Mannschaft oder mit einem unfreien Bauern. Wahrscheinlich würde Bernhard nicht den hässlichsten und ältesten aussuchen, sondern einen Mann, von dem er annahm, er würde Alice gefallen. Sie war den Tränen nahe, sie war verzweifelt. Wenn sie daran dachte, in welchem Reichtum und Luxus und vor allem wie geachtet sie als Kaufmannsfrau gelebt hätte. Es war alles verloren.

Ihr Vater – tot durch ihre Schuld.

Warum hatte sie ihm nichts von dem Geld gesagt? Warum hatte sie ihn nicht davon abgehalten zu plündern? Wenn sie ihn in die Stadt zu dem jüdischen Arzt begleitet hätte, ihr Vater wäre nicht zum Krüppel geschlagen worden. Hätte, hätte ...

Wenn sie Bernhard doch nur nicht erhört hätte ...

Ja, was wäre dann anders? Sie hätte nicht geliebt. Sie hätte *ihn* nicht geliebt.

Und trotzdem bedeutete das Ende der Pilgerfahrt auch das Ende ihrer Liebe.

Wenn Alice nicht Geliebte bleiben wollte, so böte sich als Ausweg das Kloster an.

Sie müsste den Schleier nehmen und Nonne werden. Alice fühlte sich bei der Vorstellung von Klostermauern sofort eingeschlossen. Feste Regel der Klöster war das Verharren an einem Ort. Konnte sie das überhaupt noch nach drei Jahren auf Wanderschaft, sesshaft sein? Ein Leben von morgens bis abends geregelt, ein Weg nur vom Schlafsaal in die Kirche, ins Refektorium, in die Schreibstube, in die Kirche und so den ganzen Tag bis zu der Komplet, und das Jahr für Jahr bis zu ihrem Tod?

Wahrscheinlich würde man sie im Kloster Niedernburg aufnehmen, auch wenn sie nicht adelig war und kein Vermögen hatte. Schließlich war sie Jerusalempilgerin, konnte lesen und schreiben und hatte gute Manieren.

Dass Alice schon ein Kind hatte, schadete nicht. Das hatten viele und das uneheliche Kind von einem Grafen war ohnehin keine Schande.

Was aber sollte dann aus Hanno werden, ihrem gemeinsamen Sohn?

Bernhard hatte es schon angedeutet, es war ja auch üblich, er wünsche, Hanno würde von seiner Mutter, der Gräfin, auf der Burg erzogen, später, mit sieben Jahren, käme er fort zu einem befreundeten Grafen, um zum Ritter ausgebildet zu werden.

Und wenn Bernhards Gattin, die schöne, reiche, adelige Frau, ihm keinen Sohn gebären sollte, dann würde ihr Sohn Hanno später Graf von Baerheim.

Ich tue ja schon, als sei Bernhard bereits verheiratet. Bisher war keine unverheiratete Erbtochter in Sicht, versuchte Alice, sich Mut zu machen.

Unsinn, er wird heiraten, so bald wie möglich. Und dann? Was geschieht, wenn seine Frau eifersüchtig auf unseren Sohn ist? Wenn sie unfruchtbar ist oder nur eine Tochter bekommt. Wird sie nicht mit aller Kraft, allem Geschick und bösem Willen es durchsetzen, dass ihre Verwandtschaft nach Bernhards Tod das Lehen erhält? Wird sie nicht vor allem versuchen, den Bastard, meinen und Bernhards Sohn, aus dem Weg zu räumen? Es wird ihr nicht entgehen, dass Bernhard Hanno als seinen Sohn legitimieren will, sofern sie, seine Ehefrau, ihm keinen Sohn schenkt oder ihr Sohn schon im Kindesalter stirbt, was ja bei Jungen besonders häufig vorkommt.

Pah, dachte Alice und seufzte aus tiefstem Herzen.

Ich, Hannos Mutter, will meinen Sohn großziehen.

Alice senkte den Kopf. Das würde Bernhard niemals zulassen. Es wäre auch grausam und verantwortungslos, denn welches Leben könnte sie Hanno bieten? Wovon sollten sie sich ernähren? Ihr Handelshaus hatte sich in nichts aufgelöst, sie hielt nur noch das Geld, das eigentlich Martin gehörte, unter ihrem Rock verborgen. Das reichte wohl gerade für eine Schiffspassage nach Italien und den Weg zurück nach Passau. Sie müsste sich irgendwie als Krämerin durchschlagen. Vielleicht mit einer Kiepe ins Gebirge wandern und an entlegenen Orten Haarnadeln, Kämme und Bänder oder dergleichen verkaufen.

Nein, sie würde doch ins Kloster gehen und Nonne werden und Hanno der Obhut seines Vaters anvertrauen. Schließlich liebte er seinen Sohn, soweit ihm das als Graf und Ritter und Mann geboten schien.

»Alice!«, hörte sie hinter sich jemanden ihren Namen rufen. »Alice!«

Sie drehte sich um und erschrak vor Freude. Bernhard ritt auf sie zu, angetan mit Kettenhemd und Schwert, aber ohne Helm. Ihr eigenes Pferd führte er am Zügel. Er sprang ab und fasste sie am Arm.

»Ich habe dich gesucht«, warf er ihr vor. »Du begibst dich unnütz in Gefahr. Mach das nicht noch einmal.«

Als Bernhard und Alice wieder beim Lager ankamen, ohne dass sie sich ausführlich versöhnt hatten, wie es sonst nach kleineren Streitigkeiten zwischen ihnen üblich war, erblickten sie eine Menschenmenge, die in einem Kreis um etwas herumstanden, das anscheinend auf dem Boden lag. Sie stellten sich dazu und

Alice reckte den Hals vor Neugierde. Sie konnte zwar nichts erkennen, erblickte aber schräg gegenüber die Frau, die Männerkleidung trug. Einige Kinder drängelten sich an ihr vorbei, sodass sich ihr brauner Umhang verschob und Alice ihr Kettenhemd aufblitzen sah.

»Sie lebt wirklich wie ein Mann und hat sogar ihren Bogen dabei«, flüsterte Alice Bernhard zu.

»Findest du das gut?«, fragte er zurück.

»Ruhe!«, erscholl es in das allgemeine Gemurmel, Rufen und Schreien.

»Ruhe!«, wiederholte der Bischof von Apt, der inmitten des Kreises zusammen mit dem arabisch sprechenden Ritter stand. Er hätte sich seine zweite Aufforderung ersparen können, denn augenblicklich trat Stille ein. Alice hörte die japsenden, aufgeregten Atemzüge der Frau neben sich.

Der Bischof bückte sich und hielt eine tote Taube weit über sein Haupt, sodass jeder sie sehen konnte.

»Gott ist mit uns«, begann er. »Diese Taube flog über unser Lager. Es ist eine Brieftaube, wie die Ungläubigen sie so geschickt züchten. Ein Habicht hat die Taube erfasst und sie fiel, Gott sei gepriesen, in der Nähe meines Zeltes nieder. Ein Brief war an ihrem Bein befestigt, in dem der Statthalter von Akkon alle Muslime Palästinas auffordert, Widerstand gegen uns zu leisten und gegen uns zu kämpfen.«

Atemloses Schweigen, dann Ausbrüche der Wut, des Zorns und der Androhung des Kampfes.

»Wieso denn das?«, wunderte sich Alice. »Der Statthalter von Akkon hat uns selbst keinen Widerstand geleistet und die Schonung seiner Felder mit reichlich Verpflegung für unser ganzes Heer erkauft.«

»Man spielt hier im Osten ein doppeltes Spiel, mit der Zunge freundlich, mit dem Herzen hassen«, erwiderte Bernhard. Er zog die Stirn kraus.

»Was habt Ihr?«, flüsterte Alice. »Es ist noch einmal gut gegangen. Ich denke, es ist ein Geschenk des Himmels, dass ausgerechnet Pfingsten, dem Fest der Aussendung des Heiligen Geistes, diese Brieftaube in unsere Hände fällt.«

Bernhard schüttelte den Kopf. »Ich fürchte, dass die Fatimiden in Ägypten ebenfalls solche Brieftauben erhalten und deswegen ein Entsatzheer so schnell wie möglich nach Palästina schicken, um uns noch vor der Einnahme Jerusalems zu schlagen. Wenn uns ein feindliches Heer aber während der Belagerung Jerusalems erreicht und uns einkesselt, dann sind wir vernichtet, so kurz vor dem Ziel, buchstäblich vor den Mauern der Stadt Jesu Christi.«

Alice saß das anrückende Heer Kerboghas vor den Mauern Antiochias noch in den Knochen.

»Wenn wir überleben wollen«, fuhr Bernhard fort, »müssen wir in kürzester Zeit Jerusalem erobern. Eine längere Belagerung ist tödlich.«

Alice sah das ein. Es packte sie wieder die Angst vor der Zukunft, die sie zu besänftigen suchte mit freundlichen Vorstellungen.

Was wäre, so sinnierte sie, wenn sie und Bernhard in Jerusalem blieben, er als Herr und sie als Mutter seines Sohnes. Was wäre, wenn in Jerusalem ein Pfingstwunder geschähe und der Heilige Geist sie mit der Gnade erfüllte, wie die urchristliche Gemeinde zu leben:

›Alle aber, die gläubig geworden waren, waren beieinander und hatten alle Dinge gemeinsam. Sie verkauften Güter und Habe und teilten sie unter alle, je nachdem es einer nötig hatte‹, wie es in der Apostelgeschichte hieß.

Die Menge löste sich auf.

Alice und Bernhard standen noch eine Weile unschlüssig herum.

Da schritt die Bogenschützin auf Alice zu. Mit forscher Stimme stellte sie sich ihnen auf Französisch als Josephine vor.

»Ich habe aber viele Jahre als Joseph gelebt«, erklärte sie, um keine Missverständnisse aufkommen zu lassen.

»Seid Ihr Alice aus Passau?«

Als Alice nur mit einem kurzen, verwirrten »Ja« antwortete, fuhr die Bogenschützin fort:

»Herzog Gottfried hat mich angewiesen, in Eurem Zelt zu übernachten. Er meinte, es sei für eine Frau ohne familiäre Bindung schicklicher, als draußen beim Fußvolk zu schlafen, insbesondere, weil wir vier Tage vor Caesarea bleiben, um das Pfingstfest zu feiern.«

Bedauernd zuckte sie die Achseln.

»Ich für meinen Teil hätte bei der Wärme lieber draußen übernachtet als im stickigen Zelt. Vor männlichen Übergriffen habe ich sowieso keine Angst. Wenn sich jemand dagegen wehren kann, dann ich«, lachte sie und sah dabei Bernhard an.

Der verzog merklich angewidert das Gesicht und verließ die beiden Frauen.

Alice jedoch war neugierig. Gewiss, es kam bisweilen vor, dass Eltern auf Reisen ihre Tochter als Sohn verkleideten. Aber eine Frau mit den Waffen eines Mannes in Männerkleidung …

Alice hatte sich zu gedulden, denn zuvor musste noch eine Messe besucht und der kleine Hanno versorgt und schlafen gelegt werden.

Erst dann setzten sich die beiden Frauen ins Gras, unweit des Zeltes, damit Alice das Weinen ihres Kindes hören könnte. Es war ein warmer Abend, die Menschen waren fröhlich, Pfingsten im Heiligen Land und – sie noch lebendig. Umgeben von Stimmen, bunten Zelten, Feuern und dem Duft von Gebratenem, saßen die beiden Frauen nebeneinander, die Hände um die Knie geschlungen. Bisweilen tranken sie aus ihrer Lederflasche einen Schluck Wein.

»Ihr wollt also wissen, wie ich dazu kam, wie ein Mann zu leben.«

Ohne Alice' zustimmende Antwort abzuwarten, begann die Bogenschützin ihre Erzählung.

»Das kam so: Mein Großvater ist als Bogenschütze mit dem

Heer Wilhelm des Eroberers nach England gekommen. Mein Vater war ebenfalls Bogenschütze, und zwar bei Wilhelms Sohn König Wilhelm II. Nun wollte mein Vater, dass auch sein Sohn Bogenschütze würde. Meine Mutter hatte viele Geburten und es waren auch Söhne dabei, die Kinder wurden jedoch alle tot geboren. Mein Vater war außer sich, keinen Sohn zu besitzen, und hat meiner Mutter deswegen häufig heftige Vorwürfe gemacht und sie geschlagen. Als sie ihm keinen Sohn schenkte und er bemerkte, dass ich immer um seine Bögen und Pfeile herumschlich, und er mich dabei ertappte, dass ich versuchte zu schießen, wurde er sehr zornig. Dann aber prüfte er mich, ob ich begabt zum Bogenschießen sei.

›Komm nach draußen, lass sehen, was du kannst und wer du bist‹, forderte er mich auf.

Von dem Tage an lehrte er mich die Kunst eines Bogenschützen.

›Du schießt wie ein Junge‹ war das größte Lob, das ich mir vorstellen konnte.

Ich war glücklich. Ich bemerkte nicht oder wollte es nicht wahrhaben, dass meine Mutter immer bedrückter wurde, ja, dass mein Vater meine Mutter beschimpfte, wenn sie wieder einmal eine Totgeburt hatte, und das geschah jedes Jahr. Ich aber bewunderte ihn und lauschte seinen Schilderungen von der Pracht Konstantinopels, dieser Stadt der Städte, im Vergleich zu der London nichts als ein stinkender Misthaufen sei. Er sagte wieder und wieder, zwei Drittel der Reichtümer dieser Welt befänden sich in Konstantinopel.

Eines Tages war er fort. Er hatte alles Geld mitgenommen und stürzte meine Mutter in Armut. Denn er hatte sogar vorher noch Schulden gemacht, sodass die Gläubiger ihre Forderungen an meine Mutter stellten und die arme Frau nicht einmal wusste, ob der Schneider und Schuhmacher und Schmied überhaupt die Wahrheit sprachen. Meiner Mutter gelang es nach vielen Bittgängen, eine Stellung als Küchenmagd am königlichen Hof zu erhalten.

Für mich aber war das Entsetzen über das Verschwinden meines Vaters noch größer als für meine Mutter. Sie hatte ihn erlitten, ich hatte ihn bewundert und geliebt. Unausgesprochen gab ich ihr die Schuld dafür, dass er uns verlassen hatte.

Wenn sie ihm nur einen Sohn geboren hätte, der am Leben geblieben wäre, wenn sie weniger geweint und sich schöner für ihn gekleidet hätte.

Ich hatte Sehnsucht nach ihm und so setzte sich in mir der Gedanke fest, meinen Vater zu suchen. Als ich 16 Jahre alt war, verließ auch ich meine Mutter, ohne vorher mit ihr meinen Plan zu besprechen. Konstantinopel war mein Ziel, da würde ich ihn finden. Doch schon bei der Überfahrt nach Frankreich bemerkte ich, dass es für ein junges Mädchen nicht gut ist, allein zu reisen.«

Josephine schwieg einen Moment.

»Vergessen wir diese Nacht auf dem Schiff. Am nächsten Morgen jedenfalls beschloss ich, als Mann weiterzuziehen.

In Frankreich angekommen, habe ich mir Männerkleidung besorgt und die Haare kurz geschnitten. Es war auch finanziell vorteilhafter. Als Mann konnte ich in all den Ländern, durch die ich zog, bei Bauern Arbeit finden, ohne belästigt zu werden. So kam ich nach einem halben Jahr in Konstantinopel an. Ich fand sogar meinen Vater, ein glücklicher Zufall, wie ich dachte. Kaiserliche Soldaten, Engländer übrigens, hatte ich nach einem englischen Söldner, einem Bogenschützen, gefragt. Von ihnen erfuhr ich, dass mein Vater eine wohlhabende byzantinische Frau geheiratet und zwei kleine Söhne hatte.

Es war ein Schock. Er war doch schließlich immer noch mit meiner Mutter verheiratet.

Ich musste es allerdings glauben, als mir die Byzantinerin die Tür öffnete mit einem Säugling im Arm.

Mein Vater sah zu Tode erschrocken aus, als er mich erkannte. Doch dann fasste er sich, tat so, als freute er sich, allerdings, ohne mich der Frau vorzustellen, die natürlich kein Englisch verstand. Er sagte, er habe mich all die Jahre sehr vermisst, aber leider müsse er zum Dienst und ich sollte ihn den nächsten Tag wieder besuchen kommen. Verschmitzt lächelnd, setzte er hinzu: ›Wenn du es geschafft hast, alleine nach Konstantinopel zu wandern, so wirst du auch alleine den Weg zu deiner Herberge finden.‹

Er begleitete mich noch ein Stück des Weges, dann verabschiedete er sich und war in dem Gewühl von Menschen, Karren, Pferden und Waren verschwunden.

Ich war ziemlich niedergeschlagen, als ich durch die engen, dämmrigen Straßen zu meiner Schlafstelle ging. Sie lag, weit ab von den weiten, prächtigen Plätzen, in einem düsteren Viertel am Hafen. Mir war bang zumute, ich fühlte etwas Bedrohliches, als ich an Lagerhäusern die immer enger zulaufende Gasse entlangeilte. Ich blickte mich mehrmals um, sah aber niemanden. Da, eine Hand, ich wurde in eine Toreinfahrt gezerrt.

Mein Vater! Er packte mich bei meiner Kehle und drückte zu. Ich wehrte mich und presste ihm meine Daumen in die Augen.

Er ließ mich los und ich floh. Es war mir, als würde ich das Hallen meiner Schritte auf den Pflastersteinen hören, obwohl die dünne Ledersohle meiner Schuhe natürlich fast lautlos war.

Den Kummer nach dieser Begegnung erspare ich mir, Euch zu erzählen. Was aber sollte ich tun? Ich wagte nicht, zu der Herberge zurückzukehren, um meine Sachen zu holen. Ich hatte kaum noch Geld. Wovon sollte ich leben, das war meine dringendste Frage.

Als junger Mann betteln? Da ich kein Leiden hatte und kein Krüppel war, hätte ich wohl wenig Erfolg. Als junge Frau betteln? Das kam nicht infrage.

Ich beschloss, Reisende für Geld durch Konstantinopel zu führen, als Mann. Dazu musste ich zunächst selber die Stadt kennenlernen. Von meinem letzten Geld ließ ich mir die Sehenswürdigkeiten Konstantinopels zeigen und erklären.«

»Und wie seid Ihr an die Fremden gekommen?«

»Oh, das war nicht schwer. Ich habe mich morgens vor eine der Herbergen gestellt, die von Engländern und Franzosen bevorzugt wurden, und gewartet. Die Reisenden waren erleichtert, einen Engländer als Fremdenführer nehmen zu können, denn sie misstrauten den Byzantinern und hatten ständig Angst, überrumpelt und übers Ohr gehauen zu werden. Auf diese Weise habe ich gutes Geld verdient, so gut, dass ich mir ein Zimmer in einem Wohnhaus an einer der Hauptstraßen mieten konnte. Ihr versteht, das war lebensnotwendig für mich, dass ich ein Zimmer für mich allein hatte.«

»Habt Ihr denn nie überlegt, wieder eine Frau sein zu wollen?«, fragte nun Alice. »Habt Ihr nie einen Mann gut leiden können?«

»Ob ich mich mal verliebt habe?«

»Ja«. Alice nickte. »Ich mochte das nur nicht so ausdrücken.«

»Hm«, antwortete die andere und beobachtete mit wachen Augen eine Gruppe weiß gekleideter Priester, die an ihnen vorüberzog.

»Ich habe tatsächlich einen Mann geliebt, den Sohn des Bogenmachers. Wir haben uns bisweilen zum Bogenschießen getroffen. Je länger und besser ich ihn kennenlernte, desto mehr war ich versucht, ihm einfach zu erzählen, dass ich eine Frau bin.

Andererseits war ich mir unsicher, ob er mich nach einem solchen Geständnis noch mögen würde. Ich wagte also nicht, offen mit ihm zu reden. Um seine Meinung zu erkunden, kam ich auf die Amazonen zu sprechen, Ihr wisst, das sind Frauen, die kämpfen wie Männer. Seine Haltung zu Krieg führenden Frauen, zu Frauen überhaupt, die mit Waffen umgehen können, versetzte mir einen Schlag. Ich war wie erstarrt und er stellte nur fest, ich hätte noch nie so schlecht geschossen und brach das Üben für den Tag ab.

Das war das letzte Mal, dass ich ihn sah. Von da an habe ich meine Bogen woanders gekauft.

Mit der Zeit tat es auch weniger weh. Liebe, was ist das schon. Man kann sie nicht essen, nicht trinken, sich nicht mit ihr kleiden. Man braucht sie eigentlich nicht, um angenehm zu leben. Liebe ist vergänglich und bereitet nur Schmerzen. Oder? Lasst,

Ihr braucht es nicht zuzugeben. Die einzige Liebe, die uns sicher ist und die niemals aufhört, ist die Liebe zu Jesus Christus.«

Josephine machte in ihrer Rede eine Pause und überließ Alice ihrem Nachdenken.

»Mit der Erkenntnis«, fuhr sie endlich fort, »dass unsere innere Ruhe im Heiland zu suchen und zu finden ist, überkam mich die Reue, meiner Mutter Kummer bereitet zu haben.

Auch ich hatte meiner Mutter insgeheim die Schuld für die toten Kinder gegeben, auch ich hatte sie ohne Abschied verlassen. Ich erkannte zu meinem Entsetzen, dass ich meinem Vater ziemlich ähnlich bin. In Jerusalem, so hoffte ich, könnte ich für meine Schuld büßen, in der Heiligen Stadt wollte ich Gott um Vergebung bitten und anschließend nach England zurückkehren.

Jerusalem liegt ziemlich in der Nähe von Konstantinopel, von England aus betrachtet«, fügte Josephine schmunzelnd hinzu. »Das muss man ausnutzen. Womit ich nicht gerechnet hatte, dass es auch mich trifft, das waren Piraten.

Wir waren schon auf der Höhe von Zypern, da wurde unser Schiff überfallen. Ich habe mindestens fünf Piraten abgeschossen. Doch das Schiff wurde geentert, im Nahkampf waren wir unterlegen. Die Frauen wurden von den Piraten auf dem Sklavenmarkt verkauft, wir Männer gerieten in die Gewalt des Emirs von Tripolis, für den wir schwer schuften mussten. In der Gefangenschaft war es mir unmöglich, auf Dauer zu verbergen, dass ich eine Frau bin. Ich hatte große Angst, als es mir nach Frauen Art ging. Ich habe meine Mitgefangenen angefleht, mich nicht zu verraten. Die Männer hatten Erbarmen mit mir, sie verlangten allerdings, als wir durch euch befreit wurden, dass ich den Heerführern mein wahres Geschlecht bekenne.«

»Und nun? Wie wollt Ihr weiterleben? Als Mann oder als Frau? Wollt Ihr wie ein Mann in der Schlacht um Jerusalem kämpfen?«

»Ich bin begierig darauf.«

»Belagerungen sind schwierig«, gab Alice zu bedenken.

»Jerusalem ist berühmt und berüchtigt dafür, dass es uneinnehmbar sein soll. Ich befürchte, viele von uns werden sterben.«

»Ihr aber gewiss nicht?«, fragte die Bogenschützin. »Habt Ihr denn schon an Kampfhandlungen teilgenommen? Nach drei Jahren bewaffneter Pilgerfahrt müsstet Ihr Erfahrungen gesammelt haben, auch wenn Euer, wie soll ich ihn nennen, Euer Ritter von Krieg führenden Frauen nichts hält.«

»Natürlich habe ich das. Ich habe den Männern Wasser an die Kampflinie gebracht. Nachts war ich mit anderen Frauen zur Bewachung des Lagers eingeteilt. Einmal«, Alice lachte stolz und vergnügt, »haben wir mit unserem Geschrei und unseren langen Messern drei Türken in die Flucht geschlagen, sie sogar noch verfolgt und einen ziemlich verletzt.«

»Alle Achtung«, lobte Josephine von oben herab.

Alice schluckte. Spitz entgegnete sie: »Was werdet Ihr denn machen, nachdem wir Jerusalem erobert haben? Werdet Ihr Euch irgendwo als Söldner verdingen?«

»Ich kämpfe für Jesus Christus«, belehrte sie die Bogenschützin. »Wenn ich die Belagerung überlebe, werde ich nach England zurückkehren, mich mit meiner Mutter versöhnen, sofern sie noch lebt, und versuchen, in das Heer des Königs einzutreten. Wenn dies nicht möglich sein sollte, gehe ich ins Kloster, aber als Bruder Joseph.«

Sie erhob sich.

»Einen Augenblick«, hielt Alice sie zurück. »Was ich noch sagen wollte, der Ritter, wie Ihr ihn nanntet, er ist übrigens der Graf von Baerheim, weiß unsere Lage sehr genau einzuschätzen. Wir brauchen für die Eroberung Jerusalems jeden Bogenschützen, ob Mann oder Frau.«

Es war bereits der 30. Mai, als im Morgengrauen die Zelte vor Caeserea abgebrochen wurden. In gewohnter Marschweise setzte sich der Pilgerzug in Bewegung, in der Mitte die Frauen und Kinder mit dem ganzen Tross sowie die Ritter, um die

Pferde vor etwaigen Angriffen zu bewahren, und außen die Bogenschützen.

Es war heiß geworden, die Rüstungen viel zu schwer. Die meisten Ritter hatten ihre Helme abgenommen, weil die Hitze darunter unerträglich wurde. Landeinwärts bot der niedrige Kiefernwald mit seinem trockenen Holz keinen Schatten und auch das Meer, an dem sie entlanghetzten, bot keine Kühle. Alice schwitzte, es klebten ihre Kleider am Leibe, und sie musste es zugeben, dass sie es noch weitaus angenehmer hatte als die Menge, die im staubigen Sand beinahe knöcheltief versank. Offenbar hielten die Heerführer diesen Abschnitt des Weges für besonders gefährlich, denn es wurde nicht ein einziges Mal angehalten. Alice behielt ihr Kind bei sich, weil sie das rote, schweißnasse Gesicht der Kinderfrau beunruhigte. Einmal kam Bernhard zu Alice herangeritten und bemerkte:

»Wenn die Feinde den Wald anzünden, die ägyptische Flotte auftaucht, die ständig im Mittelmeer kreuzt, und die Garnisonen von Caeserea und Arsuf uns angreifen, dann überlebt das keiner von uns.« Alice hatte Ähnliches empfunden und gedacht; der Brand der Sträucher und des Grases vor Antiochia und das qualvolle Sterben der Männer waren ihr nur noch zu gut in Erinnerung. Nur keine Zeit verlieren, nur weiter, weiter und hoffen, dass sie unbehelligt an Arsuf vorbeikämen.

Endlich. Ein Blick zurück zum Meer. Der ganze Zug, Tausende von Menschen schwenkten landeinwärts, verließen den Küstenstreifen, die letzte Etappe ihrer Pilgerfahrt hatte begonnen.

Alice wie wohl jeder bangte Ramla entgegen, der einzigen Stadt, die nur von Muslimen bewohnt war. Wie viele andere Frauen schlug sie müde am Abend ihr Zelt im Wadi Djudâs auf, etwas beängstigt, ob die Muslime sie nicht, wenn sie schliefen, überfallen würden.

Zu ihrer Erleichterung blieb die Nacht ruhig. Doch kurz nach Sonnenaufgang wurde Alice von der Unruhe im Lager geweckt.

Als sie ziemlich verschlafen aus ihrem Zelt trat, sah sie Bernhard zusammen mit anderen jungen Männern laut rufend von ihrer Erkundung zurückkehren. Sie verkündeten, die Moslems seien geflohen, die ganze Stadt sei menschenleer, alle sollten sich aufmachen. Wein gebe es in Hülle und Fülle. Jubel brach aus. Die Menge erhob sich, brach die Zelte wieder ab, jeder raffte seine Sachen zusammen und nahm sein Bündel. Die Aussicht, die müden, zerschundenen Glieder in Betten ausruhen zu können, erfüllte alle mit Begeisterung.

Bernhard flüsterte Alice zu: »Ich habe einen Raum für uns in einem Obergeschoss. Kaspar habe ich dagelassen, damit niemand uns den wegnimmt. Komm.«

Vorbei an der noch eilends von den Moslems verwüsteten St.-Georgs-Kirche von Lydda machten sie sich auf in das unversehrte Ramla. Die Stadt schien zu Recht Klein-Damaskus genannt zu werden. Prächtige Häuser, Basare, Moscheen, Minarette beeindruckten die keine Annehmlichkeiten gewohnten Pilger und vermehrten ihren Stolz, die Stadt eingenommen zu haben.

Alice und Bernhard betraten durch einen Torbogen ein Haus in einer Nebenstraße, in dessen Innenhof ein Brunnen plätscherte und Zitronenbäumchen blühten. Alice war aufgeregt, als kennte sie Bernhard nicht schon seit Jahren. Erwartungsvoll, fast als sei es das erste Mal, stieg sie die kaum erleuchtete Treppe hinauf. Bernhard öffnete die Tür zu einem Schlafgemach, das auf den ersten Blick Alice wie das in Ikonion erschien mit dem breiten Bett, den Kordeln und Bändern an der golddurchwirkten Überdecke, den Kerzen und den mit Intarsien verzierten Möbeln. Schmuck und Geld und sonstige Kostbarkeiten hatten die früheren Bewohner allerdings mitgenommen, wovon die noch immer geöffneten Kästen und Truhen zeugten. Bernhard erteilte Kaspar Anweisungen, er habe jeweils zu klopfen und die Mahlzeiten vor die Tür zu stellen. Alice übergab der Kinderfrau den kleinen Hanno. Sie sollte das Kind in der Zwischenzeit versorgen und es nur zum Stillen bringen.

Dann schloss sich die Tür und Alice und Bernhard waren allein. Er kam sofort auf sie zu und küsste, entkleidete sie und drängte sie auf das Bett. Alice zog auch ihn aus, erregt von dem Verlangen, ihm in allem zu Gefallen zu sein.

So ward es Abend und Morgen, ein neuer Tag, nur unterbrochen von dem Gang zum Weihgottesdienst, der anlässlich der Ernennung des Priesters Robert von Rouen zum Bischof von Ramla feierlich zelebriert wurde. Hastig kleideten sie sich an, standen während der Messe, wie es sich für ihren Stand schickte, weit voneinander entfernt, um wieder flugs zueinander in ihr Paradies zu gelangen. Nur flüchtig wurde Alice von den Gedanken gestreift, dass ihr Tun Sünde wäre. Allerdings ergriff sie in ihrer Glückseligkeit bisweilen die Angst, die Angst um Bernhard, die Angst vor dem Verlust, die Angst vor Jerusalem, dem Ziel und der Erfüllung aller Wünsche und Sehnsüchte, ihrer aller Hoffnung.

Es war in der Nacht vor ihrem Aufbruch, Alice lag eng an Bernhard geschmiegt in seinem Arm, als sie ihn fragte:

»Woran denkt Ihr?«

»An meine Grafschaft in Bayern«, antwortete er, ohne zu zögern. »Ich sehe da Schwierigkeiten auf mich zukommen. Es handelt sich zwar um ein erbliches Lehen, jedoch bin ich dazu verpflichtet, in kürzester Zeit nach dem Erbfall, nach dem Tod meines Vaters, ins diutsche landt zurückzukehren und mein Lehen zu empfangen. Der Weg ist zwar weit, aber eine schnelle Reise ließe sich nach der Eroberung Jerusalems schon einrichten.

Jedoch, da sitzt der Haken, ist mein Lehen größtenteils verpfändet, an deinen Onkel übrigens, an das Kloster, und ich muss, um es auszulösen, Schätze, die ich noch nicht einmal habe und von denen ich nicht weiß, ob und wie ich an sie herankommen soll, also diese Schätze muss ich von Jerusalem über Italien nach Bayern schaffen. Bis ich aber die Reichtümer erworben und sie auf ein Schiff verladen und dann mühsam und zeitaufwendig durch Italien transportiert habe, ist es Herbst und der Brenner unwegsam, verschneit, unpassierbar. Ohne meine Aufsicht kann ich aber mein Hab und Gut nicht lassen, es wird mir gestohlen, ich traue niemandem.« Er seufzte schwer.

»Dazu kommt, ich habe gehört, dass auf Wunsch des Kaisers seinem ältesten Sohn Konrad das Königtum und Erbe aberkannt und sein jüngerer Sohn statt seiner im Januar zum König in Aachen gekrönt wurde. Der ist aber wohl erst 13 Jahre alt. Was wird nun aus meinem Lehen? In unserer schönen Heimat herrscht Chaos.«

Wie in meiner Seele, dachte Alice.

»Du liebst mich nicht«, fasste Alice seine Rede zusammen und duzte Bernhard zum ersten Mal in ihrem Leben.

Bernhard zuckte zusammen.

»Nach diesen drei Tagen und Nächten«, fuhr sie unbeirrt fort, »nachdem wir ebenso beieinander waren, wie es nur Eheleuten gestattet ist, fällt dir nur dein Lehen ein. Wenn du an den Tod denken würdest, der dir bei der Belagerung Jerusalems droht, ich könnte es verstehen. Auch ich fürchte, dass du noch ganz kurz vor der Eroberung der Heiligen Stadt sterben könntest.«

Alice hatte sich aus seinem Arm gelöst und blickte Bernhard jetzt an.

»Du hast mich nie geliebt«, wiederholte sie ihre Anschuldigung.

»Du hast Begierde, Leidenschaft für mich empfunden und anfangs nicht einmal dies. Nie werde ich deinen Blick am Abend bei der Essensausgabe im Herbst in Serbien vergessen, als du am Baum lehntest und mich abschätztest. Gib es zu, du wolltest eine Frau zum ... Also, du wolltest eine Frau und begutachtetest mich, ob ich dazu geeignet sei. Ja, ich hatte keine Verwandten weiter, nur einen Vater, der schon krank vor Zahnschmerzen war, ich war nicht verheiratet, es würde als keine Schwierigkeiten mit einem Ehemann geben, ich war Jungfrau und habe dir gefallen. Das war Kalkül, das war Berechnung, das war verabscheu ...«

»Alice«, unterbrach Bernhard sie. »Bereust du, mich zu lieben?«

Alice war fassungslos. Sie dachte nach.

»Nein, ich bereue es nicht, dich zu lieben. Das ist die Sünde, dass ich es nicht bereue. Wir sind Pilger Gottes, wir sind, solange wir Pilger sind, im geistlichen Stand. Wir dürfen nicht miteinander schlafen, wir dürfen nicht einmal daran denken. Das ist das Furchtbare, dass sogar im Gebet, beim Singen der Psalmen, bei der Messfeier mein Herz oftmals von wollüstigen Bildern so eingenommen ist, dass ich darüber die Anbetung Gottes vergesse. Ich sollte über die Sünden klagen, die ich begangen habe, und fürchte doch nichts so sehr, als dass ich sie eines Tages, schon bald, nicht mehr begehen kann.«

»Alice«, sagte Bernhard und berührte sanft ihren schönen Arm. »Du bist nicht Eva, die den Mann verführt und ins Verderben stürzt. Auf dir liegt nicht der Fluch deines Geschlechts. Auf mir allein liegt die Schuld und Gottes Zorn. Du hast recht, ich war es, der dich schamlos verführt hat. Du warst 15 Jahre alt, als du das Kreuz nahmst, und engelsgleich. Unschuldig hast du Passau verlassen und erreichst Jerusalem als Sünderin. Doch ich hoffe, ich bete, dir mag vergeben werden, denn du hast ein Kind empfangen. Ich aber habe die weitaus größere Schuld auf mich geladen. Nicht nur, dass ich deine Unschuld missbraucht habe, sondern ich habe mich als Gott aufgespielt, als ich dir versprach, dich lebendig und gesund nach Jerusalem zu führen. Jetzt, da fast alle tot sind, die vor drei Jahren mit uns die Pilgerfahrt begonnen haben, weiß ich, welch maßlose Selbstüberhebung in dem Versprechen lag.

Ich bereue es und werde in Jerusalem für meinen Frevel büßen.

Doch dann denke ich bisweilen, dass ich nur Gottes Werkzeug bin, dass meine Begierde nichts als ein Mittel war, um dich zu beschützen, um dich aufzuheben für etwas Großes, was Gottes Wille ist.«

Fassungslos sah sie Bernhard an. Wie konnte er nur ... Dann nahm sie sich zusammen und entgegnete:

»Mein Wille ist es nicht, etwas Größeres vor Gott zu sein,

als ich bin. Und was ich bin, ist dir nicht genug.« Alice hatte sich nun ganz aufgesetzt und die Decke über die Brust gezogen.

»Was aber Euch betrifft, so habe ich nie geahnt, dass Ihr Euren Schutz als Frevel versteht. Ihr seid Ritter und zum Schutz der Schwachen und Wehrlosen berufen. Nur mich habt Ihr nicht vor mir selbst geschützt.« Sie lachte bitter. »Um Euer Seelenheil aber braucht Ihr Euch gewiss nicht zu sorgen. Schließlich hat uns der Papst die Generalabsolution versprochen, sodass uns alle irdischen und himmlischen Strafen erlassen werden.«

Sie erhob sich, ohne darauf zu achten, dass Bernhard sie mit einem werbend gesprochenen »Alice« zurückzuhalten versuchte.

Entschlossen, sich von Bernhard fern zu halten, zog sie sich an und verließ den Raum. Beim Hinausgehen hörte sie das leise Klimpern der winzigen Glöckchen und Perlen an ihrem Ohrgehänge.

Von draußen erschallten zum letzten Mal die Hörner zum Aufbruch.

Entschlossenheit zu zeigen, dafür bot sich keine Gelegenheit.

Bernhard war zusammen mit Balduin von Le Bourg und Tankred, ritt zwischendurch sogar einmal an Herzog Gottfried heran und sprach mit ihm, so vermutete Alice, über sein kleines, ihm zustehendes Lehen in Niederlothringen, das er sicher noch vor der Eroberung Jerusalems aus den Händen des Heerführers erhalten wollte.

Alice selbst fühlte sich elend. Sie ging zu Fuß, das Pferd am Zügel, das Kind auf dem Rücken. Ihre Stute lahmte, seitdem sie das Pferd bei ihrer Ankunft in Ramla Kaspar übergeben hatte. Der Junge versicherte, er habe keine Ahnung, wie das passiert sei, und sah sie dabei mit seinen schönen dunklen Augen fest und treuherzig an. Alice glaubte ihm kein Wort. Die Kinderfrau neben ihr keuchte in der morgendlichen Hitze, denn auch sie ging zu Fuß. Bernhard hatte in aller Eile ihr Pferd an einen Ritter verkauft, dessen Hengst sich bereits auf dem Gebirgspass, der Leiter von Tyros, das Bein gebrochen hatte und getötet werden musste.

Um Alice herum, Menschen, vor allem Frauen, an deren Schweißgeruch Alice nicht vorbeiriechen konnte. Auch sie fand, dass sie stank, obwohl Bernhard in ihrer Liebesgrube durchaus täglich für Wasser hatte sorgen lassen. Beim Gehen fasste sie möglichst unauffällig hinten an ihren Rock, ob die Feuchtigkeit allmählich durchsickerte. Zu ihrer Erleichterung war noch nichts zu fühlen. Offenbar war sie nicht schwanger, was auch wegen des Stillens unwahrscheinlich, aber nicht ausgeschlossen war. Ob sie darüber erleichtert oder betrübt sein sollte, wusste sie nicht so genau. Vielleicht hätte ein zweites Kind sie noch stärker an Bernhard gebunden, vielleicht aber auch nicht. Weit vor sich sah sie Elvira von Léon-Kastilien, Gräfin von Toulouse, aufrecht auf ihrer weißen Stute reiten. Sie müsste bald mit ihrem Kind niederkommen. Sterndeuter, so wurde erzählt, hätten ihr prophezeit, sie würde einen Jungen gebären. Alice wollte an etwas anderes denken.

Von überall hörte sie das Getuschel, das erbittert und zornig gesprochene Wort »Ägypten!«

Eine Gruppe verwahrlost aussehender Kinder schrie im Staccato: »Ägypten, Arsch – Arsch!« Das Geschrei galt einem Vorschlag, von wem auch immer er geäußert sein mochte, aber natürlich kam dafür nur Graf Raimond von Toulouse infrage, also die Entrüstung galt dem Vorschlag, nach Ägypten abzuschwenken, das ägyptische Heer anzugreifen und erst, wenn dieses geschlagen worden sei, nach Jerusalem zu pilgern, um es zu erobern. So kurz vor Jerusalem, nur eine, höchstens zwei Tagesreisen entfernt, das ersehnte Ziel aufgeben, für das man alles geopfert hatte, das war Schikane, das war Wahnsinn, das war Gotteslästerung!

Die anderen Heerführer hatten diesem Plan nicht zugestimmt, Gott sei Ehr' und Preis.

Doch Alice fühlte es mehr, als dass sie es dachte, so ein Marsch nach Ägypten hätte ihr Aufschub gegeben, hätte ihr

Bernhard länger erhalten. Nein, im Gegenteil, ein Angriff auf das ägyptische Heer hätte ihn ihr für immer genommen. Die wenigen, die von den Tausenden von Rittern und Fußsoldaten noch am Leben waren, wären alle umgekommen. Keiner der Männer hätte den Kampf überlebt. Für sie, Alice, hätte es Sklaverei bedeutet. Als Sklavin hätte sie jedenfalls nie wieder darüber nachdenken müssen, was sie nach Jerusalem mit ihrem Leben beginnen sollte.

Welch schändlicher Unsinn! Alice biss sich auf die Lippen. Wie konnte sie nur einen Augenblick so etwas in Erwägung ziehen, wie so etwas Teuflisches wünschen! Wie schlecht musste es ihr gehen, wie ausweglos ihre Zukunft sein, dass ihr solch ein Gedanke überhaupt kommen konnte.

Hinter sich hörte sie Pferdegetrappel. Es war Martin, der auf Rab saß, zu ihr heranritt, ihr einen guten Morgen wünschte und im leichten Galopp weiter nach vorne zu den anderen Rittern strebte.

Auf Rab! Auf ihrem Rab!

Alice stieg die Galle hoch.

Zu Beginn der Pilgerfahrt war er der Knecht und sie die Herrin. Und nun?

Hatte er nicht unaufhaltsam gewonnen, seitdem er das Kreuz genommen hatte? Wie von Zauberhand war er mit Ehren und Gütern gesegnet worden. Angefangen mit den Kleidern, die der Abt ihm in Alice' Elternhaus geschenkt hatte, ausgestattet mit Geld vom Kloster, mit dem er nach seinem Krankenaufenthalt dort versehen worden war, erhöht durch das großzügige Geschenk des Schwertes, das einem Grafen gebührt hätte. Sein Geld aber brauchte Martin gar nicht anzurühren, jedenfalls nicht, solange er noch in Bischof Adhémars Diensten stand. Alice war fest überzeugt, dass Martin noch immer mehr Geld zur Verfügung stand als Bernhard. Denn es war ganz klar, die Schätze, die er aus Edessa mitgebracht hatte, waren so wertvoll nun auch wieder nicht, dass man bei diesen überhöhten Preisen längere Zeit davon hätte leben, geschweige denn eine

Schiffspassage nach Italien bezahlen oder gar eine Burg hätte auslösen können. Vor nichts aber graute Bernhard so sehr als vor dem Augenblick, wenn er das Geld, sein allerletztes Geld, ausgegeben hätte.

Missgünstig sah sie Martin nach. Er hatte es weitaus besser als Bernhard, der eigentlich nichts besaß als seine Kampffähigkeit. Martin konnte sich bei einem Herrn als Ritter verdingen, er konnte Sekretär bei einem Herzog, möglicherweise sogar bei Kaiser Heinrich werden, er könnte hoch hinaufsteigen. – Bernhards Lehen jedoch war weitgehend an das Kloster verpfändet. Was wäre, wenn er es nicht auslösen könnte? Würde gar das Kloster mit Bernhards Ländereien belehnt? Es überkam Alice heftige Reue, dass sie ihn so hart angeklagt hatte, er liebe sie nicht, während er sich zu Recht Sorgen um seine Grafschaft machte.

Wer aber war Herr des Klosters, wer hatte Bernhard geschröpft? Der Abt! Und wer war der Abt? Mit einem Mal wurde ihr klar, was ihr seit Monaten hätte bewusst sein können, ja bewusst sein müssen.

Der Abt war Martins Vater!

Alice fühlte sich verletzt, hintergangen und betrogen. Sie wusste nicht genau, worin der Betrug lag. Fest stand, der Abt war der große Gewinner, er triumphierte über ihren Vater, über Bernhard. Das war seine späte Rache. Wie sie ihn verabscheute!

Zugleich war sie dem Weinen nahe. Der Junge drückte schwer auf ihrem Rücken, er war aufgewacht und fing an zu quengeln. Sie hatte Durst, das Kind musste gestillt werden. Hanno Wasser zu geben, getraute sie sich nicht. Nichts war unsicherer, gefährlicher als Wasser, von dem man nie so genau wusste, ob es verdorben war, auch wenn es noch nicht faulig roch. Trotzdem, sie brauchte dringend Wasser. In ihrer Enttäuschung und ihrem Zorn auf Bernhard hatte sie zu wenig Wasser in ihre Flasche gefüllt, jetzt aber lechzte sie danach fast so wie die Pferde. Wenn die Heerführer nur endlich Halt machen würden. Aber Alice sah es selbst, hier am Rande des Gebirges, hier, wo der

Aufstieg nach Jerusalem begann, hier gab es kein Wasser, nichts als trockenes Gestein.

Alice beobachtete, wie die Heerführer mit dem alten, würdevollen Sarazenen, der sie seit Tripolis treu und ohne Falsch sicher geleitet hatte, mittels des Ritters Herluin sprachen. Der Sarazene zeigte nach oben, ins Gebirge. Und bald ging ein freudiges Rufen durch die Reihen der Pilger. Kinder, Frauen und Männer gewannen neue Kraft. Wasser gäbe es. Wasser gäbe es in Emmaus. Das Wort ›Emmaus‹ ging wie süßer Wein über die Lippen der Menschen. Nach drei Jahren ein Ort, wo Jesus wirklich gewesen war. Psalmen, Hymnen erklangen. Die Hitze, die Müdigkeit, der Durst waren unwichtig. Jesus Christus war das Ziel aller Seligkeit.

Alice schüttelte den Staub von ihrem Rock, nahm den Jungen in ihren Arm und flüsterte liebkosend:

»Wir gehen nach Emmaus, Hanno. Da ist der Herr seinen Jüngern erschienen, unser Herr Jesus Christus. Du verstehst das noch nicht. Aber es ist wunderbar, dass wir dort Wasser finden werden.«

Das Pferd übergab sie der Kinderfrau, setzte dann den Jungen sogar auf ihre Schultern, ermahnte ihn: »Gut festhalten« und ging raschen Schrittes voran.

Jesu Gang von Jerusalem nach Emmaus. Kaum eine biblische Geschichte hatte Alice als Kind so gerne gehört wie diese. Lebhaft und deutlicher als ihre tatsächliche Umgebung sah sie die Bilder vor sich: den Gekreuzigten, den Totgeglaubten, wie er in dieser kargen Gebirgslandschaft zwei Jüngern begegnet. Niedergeschlagen, verzagt, hoffnungslos gehen sie den steilen, steinigen Weg herab von Jerusalem. Unerkannt tritt Jesus an sie heran, gesellt sich zu ihnen, fragt wie ahnungslos:

›Was sind das für Dinge, die ihr miteinander verhandelt unterwegs?‹

Da bleiben sie traurig stehen und antworten verwundert:

›Bist du der Einzige unter den Fremden, der nicht weiß, was in diesen Tagen geschehen ist?‹

Jesus aber fragt: ›Was denn?‹

Sie erzählen dem Unerkannten von der Kreuzigung, von Jesu Tod, vom leeren Grab und ihrer Hoffnung, er wäre ein Prophet gewesen und werde Israel erlösen. Nun sei er hingerichtet worden. Es sei wohl doch nichts gewesen mit Jesus.

Der Unbekannte hört sich ihre kummervollen, ihre verzweifelten Worte in Ruhe an und dann legt er ihnen das Wort Gottes aus, erklärt, dass der Messias *leiden musste*. Der leidende Sohn Gottes am Kreuz, am Erleiden erkenne man den Retter, den Heiland.

Es wird Abend. Jesus stellt sich, als wolle er weiterziehen. Die beiden Jünger bitten den Fremden, ins Haus zu treten und mit ihnen zu essen.

›Bleibe bei uns, denn es will Abend werden und der Tag hat sich geneiget.‹

Wie oft hatte Alice diese Worte gebetet und gehofft, Jesus möge sie in der Nacht mit seinen Engeln beschützen.

Jesus setzt sich zu den beiden Weggefährten an den Tisch, spricht das Dankgebet, bricht das Brot und gibt es ihnen. Da, da endlich erkennen seine Jünger ihn, Jesus, ihren Herrn.

In jenem Augenblick aber entschwindet Jesus.

Alice war es immer ganz wohl und seltsam geworden, wenn sie diese Geschichte hörte. Das Geheimnis, der Fremde, der sich nicht zu erkennen gibt und doch der Geliebte ist. Das Schöne daran war, so fand sie es immer, dass Jesus die Bibel auslegt, eigentlich gar nichts Wunderbares tut, nicht mit Blitzen um sich schlägt, nichts Übernatürliches vollbringt, sondern einfache Worte spricht. Er erzählt von Ereignissen, Vorausdeutungen, Zeichen, die den Jüngern seit ihrer Kindheit vertraut waren. Es ist auch nichts Außergewöhnliches, was Jesus tut, damit sie ihn erkennen. Das Brot zu brechen, war so notwendig wie alltäglich. Es war nicht die Kraft des Mutes, der Waffen, der Wunder. Das Brot brechen, das Brot geben, das kann jede und jeder, das tat sie jeden Tag, ihrem Sohn das Brot brechen. Gemeinsam am Tisch zu sitzen, zu essen, das ist Friede. Wann hatte sie es das letzte Mal getan, am Tisch in Frieden zu sitzen, wenn es allmählich Abend wird und der Tag sich neigt. Irgendwann, es lag weit zurück, irgendwann an einem Sommerabend mit Martin. Natürlich nicht nur mit ihm, sondern mit ihrem Vater, Martha, den Schreibern und dem Gesinde, das sich zur Abendandacht versammelt hatte. Irgendwann früher einmal in Passau hatte sie Frieden gekannt.

Das war alles vergangen. Wirklichkeit war, dass sie jetzt ein Kastell erreichten, das Emmaus genannt wurde, wo aus zwei der vielen Quellen sogar warmes Wasser sprudelte und es genug Futter für die Pferde gab. Ehrfürchtig ging Alice durch den Ort, blieb vor der zerstörten Basilika stehen, deren mächtige, hohe, aus gewaltigen Steinblöcken bestehende Mauern in den Himmel ragten. Da fände sie einen Augenblick Ruhe. Zusammenbrechen würde die Ruine wohl nicht. Alice blickte nach oben, sah die Vögel auf dem oberen Mauerwerk sitzen, davonfliegen und sich wieder niederlassen.

Mit ihrem Kind auf dem Rücken betrat sie die Kirche, ging über den Mosaikfußboden durch das breite Kirchenschiff zur Hauptapsis. Vor der Bank für die Kirchenältesten ließ sich ein weißbraun geschecktes Kätzchen von der Sonne wärmen. Hanno hockte sich dazu, freute sich und streichelte zärtlich das Tier. Das Kätzchen ließ es sich gefallen, lag auf dem Rücken, ließ sich kraulen, bis es plötzlich aufsprang und davonlief. Alice nahm ihren Sohn in den Arm, entblößte ihre Brust und stillte ihn. Ganz ruhig wurde sie dabei, als gäbe es keine Waffen, keinen Kampf, keine Ungleichheit zwischen ihr und Bernhard. Auch Hanno wurde ganz ruhig und saugte hingebungsvoll. Er schlief jedoch, wie sonst so oft, nicht beim Stillen ein, sondern wollte herunter von ihrem Schoß. Alice ließ ihn und so krabbelte Hanno am kaum noch erkennbaren Altar vorbei zum steinernen Bischofssitz, an dem er sich hochzog. Nur sich mit dem Zeigefinger Halt gebend, umrundete das Kind den erhöhten Stuhl, lachte, als er es geschafft hatte, und sah stolz zu seiner Mutter herüber.

»Willst wohl Bischof werden«, schmunzelte Alice.

Sie ging auf den Jungen zu und sagte:

»Komm, lass uns mal sehen, was da hinten ist. Sieht aus wie ein Haus in der Kirche.«

Alice nahm ihren Sohn bei der Hand und ermunterte ihn:

»Du wirst bald alleine laufen können.«

Sie genoss es, die kleine Hand noch in der ihren zu fühlen. Langsam durchquerten sie das mächtige Kirchenschiff und gingen auf eine Steinmauer zu.

Neugierig betastete Alice die Wand, die so aussah, als stamme sie aus einem römischen Haus. Vorsichtig hielt sie Hannos Hand an das Mauerwerk:

»Das war sicher das Haus des Kaiphas. Da ist unser Herr Jesus Christus eingetreten und hat das Brot gebrochen. Hanno, hier ist unser Heiland gewesen.«

Hanno kümmerte sich jedoch nicht um den heiligen Ort, sondern fing an zu weinen.

Der Duft, den er ausströmte, verriet ihr unmissverständlich, der Junge musste gewaschen werden. Da half es auch nichts, dass sie ihn sanft streichelte. Auch sie verspürte den Wunsch, sich zu reinigen.

Alice nahm Hanno auf den Arm, trat aus der Basilika, ging vorbei an einer dreischiffigen Kirche, die wohl nach der Zerstörung der Basilika errichtet worden war. Im Vorbeigehen warf Alice einen scheelen Blick auf das Gebäude, das zu einer Moschee umgewandelt worden war.

Darüber nachzudenken fand sich keine Gelegenheit. Bei ihrer Ankunft war der Ort verlassen gewesen. Nun war er vollgepfropft. Auf den engen Gassen herrschte Gedränge von Frauen mit ihren kleinen Kindern, ziemlich verwahrlosten Jungen und Mädchen, Nonnen, Mönchen, Priestern, Fußsoldaten, Rittern, ihren Bediensteten und Dirnen. Sie alle suchten ein Plätzchen, um sich endlich zu erfrischen und auszuruhen. Bernhard sah sie zusammen mit Balduin von Le Bourg und einigen anderen jungen Rittern auf den Stufen einer Treppe lagern, wie sie aßen und tranken und überhaupt gute Laune hatten. Da war sie sowieso fehl am Platze.

Alice verließ das Kastell, ging ein kurzes Stück auf der staubigen Straße und fand ein wenig abseits vom Wegesrand eine Quelle. Nachdem sie den Jungen gründlich und sich selbst auf die Schnelle gewaschen hatte, ließ sie Hanno noch weiter am Bach mit Wasser planschen. Sie trocknete sein Hemdchen und ihr Unterkleid in der Sonne und setzte sich auf einen Felsbrocken, von dem aus sie auf ihr Kind aufpassen konnte und einen weiten Blick über das abfallende Gebirge auf den Weg hatte. Hanno quietschte vor Vergnügen, während er seinen schwarzen Lockenkopf über das Wasser beugte und mit Steinchen und Stöckchen spielte. Ganz der Vater, dachte Alice, und ein sonderbares Gefühl von Wehmut, Schmerz und Liebe erfasste sie. Vielleicht auch nicht ganz, verbesserte sie sich, denn das widerspenstige Wuschelhaar hatte der Junge von ihr.

Um nicht an Bernhard denken zu müssen, der sie so offensichtlich überhaupt nicht vermisste, blickte Alice in die weite Landschaft.

In der Ferne sah sie Männer auf Eseln heranreiten. Beim Näherkommen stellte Alice fest, dass sie kein Schwert trugen, woraus sie schloss, dass es Christen waren. Die Männer hatten auch Alice bemerkt und sprachen sie an:

»Gottfried von Bouillon?« Alice zeigte in Richtung Emmaus. Die Männer nickten und ritten weiter. Alice sah ihnen verwundert nach, bis sie hinter einer Wegbiegung verschwanden.

Es war noch nicht einmal die Länge einer Mahlzeit vergangen, als Alice die Männer auf ihren Eseln wieder erblickte. Jetzt von Emmaus kommend, ritten sie, so schnell sie konnten, den Weg hinab, schwenkten seitwärts, gefolgt von vielen jungen Rittern, Tankred zusammen mit Balduin von Le Bourg an der Spitze. Alice betrachtete die Reitenden scharf. Trotz des Zwielichts des Abends meinte sie, auch Bernhard und Martin zu erkennen.

Laut hörte sie aus dem entfernten Rufen und Lachen der Männer das Wort ›Bethlehem‹ heraus.

Bethlehem. Heiliges Bethlehem.

Die Begeisterung der jungen Ritter war grenzenlos. Die Abgesandten der Stadt hatten sie, die Retter aus dem Westen, gebeten, zu ihnen nach Bethlehem zu kommen und die rein christliche Stadt zu beschützen. Vor Entzücken hatte Tankred sogleich sein Banner mitgenommen, das er auf der Geburtskirche aufzupflanzen gedachte. Und damit wäre die Stadt sein.

Doch auch wer weniger ehrgeizige Pläne verfolgte, war von einem ungeahnten glutvollen Rausch besessen. Bethlehem. Der Traum weihnachtlicher Nächte, Gesänge und Messen. Maria und Josef auf dem Weg nach Bethlehem. Maria schwanger.

Und dort in der kargen Landschaft tatsächlich die ›Kirche des alten Sitzes‹, des Steines, auf dem Maria gesessen haben sollte, um sich auf dem beschwerlichen Weg nach Bethlehem auszuruhen. Maria mit ihrem Kind, der Stall, die Krippe, die nächtliche Erscheinung am Himmel, der Stern von Bethlehem, alles begeisterte die Männer. Und nun sie, reitend durch die Nacht, mit Fackeln in der Hand. Ein leuchtendes Bild, eine Antwort auf die Sternenerscheinung auf dem Felde. Wie durch ein Wunder verletzte sich keines der Pferde, trotz des Gerölls, trotz des unwegsamen gebirgigen Pfades, trotz der Mondfinsternis, die das Licht des Vollmondes erlöschen ließ.

Eine blutrote Dunkelheit leuchtete bis Mitternacht am Himmel.

Auch wenn Martin ebenso leidenschaftlich wie alle anderen Männer nach Bethlehem strebte, so konnte er doch die weihnachtlichen Hoffnungsbilder nicht hervorlocken.

Bethlehem, das war der Tod. Rahels Grab, an dem er niedergedrückt vorbeiritt. Es hieß, dass christliche, jüdische und muslimische Frauen hierher kamen, um zu beten, wenn sie nicht schwanger wurden oder eine schwere Geburt befürchteten. Es fiel ihm plötzlich auf, dass die Frauen, welchen Glaubens sie auch waren, alle die gleichen Ängste, Befürchtungen und Hoffnungen hatten. Ob Christin, Muslima oder Jüdin, für jede Frau galt das harte Wort Gottes: ›Unter Schmerzen sollst du Kinder gebären‹, für jede galt, die Geburt könnte sie das Leben kosten.

Anders als Alice, die es als Kind mit Beklommenheit gehört hatte, dass Rahel bei der Geburt ihres Sohnes Benjamin gestorben und am Wegesrand begraben worden war, hatte ihn das, solange er in Passau lebte, gleichgültig gelassen. Jetzt aber hafteten Martins Gedanken am fernen Grab vor Antiochia.

Er zuckte zusammen. Wieder der Augenblick, als Theresa geköpft wurde. Wieder der Gedanke an das Kind, sein Kind, das sie unter dem Herzen trug. Was immer ihm durch den Sinn ging, alle Gedanken liefen auf sie hinaus, auf ihren Tod.

Bethlehem aber war nicht nur die Todesstätte Rahels, es war auch der Schauplatz des Kindermordes, der Ort, an dem König Herodes alle Knaben töten ließ aus Angst vor dem neugeborenen König, von dem ihm die Weisen aus dem Morgenland erzählt hatten.

Sterben, Tod, Mord – Martin quälte sich Tag und Nacht. Er war überzeugt, er wusste es genau, auf ihm lag der Fluch der Sünde seiner Eltern bis in alle Ewigkeit. Flüche wirken von selbst. Flüche vergehen nie.

Martin wurde aus seinen trüben Vorstellungen gerissen. Sie hatten die Davidzisterne auf einem Hügel vor Bethlehem erreicht. Man saß ab und lagerte, wurde aber schon in der ersten Morgendämmerung von lautem Singen geweckt. Die Männer erhoben sich und sahen ganz Bethlehem in feierlicher Prozession, Hymnen und Lobgesänge singend, Weihwasser versprengend, mit Reliquien und Kreuzen auf sie zukommen. Die Männer, Frauen und Kinder umarmten die Ritter, küssten ihre Stirn, ihre Augen, ihre Hände und dankten ihnen unter Tränen. Martin hatte derlei noch nicht erlebt. Fremde gaben ihm den Bruderkuss.

Ein sehr bärtiger Priester, dunkel und fremd aussehend, drückte Martin fest an sich und erklärte: »Als wir Eure Pferde hörten, hielten wir Euch für einen Teil des ägyptischen, zur Verstärkung nach Jerusalem entsandten Heeres. Nun, Gott sei Dank, Ihr seid Christen.

Ihr müsst wissen«, plauderte er, »alle Christen Jerusalems sind schon unter Todesandrohung aus der Heiligen Stadt vertrieben worden und zu uns nach Bethlehem geflüchtet. Die Stadt quillt über von obdachlosen Christen, die bei uns Unterkunft und Beistand suchen. Aber wir haben natürlich keine Waffen und können sie nicht beschützen. Aber kommt …«

Der Prozessionszug setzte sich wieder in Bewegung und führte die Ritter aus dem Westen durch eine hügelige Gartenlandschaft mit Weinbergen und Olivenhainen. Bethlehem hatte sich vom Tal her ausgeweitet und erstreckte sich auf die umliegenden Hügel, wie Martin in der aufgehenden Sonne sehen konnte. Singend und Gott lobend zogen die Einwohner von Bethlehem und die fremden Ritter den Hügel hinunter zum Mittelpunkt der Stadt, an dicht gedrängten Häusern vorbei. Auf dem Platz vor der Geburtskirche wimmelte es von Hunderten von Schafen und Eseln, die blökten und schrien, überragt von einigen mageren Kühen.

Martin sah zu der hohen byzantinischen Basilika hinauf, auf deren Giebel in der Morgensonne ein Mosaik erstrahlte. Während er durch ein ausladendes Portal das Gotteshaus betrat, flüsterte der Mönch ihm zu: »Man müsste das Tor endlich einmal verkleinern, damit die Sarazenen nicht mehr hindurchreiten können.«

Die Ritter drängten sich nun in der fensterlosen, von Öllampen und Kerzen erleuchteten Vorhalle, von der wieder reich verzierte Türen abgingen. Durch ein prächtiges, vergoldetes Tor betraten die Männer nach dreijähriger Pilgerfahrt endlich, von Demut, Freude und Leidenschaft erfüllt, die fünfschiffige Geburtskirche, überwältigt von einer Sternendecke, die sich über die heilige Stätte wölbte. Martin blickte hinauf in das Himmelsgewölbe. Goldgrundige Mosaike schmückten die beiden Fensterwände. Zwischen den Fenstern aber schwebten hohe Engelsgestalten, die ihren Blick auf die Grotte richteten, in der Jesus Christus geboren worden war.

Zur Geburtsgrotte, zum Herzen der Christenheit strömten die Ritter und drängten die Treppen hinunter, die zu beiden Seiten des Chores zu diesem Heiligtum hinabführten.

Ausgerechnet neben Bernhard betrat Martin den Raum, in dem Maria ihren ersten Sohn geboren hatte. Wie geblendet vom Schein unzähliger Ampeln, in deren Licht die Marmorwände schimmerten, blieb die vordere Reihe der Männer stehen. Von hinten drückten die anderen Ritter nach, verkniffen sich aber jedes grobe Wort und bestaunten ehrfürchtig den wunderbaren Ort. Betend fielen die Männer auf die Knie, jedoch so, dass sie den Stern von Bethlehem frei ließen. Ihre Kettenhemden klirrten laut, als sie sich erhoben, um die drei Stufen hinab zu der Krippengrotte zu gehen, den Altar der Heiligen Drei Könige zu betrachten wie auch die Krippe, die in den Fels gehauen war. Die Grotte war so eng und klein, dass sie kaum alle darin Platz fanden. Die Luft wurde stickig. Auch ein so heiliger Ort konnte nicht darüber hinwegtäuschen, dass hier Männer standen, die durch Sonnenglut geritten waren und sich meist längere Zeit nicht gewaschen hatten.

Man stürmte hinaus, besonders als die Gastgeber eine üppige morgendliche Mahlzeit in Aussicht stellten. Trotz der Vorfreude auf knuspriges Lammfleisch, Brot und Wein unterdrückte man jedes laute Wort. Aber es war kaum zu überhören, dass an die 100 bewaffnete Männer die Stufen hinaufstürmten und die Basilika ziemlich eilig verließen.

Martin hatte als einer der Letzten schon die Treppe erreicht, da hielt ihn etwas Unnennbares zurück. Er zauderte, wandte sich um und blieb allein in der Geburtsgrotte zurück. Oben in der Basilika hörte er, wie das schwere Tor geschlossen wurde.

Dann war es totenstill.

Es war Martin, als sei er eingekerkert.

Martin sah sich in der Grotte um. In die Felsen waren Nischen gehauen, in denen Öllampen brannten, deren Flammen wie hin und her züngelten. Im Schein des Lichts leuchtete das Altarbild, Maria mit ihrem Kind.

Martin fiel auf die Knie. Tränen liefen ihm über das Gesicht. Er flehte die Mutter Gottes an, wortlos, denn er wusste nicht, worum er bitten sollte.

Er fühlte nicht den harten Boden, nicht die Müdigkeit, nicht den Hunger, nur den Schmerz in sich selbst.

Jedoch unmerklich veränderte sich etwas in der Grotte. Martin hob sein Gesicht und blickte auf. Er atmete einen Duft ein, der sich um ihn ausbreitete, sich zusammenzog und sich an seiner rechten Seite niederließ. Es war der Duft von Lilien.

Es war ihm, als nähme der Duft eine Gestalt an.

Eine Frauengestalt, eine Frau in einem weißen Kleid, das in der Taille durch eine goldene Kordel zusammengefasst war. Eine Frau mit langem, lockigem, rötlich braunem Haar.

Theresa, engelsgleich.

Er spürte die Schönheit der gewandelten Gestalt.

Martin wagte nicht, neben sich zu blicken, er befürchtete, er könnte sich täuschen.

Doch sie sprach zu ihm:

»Ich bin wie die Lilien auf dem Felde. Ich bin geschnitten, aber nicht ins Feuer geworfen.

Dich zu trösten, bin ich gekommen.

Als sie mich auf die Mauer stießen, um mich vor dem gesamten christlichen Heer zu töten, da habe ich nur dich gesehen. Du warst auf die Knie gefallen und ich wusste, du batest Gott um ein Wunder.

Aber das Wunder geschah nicht.

Auch ich habe auf ein Wunder gehofft. Auch ich habe Gott um ein Wunder angefleht, als sie mich entführten, als sie mich in die Kirche des Heiligen Petrus brachten und mich vor dem

Angesicht der Mutter Gottes, der sie die Augen ausgestoßen hatten, misshandelten.

Nicht nur die vier Männer, die mich gefangen genommen hatten, vergingen sich an mir, sondern immer mehr, immer andere schlenderten in die Kirche, grinsend, mich verhöhnend, dich verhöhnend, alle christlichen Männer verhöhnend, die mich nicht beschützt hatten und mich nun nicht befreien konnten.

Der Schmerz war unerträglich.

Ich wusste, unser Kind war längst tot.

Ich wünschte, ich würde das Bewusstsein verlieren. Aber ich blieb bei Sinnen.

Irgendwann in der Nacht geschah es, dass sich meine Seele von meinem Körper trennte.

Es war, als ob sich die Seele vom Körper frei gemacht hätte und nun weit oben von der Mutter Maria aufgehoben und geborgen sei. Es war mir, als wiegte sie mich in ihrem Arm wie ihren Sohn, als er geboren war, als sie ihn in Windeln gewickelt hatte und in eine Krippe legte. Und auch, wie sie ihn in den Armen gehalten haben mochte, als er vom Kreuz genommen war. Mein Leib wurde geschändet, meine Seele konnte nicht mehr geschändet werden, meine Seele war frei.

Als dann der Morgen graute und sie mich aus der Kirche stießen, um mich zu ermorden, als ich die Treppen zur Befestigungsmauer von Antiochia hinaufsteigen musste, die Hände gefesselt, obwohl ich wahrhaftig nicht fliehen konnte, da war meine Seele schon weit von meinem Körper entfernt. Sie konnten nur noch meine irdische Hülle töten, nicht mich selbst.

Doch dann sah ich dich knien. Ich hörte dein Gebet. Das war wie das Blut Christi im Garten von Gethsemane. Du aber, das wusste ich, würdest nicht wie Jesus in seiner letzten Nacht beten: ›Vater, willst du, so nimm diesen Kelch von mir, doch nicht mein, sondern dein Wille geschehe.‹ Du würdest dich nicht Gottes Ratschluss fügen. Wenn ich geköpft würde, und nichts konnte noch meine Hinrichtung abwenden, dann würdest du dich von deinen Knien erheben und Gott anklagen.

Martin, seitdem sie meinem Leben mit dir, unserem gemeinsamen Leben, ein Ende bereitet haben, bin ich um dich, Tag und Nacht. Ich kenne deine Gefühle, deine Gedanken.

Deine Wut, dein Zorn gegen Gott hat sich gewandelt. Du glaubst, du seist von Gott verflucht, von der Zeugung an, von Geburt an, verflucht!

Aber Jesus sagt: ›Lasset die Kinder zu mir kommen, denn ihrer ist das Himmelreich.‹

Jesus fragt nicht zuvor: Wer sind deine Eltern? Haben sie gesündigt?

Er sondert sie nicht aus: Dieses Kind darf zu mir kommen, das andere nicht.

Jesus liebt die Kinder, er ehrt jedes Kind.«

Es war Martin, als fühlte er den Hauch ihrer Lippen. Dann blickte sie wieder zur Mutter Gottes.

»Was mich immer störte, als ich noch lebte, war, wie hart Jesus mit seiner Mutter sprach: ›Weib, was habe ich mit dir zu schaffen?‹ Jetzt weiß ich, seitdem ich dich leiden sehe, nichts haben wir mit unseren Eltern zu schaffen. Die Sünde der Eltern überträgt sich nicht als Schuld, als Fluch auf die Kinder.

Glaube mir, auf dir liegt nicht der Fluch, dass, wen du liebst, stirbt. Der Tod Bischof Adhémars, Anselm von Ribemonts, mein Tod haben nichts mit dir zu tun. Da gibt es keinen Zusammenhang.«

Martin durchschauerte es, als die Lichtgestalt seine Hand nahm. Er fürchtete sich. Mühsam presste er die Worte hervor:

»Und warum du? Warum ausgerechnet du?«

»Das bleibt uns verborgen«, antwortete die Fremde, die doch seine Frau war.

Martin sah hilflos und traurig vor sich hin auf den Boden.

Theresa blickte ihn aus Sternenaugen an.

»Ich bitte dich, nimm meine Liebe. Erkenntnis kann ich dir nicht geben. Nur dieses eine und letzte Mal darf ich zu dir kommen. Ich bin erschienen, um dich zu trösten und zu stärken, damit du nicht die größte und schwerste Sünde begehst, die der Verzweiflung. Du sollst gerüstet sein, denn schon bald wird jemand von dir genommen, der von den Lebenden deinem Herzen am nächsten steht.«

Damit wandte sie sich Martin ganz zu und küsste ihren Liebsten zart auf die Stirn.

Es blieb ihm nichts als der Duft der Lilien auf dem Felde und die Prophezeiung: ›Wen du am meisten liebst, der stirbt.‹

Bernhard lächelte verächtlich, als er Tankred davonreiten sah. Es war klar, der wollte eine Schafherde erbeuten, um die Fürsten und die Geistlichkeit milde zu stimmen, um den gewaltigen Krach und Streit aufzufangen, den es unweigerlich geben würde. Denn Tankreds Banner wehte auf der Geburtskirche von Bethlehem und niemand im Heer, aber auch niemand, würde es befürworten, dass ein weltlicher Herrscher diesen heiligen Ort der Christenheit für sich beanspruchte.

Bernhard aber wollte es sich auf keinen Fall mit Gottfried von Bouillon verderben, schon gar nicht um der Machtgelüste eines anderen willen, beabsichtigte er doch, sein kleines Lehen in Niederlothringen möglichst bald vom Herzog zu erhalten. Wenn es auch nur aus einer Siedlung mit wohl 40 unfreien Bauern und ihren Familien bestand, etwas Land und einem Wald, so war es mehr als nichts, ein Anfang.

Allerdings – dazwischen lag Jerusalem.

Jerusalem – das war seine Stunde.

Von Sieg, von Heldentum aber waren Bernhard und die anderen 100 Ritter weit entfernt, die nun so schnell wie möglich von Bethlehem dem Hauptheer zustrebten. Es wurde Mittag, es wurde heiß. Die Sonne brannte auf eine baumlose, ausgetrocknete, staubige Landschaft. Winzige Steinchen wurden durch die Hufe der Pferde aufgewirbelt und schlugen den Reitern ins Gesicht. Die Kettenhemden drückten auf den Schultern und waren überaus unbequem in der Hitze. Die Müdigkeit nach der durchwachten Nacht, dazu das schwere, fette Essen und der viele Wein lasteten auf ihnen.

Bernhard schwitzte. Seine Kopfhaut juckte unter dem Helm. Er kratzte sich oder versuchte es zumindest, denn der Helm saß fest. Seit Ramla hatte Alice nicht mehr sein Haar gekämmt und nach Läusen untersucht, also erst seit einer Nacht. Bernhard überlegte, dass sich unmöglich so schnell Nissen und Läuse einnisten konnten. Trotzdem.

Und überhaupt Alice. Auch wenn der Streit mit ihr seine Seele weniger bedrückte als seine Kopfhaut, so hatte Bernhard sie nicht aus den Augen verloren. Er hatte genau beobachtet, wie sie in Emmaus zu ihm herübergeschaut hatte, als er auf den Stufen saß und es sich gut gehen ließ. Er hatte seinen Jungen gesehen, seinen Hanno, zu dem ihn eine heftige Anwandlung von Zärtlichkeit überkam. Natürlich, er war nicht aufgestanden, wie sollte er auch, er hätte sich lächerlich gemacht vor seinen Freunden. Aber aus den Augenwinkeln hatte er Alice verfolgt, wie sie in der Menschenmenge verschwand. Bernhard seufzte und gab seinem Pferd die Sporen.

Das Rollen der Wagen, Wiehern der Pferde, die Stimmen, das Rufen, Schreien, Gegröle, Singen von Hymnen und vor allem die Kamele, diese seltsam riesigen Tiere des Morgenlandes, die alles überragten, kündigten Bernhard die Nähe des Hauptheeres an. Er überließ es anderen, Herzog Gottfried Bericht zu erstatten, sollten sie Tankreds Missetat verkünden.

Bernhard wollte zu Alice.

Er suchte sie, ritt die Reihen des Heeres entlang, das sich in schmutzigen, staubigen Kleidern, stinkend und im Eiltempo nach vorne gen Jerusalem schleppte.

Bernhard war erleichtert, Alice gesund, wenn auch müde, einen Schritt vor den anderen setzen zu sehen. Sie sah erschöpft aus unter ihrem großen Pilgerhut, der sie und ihren Sohn vor der beißenden Sonne schützte.

Den Jungen trug sie im Tragetuch vor der Brust und erzählte ihm etwas.

Auch Alice hatte Bernhard bemerkt. Sie nahm Hanno auf den Arm und zeigte in Bernhards Richtung. Als Bernhard an Mutter und Kind heranritt, fasste sie seine kleine Hand und sagte:

»Da, schau, dein Vater.«

Das Kind lachte und machte das Wort nach. So etwas wie »Ata« konnte Bernhard verstehen.

»Ach, Ihr«, begrüßte ihn Alice und lächelte erleichtert.

Er saß ab und ging neben ihr auf dem staubigen, stetig ansteigenden Weg.

»Wir laufen schon fast die ganze Nacht und den ganzen Tag, ohne Unterbrechung, ohne Halt zu machen«, erzählte sie. »Wir müssen nach Jerusalem, ganz schnell, sonst gibt es ein Unglück.«

Bernhard hob erstaunt die Brauen.

»Habt Ihr gestern in der Nacht die Mondfinsternis gesehen? Natürlich habt Ihr. Es war ja nicht vollständig dunkel, der Himmel war blutrot. Wir hatten Angst, sogar die Fürsten und Geistlichen. Wir fürchteten uns, dass es unser aller Blut sei, das vergossen würde, dass die Erde von unserem Blut so getränkt würde wie der Himmel rot glühte. Die Priester deuteten den grausig anzuschauenden Himmel als Drohung, weil wir so viel Zeit für unsere bösen, selbstsüchtigen Absichten und Sünden verbraucht hätten.«

Alice ergriff mit einer flehenden Gebärde seine Hand.

»Wenn wir Jerusalem erobern wollen, dann dürfen wir beide nicht mehr sündigen. Wir müssen alle Buße tun.«

Bernhard schüttelte abwehrend den Kopf und schwieg auf seine abweisende Art.

Dass Bernhard trotz ihres tugendsamen Vorsatzes ihre Hand nicht losließ, machte sie allerdings zuversichtlich. Sie liebte ihn sehr.

Mit einem Mal erhob sich ein unbändiger Lärm, ein lautes Rufen und Schreien, übertönt vom Schall der Hörner und Trompeten.

»Jerusalem!«, schrien diejenigen Pilger, die ganz vorne in den ersten Reihen liefen.

»Jerusalem!«

Eine ungeheure Bewegung erfasste das Heer, jeder, ob alt oder jung, ob Mann oder Frau, Kind oder Greis, Ritter oder Armer, selbst die Gräfin Elvira von Toulouse, jeder stürmte den Hügel hinan, von dessen Höhe aus Jerusalem, die Heilige Stadt, sich gewaltig, schön und prächtig mit ihren Kuppeln, Türmen, Palästen, Kirchen, Moscheen und ihrer gewaltigen Befestigungsmauer vor aller Blicke ausbreitete.

Bernhard hob seinen Sohn hoch empor und rief begeistert: »Schau, Hanno! Jerusalem!

Jerusalem, die Heiligste aller Städte. Und mittendrin die Grabeskirche, das Heiligste des Heiligen! Wir sind da!«

Nach Jahren des Leidens, des Wanderns, des Hungerns, des Durstens, der Krankheiten, der Verwundungen und des Sterbens hatten sie endlich das Ziel ihrer liebenden Hingabe an Jesus Christus erreicht.

Weinend und lachend fielen sie sich um den Hals, sanken auf die Knie, küssten die Erde, sangen Hymnen und dankten Gott.

Die Befreiung des sanctum sanctorum konnte beginnen.

An diesem späten Nachmittag des 7. Juni 1099 ahnten die jüdischen und muslimischen Einwohner Jerusalems, die in der Hitze auf Straßen und Plätzen oder in der Kühle der Häuser

ihren alltäglichen Beschäftigungen nachgingen, sie ahnten es keinesfalls, dass sehr viele von ihnen nur noch 39 Tage zu leben hätten.

Die Stadt an den Flüssen – eine Fata Morgana, 7. Juni 1099

ANGST BESCHLICH ALICE, als sie zusammen mit der Bogenschützin und ihrer Kinderfrau das Zelt zwischen dem Viereckigen Turm und dem St. Stephanstor im Nordwesten der Stadt aufschlug. Der Jubel, die Begeisterung, die Freude waren in der kurzen Zeit von ihr gewichen, so weit, dass sie einer fernen Vergangenheit anzugehören schienen. Als der alle überwältigende Begeisterungssturm verflogen war und die Kreuzfahrer nicht mehr dem Sehnsuchtsbild Jerusalem nachjagten, sondern von dem befestigten feindlichen Koloss schier erdrückt wurden, der unter einem gleißend blauen Himmel vor ihnen aufragte, da waren die Frauen, Kinder und Männer entmutigt den steinigen Weg vom Mont de Joie, vom Berg der Freude, ins tiefe Tal hintergegangen, da war die Hoffnung, Jerusalem zu erobern, in sich zusammengesackt. Von unwegsamen Schluchten umgeben, thronte Jerusalem wie eine Königin auf einem Plateau, jedoch von so gewaltigen quaderförmigen hohen Mauern bewacht, dass jeder, der sich diesen Befestigungen näherte, mit tödlicher Treffsicherheit abgeschossen werden konnte. Die großen Tore waren von Türmen flankiert, sie wirkten verschlossen, als könnten sie sich dem himmlischen Jerusalem niemals öffnen.

Alice schwitzte, als sie zum Tross ging, um ihr Gepäck abzuladen, und noch mehr, als sie ihr Steckbett und ihre Kissen zurückschleppte.

Bloß nicht zu Jerusalem hinübersehen, irgendwie kommen wir schon hinein, hoffte sie, während sie sich ihren Weg durch die Menge zankender und entmutigter Menschen bahnte. Jeder war mit bangen Fragen beschäftigt. Noch nie hatten sie eine so stark befestigte Stadt wie Jerusalem durch Sturmangriff oder Belagerung erobert. Nikäa und Antiochia waren durch List und Verrat in ihre Hände gefallen. Aber in Jerusalem gab es keine Christen mehr, die heimlich die Tore öffnen würden. Die Christen waren ausgewiesen, hausten dicht gedrängt in Bethlehem oder hatten sich ihrem Heer angeschlossen und bildeten eine zusätzliche Belastung.

Alice sah Bernhard, wie er mit seinen Zeltgenossen langsam durch die Menge aus dem Lager ritt. Die haben es gut, die haben ihre Bediensteten, die für sie das Zelt aufbauen und ihre Sachen tragen. Wirklich gut haben sie es auch nicht, einen Sturmangriff kann wohl kaum einer überleben.

Sie fasste sich vor Schrecken ans Herz und die ganze Ladung auf ihrem Rücken verrutschte. Warum musste ihr Pferd sich auch noch beide Vorderbeine brechen und getötet werden?

Auch Bernhard hatte Alice in der Menge entdeckt und ritt zu ihr heran.

»Wohin wollt Ihr?«, fragte sie und setzte die schwere Last ab.

Er schwieg und sah irgendwohin.

Alice wartete, solche Gedankenverlorenheit kannte sie nicht an ihm.

»Wir wollen die judäischen Berge im Osten erkunden. Einschließen können wir die Stadt sowieso nicht, dazu sind wir zu wenige, aber wir wollen feststellen, auf welchen Wegen Proviant und feindliche Boten in die Stadt gelangen könnten.«

Alice nickte zerstreut und strich mit ihren Händen über ihren schmerzenden Rücken.

Erst jetzt bemerkte Bernhard, wie erschöpft Alice wirkte. Nachdem sie die ganze Nacht mit Hanno im Tragetuch durchgewandert war, hatte sie sich auch noch einen Lagerplatz suchen müssen, hatte ihr Zelt aufgebaut und schleppte sich nun mit ihren Habseligkeiten ab.

»Ich komme nach!«, rief er seinen Freunden Achard und Olivier zu und packte Alice' Sachen auf sein Pferd, das er zwischen Zelten, Töpfen, Decken und einem ziemlichen Gestank und mürrischen Gesichtern hindurchführte.

Schon von Weitem vernahmen sie Hannos klägliches Weinen.

»Er will immer sein Hütchen absetzen«, plauderte die Kinderfrau zerstreut gegen ihre Beklommenheit. »Aber unter dieser glühenden Sonne holt er sich einen Sonnenstich. So habe ich den Hut ganz fest gebunden. Und außerdem kann er nicht krabbeln. Der Sand und die Steine sind viel zu heiß. Nichts als Sand, Steine und Geröll gibt es hier. Nirgends ein Busch, nicht einen einzigen Baum habe ich gesehen, nirgendwo ist Schatten. Das soll also das Land sein, wo Milch und Honig fließt?«

Der kleine Hanno weinte noch mehr, als er seine Mutter erblickte. Alice nahm ihr Kind in ihre Arme und hockte sich mit ihm auf den heißen Boden. Bernhard lud gegen seine Gewohnheit Alice' Sachen ab und brachte sie ins Zelt.

»Warum gibt es um Jerusalem nicht einen einzigen Baum?«, fragte sie Bernhard, als der schon im Begriff war fortzureiten. »Haben die vielen Pilger, die schon einmal in Jerusalem waren, den Heerführern erzählt, dass es in der ganzen Umgebung von Jerusalem nur Steine und Geröll, aber keinen einzigen Baum gibt?«

»Natürlich hat es hier Bäume gegeben«, antwortete Bernhard. »Aber der ägyptische Befehlshaber Jerusalems, Iftikhar ad-Daulah, hat sie vor unserer Ankunft alle fällen lassen.«

Alice nickte und sagte düster: »Damit wir keine Belagerungsmaschinen bauen können.

Er weiß bestimmt durch seine Späher genau, dass wir nicht einmal Sturmleitern haben.«

»Du kennst dich in Kriegsdingen inzwischen ziemlich gut aus«, lobte Bernhard.

»Ach, was sagt Ihr da. Nach drei Jahren sollte ich das wohl.«

In diesem Moment ging ein Geschrei durch das Lager. Kinder, schmutzig, verlaust und barfuß, kamen von ihrer Erkundung zurückgelaufen.

»Es gibt kein Wasser!«, schrien sie heillos durcheinander.

»Es gibt nirgendwo Wasser. Die Ungläubigen haben alle Brunnen und Quellen verdreckt und vergiftet. Nur beim Teich von Siloah haben wir klares Wasser gesehen und da beschießen sie uns von der Befestigungsmauer.«

Aufregung, Entsetzen, Angst erfasste die Menschen vom Ärmsten bis zum Ritter und zu den Heerführern. Die Angst wurde noch gesteigert und verwandelte sich bei Alice in Panik, als ein Ritter aus dem Heer Roberts von der Normandie seine tote Tochter durch das Lager zum Priester Arnulf von Chocques trug, um ihm dieses erste Opfer vor Jerusalem zu bringen, damit das Kind in geweihter Erde begraben werde. Betreten, stumm blickten die umstehenden Pilger zu Boden, ein Mädchen war also die Märtyrerin Christi vor Jerusalem.

Wer von ihnen würde der Nächste sein? Wer alles würde während der Belagerung Jerusalems sterben?

Alice drückte ihren Hanno ganz fest an sich, nahm ihm nun doch das Hütchen ab und streichelte sein Haar mit ihrer Wange, ging ins Zelt und legte den Jungen an.

»Ts, ts«, machte sie. »Ist gut, mein Liebchen.«

Hanno saugte und schlief wohlig an ihrem Busen ein. Alice aber war wie ausgedörrt von der Sonne, der Hitze. Noch einmal könnte sie ihr Kind nicht stillen, wenn sie nicht endlich etwas trinken würde. Nur leider war kein Tropfen, auch kein abgestandener mehr, in ihrer Trinkflasche.

Wie soll ich Hanno nur durchbringen, wenn ich selbst nichts mehr zu trinken habe?, dachte sie verzweifelt.

Wie soll es nur für unser Heer ohne Wasser werden? Gott hilf uns!, stieß sie ein Stoßgebet aus und bekreuzigte sich.

Die Bogenschützin hatte gerade ihr Bettlager aufgebaut, drehte sich nach Alice um und sagte zornig:

»Feige sind sie, diese Ungläubigen. Kämpfen nicht wie ein Mann. Wollen uns zu Boden strecken und umbringen, indem sie die Kinder, uns alle verdursten lassen. Aber den Triumph lassen wir ihnen nicht, dass wir hier alle elend krepieren. Kommst du mit?«

»Wohin?«

»Wasser suchen. Irgendwo muss es in dieser heiligen Wüste eine Quelle geben, die sie nicht vergiftet haben. Also machen wir uns auf«, sagte sie, zog ihren grünen Umhang über ihr Kettenhemd, setzte den Helm auf, nahm den Bogen und den Köcher, den sie bis zum Äußersten mit Pfeilen füllte.

»Ja, aber Hanno.«

»Den kannst du hier lassen oder mitnehmen. Wenn er mitkommt, kann er gleich was trinken. Du Süßer, du hast immer noch Durst«, sagte sie und kniff das Kind freundschaftlich in die Wange, sodass es aufwachte und schrie. Alice wiegte den Jungen in ihrem Arm und steckte Hanno ihren Daumen in den Mund, worauf der Kleine sich beruhigte und wieder schläfrig wurde.

Alice überlegte. Die Bogenschützin, wie sie Josephine immer bei sich nannte, hatte recht. Wenn sie Hanno mitnahm und es wirklich klares Wasser gäbe, dann könnte sie es wagen, ihm gleich zu trinken zu geben. Was aber wäre, wenn sie überfallen würden? Die Bogenschützin schien dies nicht auszuschließen, sonst hätte sie sich nicht gerüstet.

»Nun, was ist?«, drängte Josephine und zog die Augenbrauen hoch.

»Ich komme mit, aber ohne Hanno«, entschloss sich Alice, erhob sich und ging hinaus zur Kinderfrau, die vor dem Zelt, die Hand vor den Augen, sich suchend umsah.

»Noch immer keine Händler«, sagte sie entrüstet. »Sonst kommt dieses habgierige Pack sofort und ganz besonders, wenn wir Not leiden und sie jeden Preis fordern können.«

»Falls sie aber doch kommen, dann kauf bitte Wasser und grabe den Krug ein, damit es nicht gleich abgestanden und faulig schmeckt. Ich gehe mit der Bogenschützin einen Brunnen oder eine Quelle suchen«, sagte Alice und nestelte in ihrem Geldbeutel.

»Ach, das Geld«, seufzte sie.

»Los, gehen wir«, forderte die Bogenschützin sie auf.

Je mehr sie sich dem Rande des Lagers näherten, desto mehr hörten sie ein entsetzliches Schreien und Klagen.

Die Tiere, überkam es Alice. Die Ziegen, Schafe und Pferde. Die Tiere verdursten auch. Sie lassen die Tiere umkommen.

»Das nenne ich mir eine tapfere Kriegsführung«, erboste sich die Bogenschützin. Das Gebrüll wurde immer lauter und ließ nicht eine Minute ab.

»Die sind erst still, wenn sie alle tot sind«, sprach Josephine Alice' Gedanken aus.

Am Rande des Lagers warteten müde und erschöpft drei Bogenschützen und viele Frauen auf den Abmarsch. Die meisten hatten ihre durstigen, quengelnden Kinder dabei. Sie alle hatten auf die Brunnen vor Jerusalem und auf frisches Wasser gehofft. Alice sah in ihre Gesichter. Die meisten von ihnen gehörten zu den Armen, die spätestens in Ungarn ihr letztes mitgebrachtes Geld ausgegeben hatten und die niemals darauf hoffen konnten, vor Jerusalem nur einen Tropfen Wasser kaufen zu können. Sofern sich überhaupt Händler einfanden, sofern die nicht Angst hatten, auf dem Weg zum Lager umgebracht zu werden.

Worauf hatte sie sich nur eingelassen.

Alice blickte besorgt zu der Befestigungsmauer zurück. Deutlich sah sie die ägyptischen Wachsoldaten, die mühelos jede Bewegung im Lager verfolgen konnten und mit Sicherheit beobachteten, dass eine Gruppe von Frauen mit Kindern das Lager verließ.

Alice fröstelte trotz der Hitze.

»Los, gehen wir!«, kommandierte die Bogenschützin.

Sie schien als Einzige in ihrem Element zu sein. Während die Frauen und Kinder sich müde, durstig und bedrückt auf dem steinigen, ausgedörrten Weg dahinschleppten und wie Alice einen Überfall befürchteten, begann Josephine wichtig zu erzählen:

»Stell dir vor, tief nach Frankreich sind muslimische Heere eingedrungen, bis sie endlich von Karl Martell bei Tours und Poitiers geschlagen wurden. Aber meinst du, das hätte sie dazu gebracht, ihre Raubzüge in Marseille, im Rhonedelta einzustellen?

Ganz besonders grausam sind die muslimischen Piraten«, fügte sie entschieden hinzu.

Alice nickte: »Du bist ja selbst überfallen worden.«

»Ja, das auch. Nein, was ich sagen wollte, muslimische Piraten haben die Heilige Stadt Rom im Jahre 846 angegriffen. Sie sind sogar bis in die Schweiz vorgedrungen. Ja, und dann haben die Ungläubigen auf dem St. Bernhard, auf dem St. Bernhard!, den Abt von Cluny gefangen genommen.«

Alice hatte bis dahin nur mit halbem Ohr zugehört. Sie hatte es auf der weiten Pilgerfahrt zur Genüge erfahren, wie Unbewaffnete und Wehrlose niedergemacht worden waren.

Beim Wort ›Abt‹ allerdings horchte sie auf. Wie manches Mal im Halbschlaf, sah Alice den Abt in ihrem Zimmer stehen, dunkel und unheimlich, dabei wäre sie ohne sein Geld schon längst verhungert und vor Entkräftung gestorben wie so viele Pilger, die ihre Heimat niemals wiedersehen würden.

Alice war dem Weinen nahe, während sie aufpassen müsste, dass sie sich bei dem steilen Weg über Geröll nicht den Fuß vertrat.

Das Wort ›Heimat‹ traf sie wie ein Schlag. Passau tauchte wie das Paradies vor ihren Augen auf. Noch nie liebte sie die Stadt so sehr wie in diesem Augenblick. Da gab es etwas Kostbares, da gab es Wasser! Wasser im Überfluss. Niemals wäre es möglich, die Donau, den Inn und die Ilz zu vergiften! Wasser gab es in Hülle und Fülle, oftmals zu viel, wenn die Flüsse über die Ufer traten und die Vorräte und Waren vernichteten, wie es ihrem Vater geschehen war. Trotzdem. Mit einem Male wusste Alice mit all ihrer Kraft, ihrem Gefühl, ihrem Verstand, was sie wollte.

Sie wollte mit Hanno in Passau leben!

Sie wollte mit dem Jungen an der Hand an die Landspitze gehen, wo die drei Flüsse zusammenfließen, sie würde zu den bewaldeten Höhen hinaufschauen, das zarte Grün im Frühling begrüßen, im Sommer den Schatten der Blätterdächer suchen und mit Hanno darunter spielen und das bunte, im November gold-braun-graue Laub in sich aufsaugen. Es war ganz klar, sie war ein Herbstkind. Und dann, an der Landspitze angekommen, würde sie mit Hanno Steinchen über das Wasser springen lassen und mit Stöckchen spielen und kleine Boote bauen, die sie auf den Flüssen schwimmen lassen könnten, die weit davongetrieben würden. Ja, das war es doch. Das war eine Möglichkeit, wie sie leben könnte. Sie könnte ein Schiff mit Waren beladen und das Salz auf der Hinfahrt und das Getreide auf der Rückfahrt verkaufen. Die Geschäftspartner ihres Vaters kannte sie alle noch mit Namen und sicher würde ihr der Abt Geld leihen, das Kloster war reich und die Brüder hätten Erbarmen mit einer verarmten Jerusalemfahrerin.

Hanno aber würde sie nicht hergeben. Mochte Bernhard sich verheiraten und einen legitimen Sohn zeugen, dachte sie erbost. Seine Mutter, die stolze Gräfin, die sollte Hanno nicht bekommen. Dennoch, der Gedanke an diese hohe, unbarmherzige Frau schmerzte und so zog es Alice vor, an Wasser wie an eine Fata Morgana zu denken, als sie die Bogenschützin plötzlich vernahm:

»Hörst du das? Mindestens 50 Reiter«, flüsterte sie entsetzt.

Auch die anderen Pilger hatten das Donnern der Hufe vernommen und waren vor Schreck stehen geblieben. Josephine und die anderen Bewaffneten stellten sich nebeneinander auf und erwarteten die feindliche Übermacht, die jeden Augenblick am Horizont auftauchen müsste.

Gewaltige Staubwolken hinter sich aufwirbelnd, kamen die Reiter herangerast, den Bogen schon im Galopp schussbereit gespannt.

Die Frauen und Kinder schrien, als wollten sie den Himmel zwingen, sie zu retten.

»Lauft!«, rief die Bogenschützin ihnen zu und versuchte, die Feinde aufzuhalten.

Schon im ersten Augenblick des Kampfes wurde einer der Bogenschützen von einem Pfeil ins Gesicht getroffen und sank zu Boden. Entsetzt und kreischend stob die Menge auseinander.

Alice lief weg, sie lief, so schnell sie konnte. Hinter ihr die Reiter, die jeden verfolgten und lachten, wenn sie wieder eine Frau oder ein Kind abgeschossen hatten.

Wie sich retten? Wohin sich retten in dieser baumlosen Wüste? Nicht einmal Felsen gab es, um sich zu verstecken. Sie hörte mehrere Reiter hinter sich, sie schossen, sie schossen auf Alice. Alice hörte das Spannen der Bögen, das Surren der Pfeile. Atemlos, ohne nachzudenken, wie von einer inneren Kraft getrieben, warf sich Alice in der winzigen Sekunde, die sie vom Tod trennte, zu Boden. Fieberhaft zitterte sie, hoffte sie, dass keiner der Männer genau wusste, wer von ihnen die Fliehende getroffen hatte, und dass sie die Frau da auf der Erde für tot hielten. Warum sich um eine Einzelne kümmern?

Alice, bewegungslos ihr Gesicht in den heißen, staubigen, steinigen Boden drückend, hörte das Weinen, das Schreien der Mädchen und Frauen, wenn die Männer sie niederwarfen, die Röcke hochrissen, sich über sie hermachten, um sie danach zu töten oder liegen zu lassen, gerade wie es ihnen gefiel.

Nur sich nicht bewegen. Nur regungslos liegen bleiben. Sie fühlte, dass sie Wunden im Gesicht hatte, es war zerschrammt und blutete. Vor allem aber bekam sie keine Luft. Alice presste ihren Kopf so fest in den Boden, dass ihr beinahe der Atem wegblieb. Sie zwang sich trotzdem, wie tot auszuharren.

In dieser entsetzlichen Ewigkeit gellte der Schrei der Bogenschützin auf.

Oh Gott, fieberte Alice. Was tun sie mit ihr?

Alice zitterte, ohne sich zu rühren. Sie horchte angestrengt. Allmählich entfernten sich die Reiter. Nur weiter sich nicht rühren, ermahnte sie sich. Das Schreien wurde weniger. Immer seltener hörte Alice das Lachen, das den tödlichen Schuss in den Rücken begleitete.

Endlich – irgendwann riefen die Männer sich in ihrer fremden Sprache etwas zu, sie schienen sich zu sammeln. Dann galoppierten sie davon.

Alice blieb immer noch bewegungslos liegen. Schließlich wagte sie, den Kopf etwas zu heben, um besser atmen zu können. Auch jetzt wartete sie, ob die feindlichen Reiter zurückkommen würden. Jedoch schienen sie sich tatsächlich entfernt zu haben. Alice hielt ihr Ohr an den Boden, ob sie noch Pferdehufe hörte. Doch die Erde blieb stumm.

Vorsichtig setzte sie sich auf die Knie. Um sie herum überall Leichen, die meisten mit einem oder mehreren Pfeilen im Rücken. Mit ihr erhoben sich auch die beiden Frauen, die vergewaltigt, jedoch am Leben gelassen waren. Sie brauchten nach ihren Kindern nicht lange zu suchen, die niedergestreckt dicht neben ihnen lagen. Eines der Kinder war enthauptet. Die Bogenschützen waren tot, natürlich. Josephine aber hatte man die Hände abgeschlagen. Das war das Kreischen, das Alice in die Knochen gefahren war. Den Bogen hatte man ihr genommen. Die drei überlebenden Frauen wankten zum Lager zurück. Eine von ihnen hatte ihr totes Kind in den Arm genommen. Alice war innerlich leer. Sie war wie vernichtet und verbrannt. Nur ein fürchterlicher Durst sagte ihr, dass sie noch am Leben war.

An Bernhards zorniger, strafender Stimme vorbei hastete Alice ins Zelt. Regungslos und völlig erschöpft sank sie auf die Knie, nahm Hannos kleine Hand und betrachtete ihr Kind. Der Junge schlief noch immer, atmete sanft, seine schwarzen Locken umrahmten sein liebes Gesicht, auf seinen Wangen lag ein rosa Schimmer.

Wie ein Engel, ging es ihr durch den Sinn.

Um Gottes willen, entsetzte sie sich. Was denke ich da?

»Hilf uns, Mutter Maria!«, flehte sie und bekreuzigte sich.

»Was ist?«, fragte Bernhard, der hinter Alice getreten war.

Sterben vor den Toren
Jerusalems, Juni/Juli 1099

»NA, WAS IST?«, fragte Achard von Montemerle, als Bernhard abends leise die Zeltwand beiseiteschob und eintrat.

Er setzte sich auf, strich mit den Händen durch sein wildes Haar und sah Bernhard gespannt an.

»Nichts ist. Was soll auch schon sein? Unsere Heerführer halten Gespräche mit dem Kommandanten von Jerusalem für sinn- und zwecklos. Natürlich. Schließlich sind die Verhandlungen unserer Delegation mit dem Kalifen in Ägypten gescheitert.«

Er lachte bitter. »Welch eine Gnade war sein überaus großzügiges Angebot, dass wir Jerusalem ohne Waffen betreten und an unseren heiligen Stätten beten dürfen. Und das, obwohl die Ägypter Jerusalem niemals hätten erobern, es den Türken niemals hätten wegnehmen können, wenn wir diese nicht bei Antiochia vernichtend geschlagen hätten. Danach waren die so geschwächt, dass sie ihrer Jerusalemer Garnison nicht zu Hilfe kommen konnten. Das nenne ich mir Dankbarkeit. Den Vorteil einstecken und uns demütigen.«

»Wie blöd sind die Ägypter eigentlich«, regte sich Achard auf, »glauben allen Ernstes, dass wir unsere Heimat verlassen, Schulden aufnehmen ohne Ende, drei Jahre unter schwersten Verlusten, Kämpfen und Entbehrungen unterwegs sind, damit wir die heiligen Stätten in Jerusalem *sehen* dürfen. Und dann ziehen wir wieder ab nach Frankreich oder ins deutsche Land und sagen: Danke. Das war's.«

»So blöd finde ich die gar nicht«, erwiderte Bernhard. »Wenn ich Iftikhar ad-Daulah wäre, wovor mich Gott bewahren möge, also wenn ich Kommandant von Jerusalem wäre, dann würde ich genauso entscheiden und handeln wie er.«

Achard kratzte sich am Kopf: »Also wenn *Ihr* ein Moslem wärest, dann würdet *Ihr* genauso denken wie Ihr als Christ?«

»In Kriegsdingen ja.«

»Und wie denkt Eurer Meinung nach Iftikhar ad-Daulah?«

»Er betrachtet uns als Verlierer.«

»Wieso Verlierer? Es hat noch gar keinen Angriff gegeben.«

»Der Kommandant betrachtet uns mit Sicherheit als Verlierer. Die Ungläubigen sehen uns jetzt bereits so tot wie die Christen in Melitene, die restlos, bis auf das letzte Kind, von den Ungläubigen umgebracht oder in die Sklaverei verkauft worden sind.«

Bernhard schwieg. Er dachte an Alice und an seinen kleinen Sohn. Er kannte Hanno kaum, der Junge war nichts als ein Bastard, doch hing er an dem Jungen, wie er sich das kaum eingestehen mochte.

»Es ist ganz klar, Iftikhar ad-Daulah kennt unsere Lage genau«, fuhr Bernhard fort.

»Die ägyptische Garnison da oben in Jerusalem weiß durch ihre Späher und Spitzel, ihre Verständigung durch Brieftauben, gegen die wir nichts ausrichten können, dass weder Bohemund aus Antiochia noch Balduin de Boulogne aus Edessa uns beistehen wollen noch können, weil die Entfernungen viel zu groß sind und sie dazu noch ihre eigene und die christliche Machtposition in der Region gefährden würden.

Iftikhar ad-Daulah weiß auch, dass selbst wenn wir die Belagerung aufgäben, wir keine Möglichkeit zum Rückzug hätten. Den ganzen Weg auf dem Landweg durch feindliches Gebiet, ohne Lebensmittel und vollkommen erschöpft, schaffen wir nicht, und Schiffe, die uns nach Zypern oder nach Italien bringen könnten, haben wir nicht, abgesehen davon, dass die Ägypter Jaffa, unseren einzig erreichbaren Hafen, abschirmen.

Also fort von hier können wir nicht. Wir sitzen in der Falle und die Zeit arbeitet gegen uns. Der Kommandant kann uns demnach genüsslich vor den Toren Jerusalems verdursten und verrecken lassen und seelenruhig darauf warten, dass das Heer aus Ägypten, das bald erwartet wird, uns an den Mauern Jerusalems zerquetscht.« Bernhard drückte Zeigefinger und Daumen zusammen, als zerquetschte er eine Fliege.

»Hoffentlich nicht. Hoffentlich erobern wir mit Gottes Hilfe morgen Jerusalem, wie uns der Einsiedler auf dem Ölberg prophezeit hat«, seufzte Achard.

»Mit nur einer einzigen Sturmleiter?«, fragte Bernhard zweifelnd.

»Wollt ihr wohl leise sein!«, ließ sich Olivier hören und drehte sich zur Zeltwand, wobei sein dünnes Tuch, das er sich trotz der Hitze übergelegt hatte, verrutschte und seine großen Zehen sichtbar wurden.

Bernhard und Achard mussten lachen.

»Das geht auch Euch an!«, rief ihm Bernhard zu. »Ich habe gerade von Martin erfahren, dass Graf Raimond sein Lager vom Jaffa-Tor zum Zionstor verlegt. Wahnsinn ist das, er hat sich nun, für alle sichtbar, von Gottfried getrennt. Aber das ist noch nichts alles.«

Bernhard seufzte. »Graf Raimond wird sich morgen am Sturmangriff nicht beteiligen. Wir müssen ohne sein Heer kämpfen.«

»Was?«, rief Olivier und war mit einem Schlage mehr als wach.

»Wieso macht er nicht mit?«

»Eitelkeit, nichts als verletzte Eitelkeit«, antwortete Achard und sah sehr düster aus.

»Herzog Gottfried hat ihm nicht bei der Belagerung von Akkâr geholfen, also hilft Graf Raimond Gottfried beim Sturmangriff morgen auch nicht. So einfach ist das.«

»Wenn ich nur einen Tropfen Spucke im Mund hätte, ich würde ihn ausspeien«, sagte Olivier trocken.

»Na ja, und dann ist der hohe Herr natürlich auch noch beleidigt und gekränkt, weil Tankred zu Gottfried übergewechselt ist und behauptet, Graf Raimond habe ihm zu wenig für seinen Einsatz in Akkâr bezahlt.«

Es entstand eine Pause, in der das Schreien der vor Durst verendenden Tiere zu ihnen drang.

»Die Tierkadaver stinken«, sagte Bernhard in die Stille hinein. Dann schwiegen sie wieder.

»Nein«, überlegte Olivier schließlich, »das ist nicht nur verletzter Stolz. Leider. Graf Raimond hat so viel Blutgeld in Akkâr sinnlos vergossen, dass er es seinen Leuten nicht zumuten kann und will, noch mehr zu bezahlen.«

»Womit Ihr sagt«, folgerte Achard, »dass der Sturmangriff morgen sinnlos ist.«

»Ist er es denn nicht?«, fragte Olivier zweifelnd und starrte bekümmert und sorgenvoll vor sich hin.

»Wir werden Jerusalem erobert haben, bevor die Sonne morgen untergeht. Ich glaube, dass der Einsiedler Gottes Willen verkündigt, ich muss es glauben«, sagte Achard fest und zweifelnd zugleich.

»Ist ›glauben müssen‹ und ›glauben‹ dasselbe?«, bemerkte Bernhard mehr zu sich als zu den anderen.

»Eines ist ganz gewiss wahr«, sagte Olivier betrübt. »Wenn wir es schaffen sollten, unsere einzige Sturmleiter über den ersten Wall bis zur Befestigungsmauer Jerusalems zu bringen, dann ist der Weg dahin mit unseren Leichen gepflastert, dann ist das kleinste Fitzelchen Erde mit unserem Blut durchtränkt.«

»Nun ist es aber genug«, unterbrach ihn Bernhard. »Wir haben keine andere Wahl und dass wir im Kampf sterben können, das wissen wir nicht erst seit heute.«

»Ich frage mich aber manchmal«, überlegte Achard, »ob man im Voraus erkennen kann, wer in einer Schlacht fällt und wer nicht. Hat Gott einen Plan, entscheidet Gott, wer umkommt? Und wenn er bewusst den Einzelnen abberuft und in den Tod schickt, ist es dann eine Strafe oder eine Gnade zu sterben?«

»Eine Gnade, hoffe ich«, sagte Martin, der unerwartet noch so spät zusammen mit Markus eintrat.

»Entschuldigt, dürfen wir …?« Die Männer nickten ihnen aufmunternd zu.

»Ich würde gerne etwas über den Sturmangriff erfahren, denn ich will mich morgen dem Heer Gottfrieds anschließen und Markus wird sowieso die Verwundeten trösten und die Sterbenden ins Jenseits begleiten.«

»Was ich gerade getan habe. Gräfin Elvira von Toulouse ist heute niedergekommen. Das Kleine ist wenige Stunden nach der Geburt gestorben. Die Gräfin hatte eine Vorahnung, dass ihr Kind den Tag nicht überleben würde, und so wurde es sofort nach der Entbindung getauft. Als der Junge im Sterben lag, haben wir Mönche ihm den Weg aus dieser Welt mit Gebeten und Psalmen bereitet.«

Bernhard dachte wie erschlagen für sich: Natürlich ist es gestorben. Wie soll ein Neugeborenes bei diesem Staub, dieser Trockenheit und Hitze nicht das Fieber bekommen und sterben?

Wieder beschlich ihn die Angst: Wenn Hanno stirbt …

»War das nun für das Kind eine Gnade oder Strafe?«, nahm Achard den Gesprächsfaden wieder auf.

»Das ist schwer zu entscheiden«, sagte Markus. »Auf jeden Fall war es nicht sündig durch eigene Schuld, allerdings durch die Erbsünde.«

»Womit wir wieder bei der Frage sind, ob der gewaltsame Tod eine Strafe ist. So fühlen und denken wir doch alle, dass wir bestraft werden für unsere Sünden.«

»Nein!«, schrie Martin auf, dass ihn alle entsetzt ansahen.

»Nein, denkt an Theresa. Wollt ihr behaupten, Theresa sei schuldig gewesen, schuldiger als wir alle?«

Er brach ab und jeder der Männer sah das Bild vor sich, wie Theresa auf der Stadtmauer von Antiochia enthauptet wurde.

»Sicher nicht«, antwortete Olivier leise und zog das Tuch über seinem nackten, langen, trotz der Muskeln schlaksig wirkenden Körper noch enger zusammen.

»Es gibt da natürlich keinen Zusammenhang«, sagte er versöhnlich. »Wie könnten wir behaupten, dass die vielen, nein die meisten, die mit uns aufgebrochen sind und die nun schon tot sind, sündiger gewesen sein sollten als wir. Denkt an Anselm von Riboment, der wahrhaftig ein gottesfürchtiger Mann war und immer den Armen von seinem Reichtum gegeben hat. Oder an den schönen Wilhelm, an den Bruder Tankreds. Ja, ja, schön war er, lacht nur, wir haben ihn doch alle so genannt. Der war fast noch ein Kind, als er in der Schlacht von Doryläon tödlich von einem Pfeil getroffen wurde.«

»Ich weiß nicht«, meinte Achard. »Das hieße ja, dass wir für unsere Sünden nicht bestraft werden. Das habe ich anders gelernt.«

»Aber es ist so«, sagte Markus.

Die Ritter sahen ihn gespannt an. Es kam nicht häufig vor, dass sich Markus mit Bestimmtheit zu Wort meldete.

»Unser Herr Jesus Christus hat uns selbst den Weg gewiesen, wie wir über Sünde und Strafe zu denken haben. Den Teich von Siloah kennen wir nun aus eigenem Leiden«, sagte er und sah die Ritter der Reihe nach an, in denen das verzweifelte Gefühl aufstieg, dass zu ihrer Schikane und Folter das einzig trinkbare Wasser unmittelbar in Schussweite ihrer Feinde lag und selbst nachts Fackeln brannten, um Verdurstende abzuschießen.

Bernhard ritzte Muster in den Sand und fragte sich bang, ob es ihm noch einmal gelingen würde, von den Wachen unbemerkt, für sich, Alice und seinen Hanno Wasser zu schöpfen. Und ob das Wasser überhaupt noch trinkbar wäre. Die Quelle sprudelte ohnehin nur alle drei Tage einmal, dann jedoch stürzten sich die vor Durst verendenden Tiere hinein und ersoffen kläglich darin, sodass ihre Kadaver schon jetzt auf dem Wasser schwammen.

»Da stand zu Jesu Zeiten ein Turm«, fuhr Markus fort. »Dieser Turm brach zusammen und es wurden 18 Menschen erschlagen. Dieses Ereignis muss die Leute damals sehr erregt haben. Jesus richtet an seine Zuhörer die Frage: ›Meint ihr, dass diese Erschlagenen schuldiger waren als alle anderen Menschen, die in Jerusalem wohnen?‹

Die Antwort ergibt sich von selbst. Sicher waren sie nicht schuldiger. Die Erschlagenen waren lediglich Menschen, die sich gerade im Turm aufhielten – weiter nichts.«

»Und das ist alles?« Achard blickte sehr zweifelnd.

»Nun, nicht ganz. Jesus sieht seine Zuhörer schon als Sünder und fordert sie zur Umkehr auf.«

»Na also«, bestätigte Achard zufrieden.

»Genau das, meine Freunde, tun wir«, sagte Olivier schwärmerisch begeistert. »Wir haben unser altes Leben aufgegeben. Wir sind Jesus nachgefolgt und Papst Urban hat uns für unser Opfer die Sündenvergebung, die Befreiung von irdischen und himmlischen Strafen zugesagt.«

»Es ist nur erstaunlich«, gab Bernhard zu bedenken, »dass kein wirklich Großer dieses Opfer vollbringen wollte und sich auf den Kreuzzug begeben hat, nicht der Papst, kein König, bis auf den Grafen Raimond von Toulouse kein wirklich Mächtiger in seinem Reich. Balduin, Bohemund, Tankred, selbst Herzog Gottfried, die beiden Roberts, sie alle besaßen nichts oder waren letztlich unbedeutend, solange sie im Abendland lebten. Wer aber wirklich etwas zu verlieren hatte, der blieb zu Hause.«

»Bis auf Euch«, sagte Achard lauernd und wies auf Bernhard.

»Nun, ich bin kein Königssohn«, entgegnete Bernhard und fühlte sich sehr unbehaglich.

»Aber Graf und einziger Sohn und Erbe.«

Es entstand eine Pause. Bernhard ahnte, was jetzt käme, und wappnete sich mit einer frommen Antwort.

»Es ist zwar üblich, Gott ein Opfer zu bringen«, setzte Achard nach. Aber ich habe mich bisweilen gefragt, warum Euer Vater diese Gefahr einging, Ihr könntet auf dem Kreuzzug sterben und Euer Lehen fiele an die Krone zurück.«

Weil er mich umbringen wollte, dachte Bernhard düster. Weil er mir nie, aber auch niemals geglaubt hat, dass ich meinen Bruder *nicht* aus dem Fenster gestoßen habe.

»Es war mein Wunsch«, entgegnete Bernhard. »Ich wollte dort beten, wo Jesu Füße gestanden haben.« Mehr zu sagen, ließ er sich nicht herab. Aber eine Flut von Bildern wirbelte auf ihn ein und über die Jahre hinweg hallte die Anklage: ›Kain, wo ist dein Bruder? Hast du ihn getötet?‹

»Genug geredet, lasst uns endlich schlafen«, sagte Olivier, gähnte und verkroch sich wieder der Länge nach unter seiner Decke.

»Martin und Markus, Ihr könnt gerne bis zum Angriff bei uns übernachten«, schlug Achard vor. Schon im Halbschlaf, murmelte er:

»Vielleicht ist es unsere letzte Nacht auf dieser segensreichen Erde.«

Auch Bernhard legte sich hin. Einen Augenblick starrte er in die Dunkelheit, horchte auf die Geräusche im Lager, sprach im Stillen ein Gebet, wurde schläfrig.

Im Traum schien sein Wunsch in Erfüllung zu gehen. Er sollte das Lehen in Niederlothringen aus den Händen Herzog Gottfrieds empfangen.

Stolz hob er den Kopf und zog für diesen sehnlich erwarteten Festtag über sein Kettenhemd ein buntes Gewand, bestickt mit blauen Bären, und darüber seinen kostbaren Pelz. Die neuen Schuhe nahm er in die Hand und überlegte, welcher von beiden als rechter oder als linker Schuh geeignet sei. Eigentlich sahen sie ganz gleich aus. Einen Spiegel besaß er leider nicht, um sich in all seiner Pracht zu bewundern, und so verließ er, trotzdem sich seiner Wirkung bewusst, das Zelt und ging unter der glühend heißen Sonne durch Wüstensand zu dem weiten Platz im Lager, wo der zusammensteckbare Stuhl des Herzogs Gottfried von Bouillon schon wie ein Thron aufgebaut war. Gottfried saß darauf im langen, mit Goldfäden durchwirkten Gewand, mit kostbaren Pelzen behängt, umgeben von allen Großen der Pilgerfahrt, die, ebenfalls festlich gekleidet, der Zeremonie beiwohnen wollten.

Als Bernhard erschien, verstummte das allgemeine Gemurmel, und als er sich vor Gottfried hinkniete, wurde es ganz leise.

Nur in die Stille hinein erklang ein kleines Jungenstimmchen, das aufgeregt so etwas wie »Ata« rief und freudig in die Hände klatschte.

Einige der Umstehenden lachten. Tankred aber drehte sich nach dem Störenfried um und blickte Alice missbilligend an, die weit hinten mit Hanno auf dem Arm dastand.

Der Herzog tat, als habe er den Vorfall nicht bemerkt, richtete sich hoch auf und fragte Bernhard, seinen zukünftigen Vasallen, mit lauter, für alle vernehmbarer Stimme:

»Wollt Ihr ohne Vorbehalt mein Mann werden?«

»Ich will es«, antwortete Bernhard ebenso fest.

Darauf umschloss Herzog Gottfried die zusammengelegten Hände Bernhards mit seinen Händen und sie besiegelten den Bund, indem der Herzog Bernhard küsste.

Bernhard richtete sich nun auf, um den Treueeid zu leisten. Doch bemerkte er voller Unwillen, dass ihm schwindlig wurde. Der Schweiß lief ihm über die Stirn und in den Nacken, wie überhaupt jeder der Zuschauer furchtbar schwitzte. Alice trat noch einen Schritt zurück, legte Hanno den Zeigefinger auf den Mund und flüsterte:

»Pst, Hanno.« Ganz wegzugehen, konnte sie sich nicht entschließen.

Bernhard wurde ein Reliquienschrein gereicht, in dem sich ein Fingerknöchel des Heiligen Georg befand, auf den er zur Eidesleistung die rechte Hand legte. Für alle hörbar, bekundete er: »Ich schwöre Euch, Herzog Gottfried von Bouillon, dass ich Euch treu sein werde wie ein Vasall seinem Herrn und dass ich Freund Eurer Freunde und Feind Eurer Feinde sein werde.«

Nun erhob auch Herzog Gottfried sich zu ganzer Gewalt und Größe. Ihm wurde ein mit Gold beschlagenes Ebenholzkästchen gereicht, dem er eine Hand voll grobkörnigen Sandes entnahm und ihn in Bernhards geöffnete Hand legte.

Es war vollbracht. Bernhard hatte sein Lehen erhalten!

Wie ein Stein fiel es von seiner Seele.

Und wie Bernhard den grauen, staubigen Sand in den Händen hielt, verwandelte sich dieser zu schwarzer, lehmiger Erde, fühlte sich kalt und nass an und wechselte wiederum zu Bernhards Erstaunen die Farbe, der Wüstensand wurde zu Schnee.

Bernhard stapfte durch hohen Schnee den Hügel zur Kaiserpfalz in Goslar hinauf. Es störte ihn, dass seine kostbaren, teuren Schuhe vor Nässe durchweichten, und um so mehr ärgerte er sich, dass er nicht zum kaiserlichen Schloss ritt, sondern sich mühselig durch immer höhere Schneemassen hinaufquälte.

Den Blick nach vorn zu den Türmen und Toren und hohen Fenstern gerichtet, hinter denen sich der Thronsaal verbarg, konnte Bernhard nicht umhin, das Bordell zu bemerken, das, etwas abseits gelegen, der Freude und Erleichterung des Hofes diente wie auch der Ritter und adeligen Gäste, die oft monatelang von ihren Frauen getrennt waren.

Bernhard hatte nichts gegen diese Einrichtung. Wenn er auch keinen Gebrauch davon machte, so liebte er doch sehr die höfischen Spiele:

Die Ritter tragen ihre Damen durch den Saal wie auch umgekehrt die Damen die Ritter auf ihre Schultern nehmen. Kein Vergnügen aber war durch das Spiel zu überbieten, bei dem der Ritter unter den Rock der Dame kriecht, die selbstredend nichts darunter anhat, und raten muss, wer ihn denn angetippt habe.

Dass also das Bordell zum kaiserlichen Haushalt dazugehörte wie die Küche, dagegen war im Allgemeinen nichts einzuwenden, nur anlässlich der feierlichen Lehnsübergabe seiner Grafschaft in Bayern betrachtete Bernhard diesen Anblick als unpassend.

Mühsam hatte er endlich die kaiserliche Burg erreicht, immer gegen den Schnee ankämpfend, der wie Pfeile vom Himmel fiel und glühend heiß war.

Er wischte sich die heißen Tropfen aus den Augen, suchte nach dem schweren Tor, das er bis dahin immer klar gesehen hatte. Es war verschwunden und erst, als Bernhard die Mauer abklopfte, öffnete sich eine schmale Pforte aus Eichenholz. Durch einen Spalt trat Bernhard in eine dunkle Halle, in der nur eine Kerze flackerte. Eine Wendeltreppe führte hinauf, aber immer, wenn Bernhard hoffte, er habe das obere Stockwerk erreicht, schlängelte sie sich weiter nach oben. Die Wände waren eiskalt, jedoch, wenn er sie berührte, brannte seine Hand wie vom Feuer versengt. Schnell zog er sie zurück. Bernhard befürchtete schon, niemals im Kaisersaal anzukommen, als dieser sich ihm plötzlich auftat. Die Wucht und Düsternis der Halle ließ Bernhard einen Augenblick zurückschrecken. Fackeln warfen Schatten gegen die felsigen, feuchten Wände, aus denen das Wasser tropfte. Die Fensterhöhlen waren mit schwarzem Leder verhängt. Nur ein Fenster war offen und Bernhard mochte nicht in den Abgrund sehen, der darunter gähnte. Stattdessen schritt, stolzierte, schlich er durch den dunklen Saal auf den Thronsessel zu, über den sich ein Himmel wölbte, aus dem lange, spitze Eiszapfen staken.

Zu Bernhards Entsetzen war es der Abt, der seinen neuen Vasallen erwartete.

Er saß auf einem Thronsessel aus rotem Purpur, dessen goldene Lehne mit Löwenköpfen und Teufelsfratzen verziert war.

»Knie nieder!«, befahl er lächelnd, während seine weißen Hände wie ein Fels auf der Armlehne ruhten.

Bernhard wurde schlecht, dabei schwitzte und fror er zugleich.

Der Abt musterte eingehend den vor ihm knienden Mann.

»Aus deinen Schuhen tropft Blut. Dreh dich um und betrachte deine Blutspur.

Fürchte dich vor Jerusalem!«

Mit Pfeil und Bogen und Steinschleudern stürmen wir Jerusalem, dachte Bernhard bitter und duckte sich wie jeder andere Ritter und Fußsoldat unter seinem Schild, während er den steilen, steinigen Hang zum Viereckigen Turm hinaufpreschte. Neben ihm Achard von Montemerle und etwas weiter vor ihm Olivier, dessen Pfeile im Köcher klapperten, weil er in Ermangelung von Holz zu wenig davon hatte. Dennoch unbeirrbar bewegte sich Olivier vor – wie alle, ob Heerführer, Ritter oder Fußsoldat.

Die Angst ist die Begleiterin der Nacht – der Todesmut der Freund des Tages. Was denke ich da für einen Unsinn?, ermahnte sich Bernhard. Mit solchen Gedanken kann ich nicht überleben. Pass auf, kämpfe!

Der Schweiß rann ihm schon jetzt den Nacken herunter. Ihm war unerträglich heiß unter dem zu einer ›Schildkröte‹ formierten Dach, auf das schon früh am Morgen die Sonne prallte. Bernhard spähte durch einen Spalt und sah, wie da oben auf der Befestigungsmauer und dem quaderförmigen Turm, der weit hinausragte und ein mächtiges Bollwerk bildete, die ägyptischen Krieger eher nachlässig allmählich eintrafen, um in Ruhe und Gelassenheit und siegesgewiss ihre törichten Feinde zu erwarten.

Mit ihren Fingern zeigten sie auf ihre Angreifer und lachten.

Sie lachen uns aus, zu Recht, dachte er zornig. Wenn wir nur wüssten, wie groß die ägyptische Garnison ist.

Nach den Berichten der geflüchteten Christen gab es zusätzlich zu den Soldaten eine berittene Eliteeinheit von 400 Mann, wenn nicht noch mehr. Dann die schwarzen Krieger, die häufig auf der Mauer patrouillierten und besonders von den Kindern und Frauen und versteckt auch von den Rittern begafft wurden.

Wie auch immer, der Viereckige Turm, auf den sie sich mühsam, aber unaufhaltsam zubewegten, erschien Bernhard ebenso uneinnehmbar wie die Zitadelle von welcher Pilger, die schon einmal in Jerusalem gewesen waren, erzählten, dass 15 oder 20 Männer, wenn sie hinreichend versorgt waren, jeden Angriff abwehren könnten.

Und hinreichend versorgt waren die Soldaten da auf der Mauer allemal. Vor allem mit Wasser. Mit verzückten Augen erzählten Pilger von den Quellen und Brunnen Jerusalems.

Bernhard aber hatte jetzt schon eine ausgedörrte Kehle.

Ein Pfeifen und Sausen schreckte ihn aus seinen unnützen Gedanken. Wie konnte er nur so abgleiten? Das war der Schritt zum Tod, wie er genau wusste.

Pfeile glitten, sausten durch die Luft, dann ein harter Aufprall, von dem Bernhards Schild erzitterte. Ein gellender Aufschrei. Er kam von links, wo Tankreds Ritter zwischen dem Viereckigen Turm und dem St. Stephanustor die einzige Sturmleiter in Richtung des steinernen Walles vor der Befestigungsmauer schleppten.

Immer näher robbte Bernhard an den Vorwall heran.

Wieder ein Schrei von Tankreds Männern.

Und nun Herzog Gottfrieds donnernde Stimme, Trompetenlärm. Wie ein Mann entblößten sie sich von ihren Schildern und schossen auf die Sarazenen, die ihrerseits genau diesen Augenblick seelenruhig abgewartet hatten.

Vor ihm, neben ihm, hinter ihm schrien Männer, brachen zusammen, wurden von Brandpfeilen getroffen. Der Bogenschütze neben Bernhard krümmte sich vor Schmerz. Ein Verzweiflungsschrei gellte laut: »Meine Augen! Meine Augen!«

Mit den Toten stieg bei den noch Lebenden die Wut auf, die Wut der Verzweiflung.

Denen werden wir es zeigen!

Wie alle anderen stürmte Bernhard immer weiter an den Vorwall heran, zielte, schoss, traf, ein Aufschrei oben auf der Mauer und der Soldat kippte in die Tiefe.

Bernhard hatte schon längst seine Pfeile verschossen, doch sobald sein Köcher leer war, lief er zwischen den blutenden, winselnden, weinenden, jammernden, kreischenden Männern umher und sammelte neue Pfeile ein, hob Steine auf, schoss mit seiner Schleuder, er ließ sich kaum Zeit, seinen Erfolg abzuwarten, er schoss und schoss, ohne Deckung wie sie alle. Von unbändigem Willen getrieben, versuchten einige Männer, mit Äxten und Hämmern die Mauer des Vorwalls zu beschädigen. Sie wurden vom herausragenden Turm aus abgeschossen wie die Kaninchen.

Überall Schreie, Blut, überall Verwundete, Sterbende, Tote. Männer krümmten sich vor Schmerzen am Boden, Frauen und Geistliche schleppten Verwundete weg vom Schlachtfeld.

Wir werden sinnlos abgeschlachtet, stellte Bernhard nüchtern fest. Den beißenden Gestank nach Feuer, nach verbranntem Stoff, nach verbrannter Haut einatmen müssend, durchfuhr es ihn: *Das* ist die Hölle! Nicht ewiger Schmerz, ewige Pein und Folterung, sondern die Verzweiflung in allen Gliedern, im Gehirn, es nicht zu schaffen, trotz aller Anstrengung, trotz Todesverachtung, trotz Todesmut.

Noch nie war Bernhard so hilflos, so ohnmächtig und verzweifelt in einer Schlacht gewesen. Dennoch kämpfte er Stunde um Stunde, den ganzen Tag. Er zwang sich, nicht nachzulassen, so wie jeder der Männer seine Erschöpfung missachtete. Jetzt oder nie! Dass es ein Nie würde, das war allen klar, wie sie über die Leichen stolperten und weiterkämpften und kämpften. Freunde waren schon längst tot und wer noch am Leben war, wusste niemand. Es war fast gleichgültig. Nur als Bernhard neben Olivier sich abmühte und dieser von einem Pfeil getroffen wurde, ins Gesicht, in das Auge, da durchfuhr es Bernhard: Wenn ich dieses Gemetzel überlebe, dann nehme ich es als Gottesurteil. Dann bin ich doch unschuldig.

Es wurde schon Abend, als sich die hoffnungsvolle Nachricht verbreitete:

Tankreds Leute haben den Vorwall überwunden und erklimmen die Mauer von Jerusalem!

Wir schaffen es doch, dachte Bernhard freudig, zielte und sah befriedigt, wie der Sarazene auf der Mauer zusammensackte.

Aber dann erging der Ruf zum Rückzug. Bis zum Äußersten erschöpft und enttäuscht, brachen die Männer den Kampf ab. Kaum zurück im Lager, erfuhr Bernhard, der Angriff mit der Sturmleiter sei gescheitert, Reybold von Chartre, der als Erster die Mauer erreicht habe, sei die Hand abgeschlagen worden. Darauf habe Tankred die Erstürmung der Mauer abgebrochen. Das Wehklagen über die verlorene Schlacht begann.

»Ein Ritter ist entweder ein Held oder tot!«

Wütend stand Bernhard vor dem Bett seines Freundes Olivier, der unter seiner dünnen Decke zusammengekrümmt fortwährend wimmerte und seine Hände über seine blutenden Augen hielt.

»Geh nicht«, bat Olivier und streckte die Hand nach Bernhard aus. »Lass mich nicht allein.«

»Ich hole jetzt Achard, der wird die Nacht bei dir bleiben«, erwiderte Bernhard in ruhigerem Ton. »Ich habe eben deinen Verband gewechselt, mehr kann ich für dich nicht tun.«

Noch immer aufgebracht, verließ er das Zelt.

Er konnte es nicht mehr hören, dieses: »Meine Augen, meine Augen, ich bin blind. Warum ich?«

Wie oft Bernhard auch den Verband wechselte und das zerfetzte rechte Auge und das blutunterlaufene linke Auge sehen musste, so schnell sickerten das Blut und der Eiter wieder hindurch. Wer verletzt war, sollte jedenfalls still sein, nicht um Hilfe rufen und klagen. Aber es schien im ganzen Lager nichts zu geben als Männer, die vor Schmerzen schrien, wenn ihnen Pfeile aus dem Körper gezogen oder durchgestochen wurden.

Zum Glück war Gottfried nicht verletzt oder gar tot, dachte Bernhard beruhigt, das würde die Lehensvergabe, um die er im Moment sowieso nicht bitten konnte, noch mehr erschweren. Wessen Vasall würde er dann? Des Erzbischofs von Lüttich, an den Gottfried sein Herzogtum verpfändet hatte, allerdings ohne seine Rechte aufzugeben?

Wie auch immer. Herzog Gottfried war nicht verletzt und auch sonst keiner der Fürsten, was eigentlich ein Wunder war. Und er selbst auch nicht – und auch nicht Achard.

Aber Olivier. Der Pfeil war wahrscheinlich von dem Vorsprung des Turmes abgeschossen worden, hatte das rechte Auge Oliviers seitlich gestreift und war auf den Knochen gestoßen, sodass die Iris aus dem breiten Wundspalt hervortrat. Das linke Auge jedoch, scheinbar unverletzt, war ebenfalls erblindet. Ein blinder Ritter! Bernhard schüttelte sich vor Ekel und Widerwillen. Und er musste ihn auch noch versorgen, auch wenn ein Mönch bisweilen ins Zelt guckte. Aber die hatten so viel zu tun mit den anderen Verwundeten und vor allem mit den Sterbenden. Im ganzen Lager – nur Sterbende, Leichen, die begraben werden mussten. Denn es waren leider nicht nur Ritter und Fußsoldaten, die geistlichen Beistand brauchten, sondern auch die Nichtkämpfenden, die sich krümmten, weil sie fauliges Wasser getrunken hatten. Alice' Kinderfrau war ebenfalls gestern beerdigt worden. Überall stank es nach Krankheit und Verwesung. Ihm war elend vor Ekel.

Bernhard hatte das Zelt Balduins von Le Bourg erreicht und wurde von dem davor stehenden Knappen gemeldet und eingelassen. Das Zelt war noch weitaus prächtiger als sein eigenes, ein Geschenk Balduins von Boulogne, des Fürsten von Edessa, an seinen Cousin. In der Mitte stand ein mit Purpur bespannter Thronsessel, so als wäre sein Besitzer ein Herrscher. Es saß aber niemand darauf, sondern die Herren lagerten auf Polstern im Halbkreis und tranken Wein aus golden verzierten Bechern. In Bernhard stieg Empörung auf ob dieses Überflusses und dieser Ungerechtigkeit. Ihm war nicht entgangen, dass den Reichen Wein von den Händlern angeboten wurde, er selbst aber verfügte kaum über die nötigen Mittel für klares Wasser. Dankend nahm er dennoch den ihm gereichten Wein an und setzte sich neben Achard, der ihm freundschaftlich auf die Schulter klopfte.

»Na, wie geht es Olivier?«, flüsterte er.

»Fragt nicht, heute Nacht seid Ihr dran. Da könnt Ihr ihn versorgen. Ich gehe zu Alice.«

»Na, na«, raunte Achard.

»Nichts na, na.«

»Fassen wir also zusammen«, sagte Balduin de Le Bourg mit tadelndem Blick auf Bernhard und Achard.

»Der Sturmangriff auf Jerusalem war eine Niederlage. Sehr viele von uns Rittern sind schwer verwundet oder tot. Das Gleiche gilt für die Fußsoldaten. Ein weiterer Sturmangriff würde unser Heer unnötig schwächen und ebenso scheitern. Deshalb haben die Heerführer heute beschlossen, Belagerungsmaschinen zu bauen.«

Bernhard kräuselte die Stirn. Wovon?, zweifelte er.

»Meine Herren, Ihr denkt alle dasselbe. Aber ein syrischer Christ kennt einen Ort in den Bergen, wo es Holz, wenn auch nicht gerade im Überfluss, so doch überhaupt gibt. Graf Raimond und Graf Robert werden sich mit ihren Leuten, Kriegsgefangenen und Kamelen dorthin aufmachen. Ob es allerdings reicht, werden wir dann sehen. Wie auch immer, ohne Belagerungsmaschinen können wir Jerusalem niemals erobern.«

Dem stimmte jeder der Männer zu. »Dann ist da noch eine Frage zu klären. Aufgrund des Wassermangels ist uns das Vieh verreckt. Wer von Euch reitet Richtung Ramla und besorgt neues?«

Einige der Ritter hoben ihre Hand, unter ihnen Achard.

»Ich selbst will auch Nahrungsmittel einbringen«, sagte Balduin von Le Bourg. »Wer begleitet mich?«

Bernhard nickte: »Ja, ich.«

Gleichzeitig durchfuhr ihn die Sorge: Wer sollte Olivier versorgen?

Es war spät geworden. Die Ritter erhoben sich, verließen das Zelt und traten in die schwüle, beinahe schwarze Nacht. Feuer brannten nicht in Ermangelung von Holz. Selbst die Umrisse der großen Zelte der Heerführer waren nur schemenhaft zu erkennen. Zwar gewöhnten sich Bernhards Augen an die Dunkelheit, doch war er trotzdem irgendwie erleichtert, als er in Alice' Zelt trat, die, den weinenden Hanno auf dem Schoß, noch wach war. Sie sang dem Jungen ein Schlaflied und streichelte ihn. Bernhard setzte sich daneben und blickte seinen Sohn bekümmert an. Einen Augenblick barg er sein Gesicht in seinen Händen, dann stupste er Alice mit der Nase an und sagte:

»Schön, dich gesund zu sehen, meine Liebste.«

»Bitte nicht liebkosen«, sagte Alice und nahm seine Hand von ihrer Wange.

»Keine Sorge, ich will nichts von dir. Ich will unsere Eroberung Jerusalems nicht gefährden. Aber ich würde gerne die Nacht bei dir bleiben. Ich halte es in meinem Zelt nicht mehr aus.«

»Hier ist es auch nicht viel ruhiger. Der Kleine zahnt. Aber wenn Ihr wollt. Das Bett der Bogenschützin ist leer – und nun auch das der Kinderfrau. Ich hatte sie davor gewarnt, das verdreckte, faulige Wasser zu trinken.«

»Blutegel?« Bernhard schüttelte sich.

Alice nickte, ergriff gedankenverloren seine Hand und fragte: »Kommt Olivier denn durch?«

Bernhard zog seine Hand zurück und ermahnte sie:

»Nicht doch, Alice. Ja, es scheint, dass er es schafft. Aber sein Gejammer ist nicht zu ertragen und es ist noch nicht einmal das Schlimmste. Viel entsetzlicher sind seine Füße.

Guck nicht so erstaunt. In seinen Fieberanfällen wird Olivier von Wahnvorstellungen geplagt, der Erzengel Michael strafe ihn und bei jedem Hieb mit dem Schwert zuckt er mit seinen großen Füßen.«

»Er tut mir leid«, sagte Alice. »Nun ist er drei Jahre bis nach Jerusalem gepilgert und ganz zum Schluss ist er für den Rest seines Lebens erblindet, ein Krüppel, ein nichtsnutzer Esser, der jedem lästig ist. Doch, widersprecht nicht, gebt es zu: Er ist Euch lästig. Aus ist es mit dem Traum vom Kampf, von Ehre und Ruhm. Er wird sich seine Blindheit als Versagen im Kampf vorwerfen und auf Dauer werden es alle so sehen und ihn verachten.«

»Auf Dauer? Dir ist sicher klar, was passiert, wenn das ägyptische Heer uns erreicht, bevor wir Jerusalem eingenommen haben, was Gott verhüten möge.«

»Ich weiß, natürlich, sie werden uns alle töten. Aber wir werden uns verteidigen, bevor wir sterben. Ihr Männer, ihr Ritter werdet kämpfen, im Kampf sterben und den himmlischen Lohn dafür empfangen. Ihr könnt sicher sein, wir Frauen werden uns ebenfalls erbittert verteidigen. Diese Ungläubigen sollen es am eigenen Leibe erfahren, wie christliche Frauen zu Furien werden und sie abmurksen. Auch wenn wir am Ende vergewaltigt und getötet werden, so haben wir uns doch gewehrt. Aber Olivier liegt auf seinem Lager, kann nichts sehen, nur hören, wie der Kampf immer näher kommt, wie wir verlieren – und er kann nichts tun. Er muss abwarten, bis die feindlichen Krieger in das Zelt stürmen, ihn verhöhnen und dann einfach niederstechen, wenn es gut geht und sie ihn nicht vorher foltern – so aus Spaß.«

»So hoffnungslos zu denken, ist Sünde«, tadelte Bernhard sie leise.

»Ich weiß.« Alice nahm ihren Rosenkranz aus ihrer Rocktasche, ließ ihn durch die Finger gleiten und fing an zu beten.

Hanno, der bis dahin unruhig gewesen war, schlief dabei still ein.

Bernhard wartete und sagte nichts.

»Gut«, beendete Alice das Gebet und steckte den Rosenkranz wieder zurück.

»Gott wird mit uns sein und wir werden Jerusalem einnehmen. Was passiert dann mit Olivier? Er wird«, so überlegte sie, »dort bleiben müssen und in einem Spital, in einem Kloster aufgenommen werden.«

»Zurück nach Lothringen kann er jedenfalls nicht«, erklärte Bernhard entschieden. »Seine Verlobte will ihn sicher nicht mehr haben. Olivier aber schreit nach ihr. Es ist, als würden Tränen aus seinen Augen treten, aber natürlich kann er gar nicht weinen und man sieht die Augen auch gar nicht.«

Bernhard blickte vor sich hin.

»Ich weiß nicht«, fuhr er fort, »warum Olivier das Mädchen nicht vor Beginn unserer Pilgerreise geheiratet hat. Sie war schon 14 Jahre alt. Nun ist sie 17 und will bestimmt nichts von einem blinden Mann wissen und wird die Verlobung lösen.«

»Der Ärmste«, sagte Alice. Olivier tat ihr mit einem Male sehr leid.

»Alice, klagen hilft uns nichts. Wir müssen sehen, dass wir jetzt überleben. Deswegen werde ich morgen mit Balduin von

Le Bourg ausreiten, um Lebensmittel zu erbeuten. Achard ist ebenfalls unterwegs, um Vieh zu organisieren. Olivier kann aber nicht allein bleiben. Ich wollte dich bitten, Martin zu fragen, ob er wie der heilige Martin zwar nicht seinen Mantel, so doch seine Zeit mit ihm teilt.«

Alice nickte. »Wenn Olivier wehrlos im Zelt liegt, wird er bestimmt bestohlen.«

»Wovor gerade du besondere Angst hast.«

»Ich? Wieso?«

»Meinst du wirklich, ich wüsste nicht, dass du seit unserer ersten Nacht in Pera einen Beutel mit Geld vor mir versteckst?«

Alice riss erschrocken die Augen auf: »Ihr wisst es?«

Er schüttelte lachend seinen Kopf.

»Es war für mich häufig köstlich zu beobachten, wie du verzweifelt nach einem Versteck gesucht hast, wenn ich unerwartet hereinkam oder du nicht damit gerechnet hattest, dass wir miteinander schlafen würden. Wie du aufgepasst hast, dass ich nicht eine bestimmte Stelle an deinem Rock berühre, wo das Geld eingenäht war. Oder du hattest es in der Satteltasche oder im Topf unter den Bohnen versteckt oder unter deinem Bett vergraben wie in Antiochia.

Ich habe mich nur die Jahre über gefragt, wer dir das Geld gegeben hat. Von deinem Vater hattest du es bestimmt nicht. Im Gegenteil, du hast es auch vor ihm verheimlicht.«

Bernhard gähnte:

»Ich glaube, ich nehme lieber das Bett der Bogenschützin als das der Kinderfrau, obwohl die die weicheren Kissen hatte.«

Alice aber lag mit offenen Augen noch lange wach und quälte sich, als habe sie ihren Vater in dieser Nacht getötet.

Es war nicht das Zähnchen, das den kleinen Hanno so quälte, oder nicht nur. Es war das Fieber, das ihn in einen unruhigen Schlaf fallen ließ, aus dem er auch am Morgen nicht wirklich erwachte. Alice legte ihn an ihre Brust, er aber mochte nicht trinken, klagte, weinte, biss hinein, sodass sie ihren Finger in sein Mündchen steckte und ihn sanft von sich wegzog.

Vielleicht war ihre Milch zu dickflüssig, überlegte Alice, schließlich hatte sie zu wenig getrunken. Sie schickte Bernhard, Wasser zu kaufen, und öffnete nun zum ersten Mal nach über zwei Jahren ihren geheimen Geldbeutel vor dem geliebten, leider unerreichbaren Mann.

Es dauerte lange, bis Bernhard das ersehnte Wasser brachte, jedenfalls erschien es Alice so. Bernhard schimpfte über den unverschämt hohen Preis.

Eine Gruppe von Händlern sei überfallen worden, ganz in der Nähe des Lagers. Die Mönche wären gerade dabei, die Köpfe wegzuschaffen. Das treibe natürlich den Preis in die Höhe. Argwöhnisch besah er sich die Flüssigkeit, die Alice aus einem Lederbeutel in einen Becher goss.

Ein Knappe Balduin von Le Bourgs trat in das Zelt und meldete, sein Herr sei zum Ausritt bereit. Bernhard nahm Schwert, Lanze, Helm und Schild, stand unschlüssig vor Alice und beugte sich dann zu seinem leise röchelnden Sohn hinunter. An Alice gewandt, fragte er unsicher: »Meinst du, er ist sehr krank?«

Diese Frage stellte sich Alice seit Stunden, wie sie nun an Hannos Seite saß und mühsam versuchte, ihn zu stillen. Der Junge wollte nicht trinken. Er schrie auch gar nicht mehr, sondern lag teilnahmslos da, Fieberperlen auf der Stirn.

Und sie hatte nichts, womit sie die Stirn hätte kühlen können. Wehmütig dachte Alice an die kalten, nassen Umschläge, die Martha ihr daheim gemacht hatte. Hier vor Jerusalem gab es nichts Kühles. Nicht einmal die Klinge von ihrem Messer, die Alice ihrem Sohn auf die Stirn legte, war kalt.

Sie versuchte es mit Pusten, ihr Atem würde etwas Linderung bringen, aber sie sah bald ein, wie nutzlos das war.

Alice verzweifelte, während sie Hannos Händchen hielt und spürte, wie das Fieber stieg und stieg. Sie verzweifelte über ihre Ohnmacht, sie machte sich Vorwürfe, die sie abzuschütteln versuchte. Nein, sie war nicht schuld daran, dass Hanno so krank war. Schon seit Tagen, schon seit ihrer Ankunft vor Jerusalem kränkelte er, war weinerlich, hatte eine heiße Stirn. Jedoch so still war er noch nie gewesen. Sonst war er ein lebhafter Junge, der ihr keine Ruhe ließ, den sie nur mit Mühe und Überredung und Singen und Gebet abends zum Schlafen brachte. Wie oft hatte sie sich gewünscht, er möge endlich einmal früher einschlafen und sie nicht auch noch nachts aus dem Bett reißen. Jetzt aber lag Hanno teilnahmslos, fast bewegungslos da. Nur sein Atem ging schwer.

Wie bereute Alice diese letzte Nacht. Hätte sie Bernhard nur abgewiesen, als er, kurz bevor die Sonne über den judäischen Bergen aufging, doch noch zu ihr unter die Bettdecke gekuschelt kam. Stattdessen hatte sie sich in seinen Arm geschmiegt, seine Nähe, seinen Körper gespürt, war ruhiger geworden, als Bernhard ihr Gesicht, ihr Haar, ihre Ohrläppchen sanft streichelte und ihr Ohrgehänge leise berührte, ohne dass es wehtat. Ein Schmerz, den sie von Hanno kannte, wenn sie nicht aufpasste und das Kind daran zog.

Vielleicht täte er es auch jetzt? Alice hielt ihr Ohrgehänge ganz dicht vor Hannos Gesicht – nichts. Der Junge, der sonst vor Vergnügen quietschte, wenn er die bunten Steine zu fassen bekam und daran riss, sodass Alice schnell seine Hände wegnahm, der Junge lag leblos, so als sähe er sein Spielzeug gar nicht.

Alice machte sich bittere Vorwürfe. Nein, sie hätte es nicht zulassen dürfen, dass Bernhard ihren Hals küsste, ihren Busen, ihren Bauch, um endlich leise, damit niemand, aber auch niemand, der außen am Zelt entlangging, es hören könnte, in sie einzudringen. Warum nur hatte sie das nicht verhindert, sondern sogar gewollt?

Weil es ihr in dieser letzten Nacht wie Schuppen von den Augen gefallen war, wie einsam sie war. Alle waren von ihr gegangen, Hildegard ins Kloster, ihr Vater hatte sich umgebracht, Theresa war tot wie ebenfalls die Bogenschützin, die Kinderfrau, und Martin, um dessen willen sie so heftig darum gebeten hatte, mit nach Jerusalem pilgern zu dürfen, war ihr fremd geworden, so fremd, schon so lange. Er lebte in einer fernen Welt, an der er sie nicht teilnehmen ließ. Alice fürchtete, Martin verachte sie. Was blieb, waren natürlich die Frauen, die Zeltnachbarinnen, und doch, seitdem das Heer vor Jerusalem lagerte, betrachteten sie einander misstrauisch, jede darauf bedacht, selbst zu überleben, koste es, was es wolle.

Da blieb von Freundschaft wenig übrig.

Nur Bernhard, der ihr vertrauteste Mensch, liebte sie auf seine Weise, und mit ganzer Kraft hatte Alice die Vorstellungen von Sünde fortgeschoben und sich seinen Liebkosungen, seinem Begehren hingegeben.

Hätte sie es nur nicht getan! Warum war sie so schwach gewesen. Sie war doch gar nicht allein. Sie hatte Hanno, ihr Kind.

Herzensangst erfasste Alice, Hanno könne von ihr gehen, endgültig. Es gab nichts, womit sie ihr Kind retten könnte, keinen Schnee, kein Wasser, nicht einmal einen Baum, unter dessen Blätterdach sie ihm Kühlung bereiten könnte. Nur dieses stickige Zelt, draußen aber war nirgendwo Schatten und es wehte der heiße, staubige Wüstenwind.

Alice horchte. Ein Händler bot Wasser und Brot an. Eine Seltenheit, denn auch Brot war Mangelware. Vielleicht hätte er Weintrauben, von denen die Reichen aßen. Vielleicht würden die Hanno erfrischen, ihm guttun. Ängstlich betrachtete sie ihr Kind, der Junge müsste allmählich vollkommen ausgedörrt sein. Keine kleinen Schweißperlen standen mehr auf seiner Stirn. Es war eine trockene Hitze in ihm.

Vielleicht senken Weintrauben das Fieber, hoffte Alice, während sie die für viel zu teures Geld gekauften Weintrauben entkernte, die harte Schale abzog und die süße Frucht Hanno unter die Nase hielt, auf dass er von dem Duft aus seinem Fieberschlaf aufwachen möge. Wirklich blinzelte das Kind sie an, doch seinen Mund öffnen mochte er nicht.

Alice steckte ihm trotzdem eine Weintraube in den Mund. Er kaute nicht. Wenn er sich nun daran verschluckt, dachte sie und nahm vorsichtig die Frucht aus der kleinen Mundhöhle, zerquetschte sie und benetzte damit Hannos trockene, rissige Lippen.

Kein Lächeln, das sie an ihm so liebte, zeigte sich auf seinem Gesichtchen.

»Oh Gott!«, rief sie. »Was habe ich getan. Engel im Himmel, helft mir! Heilige Mutter Gottes, rette mein Kind!«

Ganz dicht hielt Alice ihr Ohr an seinen Atem. Oh Gott! Der Junge starb ihr unter den Händen weg. Sie musste etwas tun.

Hanno müsste fort aus diesem Lager. Er müsste irgendwohin, wo es Wasser gab. Sie wollte sich mit Hanno in einen kühlen Bach stellen, das Kind auf dem Arm. Das Wasser würde in sanften kleinen Wellen ihn umspülen und das Fieber herunterdrücken. Nur so könnte er gesund werden. Und wenn schon kein Bach, so doch kalte Umschläge.

Sie mussten fort hier, schnell fort. Nur wohin? Nach Bethlehem, schoss es ihr durch den Sinn.

Sie bräuchte ein Pferd, sie hatte keines. Martin hatte ein Pferd, hatte Rab. Wut stieg in ihr auf. Rab war ihr Pferd, sie hatte es ihm in Konstantinopel geschenkt. Nun müsste sie Martin bitten, dass er ihr den Hengst leihen möge. Wie ungerecht die Welt war.

Wenn Bernhard nur endlich zurückkäme. Es müsste schon später Nachmittag sein.

Warum kam Bernhard nicht? War ihm etwas passiert?

Alice spähte aus ihrem Zelt. Draußen war alles wie immer. Einige Leute saßen träge herum, je weniger man sich bewegte, desto weniger Wasser bedurfte es zum Überleben. Nur einige Männer sammelten sich, um die Patrouille, die ständig das Lager bewachte, abzulösen.

Alice setzte sich wieder neben Hanno, nahm seine sonst so niedliche feste Hand, die jetzt heiß und dürr wirkte. Alice hätte weinen mögen ob dieser Hand.

Es stand fest, sie bräuchte Rab. Doch zu Graf Raimonds Lager hinüberlaufen konnte sie mit Hanno nicht, die Hitze würde ihm zu sehr zusetzen. Allein ohne Hanno gehen mochte sie nicht. Ach nein, fiel ihr ein. Bernhard wollte Martin beim

Fortreiten bitten, sich um Olivier zu kümmern. Zu Olivier könnte sie gehen. Alice nahm Hanno in den Arm und machte sich auf den Weg durch die brütende Hitze.

Vor dem Anblick des blinden Olivier graute ihr im Voraus.

Schon beim Eintreten starrte Alice auf seine Füße, ob sie wohl zucken würden. Vor Schreck schloss sie die Augen. Die Füße zuckten, als würde jemand mit dem Schwert auf sie einschlagen.

Martin wirkte mürrisch, wie er neben Oliviers Bett saß.

Er war keineswegs gern bereit, Alice Rab für einen Ritt nach Bethlehem abzutreten.

»Bring mir das Pferd ja heil wieder!«, rief er ihr in drohendem Ton nach.

Wie kann er nur so herzlos sein, dachte sie, als sie das Zelt verließ. Er sieht doch, wie krank Hanno ist. Warum sagt Martin nicht einfach freundlich:

›Ja. Ich gebe dir Rab gerne.‹ Warum dieser Ton?

Zurück zu ihrem Zelt zu gelangen, erwies sich als schwierig. Denn die stumpfsinnig vor sich hinstarrenden Menschen waren in Bewegung geraten.

»Überfall!«, vernahm sie von überallher. »Soldaten der Garnison von Askalon haben einen Überfall gemacht. Es gibt viele Tote. Viele Ritter.«

Bernhard, dachte sie. Gott straft uns.

Den kranken, stillen, fiebernden Hanno im Arm, drängte sie sich mit der Menge an den Rand des Lagers. Niemand war zu sehen, keine Pferde zu hören. Woher kam überhaupt dieses Gerücht? Alice fragte eine junge adelige Frau, von der Bernhard ihr erzählt hatte, dass Achard sie in Jerusalem heiraten wollte. Die stand ganz weit am Rand und stellte sich auf die Zehenspitzen.

Es dunkelte schon und die schnell hereinbrechende Nacht des Südens würde bald alles Licht verschlucken, da kamen Männer den steilen Hang hinaufgeritten, eine kleine Schar.

Balduin von Le Bourg an der Spitze schien an der Brust verletzt. Neben ihm ritt, an den Händen gefesselt, ein Sarazene, sehr groß, sehr edel, ein vornehmer Mann von fürstlicher Gestalt mit einem Kahlkopf, der von der staunenden Menge angegafft wurde.

Wer allerdings einen Menschen zu verlieren hatte, der achtete nicht weiter auf Balduin von Le Bourg noch auf den Sarazenen. Das Wehklagen begann, als Frauen und Männer und auch die Kinder bemerkten, wer fehlte oder wessen Leichnam von einem Freund vorne aufs Pferd gebunden war.

Alice, den sterbenskranken Hanno im Arm, bekreuzigte sich, als sie Bernhard erblickte.

Auch er führte eine Last mit sich, den toten Achard von Montemerle.

Noch am Abend brachen Alice und Bernhard mit dem kranken Hanno Richtung Bethlehem auf. Martin hatte Rab zu Alice' Zelt geführt und sie so eindringlich ermahnt, acht auf das Pferd zu geben, dass sie unwillig nur noch »Ja, ja« erwidert hatte. Es war ihr lästig, es war doch klar, dass sie auf Rab aufpassen und vorsichtig sein würde.

Nun, da sie neben Bernhard dahinritt, konnte sie Martin verstehen. Rab war eines der ganz wenigen Pferde, die von Anfang an dabei waren, die all die Strapazen, Gefahren und Kämpfe überlebt hatten. Bernhard besaß keines mehr von den Pferden, mit denen er damals in Passau in den Kaufmannshof ihres Vaters gesprengt war. Es war gleichgültig, so überlegte sie, ob nun Rab ihr oder Martin gehörte, wichtig war allein, dass sie das Pferd gesund zu ihm ins Lager zurückbrachte, dass Rab überhaupt überlebte, nicht nur um ihret- oder Martins willen, sondern um seiner selbst. Alice empfand Zärtlichkeit für das Tier und klopfte ihm anerkennend auf den Hals. Sie nahm sich vor, wirklich aufzupassen, was bei dem fahlen Licht der Mondsichel und dem Geröll und Steinbrocken auf dem Weg nicht ganz einfach war. Jedenfalls der heiße Wind hatte sich gelegt.

Sie ritten Schritt, Bernhard schweigsam und müde neben ihr. Kein Wunder, dachte Alice, nach dem Kampf, den es bei Ramla gegeben hatte. Kaum einer der Männer, mit denen Achard am Morgen ausgeritten war, befand sich lebend unter den Männern, die nachmittags ins Lager zurückkehrten.

»Was ist denn eigentlich geschehen?«, sprach sie ihn an.

Bernhard schreckte auf.

»Heute?«

»Ja, natürlich.«

»Achard und Giselbert von Traves hatten mit ihren Männern geplündert und Viehherden zusammengetrieben, als sie von Soldaten der Garnison von Askalon überfallen wurden. Achard und Giselbert wurden getötet, einigen ihrer Leute gelang es zu entkommen, sie trafen auf uns, sodass wir zu dem Kampfplatz ritten und die Angreifer in die Flucht jagten. Den vornehmen Sarazenen, den wir gefangen genommen haben, will Balduin von Le Bourg zum Christentum bekehren. Mal sehen ...«

»Und wenn nicht?«

»Dann wird er geköpft.«

Alice war davon unangenehm berührt. Schweigend ritten beide weiter.

»Die ägyptischen Soldaten sind sehr gut bewaffnet, ausgeruht und kampferprobt, das haben wir heute bitter zu spüren bekommen«, sagte Bernhard besorgter, als er wollte. Er machte ein ernstes Gesicht und blickte zurück nach Jerusalem.

»Sie durchstreifen die Gegend und sehen zu, dass sie uns Christen ausfindig machen und töten?«, ergänzte Alice seine Andeutung.

Bernhard antwortete nichts darauf.

Alice fühlte sich zunehmend unbehaglich. Es überkam sie Angst um ihren Hanno, der endlich etwas ruhiger im Tragetuch vor ihrer Brust schlief. Die Kühle der Nacht schien ihm gutzutun. Alice strich sanft über sein Gesichtchen, die Stirn fühlte sich kälter an und sein kleiner Körper glühte auch nicht mehr so stark. Alice atmete auf, betete, dass die Krankheit zu überwinden sei, ihr Hanno in Bethlehem, der Geburtsstadt des Herrn Jesus Christus, gesund würde. Gleichzeitig packte sie die Angst, sie könnten überfallen werden. Wenn die ägyptischen Soldaten in der Überzahl wären, was könnte dann ein einzelner Ritter, was könnte selbst Bernhard gegen sie ausrichten. Nein, verbot sich Alice ihre Furcht. Es passiert gar nichts. Wir kommen heil in Bethlehem an. Sei unbesorgt. Bernhard beschützt dich und dein Kind. Und außerdem sind heute Nacht keine Feinde unterwegs. Sie haben selbst viele ihrer Leute verloren. Oder würden sie gerade deshalb ausziehen, um einzelne Pilger abzufangen und zu töten, um ihre eigenen Toten zu rächen?

Hanno wurde unruhig, fing leise an zu wimmern und zu weinen.

Alice fühlte ihre vollen Brüste, Bernhard hatte aus Ramla klares Wasser mitgebracht, sodass sie Hanno stillen könnte.

»Ich glaube, er hat Durst. Ich möchte mal versuchen, ob er trinken kann.«

Bernhard sah sich um. Die gebirgige, felsige Landschaft schien ihm nicht geeignet zu sein für ein Absitzen. Wie mühelos konnte aus dem Hinterhalt auf sie geschossen werden. Andererseits, so überlegte er, ging es darum, Hanno am Leben zu erhalten. Das Kind hatte seit Stunden nichts getrunken, eigentlich den ganzen Tag nicht, wie Alice ihm erzählt hatte. Wenn Hanno nun gestillt würde, so bliebe er am Leben. Vielleicht, nein, ganz sicher.

Die Pferde ließen sie frei laufen. Einen Baum zum Anbinden gab es nicht und die Tiere entfernten sich ohnehin nicht weit. Alice und Bernhard setzten sich auf den Boden, an einen Felsen gelehnt, Alice öffnete ihr Kleid und legte Hanno an.

Das Kind trank. Alice umkreiste mit dem Finger ihre Brüste, um auch den letzten Tropfen Milch herauszudrücken.

Da geschah es. Durch die lautlose Stille sausten Pfeile, ein Pfeilhagel traf die Pferde, die aufschreiend zusammenbrachen. Rab brach zusammen!

Schon waren die Krieger da. Schon waren die Feinde da – eine Überzahl.

Mindestens 18 Männer stürzten sich auf das Paar, entrissen Alice das Kind, packten sie und warfen sie zu Boden. Einer griff nach ihrem Rock und schob ihn hoch. Alice fühlte sein Geschlecht, sie schrie. In ihrer Verzweiflung, in ihrer Wut fasste Alice um sich nach dem staubigen Boden und drückte dem Mann winzige Steine in die Augen. Der heulte auf und ließ von ihr ab. Alice kam hoch, wurde ins Gesicht geschlagen. Doch während ihre Hände auf dem Rücken gefesselt wurden, sah sie Bernhard, wie er mit Hanno im Arm kämpfte. Dem Mann, der ihr das Kind entrissen hatte, dem hatte er den Arm abgeschlagen. Andere der Feinde lagen verwundet oder tot am Boden. Bernhard kämpfte mit aller Kraft und Leidenschaft und Verzweiflung gegen den Tod. Wie er wusste, vergeblich.

Von hinten packten sie ihn, hielten ihn fest, so sehr er sich wand und nach ihnen trat, sie entrissen ihm sein Schwert, entrissen ihm das Kind, fesselten ihn.

Hanno weinte.

Der Mann, der wohl der Befehlshaber war, sagte etwas in ihrer unverständlichen Sprache. Einige der Männer mit ihren unheimlichen langen schwarzen Bärten lachten. Dann wurde es ganz still.

Alice und Bernhard wurden zu dem Felsbrocken gestoßen, wo sie gesessen, wo Alice ihren Sohn gestillt hatte. Hart wurden sie am Arm umklammert und vor dem Block einander gegenübergeschleudert. Alice sah, dass Bernhard im Gesicht stark blutete. Doch sie schenkte der Verwundung, die sie früher erschreckt und besorgt gemacht hätte, kaum Beachtung, weil sie fühlte, wusste, das weitaus Schrecklichere würde nun folgen. Verwundert stellte sie sachlich fest, dass sie um ihr eigenes Leben überhaupt keine Angst hatte. Sie hatte nicht vergewaltigt werden wollen – und sie war nicht vergewaltigt worden. Das aber, was geschehen würde, war schlimmer, furchtbarer, gottloser als jede Vergewaltigung. Noch immer war es still. Fast still, denn Hanno schrie und versuchte, sich aus dem Arm seines Peinigers zu winden.

Der Mann schlug dem Jungen heftig auf den Rücken. Hanno schrie noch lauter.

Dann aber, wie eine Zeremonie, wie eine Opferung, wurde Hanno auf den Felsbrocken gelegt. In ihrer Herzensangst, in ihrer Todesangst rief Alice:

»Nein! Nehmt mich!«

Ein ganz junger Soldat lachte, zeigte auf sie und sagte ein Wort, das wohl ›Mutter‹ bedeuten sollte. Dann wies er auf Bernhard, lachte wieder und sagte wahrscheinlich ›Vater‹.

Ungerührt von Alice' Aufschrei und ihrem Flehen, statt des Kindes geopfert zu werden, was er wahrscheinlich auch gar nicht verstanden hatte, gebot der Befehlshaber Stille.

Alice und Bernhard kämpften, versuchten, sich von den Handfesseln loszumachen, von dem harten Griff, mit dem sie gepackt und festgehalten wurden. Einige Männer schlugen sie mit der Faust ins Gesicht.

Der Befehlshaber gebot offenbar erneut Ruhe.

Hanno weinte.

Alice schrie: »Nein!!!!« Sie schrie und schrie.

Einer der Soldaten, ein älterer, erfahrener, sprach im singenden Ton einige Worte, erhob sein Schwert über dem laut weinenden kleinen Jungen mit den schwarzen Wuschelhaaren und schlug ihm mit einer schnellen, geübten Bewegung den Kopf ab.

Hannos Kinderköpfchen fiel herunter auf den Boden neben den Block.

Alice' Aufschrei hätte den Himmel zerreißen mögen.

Sie wäre zusammengebrochen, wenn nicht zwei Soldaten sie festgehalten und hochgezogen hätten. So stand sie, fest im Griff, aufrecht, als jeder der Männer ihr und Bernhard ins Gesicht spuckte. Nur der Befehlshaber war sich dafür offenbar zu schade. Danach raubten sie Bernhards Waffen und ließen das Paar gefesselt zurück. Von Weitem hörten Alice und Bernhard, wie sie laut einander etwas zuriefen und lachend davonritten.

Mühsam befreiten Bernhard und Alice sich gegenseitig von ihren Stricken. Unter glühender Hitze stolperten sie den steinigen Weg zurück nach Jerusalem. Bernhard trug seinen Sohn im Arm, Hannos Köpfchen und Körper fest aneinandergepresst. Er spürte das Blut seines Kindes, das durch das Kettenhemd und das Wams bis auf die Haut sickerte. Alice weinte und streichelte immer wieder Hannos liebes, blutverschmiertes Gesicht.

Als sie gegen Mittag das Lager erreichten, kam Martin ihnen keuchend entgegengelaufen:

»Wo ist Rab?«

Doch noch ehe Alice sich zu einer Antwort durchringen konnte, tauchten an die 200 prächtige arabische Pferde am Horizont auf.

»Zu spät«, klagte Alice. »Die Pferde kommen zu spät.«

Martin fuhr Bernhard an: »Ihr habt es gewusst, Ihr wart dabei, als die Pferde bei Ramla erbeutet wurden.«

Bernhard sah Martin kalt an, ließ ihn stehen und ging mit seinem toten Sohn auf einen Priester zu.

Alice fasste Martin am Arm und stammelte:

»Es tut mir leid. Rab war auch einmal mein Pferd.«

Martin machte eine abwehrende Kopfbewegung.

Sie rang sich durch:

»Eines muss ich dir noch sagen. Ich habe Geld für dich, viel Geld. Schon seit Passau. Vom Abt.«

Wie jede Nacht wachte Alice vom leisen Weinen auf. Unwillkürlich fasste sie nach Hanno, um ihn an sich heranzuziehen, ihn in den Arm zu nehmen und zu stillen. Ihre Hand griff ins Leere. Sie fühlte ihr Laken, das übel roch, weil sie es lange nicht mehr hatte waschen können. Sie tastete nach ihrem Kind. Er musste doch neben ihr im Bett liegen. Ihre Brüste waren prall, seit Langem hatte sie nicht so viel Milch für ihn gehabt. Aber Hanno war nicht da. Das konnte nicht sein. Sie empfand seine Nähe. Ganz dicht lag der Junge bei ihr. Ganz gewiss war er da.

Wie könnte sie sonst seine Gegenwart, seinen Atem, seinen lieben kleinen Körper so dicht bei sich spüren?

Aber er war nicht da. Ihre Hand konnte ihn nicht berühren, ihn nicht greifen.

»Hanno, was machst du denn? Wo bist du denn?«

Alice schrie auf. Mit einem Ruck saß sie aufrecht. Sie fühlte das nasse Kopfkissen, die Tränen liefen ihr über das Gesicht. Sie war von ihrem eigenen Weinen erwacht. Wie jede Nacht, wenn Hanno leise ›Mama‹ rief, weil er gestillt, gestreichelt werden wollte. Sie beschützte ihn gegen seine kleine große Angst.

Es durchfuhr Alice. Hanno war nicht da. Hanno war tot.

Das konnte nicht sein.

Da war er. Am Ausgang des Zeltes. Da hockte er.

Alice sprang aus dem Bett, hastete nach ihrem Kleid, das sie sich überwarf. Schon war Hanno verschwunden. Schon war er aus dem Zelt gekrabbelt. Alice lief ihm hinterher. Draußen im Lager war es finster. Kein Feuer brannte. Der fahle Schein der Mondsichel ließ die düsteren Zelte kaum erahnen. Nur auf der Mauer von Jerusalem flackerte Fackel neben Fackel. Alice blickte kurz hinauf zu den feindlichen Kriegern, wie sie hoch oben Patrouille schoben. Vor ihr huschte der Schatten ihres Kindes. Da, Hanno krabbelte, dann lief er, verschwand hinter einem Zelt, tauchte wieder auf, fiel hin und stützte sich mit seinen Händchen ab, um wieder hochzukommen.

»Hanno!«, rief Alice. »Bleib endlich stehen!«

»Ruhe!«, schrie jemand. »Willst du wohl ruhig sein!«

Alice lief weiter, immer diesem Schatten nach. Manchmal drehte sich Hanno um, dann war er wie vom Erdboden verschwunden.

Der Wind peitschte den Staub zu einer wirbelnden Windhose auf, die hierhin und dorthin drehte wie apokalyptische Reiter, mit Sensen das Nichts schlagend, schreiend, heulend.

Ein Mann mit nur einem Bein hinkte auf Krücken an Alice vorbei. Er lachte widerlich vor sich hin, als Alice Hannos Namen rief. Wussten denn alle im Lager, dass Hanno ermordet worden war? Der Kindermord vor Bethlehem. Nein, Hanno war nicht tot. Da krabbelte er doch. Was tat er denn, der Schlingel? Er verschwand in einem fremden Zelt.

Der süßliche, scharfe Gestank von Fäulnis und Verwesung schlug Alice entgegen. Beim Schein einer Öllampe hockten drei Menschen auf dem Boden. Der eine von ihnen, ein ganz junger mit weißblondem Haar, schien Alice nicht zu bemerken, er klapperte ununterbrochen mit den Zähnen und stieß dabei irgendwelche Worte aus, die wie eine Litanei klangen. Der Alte jedoch kam sofort hoch, groß, mit langem, wildem Bart streckte er Alice drohend seinen schwarzen Armstumpf entgegen.

»Was willst du?«, fragte er böse.

»Mein Kind. Mein Hanno. Ist er hier?«

Der Mann lachte höhnisch. »Die Frau weiß nicht, dass ihr Bastard tot ist, ermordet, abgemurkst von den Ägyptern.«

Die Frau aber griff nach dem Messer, das neben ihr auf dem Erdboden lag, und ging auf Alice los:

»Du Metze, du Hure, du bist schuld an Gottes Zorn, du bist schuld, dass wir alle vor Jerusalem verrecken!«

Sie fasste Alice beim Arm und stach zu. Doch Alice war jünger und schneller und versetzte der Frau mit der freien Hand einen Schlag ins Gesicht, sodass die andere wimmernd zurückwich.

Entsetzt und durch diesen Schrecken zur Besinnung gekommen, hastete Alice aus dem Zelt. Hinter sich hörte sie das Gezeter und Geschrei:

»Das Miststück! Haltet die Hure fest!«

Alice lief. Sie stolperte. Nur weg, sie musste raus aus dem Lager, bevor das Weib alle aufgeweckt und auf Alice gehetzt hatte. Wenn Bernhard nur da wäre. Aber er war mit Rittern und Fußsoldaten zum Meer aufgebrochen.

Weiter. Wohin? Zum Friedhof. Zu Hannos Grab. Um Gottes willen, sein Schatten war fort. Hannos Schatten war fort. Alice fing an zu weinen. Sie taumelte, als sie den Acker erreichte, auf dem die Christen ihre Toten begruben.

Alice sank vor Hannos Kindergrab auf die Knie und krallte ihre Finger in den steinigen Boden. So verharrte sie lange. Tränen liefen ihr über das Gesicht, die sie nicht abwischte. Aus ihren Augen, aus ihrer Nase tropfte es. Es war ekelhaft, es war ihr selbst ekelhaft, jedoch sie wischte sich nicht ab.

Laut und jammervoll schluchzte sie:

»Mein Gott, mein Gott! Warum hast du mich verlassen? Warum hast du Hanno verlassen?

Nein, ich bin nicht schuld an unserem Elend.

Gott, du Allmächtiger, du weißt es selbst, dass ich nicht schuldig bin.

Ich war 15 Jahre alt, als mein Vater mit mir von Passau aufbrach. Gott, du bist mein Zeuge, dass ich nie etwas Unrechtes tat. Ich habe meinen Vater geehrt, wie es sich für eine gehorsame Tochter gehört. Noch mehr, ich habe ihn geliebt. Ich war zu allen freundlich, zu den Mägden und Knechten, zu Elias, dem Juden, zu den Kindern, mit denen ich gespielt habe, zu Martin und sogar zu Martha, obwohl ich sie nicht mochte und immer Angst vor ihr hatte. Den Armen habe ich in der Adventszeit Geschenke gebracht, und nicht nur dann. Ich habe gelernt, mildtätig zu sein, und war es gern, obwohl ich mich vor den Hühnern unter der Bank ein wenig gefürchtet habe. Wenn ich einmal eine kleine Sünde begangen habe, etwas genascht oder auch mal gelogen, dann habe ich gebeichtet und wirklich bereut. Du, Gott, weißt es, denn du kannst in die Herzen und Gedanken der Menschen sehen.

Niemals hätte ich eine Todsünde begangen, um derentwillen wir nach Jerusalem hätten ziehen müssen.

Was kann ich für die Sünden meiner Vorfahren, wenn es denn Sünden waren. Was kann ich dafür, dass mein Vater meine Mutter geheiratet hat, obwohl er sie nicht liebte und obwohl er wusste, dass sein Bruder sie liebte. Was kann ich dafür, dass Martha ihre Herrin loswerden wollte und, um meinen Vater zu besitzen, meine Mutter getötet hat.

Was kann ich dafür, dass der Abt meinen Vater aufhetzte, nach

Jerusalem zu ziehen, dass er, unter dem Mantel der Frömmigkeit, sich rächte. Gottvater im Himmel, ich bin unschuldig, ich war es jedenfalls, als ich die Pilgerreise antrat.

Du aber hast mich in das Leiden, in die Schuld geführt.

Was hätte ich tun können? Hätte ich das dem Abt gegebene Versprechen brechen und meinem Vater das Geld geben sollen? Er hätte es nur sinnlos verprasst.

Ach, es ist alles gleich. Es hat mir, es hat Hanno nichts genützt. Du, Gott, hast mir alles genommen: mein Elternhaus, mein Erbe, noch viel schlimmer, meinen Vater, Martin, der mir niemals verzeihen wird, dass Rab tot da draußen verwest. Ich schreie es zu dir: Du hast mir mein Kind genommen, meinen Hanno.

Ich klage dich an. Warum ihn? Wenn ich auch schuldig war, so doch nicht er. Keinem Priester, der von Erbsünde spricht, traue ich mehr. Hanno war unschuldig, ich schreie es in die Nacht, ich schreie es in die Welt. Hanno ist unschuldig!

Großer Gott, du weißt, ich habe alles freudig gegeben, mein Geld, meine Ehre, auch Bernhard hätte ich entsagt, hatte ich es schon beinahe, wenn nur Hanno am Leben geblieben wäre. Selbst auf Hanno hätte ich verzichtet, hätte zugestimmt, ihn nie wiederzusehen, hätte ihn weggegeben sogar zu Bernhards Mutter, wenn er nur am Leben geblieben wäre.

Warum forderst du dieses Opfer? Warum ließest du ihn opfern durch deine Feinde?

Weil ich geliebt habe? Weil ich Bernhard geliebt habe?

Wer hat denn die Liebe in mein Herz gepflanzt, wenn nicht du?

Warum hast du uns Menschen so geschaffen, dass wir lieben können? Warum hast du uns nicht mit einer Seele, einem Körper aus Stein gemacht? Das wäre gerechter gewesen, das wäre nicht grausam gewesen. Ja, du bist grausam, weil wir uns nach Liebe sehnen, aber nicht lieben dürfen, weil du uns strafst für unsere Liebe.

Wenn du aber Freude hast, uns zu knechten und zu strafen für die Liebe zwischen Mann und Frau, und hast uns doch so geschaffen, dass wir einander begehren, warum strafst du die Liebe der Mutter zum Kind? Warum meine Liebe zu Hanno?

Weißt du denn nicht, Gott, dass wir Menschen aus Liebe alles tun? Aus Liebe zu dir und deinem Sohn sind wir nach Jerusalem gezogen, um für dich dein Heiligtum, die Wohnung deines Sohnes von deinen Widersachern zu befreien.

Aus Liebe zu dir haben wir unsere Heimat verlassen, haben unser Hab und Gut verpfändet, Schulden gemacht, sind arm geworden, krank, haben gehungert und gedürstet, gefroren, haben gekämpft, immer wieder gekämpft. Fast alle sind tot.

Uns wenige, die dich anbeten, die zu dir flehen, uns strafst du vor deiner Heiligen Stadt, lässt uns verdursten, verrecken, ermordet, enthauptet werden.

Gefällt dir unsere Not? Hast du uns deswegen so weit, bis vor die Tore Jerusalems, geführt, damit wir hier alle zugrunde gehen?«

Alice hob ihre Fäuste und drohte dem Himmel.

»Gott. Furchtbar bist du. Du bist es, du zorniger, ungerechter Gott, du bist schuld – nicht ich!

Ich weiß, es ist Frevel. Doch du kannst mich nicht grausamer strafen. Ich fürchte mich nicht vor deiner Hölle. Ich bin in der Hölle!«

Es war schon heller Tag, als Alice von Hannos Grab aufstand und langsam zurück ins Lager ging. Als sie dort ankam, erstarrte sie. Auf der gewaltigen Befestigungsmauer hatten muslimische Männer hölzerne Kreuze aufgehängt und spien und pissten sie an.

»Das wird sie teuer zu stehen kommen«, hörte Alice plötzlich Bernhards Stimme hinter sich.

Erschrocken drehte sie sich nach ihm um. Sein Gesicht war trotz der Sonnenbräune grau, fahl und abgehärmt.

Er trauert um Hanno, dachte sie. Wie konnte ich vergessen, dass auch Bernhard trauert.

»Ich habe zwei Nächte nicht geschlafen und einen harten

Kampf hinter mir«, erwiderte Bernhard auf Alice' fragenden Blick.

»Auf dem Weg nach Jaffa ist unser kleiner Trupp von Sarazenen angegriffen worden. Alle unsere Fußsoldaten sind tot, auch viele Ritter. Wenn uns Raimond Piletus mit seinen Leuten nicht zu Hilfe gekommen wäre …« Bernhard lachte verächtlich.

»Seine Pferde haben so viel Staub aufgewirbelt, dass die Feinde flohen. Sie dachten wohl, die ankommenden Ritter seien weit in der Überzahl. So sind wir dann doch noch in Jaffa angekommen. Es war wie ein Wunder: Vier Lastschiffe und zwei Galeeren aus Genua lagen im verfallenen Hafen vor Anker. Papst Urban hat sie geschickt.

Die Freude hielt nicht lange an. Kurz nach uns tauchte schon die ägyptische Flotte auf. Im Eiltempo haben wir die Schiffe entladen und abgewrackt. Ich sag dir …

Jedenfalls haben wir nun genug Seile, Nägel und Bolzen, damit wir Belagerungsmaschinen bauen können. Wenn jetzt noch unsere Leute mit Bauholz aus Samaria wiederkommen, dann wird denen da oben das Schänden vergehen.«

Drohend ballte er die Faust:

»Bei meinem Sohn. Wenn wir euch angreifen, dann gnade euch Gott.«

»Was seht Ihr?«, fragte der blinde Olivier die neben ihm auf den Beginn der Prozession wartende Alice. Sie stellte sich auf die Zehenspitzen:

»Ich glaube, die Bischöfe, Priester und Mönche sind schon alle versammelt. Sie führen unseren Zug an und tragen Kreuze und all unsere Reliquien. Dann sollen die Heerführer folgen.«

»Alle? Gemeinsam?«

»Ja, da kommen sogar Tankred und Graf Raimond. Sie haben offenbar auch der Vision Glauben geschenkt, der tote Bischof Adhémar sei erschienen und habe verkündet, Jerusalem könne binnen neun Tagen erobert werden, wenn alle nicht nur fasten und barfuß um die Heilige Stadt gehen, sondern sich sogar versöhnen.«

Bekümmert dachte Alice für sich, dass Martin und sie seit Rabs Tod kein Wort mehr miteinander gesprochen hatten. Von anderen hatte sie erfahren, Martin sei zu der Stelle des Überfalls geritten und habe Rab beerdigt und ein Kreuz auf seinem Grab aufgestellt. Das war drei Wochen her.

Drei Wochen schon war Hanno tot.

»Was seht Ihr noch?«, wurde sie von Olivier aus ihrer Verlorenheit gerissen.

»Nach den Heerführern haben sich die kriegstüchtigen Ritter aufgestellt.«

Dass auch die verwundeten Ritter, die noch selbstständig laufen konnten, dabei waren, mochte sie Olivier nicht sagen. Er konnte es sich auch so denken. Er verzog schmerzlich den Mund.

»Wie viele sind es noch?«, fragte er.

»Ich weiß nicht genau. Ich schätze, an die 1.300 Ritter.«

»Vor Nikäa, als alle Heere zusammentrafen, waren wir wohl mehr als 7.000 Ritter.« Er seufzte:

»Nikäa, Alice«, sagte er. »Nikäa.«

Und Olivier sah die grünen Wiesen und Abhänge vor sich, das satte Laub der Bäume, die Getreidefelder. Nikäa – die Kornkammer Byzanz'. Und dann das Lager, groß und farbig, die bunten Zelte, die mit Gold und Edelsteinen besetzten Fahnen, die Ritter in glänzenden Rüstungen oder prächtig, in rote, gelbe, blaue und grüne Gewänder gekleidet. Farben über Farben unter einem leuchtend blauen Himmel. Neben ihm ganz deutlich bei der Messe, Olivier war, als kniete er wirklich an seiner Seite, Anselm von Ribemont. Sie empfingen gemeinsam das Heilige Abendmahl. Der war nun auch schon tot. Fast alle waren tot.

Olivier bekreuzigte sich. Abrupt sagte er:

»Ich darf nicht verzweifeln. Auch wenn blind sein fast wie tot sein ist. Ich muss Gott danken, dass ich noch lebe.«

Alice war dieses Bekenntnis unangenehm.

Nüchtern sagte sie: »Dann kommen die Fußsoldaten. Es sind wohl etwas mehr als 12.000.

Und dann kommen wir.«

»Die Krüppel und die Lahmen«, stellte er bitter fest.

»Die Verwundeten, die Frauen, die Kinder, die Alten«, verbesserte ihn Alice. »Den Schluss bilden sie. Ihr wisst schon, wer. Die verlorenen Frauen.«

Ich selbst bin auch eine, schoss es ihr durch den Sinn. Alice richtete sich auf.

»Nein, bin ich nicht«, sagte sie hörbar.

»Was sagt Ihr?«

»Nichts. Es ist schon gut.«

Die Trompeten erschallten. Der Prozessionszug setzte sich langsam in Bewegung.

Alice ergriff Oliviers Hand. Der steinige, staubige Sand unter ihren Füßen war heiß. Doch sie achtete nicht darauf, sondern blickte zornig zu der Festungsmauer hinauf. Ihre Hand verkrampfte sich.

»Was ist?«, fragte Olivier. »Ich kann mit den Ohren noch nicht sehen.«

»Es scheint, als hätte sich die Bevölkerung Jerusalems auf der Stadtmauer versammelt. Sogar Frauen. Sie verspotten uns.«

Olivier nickte.

»Sie haben wieder Kreuze hochgezogen und speien und …, ich mag es nicht sagen …«

»Pissen dagegen, wollt Ihr sagen.« Olivier schüttelte den Kopf.

»Ich verstehe sie nicht. Alle früheren Verhandlungen zu einer friedlichen Übergabe sind gescheitert. Sie müssen sich sehr sicher sein, dass wir Jerusalem auf keinen Fall erobern, obwohl sie doch unsere Belagerungsmaschinen sehen können. Der Garnison dürfte klar sein, dass wir bald mit dem Bau fertig sind und angreifen. Sie werden es bitter bereuen, dass sie es wagen, über uns zu triumphieren und Jesus Christus zu verhöhnen …«

Alice war sich dessen nicht so sicher.

Sie warf den gerüsteten Männern auf der Mauer einen prüfenden Blick zu. Besonders die schwarzen Krieger wirkten stark und bedrohlich. Beängstigt dachte sie an den Weg vom Ölberg zur Kapelle der Heiligen Maria auf dem Berge Zion. In das kleine Gotteshaus würden unmöglich alle Pilger hineinpassen, eigentlich nur die Geistlichen und Heerführer, nicht einmal alle Ritter, und dann würden die Bogenschützen von der Befestigungsmauer in die draußen vor der Kirche die Messe feiernde Menge hineinschießen.

Bloß nicht drüber nachdenken.

Es ging jetzt nur darum, Olivier sicher um Jerusalem herumzuführen.

Merkwürdig, überlegte Alice, dass ausgerechnet sie sich Oliviers annehmen sollte. Aber natürlich, Markus, der ihn sonst versorgte, ging zusammen mit den Priestern, Martin und Bernhard bei den Rittern, Achard und alle anderen, mit denen er das Zelt geteilt hatte, waren tot.

»Aufgepasst!«, schrie Alice und riss Olivier zurück. »Eine Schlange. Da aus dem Geröll ist sie herausgeschossen. Eine Viper«, bemerkte sie, während sie fasziniert und angeekelt beobachtete, wie das giftige Reptil sich davonschlängelte.

»Warum bleibst du stehen?«, rief ein Pilger hinter ihr.

Entschlossen fiel Alice wieder in den Rhythmus zurück und geleitete Olivier langsam und vorsichtig durch das Josaphat-Tal und den Ölberg hinauf bis zum Grab der Heiligen Jungfrau, wo die Bischöfe predigten.

»Brüder und Schwestern!

Ihr wisst, warum wir diese Pilgerfahrt unternommen, was wir gelitten haben.

Dennoch, wir haben unseren HERRN auf verschiedenste Weise betrübt. Nun haben wir drei Tage gefastet und stehen barfuß an dem Ort, von wo aus unser Herr Jesus Christus in den Himmel gestiegen ist zur Vergebung unserer Sünden.

Wir können nichts mehr tun, als demjenigen zu vergeben, der

uns in diesen drei Jahren irgendein Unrecht getan hat, damit unser HERR uns vergibt.«

Alice blieb fast das Herz stehen, sie japste nach Luft, dachte an Martin und fühlte genau, dass auch er an sie dachte. Sollten, müssten sie sich versöhnen? Aber wie?

Sollte sie zu ihm gehen und ihn um Verzeihung bitten, dass Rab tot war und sie ihm sein Geld so lange vorenthalten hatte? Dürfte sie überhaupt zu ihm gehen, zu ihm, einem Ritter, Sohn eines Fürsten? Zorn stieg in ihr auf. Wut. Zu Beginn der Pilgerreise war Martin ihres Vaters Knecht. Und mein Freund, dachte sie wehmütig.

Alice hatte Oliviers Hand losgelassen, der ganz still neben ihr stand. Sie nahm sich zusammen.

»Gibt es jemanden, mit dem Ihr Euch versöhnen möchtet?«

Olivier schüttelte den Kopf. »Ich habe jeden Tag gebetet, dass ich keinen Abend zu Bett gehe, ohne den Streit behoben zu haben. Unser Herr Jesus Christus war mir gnädig.«

Um Gottes willen, ein unschuldiger Mensch, durchfuhr es Alice und sie wich einen Schritt von Olivier zurück.

»Achtung«, hörte sie hinter sich Martin sagen.

Verlegen stand er vor Alice, wartete. Nicht sie war die Schuldige oder nicht nur sie, sondern auch er.

»Weißt du«, sagte Martin endlich. »Nach Theresas Ermordung habe ich geglaubt, niemand sei so hart getroffen wie ich. Kein Tod konnte furchtbarer sein. Ich habe mit niemandem mitleiden können. Und Hanno war ja nur ein Kind.«

Alice sah ihn entsetzt an.

»Verzeih, aber Kinder sind meistens in den Augen der Erwachsenen nicht viel wert.«

»Was redest du da? Soll das eine Versöhnung sein?«

»Nein, das wollte ich gar nicht sagen. Theresa ist mir in der Geburtsgrotte in Bethlehem erschienen. Und sie hat mir prophezeit, dass derjenige bald sterben wird, den ich am meisten liebe. Nun weiß ich, es war Rab, aber kein Mensch. Ich glaube, das ist Sünde, vielleicht ein Fluch, dass mir die Menschen, dass du mir so fremd geworden bist und dass ich deine Trauer um Hanno nicht achten konnte.«

»Ein Fluch?«

»Kein Fluch, ich erlebe es aber immer noch als Fluch.«

»Ich muss dich auch um Verzeihung bitten«, sagte Alice. »Zuerst habe ich dir von dem Geld nichts gesagt, weil der Abt selber es nicht wollte. Nur in der Not sollte ich es dir geben. Du brauchtest es ja dann auch nicht, weder bei Bischof Adhémar noch wirklich bei dem Heerführer Raimond, der immerhin deinen Sold zahlt. Ich habe immer gedacht, vielleicht brauche ich es für Hanno. Wirklich, nur für ihn – nicht für mich.«

»Ist schon gut«, beschwichtigte Martin seine Vertraute aus Kindertagen.

»Ich muss dir noch etwas sagen. Etwas vom Abt.«

Martin sah sie gespannt an. Irgendwie freute er sich.

»Vor unserem Aufbruch hat er rätselhafte Worte gesprochen: ›Was Gott zusammengefügt hat, soll der Mensch nicht scheiden.‹ Damals habe ich den Satz nicht verstanden ...«

Martin nickte. »Er, der Abt, also mein Vater«, flüsterte Martin ihr ins Ohr, »er meinte ...«

»Wir sollten auf der weiten Pilgerreise zusammenhalten, auch wenn es schwer würde«, ergänzte Alice auch für Olivier hörbar.

Beide waren sehr verlegen.

»Weißt du denn, was du machen willst, falls wir Jerusalem erobern?«, fragte Martin schließlich.

Alice schüttelte den Kopf. »Und du?«

»Ich werde nach Antiochia gehen und den Rest meines Lebens an Theresas Grab weinen.«

Alice sah ihn verunsichert an.

»Natürlich nicht. Ich werde im Dienst des Grafen Raimond bleiben, meinen Sold sparen und ins diutsche landt zurückkehren, wahrscheinlich nach Passau. Ich weiß es noch nicht.«

Olivier stand still daneben. Alice schämte sich mit einem Mal vor ihm, für ihn als Blinden gab es keine Zukunft.

»Lasst uns einander umarmen«, wünschte sie.

Laut ertönten die Trompeten, jeder gliederte sich wieder in den Zug ein und gemessenen Schrittes ging es den Ölberg hinab Richtung Zionsberg.

Alice wurde unruhiger.

An der Häme der Frauen, Männer und Kinder auf der Befestigungsmauer von Jerusalem hatte sich nichts geändert. Immer noch und immer wieder wurden Kreuze entweiht.

Mit Angst sah Alice dem Augenblick entgegen, wo sie der Mauer so nahe kommen müssten, dass sie beschossen werden könnten. Die Soldaten da oben sahen nicht danach aus, als wollten sie einen so günstigen Augenblick verstreichen lassen.

Wie Alice es befürchtet hatte, sobald sie die Kirche der Heiligen Maria erreicht hatten und die Priester und Heerführer darin einen Bittgottesdienst zelebrierten, sausten die ersten Pfeile auf die sich duckende Menge der Kinder, Frauen und Männer. Niemand rührte sich, um zu flüchten. Die Sorge, Gott ungnädig zu stimmen und Jerusalem deshalb nicht erobern zu können, war größer als die Furcht vor den Geschossen. Angstvoll erwarteten die Pilger in ihren dünnen Büßergewändern die nächste Salve Pfeile.

Um Gottes willen, wurde es Alice klar. Selbst wenn es uns gelingen sollte, Jerusalem zu erobern, es einzunehmen, so ist noch nichts gewonnen. Dann bringen die Feinde da oben auf der Mauer uns um, überfallen uns, murksen uns hinterrücks ab auf engen Gassen, in dunklen Innenhöfen, während wir schlafen …

Wenn aber zudem noch in ein paar Tagen das große ägyptische Heer Jerusalem erreicht, von dem die gefangenen Kundschafter berichtet haben, dann sitzen wir in der Falle, dann ermorden sie uns gleichzeitig von innen und von außen.

Jerusalem in der Nacht vom 14. zum 15. Juli 1099

ENDLICH WAR ES STILL GEWORDEN.

Endlich ging dieser angstvoll verbrachte Tag zu Ende und eine bange Nacht hing über Jerusalem.

Hatixhe sah von ihrer Handarbeit auf und horchte. Nichts war mehr zu hören, keine Einschläge, kein Schreien, kein Wimmern der Verwundeten, sogar die Christen zogen sich in ihr Lager zurück.

Doch Hatixhe empfand diese Stille bedrückender, beängstigender als den Lärm im Morgengrauen, die Trompeten und Hörner und das entsetzliche Kriegsgeschrei, ihr furchtbares ›Deus vult‹, das sie aus ihrem Schlaf aufschrecken ließ. Der Angriff hatte begonnen. Laut fluchend und schimpfend hatte sich ihr Schwager gerüstet, unter dessen Schutz sie stand, seitdem ihr Mann bei der Belagerung von Jerusalem vor einem Jahr von einem türkischen Geschoss tödlich getroffen worden war.

Lauthals beschwerte Hatixhes Schwager sich darüber, dass der Kalif in Ägypten auf die Warnungen seines Kommandanten von Jerusalem nicht rechtzeitig gehört hatte. Das ägyptische Entsatzheer musste noch immer irgendwo herumtrödeln, statt die Christen einzuschließen und zu vernichten. Wütend hatte der hohe Offizier seinen Palast verlassen und war mit seinen Soldaten und allen anderen Männer auf die Mauern gehetzt.

Unablässig, den ganzen langen Tag hindurch, hatte Hatixhe das Dröhnen der Einschläge vernommen und Panik hatte sie und alle Frauen des Hauses ergriffen, als unter den Stößen des feindlichen Rammbocks ein Stück der äußeren Befestigungsmauer zusammenkrachte, begleitet von dem begeisterten Siegesgebrüll der Christen. Von dem ansonsten nichts zu hören gewesen war, nur ihre Schreie, wenn sie von Pfeilen durchbohrt oder von Feuergeschossen getroffen worden waren, die in brennendes Pech, Wachs und Schwefel getaucht, mit Werg und Lumpen umhüllt und mit Nägeln gespickt waren. Es drang aber nicht nur das Schmerzgebrüll von Männern zu ihr, sondern auch das gellende Schreien von Frauen.

Hatixhe starrte ins Dunkel. Es war verwirrend, nicht nur die Männer, sondern auch die Christinnen führten den Angriff. Nicht nur, dass sie, wie von den Spitzeln berichtet, Felle zusammengenäht und Matten geflochten hatten, um die Belagerungsmaschinen vor den feindlichen Einschüssen zu schützen, nein, sie hatten auch unter Beschuss Steine in den Graben geworfen, um dem Belagerungsturm den Weg zu ebnen, ja sie blieben sogar während des Angriffs nicht untätig im Lager, sondern brachten den Männern Wasser und Munition, halfen beim Ziehen und Schieben der Belagerungsmaschinen – und wurden verwundet, getötet wie Männer.

Ihr Schwager hatte berichtet, als er kurz einmal vom Kampf zurück in seinen Palast kam, nicht ihr, sondern seiner Lieblingsfrau, die es nun allen anderen Frauen und sogar den Sklavinnen stolz verkündet hatte, also er hatte erzählt, dass eine Christin von einem Brandpfeil getroffen worden war. Ihr Kleid stand lichterloh in Flammen, und sie, statt sich zu schämen und zu verbrennen, habe das Kleid über den Kopf gezogen und sei nackt, vollkommen nackt, ins Lager gelaufen. Keiner der Männer habe sie beachtet, keiner habe ihr nur einen einzigen lüsternen Blick zugeworfen, alle hätten über die Berge von Leichen unbeirrt weiter gekämpft.

Hatixhe stützte ihren Arm auf und blickte durch das schmale, vergitterte Fenster. Vereinzelt huschte ein Krieger über den verödeten, vom rötlichen Licht des Feuers unheimlich beleuchteten Platz. Von Weitem hörte sie Stimmen, die sich schnell näherten, sie erkannte ihren Schwager, der mit einem Freund aus der Elitetruppe vor dem Haus stehen blieb.

»Grotesk«, hörte sie ihn sagen, »erst setzen wir ihren Ramm-

bock in Flammen, damit er nicht auch noch die innere Stadtmauer durchbricht, und dann versuchen wir ihn zu löschen,
damit dieser Koloss dem Belagerungsturm den Weg versperrt
und sie ihn nicht an die Mauer schieben können.«

»Ja«, erwiderte der andere besorgt. »Und dann haben die
Christen selbst ihren Rammbock in Brand gesetzt. Mit Erfolg.«
Er zuckte die Achseln. »Wie werden sehen …«

»Pah«, erwiderte ihr Schwager und schlug seinem Freund
aufmunternd auf die Schulter. »Jerusalem zu erobern, das schaffen die Christen nie.«

»Warten wir es ab«, sagte der andere bekümmert.

Das Kommen des Herrn war offenbar bemerkt worden, ein
Sklave öffnete das schwere Tor und Hatixhe hörte, wie seine
Lieblingsfrau ihm entgegenlief.

Hatixhe beugte sich wieder über ihre Stickerei. Sorge lag
in den Worten des Freundes und auch des Schwagers Stimme
klang nicht so fest und dröhnend wie noch vor ein paar Tagen,
als er mit drei seiner Frauen auf der Stadtmauer der Prozession
der Christen zusah. Wie fand er sie lächerlich, diese Ungläubigen und Unglücklichen mit ihren Kreuzen und Reliquien,
ganz ohne Waffen, wie sie Jerusalem barfuß umrundeten und
sich dann noch auf dem Zionsberg so mühelos abschießen ließen. Er hatte seinen Bogen mitgenommen und gefiel sich darin,
auf einen weit entfernten Christen zu zielen, ihn zu treffen und
sich von seinen Frauen feiern zu lassen. Hatixhe aber hatte sich
keineswegs wohl gefühlt, wenn sie sah, wie der Mann oder die
Frau oder gar das Kind weit da unten zusammenbrach. Auch
das Schänden der Kreuze empfand sie als peinlich und unangenehm, wie konnten Männer sich vor ehrbaren Frauen so zur
Schau stellen? Wie aber mochten die Christen dort unten die
Entweihung ihrer Heiligtümer empfinden? Wut, Empörung,
Hass musste wie Galle in ihnen aufsteigen. Diese Vorstellung
beruhigte sie keineswegs.

Noch mehr verunsicherte es Hatixhe, dass Hannah, die Jüdin,
bei der sie mit den Frauen des Schwagers und in Begleitung

eines Eunuchen bisweilen Zuckerwerk einkaufen durfte, dass also Hannah, die neben Hatixhe auf der Befestigungsmauer stand, immerzu bedrohliche, finstere hebräische Worte murmelte und den Namen der Stadt ›Jericho‹ wie eine düstere Prophezeiung ausstieß.

»Was bedeutet das, was du da sagst?«, entschloss sie sich endlich, Hannah zu fragen.

Hannah wandte sich zu Hatixhe und blickte die junge Frau traurig an.

»Die Worte kommen aus der Geheimen Offenbarung und heißen, dass das Blut bis an die Zäume der Pferde reichte.«

Sie machte eine Pause und betrachtete wieder die Christen mit ihren Reliquien.

»Jericho aber wurde von Josua, bevor er die Stadt eroberte, genauso in einer Bittprozession umrundet wie die Christen da unten Jerusalem umrunden. Dann aber haben die Israeliten alle Einwohner mit dem Schwert umgebracht, Mann und Frau, Jung und Alt, sogar Schafe und Esel.«

Hatixhe schauerte. »Und du meinst, das werden die Christen mit uns auch tun?«

»Das weiß Gott allein«, hatte Hannah geantwortet und düster die Feinde beobachtet, die ihre heilige Handlung beendet zu haben schienen.

Hatixhe aber hatte sich gegen ihre Gewohnheit an ihren Schwager gehängt, der mit seiner Lieblingsfrau Fatima am Arm voranschritt, seiner vierten Frau, einer ganz jungen, fast noch ein Kind, die ihm aber schon einen Sohn geboren hatte. Die zweite und dritte Frau gingen teilnahmslos hinterher, vermutlich ganz zufrieden, dass er sie in Ruhe ließ, während sich die erste Frau mit Kopfschmerzen daheim im Palast hingelegt hatte. Hatixhe hatte sich also ausnahmsweise zu ihrem Schwager gesellt und ihre Befürchtung hervorgedruckst, die Christen könnten womöglich doch Jerusalem erobern.

Er hatte nur hämisch gelacht und sie vorwurfsvoll und verächtlich angeschaut. Auch die Schwägerin hatte ihr hinter ihrem goldrosa Schleier böse Blicke zugeworfen. Doch auf Hatixhes Drängen hatte er sich herabgelassen, ihr genau auseinanderzusetzen und ihrem Stumpfsinn nachzuhelfen, warum die Christen auf keinen Fall die Stadt einnehmen könnten. Hatixhe sollte bedenken, dass sie, die Ägypter, Jerusalem vor einem Jahr nur nach wochenlangem Beschuss mit unzähligen Belagerungsmaschinen eingenommen hätten. Diesem Bombardement hätten die Türken in der Stadt auf Dauer nicht standhalten können, besonders als die Mauern zertrümmert waren. Die seien aber inzwischen wieder aufgebaut.

Die Christen hätten jedoch nur wenige Belagerungsmaschinen und nur zwei Belagerungstürme. Gegen den des Grafen Raimond von Toulouse im Süden, er lachte, es sei schon witzig, dass man vor eineinhalb Jahren gemeinsam mit den Christen gegen die Türken am See von Antiochia gekämpft habe, also gegen den Belagerungsturm des Grafen von Toulouse seien acht schwere Katapulte gerichtet. Wenn der nun seinen Turm an die Mauer heranschiebe, dann werde der mit aller Sicherheit vollkommen zertrümmert.

Und Herzog Gottfried, der sei ein Idiot. Nein, er hätte in Antiochia wirklich nicht gedacht, was das für ein Idiot sei. Baut der doch seinen Belagerungsturm und seine Katapulte genau vor dem uneinnehmbaren quadratischen Turm auf, einer Festung ohnegleichen, die mit Matten und Sandsäcken bestens geschützt wäre. Abgesehen davon, dass von dem Turm aus die Belagerungsmaschinen der Christen fast mühelos beschossen werden könnten.

»Und wenn doch?«, hatte Hatixhe einzuwenden gewagt.

Verärgert hatte der Schwager sich weggedreht, sich dann aber doch noch einmal umgewandt und triumphierend gesagt: »Dann haben wir noch unsere Wunderwaffe.«

Aber an eine Wunderwaffe glaubte Hatixhe nicht, schon gar nicht, nachdem dieser Herzog Gottfried in der Dunkelheit der Nacht all seine Belagerungsmaschinen und sogar den großen Belagerungsturm den weiten Weg bis zum Herodestor transportieren und dort erst richtig zusammensetzen ließ, eine Kriegslist, wie die ägyptischen Einheiten im Morgengrauen voller Entsetzen feststellen mussten. Denn beim Herodestor war das Gelände eben, der Turm also nicht allzu schwer an die Mauer heranzuschieben, und dazu war dieser Abschnitt der Mauer bisher nicht gesichert. In Windeseile oder zumindest so schnell wie möglich hatten die Ihren versucht, die Mauer vor den Einschlägen zu schützen und die eigenen Katapulte aufzustellen. Dennoch – ein Schock war es …

Ein Schock, ein Entsetzen, das in Hatixhe nachbebte, das sie so unachtsam machte, dass sie sich in den Finger stach und ein Tropfen Blut auf die Windel fiel. Hatixhe starrte auf den roten Fleck. Und mit einem Mal, in diesem winzigen Augenblick, durchfuhr sie eine Ahnung, diese wurde zu einer Tatsache so wirklich wie das Blut auf der Windel, morgen um diese Zeit wäre sie tot.

Morgen Nacht würde sie nicht mehr sein.

Um dieses Schreckensbild abzuschütteln, stand Hatixhe auf, legte die Stickerei beiseite, blieb kurz am Fenster stehen und durchschritt den fast dunklen Raum. Nur die beiden Lämpchen flackerten und würden bald verlöschen, wenn sie nicht Öl nachgoss. Wie ihr Leben.

Noch keine 20 Jahre, dachte sie bitter. Hatixhe strich sich über das Gesicht, rieb sich die Augen. Unsinn.

Es war keineswegs sicher, dass die Christen Jerusalem eroberten, dass sie siegen würden. Viel wahrscheinlicher war es doch, dass ihre Belagerungstürme in Brand gesetzt und sie niemals die Stadtmauer erreichen würden. Aber nur mit Sturmleitern würden sie es nicht schaffen, die hohen Mauern zu erklimmen. Dem Beschuss von Brandpfeilen, Steinen und Pech könnten sie niemals standhalten, sondern würden qualvoll sterben und elendig verrecken.

Ihr Schwager hatte recht. Es gab keinen wirklichen Grund zur Sorge.

Nur, dass sie einfach nicht über dieses Morgen hinausdenken konnte. Da war eine dunkle Schranke. Hinter dem morgigen Tag, da war das Nichts. Hatixhe zog die Stirn kraus und versuchte, sich das Übermorgen vorzustellen, wie sie ein Glas Wasser trank, ihr kleines Mädchen stillte, ihrer Tochter sanft mit der Hand durch das schwarze, wuschelige Lockenhaar strich. Doch diese Bilder waren Schein, Trug, wie in Nebel gehüllt. Und mit aller Gewissheit wusste Hatixhe, sie würde morgen Abend nicht mehr sein.

Ihre Beine wurden weich, sie nahm die Stickerei von dem Hocker und setzte sich wieder ans Fenster. Über der Stadt, über Jerusalem, lag immer noch der strenge Geruch von Feuer und Rauch.

Die Christen würden keine Gnade kennen, dachte sie kalt und klar. Sie würden jeden umbringen, so wie es Hannah prophezeit hatte. Drei Jahre waren sie unterwegs, wie ihr Schwager kopfschüttelnd erzählte, der zur ägyptischen Delegation vor Antiochia gehört hatte.

Dass dieses Häuflein Elend jemals das mächtige Antiochia erobern würde, damit hatte keiner der Ägypter gerechnet. Aber sie hatten es tatsächlich geschafft, sogar bis nach Jerusalem zu gelangen, unter hohen Verlusten. Vor Jerusalem hatten sie, die ägyptische Garnison von Askalon und die ägyptische Besatzung von Jerusalem, ihnen das Leben zur Hölle gemacht.

Sechs Wochen hatten die da unten im Lager ausgehalten, ohne Wasser, in glühender Hitze und dem ständigen Wüstenwind ausgesetzt. Immer in Gefahr, überfallen zu werden auf der Suche nach einer Quelle. Wie viele Frauen und Kinder mochten dabei getötet worden sein? Wie vielen der Kopf abgeschlagen?

Hatixhe stöhnte innerlich auf und versuchte, den Alptraum abzuwehren, der sie so oft kurz vor dem Aufwachen befiel und der sie auch tagsüber bisweilen verfolgte. Ihr Schwager hatte einmal lachend erzählt, er amüsierte sich köstlich, also er hatte erzählt, dass in der Nähe von Bethlehem ihre Elitetruppe einen Ritter mit seiner Frau und ihrem kleinen Jungen überfallen hätten. Es war zum Kampf gekommen, der Ritter war natürlich unterlegen und eigentlich wollten sie ihn umbringen und die Frau vergewaltigen und dann töten, aber dann war ihnen in den Sinn gekommen, welch ein glänzender Einfall, dass der Spaß viel größer und die Qual viel heftiger wäre, wenn sie dem Kind vor den Augen der gefesselten Eltern den Kopf abschlagen würden. Welch eine Demütigung für den Ritter, dass er ohnmächtig zusehen musste und sein eigenes Kind nicht beschützen und retten konnte. Wie Jesus, der es auch nicht geschafft hatte, vom Kreuz herabzusteigen und sich selbst zu helfen. Und die Frau, die Mutter erst einmal. Dieses Entsetzen, diesen Jammer, dieses Leid, diese Qual würde sie niemals wieder loswerden. Das abgeschlagene Haupt ihres Kindes würde sie wie eine Peitsche ihr Leben lang verfolgen und weinend würde sie nachts aufwachen. Letzteres hatte er nicht mehr gesagt, aber Hatixhe hatte es nachempfunden. Wie aber musste es diesen Eltern, diesem Ritter, dieser Frau da unten im christlichen Lager ergehen, falls sie noch lebten. Würden sie nicht mit ganzer Seele wünschen, Jerusalem zu erobern, um sich zu rächen? Würden die Gnade kennen? Würde sie, Hatixhe, an ihrer Stelle vor dem Töten, vor dem Morden zurückschrecken?

Zorn stieg in ihr auf. Zorn auch auf sich selber. Nein, sie durfte die Christen nicht verstehen, nicht Mitleid haben. Das waren ihre Feinde, schon sich in diese Ungläubigen hineinzuversetzen, war Sünde. Und doch. Die Frau ging ihr nicht aus dem Sinn, sie war eine Christin, ja, aber das war das eine, vor allem war sie eine Mutter, die um ihr Kind trauerte.

Und selbst wenn die Frau nicht auf Rache sann, wenn sie barmherzig sein wollte, so wie ihr Gott es vorschrieb, auch dann, so überlegte Hatixhe, war sie von einer inneren eisernen Stimme dazu gezwungen, weiter zu überlegen, auch dann mussten, ja mussten die Christen sie alle umbringen, sofern sie Jerusalem eroberten. Denn das ägyptische Heer war nicht weit, würde die nun in der Stadt eingeschlossenen Christen angreifen und belagern, töten. In der Stadt aber würden sie ebenfalls von ihren Feinden ermordet. Unmöglich für die Christen,

am Leben zu bleiben, wenn sie von innen und außen angegriffen würden.

Warum nur sah das niemand von der ägyptischen Garnison,
warum nur ließ der Kommandant Iftikhar ad-Daulah die Kinder und Frauen nicht noch rechtzeitig aus der Stadt bringen?
Noch heute Nacht? Das Tor zum Josaphat-Tal war frei, die
Christen hatten es nie geschafft, ganz Jerusalem einzuschließen
und jetzt wären sie vom Kampf erschöpft in ihrem Lager. Unbemerkt im Dunkel der Nacht könnten sie alle fliehen. Warum
gab er nicht den Befehl? Warum diese Stille, diese furchtbare
Stille, wo jeder sich nur in sein Haus verkrochen hatte.

Wenn sie selbst zu fliehen versuchte? Allein mit ihrer Tochter? Allein? Noch niemals in ihrem ganzen Leben war Hatixhe
ohne Begleitung auf der Straße gewesen. So sehr sie sich danach
sehnte, so sehr sie die jüdischen und christlichen Frauen beneidete, die sie an ihrem Fenster vorübergehen und bisweilen auch
auf dem Markt einkaufen hatte sehen können, so sehr fürchtete
Hatixhe sich davor, nur einen Schritt ohne männlichen Schutz
vor die Tür zu setzen. Doch auch selbst wenn sie sich überwand,
die ägyptische Wache am Tor würde sie niemals aus der Stadt
lassen. Sie war eine Gefangene in Jerusalem.

Blieb nur der Tod. Hatixhe war dem Weinen nahe. Nicht
nur nahe. Sie schluchzte, sie weinte bitterlich. Und ihr Kind?
Würde man es auch ermorden? Wäre es auch tot morgen Abend?

Hatixhe fasste sich, richtete sich auf. Ihr Kind wollte sie
retten, musste sie retten. Wie? Sie wusste es nicht. Dennoch …

Energisch nahm Hatixhe die Handarbeit wieder auf und
stickte den Namen ihrer Tochter neben den Blutstropfen: Leyla.

Die Eroberung Jerusalems, Freitag, 15. Juli 1099

ALICE ERWACHTE VON ihren Schmerzen. Im Halbdunkel hielt sie die Hände vors Gesicht und betrachtete ihre mit Brandblasen übersäten Finger. Haare und die Haut an ihren Handgelenken stanken nach dem Öl des Brandpfeils. Sie hörte leise Stimmen und setzte sich auf. Bernhard stand mitten im Zelt und gab seinem Burschen Kaspar Anweisungen, wie er das Wams schnüren sollte. Erschrocken starrte Alice auf das blutige Kleidungsstück. Darum hatte Bernhard ihr strikt untersagt, das mit dem Blut Hannos gefärbte Kleidungsstück mit Sand zu reinigen. Er beabsichtigte, es am Tage der Eroberung Jerusalems zu tragen – oder am Tage seines Todes. Was wahrscheinlicher war. Denn ungeschützt würde er zusammen mit Herzog Gottfried auf der obersten Plattform des dreistöckigen Belagerungsturmes stehen, unentwegt dem feindlichen Beschuss ausgesetzt. Das war klar, dass der Belagerungsturm die Hauptzielscheibe abgeben würde – noch dazu, weil eine goldene Christusfigur darauf errichtet war. Wie gebannt beobachtete sie, wie Bernhard sein Kettenhemd überzog, das Schwert umgürtete, Bogen und Helm nahm. Jetzt erst blickte er Alice an, kam aber nicht zu ihr herüber. Auch sie vermochte nicht, zu ihm hinzugehen, sondern blieb vor ihrem Bett stehen.

»Bete für mich, wenn ich heute Abend bei Hanno bin.«

Alice nickte stumm.

»Versprichst du mir das?«

»Ich werde für Euch beten«, antwortete sie mit heiserer Stimme, ›und werde dich mein Leben lang lieben‹, dachte sie für sich.

Im Hinausgehen wandte sich Bernhard noch einmal zu Alice um und sagte in befehlendem Ton: »Keine Seelenmesse vom Abt!«

Alice bekreuzigte sich vor Schreck. Wer war denn nun Bernhards Feind? Wen bekämpfte er, indem er den Abt so sehr verabscheute, so sehr hasste, dass ihm seine letzten Worte galten? Sie hatte wenig Zeit, darüber nachzudenken, denn Olivier zuckte mit seinen großen Füßen und bat sie, ihn doch hinauszuführen, er wolle auch an der Messe draußen teilnehmen, er wolle auch für einen siegreichen Tag beten.

»Nicht die Hand anfassen«, bat sie, »hakt Euch lieber bei mir ein.«

Die Ritter, die Fußsoldaten, das Heer Christi lag auf den Knien, die Häupter gesenkt, und erwartete die Absolution. Der Segen wurde erteilt, das Kreuz geschlagen, Gott und Jesus Christus und die Heiligen um ihren Beistand angefleht. Ein Raunen ging durch das Heer, der tote Bischof Adhémar sei einigen Priestern und Rittern in der Nacht erschienen und habe ihnen den Sieg verheißen. Die Männer erhoben sich.

In diesem Zwischenreich der Zeit, zwischen Leben und Tod, erschallten die Trommeln und Trompeten, ertönte ein letztes Mal der Schlachtruf ›Deus vult‹.

Alice sah auf den Gesichtern der sie umgebenden Männer, Frauen und Kinder die Entschlossenheit, die Heilige Stadt mit Hilfe des Herrn einzunehmen oder zu sterben.

Dann begaben sich Tausende von Männern zu ihren Stellungen und Frauen, Kinder, Verletzte, Alte auf die Suche nach weiteren Steinen für die Katapulte. Die Bogenschützen formierten sich.

Alice blieb mit dem blinden Olivier am Arm einen Augenblick stehen und blickte Bernhard nach, beobachtete, wie er im Belagerungsturm verschwand, sah ihn auf der oberen Plattform auftauchen und zu ihr herüberblicken, so hoffte sie jedenfalls. Er setzte seinen Helm auf sein schwarzes Haar und war durch nichts mehr von den anderen Rittern dort oben zu unterscheiden. Sie seufzte und führte Olivier zurück zum Zelt.

›Dich, meine Alice, sehe ich nie wieder‹, durchfuhr es Bernhard wie eine unabwendbare Gewissheit.

Dann – Bernhard fuhr zusammen, Herzog Gottfrieds durchdringende Stimme erschallte, ein Ruck ging durch den Belagerungsturm und langsam, sehr langsam setzte sich das über die Stadtmauer reichende, schwere, unförmige Gefährt in Bewegung. Auf der Rückseite wurde der Turm von unzähligen Männern mit Stangen, mit Lanzen, mit bloßen Händen geschoben, vorn aber von Hunderten von Männern an Seilen in Richtung Mauer gezogen.

Wie Schlachtvieh, dachte Bernhard und schaute zurück, wo im Hintergrund Männer bereitstanden, um die Verwundeten, die Toten zu ersetzen, bis auch sie getroffen würden. Obwohl sie sich mit Schilden, mit Holzflanken zu schützen suchten, es half ihnen wenig. Mönche begleiteten sie und trugen die verletzten, blutenden Männer, die Leichen ins Lager. Und schon reihten sich Unerschrockene, verzweifelt Entschlossene in die Menge der Ziehenden ein, um unter Schweiß und Verwundung und Tod den Turm über Sand und Steine ein wenig weiterzubewegen. Der Turm wurde unaufhörlich beschossen, Steine und Felsbrocken prallten an dem dichten Flechtwerk ab, Feuerpfeile rasten gegen Balken und Wände, die am nassen Leder hinunterglitten.

Um Bernhard herum Schreie, Verwundete, Bogenschützen, deren Kleidung Feuer fing, Priester, die Leitern nach vorne schleppten, die, von einem Brandpfeil getroffen, in Flammen standen, Lärm, das Aufprallen der eigenen Geschosse gegen die Befestigungsmauer – und die Enttäuschung, dass die schweren Steine dennoch keinen wirklichen Schaden anrichteten, denn die Mauern waren geschützt mit dickem Geflecht, mit Säcken, gefüllt mit Stroh und Streu und Baumwollpolster. Zwischen den Kämpfenden und Verwundeten und Toten liefen Kinder und Frauen umher, sammelten Pfeile und Steine auf, brachten Wasser, wurden getroffen wie Alice gestern.

Auf dem Belagerungsturm war es mörderisch. Viel zu langsam holperte der Turm unter ständigem Beschuss auf die vom Widder zerstörte äußere Befestigungsmauer zu. Vom Aufprall der schweren Steine schwankte der Turm, Balken krachten und wurden wieder notdürftig mit Seilen festgebunden. Ungeschützt kämpfte Bernhard gegen die Zeit, gegen die Hitze, gegen den Durst, vor allem gegen die Übermacht der feindlichen Geschosse, die in Pech getunkten, mit Baumwolle umwickelten Brandpfeile, die mit Nägeln gefüllten Baumwollsäcke, die mit Feuer gefüllten Töpfe, die schweren Steingeschosse. Wieder raste ein Stein auf sie zu, direkt auf Herzog Gottfried, der, hoch aufgerichtet neben der Christusstatue, seine Befehle gab. Doch das Geschoss verfehlte sein Ziel, traf den Ritter genau neben Bernhard, zertrümmerte ihm den Kopf, das Blut spritzte, das Gehirn spritzte Bernhard ins Gesicht. Ihm wurde schlecht, mit dem Handrücken wischte er sich das Blut, den Schleim aus Augen und Nase, spuckte die ekelige Masse aus. Der Tote wurde zur Seite geschafft. Aus dem eigenen Katapult hoch oben auf dem Belagerungsturm wurde wieder geschossen, über die Mauer in die Stadt hinein. Bernhard richtete aus dem Feuer gezogene Pfeile gegen Säcke an der Mauer. Unter Jubel gingen sie in Flammen auf, vertrieben die Bogenschützen. Doch nicht lange, denn schon schossen sie aus dem nahe gelegenen Befestigungsturm ihre brennenden Pfeile ab.

Verwundung, Tod überall. Nur noch siegen oder sterben. Siegen hieß kämpfen – also kämpfen. So empfand Bernhard, so empfanden es alle. Drei Jahre umsonst? Durch hier – wie auch immer.

Dann, war es schon Nachmittag?, zogen ihre Männer den Turm durch den engen Spalt der äußeren Befestigungsmauer. Ein Aufatmen, fast nur noch einen großen Schrittbreit waren sie von Jerusalem entfernt.

Da brach Entsetzen bei den Belagerten aus. Sie riefen sich etwas zu, was Bernhard als ›Wunderwaffe‹ deutete. Um alles in der Welt wollten sie verhindern, dass die Christen auf die Stadtmauer gelangten. Trotz des Qualms der schwelenden Säcke hievten sie gewaltige Baumstämme, die durch eine starke Eisenkette miteinander verbunden waren, auf die Brüstung.

Bernhard schoss ab, wen immer er durch den Rauch hindurch sehen konnte.

Dennoch. Es tauchten immer mehr Feinde auf der Mauer auf, ließen sich nicht forttreiben. Vielmehr stopften sie zwischen die Baumstämme Stoffe mit Wachs, Pech und mit geheimen Ölen durchtränkt, stießen die gefährliche Last mit großer Anstrengung über die Mauer, genau vor den Belagerungsturm, und entzündeten sie mit Fackeln. Mit einem entsetzten Aufschrei gelang es einigen der Ziehenden, zur Seite zu springen, etliche wurden erschlagen.

»Byzantinisches Feuer!«

Das Feuer züngelte, lechzte am Belagerungsturm empor. Hast, Angst griffen um sich so schnell wie der sich ausbreitende Brand. Herzog Gottfried gab Befehle. Aus bereitstehenden Schläuchen schütteten die Ritter von oben Essig hinab. Aus dem unteren Stock des Belagerungsturms sprangen Männer auf das Flammenmeer zu und gossen Essig hinein, das einzige Mittel, die geheime Waffe zu löschen, wie ihnen die aus Jerusalem vertriebenen Christen versichert hatten. Der Qualm biss Bernhard in die Augen, er musste husten, er fühlte sich körperlich elend und gleichzeitig siegesgewiss.

Dann ließ das Feuer nach. Die Wunderwaffe wurde zu Asche.

Entsetzt, dass nichts gegen diese entschlossenen, brutalen Franken half, wichen die Angegriffenen zurück.

Das war der Augenblick! Das war der Augenblick der Illusion, der Träume, des Ausharrens, des Leidens und Sterbens, der Hoffnung, der Augenblick, wo ein Christ wieder seinen Fuß auf die Mauer von Jerusalem setzte.

Herzog Gottfried gab den Rittern im mittleren Stockwerk

den Befehl, einen Balken aus der Verankerung zu lösen und ihn als Brücke zur Stadtmauer hinüberzulegen. Bernhard sah, wie Ritter Litold aus Tournai über den Balken lief und als Erster die Mauer von Jerusalem erreichte. Ohne sich zu besinnen, sprang Bernhard wie Herzog Gottfried und alle anderen Ritter in voller Waffenrüstung vom oberen Stockwerk auf die Mauer hinab.

Bernhard schloss einen winzigen Augenblick die Augen. Es war wahr geworden, er stand auf den Zinnen von Jerusalem!

Doch das Besinnen dauerte nicht lange, schnell kletterte er von der Mauer herunter und verbreitete wie die Sturmleitern erklimmenden, durch die Bresche in der Befestigungsmauer eindringenden Kreuzfahrer: Entsetzen. Chaos breitete sich aus, Panik, Flucht, Morden. Bernhard kämpfte sich durch gepflasterte Gassen und Straßen, um das am nächsten gelegene Josaphat-Tor für die Kreuzfahrer, für Alice, zu öffnen. Das Tor wurde kaum umkämpft, er schob die schweren Riegel zur Seite und stemmte das gewaltige Portal auf. Mit Wucht, wie besessen drängte sich die Masse der Frauen, Kinder, Fußsoldaten durch die viel zu enge Öffnung. Wenn Alice nur nicht tot getrampelt wird, hoffte Bernhard, während er weiter zum hart umkämpften Tempelberg hastete.

Die Kämpfe im Tempel Salomos hatten aufgehört. Der farbenprächtige, reich mit Ornamenten verzierte Marmorboden war von Blutlachen überdeckt. Bernhard versuchte hier und da auszuweichen, doch es blieb ihm nichts, als durch das Blut der getöteten ägyptischen Soldaten wie auch einiger Kreuzfahrer zu waten. Er bahnte sich seinen Weg, er stolperte über wild übereinanderliegende Leichen zum Ausgang des langgestreckten, hohen Gebäudes, durch dessen flaches Dach dumpf das Weinen von Säuglingen und Kindern, das Schreien der Frauen drang, die sich auf den Tempel geflüchtet hatten und von Tankreds Leuten bewacht wurden. Bernhard sah an sich herunter, Arme, Hände, Rüstung – alles blutverschmiert, und auch sein Gesicht musste furchtbar anzusehen sein. Es ekelte ihn vor sich selbst.

Und doch spürte er die ungeheure Erleichterung, der Kampf auf dem Tempelberg war beendet, ohne dass der Kommandant von Jerusalem ihnen Schwierigkeiten bereitet hätte. Iftikhar ad-Daulah war überhaupt nicht zur Verteidigung seiner Heiligtümer erschienen. Bernhard lachte verächtlich. Die Bevölkerung von Jerusalem war von ihm schmählich im Stich gelassen, verraten worden. Irgendwann war zu Bernhard das Gerücht gedrungen, Iftikhar ad-Daulah habe sich in der Davidsburg verschanzt, sei aber schnell mit Graf Raimond einig geworden und habe gegen Auslieferung der Kriegskasse freies Geleit nach Askalon erhalten. Sogar seine Waffen durften er und seine Elitetruppe behalten. Nur die 400 prächtigen Pferde seien den Kreuzfahrern zu überlassen gewesen. Leider, der Ärmste. So viel Feigheit und Niedertracht riefen bei Bernhard nur Hohn und Spott hervor – und Hochachtung vor den einfachen ägyptischen Soldaten, die so zäh Widerstand geleistet hatten. Er blickte sich noch einmal um, besonders bei den mit Gold verzierten Kapitellen der Säulen häuften sich die toten Kämpfer.

Bernhard trat aus der düsteren Halle auf den Tempelberg hinaus, blinzelte, geblendet vom grellen Licht der Nachmittagssonne, vom gleißenden Gold der Kuppel des Felsendomes. Vor ihm Leichen, Leichen bis zu den hohen Mauern, die den festungsartigen Platz umgaben.

Nun aber war es fast still hier. Von den Kreuzfahrern war nur noch wenig zu sehen, lediglich einige gingen noch herum und versetzten den Verwundeten, den Röchelnden einen letzten Schlag. Die Masse der Pilger aber hatte sich aufgemacht zum Dankgottesdienst in der Grabeskirche und zum Plündern.

Das war das Stichwort. Auch er musste sehen, dass er die Mittel fand, sein verpfändetes Land wieder auszulösen, er musste ein Haus finden, mit Schätzen gefüllt, er musste endlich reich werden.

Bernhard eilte die Stufen zur Schönen Pforte hinunter, überlegte, ob er geradeaus zur Davidsburg laufen oder in eine Seitengasse abbiegen sollte. Es kam ihm laut grölend eine Gruppe von Kreuzfahrern entgegen, Frauen waren dabei, die sich auf Tote stürzten und ihnen den Bauch aufschlitzten, um Geld oder Edelsteine, die die Verfolgten verschluckt haben mochten, an sich zu bringen. Bernhard wich ihnen angewidert aus und ging entschlossenen, schnellen Schrittes in eine dunkle Gasse. Am Ende aber, dort wo sich die Häuser zu einem Platz weiteten, stand ein lang gestrecktes herrschaftliches Haus, vor dessen bunten Glasfenstern schmiedeeiserne, mit Gold verzierte rote Gitter angebracht waren.

Da hineinzugehen lohnt nicht, überlegte Bernhard. Der Palast da ist längst von jemandem in Besitz genommen worden. Wer zuerst kommt, mahlt zuerst. Dem gehört das Haus.

Es wunderte ihn nur, dass das Portal weit offen stand. Hätte sich ein Kreuzfahrer schon des Palastes bemächtigt, er hätte sicher das Tor geschlossen.

Bernhard trat ein. Das Dunkel der weiten, tonnenartigen Halle umfing ihn. Eine breite Treppe führte hinauf in den ersten Stock, auf der Rückseite war eine Tür geöffnet und gewährte den Blick in einen Blumengarten mit einem Rondell, in dem ein Springbrunnen sprudelte.

Friedlich war es hier, kein Kampfgeschrei, nur eine fast beängstigende Stille, die durch das leise Plätschern des Wassers noch betont wurde. Licht, Staub tanzte, flimmerte in der Nähe des Portals. Sonst war der Raum in Dunkelheit gehüllt. Bernhard rief, niemand antwortete. Das Haus war menschenleer. Seine früheren Besitzer geflohen, wahrscheinlich tot. Es wunderte ihn wieder, dass kein Kreuzfahrer hierher gefunden hatte. Bernhard zuckte die Achseln und entschied sich, den Palast in Besitz zu nehmen. Ein rascher Blick hatte ihn schon beim Eintreten davon überzeugt, dass in diesen Mauern Schätze verborgen sein mussten. Der hier gelebt hatte, musste ein sehr bedeutender Herr gewesen sein, wahrscheinlich ein Offizier der Eliteeinheit Iftikhar ad-Daulahs.

Bernhard sah sich nach einem Gegenstand um, mit dem er seinen Namen auf den Fußboden schreiben konnte. Er zerbrach auf dem Steinfußboden einen Tonkrug, schreckte zusammen von dem Laut, fasste sich an seine Stirn. Mit einem Mal bemerkte er seinen Durst, seinen Hunger. Bernhard strich mit der Hand über sein Gesicht, es war wie eingefallen, er fühlte sich ermattet, erschöpft.

Unsinn, dachte er und hockte sich nieder, um die drei Bären der Grafen von Baerheim in den Fußboden zu ritzen. Das würden auch die vielen Nichtlesekundigen im Heer verstehen. Dieser Palast war sein.

Ein Knarren auf der Treppe, leise Schritte ließen ihn aufschrecken, ließen ihn aufblicken.

Im Halbdunkel stand eine junge Frau, ein Kind im Arm.

Bernhard kam hoch, ihm schwindelte, ihm wurde einen Moment schwarz vor Augen.

Die Frau starrte ihn an. Sie trat ein wenig vor, sodass durch das geöffnete Portal auf das lockige, schwarze Wuschelhaar des Kindes ein Lichtstrahl fiel.

»Hanno!«, schrie Bernhard und in dem Gewölbe hallte es schrecklich wider.

»Hanno!«, schrie er abermals.

Die Frau hielt sich vor Entsetzen den Mund zu, starrte den Ritter an, als würde sie ihn erkennen.

»Hanno!«, schrie Bernhard ein drittes Mal und nun erst wurde ihm bewusst, es war eine Täuschung. Hanno war tot, ermordet. Mit einem grässlichen, schmerzlichen Aufschrei, mit seinem furchtbarsten »Deus vult« stürzte er auf die Frau zu.

Die presste ihr Kind fest in den Arm, lief, rannte und floh aus dem Palast. Vor ihnen die steilen Stufen zur Klagemauer. Kurz vor der Treppe holte Bernhard sie ein, ergriff, packte sie. Hart stieß er die junge Frau die Stufen hinab. Aus den Augenwinkeln, kaum dass er es wahrnahm, bemerkte er Alice. Die Fremde stolperte, bückte sich, ihr Schleier hatte sich gelöst und Bernhard zog sie an den Haaren hoch. Nur noch zwei, drei Stufen.

Mit dem Rücken zur Klagemauer stand die Frau ganz dicht

vor Bernhard. Sie erstarrte aber nicht in Todesfurcht vor ihm, sondern wandte ihren Kopf zur Treppe – und lächelte.

Dann blickte sie Bernhard ernst an und sagte:

»Hatixhe.«

Tot, mit gespaltenem Schädel lag die Frau vor ihm. Jetzt erst fiel Bernhard auf, dass sie kein Kind mehr bei sich hatte. Es verwirrte ihn, aber er mochte darüber nicht nachdenken.

Er wollte nur noch zu Alice.

Jedoch dort, wo Alice auf der Treppe gestanden hatte, war niemand mehr.

Alice war fort.

Verzweifelt suchte Bernhard sie tagelang unter den Lebenden, stolperte über die Toten, die von den Armen und den Kriegsgefangenen weggeschafft wurden.

Alice blieb fort.

Epilog
– Passau, Weihnachten 1099 –

MISSTRAUISCH BEOBACHTETE DER Torwächter die dunkle, schmale Gestalt, die sich im dichten Schneewirbel langsam an den niedrigen, mit Grassoden bedeckten Hütten vorbei durch den Matsch kämpfte. Er kniff die Augen zu einem Schlitz zusammen, um die Frau besser sehen zu können. Sie hielt ein Kind an der Hand und war schäbig gekleidet. Auf ihrem dünnen braunen Umhang und ihrer Kapuze hatten sich Schneeflocken gesammelt.

Eine Hungerleiderin mehr, dachte er, die zum Christfest im Kloster Niedernburg auf eine warme Mahlzeit hofft.

»Halt!«, rief er und versperrte der Bettlerin mit seiner Lanze den Eintritt in die Stadt.

»Wer bist du?«

»Grüß Gott«, antwortete die Frau erschöpft. »Ich bin Alice aus Passau.«

»Kenne ich nicht«, sagte er mürrisch und beleuchtete die Fremde von den nassen, geflickten Schuhen bis ins abgemagerte Gesicht.

Die junge Frau zog mit ihren bloßen Händen die Kapuze zurück, sodass ihr blondes, dichtes, widerspenstiges Haar zum Vorschein kam.

Mürrisch zog er die Stirn in Falten.

»Mein Vater war Karl, der Salzhändler. Wir haben ein Haus mit einem steinernen Tanzsaal in der Marchgasse.«

»So siehst du aus. Tochter eines reichen Kaufmanns. Zeig mir mal einen einzigen Passauer Silberpfennig«, lachte er.

Die Frau machte ein bekümmertes Gesicht und wollte etwas erwidern.

Der Mann ließ sie aber nicht zu Worte kommen.

»Und wo ist dein Vater jetzt? He? Du lügst. Ich kenne das Steinhaus. Es liegt in der Gasse zur Donau. Da, das sage ich dir, da wohnt ein junger Kaufmann mit seiner Familie.«

Alice starrte den Mann an. Es tat so weh. Was aber hatte sie denn anderes erwartet?

Traurig und fröstelnd zog sie ihren Umhang vor der Brust zusammen, was wenig half, denn sie war bis auf die Haut durchnässt. Sie fasste sich.

»Vor drei Jahren, als der Papst zum Kreuzzug aufrief, sind mein Vater und ich von hier aufgebrochen und nach Jerusalem gezogen. Ich bin eine Pilgerin«, fügte sie würdevoll hinzu.

»Pilgerin?«, der Mann grinste. »Sehr fromm, wie ich sehe. Wer hat dir denn den Balg da gemacht? Sieht aus wie ein Sarazenenkind.«

Die Kleine hatte bisher auf die gewaltige Wehrmauer geblickt, nun schaute sie den Mann verängstigt an und drückte sich ganz eng an die Frau, die sanft über das wollene bunte Mützchen strich.

»Ist gut, Leyla«, sagte Alice mit beruhigender Stimme.

Sie nahm ihren Leinensack vom Rücken, nestelte an dem Band. Der Wächter starrte dabei auf die Brandwunden an ihren Händen, die von einer dünnen, weißen Hautschicht überzogen waren.

Vorsichtig zog sie einen Palmenzweig hervor.

»Ich komme aus Jerusalem und habe mein Gelübde erfüllt. Vor drei Jahren habe ich Passau mit einem Wagen und zwei Pferden durch dieses Tor verlassen und nun will ich in meine Stadt.«

Der Wächter stutzte, als er den Zweig sah.

»Ist ja schon gut«, lenkte er ein und strich sich über seinen schwarzen Bart.

»Geht mich nichts an, was du da im Heiligen Land getrieben hast. Musst dich vor Gott rechtfertigen, nicht vor mir. Komm rein. Es ist schon beinahe Abend.«

Damit hob er die Lanze.

Alice steckte den Palmenzweig wieder in ihren Sack, zog die Kapuze über ihr Haar und schritt mit dem fremd aussehenden Kind unter dem Fallgitter durch das mit Fackeln erleuchtete Tonnengewölbe. Die Kleine schaute mit ihren großen braunen Augen den bunt bemalten Schlussstein an.

»Da«, sagte sie und stakste neben Alice her über das holprige Pflaster in die Stadt.

Alice blieb stehen und atmete tief durch.

Endlich wieder in Passau! Die dicht gedrängten Häuser, der Brunnen, die gedrungene Kirche St. Paul, sie waren ihr so vertraut. Mit geschlossenen Augen könnte sie den Steinweg zum Stephansdom hinaufgehen.

Nichts schien sich verändert zu haben. – Alles hatte sich verändert.

Wie sehr hatte es sich Alice in den vergangenen Jahren gewünscht, einmal wieder unbeschwert in die Stadt hineinzulaufen, heimzukommen. Jetzt aber lebten in ihrem Kaufmannshaus fremde Menschen. Sie selbst stand am Christtag verloren in ihrer Heimatstadt als Bettlerin.

Wohin?

Alice traute sich nicht, zu ihrem Vaterhaus zu gehen. Allein die bloße Vorstellung des vertrauten hohen Gebäudes, das sie nicht mehr betreten durfte, bedrängte und ängstigte sie.

»Komm, Leyla«, sagte sie und zog das bibbernde, an Hunger und Kälte gewöhnte Mädchen den Weg hinauf zum Dom. Leyla klagte nicht, vielmehr ließ sie Alice' Hand los und lief jubelnd über den weiten mit Schnee bedeckten Platz auf den Stephansdom zu, dessen wuchtige Türme in den winterlichen Himmel ragten. Es hatte aufgehört zu schneien. Ein Streifen von rötlichem Licht ließ die schmalen, hohen Fenster der Herrschaftsempore erglühen. Vor dem großen steinernen Löwen am Eingangstor der Kirche blieb Leyla stehen und betrachtete das gefährlich aussehende Tier. Alice näherte sich langsam, fühlte die Frostbeulen an ihren Füßen, die juckten und schmerzten, schaute auf und sah die kleine Gestalt des Kindes vor der Basilika. Alice schwindelte. Das Bild verschwamm, das wuschelige schwarze Haar des Mädchens, das unter der bunten Mütze hervorlugte, verwischte sich mit dem schwarzen wuscheligen Haar eines kleinen Jungen unter einem Pilgerhütchen.

»Hanno!«, rief Alice verzweifelt und wischte sich über die Augen. Das Trugbild verschwand. Alice hätte weinen mögen.

Sie schüttelte sich, sie nahm sich zusammen, trat zu dem Kind, legte ihre Hand auf das steinerne Tier und erklärte:

»Löwe. Das ist ein Löwe.«

Leyla strich vorsichtig über sein Maul mit der heraushängenden Zunge und lachte vergnügt.

Alice nahm die Kleine wieder an die Hand. Sie schaute sich noch einmal um und warf einen wehmütigen Blick auf den weiten Platz, von dem aus so viele Passauer nach Jerusalem aufgebrochen waren. Kaum jemand von ihnen käme zurück.

Sie seufzte, überwand sich, fand den Mut, zu ihrem Vaterhaus zu gehen.

Im Hof brannten Fackeln. Das Wohnhaus war hell erleuchtet, nur die Lagergebäude wirkten dunkel und verlassen. Es duftete durch die mit Tierhäuten verhangenen Fensterhöhlen nach Gänsebraten und frisch gebackenem Brot. Vom Stephansdom setzte Glockengeläut ein und hallte über die Stadt. Die Türen und Tore ihres Vaterhauses und der Nachbarhäuser öffneten sich, Mägde und Knechte trugen Fackeln und Laternen. Hinaus traten Kaufleute, Kaufmannsfrauen, die Freundinnen ihrer Kindheit, gekleidet in dicke wollene Stoffe und Pelze. Keiner beachtete die ärmliche Gestalt, die vor den festlich geschmückten Gebäuden der Schar der Kirchgänger im Wege stand. Plaudernd und lachend eilten die jungen Frauen am Arm ihres Gatten an Alice vorüber.

Alice konnte die Tränen nicht mehr zurückhalten. Lautlos flossen sie ihr über die Wangen.

»Mutter, Vater! Was habt ihr mir angetan?«, schluchzte sie.

»Hunger«, ließ sich eine kleine Stimme hören.

Entschlossen wandte sie sich um und ging mit Leyla an der Hand durch den Schneematsch die Gasse zur Donau hinunter.

Jetzt sich in die Menge der Bettelnden einreihen, die geduldig vor dem Kloster Niedernburg auf eine Suppe warteten?

Dabei würden die Nonnen sie gewiss nicht verachten, sondern sie und das fremdländische Kind aufnehmen wie jeden Armen, wie Jesus Christus selbst. Trotzdem, niemals hätte Alice erwartet, jemals auf die Mildtätigkeit der Benediktinerinnen angewiesen zu sein. Noch war sie nicht so weit, auch in ihrer Heimatstadt wie sonst in den letzten Monaten immer in einem Kloster um Essen und einen Schlafplatz anzustehen.

Leyla konnte und mochte nicht mehr laufen. Und so trug Alice das Kind am Fluss entlang zu ihrer liebsten Stelle, zur Landspitze, dorthin, wo Donau, Inn und Ilz zusammenflossen und die Eisschollen krachend zusammenstießen.

Der Ort, das dunkle Wasser, der Mond über den bewaldeten Hügeln brachte keinen Trost. Leyla zupfte die zur Eissäule erstarrte Alice an ihrem Umhang und klagte erneut:

»Hunger.«

Alice fasste sich. Armut war keine Schande. Sie musste dieses ihr von Gott anvertraute Kind durchbringen …

Die Reihe der wartenden, frierenden, hungrigen Menschen vor dem Kloster Niedernburg erschien Alice endlos. Geduldig und Leyla beruhigende Worte zusprechend, stellte sie sich hinten an, das Kind auf dem Arm. Auch Leylas Schnürschuhe waren trotz der Trippen völlig durchnässt.

Da öffnete sich das gewaltige Tor unter der Kaiserempore. Nonnen hielten Laternen mit Kerzen in der Hand. Ein Raunen ging durch die Menge.

Hinaus trat die Äbtissin. Sie verabschiedete einen Gast. Wieder ging ein Raunen und Murmeln durch die Menge:

»Abt Johannes«, hörte sie voller Achtung sagen.

Um Gottes willen, nur nicht er!, dachte Alice.

Wie weh hatte es ihr getan, dass keine ihrer Freundinnen sie erkannt hatte. Aber von ihm erkannt zu werden, dazu war sie zu stolz. Alice zog ihre Kapuze noch weiter über ihr Gesicht.

Der Abt schwang sich auf sein Pferd und ritt im schnellen

Trab, mit einer Handbewegung grüßend, an den Wartenden vorbei. Doch dann wendete er und kam langsam auf die Armen zugeritten, die sich ehrfürchtig verneigten.

Alice drehte den Kopf weg und sah zur Mauer.

Der Abt zügelte sein Pferd, beugte sich tief zu der jungen Frau hinunter und fragte:

»Alice?«

Sie wandte ihren Kopf ihm zu und blickte ihn abwartend an.

»Gelobt sei Jesus Christus«, grüßte der Abt.

»In Ewigkeit, Amen«, erwiderte sie.

»Möchtet Ihr, dass ich Euch helfe?«, fragte er demütig und stieg vom Pferd ab.

In Alice fieberte es. Ja, Nein.

Mittlerweile hatte die Gruppe Aufsehen erregt. Die Armen, die Hungrigen vor dem Kloster Niedernburg schauten neugierig, gespannt zu. Eine Frau mit einem von einem Hautleiden entstellten Gesicht näherte sich, bückte sich, berührte den Saum seiner Kutte und wich ängstlich in die Menge zurück.

Der Abt drehte sich um und fragte die Fremde:

»Warst du es, die mich berührt hat?«

Die Kranke nickte.

Der Abt legte die Hand auf ihre Stirn, segnete sie und wandte sich wieder zu Alice.

»Nun?«, fragte er. »Habt Ihr Euch entschieden?«

»Und was ist mit dem Kind? Was ist mit Leyla?«

Alice erwartete, dass er sich nach der Herkunft des Mädchens erkundigen würde.

Er aber sagte lediglich:

»Leyla ist willkommen – so wie Ihr.«

Einen Moment zögerte Alice noch.

»Wenn Ihr mögt, setzt Euch mit Eurem Kind auf mein Pferd.«

Die Menge der Armen wich scheu und staunend zurück.

Der Wächter am Paulustor kratzte sich am Kopf, als er die heruntergekommene Pilgerin mit dem Bastard auf dem

Schimmel reiten sah und den hohen Abt daneben, wie er das Pferd führte.

Verblüfft und beflissen öffnete er das Tor.

Er sah ihnen noch lange nach, wie sie sich im Sternenlicht der Schneelandschaft langsam entfernten. Wie Maria mit ihrem Kind, ging es ihm durch den Sinn.

Er wunderte sich selbst darüber.

ENDE

Historische Personen

Achard de Montemerle

Verpfändete zur Finanzierung des Kreuzzuges seine Besitzungen für 2.000 Solidi (Lyon) und vier Maultiere an das Kloster Cluny. Im Falle seines Todes sollten die Besitzungen dem Kloster zufallen. Wahrscheinlich umgekommen bei Ramla in einem harten Kampf gegen Soldaten der Garnison von Askalon Mitte Juni 1099.

Adhémar de Monteil, Bischof von Le Puy

Legat des Papstes Urban II., Oberhaupt des Kreuzzuges. Bezweifelte die Echtheit der in Antiochia gefundenen Heiligen Lanze, der wertvollsten Reliquie der Christenheit.

Starb am 1. August 1098 in Antiochia an einer Seuche, vermutlich Typhus.

Ahmed ibn Merwan

Kommandant der Zitadelle von Antiochia, die er nach der Niederlage Kerboghas an Bohemund von Tarent übergab. Konvertierte zum Christentum und schloss sich dem Heer Bohemunds an.

Alexios I. Komnenos, Kaiser von Byzanz

Gesandte Kaiser Alexios' baten Papst Urban II. im März 1095 auf dem Konzil in Piacenza um militärischen Beistand im Kampf gegen die Seldschuken, die seit der verlorenen Schlacht von Mantzikert (1071) Romanien, das Kernland von Byzanz, erobert hatten.

Anna Komnene

Tochter des Kaisers Alexios. Schrieb die ›Alexiade‹, Lebens-beschreibung ihres Vaters und darin über den Aufenthalt der Kreuzfahrer in Konstantinopel. Ausführliche Darstellung des Heerführers Bohemund, den sie zugleich bewunderte und fürchtete.

Anselm von Ribemont

gehörte zu den nobiles des Kreuzzuges. Schrieb zwei Briefe an den Erzbischof von Reims Manasse. Reiste in Begleitung seines eigenen Kaplans Roger (erkrankt und gestorben 1097). Anselm sah seinen Tod voraus und berichtete mehreren Perso-nen von dem ihm gewordenen Gesicht. Er starb am 25. Feb-ruar 1099 vor Akkâr.

Anonyma

Kreuzzugsteilnehmerin, wahrscheinlich aus Niederlothrin-gen. Während eines Würfelspiels mit Adalbero, Kleriker und Archidiakon der Kirche von Metz, wurde sie in einem Obst-garten vor Antiochia gefangen genommen, nach Antiochia ver-schleppt, mehrfach vergewaltigt und am darauffolgenden Tag auf der Befestigungsmauer von Antiochia enthauptet. Ihr Kopf wurde ins Lager Herzog Gottfrieds von Bouillon katapultiert. Adalbero wurde sofort geköpft.

Anonyma

Nonne vom Kloster St. Maria zum Speicher von der Kir-che zu Trier.

Eine der wenigen Überlebenden des am 21. Oktober 1096 kurz vor Nikäa von Sultan Kilidj Arslan vernichteten sogenann-ten ›Armenkreuzzuges‹. Nach ihrer Befreiung aus seldschuki-scher Gefangenschaft gab sie an, mehrfach vergewaltigt und dann mit einem Seldschuken verheiratet worden zu sein. Wegen ihres unfreiwillig gebrochenen Keuschheitsgelübdes erhielt sie vom Legaten des Papstes Dispens. Unmittelbar darauf folgte sie heimlich ihrem muslimischen Ehemann in die byzantinische Gefangenschaft.

Anonyma/Anonymus

Paar, das wegen Ehebruchs im Winter 1098 gefesselt und nackt durch das gesamte Lager vor Antiochia getrieben und ausgepeitscht wurde.

Anonymus

Vornehmer muslimischer Jüngling aus Antiochia. Geriet in Gefangenschaft. Seine Familie wollte für seine Freilassung Antiochia an das Kreuzzugsheer verraten, was aufgedeckt wurde.

Nach dem Scheitern der Verhandlungen wurde er hingerichtet.

Balduin von Boulogne

Mitteloser dritter Sohn des Grafen Eustachius II. von Boulogne, Bruder Herzog Gottfrieds von Bouillon. Balduin war für den geistlichen Stand bestimmt, zu dem er keine Neigung hatte. In erster Ehe war er mit Godvere di Tosni verheiratet. Seit dem 09. März 1098 Herrscher von Edessa. Beteiligte sich nicht an der Eroberung Jerusalems.

Im November (13.?) 1100 nahm er den Titel ›König von Jerusalem‹ an.

Balduin von Hennegau

Graf, Ritter im Heer Gottfrieds von Bouillon. Auf dem Weg zu Kaiser Alexios wurde er im Juli 1098 in Kleinasien überfallen. Weiteres Schicksal unbekannt.

Balduin von Le Bourg

Vetter Balduins von Boulogne. Graf von Edessa (1100), König Balduin II. von Jerusalem (1118 – 1131).

Bohemund von Tarent

Ziemlich mittelloser, kampferprobter Sohn des Normannen Robert Guiskards.

Heerführer im Kreuzzug. Durch seinen Plan gelang die Eroberung Antiochias wie auch der Ausfall aus der von Kerbogha umschlossenen Stadt. Seit 1098/99 Fürst von Antiochia. Beteiligte sich nicht an der Eroberung Jerusalems.

Bohemund

Zum Christentum konvertierter Moslem, schloss sich dem Heer Bohemunds von Tarent an, Späher in der Schlacht am See von Antiochia, 9. Februar 1098.

Butumites

Byzantinischer Admiral, handelte während der Belagerung Nikäas hinter dem Rücken der Kreuzfahrer mit der türkischen Garnison die Bedingungen zur Übergabe der Stadt aus.

Dschalal el-Mulk Abdu'l Hassan

Emir von Tripolis. Versuchte, die Unabhängigkeit seines Emirates sowohl gegen die ägyptischen Fatimiden als auch gegen die seldschukische Macht aufrechtzuerhalten. Seine Familie war bekannt für außerordentliche Gelehrsamkeit.

Elvira von Léon-Kastilien, Gräfin von Toulouse

Illegitime Tochter König Alfons' VI. von Léon-Kastilien, seit ca. 1094/95 verheiratet mit Graf Raimond IV. von Toulouse, Aufenthalt im Nahen Osten bis zum Tod ihres Mannes 1105, danach Rückkehr nach Frankreich mit ihrem Sohn Alfonso-Jordan.

Emeline von Bouillon

Überfallen auf der Reise von Antiochia nach Edessa (1098). Ihr Ehemann Fulbert wurde geköpft, sie selbst als Geisel verschleppt und kurze Zeit später mit einem Seldschuken verheiratet. Sie vermittelte ein Bündnis zwischen dem Emir Omar von Azaz und dem Herzog von Bouillon gegen den Emir Ridwan von Aleppo.

Emma von Hereford

Erfolglose Teilnahme am Aufstand gegen Wilhelm den Eroberer. Exil in der Bretagne. Während des Kreuzzuges verstorben.

Engilrand

Sohn des Grafen Hugo von St. Paul, junger Ritter, überfiel im Herbst 1097 einige Türken vor Antiochia aus dem Hinterhalt. Er verstarb im Dezember 1098 in Maarat an-Numan. Beisetzung in der Basilika des Apostels Andreas in Maarat an-Numan.

Firûz

Zum Islam übergetretener Christ, nahm Verbindung zu Bohemund auf, verriet Antiochia an das Kreuzfahrerheer, weil er während der Belagerung Getreide gehortet hatte und dafür eine hohe Geldstrafe bezahlen musste, sowie, wie es heißt, weil seine Ehefrau Ehebruch mit einem Moslem verübt hatte und er sich rächen wollte. Seinen Sohn gab er als Geisel an die Kreuzfahrer.

Florina von Burgund

Aufbruch nach Jerusalem 1096 zusammen mit ihrem Vater und ihrem Verlobten Sven von Dänemark. Kurz hinter der byzantinischen Grenze Ende Mai/Anfang Juni 1097 von Seldschuken überfallen, auf der Flucht verwundet und enthauptet. Sven wie alle anderen Männer wurden getötet.

Fulcher de Chartres

Geschichtsschreiber, folgte Balduin von Boulogne nach Edessa und wurde dessen Kaplan (1097). Er berichtete sowohl über den Kreuzzug wie auch über das Königreich Jerusalem.

Godvere di Tosni

Erbtochter des anglonormannischen Barons Ralph von Tosni. 1096 Heirat mit Balduin von Boulogne. Sie begleitete ihren Ehemann, um schwanger zu werden, da ihre Erbberechtigung an einen Sohn gebunden war. Kinderlos ist sie auf dem Kreuzzug am 15. Oktober 1097 in Marasch gestorben.

Gottfried von Bouillon

Herzog von Niederlothringen. Heerführer. In seinem sehr großen Heer zogen vor allem Lothringer und Deutsche über Ungarn nach Jerusalem. Lehnte nach der Eroberung Jerusalems im Jahre 1099 die Königskrone ab, nannte sich vielmehr *Advocatus Sancti Sepulchri*, gestorben 1100.

Heinrich von Ascha (Esch)

Ritter vornehmer Herkunft, finanzierte aus eigenen Mitteln eine Belagerungsmaschine vor Nikäa. Verarmte während des Kreuzzuges, gestorben im Sommer 1098 in Antiochia an der Seuche.

Hugo von Vermandois

Graf, Bruder des Königs von Frankreich, Philipp I., war von der Pracht am Hofe Kaiser Alexios' tief beeindruckt und ließ sich für dessen Pläne einspannen.

Bildete die erste Heeresgruppe in der Schlacht um Antiochia. Kehrte 1098 nach Frankreich über Konstantinopel zurück.

Humberge von Le Puiset

Verheiratet mit Walo II. von Chaumont-en-Vexin, dem Konstabler des Königs Philipp I. von Frankreich. Erlitt nach dem Tod ihres Mannes vor Antiochia einen Nervenzusammenbruch.

Iftihkar ad-Daulah

Ägyptischer Kommandant von Jerusalem. Sandte zu Beginn der Belagerung Jerusalems (Juni 1099) Boten nach Ägypten zur

Entsendung eines Entsatzheeres. Erhielt bei der Eroberung von Jerusalem gegen Aushändigung der Kriegskasse von Graf Raimond freies Geleit zum Abzug nach Askalon, wo er sich der ägyptischen Garnison anschloss.

Johannes Oxites

Patriarch von Antiochia, wurde während der Belagerung Antiochias durch die Kreuzfahrer von Yaghi-Siyan ins Gefängnis geworfen, mehrfach außen an der Stadtmauer in einem Käfig oder an Seilen aufgehängt. Nach der Eroberung setzte sich Adhémar, der Legat des Papstes, nicht über die Rechte des orthodoxen Patriachen hinweg, obwohl Johannes den lateinischen Ritus missbilligte. Johannes übte wieder sein Amt aus, bis Bohemund als Fürst von Antiochia ihn absetzte und gegen einen römisch-katholischen Patriarchen ersetzte.

Kerbogha

Atabeg von Mossul, führender Herrscher im oberen Mesopotamien und der Gezira. Gefürchteter Feldherr. Belagerte das in Antiochia eingeschlossene Kreuzfahrerheer mit einer vielfachen Übermacht, wurde in einer offenen Feldschlacht am 28. Juni 1098 besiegt.

Ein Grund für die Niederlage bestand darin, dass die mit ihm verbündeten Emire befürchteten, er könnte zu mächtig werden.

Kilidj Arslan I.

Sultan der Seldschuken von Rum. Da er den sogenannten Armenkreuzzug ziemlich mühelos vernichtet hatte, nahm er die Hauptheere nicht ernst und befand sich bei ihrem Herannahen im Osten, wo er sich mit den Danischmandidenfürsten um die Oberherrschaft über Melitene stritt. Verlor 1097 die Schlachten bei Nikäa und bei Doryläon.

Koloman, König von Ungarn

Gestattete dem Heer Herzog Gottfrieds von Bouillon nur unter der Bedingung den Durchmarsch durch Ungarn, dass Balduin von Boulogne sich als Geisel stellte und dass unter Androhung der Todesstrafe nicht geplündert wurde.

Lietaud oder Litold

Flämischer Ritter, setzte als Erster am 15. Juli 1099 seinen Fuß auf die Befestigungsmauer Jerusalems.

Mohammed

Sohn des Emirs Omar von Azaz, der mit Gottfried ein Bündnis geschlossen hatte.

Starb in der Geiselhaft in Antiochia, was aber die Beziehungen zu seinem Vater nicht trübte, da die gute Behandlung des Jungen von Untergebenen des Fürsten bestätigt wurde.

Olivier von Schloss Jussey

Ritter. Er steht für die vielen Ritter und Fußsoldaten, die beim Sturmangriff auf Jerusalem am 13. Juni 1099 erblindeten.

Im Kreuzzug Ludwig IX. des Heiligen haben 300 Ritter ihr Sehvermögen verloren. Die Bewertung der Blindheit im Mittelalter wird in der Strafjustiz deutlich, wo die Todesstrafe durch Blendung ersetzt werden konnte.

Peter Bartholomäus

Bauer aus der Provence. Erklärte, mehrere Visionen gehabt zu haben, in denen der Heilige Andreas ihm erschienen sei und ihn aufgefordert habe, die Heilige Lanze, mit der Jesus am Kreuz in die Seite gestochen sei, in Antiochia auszugraben. Der Glaube an die Lanze trug zum Sieg über Kerbogha bei. Da aber zunehmend die Echtheit der Lanze bezweifelt wurde, unterzog sich Peter Bartholomäus freiwillig am 8. April 1099 der Feuerprobe und starb zwölf Tage später an den Verbrennungen.

Peter der Einsiedler

Er führte den sogenannten ›Armenkreuzzug‹, bestehend aus ungefähr 20.000 Menschen, an. Aufbruch nach Jerusalem im März 1096. Während der Vernichtung fast seines gesamten Heeres am 21. Oktober 1096 durch Sultan Kilidj Arslan hielt er sich in Konstantinopel auf. Die Skelette der im Lager bei Civitot getöteten Kinder, Frauen und nicht bewaffneten Männer fanden die Hauptheere, denen er sich anschloss, im Mai 1097 noch vor.

Fluchtversuch während der Belagerung Antiochias im Januar 1098. Verhandelte ergebnislos mit Kerbogha vor dem Ausfall der Kreuzfahrer aus Antiochia.

Raimond von Aguilers

Geschichtsschreiber, Kaplan des Heerführers und Grafen Raimonds von Toulouse.

Trug den Heiligen Speer am 28. Juni 1098 in die Schlacht.

Raimond IV. von Saint-Gilles, Graf von Toulouse, Marquis der Provence

Heerführer der Südfranzosen, des größten Kontingents. Er war einer der bedeutendsten und reichsten Feudalherren Frankreichs. Sein Kreuzzugsgelübde verband er mit dem feierlichen Versprechen, seine restlichen Tage im Heiligen Land zu verbringen. Seinem natürlichen Sohn Bertrand übertrug er die Verwaltung seiner Ländereien.

Gestattete gegen eine große Summe Gold dem Statthalter von Jerusalem, Iftihar ad-Daulah, und seiner Leibwache den freien Abzug (einschließlich ihrer Waffen), obwohl er wusste, dass ein Entsatzheer aus Ägypten anrückte und Ifthikar sich mit der ägyptischen Garnison in Askalon vereinigen würde.

Ridwan von Aleppo

Herrscher von Aleppo, verlor die Schlacht am See von Antiochia, 9. Februar 1098

Robert II. von Flandern

Graf. Führung eines großen Kreuzfahrerheeres gemeinsam mit seinem Vetter Robert von der Normandie und dessen Schwager Stephan de Blois. Erhielt 1088 einen Brief von Kaiser Alexios, in dem um militärische Hilfe gegen die Seldschuken gebeten wurde.

Robert II. von der Normandie

Herzog. Ältester Sohn Wilhelms des Eroberers. Verpfändete sein Herzogtum gegen 10.000 Silbermark an seinen Bruder Wilhelm Rufus von England, um am Kreuzzug teilnehmen zu können.

Stephan von Blois und Chartres

Graf, einer der reichsten Vertreter des Hochadels Frankreichs.

Verheiratet mit Adele, Tochter Wilhelms des Eroberers, die während seiner Abwesenheit seine Ländereien verwaltete. Stephan befolgte den Wunsch seiner Frau, als er sich dem Kreuzzug anschloss. Nach seiner Flucht vor dem Heer Kerboghas wurde er sehr ungnädig von ihr empfangen. Er kehrte ins Heilige Land zurück, wo er 1102 im Kampf gegen die Ägypter starb.

Sven

Königssohn von Dänemark. Befand sich mit seiner Verlobten Florina auf dem Weg nach Jerusalem, um dort zu heiraten. Wurde im Ende Mai/Anfang Juni 1097 kurz hinter der byzantinischen Grenze von Seldschuken überfallen und mitsamt allen ihn begleitenden Männern getötet.

Taphnuz oder Tafroc oder Thatul

Reicher Fürst in der Nähe von Edessa. Verheiratete seine Tochter mit Balduin von Boulogne, Fürst von Edessa. Bezahlte nicht die gesamte Summe der Mitgift von 60.000 Byzantii und musste sich deswegen nach Konstantinopel zurückziehen, wohin auch seine Tochter ihm später folgte, nachdem Balduin sie (schon als Königin von Jerusalem) wegen Ehebruchs vom Hof verwiesen und sie genötigt hatte, ins St.-Annen-Kloster einzutreten. Sie verspürte aber keine Neigung zum geistlichen Leben, sondern stand in dem Ruf, Männern gerne ihre Gunst zu schenken. Der Ehe sind keine Kinder entsprungen.

Tankred

Neffe Bohemunds von Tarent. Weigerte sich zunächst, Kaiser Alexios den Treueid zu leisten. Fürst von Galiläa (1099).

Tatikios

Byzantinischer Feldherr. Auffallend war seine abgeschnittene Nase. Er führte das Kreuzzugsheer bis Antiochia. Anfang Februar 1098 verließ er das Kreuzfahrerheer.

Thoros

Fürst von Edessa. Gehörte der orthodoxen Kirche an und war Staatsbeamter des byzantinischen Kaiserreiches, weswegen er bei den Armeniern unbeliebt war. Adoptierte Balduin von Boulogne und machte ihn zum Mitregenten (Februar 1098). Am 9. März 1098 kam Thoros bei einer Revolte ums Leben.

Urban II.

Papst. Hielt auf dem Konzil von Clermont am 27. November 1095 die berühmte Kreuzzugsrede, in der er zur Hilfe für die Christen im Osten aufrief. Besonders bekannt geworden ist sein Ruf: ›Deus vult!‹ – ›Gott will es!‹

Wilhelm

Sehr junger, gut aussehender Bruder Tankreds. Fiel in der Schlacht bei Doryläon, 1. Juli 1097.

Yaghi-Siyan

Statthalter von Antiochia. Auf der Flucht nach der Eroberung Antiochias enthauptet.

Gefundene / Erfundene Personen

Die Lebensgeschichte der Protagonisten ist entweder Menschen nachgezeichnet, die damals wirklich gelebt haben, und/oder entspricht den in jener Zeit üblichen Handlungsweisen und Wertvorstellungen.

Abt Johannes

Kaufmannssohn. Hohe Positionen in Klöstern waren vorwiegend dem Adel vorbehalten. Hildegard von Bingen nahm grundsätzlich keine nicht adeligen Frauen als Nonnen in ihrem Kloster auf. Gleichwohl war die kirchliche Hierarchie nicht gänzlich undurchlässig. Bei herausragenden Fähigkeiten war der Aufstieg in höchste Ämter möglich.

Berühmte Beispiele sind:

Gregor VII., dessen Herkunft bis heute diskutiert wird.

Thomas Beckett, Kanzler König Heinrich II. von England und Erzbischof von Canterbury, er war ein einfacher Bürgersohn.

Suger, Abt von Saint-Denise. Obwohl Sohn eines Bauern, war er der Vertraute und Ratgeber König Ludwig VII. von Frankreich und dessen Reichsverweser während des 2. Kreuzzuges.

Der Chor seiner Abtei ist eines der bedeutendsten Werke der Baukunst, weil hier zum ersten Mal in großem Ausmaß gotische Kreuzgewölbe entstanden.

Die Klöster St. Gallen und Benediktbeuern gelten als Vorlage des Klosters Lichtenfels.

Alice

Kaufmannstochter aus Passau. Eine der Legionen von Geliebten von Adeligen nach dem Vorbild von Avise, Mätresse Heinrich II., König von England. Bereits vor seiner Ehe mit Eleonore von Aquitanien hatte er mit Avise zwei illegitime Söhne, Gottfried und Wilhelm, die nach der Sitte der Zeit am königlichen Hof erzogen wurden.

Avise selbst lebte in Stafford, wo Heinrich sie auch während seiner Ehe gelegentlich besuchte, bis er ihrer schließlich überdrüssig wurde und sich eine neue Geliebte nahm, Rosamunde.

Bernhard von Baerheim

Ritter, Sohn des Grafen Otto von Baerheim.

Ehre zu erwerben, war für den Adeligen absolute Notwendigkeit. Dabei war Ehre kein inneres Gefühl, sondern sie wies dem Adeligen seine soziale Position innerhalb der Adelsgesellschaft und im Verhältnis zu den unteren Bevölkerungsschichten zu.

Man konnte Ehre sehen: Wer z. B. als Erster durch eine Tür gehen durfte (in der Dichtung der Streit zwischen Kriemhild und Brunhild im Nibelungenlied), wer wen heiraten, wer den besonders riskanten Vorstreit (Angriff in der ersten Kampflinie) reiten durfte.

Das Leben des Adeligen war auf Kampf ausgerichtet. Die Männlichkeit musste durch Körperkraft, Mut, Kühnheit und möglichst gutes Aussehen unter Beweis gestellt werden.

Dies galt insbesondere für junge Männer, die sich noch keine gesicherte Position erworben hatten, jedoch Macht und Geltung anstrebten.

Gleichzeitig stellten sie eine Konkurrenz für Ältere dar, in deren Ämter sie hineindrängten.

Elias

Jüdischer Geldverleiher. Das Verhalten der Christen gegenüber der jüdischen Bevölkerung war ambivalent. Einerseits wurde ihnen Geld abgepresst, so zur Finanzierung des Kreuzzuges durch Herzog Gottfried von Bouillon. Durch Emrich von Leiningen kam es zum Mord an vielen Juden in Worms (20. Mai 1096). Emrich gehörte weder dem sogenannten ›Armenkreuzzug‹ Peters des Einsiedlers an noch dem Hauptheer unter der Führung des Legaten des Papstes.

Andererseits wurde die jüdische Bevölkerung geschützt, so vom Bischof von Speyer. Dieser ließ Mördern von Juden die Hände abschlagen.

Gertrude, Gräfin von Baerheim

Vorbild ist Christina von Markyate (12. Jahrhundert). Schon früh entschloss sie sich für den geistlichen Stand. Mit aller Gewalt, das heißt mit Drohungen, Schlägen, Einsperren, versuchten ihre Eltern, sie zur Ehe zu zwingen. Christina setzte sich durch und wurde eine berühmte Einsiedlerin.

In der Regel war es anders. Die Väter bestimmten, wen die Tochter zu heiraten hatte. Dabei spielten in der Praxis Gefühle wie Zuneigung oder gar Liebe keine Rolle, auch wenn Kirchenrechtler die beiderseitige Einwilligung und ›eheliche Liebe‹ als notwendige Bestandteile einer gültigen Ehe forderten.

Gertrude ist noch sehr jung. Damals war ein Mädchen mit zwölf Jahren heiratsfähig. So wurde z.B. Blanca von Kastilien auf Betreiben Eleonores von Aquitanien mit zwölf Jahren mit Ludwig VIII., König von Frankreich, vermählt.

Hanno

Es war selbstverständlich, dass während der Kreuzzüge Kinder geboren wurden. Beklagt wurden die Fehlgeburten und die lebensfähigen Neugeborenen, die beim Durstmarsch im Sommer 1097 am Wegesrand liegen gelassen werden mussten, da die Mütter selbst am Verdursten waren und ihr Kind nicht stillen konnten.

Geboren auf einem Kreuzzug wurden beispielsweise: Blanca von Frankreich (1253 – 1323), Johanna von Akkon (1272 – 1307),

Anonyma (geb. – gest. 1271), Tochter Eleonores von Kastilien, Hugo II. von Le Puiset, Graf von Jaffa (1107, gest. nach 1134).

Josephine
Bogenschützin. Vorbild sind Berichte über drei außergewöhnliche Frauen.

Die grüne Bogenschützin
Am 12. Juli 1191 verteidigte eine Frau mit einem grünen Umhang das christliche Lager vor Akkon. Sie verwundete mehrere muslimische Angreifer, bevor sie selbst getötet wurde. Saladin ließ sich ihren Bogen zeigen.

Die heilige Bona von Pisa (gest. 1207)
Illegitime Tochter eines reichen Pisaner Händlers, der sie und ihre Mutter bald nach der Geburt verließ und nach Jerusalem zurückkehrte zu seiner rechtmäßigen Familie. Er unternahm einen Mordversuch an seiner Tochter, als Bona in Jerusalem auftauchte.

Hildegund von Schönau (gest. 1188)
Es war durchaus üblich, dass Mädchen und allein reisende Frauen aus Sicherheitsgründen Männerkleidung trugen. So machte Hildegund, als Junge verkleidet, mit ihrem Vater eine Pilgerfahrt nach Jerusalem. Nach dem unerwarteten Tod des Vaters verarmte sie vollkommen. Als Frau war es ihr nicht möglich, ihren Lebensunterhalt zu verdienen. Deshalb lebte sie fortan als Mann und verdiente sich ihr Geld als Fremdenführer(in) deutscher Jerusalempilger sowie als Bote. Später trat sie als Bruder Joseph in ein Zisterzienserkloster ein und wurde erst nach ihrem Tod als Frau entdeckt.

Karl von Passau
Kaufmann. Seit der Römerzeit war Passau ein wichtiger Verkehrsknotenpunkt und Handelsplatz aufgrund der Lage

an drei Flüssen. Besonders der Salz- und Getreidehandel hat Passau reich gemacht. Für die Zeit um 1100 sind freie Kaufleute in Passau nachgewiesen.

Bei aller kaufmännischen Tüchtigkeit und Weltlichkeit bestand eine große Sorge um das Leben nach dem Tode bzw. die Angst vor dem Fegefeuer und der Hölle. Es hat Urban II. zwar nicht die Erlösung von den himmlischen Strafen versprochen, wurde aber so verstanden und hat dies nicht dementiert. Die Beteiligung am 1. Kreuzzug bedeutete im Bewusstsein der Zeitgenossen eine Generalabsolution von ihren Sünden und war somit äußerst attraktiv. Bernhard von Clairvaux ging beim 2. Kreuzzug sogar so weit, Verbrecher und Mörder aufzufordern, damit sie sich ihrer Sündenstrafen entledigen könnten.

Kaspar

Sohn eines unfreien Bauern, der aus Armut und Angst vor Bestrafung wegen eines Frevels an der Mutter Maria mit seiner Familie sich dem Kreuzzug anschloss.

Die Zeit um 1100 war unruhig, der Gedanke an Auswanderung gärte gerade bei der armen Bevölkerung, die unter Überschwemmungen und Seuchen (1094) und darauffolgender Dürre, unter Missernten und Hungersnot sehr zu leiden hatte. Von Urban II. keineswegs und von Kaiser Alexios schon gar nicht beabsichtigt, machten sich ganze Familien auf in das Land, in dem ›Milch und Honig fließt‹. Wenn die Eltern unterwegs starben, was häufig vorkam, blieben die Kinder sich selbst überlassen. Um zu überleben, wandten sie sich an hochgestellte Personen, die die Waisen während des Kreuzzuges versorgten.

Marie

Prostituiert sich, um nicht Hungers zu sterben. Im Hungerwinter 1097/98 ist vor Antiochia jeder siebte Kreuzzugsteilnehmer verhungert oder durch hungerbedingte Krankheiten gestorben. Dies betraf insbesondere die Armen. In dieser Situation versuchten Frauen, die keine Prostituierten in unserem heutigen Sinne waren, also keinem Gewerbe nachgingen, ihren Lebensunterhalt zu sichern. Armutsprostitution war gerade bei den häufigen Versorgungsengpässen und Teuerungen auf Kreuzzügen anzutreffen.

Aus kirchlicher Sicht wurde Prostitution zwar als verwerflich bezeichnet, jedoch als ein notwendiges Übel geduldet, da dadurch der Wille zum Durchhalten über einen langen Zeitraum aufrechterhalten wurde.

Markus

Mönch. Mit sieben Jahren als Gottesgabe seiner Eltern ins Kloster gebracht. Die Adelsfamilien hatten häufig viele Kinder, da die Mütter nicht stillten, um öfter schwanger werden zu können. So bestand die Chance, dass zumindest ein Sohn als Nachfolger das Erwachsenenalter erreichte.

Sofern mehrere Kinder überlebten, mussten diese versorgt werden, sodass die dritt- oder viertgeborenen Töchter und Söhne auch schon als Kind ins Kloster geschickt wurden.

Der Kreuzzug wie überhaupt Pilgerfahrten boten ihnen die Möglichkeit, zumindest zeitweise, dem strengen Reglement des Klosters zu entgehen.

Martin

Zunächst Knecht, avanciert er als illegitimer Sohn eines Fürsten aus deutschen Landen zum Sekretär des Legaten des Papstes und Ritter.

Illegitime Kinder Adeliger waren keine Schande, sondern diese konnten zu höchsten Positionen aufsteigen. Bekanntestes Beispiel ist Wilhelm der Eroberer.

In der Regel setzte der Ritterschlag eine langjährige Ausbildung voraus. Vor großen Schlachten fanden Rittererhebungen von bewährten Kämpfern statt, womit eine besondere Verpflichtung zur Tapferkeit unter Einsatz des eigenen Lebens verbunden war.

Otto, Graf von Baerheim

Das Verhältnis Adeliger zu ihren ältesten Söhnen war oftmals zwiespältig. Einerseits sicherte ein Sohn die Weitergabe des Lehens an die eigene Adelsdynastie, da die Lehen um 1100 weitgehend erblich waren. Andererseits aber stellte der Sohn eine Konkurrenz dar, weil er selber Lehnsträger werden wollte. Deshalb hatte der Vater kaum Interesse, dass sein Sohn, schon gar mit eigenem Hausstand, auf der Burg lebte. Er schickte ihn deshalb fort, auf ›Ritterfahrt‹, damit er sich durch Kampfhandlungen Ruhm und Ehre erwerbe. So war in der Regel ein Ritter weit mehr als 20, oftmals über 30 Jahre alt, wenn er das/die Lehen nach dem Tode des Vaters bestätigt bekam.

Robert

Trotz drastischer Strafen gab es besonders wegen der Armut viele Straffällige, besonders Räuber, aber auch Meuchelmörder, Auftragsmörder.

Thaddäus

Mönch. Die ärztliche Versorgung der Bevölkerung wurde um 1100 weitgehend von den Benediktinerklöstern gewährleistet. Für die medizinische Wissenschaftspflege ist besonders das Benediktinerkloster Admont bekannt. Herausragend ist Hildegard von Bingen, Äbtissin des Benediktinnenklosters Rupertsberg, deren naturkundliche und heilkundliche Schriften noch heute sehr berühmt sind.

Überblick über den Verlauf des 1. Kreuzzuges

Die Begriffe Kreuzzug und Kreuzfahrer gab es um das Jahr 1100 noch nicht. Die Kreuzfahrer bezeichneten sich selber als ›peregrini‹ (Pilger). Der Kreuzzug selber wurde ›peregrinatio‹ (Wallfahrt, Pilgerreise), ›iter‹ (Weg, Marsch, Reise) oder ›expeditio‹ (Ausmarsch) genannt. Die Menschen damals führten keinen Kreuzzug gegen jemanden, sondern brachen auf zu einer, wenn auch bewaffneten, Pilgerfahrt zur Wiedergewinnung Jerusalems für Jesus Christus.

✦

1071
Byzanz verliert die Schlacht bei Mantzikert gegen die Seldschuken. Darauf wird Kleinasien bis vor die Tore Konstantinopels von den Seldschuken erobert.

✦

1095
Der byzantinische Kaiser Alexios bittet Papst Urban II. um militärische Hilfe gegen die Seldschuken.
18. – 28. November: Konzil von Clermont
Aufruf des Papstes zur bewaffneten Pilgerfahrt.
Die Führung überträgt der Papst dem Bischof von Le Puy, Adhémar von Monteil.
Der Pilgerfahrt schließen sich an: Herzog Gottfried von Bouillon, seine Brüder Balduin von Boulogne und Graf Eustachius III., Raimond IV. von Saint Gilles, Graf von Toulouse

und Marquis der Provence, Herzog Robert von der Normandie, Graf Robert von Flandern, Graf Hugo Vermandois, Bruder des Königs von Frankreich, Graf Stephan de Blois und
Chartres, Bohemund von Tarent und seine Neffen Tankred
und Wilhelm.

Der Aufruf löst eine für Papst Urban wie für Kaiser Alexios
ungeahnte Massenbewegung aus.

❧

1096

März: Aufbruch des sogenannten Armenkreuzzuges unter Führung von Peter dem Einsiedler

Frühjahr: Judenverfolgungen durch separate Gruppen in Speyer,
Worms, Mainz, Köln, Regensburg und Prag

15. August: Vom Papst festgelegter offizieller Tag des Aufbruchs

21. Oktober: Fast vollständige Vernichtung des Armenkreuzzuges (schätzungsweise 17.000 Menschen) durch Sultan Kilidj
Arslan

23. Dezember: Herzog Gottfried von Bouillon erreicht als Erster mit seinem Heer Konstantinopel.

❧

1097

14. Mai – 19. Juni: Belagerung Nikäas, Eintreffen aller Heere

16. Mai: Schlacht von Nikäa

19. Juni: Kapitulation Nikäas

1. Juli: Schlacht von Doryläon

Durstmarsch, 15. August: Ankunft in Ikonien

Mitte September: Balduin von Boulogne und Tankred ziehen
unabhängig voneinander nach Kilikien.

September/Mitte Oktober: Umweg des Hauptheeres über das
Anti-Taurus Gebirge

Mitte Oktober: Aufbruch Balduins von Boulogne nach Edessa
21. Oktober: Beginn der Belagerung von Antiochia

~◦~

1098
Winter: Kämpfe, Hungersnot
9. Februar: Schlacht am See von Antiochia
9. März: Balduin von Boulogne wird Herr über Edessa
2. Juni: Abreise Stephan de Blois' nach Frankreich
Nacht vom 2./3. Juni: Eroberung Antiochias
Ab 4./5. Juni: Belagerung der in Antiochia eingeschlossenen Kreuzfahrer durch Kerbogha, extreme Hungersnot
28. Juni: Sieg der Kreuzfahrer über Kerbogha
Juli: Seuche in Antiochia
1. August: Tod Bischof Adhémars
November: Keine abschließende Regelung über den Besitz Antiochias, faktisch wird Bohemund Herr über Antiochia
28. November: Belagerung von Maarat an-Numan
12. Dezember: Eroberung von Maarat an-Numan, Massaker

~◦~

1099
14. Februar – 13. Mai: Belagerung von Akkâr
7. Juni: Ankunft vor den Toren Jerusalems
Belagerung der Stadt durch die Heere Gottfrieds von Bouillon, Tankreds, Roberts von der Normandie, Roberts von Flandern sowie Raimonds von Toulouse, extremer Wassermangel
13. Juni: Gescheiterter Angriff auf Jerusalem
8. Juli: Bittprozession
15. Juli: Eroberung Jerusalems
12. August: Schlacht bei Askalon gegen das ägyptische Heer

Nachwort: Warum ich dieses Buch schrieb

Der Erste Kreuzzug (1096-1099), zu dem Papst Urban II. in Clermont aufrief, war bereits für die Zeitgenossen ein epochales Ereignis – und ist es bis heute geblieben, so sehr, dass er in unserem Bewusstsein immer noch nachwirkt.

Was mich interessiert, ist die Verknüpfung des einzigartigen historischen Phänomens: Erster Kreuzzug mit der Lebensgeschichte der Menschen. Papst Urban hatte nicht verschwiegen, dass die Pilgerfahrt Entbehrungen, ja den Tod in sich barg. Dennoch begaben sich nicht nur Ritter auf die ungewisse, gefährliche *expeditio* nach Jerusalem, sondern auch Ehefrauen, Nonnen und Prostituierte, sogar ganze Familien.

Beim Recherchieren habe ich mich stets gefragt, was bedeuteten die Strapazen, Hungersnöte, Überfälle, Schlachten, Geburten unter sengender Sonne am Wegesrand für die Protagonisten? Wie erleben sie die fremde Welt des Orients? Wie sah das Leben der Frauen, Männer und Kinder auf der weiten Wanderung, im Lager, bei Kampfhandlungen aus?

Während der drei Jahre des Schreibens war es mir, als wollten die Kaufmannstochter Alice, der junge, hoffnungsvolle Knecht Martin, der Ritter Bernhard von Baerheim, der geheimnisvolle Abt über die ferne Vergangenheit hinweg selber zu Worte kommen. Jede Person ist authentisch, fühlt, denkt, handelt und urteilt im gesellschaftlichen Rahmen der Zeit um 1100 und hat gleichzeitig ihren unverwechselbaren Charakter. So entwickelt sich aus der Verbindung von historischem Geschehen und persönlichem Erleben bis zum Schluss ein immer neuer Spannungsbogen. Als Leitfaden galt mir dabei die Frage: Wie wirkt sich der weit zurückliegende Mord an Alice' Mutter, 15 Jahre vor dem Kreuzzug, auf das Leben in Passau und während der Pilgerfahrt nach Jerusalem aus?

Weitere Titel finden Sie auf den
folgenden Seiten und im Internet:

WWW.GMEINER-VERLAG.DE

Maren Bohm
Die Rückkehr der Pilgerin
Historischer Roman
700 Seiten, 12 x 20 cm
Paperback
ISBN 978-3-8392-1909-6

Passau, Weihnachtsabend 1099. Die verarmte Kaufmannstochter Alice erreicht nach der Eroberung Jerusalems verwundet und geschmäht Passau. Gleichzeitig
muss ihr verborgener Geliebter Graf Bernhard von
Baerheim, der nach ihrem angeblichen Tod inzwischen
eine andere geheiratet hat, im Streit zwischen Kaiser
und Papst Partei ergreifen. Doch dann wird Graf
Bernhard auf der Höhe seines Einflusses grausam
ermordet. Wer hatte einen Grund, ihn aus dem Weg
zu räumen und warum hat der Tote ein Lächeln im
Gesicht?

GMEINER SPANNUNG

WWW.GMEINER-VERLAG.DE
Wir machen's spannend

Cornelia Haller
Das Herz der Alraune
Historischer Roman
475 Seiten, 13 x 21 cm,
Premium-Klappenbroschur
ISBN 978-3-8392-0461-0

Anno 1492: In Ravensburg ist sie knapp dem Scheiter-
haufen entkommen, nun studiert die Hebamme Luzia
Gassner – als Mann verkleidet – Medizin an der renom-
mierten Universität von Montpellier. Als ihre Enttar-
nung droht, flieht sie auf abenteuerlichen Wegen zurück
in ihre Heimat am Bodensee. Dort trifft sie Johannes
von der Wehr, inzwischen Überlinger Stadtmedicus,
dem sie einst den Rücken kehrte. Mit medizinischem
Geschick beginnen sie ihre Zusammenarbeit. Doch
nicht wenige wollen der jungen Medica übel, und einmal mehr ist Luzias Leben in höchster Gefahr.

GMEINER SPANNUNG

WWW.GMEINER-VERLAG.DE
Wir machen's spannend

Erika Weigele
Der Buchmaler von Zürich
Historischer Roman
544 Seiten, 13 x 21 cm,
Premium-Klappenbroschur
ISBN 978-3-8392-0465-8

Zürich 1273: Dem begnadeten Schreiber und Buchmaler Bertram steht eine glänzende Zukunft im Gross-
münsterstift bevor. Doch als er sich in die hübsche
Pergamentertochter Fides verliebt, die bereits einem
anderen versprochen ist, gerät sein Leben aus den Fu-
gen. Auch Bertrams Ziehvater, der berühmte Gelehrte
Konrad von Mure, hat Bedenken ob der Verbindung.
Denn auf Bertrams Herkunft ruht ein Geheimnis. Eine
Reise zum Konzil in Lyon soll dieses Rätsel lösen,
bringt aber nicht nur Bertram in Lebensgefahr.

GMEINER SPANNUNG

WWW.GMEINER-VERLAG.DE
Wir machen's spannend

Mike Steinhausen
Geheimoperation Gehlen
Kriminalroman
512 Seiten, 13 x 21 cm,
Premium-Klappenbroschur
ISBN 978-3-8392-0482-5

Als der ehemalige Fremdenlegionär Louis Richard eine
Frau vor ihrem Zuhälter rettet, stürzt das sein weiteres
Leben ins Chaos. Denn schon kurz darauf wird er unschuldig zu lebenslanger Haft verurteilt. Im Gefängnis
erhält er unerwarteten Besuch von zwei Mitarbeitern
der CIA. Louis soll ihnen helfen, Reinhard Gehlen
als Präsident des BNDs zu installieren. Er willigt ein,
springt für ihn die Freiheit und eine neue Identität
heraus. Doch die CIA spielt ihr eigenes Spiel und schon
bald kämpft Louis ums Überleben.

GMEINER SPANNUNG

WWW.GMEINER-VERLAG.DE
Wir machen's spannend

Manfred Bomm
Albtraumhof
Kriminalroman
377 Seiten, 13 x 21 cm,
Premium-Klappenbroschur
ISBN 978-3-8392-0450-4

Vier alte Bauernhöfe – und ein finsteres Geheimnis. Vor
18 Jahren verschwand ein Bauer spurlos und soll nun
für tot erklärt werden. Seine Erbin erhofft sich ein idyl-
lisches Gebäude, doch aus dem Traum auf der Schwäbi-
schen Alb wird ein Albtraum. Denn in dem einsam auf
der Hochfläche stehenden Hof geschehen merkwürdige
Dinge. Die Erbin erlebt dramatische Nächte und zieht
den pensionierten Kriminalisten August Häberle hinzu,
um herauszufinden was mit ihrem vermissten Verwandten geschehen ist.

GMEINER SPANNUNG

WWW.GMEINER-VERLAG.DE
Wir machen's spannend

Alex Thomas
Pietà – Steinerner Tod
Thriller
352 Seiten, 13,5 x 21 cm,
Premium-Klappenbroschur
ISBN 978-3-8392-0500-6

Als an einem Wintermorgen unter dem Branden-
burger Tor die blutüberströmte Leiche eines Mannes
in den Armen einer Frau entdeckt wird, schrillen bei
Ex-Kriminalkommissar Magnus Böhm sämtliche
Alarmglocken. Er hat diese Skulptur aus Menschenkör-
pern schon einmal gesehen, 14 Jahre zuvor in Rom. Die
Presse stürzt sich auf den Fall und spricht von der Berli-
ner Pietà. Doch dieses Mal gibt es einen entscheidenden
Unterschied: Das weibliche Opfer hat überlebt.

GMEINER SPANNUNG

WWW.GMEINER-VERLAG.DE
Wir machen's spannend

Fabian Lenk
App to die
Thriller
359 Seiten, 13,5 x 21 cm,
Premium-Klappenbroschur
ISBN 978-3-8392-0452-8

Du hast ein ultramodernes Smarthome.

Alles lässt sich steuern – per App – immer, von überall.

Es ist einfach, bequem und wahnsinnig praktisch.

Du fühlst dich sicher.

Doch der Feind ist bereits in deinem Haus.

GMEINER SPANNUNG

WWW.GMEINER-VERLAG.DE
Wir machen's spannend

DIE NEUEN
Lieblingsplätze

ISBN 978-3-8392-0370-5

ISBN 978-3-8392-0373-6

ISBN 978-3-8392-0371-2

ISBN 978-3-8392-0158-9

ISBN 978-3-8392-0372-9

ISBN 978-3-8392-0376-7

ISBN 978-3-8392-0378-1

ISBN 978-3-8392-0386-6

ISBN 978-3-8392-0375-0

ISBN 978-3-8392-0380-4

ISBN 978-3-8392-0381-1

ISBN 978-3-8392-0382-8

ISBN 978-3-8392-0383-5

ISBN 978-3-8392-0374-3

ISBN 978-3-8392-0377-4

ISBN 978-3-8392-0385-9

GMEINER KULTUR

WWW.GMEINER-VERLAG.
Mensch, Kultur, Regi